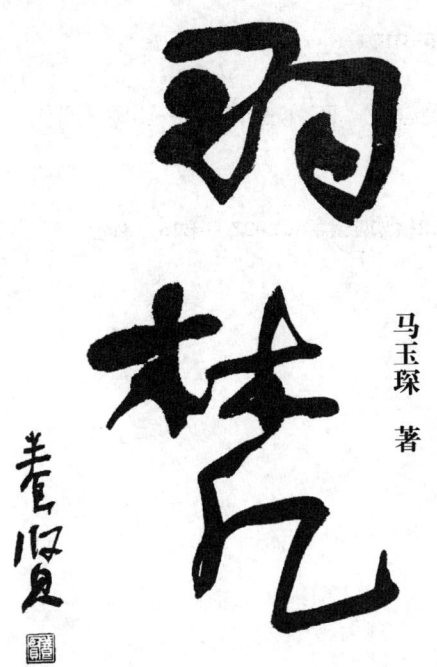

马玉琛 著

陕西师范大学出版总社

图书代号　WX22N1364

图书在版编目（CIP）数据

羽梵 / 马玉琛著. —西安：陕西师范大学出版总社有限公司，2022.9
　ISBN 978-7-5695-3120-6

Ⅰ.①羽… Ⅱ.①马… Ⅲ.①长篇小说—中国—当代 Ⅳ.①I247.5

中国版本图书馆CIP数据核字（2022）第151341号

羽 梵
YU FAN

马玉琛　著

责任编辑	徐小亮
责任校对	张旭升
装帧设计	锦　册
出版发行	陕西师范大学出版总社
	（西安市长安南路199号　邮编 710062）
网　　址	http://www.snupg.com
印　　刷	西安市金雅迪彩色印刷有限公司
开　　本	700 mm×1000 mm　1/16
印　　张	28.25
字　　数	553千
版　　次	2022年9月第1版
印　　次	2022年9月第1次印刷
书　　号	ISBN 978-7-5695-3120-6
定　　价	88.00元

读者购书、书店添货或发现印装质量问题，请与本公司营销部联系、调换。
电话：（029）85307864　85303629 传真：（029）85303879

大将的话：战争的胜利，往往看谁能坚持到最后五分钟。

而是目前长官无战事，鸽子而处于困乏而阶段，小休息和恢

复体力为主。皇甫之笑听着您闲面口哨，招呼鸽子回巢。平时，

皇甫三笑口哨一响，鸽子会像听到熄灯号一样，列队入门。旺鉴休息。

但是，今日情况有些离奇。

有几只鸽子听到口哨，飞到凉棚间的屋脊上，抬头四望，就是不

进舍。皇甫三笑再吹口哨，鸽子那但不听命令旺鉴，反而昂起向楼

下滑去。皇甫三笑眼睁着鸽子滑进前边大楼的阳爱里。皇甫

就会撞到圈不知什么物体上，那我肯定就完蛋了。

因为正在快速飞行，突然一个急刹车，翅膀朝后掰着，像直升飞机那样在空中停顿一下，然后调头，绕个弯心飞过去，后面的飞机还没注意，一头正好挂在尾龙线织成的网子上，由于飞得快，状忙折身捞晋。

而翅膀还是到了网边上，有两根膀骨脱落了，看来是有人知道天气坏，在我们必经之途上扎了笔，张网以待。我们送上门去的一中队伤，幸亏我死里逃生在后边。不然，像我瞎一只眼，怎不久网读

我们惊魂未定地继续飞行，速度得就慢咙，时刻保伟危夷罗

当南面道:"你的衣服才好看呢,阳光一照,衣中耀蓝,亮丽得很呢。"

我和国南相互欣赏的话,引来这位蓬慧、劣行者、红袍老爸、年轻飞行军,小雨点、蓝眼,还有带啃的雪人们的目光。太阳慢慢上升,（博而特、蛋头）

光线打在我们搧动的翅膀和抖动的身体上,反射去无数个跳动的光点。

无数个光点汇聚成大光团,向南偏西的方向移动着。我们翅膀抖动空气的刷刷声和雪人尾巴上的啃声混合在一起,在空中形成一个芦笋。

至于北向西南佳逢阿言。

国南说我们刚才起飞的地方是晋中,我们的右前是晋阳,那西是赫王三哭知道那地方。那是邻近大楼南边的一个死角，白天很少有人光顾那地方，天黑就更不会有人去了。

鸽子为什么要飞到那里去呢？

皇甫三哭又次向口唱，鸽子又飞回到凌烟阁的檐脊上。皇甫三哭招呼他们进舍门时，他的又鸣叫着拍翅滑向楼角的阴影里。

鸽子拍翅鸣叫，似乎在向皇甫三哭诉说着什么。

皇甫三哭下楼，走到两栋楼拐角的阴影里。阴影里有一个物色包裹，几只鸽子落在包裹的周围，转着圈儿咕咕鸣叫。

引　子

　　东边天空隐隐约约、断断续续传来一种奇妙的声音。

　　这天是上巳节，长安城的男女老少纷纷沐浴打扮，换上各式各色的春服，到郊外来踏青。驾私家车的，坐公交车的，骑摩托自行车的，步行，络绎不绝。到终南山、神禾原、少陵原、白鹿原、灞陵原登高望远。到滈河、潏河、浐河和灞河问柳寻花。他们一边欣赏百草丰盛、树渐成荫的美景，呼吸满含花香的初春气息，一边酬唱吟咏。

　　仿佛是要给踏青的长安城的男女老少增添更高雅的兴致，那个声音出现了。那声音细微得像游动的蚕丝，一寸一寸地抽出来，在空中缠绕着、飘移着。

　　地上的人们不由自主地抬头望向空中，天空宽广辽阔，像风平浪静的大海，白云是大海偶尔舒卷的浪花。那声音，就像是从浪花似的白云里传出来的。稚气的孩子们拍手欢笑：是白云在演奏音乐呢。大人们则回道：傻孩子，白云怎么会演奏音乐呢？说着用手指向天空。孩子们顺着大人们手指的方向望去，不禁雀跃起来。

　　在白云的边上，有蝴蝶般的影子在似有似无地移动着。那声音和蝴蝶般的影子是一体的。影子移动，声音亦移动。嘤嘤铃铃，汪汪嗡嗡，宛若笙簧空竹。

　　声音的蚕丝把天空和大地勾连起来，牵动着人们的心，声音一飘一抽一移动，人们的心就一痛一痒一蹦跶。

　　那群蝴蝶告别白云，向下移动，身形渐渐变大。孩子们又开始欢呼：白云里飞出一群鸟，是鸟在演奏歌唱呢！

　　大人们订正道：不是鸟，是鸽子。

　　孩子们疑惑：鸽子不是鸟吗？

　　大人们无语。

　　是的，我们是鸽子。我们在天空。我们身负竹哨、葫芦哨从遥远的地方飞回长安城。我们看到了郊外踏青的大人和孩子。我们稍微降低高度，向人们盘旋致敬。我们的飞行姿态，比世界上任何一个国家的空军飞行表演都要自然随性，都要优雅从容。时而迅疾，时而徐缓；时而低翻，时而飙举。负在我们身上的鸽哨声也随着我们飞行的速度和姿态的变化而变化。时而宽宏，时而细微；时而低沉，时而高亢；时而呜咽，时而悠扬。

  浮阁一羽

  面南
  面北
  面东
  面西
  ……或者无极

  那只受伤的鸽子
  飞哪去了？①

孩子：我们听不懂。
大人：有些声音，仅用耳朵是听不懂。
孩子：用心也听不懂。
大人：那就得用时间和生命。

---

① 沈奇诗《羽梵》。

一

这对鸽笼真是精致!

长约二尺一寸,高约九寸九。金竹,四角立材,下端成足,上端如柱顶,顶上雕成馒首形或者八不正形。笼条由两片去瓢留皮的竹篾粘合而成。笼圈则由两根细竹拧成麻花形。笼上一门,便于主人掏鸽。笼侧一门,便于放鸽。两扇门的别子镂成蝙蝠形状。笼顶有厚竹片刻花平梁。平梁叫笼,若圈梁升高成提梁,那就叫挎了。挎可以手提,也可以挎在胳膊上。挎的级别高,长安城里里外外,也只有元菊生和皇甫三兴配用。底下一层,就用笼吧。但笼也有笼的讲究。譬如这一对笼,寻常鸽友,也只能羡慕羡慕,赞叹赞叹。要想享用那可得费老鼻子劲,要努力奋斗哩!这笼显然出自长安城竹刻名家林风鸣之手。除过他,没有第二个人能做出如此考究的鸽笼!瞧,这对鸽笼,一个四角立材顶雕着八不正,成黄漆;一个四角立材顶雕成馒首,成紫漆。漆色纯正,光亮鉴人,不着半丝纤尘。

这对笼虽然各生四只足,但那是站立用的,不是走路用的。那四只足站在地上四平八稳,可你让它走路,它却迈不开腿。它的四条腿被笼条和笼圈死死地捆住了。

可是,这阵儿,这对鸽笼并没有老老实实地在地面上,而是御风而行呢。这话的意思是,这对鸽笼正被年近中年的男子提携而行。

当然,这两个年近中年的男子也不会提两个空笼满长安城瞎转悠。

笼里各有一只鸽子。

两只鸽子长得极其相像,身上的羽毛是那种纯净的亮灰色,薄柔而光滑,脖子四周和胸脯前面靛蓝靛蓝,阳光透过竹片一照,鸽身上立即泛起五彩的光辉。再看他们的骨骼体态,匀称平衡,精气神清俊神奇。特别是他们的眼睛,瞳孔像雨水洗过的天空一样幽深湛蓝,四周的眼砂又如彩虹一般鲜艳明丽。他们站在笼中,挺胸仰脖,偏着小脑袋注视着外面的世界。倘若把他们放出,他们一定会在大街上昂首阔步而行。那神态气势,宛如绅士一般。人们尽可以这样想象。事实上,他们只要一出笼,就会扇动翅膀,飞到街道两边的树顶上面去。天空,才是他们钟爱的地方。

嗨,先不要急着观看这两个男子走路的姿态和走向何方,也不着急聆听他们说话的内容,因为你们很快就会有机会认识他们,并且知道他们的来龙去脉。目前最要紧的是把笼里的两只鸽子区分开来。见头一面,就像刚搭眼看一对双生子一样,难以分辨彼此。请平心静气地看吧,兴许能看出细小的区别来。对了,区别就在那里。紫漆笼里的亮灰鸽翅膀上是两道蓝杠,而黄漆笼里的亮灰鸽的翅膀上则是三道蓝杠。

阳光跳跃到鸽笼和鸽子身上,深的紫笼和淡的黄笼与亮灰色的鸽子色彩对比得如此强烈,又陪衬得如此和谐,真是好看极了。可是你要晓得,两道杠是常见的,三道杠则非常稀罕。

哦,那就是我!

我就是那三道杠,三道杠就是我。

我姓天名赐,主人命名我为天赐号。可平时叫的时候,那个号字总被省略掉,天赐号便成了天赐。天赐,蛮好听的。我的先主真有水平,给我起这么好听的一个名字。我打心眼里喜欢这个名字,又好听又有内涵。说句实打实的话,谁要是扛一麻袋金元宝来换我的名字,我也绝不会答应。哪个人要是硬性给我换名字,那他就等着瞧吧!任他叫别的什么名字,我都死不答应。他拿撬杠撬我的嘴,也甭想让我吱一声,咱看谁能硬过谁!

问我为啥如此珍惜自己的名字?告诉你吧,只有名鸽才有名字,只有名鸽的后代才有名字,只有主人最喜欢最欣赏的鸽子才有名字。你的功劳不高,声名不大,血统不名贵,主人咋会给你取名字呢?主人不给你取名字你就是无名之辈,主人给人介绍你时就会称你019、199、148、448、666、888……这些数字会听得人莫名其妙。战争年代的情报工作者碰到这些数字,肯定会琢磨破译。也许机缘巧合,误打误撞,获得了美英法轰炸叙利亚的情报。天方夜谭就是这样讲出来的。得了,咱还是说正事吧,主人嘴里说出的这些数字,其实是我们足环上的后三位数。你又要问,足环是什么?我告诉你,足环就是足环呗。我当然不能这样回答你,那样回答便是对你的大不敬。我得认认真真地告诉你,足环是比黄豆略微大些的筒状圆圈,圈底由铝合金制成,上面覆一层厚厚的有机玻璃,圈底和玻璃之间夹一层软纸。软纸的颜色随年份而变化,今年红,明年绿,后年蓝。七色用完,再从头轮转。软纸上有二维码,二维码旁边印着国名、年份和各省的编号。我们长安城的编号是26。然后,环转出电话号码似的七位数字,那就是环号。与环号对应的还有一张卡片。卡片上的信息和足环上的信息一致,还印着中国信鸽协会足环证及中国信鸽协会的会标。这卡片就是我们的户口本,足环就是我们的身份证。如果我们出生时主人没有给我们套足环,两腿光着,那麻烦就大了。出水才看两腿泥对我们不适用,腿上有泥没足环,那就是黑人黑户。黑人黑户是很难出行的。没有凭证,参赛不合法,很快就会被送到饭店的餐桌上。另外,什么鸽子套什么足环号是有讲究的,418、184、666、888、999就跟汽车牌号一样,不掏钱是挂不上的。我的足环号后三位数字是247,两道杠足环的后三位数字是248。环号连得这么紧,可见我们关系不一般。行了,不说两道杠了,说三道杠。三道杠足环号的后三位数是247,谁要是像金眼相士那样能掐会算,就请掐一掐算一算,测测这三个数是吉兆还是凶兆。

两位提着鸽笼的主人时而沉默不语地前后随行,时而肩挨着肩激动而热烈地讨论着什么。就在说话和不说话间,他们穿过长安城大东门宽敞高大的拱形门洞,照直向前方尚俭路的方向走去。路边的行人,时不时地侧过头,往两个人提在手里的竹笼里瞄上几眼。瞧,有一只三道杠哩!

我则透过麻花笼圈和竹板笼条的空格,回首望着渐渐被抛在后边的大东门。大东门的顶上有三个描金大字:长乐门。字是人类的专利,我只能看到形状,却不认识。我不晓得那是大东门的官名。说实话,我是头一次从地面的低处往上看大东门,那宽檐下的斗拱和翘角下悬挂的风铃都看得清清楚楚。

瞧,大东门四周有麻燕在飞绕,上空还有带哨的鸽子飞过,哨声和风铃声汇成一处,动听极了。

平时,我们总是飞到很高的天空,从上往下俯瞰大东门,甚至长安城。大东门比不得大南门。大南门谯楼、箭楼、正楼楼楼齐全,层层铺排,很有气势。而大东门仅余下建在三孔门洞之上的正楼,失却谯楼和箭楼的拱卫,正楼显得孤单,孤单得险峻。我们非常喜欢环绕着险峻的大东门自由自在地飞行。作为长安城的鸽子,真的很快乐。

大东门的前前后后已经耸立许多高楼,而且还有新的高楼在崛起。历史变迁,生活变化,日新月异。大东门却一如既往,肃穆静立,对此一言不发。我心里觉得,那些新楼高倒是挺高,可在气势上怎么也压不住大东门。

春天甫一来临,和煦的风就吹过来,像毛刷子一样来回撩拂着大东门的城楼、城墙和墙根的树木,甚至把无形的手挥向宽大幽深的护城河,在渐渐膨胀的水面搅荡起生动的波纹。

从西南或者东南吹来的风是秦岭的下山风,从东北或者西北吹来的风是渭河河道的上川风。这风有时候晚上吹、白天歇,有时候午后吹、傍晚歇。两股风南来北往,若迎头相撞,便相拱着升到长安城的顶空,变成雾气和薄云,缓缓弥散开来,多数时候会带来滋润如酥的绵绵细雨。和风细雨给长安城带来的瞬间变化是不易觉察的。例如城墙的砖缝里复苏的苔藓和小草,还有一些我们说不清道不明的东西。嗨,也难怪,我们要是能把什么事情都说得头头是道,那不成精了!

春夏两季,我们飞临城楼上空,欣赏城楼坚固结实的四壁、平齐的屋脊和两端遥相呼应的鸱吻、四坡歇山的屋顶和琉璃的瓦、飞檐的翘角和鸟兽的头。那些整齐排列的箭窗里涌升出来的气息，冲开空气，浸漫到我们的胸腹间，透过绵密的绒毛，进入我们的肌体里。那是长安城的古气，我们的心立即被温暖了。每当这种感觉来临时，我们便深深地觉得在长安城上空飞行，真的是一种幸福。每当此时，我们都要分散成前后相随的小群，或者排列成不太整齐的队伍，平展展地伸开双翅，环绕城门楼滑翔。生活要是一直这样，那该多么惬意啊！

请看和我的主人相伴而行的那个男子。对，就是两道杠的主人。别看他不修边幅，穿得邋里邋遢，身上的衣服脏兮兮的，没有我身上的羽毛纯净明艳，头发也如我们孵蛋的窝一样凌乱。他可是位民间的绘画高手呢！年岁不是太大，画名却是不小。只要提起萧涤生三个字，长安城人准会说：知道，专门画鸽子的。他要是用手中的笔，把我们在城门楼上空滑翔的情景画下来，肯定是一幅非常优美的图画。只是不知道能不能把城门楼箭窗里涌升出来的古气和古气漫入我们肌体里的感觉画出来。我想要是画得久画得好就能画出来，因为那古气就在我们展翅滑翔的姿态里。

就在我胡思乱想间，两位主人已经向右拐进尚俭路，往前走不远，来到一家医院门口。医院门口挂着白底黑字的牌子。

我主人道：济慈医院到了。

萧涤生一扬手：咱从后边上楼。

楼顶是一排漂亮的松木鸽舍。干净、明亮、讲究。右边鸽舍的踏板上，正有鸽子拱进活络门去。

左边木楼要比右边鸽舍高出许多，正门门脑很高的地方，横镶一块非常气派的牌匾，上刻三个绿漆大字：凌烟阁。

和大东门一样，能看清字形，读不出声音。

就在凌烟阁里传出客气的问话声时，我的意识里依稀浮现出一个模糊的印象：这是我出生的地方！没错，这印象虽然模糊，但却铁定。我出生在这里，又为何离开？我努力回忆着，可惜记忆已稀释，底片已淡薄，具体的情景一点儿都想不起来。此刻唯一能确认的就是，这是我出生的地方。不对，不光是我，还有二道杠。

看来，能够把事情的原委说清楚的，恐怕只有我和两道杠的主人。当然，还有凌烟阁的主人。要不然，他们为何要相约着把我和二道杠带到这里来呢？

一年多前的春天，萧涤生领着木归智走到尚俭路口的拐弯处。木归智拽拽萧涤生的后衣襟，萧涤生给拽得停下来，回身问：你拽我干啥？

木归智往路边的槐树跟前一缩：去非哥，我腿软，走不成了。

哎，我说归智，刚出门时还欢得跟儿马子一样，怎么一转眼变成这了？

我也不知道为啥，是不是快到了？

对，前边高楼旁边那栋矮楼就是济慈医院。

噢，门牌都能看见，有人出出进进呢。

济慈医院楼顶就是凌烟阁。

咱眨眼就要上凌烟阁？

对，你不是巴望着吗？

咱一上凌烟阁就见着皇甫老师父了？

你不是做梦都想见吗？

可越到跟前腿越软，心越怯，你摸摸我这胸腔，"怦怦怦"，说着抓过萧涤生一只手，按到自己胸口。那胸脯里果然有雄鹿在往外撞，撞击的声音如擂鼓一般。

不知道为啥心慌得很。

萧涤生抚摸着木归智的胸脯：缓缓气，想想咱为啥来的，再鼓鼓劲就好了。

木归智嘘出几口气，把记忆拉回去。借用回忆来缓释自己紧张的心情，并给自己的双腿注入新的力量。

有次，木归智和生宝、黑娃、加林、小坏蛋几位底层鸽友聚在鸽市上谝鸽经。萧涤生刚好也来逛鸽市，被小坏蛋喊住了。小坏蛋拉住他的衣袖向鸽友介绍：这是我去非哥，堂堂皇甫大人的门徒。小坏蛋介绍萧涤生的时候，语调和脸上尽是得意和炫耀之色。几位鸽友见来者是皇甫三兴的门徒，连忙羡慕恭敬地侧身退步，把中心位置让给萧涤生。集市上的鸽友一听这名头，也纷纷拎笼提挎地围拢过来。很快，萧涤生被里三层外三层地围在核心。

萧涤生心里非常明白，在长安城鸽界，自己还是个嫩伢子，根本没有吸引这么多鸽友的魅力。这么多鸽友里三层外三层把自己围在核心，压根儿就不是冲自己来的，而是冲师父皇甫三兴来的。在长安城里，能拜下这么有名望的师父，真是三生有幸！

小坏蛋一脸为大伙儿做好事的得意相，他把双手在空中往下压一压，让大家肃静，然后像个孩子一样笑盈盈地冲萧涤生道：去非哥，你就给大伙讲讲皇甫老先生吧！哪怕一星点也行！

萧涤生平常并不爱说话，更没有在这种场合说过话。但今儿个情势在不经意间演变成这样，不说话怕是不行。平时言语少，没啥。这阵言语少，那不是给师父丢人吗？从人缝里钻出去逃跑掉，那还不被逐出师门吗？师父在赛场上久经考验，是那种临阵脱逃的人吗？该说就说，绝不临阵脱逃，否则有何颜面做师父的门徒！只要敢说，就有话说。师父的事咱知根知本，知梢知叶，有什么不好说的呢？说！

要是从皇甫师父的爷爷说起，说他祖宗三辈在长安城积善行医，养鸽赛鸽，称霸鸽坛几十年，直到步陶先生横空出世，与他分庭抗礼，那三天三夜也说不完。

那就拣对我们有用的讲一两件吧！

有人拿来一瓶矿泉水，旋开盖，巴巴结结地递到萧涤生手里。萧涤生接过水瓶，并不喝，而是挥舞着水瓶讲述，那形象，颇像一个交响乐团的指挥正在指挥演奏。

萧涤生就这么边指挥边讲述，讲到热烈激动处，有水从瓶口洒出来。

有位京华富豪，包专机来到长安，提着厚礼登门拜访皇甫师父。他请皇甫师父看他随机带来的顶级好鸽子，说他有富裕的钱，有宽敞的鸽舍，养了上千羽好鸽子，采用的是现代化的企业管理模式，并且组织专业团队参加比赛，可结果投入与产出严重不符，根本赢不上大奖。

我的雄心严重受挫不说，颜面和尊严丧失殆尽。鸽坛的现实就是这么残酷无情，你不赢，随便谁，甚至一个乳臭未干的小鸽友，都可以用世界上最难听的话奚落你、挖苦你，你一点脾气都没有。

皇甫师父把富豪的鸽子递还给富豪：你想让我做什么？

富豪装鸽入笼，然后站直身极其认真地说：请您帮我成为中程赛的冠军吧！

我帮你成为京华中程赛的冠军？

对！请告诉我，需要多少钱，用多长时间，用什么鸽子，采用何种方法？

你真的想成为京华中程赛的冠军？

真想啊，想得我整夜睡不着觉。要是不想，我包专机到长安城寻您老人家干吗？您说吧，得多少钱？您尽管开口，我绝不二价。

你是富豪，你有钱，也最知晓钱值多少钱，所以钱的事，你自己看吧。

富豪眼中升腾起希望的火焰：那您说，用什么方法？养什么鸽子，得多长时间？

你养得太多了！机构臃肿，冗员庞杂，没有重点，照顾不过来，能往前挪步走就不错了，要想得冠军，门都没有。

您是说要精兵简政？

得淘汰哩，养那么多白吃食不干活的货，于事不利。即使有几号虎将雄兵，也让他们给淹死了。你得咬牙关淘汰，从上千羽中挑选八羽，其余的全部淘汰。

富豪惊奇地吸着冷气道：淘汰率这么高？

练你的眼力，也练你的心哩。

然后呢？

然后从我这儿引进两羽鸽子，与你挑选出来的鸽子杂交配对，就赢了。

前后需要多长时间？

三年。

富豪更加惊奇，眼睛都张大了：三年？！

最多三年。

富豪从口袋里摸出一张卡,说:这是咨询费。

皇甫师父没有伸手接钱,而是斜眼瞄了瞄桌角。富豪便毕恭毕敬地双手把卡放在桌面上。

皇甫师父从凌烟阁里提出两羽鸽子。

富豪把鸽子装进笼里,又掏出一张卡递给皇甫师父:这是引进鸽子的钱。

皇甫师父依然不伸手接钱,富豪又毕恭毕敬地把手中的卡叠放在桌面那张卡上。

萧涤生说到这儿时,木归智手心实在痒得不行,而且那痒还一节一节往手梢传递。那卡要真在当面,木归智的手肯定就伸过去了。木归智急切地问:那卡上有多少钱?

萧涤生答道:一卡钱,再加一卡钱。

一旁的小坏蛋情急了:别说钱,说结果。

萧涤生:结果出人意料,那富豪第二年就获得了京华信鸽赛会五百公里大赛的冠军,第三年又获得了六百公里大赛冠军。富豪一高兴,又给皇甫师父寄来一张金卡。

鸽友们啧啧羡慕。

萧涤生:还有一位上海阿拉,来寻皇甫师父,他想得长距程赛冠军。皇甫师父与他耳语几句,并匀给他一对种鸽,结果……

结果不用说了。

小坏蛋深深地感叹道:虽然同居长安城,皇甫老先生对我们而言,却是一个传说。

唉,简直跟说书一样,听得咱们流哈喇子哩。

小坏蛋:去非哥,你给咱描绘描绘、形容形容,皇甫爷长个啥模样。

听,皇甫师父变成皇甫爷了。

想要知道皇甫爷长什么模样?

是哩,要不然在集市上碰见了也认不出来。

嗨,皇甫爷要是逛鸽市,那皇上也就到菜市场买菜哩。那也得在咱心里划拉个印象,总比光听传说强。

好,你们听着。耳朵支棱着呢。

两个鼻子一个眼……

啊,蒙谁呀!

噢,说错了,一个鼻子两个眼。那鼻子又细又挺,两个眼睛说绿又蓝。

哎,你是说外国人呢,还是说鸽子眼砂呢?

这厢里鸽友在七嘴八舌地说着皇甫三兴,那厢里木归智却在心里谋算出一个计划:北京人、上海人能做到,长安城的木归智更应该能做到。

其实，木归智早就谋算皇甫爷和他的鸽子呢。他季季参赛，年年看结果，时时在心里把长安城赛鸽场上稍微有点名气的人从头至尾，从老到幼齐齐地翻拣扒拉着。东挑西选，最后把目标锁定在皇甫爷身上。皇甫爷家有优秀的赛鸽传统，技术是高尖端的，鸽子是最现代化的。他们家的鸽子一出现，即独霸长安鸽坛半个多世纪。后来元菊生冒出头来与他分庭抗礼，但元菊生赛鸽源头一半来自皇甫爷家。从种族上说，长安城的鸽子三分天下，而皇甫爷家占其二。溯本求源，在皇甫爷家；欲求好中好、尖上尖的鸽子，在皇甫爷家；欲以鸽胜人，在皇甫爷家；欲豪赌千金，在皇甫爷家。欲进皇甫爷家那道窄窄的鸽门，得先结拜下门徒萧涤生。木归智把人生最大的宝押在了皇甫爷和他的鸽子身上，而萧涤生则是进门的阶梯。

木归智使出浑身解数，软磨硬泡，死缠烂打，直至和萧涤生歃血为盟，结成拜把子兄弟，这才对萧涤生说：去非哥，兄弟今辈子最大的愿望就是给你当个师弟。

已经歃血为盟拜把子了。

是拜把子兄弟，但不是师兄弟。

拜把子兄弟是生死之交，比师兄弟亲。

可拜把子兄弟跟皇甫爷没一毛钱关系，师兄弟跟皇甫爷连着筋呢。

醉翁之意不在酒，萧涤生些微有点后悔，但已经来不及了，因为木归智给他摆出了一个两肋插刀的滑稽姿势。萧涤生没法正面打倒这个姿势，就只能实行缓兵之计：听命，看他木归智有命没？

萧涤生清清嗓子：我给你讲段唐朝人下棋的趣闻。

去非哥，咱有紧火事，说那八竿子打不着的闲事干吗？

打不着，我说这没盐的闲话干吗？你要听我就讲，你不听，我走呀。萧涤生转身欲走，木归智忙拉住衣袖：兄弟听，兄弟听。

萧涤生看到木归智的虔诚相，心中暗自发笑。他顿一顿，摇头晃脑，绘声绘色地说开了：唐朝有个顾师言，职务是棋待诏，主要工作是陪皇上和皇子们下棋。有一年，日本国王子渡海入朝进贡方物，皇上为了显示天朝的大度，就问王子有什么请求。王子自诩为日本国围棋第一高手，想与天朝高手手谈一盘。说着就将自带的青玉棋盘和冷暖黑白玉棋子摆到客案上。皇上见日本国王子有备而来，而且有些傲气，想挫一挫他，便命棋待诏顾师言出面应战。事关两国面子，双方都很紧张。王子凝目缩肩，全神贯注。顾师言手心的汗，把棋子都浸湿了。

木归智插话道：和赛鸽一样紧张激烈。

第三十三手，王子投子认负。顾师言差点一头栽倒案角。

王子问礼宾官，这位顾先生在大唐是第几名。礼宾官从容应道：第三名。

木归智：跑题了，跑题了，这跟我师兄有个屁关系。

王子虔诚地对礼宾官说：我想会会第一名。礼宾官十分骄傲地回道：胜第三名方可会第二名，胜第二名方可会第一名。小国第一胜不了大国第三，怎么能会我当朝第一？

　　木归智手指在空中点着萧涤生：你能，围这么一大圈网，把我这条鱼兜进去了。

　　萧涤生脸上现出傲慢的正经相，手上跷着大拇指：我师父何等样人？长安城天字号的大人物，岂能轻易见人！你若胜我，过了我这一关，我才敢带你去踏我师父的门槛。

　　木归智掰眦掰眦两只小眼睛，盯住萧涤生看。胸脯起伏不定，里边像是涌动着巨大的潮流。

　　萧涤生进一步提醒道：我师父那道门槛高得很，而且会活动，当心绊你个狗吃屎。

　　木归智猛一咬牙关：狗吃屎就狗吃屎，能见到真神就成。接下来，在一家俱乐部举办的小型比赛中，萧涤生和木归智各单点一只鸽子，结果令人意外。从来没有赢过萧涤生的木归智，在单点赛中胜出了。木归智对萧涤生道：去非哥，智者千虑必有一失，你点一只雌鸽，我点一只雄鸽，两只鸽子同时到达长安城上空，可是你家雌鸽随我家雄鸽飞到我家屋顶，绕一圈，才折返到你家。

　　萧涤生似乎不大相信自己会输，神情木木地道：光注重速度，忘了性别了。

　　木归智又摆出了一个两肋插刀的滑稽姿势。

　　萧涤生：命！这是命！肋条上不插刀都不行了。

　　萧涤生践行诺言，领木归智到凌烟阁拜访皇甫师父。

　　木归智要是怀一颗平常心，来了就来了，见了也就见了，那还好说，可木归智深埋在胸腔里那颗心偏偏不是平常心。心思太重，所以就紧张，紧张过度就腿软。这要是一跤栽出去，怀里的红锦盒就摔成碎片了。

　　木归智咬紧牙关，尽量在往事中汲取力量：木归智呀木归智！咱人生前途命运就押在这一宝上，成败与否，关键在这头一炮。咱骨头不能软，腿肚子不能打战，咱得撑硬，他凌烟阁就是遍地竖着刀尖子，咱这两只脚也要踏上去！

　　木归智浑身的胆气暴涨起来，扯一扯戴耳套的耳朵，对萧涤生道：走，咱进！

　　木归智随萧涤生上了济慈医院的楼顶，看到了凌烟阁。

　　凌烟阁坐北朝南，顺势搭在楼顶。东边一排四连间是鸽舍。每间两米长宽，高约两米。隔网可以看到里面的巢箱和鸽子。西边是一间大房子，虽然与东边的鸽舍紧密相连，却要比鸽舍高出许多，顶坡上是光滑的琉璃瓦。房屋和鸽舍通体都是老红松筑就。颜色是木头的红黄本色，刷过清漆。因为年代久远，许多地方清漆已经剥落。主人心细，补过漆，但这边补了，那边又剥落，显得斑斑驳驳，沧沧桑桑。

在西边大房屋门脑顶上横着一块旧匾，匾体上的油漆剥落更为严重，但上面雕刻的三个字仍依稀可见：凌烟阁。

木归智看到凌烟阁，非常意外，甚至有些失望。凌烟阁的声名太过显赫！在木归智的想象中，凌烟阁不是皇家建筑也该是仿皇家建筑，起码是一幢独立的阁楼，最起码有两三层楼高，模样也应该和长安城中心的钟楼或者鼓楼差不多。唯有那样，才配得上它雷霆一样的名声。可眼前的凌烟阁，规模和气势有点稀松平常，而且有点破旧不堪。木归智实在不能理解：皇甫家祖宗三代，何以凭这么一个稀松平常的凌烟阁，称霸长安鸽坛，而且长达半个多世纪！

木归智在心里嘘出一口气：这凌烟阁，除了干净卫生之外，并没有什么招眼的地方。

木归智一抬眼，看到以前在赛鸽归巢报到时多次见过却未搭一言的赛车手莫追风。莫追风正从鸽舍的小门走出来。鸽舍的门又矮又窄，使得高大顺溜的莫追风不得不低头弯腰。莫追风一手握一只小鸽子，贴在胸脯前，小鸽子张开嫩嘴，吱吱叫着。

莫追风出了鸽舍门，用脚尖钩住门扇。他并没有注意木归智，而是伸直腰身，朝凌烟阁的大房门看去。大房门前站着一个人，大房门里走出一个人。大房门前那位木归智认识，是长安城鸽界无人不知无人不晓的大名人金眼相士。另一位就是传说中的神人，自己日思夜想，决心要拜师学艺的皇甫三兴！

皇甫三兴犹如一块巨大的磁铁，把木归智的目光牢牢吸引过去。

皇甫三兴身量瘦高，西服领带，白袜亮鞋，整个人看上去和这凌烟阁一样清清爽爽。

皇甫三兴的头生得不是很圆，稍微有点扁，脸也因此而显得窄长。谢顶，油光锃亮。黄白相间的头发稀稀疏疏地在脑袋四周卷着垂着，垂着卷着。脑门又大又凸，略一皱眉，额头上立即现出一道道又曲又深的纹路。浓密的粗眉下边隐藏着一双深窝窝眼。眼白很纯正，眼仁中泛着蓝莹莹的光。鼻梁又细又高又挺，鼻头又尖又钩。

木归智心中暗道：去非哥上回描述得虽然有些滑稽，但的确有些相像呢！这皇甫爷居然和咱生得不一样，尤其是那深不见底的窝窝眼。只有职业医生才会有这样的眼睛和目光：沉静、专注、敏锐、冰冷、透彻，活脱脱像一把锋利的手术刀，既能看透你，又能刺穿你。木归智在相视的刹那间，感受到了这目光。这目光划过他的脸脖，脸脖上即刻生出刺疼的感觉。斑驳陈旧的凌烟阁，怎么会蕴含着如此锋利的目光呢？简直太刺人了！木归智刚刚变硬不久的双腿又要变软了，腿肚子又要发抖了！幸亏皇甫三兴划回来的目光又变得如春天的阳光一样温柔了。木归智大为惊奇：冰冷和温暖怎么会同时绵藏在同一道目光里？

旁边突然响起扑哧一声笑。

原来是金眼相士看到眼前的情形，胡乱联想到有位朋友头回见到皇甫三兴时开的玩笑：连山鼻，窝窝眼，杂种也。皇甫三兴听后非但不忌讳生气，反而笑吟吟地回道：然哉然哉，我乃长安皇甫氏，我祖上意大利嘛。说着还把脸伸过来：瞧，洋为中用，中西合璧！说得开玩笑者忍俊不禁：中西合璧！中西合璧！此刻，金眼相士再次忍俊不禁。

皇甫三兴偏着头问：你看到什么好笑的？这是木归智听到皇甫三兴说的第一句话。

金眼相士往上戳戳眼镜腿：有人看你高鼻梁，窝窝眼哩。

皇甫三兴勾指点点自己鼻尖：鼻子，面门上的山峰，不高不险不灵；眼睛，面门上的潭渊，不阔不深不清。然后拖着长声向金眼相士玩笑道：你——懂——吗？

金眼相士给逗乐了，一边笑说中国通，一边摸墨镜下的酒糟鼻，道：一街两行，塌鼻浅眼，鱼目混浊，出气恶臭，天生的吗？天生的吗？

皇甫三兴管自和金眼相士玩笑，压根儿不在意萧涤生和木归智的到来，这情形让人觉得这不是专门的拜访，而是没有约定的不期而遇。

萧涤生有些后悔，不该没有提前说好就唐突地把木归智领来了。但刀已经插在肋缝里，而且已经到了凌烟阁，无法后退，后退半步，都有可能掉下楼去。

萧涤生上前几步，想和师父打招呼。

皇甫三兴没有理会萧涤生，径直和金眼相士、莫追风一起，坐到凌烟阁门前空地上的白色圆桌旁。圆桌旁有四把高背椅，三把已被占去，仅余一把空着。受到冷落的萧涤生和木归智看到莫追风把手中的那两只小鸽子放到圆桌上。小鸽子有些惊怕，在圆桌上移动着稚嫩的步子。移动到桌沿，探头往下看，又吱吱地叫着退回到桌心。白色的桌子映衬着小鸽子，胎毛没有褪去，潮湿发亮的灰色羽毛，肉色的尖喙，红色的腿爪，真是好看极了！

木归智差点惊呼出声：三道杠！有一只三道杠！

木归智显然是平生头一回见到三道杠，整个身心都给迷住了。空气中弥漫着拒人千里之外的冷漠气息他已浑然不觉，心也不慌，腿也不软，腿肚子也彻底不抖了。甚至自己来干什么，也全然忘记了。白圆桌上那只亮灰色、羽翼上有三道绸缎一样蓝杠的小鸽子，此时成了他的整个世界。

木归智看三道杠看得太专注太投入，以至眼睛和整个人都出神了。

金眼相士从白色圆桌那边瞥过来一眼。他要借一瞥之机了望了望这位贸然闯到凌烟阁的年轻人。这个年轻人，他以前应该遇见过多次，只是没有留下多少印象。因为在长安城鸽界，一个没有半丝名气儿的人，他是不会用眼角一瞥的。但今日情形不同，人家已经跨进凌烟阁的门槛，而且和三道杠相遇了，你就不能小觑人家。

木归智的身材和萧涤生差不多高矮，只是萧涤生显得略胖，木归智显得精瘦。萧涤生穿衣服有些皱巴邋遢，木归智则干净爽利。至于五官，那区别可就大了。不说鼻子嘴巴，光是眉毛眼睛，就比萧涤生有特色多了。木归智的眉毛又黑又浓，而且纠缠在一起，看上去像是一道眉。这眉重重地压在小眼睛上，小眼睛有点吃不消，所以爱巴沙①。目光从有些泛黄的眼珠中透露出来，既像狼一样狡黠，又似鹰一样犀利。比眉毛和眼睛还要有特色的是他的左耳，戴个黑色的耳套，会动。

这情形，萧涤生看得清清楚楚。他见木归智入迷出神得有些呆傻，就冲他嗨了一声。

木归智一激灵，目光刚一移动，便和金眼相士目光撞在一起。楼门口到白色圆桌还有一段距离，但金眼相士还是感觉到了木归智的目光脉冲一样的波动，暗道：能有这种目光的人，说不定会成个人物呢！

金眼相士的目光带着阅世甚深的坚硬和厉害，穿过厚厚的墨镜片，灼伤了木归智的眼睛。木归智小眼一巴沙，目光想躲避又不躲避，变得有点虚飘。这眼神一飘忽，下眼皮也活动了。

眼神是身体的光，是灵魂忽闪的地方。这光和灵魂巴沙的刹那间，被金眼相士捕捉到了。在金眼相士的眼睛阅历中，也曾碰到过这样的眼神：气欠静，神欠闲；神不凝，气不满。这样的人，心思和情绪变化快若闪电，但其内心深藏的顽固的东西却坚定不移。这样的人处事立竿见影，刀下见菜。早上投资，傍晚收获。若不能兑现，底下会发生什么事，任谁都无法预料。

这些想法一冒头，金眼相士就在心里狠狠责怪自己：怎么刚刚细瞥人家一眼，就凭老江湖、老经验给人家妄下断语呢？这符合自己的性情吗？金眼相士呀金眼相士，你看鸽子一看一个准，看人却未必。你不觉得你隔着门缝，把人看成窄溜溜的了吗？万一看错了，是摔眼镜呢，还是抠眼珠子呢？想人，还是尽量往好处想吧！

金眼相士和木归智同时把眼光收回，就像一老一少两个剑客，收剑入鞘。

春日的阳光投射在凌烟阁屋顶的琉璃瓦和红松的墙体上，再反射起来，形成一圈一圈的光晕，那光晕还偶尔温柔地跳跃着。舍里的鸽子，忽而拍动翅膀，忽而发出咕咕的鸣叫。

皇甫三兴坐在白色圆桌旁的高背椅上，一只胳膊肘搁在桌沿上，手臂自然垂在空中。一条腿叠在另一条腿上，那只穿着白袜亮鞋的脚在空中轻轻地晃动着。那双黑而蓝的眼睛没有看萧涤生和木归智，而是深情地望向凌烟阁。凌烟阁三个大字，本来斑驳模糊，但经过明媚的春阳斜照，登时变得清晰光亮。周围的一切，似乎是一个虚幻的存在，唯有这凌烟阁，才是皇甫三兴老先生特别钟情的地方。

---

① 巴沙，眨巴眼睛之意。

萧涤生引领木归智走向皇甫三兴：师父哎，你别恼我怨我！不是我要领这木归智来见你，是他缠得我实在没办法！他死活都要给我当师弟呢！

萧涤生的心声仿佛被师父皇甫三兴听到了，只见他扭过头，把目光落在了萧涤生的和木归智的脚面上。萧涤生和木归智的脚面被刺得生疼。二人不由自主地停在了半道上。萧涤生理解那目光的意思：你怎么不提前招呼一声呢？就是带个新溜子上山，也得在山门口对几句暗语，说几句黑话，然后给寨主通报一声。

好师父哩！我并没有答应人家，可我赌鸽输给了人家，我不能食言，食言就不是你的门徒！刀插在肋条间，我必须带他来！但我只是带他来，至于他能不能成为我的师弟，那就要看师父您的感觉，也要看他的造化！

皇甫三兴的表情非常平淡，问话的语气也非常平淡，但那平淡中另有一种味道：你这是干什么?！

这是木归智听到的皇甫老先生说的第二句话。你这是干什么？

既像是一句问话，更像是一句断语。

萧涤生怯怯地回：师父，木归智要拜师学艺哩！

木归智像是得到了命令，立即谨慎地双手捧着红色锦盒，一步步走近皇甫三兴。走路的姿势，可是百舍重趼，雁行避影。

一旁的金眼相士诧异不已：竟然如士成绮一般虔诚[①]。

木归智走到白色圆桌前，猛地把红色锦盒放上去，对着皇甫三兴纳头便拜。

桌上的三道杠给惊得一跳，结果跌下桌来。三道杠拼命扇动稚嫩的翅膀，想飞回桌面上。可惜他翅膀太嫩太无力，结果嘴巴在桌沿上钩了半天，还是掉了下来。

三道杠忽扇着翅膀，在空中转着圈儿落下来，不偏不倚，正好落在木归智伏着地的手背上。

二

我细嫩的尖喙钩住桌沿儿，脖子如一段软绳，把身体吊在空中。脖子太细太长，根本吃不消身体的重量。人类的脖子虽然粗短一些，也断然承受不了身体的重

---

① 士成绮往见老子，走路像雁斜行，生怕踩了主人的影子，以示虔诚。

量。尽管我竭尽努力，拼命扇动翅膀，还是没有能够飞回白色的桌面。我身心成熟时，尽可以在天空自由翱翔，可我这阵儿连脖子间黄色的胎毛都没有脱净，稚嫩得连低矮的桌面都飞不上去。我的尖喙从桌沿滑脱，身体迅速下坠。我本能地忽扇翅膀减缓下坠的速度。我可不想摔个狗吃屎。我如一张纸片，飘飘摇摇，转着圈儿落下来。我红红的嫩爪子不偏不倚，正巧落在木归智的手背上。我骨质的尖爪把木归智抓疼了。他手一紧，筋骨全暴起来。那筋骨和我的爪子一样清瘦劲峭。那棱里棱嶒的手紧了一下，随后便纹丝不动，任由我立在它上面。就这样，因为紧张，而且用了心劲，使得我的爪子和他的手风云际会，牢牢地交织在一起。唉，这要是两个睦邻友好的国家建立外交关系，双方外长谈笑风生地把手握在一起，那该多好呀！瞧，我的记忆力完全恢复了！

那个和我们鸽子身材一样呈流线型的莫追风弯腰俯身，把我拾起来，放到桌面上。我则一跳，跳上红色锦盒，转着小脑袋探望周围的几个人。

木归智双手扶地，但头却向上仰着，一双小眼睛眨也不眨地看着已经站在红色锦盒上的我，脸上的神情，既有对我们握手的惊异，又有对我很快离开的不舍。还有那只耳套，朝我动呢。

皇甫三兴心里肯定对我和木归智的不期而遇感到意外，这意外深藏在他那异常深邃的眼睛里，一点儿也不表露出来。只听他平淡地说道：起来吧。

要是在朝堂上，皇上对跪伏在地的大臣说起来吧，那大臣必定谢主隆恩，起身退回班列。

但是木归智没有起来，而是啄木鸟一样连叩三个响头。用劲可大了，连桌子和红锦盒都颤动哩。木归智叩完头，并没有起身，而是双手伏地，头也杵地，姿态可虔诚了。

皇甫三兴似乎不太理解木归智的行为，因为我依稀听到他的心音：与其跪地磕头，不若信奉上帝。

皇甫三兴笑着嘴唇动了动。大概要再说一遍起来吧，可木归智却抢在前面道：师父要是不答应，我愿把楼顶来跪穿！

木归智话音刚落地，萧涤生也躬身趋前，跪在木归智身边，帮腔道：师父，归智是个咬透铁锹的人，认死理，他的头会一直在地上杵下去，直到……

直到——地老天荒！

皇甫三兴不禁哑然失笑，那笑就含在嘴角，洋溢在眼神里，外人很难判断清楚他是会心地笑，还是觉得眼前这两位年轻人的所言所行可笑。

金眼相士也笑：这俩哥们儿关系铁，一个吃虱子都要给另一个掰一条腿。

莫追风笑着补充：还是油炸的。

萧涤生暗笑着低声解释：稍微有点过。

木归智没有笑，依旧头杵地，翻着白眼，倒着看几个人。

皇甫三兴停住笑，一手捂住胸口，虔诚地望着天空，像是对天空高处外人看不见的彩色光环认真地说道：你们祈求，就给你们。寻找，就寻见。叩门，就给你们开门。

这声音分明是从皇甫三兴的唇齿间发出来的，但听上去却像是从天空的高远处传过来的，而且带着嗡嗡嘤嘤的回声，就像有戴哨的鸽群从天空飞过一样：你们之间谁有儿子求饼，反给他石头？求鱼，反给他蛇呢？……

刚才嘴和心笑着的几个人，表情立即肃穆起来。

和木归智对过目光，感觉有些奇异的金眼相士甚至认为：皇甫老先生的鸽门全然敞开，木归智跷过门槛进来了。

皇甫三兴从天空收回目光，把手从胸口移开，道：起来吧。

萧涤生和木归智起身，退到金眼相士和莫追风那边，并排而立。桌旁那把高背椅依然空着。

皇甫三兴用黑中泛蓝的眼睛看着木归智：鸽门很大，大得没有边缘，门槛也无形，你一抬脚就跷进来了。

萧涤生很是后悔自己对木归智说过的话：皇甫师父家的门槛高得很，而且会移动，当心绊你个狗吃屎。看来跟了师父这么多年，算是白跟了。师父的境界，萧涤生哪里跟得上?!

皇甫三兴：进门得清清楚楚，明明白白，绝不可稀里糊涂。稀里糊涂怎么能够寻见呢？

木归智不出声地嘟哝道：我寻的，我自然知道，而且心意已决，绝不动摇！也绝不后退！

皇甫三兴把目光转向金眼相士，金眼相士立马会意，对木归智道：皇甫老先生的意思是，你得说清楚，你为什么要迈进这道大门？

木归智略微泛黄的小眼珠滴溜溜转了几转，脸上偷偷现出得意之色。这样的问题，正中下怀。腹稿在心，已经背得滚瓜烂熟了。只见他面向皇甫三兴，一板一眼地说开来：皇甫师父，我的大人！我费尽心思，请求去非兄将我引进您的大门。我知道这道门槛很高，我宁肯被绊一跤，跌个鼻青脸肿，门牙脱落，也要进这道门！我的心是极其虔诚的！意志也万分坚定！我的虔诚和坚定跟耶稣的门徒一模一样！我信奉鸽神！

金眼相士插话道：哇！表忠心呢。莫追风：应该配上忠字舞。

木归智已经沉浸在自己的世界，管自说自己的：我信奉您，还有您的家族。您祖上不远万里，从意大利来到长安。传教济贫，创办医院，疗治病痛，救死扶伤，为长安人做了天大的善事。上下三代，不忘初心，持之以恒，中途虽几经曲折，历经磨难，近乎屋摧人亡。但您祖上矢志不移，坚守医院，弘扬慈善人道的精神，为长安百姓服务。而今，不管是血脉和精神，您都已成为一个地地道道的长安人！更难能可贵的是，时代的车轮转动到今天，世界变成了物质的世界，您依然初衷不改，常出大手笔，或捐灾款，或建希望小学，或为贫穷者免费医疗……

柔心侠肠，感人肺腑……

萧涤生暗叹：这家伙，功课做得这么好，得另眼相看哩！

莫追风听得瞪大眼睛：骑车喂鸽子容易，说话难。

金眼相士不由得也有点佩服：瞧这二尺五戴的，有根有据。

木归智呢，也越说越顺畅，越说越激动：您祖上在六七十年前将欧洲现代赛鸽强势引进长安城，并且创立竞翔俱乐部，一扫观赏雅玩的闲适风气，催动人性，激烈竞争，长安鸽界气象为之一新，派别并立，名鸽名人辈出。您的祖上如春秋霸主，屹立不倒。直至今日，您依然是长安两大霸主之一。您说，在这偌大一座长安城里，入门不入您这大鸽门，拜师不拜您这大名师，养鸽不养凌烟阁的大名血，那还养个什么鸽子？当个什么鸽友？还不如拉个架子车捡破烂混日子呢！

金眼相士差不多完全信服了：这家伙不简单，假二尺五带着真感情呢。

木归智略现黄色的小眼珠不再滴溜乱转，而是坚定地盯住皇甫三兴掏心窝地说：我就入您这大鸽门！拜您这大名师！养您凌烟阁的大名血！师父，我这身家性命就交给您了！

说着又要跪下去，可就在他膝盖即将触地却未触地的一瞬间，皇甫三兴伸出脚尖一勾，竟然把木归智勾起来了。几个人都很惊奇：一个瘦老头，竟然有如此大的力量，不光把木归智勾起来，而且把木归智勾得站回原地。皇甫三兴气不喘，声不颤地说道：你说了那么多，说的都是我。没有半句说到你，你该说说你自己。你凭什么让我信任你并收你为门徒？尽管鸽门很大，你一叩门环就能进来，但要真心成为师徒，那可得交心哩。你说，你凭什么让我信任呢？

木归智并没有慌乱，只是沉稳地把狡黠的目光收回去。看来，对这样的问题，他依然是有所准备的。只见他双手捂住胸口，姿态神圣，面色凝重，表白道：我回去就翻建鸽棚，老花梨木搞不到，就用美国红橡吧。请长安城顶尖大木匠二鲁班亲自操刀，榫卯结构，一根洋钉都不用。装上空调，冬天放暖气，夏天放凉气。当然，在开工之前，还要请相士先生去看看风水，指指朝向。总之，我要把鸽棚翻修成长安城一等一的鸽棚。我起初盖棚养鸽时，天空飘着雪花，所以把鸽棚叫作洒雪储宝堂。这个名字蛮有意思，就沿用吧！

金眼相士：听这口气，凌烟阁的鸽子就要入住洒雪储宝堂了。

莫追风：一应的美国红橡，还要请相士看风水，更要请大把式二鲁班出马，可真费老鼻子钱呢。

木归智：不迟不早，我刚好有这笔钱。

莫追风：庙再阔气，没有和尚念经，顶个屁。

木归智：我再说一遍，我要养凌烟阁的大名血。

皇甫三兴：你们祈求，就给你们。

木归智慌乱地双手合十，对天默祷。

莫追风：你真有福气。

木归智：我会把师父的鸽子当神一样敬着，宁肯自家受饥挨饿，也要给鸽子吃最好的饲料：玉米、大麦、豌豆、菜籽、亚麻籽、红花籽、花生米……我要一粒一粒挑拣。

万一鸽子病了呢？

那就喂进口的洋药。

萧涤生提醒道：得请师父诊视呢，不可病急乱投药。

精明的木归智忙接口道：当然得先请师父过眼。师父不说方子，我咋会胡乱用药呢？

鸽子要是脏了呢？

我用潘婷给她洗澡。

鸽子要是得了大奖赛的冠军呢？

我买三汽车酒，请长安城的所有鸽友痛饮，还要当众给冠军鸽塑一座铜像，竖立在钟楼附近的十字街口。

金眼相士突然追问道：要是你的鸽子比赛迟归呢？

木归智哑口不言，他没有找到合适的答案，但心中本能地动了一个念头：杀了喂狗。

皇甫三兴嘴唇不易察觉地动了动，像是说话，又似乎没有说话，但空中却传过来一个缥缥缈缈的声音：凡动刀的人，必伤于刀下。

空谷足音，震得木归智耳根疼，耳套也一跳一跳地动。木归智暗自庆幸，幸亏只是一闪而过的念头，要是蹦出口的话语，那这开头就成了结尾，一切都完蛋！

金眼相士不依不饶，进一步追问：要是鸽子比赛遗失，没有归来呢？

木归智给惊得差点坐在地上。刚才一个迟回的问题，居然引起那么强烈的反应。这个问题，比那个问题性质严重得多。木归智尽量控制自己的情绪和意念，以轻松的语气说：咋可能呢？你看的风水，二鲁班翻修的洒雪储宝堂，飞的是凌烟阁顶呱呱的大名血,咋可能不归来呢?!你这不是在说笑话吧?!

不怕一万,就怕万一。

不会的!不会的!只有一万,没有万一。

皇甫三兴:又扯远了。我是说,噢,不,我的意思是,你讲一件特别具体的事情,让我信任你。譬如你的耳朵呀耳套什么的。

木归智的耳根一直疼到心里。这个不能讲,最起码现在不能讲,兴许临死前会讲,兴许带到另一个世界去。

木归智的目光转向白色的圆桌,红色的锦盒放在桌面上。

我,三道杠正站在红色锦盒上,用细嫩的尖喙叮啄着系在盒上的黄丝带。我并不是要解开黄丝带,而是在玩耍。

木归智要用明白倒糊涂,他上前来取红色锦盒,他企图用红色锦盒取得皇甫师父的信任。

木归智一抽红色锦盒,我的脚爪便落空。我又从桌沿滑脱,恰好跌落在木归智的脚面上。你说巧不巧,刚才滑落到他手背上,这次滑落在他脚面上,难道这两者之间都没有一丝譬如命运呀什么的联系?

这次是皇甫老人家弯腰俯身把我拾起来,双手捧握着贴在胸前。我能感到他和暖的体温,也能听到他心脏的平稳跳动。

木归智眼睛盯着我,手上却解着红色锦盒上的黄丝带。

皇甫三兴:别解了,放回到桌面上吧。

木归智只得遵命照办。

皇甫三兴将我递给木归智:这鸽子和你有缘,你好生养着吧!

记住,这鸽子名叫三道杠,学名天赐。

嗨,原来我还有学名呢?别人记住记不住我不管,但我自己记住了,牢牢地记住了。我的俗名三道杠,学名天赐。

木归智已经把我握在手里了,他激动得手和胳膊一起颤抖哩,抖得我生疼。木归智像是自言自语,又像是对我和皇甫老先生说:天赐!天赐!为什么叫天赐呢?!

皇甫三兴:该知道的时候一定会知道。

皇甫三兴又把萧涤生叫到跟前,将那只两道杠给了他,这是三道杠的同胞妹妹,叫莲芯。

莫追风早已从椅子上站起来,半张着嘴,羡慕得哈喇子从嘴角流了出来。

尽管皇甫三兴一开始就说叩门,就给你们开门。但当皇甫三兴真的把我和莲芯递到木归智和萧涤生手里时,金眼相士还是有些意外,甚至不敢完全相信:事就这么成了?!

皇甫三兴补充道：先见习一年吧。

木归智和萧涤生将我和莲芯带走了。拐下楼梯时，我看到了楼角的大瓷缸里有一棵橄榄树，树枝朝两边伸展着。

一年后，木归智和萧涤生用竹笼提着我和莲芯回到了我们的出生地：凌烟阁。我再次看到了那棵嫩绿的橄榄树。

我的记忆顷刻间恢复，而且开出了绚烂的花朵。

当主人木归智和萧涤生把我和莲芯带到凌烟阁，并见到我的先主人皇甫老先生以及金眼相士和莫追风时，我才知晓此行的目的。原来每次大赛前，鸽友都要进行起手和探营活动。起手，原本是陶瓷界的专用语，不知怎么化用到了赛鸽界。花间起手，其实就是众陶工在新的一年开工制器烧窑的开工仪式，而鸽界的起手，则是自家人对自家一族鸽子的审视和测定，与考硕士和博士的面试大致类似。既然是面试，那就得有主考官。长安城里面试鸽子的主考官，排在第一的当然非金眼相士莫属。面试完了，做个大致预测，然后视对手情况，调兵遣将，鸣锣出征。兵家言：知己知彼，百战百胜。要想赢得比赛，光是起手，肯定不行，还得探营。探营就是鸽友之间相互串门，借观摩学习，互通有无之机，侦探对方虚实。今天是自家人和自家人鸽子见面，属于起手。

装我和莲芯的笼子并排放在白色的圆桌上，还记得我从桌面上扑棱棱掉下来的情形吗？那时候，我的翅膀太嫩了。如今翅膀硬了，羽毛丰满了，要是不装在笼子里，我一张翅羽，要不了几分钟，就飞回我已生活习惯了的洒雪储宝堂。莲芯也一样，换口气就飞回她的陶先居。

皇甫三兴、金眼相士，还有莫追风在各自的位置上坐下来。皇甫三兴居首，金眼相士次之，莫追风又次之。末位的高背椅空着。萧涤生和木归智互相推让，最后还是木归智把萧涤生摁在了椅子上，自己则垂手立在一侧。

莫追风先是对我和莲芯评头论足一番，而金眼相士似乎对我俩不大感兴趣，只管低着头把玩手中的紫砂壶。皇甫三兴反着指尖弹弹桌沿：专用壶，不是揣在怀里，就是捧在掌心。不是看，就是摸，乐此不疲呀！金眼相士不抬眼，努努嘴：识货不识货，单怕货比货。皇甫三兴一听此话，朝莫追风示意一下，莫追风便起身进了鸽舍。转身出来，手中多了一个竹笼，笼里是一只长得和莲芯极其相似的二道杠石板灰鸽。莫追风把竹笼和我们并排放在一起。三个笼，三只鸽子，差不多把桌面占严了。

皇甫三兴仰靠椅背，头搁在背棱上，双手交叠在腹部，眯缝着深眼睛，刀锋一样锐利的目光穿过竹笼的空隙，在我们三个身上跳来跳去。一会儿在这个身上逗留一下，一会儿又在那个身上逗留一下。末了又弓指弹桌沿，向金眼相士传递一种信息。那声音沉静而清晰，仿佛在说：你来印证一下吧！

金眼相士起身，把脸转向我们仨。

自从去年分别之后，就再没见过他，但却时常听到他。无论是萧涤生还是别的鸽友来访，只要相鸽，就必然说到他。说着就有人竖大拇哥：金眼相士，简直就是个神人！

这个神人穿衣打扮极不讲究，简单随意。有时长袍，有时对襟短褂，有时中山装，有时红卫服，有时简便西装。他穿衣服，暗合两个原则，一是时令，二是心情。他见元菊生老先生，穿件带皱巴的简便西服，而见皇甫三兴，却穿着平平展展的对襟长褂。也不知是为了陪衬还是为了对比。

其实这压根儿就算不上神与不神，金眼相士身上神奇的地方不在穿着打扮，而在他的金眼和嘴巴。

鸽子有金眼白，金眼相士是不是金眼白，不得而知。因为金眼相士那双金眼究竟长个什么样子，生着什么颜色，目光有多么敏锐犀利，寻常人寻常时候，很难看得到。金眼相士无论什么时候在什么地方出现，总是戴一副大坨黑墨镜。这墨镜跟寻常墨镜完全不同，镜坨又大又圆，夹鼻，无腿，用红丝绳系在脑壳后边。镜片经阳光一照会变幻出许多色彩。茶色，深绿色，墨黑色，金黄色。更多时候，这些色彩会混合在一起的。这混合的色彩大概能产生比汽车玻璃还要奇特的效果：他能看到外边，外边却看不到里面。

这奇中带奇、神中之神的是，金眼相士相鸽从来不上手。瞧，你瞧他现在的姿势、动作和神态，那才叫神奇呢！他一手捧紫砂壶在胸前，一手背在身后，身子微微后仰，脖子微微扭着，头微微偏着，眼睛隔着墨镜片把白色圆桌上的我们仨端详片刻。那神气，哪里是在看我们鸽子，分明是在看三件价值连城的古董。之后，绕白色圆桌兜一圈，坐回到自己的位置，把紫砂壶送到嘴角吸溜一口。

墨镜坨很大，压住了鼻子，遮住了大半个脸。这样一来，露在墨镜下边的那张嘴巴就显得特别突出。嘴唇稍微有些薄，嘴角也有些瘪，嘴巴四周布满皱纹，而且有纵理入口。人们都说古相书上有记载：这是那种典型的凭嘴巴生活的人。

每当金眼相士相完鸽子，坐下来喝茶或者抿酒时，人们忍不住就要问他结果，他则说得头头是道。若有谁不信，可以上手摸鸽子，鸽子的身形特点，跟他说的毫厘不差。就连鸽子骨架的软硬、龙骨的长短、耻骨的松紧、羽条的弧度，都说得极准。你不得不叹服。他的眼睛简直当手用呢！没上手比上手还相得准。然后问比赛能不能押钱，能不能挂红，能得多少名，金眼相士毫不避讳，一一给予定性回答，而且十次说，九次准，还有一次多半怪鸽主自己。而押钱挂红赢了的，纷纷给金眼相士抽成送礼，预约下次继续端相预测。每当此时，金眼相士便不无得意地说：没有这两把刷子，凭什么在长安城吃香喝辣?!

莫追风：金眼哥，别光顾吸溜茶。

金眼相士偏偏吸溜得更响更响：我说过了呀。

莫追风：我咋光听见茶壶嘴吱溜吱溜响呢。

皇甫三兴不紧不慢地道：识货不识货，单怕货比货。噢，说在前面了。

这圆轱辘话，谁不会说，说了跟没说一样。

皇甫三兴：说了就是说了，没说就是没说。会说，还得会听。

莫追风嘴巴张了张，又闭上了，显然把还想说的话咽回去了。

金眼相士忽然转移话题，问皇甫三兴：老医生，咱俩认识多少年了?

皇甫三兴略想一想：十几年，小二十年了吧?

关系怎么样?

你说呢?

我说铁。

你怎么不说钢和金呢?

那我今儿就问两个钢和金的问题。

问得好，我请你喝人头马；问得不好，你请我吃羊肉泡。

几个人笑。

你舍里总共养了多少羽鸽子。

皇甫三兴没有回答，而是让莫追风打开出口小门，再一吹口哨，舍里清一色的灰鸽子像听到命令的士兵，井然有序地从出口跳出，拍翅飞上蓝天。展眼间，群鸽已盘旋在很高的空中。

金眼相士：三十七羽。

皇甫三兴：四十羽。

明明三十七羽，我怎么可能数错呢?

这笼里一羽，还有两羽在巢箱里孵蛋呢。

噢，打埋伏哩。

不是打埋伏，是真孵蛋，再过几天幼鸽就出壳了。

那我要刨根问底了，你这么好的条件、这么好的鸽种，为什么一年到头只养四十羽鸽子?

你真会问?

当然，要问就要问到点上。

你真想知道?

不光是我想知道，在场的谁不想知道。

皇甫三兴指头扣扣下巴，该揭秘了！这个秘密困扰长安鸽界几十年了！

几个人巴望地看着皇甫三兴，那情形，活像几个嘴馋的小孩望着正要散糖果的圣诞老人。

皇甫三兴并不急于回答，而是把身体仰靠在椅背上，眯缝着深窝窝眼，用泛蓝的目光望着空中飞翔的鸽群。

医院的南边矗立着一排高楼，北面也矗立着一排高楼，鸽子自由翱翔的通道已经被阻断。东边大城门楼那儿飞过来一小群鸽子，和凌烟阁的鸽子汇成一大群，沿着南北两排高楼夹出的空中通道往西飞去。飞出通道，往右一拐，便被高楼遮住了。

金眼相士有些着急：飞远了，被高楼大厦挡住了，看不见了。皇甫三兴虽然收回目光，但那薄嘴唇的嘴巴却向天空绽放成喇叭状，并且平平淡淡地播放出一个声音：法兰西学院总共有四十位院士，而且是定额，任何情况下都不能改变。

莫追风、萧涤生、木归智异口同声地"哦"了一下，而金眼相士的心谷里却响起了晴天霹雳。

那要是有非常出色的后起之秀呢？

耐心等待。

耐心等待？等待什么？

死一个，递补一个。

哦！是这样！那要是没有死的呢？

你要是等不及，死在人家前边，也不要抱怨命运，因为命运这东西，任你怎么抱怨，它也不会改变。

金眼相士心底发出一声豪叹：难怪人家在长安鸽坛称霸半个多世纪哩！难怪人家享誉全国鸽坛哩！唉！唉！唉！仅此一点，谁人能及？谁人能及？

可惜，这一层窗户纸，在萧涤生、木归智和莫追风心里还没有完全捅破。

金眼相士内心更大的欲望被逗撩起来：皇甫老兄，咱俩交往近二十年，这凌烟阁，一月少说也上来两回，总共也在五百回左右。鸽舍的鸽子，进进出出，我也见过不少，可凌烟阁左边这扇大门，却从来没有对我打开过。里边方丈之地，我这双行遍长安大街小巷的金脚，却未能踏进半寸！

皇甫三兴多少有点意外，他脸上的表情说明对此毫无准备。他的目光无意识地投向萧涤生。

在座的五个人中，除过主人皇甫三兴，也就只有门徒萧涤生，因为特殊原因，能有机缘进出凌烟阁的正厅。而萧涤生又是一个守规矩的人，多少年来，他都谨遵师命，没有将凌烟阁正厅里的情形向外人透露半个字。无论在什么场合，无论人多人少，只要有人问凌烟阁正厅里的任何话，他不是岔开话题，就是闭口不言。问的人便讥笑他：这家伙，一提到凌烟阁，嘴上就像贴了胶布一般。这家伙，要是在战争年代，很适合做地下党哩。

现在，金眼相士一提这个要求，师父便把目光投射到门徒身上。是不是怀疑萧涤生泄露了什么秘密呢？门徒萧涤生在这种目光的注视下表情有点慌乱，手脚有些无措，但那回望师父的眼神却是纯正而忠诚的。

皇甫三兴低下头，手指蹭着下巴，沉思片刻，心中很快做出一个事关重大的决定。只见他眼睛忽然放出愉快的蓝色光亮，嘴角也绽开浅浅的笑意。

既然金眼相士老弟开了金口，天赐和莲芯也回到老家，那就一起拜拜祖宗吧！

萧涤生听师父这么说，连忙起身去开凌烟阁正厅的门，并站在门边迎候大家。

皇甫三兴在前，金眼相士和莫追风随后。主人木归智肯定不会忘记我和莲芯，他一手提一个笼子，跟在屁股后面进了门。

凌烟阁正厅里的空间并不宽敞高大，不要说和皇宫大殿比，也不要和庙宇的香堂比，就是和富裕人家的客厅比，这凌烟阁的正厅都显得有些狭小和寒酸。厅内陈设简陋，但却擦拭得窗明案净。莫追风甚至暗中叽咕，我天天来喂鸽子，打扫鸽舍，从来没见他打开过这正厅的旧门，难道他是用意念打扫和擦拭的？

厅内正面墙壁下横陈一个古旧核桃木条案，案上按长安风俗供着皇甫三兴祖父西格里奥和父亲西格穆勒的牌位。牌位前面放方黄玉骨灰盒，骨灰盒上边镶着照片，骨灰盒前边设有香炉。正面墙上悬挂着鸽子的画像，画像排列得非常整齐，每排六幅，一共四排。只有最后一排最末一个位置空着。这样算来，正面墙壁上一共排列悬挂了二十三幅鸽子画像，笼统看去，画像上的鸽子像是一个模子刻出来的。但略一细看，还是有区别的。画像悬挂有迟有早，画框有旧有新，画上鸽子神态各异。每幅画像下，署有鸽子的姓名和生卒年月，列有鸽子所取得的赫赫战功。

金眼相士边看边吟哦：我明白了，为什么叫凌烟阁。

皇甫三兴：说说看。

大唐贞观十七年（643）二月，太宗李世民为纪念当初一同打天下的诸位功臣，命大画家阎立本描绘了二十四位功臣图像，自己亲自作赞，令书法大家褚遂良题记，悬挂于凌烟阁内。

莫追风、萧涤生和木归智把目光从鸽子画像上收回来，一心听金眼相士说古今。

凌烟阁三个字气势恢宏，但其真阁一点都不起眼，悄悄然立于皇宫内云清殿旁。凌烟阁之所以有名，完全是因为太宗李世民和他的二十四位功臣。李世民身为人君，驱驾英才，推心待士，知大唐江山社稷能有今日，全赖此阁中诸位文臣武将……

皇甫三兴：说得好！我们家族能有今日，全仰仗壁上诸位"文臣武将"！

李世民闲暇时常来此阁，与诸位文武大臣一起缅怀打江山时那一场场激烈的战斗，缅怀那沙场上的飒爽英姿，缅怀那气吞万里的精神劲头……我也常常于风清月明之夜，悄悄来到这里……男儿何不带吴钩，收取关山五十州。请君暂上凌烟阁，若个书生万户侯？

厅里弥漫起一种气氛，那气氛把空气都震荡起来。我和莲芯能感觉到一股气血在往上涌动。

皇甫三兴：你还记得二十四位功臣的名姓不曾？金眼相士张口便道：赵国公长孙无忌，河间元王李孝恭，莱国成公杜如晦，郑国文贞公魏徵，梁国公房玄龄，申国公高士廉，鄂国公尉迟敬德，卫国公李靖，宋国公萧瑀……

皇甫三兴：一口气报出九位，你全知道，全知道。

岂止我知道，在偌大的长安城里，除过土豪，但凡有点文化、通点文墨的，哪个不知道？！

皇甫三兴：昔日大唐帝国有二十四位文臣武将，今日我皇甫家凌烟阁亦有二十四位盖世功臣。不，不对，是二十三位。你瞧，最后那个位置还空着。

金眼相士看着墙壁上那块空位置：虚位以待？我想，不出今年，我的愿望便可实现。

金眼相士一边和皇甫三兴说话，一边从头细看墙壁上的鸽子画像。每幅画像下面都署有鸽子的姓名，并列出其辉煌战绩。莫追风、木归智随在金眼相士身后看着。我和莲芯也隔着笼子往外看着。唯有萧涤生在皇甫三兴身后，随时准备伺候。

金眼相士边看还边默念：

第一排

第一幅：奇阿普斯号，雄，获冠军十八次。

第二幅：萨尔贡号，雄，获冠军十六次。

第三幅：汉谟拉比号，雄，获冠军十二次。

第四幅：奥林匹亚号，雄，获超远程冠军三次。

第五幅：大卫号，雄，获冠军九次。

第六幅：大流士号，雄，获冠军十次。

第二排

第一幅：斯巴达克斯号，雄，获冠军八次。

第二幅：恺撒号，雄，连续获三次大奖赛冠军。

第三幅：叶卡捷琳娜号，雌，获冠军四次。

第四幅：华盛顿号，雄，获冠军六次。
第五幅：拿破仑号，雄，获冠军九次。
第六幅：曼德拉号，雄，获冠军四次。

第三排
第一幅：麦哲伦号，雄，获超远程冠军两次。
第二幅：达尔文号，雌，获冠军七次。
第三幅：霍金号，雌，获冠军四次。
第四幅：柏格森号，雌，获冠军三次。
第五幅：荷马号，雄，获冠军五次。
第六幅：马尔克斯号，雌，获冠军九次。

第四排
第一幅：莎士比亚号，雌，获冠军六次。
第二幅：梵高号，雌，获冠军五次。
第三幅：贝多芬号，雌，获冠军四次。
第四幅：卓别林号，雌，获冠军八次。
第五幅：吴清源号，雌，获冠军十一次。
第六幅：空缺（暂付阙如）。

几个人看着墙壁上的鸽子，墙上的鸽子也看着地上的人。

厅里静极了！静得我和莲芯能听到墙壁上那些先辈从时间深处发出的声音。

时间和空气沉静许久，金眼相士才由衷发出一声感叹：东西世界的古往今来，一览无余地汇集在小小的凌烟阁里！

萧涤生有点小骄傲：山不在高，有仙则名；水不在深，有龙则灵。金眼相士忽而联想到皇甫三兴的鼻子和眼睛，不禁笑道：皇甫老医生这位高徒，真会说话。

几个人听得一起笑了，刚才看画像英雄凝聚的肃穆庄严的气氛顿时得到缓释。

其实，我也和人们一样，打一进门，目光就没有离开过正面那堵墙壁。我的目光最后锁定在第四排第二幅上，那是梵高号。梵高号是羽雌鸽，身材有些瘦小，羽色和别的鸽子一样，也是亮灰色。眼睛湖蓝，姿势古怪。最为特别的是，她的羽翼上也有三道杠。那三道蓝杠把我的目光黏住了。我的目光无法再看别处，只能在我的三道杠和她的三道杠间穿来梭去。

这情形，被细心的先主人皇甫三兴看到了，他点着笼中的我道：瞧，他可找到根了!

  金眼相士几个人这才惊呼道：天赐和梵高，都是三道杠!
  皇甫三兴对萧涤生道：你给他们讲讲梵高吧。
  萧涤生张大惊奇的眼睛，手捂着胸脯：我?
  怎么?
  能画，就能讲。
  萧涤生推不过：好吧，讲就讲，全当画哩。
  有一次重大比赛，途中遭遇暴风雪，著名的荷马号出现意外，迷失了。失偶的梵高号寡居独处，整整三年。她整天闷闷不乐，吃喝都是别的鸽剩下的。啄几粒，喝两口，便孤零零地躲进自己的巢箱静卧不动，或者飞出舍外，一只脚站在屋顶的鸥吻上看四周的风景和当头的天空，不知是在回忆青春奋战的岁月还是思念她的丈夫。
  梵高号就这样过着隐居的生活，以至皇甫师父差点忘了她。直到有一次皇甫师父拿一把花生米逗鸽子玩，它飞到皇甫师父肩膀上啄了一下他的耳朵，才重新引起他的注意。这么优秀的一只鸽子，怎么不让她生儿育女呢?
  皇甫师父精心挑选了一羽相貌堂堂、赛绩优秀的雄鸽，放进她的巢箱，结果三分钟不到，雄鸽便被打将出来。皇甫师父在巢箱放上竹棍做成的隔板，使他俩可以隔板相望，却不能打到一起。皇甫师父想让他俩彼此熟悉，增进了解，建立好感。大约一周后，皇甫师父见他俩相安无事，不再隔板互啄，便撤去隔板，让他俩同居一室。可到下午看时，那雄鸽被打得羽毛凌乱，满脸是血，慌得皇甫师父忙将雄鸽放出。可怜那只雄鸽，就此得了恐雌症。无论何时何地，也无论恶意善意，只要雌鸽走过来，他就躲得远远的。
  又一度春来，大地回暖，百花盛开，人鸽动情。皇甫师父又将一羽相貌丑陋凶悍、性情皮蔫的雄鸽关进梵高号的巢箱。想梵高号又孀居一年，这回该干柴见烈火男欢女爱了。大出意外的是，皇甫师父下午去看时，梵高号已被打得头破血流，羽毛零落，但仍据守一角，怒目耸脖，与那皮蔫的雄鸽相持而斗，压根儿就没有示好的可能。皇甫师父心疼梵高号，只得放出雄鸽。梵高号一泄气，登时卧下不动了。皇甫师父用秘方调理了许多日子，梵高号才缓过神来。皇甫师父也只能长叹一声，就此作罢。
  有次，皇甫师父和步陶老先生说到梵高号，依然感慨不已。
  步陶老先生听得入神，手指捻着稀疏的胡须，眼睛望着辽远的地方，道：这倒让我想起一桩坊间流传的传奇逸事来。皇甫师父一听有与梵高号相关的奇闻逸事，便连忙给步陶老先生添茶。步陶老先生把茶壶捂在手心说开了。

有个叫章泛的人，活到二十多岁时莫名其妙地死掉了，停尸三日，正准备下葬，这位章泛却意外地活转过来。问他何以死而复活？他说他到了阴曹地府的门口，碰到一个小女子。小女子问过究竟，认为章泛并无死罪，便脱下腕上金钏，交给章泛，以作请托之物。章泛进见阴间值日主簿，陈述冤情，并献上一对金钏。主簿不问案情，只说一对金钏实乃人间稀罕之物，本主簿笑纳，并让章泛到门外等候。稍等片刻，衙吏宣示章泛，可携秋英回去。原来，那个赠金钏的小女子就是秋英。章泛携秋英一路行来，直到日暮时分，见路边有一茅舍，空虚无人，二人便共宿欢眠。章泛问秋英何方人氏，秋英说她本姓徐，家居吴县乌门，临水而居，门前有棵大枣树。翌日晨二人分手，就此活转过来。

后来章泛从军为官，专门请假到吴县乌门，找到门前有棵枣树的水边人家，叩门致辞，要找秋英。主人大骇诧异：我家幼女自小不出门，你怎么知道住址和姓名。章泛陈述前情，主人据此入内问秋英，所言果然相合。主人仍旧不放心，唤出侍婢数人，让章泛辨认。章泛一一摇头。后秋英出见，二人相熟，宛然旧相识。主人仰头感叹：天意不可违，遂许二人结为夫妻。

皇甫师父听得玄玄乎乎，摇头道：这种事只能发生在旧时代的中国！现如今，要我这个信奉科学的老医生用金钏去贿赂阴间的主簿，将梵高号的丈夫荷马号发还人间吗？

步陶老先生回道：贿赂主簿，哪里是咱养鸽人干的事！关键在于熟若旧相识。

鸽子要是能熟若旧相识，那还不跟人一样会做梦？你可别忘了，我有一羽小荷马。

皇甫师父想起来了，步陶老先生的确有一羽小荷马，竞翔成绩十分了得，长得酷似荷马号，只是比荷马号年轻好几岁。不行，使不得，小荷马太年轻，梵高号肯定能认出来。步陶老先生语气肯定地回应道：荷马号四年前迷失时，不是也很年轻吗？尽管皇甫师父还在迟疑，步陶老先生还是把小荷马送到了凌烟阁。

当两人把小荷马放进梵高号的巢箱时，奇迹发生了。梵高号像人拍巴掌一样拍打着双翅欢迎小荷马。小荷马也像见到了老相识，鼓胸拖尾转圈儿叫。梵高号点着头走过来，啄小荷马的耳朵，似乎在说：你个死鬼，这些年野到哪里去了，等得我好苦啊！说着便开始互相梳理羽毛，含嘴接吻，激情交尾。那情形，简直就像一对久别重逢的恩爱夫妻。

步陶老先生笑道：这下可以继承历史和传统了。

皇甫师父深邃的眼中闪烁着希望的亮光：你一个传说让他们继承了历史和传统，我一个意念让他俩生出理想的后代来。

步陶老先生：那我们光荣的历史和传统就可以发扬光大了！皇甫师父极其严肃

地整理好自己西服的衣襟、领子，盘好稀疏的黄发，十分认真地对步陶老先生说：来，我们创造吧！

步陶老先生有些疑惑不解：我们咋样创造呢？

我们边唱边创造。

噢，欢乐的创造。

于是，两个上了岁数的老人，长安城鸽界的一对名宿，在长安城东门里，尚俭路济慈医院楼顶，凌烟阁前的空地上开始唱歌跳舞兜圈子。开始是舒缓的、匀速的；进而是飞快的、跳跃的；到后来，是激烈的、狂欢的；再后来，小荷马和梵高号也蹦跳着拍翅迎合。随之，凌烟阁里荡起了热烈的回应。

突然，两位老人猛一转身，收住急速的动作，盘腿相对而坐，进入沉思默想：来吧！来一对精灵！

步陶老先生完全明白了：皇甫师父是要自己和他一起，用沉思默想来创造一对好鸽子。是啊，高人的沉思默想是通灵的，是能够实现的。默想能创造出有生命的活物：一丛草、一块石头、一座房屋、一片竹林、一圃花园、一对鸽子……事情就这样成了。

小荷马和梵高号在两位老年智者的沉思默想中下蛋孵崽。当一对幼雏叽叽叫着出壳后，皇甫师父高兴地说得取个恰当合适的名字呢，于是和步陶老先生商量：既然小荷马和梵高号是天作之合，那他俩哺育的儿女就应该叫天赐。步陶老先生说生男叫天赐，生女叫莲芯。皇甫师父问生女为什么叫莲芯呢？步陶老先生说咱汉字的妙处，你可得细心体会哟。

瞧萧涤生说得多么得意扬扬。

我和莲芯听得张大了惊异的眼睛，心中像过火车一般发出咣当咣当的响声：原来我们是三道杠梵高号和小荷马的儿女。我们是因为自愿的爱和智人的沉思默想才来到这个世界上。我们得继承和发扬一种历史和传统。

现如今，我和莲芯已经发育成熟，羽毛换过，周身亮灰。形体像一个成熟的梨子，背部圆溜而有弧度，胸脯如气球一样浑圆和饱溜，羽翅排列层次分明，边缘宽阔圆顺，顶端若刀裁一般。头脑灵活，目光机警。当然，我和莲芯也有明显的区别。莲芯和母亲梵高号生得一样秀溜，但羽翅上却和父亲小荷马一样生着两道杠，我则生得和父亲小荷马一样壮硕，但羽翅却和母亲梵高号一样，生着三道杠。

皇甫老先生把目光转到我们身上，并对莫追风说：既然天赐机缘，就把他们放到案上，让他们和他们的祖先会会心吧。莫追风遵命照办，把我们放在条案上。这样一来，我们距我们的祖先更近了。我甚至听到了祖先缓慢的心跳，感受到祖先平稳的呼吸。尤其是我的母亲梵高号,她在暗暗地把一股气息和力量催送到我身上来。我真想像人那样跪在她面前叩三个响头。

木归智和萧涤生被金眼相士唤到前面来:你们知道你们为什么能进这凌烟阁吗?你们看到墙壁上那块空着的位置了吗?

这问话的目的再明确不过,可木归智有自己的心思,他在心底低吼:天赐啊!我全部的宝,今生的命,全押在了这里!你可得争这气,称这心,不然的话,可怎么活呀!

木归智正这样心动的时候,碰到了皇甫老师父看他的目光,那目光要把木归智的心划破了。木归智瘆得慌,怪不得皇甫师父常胜不败,人家那纯净的眼睛里聚着赢气呢!咱不行,咱还得修行磨炼,拿心劲拼命往上顶哩!

木归智显然要把心思隐藏起来,只见他从条案上抱起鸽笼,鼓足力气走到墙壁前,指着自己的脑袋,要对我们的列祖列宗发誓。皇甫师父看到木归智的举动,知道他曲解了自己目光里的含意,就劝阻他说:你不可以指着自己的脑袋赌咒发誓,因为你不能使一根头发变黑或者变白。而誓言,黑就是黑,白就是白,绝不可以把黑说成白,或者把白说成黑。

木归智,我的主人,心有些颤抖哩:我不赌别的誓,我只赌要赢的誓,只赌让天赐上这墙壁的誓。

金眼相士忽然冒出一句:归智这娃,雄心大成野心了。

皇甫师父举起他瘦长的右手,在空中晃一晃。又举起左手,也晃一晃:我右手给你天赐,左手并不知道。天赐归你,你有福,不必回报。记住,鸽子是用来和平竞争的,不是用来斗争的,更不是用来搏命的!只可惨淡经营,不可求名用智。

木归智戟指指向墙壁:难道就让这里一直空着吗?

有些事情,非人力可为,得看造化。

我有些不解:那让我们进凌烟阁干啥,是汲取先辈的精气神,还是看造化?

木归智大约更是不认同:天赐既然归我,我怎么会没有支配的权力?!我用他来完成我人生的壮举还不行吗?!

这从木归智身体内部爆炸出来的声音被皇甫师父真真切切地听到了。他用专注甚至有些哀怜的目光看着木归智,脸上的表情复杂极了。末了,目光渐渐移向条案,移向祖父和父亲的灵位,移向那些以往赢得生前身后名的二十三位功臣,然后仰望屋顶,虔诚而痛心地祈祷:请以上天的旨意做个实验吧!让我的意念引领他走进那道窄门。

直到此刻,金眼相士才幡然领悟:皇甫老兄缘何要把天赐和莲芯匀给木归智和萧涤生。引到灭亡,那门是宽的,路是大的,进去的人是多的。引到永生,那门是窄的,路是小的,能找着门的人也是少的。

初春的阳光透过门窗,斜照着条案和半堵墙壁。条案上的灵牌和黄玉骨灰盒,墙壁上的部分画像被阳光投上了暖融融的光点。空气在轻微的震颤,似乎有细如丝缕的嘤嘤鸽哨声从很远的空中传过来。

金眼相士的话语跟鸽哨一样天外有音,声外有声:也保不定会赢。

皇甫师父的话使凌烟阁里变得和外面一样光鲜明亮:若赢,天空会出现彩虹。

木归智、萧涤生、莫追风顷刻间愣住了,他们不明白皇甫师父和金眼相士在说什么。

哦,未来的事情谁能说得清。我只知道此刻阳光明媚,空气中弥漫起美妙的音乐。我的眼中跳跃出一个彩色的憧憬:天空出现一道美丽的彩虹。

三

白燕飞开着半新的"四环素",拉着司空千秋,出永宁门,沿长安大道一路向南。过韦曲,越潏河,上神禾原,直顶到滈河边,然后顺崖岸左拐,过常宁宫三五里地,便到了一个偏僻的去处。官道变窄,过往的车辆也明显稀少。白燕飞不住地减速停车,探身窗外,问路边的人认识不认识元菊生,一连问了好几个人,被问者都一脸茫然,摇头表示不认识。白燕飞在心里咒骂花郎,你个白日鬼,指路指到这里,然后再问。还拍着胸脯打保票说,只要报上元菊生的大名,无人不知,无人不晓。得,全是茫茫脸,光剩下抓耳挠腮了。幸亏坐在副驾驶位置上的司空千秋老练地提醒他:别问人,问地方。于是白燕飞又停车探头问路边行人:老哥哎,往菊花园咋走呢? 行人听到菊花园三个字,回身站住脚,脸上漾出笑意,抬手一指:前边岔路口下官道,走一段沙土路,看到一片花椒树就是。白燕飞道过谢,缩回头道:局座就是局座,干什么事都高我半头。说着一轰油门,"四环素"就蹿出去了。

"四环素"从岔路口下了官道,拐上土路。土路松软,开上去绵绵的,但比跑官道费劲。车行不远,忽然熄火了。白燕飞接连打了两次火,都没有打着。

司空千秋抱怨说:好端端的怎么就熄火了?我坐了你七八年车,从来没有遇到过这种情况。

白燕飞回道：可能车在官道上跑累了，想在这土路上歇一歇。正好，咱也下车喘口气。说着下车，从车前绕过来，给司空千秋打开车门，司空千秋这才捧着肚子下车。

初春的第一场薄雨刚刚散去，空气清新，没有一丝一毫城里满街满巷弥漫着的汽油味和人与油烟的混合气味。能闻到的、吸入肺腑的，是带着泥土、青草树木及百花的芬芳气味。白燕飞美美吸了两口香气，但很快又吐出来：唉，闻惯了油烟味，忽然闻到花香味，一猛子不习惯哩。

司空千秋听白燕飞这么一说，也抽鼻子吸了两口带着芬芳的香气。果然不适应哩，从喉咙到五脏六腑，长长一道，都酸痒酸痒。白燕飞虽然一时间对芬芳的空气不适应，但对眼前的景色很感兴趣。城里除了高楼大厦和人，便是人和高楼大厦，哪儿能见到如此优美的自然景致。他情不自禁地指给司空千秋看。明媚祥和的春阳映照着散落在川道里白墙青瓦的村庄，还有田野里连片而远的黄花绿围。川道那边，秦岭诸山连绵，逶迤而去。山腰雾岚缭绕，山顶白云蒸腾。川道这边，一道宽宽的树林随着崖畔向前弯去。树林的空隙里，不时闪烁着清亮亮的水光。那是隐藏在树丛中顺崖根流动的滈河。偶尔，有白色的鸥鹭从河滩飞起，在树冠上边滑翔，并且发出欢快的叫声。

白燕飞欢喜地对司空千秋叫道：司局，快看哪，两只白鹤。

白燕飞以为司空千秋一定会走上不远处那道较高的土坎，一手倒插在腰眼上，腆着肚子，微仰着头，用眼睛缓缓环视着，检阅着面前的山川河流和人物。那姿势和神态，那动作和气度，多么气派呀。这种情形一出现，就说明司局对某种东西上心了，而且胸中涌起了某种情怀。白燕飞的以为绝不是凭空想象的。司空千秋喜欢城市的夜生活，赴夜宴的路上，他经常让白燕飞将车停在人马车辆川流不息的大桥桥头，或者大型超市的出口。尽管一个人都不认识，但司空千秋喜欢看热闹。每当有此等热闹，他便主动停车，让司空千秋尽情地看。可是后来，司空千秋看着看着就走上台阶的高处，一手倒插在腰眼，腆着肚子，用目光检阅那人群，偶然也会举起另一只手，缓缓地朝人群挥一挥。白燕飞以为司空千秋在人丛中发现了熟人，可熟人始终没有出现。白燕飞对此琢磨了许久，终于差不多琢磨透了：司局是个有雄心大志的人，在演习哩。司局对人群有这种情怀，对山川河流、平原沃野就没有这等情怀吗？

可惜的是，白燕飞的以为并没有出现。司空千秋的眼睛似有意似无意地四下瞭望一下，目光很快落在了"四环素"的前面。

前面是一段不短的沙子路。沙子的表皮被雨水凝结成一层薄薄的壳，上面有自行车和架子车碾过的辙痕。弯曲的辙痕两侧，散布着行人留下的浅浅的脚印。

司空千秋对着沙子上的辙痕和脚印说道：记着，我们不是来看风景的。

白燕飞被扫了兴，但他一点儿都不在意。局座扫了司机的兴，家常便饭，他已司空见惯。他笑着回道：是的司局，不是来看风景的，是来看……

他本来想说是来看病的，但发现司空千秋瞪着他，就说成了是来看腿的。

司空千秋：你看够了吗？

看够了。

车歇够了吗？

歇够了。

看够了，歇够了，该干啥？

该走路。

白燕飞上车，连着拧了两把钥匙，车竟然没反应。气得白燕飞道：若是个女人，拧两把，也会吱哇两声。又拧一把，依旧没有反应。

司空千秋过来一拍车门：再打不着，就换……

话未说完，车扑哄一下着了。

白燕飞一边推开车门让司空千秋上车一边说：车都长眼色哩，怕司局。

司空千秋坐稳了，拉上车门：你不光会牵马坠镫，还会拍马屁，戴二尺五。

白燕飞一踩油门，车上了沙子路。可是行不远，陷住了。车轮空打转，身体不前行。白燕飞加大一脚油门，车呜呜吼着往前一闪，又往后一退，陷得更深了。白燕飞再踩一脚油门，"呜"的一声下行音。娘的，又熄火了。白燕飞有些恼怒地抱怨：这哪里是八百里秦川，分明是千里沙漠。

被颠得前仰后合的司空千秋斜一眼白燕飞：几簸箕沙子，就把你打挂住了。下次换辆丰田佳美越野，一个屁就放过去了。

好我的司局哩，眼下这辆"四环素"，陷在沙窝里，而且越挣扎越晃荡，陷得越深。

我再拍拍车门。

这回拍车屁股也不顶用。照你这么说，还没辙了。

白燕飞拍着脑袋想一想：辙嘛，应该有。咋能没有呢？

就是嘛，活人叫尿憋死了。快说。

一，调辆大吊车来，把咱吊上去。

调辆大吊车，得过好几道手续，小鬼难缠，麻烦死了。再说，让救援大吊车把咱吊在半空，接不上地气，尴尬不？还叫我这局长见人不？不成，不成，另想他法。

二，抬，咱俩抬。司机改当轿夫，坐车的也当轿夫。

司空千秋伸手摸白燕飞的额头：是不是发烧说梦话？要是一箱子钱或者一个花媳妇，咱抬。一辆汽车咋抬？

咱边抬边喊号子：不知去处，回想来路。

你瞎嚷嚷啥？

噢，是知道去处，不想来路。

司空千秋猛拍车门：别胡说八道了，再想办法。

白燕飞假装抓耳挠腮地：三，等一辆大卡车过来，把咱拖出去。

二人坐在车上等了好一阵，没见一辆大卡车的影子，只有骑着自行车和拉着架子车的乡下人过往。他们不费吹灰之力就轻轻松松过去了。白燕飞问司空千秋，是不是咱们太沉了？

司空千秋不回答他，只管说：这要等到猴年马月，还不把人头发等白了，另想，另想。

白燕飞搔搔后脑勺：办法还是有的，只是不到万不得已，不忍心用。

啥忍心不忍心，只要能出这水深火热的沙坑，就用。司局，这可是你说的？

是我说的咋了，难道连句话都担待不起。

司局，你可知道，在任何时候，你的话对我都是圣旨。

司空千秋心里很熨帖，嘴上却说：哪来那么多废话，快说。

白燕飞咧嘴笑了：我在前边加油门，你在后面用肩膀拼命推。

司空千秋翘了下巴仰着脸，从上往下看着白燕飞：你说什么哪？

白燕飞连忙拍打自己嘴巴，改口道：司局在前面加油门，我在后面拼命推。

司空千秋心中恨恨地：你个拉马拽镫的，竟敢嘲笑我技不如你，不会开车。妈拉个巴子，娘希匹！老子要是亲自开车，还要你这小跟班做球呀！当然，这种有失身份、暴露灵魂的话，司空千秋绝对不会说出口。他只是咬牙切齿地说道：这样的馊主意，你也想得出？

白燕飞白皮烂蛋[①]地赔着笑：这不是没有办法的办法嘛。狗屁！

是狗屁。不过司局，换个位子想一想，这车好比一匹马，咱俩整天骑着它，春夏秋冬，风沙雨雪，从来没有间断过。它对咱可谓是忠心耿耿，尽责尽力。今日情况特殊，出了点状况，身陷"囹圄"，咱就尽尽主人的情分捞他一把，索性让它骑一回咱，也算咱是知恩图报之人。

嘿，你还越说越理长了。

司局，你平常不是这样教导我的吗?

---

① 白皮烂蛋，有死乞白赖之意。

司空千秋还真被将在当路,逼到墙角,无路可退。他脱下西服外套,放到路边一丛干净的草地上。得,今儿就在这没人的地方,当一回拉马拽镫的伙夫。

正说着,过来一位中年人,白燕飞客气地上前求人家帮忙推车,还掏出一张百元钞票往人家手里塞。中年人甩开手,眼含不屑地道:陌路相逢,是个缘分。帮个忙,举手之劳,碎碎个人情,一收钱,手就臭了。

白燕飞把钱塞回衣兜,说声这位仁兄高风亮节,便上了驾驶室发动车轰油门。司空千秋和中年人在后边用肩膀顶着用力推车,人拼命推,车嗡嗡轰轰地响。白燕飞为了喊号子,还把喇叭按得哗哗响。沙路上响成一片,很有些进攻的气势呢。车轮飞速旋转,向后扬起一团团沙尘。沙路尘土弥漫,很有些壮观的景象呢。

一连三起,车都向前奋进几寸,但很快又滑落回来,而且轮胎越陷越深,快要被沙土埋没了。三起三落,熄火了。

白燕飞跳下车到后边来看。

司空千秋在努力失败之时,大约联想到别的事,笑着摇头自嘲:这么软个坡,都没爬上去。

白燕飞用手指着司空千秋,笑得弯了腰。司空千秋一脸茫然:有什么好笑的?

白燕飞:司局成了一只泥猴!

司空千秋忙到车玻璃上去照。见自己除了两个眼睛之外,满脸满身都是厚厚的沙尘,简直就是一个沙土糊就的人。司空千秋一边打着喷嚏筛衣袖上的土,一边看那中年人:都成泥猴了。

白燕飞忙上前为司空千秋拍打身上的沙尘:不是泥猴,是泥菩萨。

司空千秋抽了一会儿鼻子,连续打了好几个大喷嚏,才恨恨地:都是你日的鬼。

白燕飞辩解道:哎,司局,这可是你让我拉你来的。

要不是为了治病,为了一纸民间的偏方,我怎么会无缘无故地跑到这鬼地方来,寻找一个叫元菊生的乡巴佬呢?

我还以为你礼失而求诸野呢。

说话间,白燕飞看到崖畔远处的树林边拐出两个人来。

一老一少正踏上小溪流上低矮的短木桥。老者身量不高,着青布长衫,颌下白髯飘飘,肩上一副担子,一头像是鸟笼,一头像是花卉。少者是位女子,身材瘦挑,着深色裙裳,怀抱圆竹篮,篮内装的物件看不大清,大约是竹器用具之类。

蓝天白云、远山近原、红花绿树衬托得这一老一少、一男一女不大像现实生活中的人,而像是古画中的人。老者挑担稳步而行,少女怀抱竹篮趋步而随,很有些携琴访友的味道。

白燕飞胡思乱想:倘若将小溪上的矮木桥换成钢筋水泥大桥,老者和少者开着

"四环素"小汽车，后备厢里放着花鸟和古琴，去拜访朋友，那简直大煞风景啊！

白燕飞看得有些痴呆：生活之美，已经被城市和物质销蚀净尽。谁能料想到，在长安城外，在韦曲南边的神禾原畔，却意外地出现了。活生生一对古人嘛！常言说，有其主必有其居，这一老一少的居所，不知道是何等模样啊！

司空千秋见白燕飞一副迷瞪的样子，问：你瞪圆两只蛤蟆眼，瞧什么哪！

白燕飞不理会司空千秋，两手卷成喇叭套在嘴上，冲远处喊道：老人家，我们的车陷在沙窝窝里了，请帮个忙。

低矮的木桥那边，一老一少，止住步，侧身朝这边听着，似乎听不大清楚。

司空千秋有些不耐烦：一个老头，一个女流，会有什么好主意。

白燕飞：岂不闻乡谚，遇事问老者。白燕飞又冲远处喊。

矮木桥那边，女子听清楚了，转身凑到老者身边叽咕几句。老者听后向女子交代几句。于是女子细脆的声音被风送过来：办法就在你们身后。

白燕飞和司空千秋，还有中年人回头一看，正有两个壮年人车推担挑地走到跟前。担下车上，尽是柴火。

白燕飞向来者说明意图，来者乐意帮忙。于是几个人把车轮前后的沙土刨了刨，再把成捆的柴禾垫进去。白燕飞发动车轰油门，几个人共同搭手一推，结果没费多大劲，车便出了沙窝上了路。

白燕飞下车道谢，挑担推车的人却站着不走。

先前那个中年人：他们是卖柴的，你得给人家柴禾钱。

白燕飞忙掏出二百元分给二人。二人又合伙找回五十元。白燕飞推辞不要：帮忙费，甭找了。那人把钱扔给他：我们咋能占你便宜呢。说完转身，推空车挑空担走了。先前那个中年人，也拍着尘土，朝相反的方向走了。

白燕飞想向远处的一老一少道声谢，可抬眼望去，只剩下一座空桥。白燕飞脸上现出若有所失的表情。

司空千秋：走吧，别看了。

白燕飞从草地上取回西服，给司空千秋拉车门：一窍不通，少挣几百。

司空千秋坐上车：说什么哪？

白燕飞喃喃道：老头比咱强，能当厅长。

司空千秋从窗户伸出手，在白燕飞的头上敲一个栗暴：你说什么哪？

白燕飞吐出舌头，用指头弹弹：瞧我这舌头，该长疔疮。司空千秋：我看哪，这段路呀，就该用柴火给填了。

白燕飞缩回舌头：干脆铲了，修成官道。

司空千秋白了白燕飞一眼：我是局长还是你是局长？

你是,你永远是。

白燕飞脑壳上又连挨两三个栗暴:我让你永远!我让你永远!

白燕飞嘴上说瞧我这乌鸦嘴,尽说臭话,脚底下一轰油门,"四环素"轰的一下窜出去。

土路弯过矮木桥和树林,变得越来越窄。对面要是来一辆车,就只有顶牛了。白燕飞打方向左拐,减速行驶几十米,走不动了,停车熄火,并朝司空千秋扮个鬼脸:再走,就是满身画胡子了。

土路窄不怕,只要够车轱辘过就行。讨厌的是路两边生长着茂密的荆条树。那带刺的枝条从两边向中间伸过来。有些高的长的,像人的长胳膊瘦手,在空中握住了。车要硬往前开,还不被划拉得跟美女破了相一样。

白燕飞来给司空千秋拉车门:武官下马,文官下轿。

司空千秋一边不大乐意地下车,一边嘟囔:寻个烂人,开个烂偏方,瞧个烂病,事情不顺得很。

白燕飞:那咱回。

司空千秋严厉道:胡说,我干事情,什么时候半途而废过?!

白燕飞:是是是,司局从来没有临阵脱逃过。

司空千秋的手扬向空中,白燕飞笑着往旁边一跳:舍舟求岸,咱走。

白燕飞在前面分拨着荆条,免得荆条上的荆针划伤了司空千秋。司空千秋双手抱着腆凸的肚子走在后面,享受着这份待遇和优惠。白燕飞很懂规矩,他嘴上胡说冒撂,那是逗司局乐呵,他知道自己的身份。既是吆车拽镫的,又是贴身大秘、屁股后边的跟班,得把司局伺候得有水平哩,司局将来飞黄腾达了,能不提携咱?

司局,你改日若高升了,把这拦路的荆条砍了,把这泥巴路修成官道!

唉,一路上,你就说了这么一句人话。

荆条路左边,有个豁口。从豁口望出去,能看到一个很大的慢坡漫向神禾原的顶堖。半坡到顶堖,被稠密的花椒树围出一个偌大的园子,园子里的树冠和房屋顶盖依稀可见,别的都被花椒树遮蔽了。

白燕飞用手一指:司局,那里应该就是了。

二人从豁口下了土路,踩着田埂的花草往园子那边走。司空千秋边走边望那园子和地势,结果不小心被一块硬土疙瘩垫了一下脚,把膝盖扭疼了。

到了园子近前,才发现这里被花椒树围得严严实实,而且没有门。不对,是园子就得有门。没有门,难道园子里的人会像鸟一样从树冠上空飞进又飞出?

正在这时,几只带哨的鸽子从园中飞起,"嗡嗡"响着向远处的秦岭山那边飞去。

肯定有门，只是咱没找见。咱得顺园围子转。

是得找，不找，门会挪到你面前来吗？

可是转不到一小半，司空千秋就走不动了。不是因为平时不锻炼，也不是因为没力气，而是因为腿疼。白燕飞这才想起此行的目的，不就是为司局的这两条腿来的吗？司局年纪轻轻，两条好端端的腿，忽然风湿了，成了天气预报。司局说天黑以前要下雨，雨珠子准会在天黑以前落下来。白燕飞说司局你真神，司空千秋说不是我神，是我的腿神。我的腿灵敏得很，天气稍有变化，它就有反应，尤其是下雨前，它会钻心地疼，等到雨点子一落地，那疼痛便慢慢消退去。白燕飞说后来的事我知道，遍访名医，医生都说再不抓紧治，关节会变形。一个局长，罗圈着腿，走路一瘸一瘸，难看死了。这伙死医生，光说抓紧治，却没有特效药。后来碰到那个楚留声，说有偏方可以一试，但药引子在元菊生的菊花园。这不就在园子边上找门来了。

可是，司空千秋从来没有走过这么长的路，已经疼得实在走不动了。

白燕飞用信心满满的神情鼓动司空千秋：只要找到门，吆喝一嗓子，亮明身份，园主人还不躬腰伸手引咱进园，请上座，献好茶。

说得跟皇上驾到似的。

皇上不敢当，巡抚大臣的架势和气派还是有的。

可惜我这腿，司空千秋弯腰捶他的膝盖。可是肚子腆得厉害，很难弯得下腰去。

白燕飞见状，忙上前单腿跪地，握着拳头给司空千秋捶打膝盖。他心中异常后悔，千不该万不该，刚才压根儿就不该让司局推破"四环素"：司局，要不咱回，过两天让花郎领咱来。

司空千秋斜一眼白燕飞，膝盖往回缩一缩，身板挺一挺：你怎么就点不灵醒、教不会，又说这半途而废的话。

我的腿咋啦？折了还是断了？走，我还不信这个邪，我这双刚蹦硬正的腿，连个园子都走不下来！司空千秋轮换着把两条小腿往前甩，直甩得膝关节咯嘣咯嘣响，然后一跺脚后跟：走！还别说，这精神劲儿一涨，这腿还真没有刚才那么疼了。

两人走到园子的一个拐角，从这里可以看到园子两边的花椒树墙。一道墙平行而去，一道墙漫坡而上。司空千秋退远几步，这边看看，那边望望，若有所思地道：这儿地势不错。

白燕飞朝司空千秋翻眼睛：咱不是来看风景的噢。

我没有看风景,我看地势。

地势哪有风景好看?

没有地势哪来风景?

二人边抬杠边往前走,花椒树枝条上的刺时不时挂住白燕飞的衣袖,把白燕飞拖拽得往后退两步。白燕飞一边摘刺一边叽咕:幸亏穿着衣服呢,要不就文身了。

走到一面花椒墙的中间,依然没有找到门,却看到一对野鸡正在花椒树底下亲热。一个花团锦绣,一个黄褐朴素,见有人来,害羞地从树根的缝隙里钻进园子里边去了。

白燕飞羡慕地道:咱要是野鸡,一错身,就钻进去了。

唉呸,又胡说八道,咱咋能是野鸡呢?!

白燕飞忙又吐舌头:不是野鸡,是锦鸡,是五色锦鸡的锦,是锦上添花的锦,是吉祥如意的鸡。

再锦的鸡也是野鸡。

正在白燕飞尴尬不得解围时,刚才飞往秦岭方向的那群鸽子飞回来了。鸽群在空中悠哉游哉盘旋,鸽哨在空中轻哉徐哉鸣响。鸽群旋转几圈,然后从二人头顶和花椒墙的上空,滑翔着落进园子里去,鸽子看不见了,哨声也歇息了。

白燕飞即景生情,急中生智,纠正道:咱要是鸽子,就可以自由地飞进飞出。

司空千秋对着鸽子飞进去的那段花椒墙喃喃自语,踏破铁鞋无觅处,踏破铁鞋无觅处……

完全不对榫,把白燕飞弄癔症了。

二人往前行几步,看到花椒墙裂开一个豁口,形成一个门洞,往里是一条窄窄的荆棘拱廊。二人脸上现出历尽千辛万苦终要到达目的地的喜悦一道往里走。走过一二十米的荆棘拱廊,看到一个圆月形柴门。门脑上横一块古旧的木匾,匾上三个隶书大字:菊花园。

这新奇的柴门虚掩着,似有藤条相联系。门中间挂着一个硕大的木锁,似乎在对来客说:主人外出,敬请止步。

白燕飞:得,提前没联系,碰上个木将军。

司空千秋:他拜见咱,得提前联系。咱巡视他,搞的就是突然袭击。

可这是咱寻求人家。

那也改变不了这种关系。

白燕飞上前拍木锁:是是是,木将军,请开门,请主人出来接客,请让上座,请敬好茶。

"哗啦"一下,木锁脱落,被藤条吊在半空晃荡。

二人欲推门而入，可门刚推到一半，忽然从园里菊花丛中蹿出一只小斑点狗，堵在当面，冲着二人汪汪直叫。

司空千秋不怕同事和下属，但怕上司，也怕狗。狗一汪汪，他的两条风湿腿就僵得直直的。

花郎、司空千秋和白燕飞在荆条路拐弯那儿弃了"四环素"，一路走向菊花园。白燕飞边走边讲前几天他陪司局私下寻访元菊生和菊花园时一路的遭遇和趣闻。花郎边听边笑，笑得一手捂着肚子，一手点着司空千秋，故意说：司局大人，千秋哥，你干的啥事吗？坏规矩呢？

我微服出访，寻个偏园子，找个乡巴佬，坏什么规矩？坏哪家的规矩？

你想想，我为你和嫂夫人这病，寻情钻眼，多方打听，才从柳散木和楚留声那儿打听到菊花园主元菊生这儿有偏方和特效药。我知心贴肺地告诉你，你却背着我微服来了，你这不是翻我的墙嘛，不是坏江湖规矩嘛。

这是长安城，是生活，不是江湖！规矩？什么规矩？我就是规矩！

花郎嘻嘻笑着改口道：对对，你是我哥，我哥就是老大，老大就是规矩。

说话间，到了菊花园门口。这回，柴门大开。

那只小斑点狗听到有人来，从竹丛中钻出来，见是花郎，冲他摇摇尾巴，又钻回竹丛去。

白燕飞：狗今儿变乖了，没吼叫。

花郎：狗懂规矩。

司空千秋白花郎一眼。

花郎：可咱今儿破了规矩。

你什么意思？

花郎：瞧，咱进这柴门，一脚踩下去，踩的是什么？

总不会踩到空气上。

泥巴路。

花郎摇摇头，然后道：不是，都不是，是三径。

司空千秋晓得花郎欲要耍文话：什么三径？明明是弯弯绕，泥巴路嘛。

花郎：隔座香分三径露……

白燕飞拍拍脑门：我想起来了，枕霞旧友。

司空千秋云山雾罩：什么枕霞旧友？

就是红楼梦里那个史湘云，老家有座亭子，叫枕霞阁，她早年在那儿玩耍过，所以叫枕霞旧友。

司空千秋脸微微一红，心道：看把你能的。白燕飞知道显摆坏了，果然听司空千秋生气道：这和三径有个屁相干。白燕飞想：既然显摆了，不说明白又不行，便接着道：那句诗就是她写的。说得司空千秋脸越发红了。

花郎进一步解释：曹雪琴让史湘云告诉咱，那个三国人蒋诩辞官归乡后，用荆棘堵塞自家大门，谢绝客人。园中独辟三条小路，只招待隐士求仲、羊仲二人。后来晋人陶渊明在他的《归去来兮辞》里也描绘道：三径就荒，松菊犹存。

司空千秋：越说越来了，一唱一和，合伙显摆肚子里那几滴墨水哩。

花郎：千秋哥，司局大人，这可不是显摆，咱这脚，可是实实在在踏在了荒芜三径上。

司空千秋：什么三径？两边是竹苲子，中间是泥巴路。

花郎：千秋哥，你想想，咱是不是求仲和羊仲？

我姓司空，名千秋，怎么能是求仲和羊仲呢？

哥，我的错，我问得不对。我的意思是说，咱是不是求仲和羊仲那样的隐士高人？

隐士当不起，高人说不定。

我的意思是说，咱不是隐士高人，不请自来，而且进了这荆棘门，是有点坏主人的规矩。

在长安城里外，我所到之处，规矩就是前迎后送。

好我的千秋哥哩，这儿是菊花园，不是长安城里外。

不是里，连外也不是了？那咱走，不看了。转身欲走，花郎连忙拉住衣袖：千秋哥，咱吃啥饭的人，能不考虑安排周详。我已安排好两个求仲、羊仲一样的人先到一步，在里面等着咱。主人是守大礼之人，有这两个人在当面，绝不会慢待咱，更不会逐咱出门。

司空千秋没动窝儿。

白燕飞一旁嬉皮笑脸：司局，准备半途而废呀？

司空千秋往前一挥手：走，进！

面前是一丛竹林，竹子比人高出许多，非常稠密，在荆棘门里形成一道天然照壁。沿曲径三弯两绕，穿过竹丛，展现在眼前的是很大一片菊圃。菊圃漫坡而上，起起伏伏地向远处丘陵顶垴那儿伸展过去。菊圃中央，漫坡半腰那儿，右边是低矮的三间青瓦房和两间茅舍；左边是一溜儿更低矮的鸽棚，远处顶垴中间，耸立着一间小亭子，亭子旁边，斜斜地生长着一棵古槐树。

菊圃里，栽培着各种菊花。菊花丛中，零星而散漫地立着各种花树。春阳斜晖，映着红的桃花、粉的樱花、白的玉兰。春风吹拂，空气中弥漫着醉人的丁香。

园里的地势，花草树木，房屋布局，连司空千秋都被迷住了。

白燕飞猛抽鼻子吸着醉人的丁香气味，道：我们是来看风景的吗？

司空千秋白了白眼睛：这里仅仅是风景吗？

花郎：千秋哥是不是在风景背后看到了更加美妙的东西？

司空千秋笑笑：你比燕飞有脑子。

花郎多少有些得意地领着司空千秋和白燕飞，沿着菊圃间的土埂往鸽棚那儿走去。

司空千秋和白燕飞看清了：鸽棚前面左首，有一口辘轳井，井边不远处有石桌石凳，有两个人正踞凳伏桌下棋。右首一人，正蹲在菊花丛中，左手拿一枚七星鸽哨，凑在唇边轻轻地吹着，右臂则自自然然地平伸开去，巴掌心朝上，手指勾动，逗引着地上的鸽子。那白的、黑的、红的、灰的、花的鸽子散落在周围的菊花丛中，有的露头，有的露尾。随着哨声鸣响和手指的引逗，一只白头白尾红翅、形如蝴蝶的鹤秀跳上了他的掌心，用肉色的尖喙剥啄他的指蛋儿。一只白羽黑线的合璧跃上他的肩膀，鼓胸扇尾地转着圈儿咕咕叫。另一只凤头白玉点子更是大胆，干脆飞到他头顶，用鲜红的细尖嘴啄他鬓角的白发和耳朵。那人舒缓地吹响鸽哨，闭目享受着一切。一阵之后，他猛吹一声鸽哨，鸽哨发出尖锐的一响。鸽子惊得跃向半空。哨声一息，鸽子又落回原处，继续啄他的手指、鬓发和耳朵。

美好的情景，把三个人看得迷醉在当地。这情景，宛如一位母亲，儿女绕膝，亲昵无间，天伦正乐。

仿佛受到什么刺激，司空千秋嗓子有些发痒，那痒毛茸茸的，像是一根羽毛在嗓子眼里拂来撩去。司空千秋尽量憋着不让喷嚏打出来。脸憋红了，脖子憋粗了，末了实在憋不住，喷嚏还是打了出来，而且憋得越厉害，喷嚏打得越响。"阿嚏！"园子里幽静的空气里像是砰地胀破了一个气球，响得脆亮脆亮。

鸽子被惊飞，在空中转大半圈，才又落到鸽棚的瓦檐上，仰脖探脑惊看着这几位不期而至的客人。

菊花丛中那个人慢慢拾起腰，并把头转向这边。

白燕飞惊呼：这不是矮桥上那个白胡子老者吗？

司空千秋也认出来了，正是那天车陷沙窝，大老远支招解救的白胡子老者。当时还有一位年轻女子立在他身旁。

花郎上前施礼：步陶老人家，我冒昧带来两位客人，这位是长安城城建局局长司空千秋，这位……

司空千秋原以为眼前这位就是他要拜访的菊花园主元菊生，但听花郎称呼不是，心中有些失落，态度无意间也有了对待下属那样的傲慢。他没有伸手，也没有点头，只是用眼神轻描淡写地和老者步陶打个招呼。

老者步陶一脸温和，既没有拒绝的表情，也没有欢迎的表情，他淡淡地打量一眼来人，道：既然进了荆棘门，就是菊花园的客人，这边请。

老者步陶引领三人经过鸽棚门前，来到左首井边的石桌石凳跟前。

原本坐在石凳上的两个人，此刻正几乎头抵头地俯身在桌面的棋盘上，聚精会神地思考着，根本没有注意到有人到来。

老者步陶侧身扫一眼棋盘，道：来客了，封盘吧，这局一时三刻也下不完。

二人听到老者步陶说话，从棋盘上缓缓起身，但目光却恋恋不舍地留恋在棋盘上。棋盘上似乎是一个死结，谁都想解开它，并打赢它。

花郎先将客人介绍给弈棋的人，然后给客人介绍弈棋者。上首这位长者是长安城唐字哨的传承人楚留声。司空千秋对哨呀鸽呀不大感冒，所以对骨瘦如柴的楚留声没有特殊感觉。右首这位被大墨镜遮住眼睛的就是长安城赫赫有名的金眼相士。这个人，花郎提前交代过，司空千秋很上心，所以专门留意地看看他。可惜金眼相士鼻梁上架坨大墨镜，根本见不到他金眼相士的真面目。司空千秋只能看到镜框边流露出来对自己不太在意的神情。

老者步陶让座，石桌旁一共有四个石凳，两个已被弈棋的金眼相士和楚留声占据。余下两个，老者步陶坐一个，司空千秋坐一个。花郎和白燕飞坐在近处的井栏上。花郎这才细看到，这井栏和石桌石凳都是红丝石的，脉络纹路非常漂亮。石上坐三年，不热也屁温。井栏跟前，有棵石榴树。

老者一扭身，从架在身后的柴炉上拎过陶壶给客人冲茶喝。

当花郎、司空千秋和白燕飞接过茶盅时，金眼相士开口说道：能品步陶先生的茶，那是清雅有福之人；若要是能饮到步陶先生的菊花酒，那简直就是活神仙啰。

司空千秋瞧着掌中茶盅，心道：说得这么夸张，好像谁没喝过茶。司空千秋真想告诉金眼相士：我现在收礼，已经不收茶了。

金眼相士：这眼古井里的水，透着牛乳的香甜哩，用它酿菊花酒，用它沏菊花富硒茶，那是什么味道呢？金眼相士在咂嘴唇哩。司空千秋、花郎、白燕飞细细品味盅中茶，顿觉有一股甜润的香气，顺着喉咙，漫向五脏六腑。那个酣畅滋润，只可体会享受，不可言传表达。

花郎一边品味，一边在心里拨拉自己的小算盘。今天带司空千秋来，明里一件事，暗里一件事。明事暗事合在一搭，都是为了自己将来的事。平时不修路，临时抱佛脚，那咋能干成大事呢？对，佛脚不抱，路得修。不光得修，而且要修得巧妙，直修到人心上。得，修吧？明事明做，暗事暗行。暗事已经和金眼相士掐过码子，捏的活活，好说好办，放在后边吧。明事明来，直接向步陶老先生开口吧。

花郎向步陶说明道：老人家，我的一位打紧朋友，患膝关节风湿……

步陶看向司空千秋：该不会是这位局长朋友吧？

花郎佩服步陶的眼力，但又不想承认。一个官员，轻易不能得病，得了病也不能轻易承认，更不能轻易传出去。我们有幸得到金眼相士、楚留声和柳散木指点，一同来求您的偏方和特效药。

步陶看楚留声，楚留声点头表示有这么回事。

步陶从怀里掏出一纸药方，递给花郎。花郎疑惑：早就准备好了。这么说，我们来的目的，步陶老先生一本全知。花郎再看看旁边一本正经的金眼相士，似乎又都明白了。

步陶：既然相士和散木联名引荐，就照方抓药吧。这药是普通寻常的药，到长安城任意一家药铺都能抓到。煎好，服汤汁，内攻。药渣留着，用菊花酒和陈年干鸽粪拌在一起，在铁锅里炒热炒熟，然后用纱布包了裹在病痛的关节上，让带着鸽粪气味的药性慢慢浸入，不出一月，疼痛和肿胀可消失。不出三月，病根可除。

就这么简单？

偏方嘛，一层窗户纸。

我回去即到药铺抓药。

金眼相士一旁提醒道：药好抓，掏钱就是。可那特酿的菊花酒和黄豆粒一样的陈年干鸽粪可不容易得到。那要鸽子吃没有污染没有转基因的粮食，喝甜井里打上来的水拉下的粪。如果鸽子吃污染过、含转基因的粮食，喝处理过的自来水，那治疗效果就要打一大半折扣。

司空千秋脸上现出失望的眼神，治芝麻大个病，动西瓜大的干戈，提冒天高的要求。先不说没有污染没有转基因的粮食和香甜的井水，光这陈年干鸽粪，哪里寻去？谁吃了没盐的饭，把脏鸽粪拣净晒干了藏着当药用？

花郎朝金眼相士打个拱：差点把重要茬口忘了，敬请指教。金眼相士意味深长地念出三个字：集贤院。

司空千秋眨巴眨巴眼睛，想我一个城建局长，几乎跑遍长安城大街小巷，怎么没有见过这个院子呢？莫非是编一个空地方戏弄人哩。

白燕飞看着司空千秋的样子，暗自发笑。

花郎也闪着眼皮道：这名字旧旧的、古古的，相士老哥莫不是让我们回到遥远的唐朝去取几袋鸽子粪吧？

金眼相士得意而神秘地笑笑，没有回答，而是把墨镜片遮着的目光移向前面那片竹林。

花郎想，这明事留个尾巴，一时难了。难了先不了，车到山前必有路，船到桥头自然直。到船直路现时，几袋干鸽粪，应该难不住。难的，是暗事。

这暗事，花郎已经和金眼相士掐好码子，并约定见机行事。那天，花郎一见金眼相士就央求道：相士哥，请你给我朋友看个相。相士一看有生意，就品麻①地说，我可是凭这吃喝呢。花郎说：这个我知道，下数②带来了。说着掏出一叠钱放到桌面上。金眼相士用小拇指把钱往里拨一拨，问：你要怎么看？花郎说：看得好另外有奖。金眼相士正色道：这哪里是看相，分明是做买卖。花郎回道：你不是说凭这吃喝吗？金眼相士的墨镜斜过来：我凭本事吃香喝辣，不是凭扯白撂谎。花郎忙迎合道：这个我知道，我这位朋友最近头上空了个位子，你给他看看有没有升迁的机会。唉，现如今，时兴烧香拜佛，观风水，看相，该你吃香！金眼相士问：他升迁不升迁跟你有何相干？花郎嘿嘿笑着说：他要是升迁了，咱秃子跟上月亮，沾个大光。

花郎暗自窃喜，今日这码子掐得好，机会就在眼前。

一直没说话的楚留声忽然对金眼相士道：忘忧忘到一半忘不成了，下次接着忘。说着分棋，黑归黑，白归白。你的黑，我的白，收吧。二人各自往棋罐里捡棋子。

花郎朝金眼相士递眼色道：相士哥，你对这园子熟，能否领我司局转转看看，介绍介绍。金眼相士心知肚明，故意问：我乐意效劳，但不知道这位司局对这园子感不感兴趣。

花郎又连忙向司空千秋递眼色，司空千秋自然明白花郎的意思：这家伙鬼大得很，人不知，鬼不觉。司空千秋就这么感叹着从石凳上起身。

金眼相士领司空千秋绕着井栏：你瞧这井栏石，上面有一丝一丝的红脉呢。这红脉和早上太阳快冒头时的霞光一样鲜亮。你知道这石头上怎会有这早霞一样鲜亮的红脉吗？那是汉唐两代的宫女的胭脂染成的。这井栏石原本在皇城的胭脂井边，后来城市改造，井被填弃。步陶老先生的父亲觉得可惜，遂生恻隐之心，在辟园淘井时，就雇人把它搬到这里来了。不料想，这井栏一装，菊花一种，百草一生，这井水便渐渐有了牛乳的甜味和菊花的香味。

司空千秋心想：历史前进了，时代变化了，皇宫改造了，古井被填了，这都是事物发展的必然。至于井栏石搬到这，那纯粹是偶然。至于井水的香甜味，他刚才品尝到了。自来水喝惯了，也没觉着有啥特别。

一条水渠从井栏边斜斜弯出，一直弯向菊圃深处。水渠心有被杂草掩映着的浅浅的水痕。金眼相士领着司空千秋踩着有苔藓的渠沿，穿过一段菊圃，来到那片照壁一样的竹丛跟前。

---

① 品麻，自得之意。

② 下数，规矩之意。

春风拂竹，飒飒作响。

金眼相士对园中一切，简直熟得跟主人一般：这园中之竹，少说也有十余种，分畦而种，外边是毛竹，里面是剑竹、斑竹，最中间这几竿，可是稀世之物，叫刚竹。这叶和竿，还有这节，还真与别竹不同。最为独特、珍贵的是，这刚竹一百二十年才开一次花。人生不满百，要是和刚竹齐头生长，那就见不到它开花。但若有幸生于竹节之间，或可得见，那可是三生有幸，十世积的福了。步陶老先生的父亲移它入园时，据其主人说，此竹已有六十余岁。步陶老先生协助父亲细心栽培，精心呵护，竟然活了。那位可爱的老父亲临死时交代好生养护：我见不到花开，你们却有可能见到。若一百二十岁届满，又恰逢盛世，刚竹必定开放美丽的花朵，到时候你可要向我报喜哟！步陶老先生看着这些斑竹，含泪答应。

司空千秋想这刚竹开花或为吉兆，若是能得一见，也是三生有幸，只是不知能等及等不及。

金眼相士回身背靠竹丛，也让司空千秋回身背靠竹丛。然后举目北望。面前是一大片菊花，菊花被归拢成圃，整整齐齐地往远处丘堉顶儿漫展上去。要不是四周不规则的花椒树围着，那这菊圃简直延伸得没边没际了。

金眼相士引领司空千秋踏着菊圃的畦埂一路向原丘的顶堉行走。这菊圃里至少栽种有二百四五十种菊花，其中有十几种名贵新品种，是步陶老先生父子两代人耗费几十年心血才精心培养成的。你瞧左首那圃，开得多繁盛，多漂亮！这花从四月初开始，轮番开放，直开到十月末十一月中。冬天呢，有雪花。真是一年四季，季季开花。

司空千秋暗道：这花开在园子里，没有人看到，有什么用呢？说话间，走近菊花园的顶堉。这里是菊花园的最高处，也是神禾原的最高处。在这最高处，竖立着一座古旧的木亭。木亭的形状跟长安城中心的钟楼有点相像，但要矮小许多。一应木质，立柱横梁、板壁、门窗。门腰纶板雕着牡丹花瓶，绶带卷轴图案。窗花镶成步步锦，玻璃里面垂着素帷。顶上四坡青瓦，瓦缝生满苔藓和松塔。坡顶四条垂脊汇于顶上，顶起一个葫芦形琉璃宝顶。这亭子常年立于原堉，为风雨剥蚀，面容有些憔悴，但观其气质，却是貌古心远，意闲体合。司空千秋悄声叹息：这神气，倒是和白须髯髯的步陶有几分相似呢。

金眼相士不无遗憾地感叹道：这是整个菊花园最神秘的地方。我有多种猜测，但都无法证实。瞧，这就是天籁阁。

司空千秋顺着金眼相士的目光和手势看去，方才看到亭子门脑上边有块木匾，木匾上有"天籁阁"三个字。时间剥啄得太厉害，那字迹已不易辨认清楚。嗨，我还以为是枕霞阁呢。

金眼相士很是诧异，司空读过《红楼梦》，这可是一部很讲机缘的书呢。于是金眼相士期待地说：总有一天，机缘会到，秘密会被揭破。

金眼相士的话，司空千秋有些不太懂。

距天籁阁不远的地方，孤独挺立着一棵弯腰勾脖的老槐树。树干虬曲，树冠阔大。东边枝头有喜鹊筑巢，西边枝头有鹳雀垒窝。每到黄昏喜鹊归来，鹳雀入窝，另有别鸟栖息枝头，一片聒噪鸣唱。鸽子也时常旋飞树梢，与众鸟一起热闹。天黑后鸽子回巢，众鸟安静入睡。夜深人静，偶尔有一两声清唳划破夜空，给静谧的夜晚平添几分活趣。

金眼相士仰望着老槐树：司马槐。

司空千秋随意接道：怎么不是司空槐呢？

金眼相士本来想告知司空千秋，这棵老槐树下埋着一只非常有名的鸽子，但司空千秋似无意听取，只是大步走向司马槐。金眼相士随司空千秋走到司马槐下，一齐回身，往坡下来处望去。

司空千秋站在浓密的树枝下面，单手反叉腰眼，腆着肚子，挺着胸脯，仰着脖子，侧斜着目光往坡下扫去。菊圃一层层低铺下去，最低处是那片稠密的竹林。在缓坡的半山腰上，东边是那三两间低矮的青瓦房和朴素的茅舍，西边则是那几间鸽棚和古井。整个菊花园一览无余。但司空千秋的目光显然不囿于这片形制不很规则的菊花园，它已经越过花椒树的围墙，落到了更远的地方。那架势还真有点指点江山的气派呢。

司空千秋神情非常专注，脑海里似乎在想象另外一番情景，并且情不自禁地念叨道：得来全不费工夫，得来全不费工夫。

金眼相士被念叨糊涂了，本想问个明白，却见司空千秋突然脸红脖子粗，气喘吁吁，随之连打几个喷嚏，接着又剧烈地咳嗽一阵。那挺直的腰板，咳嗽得弯下去。金眼相士暗自思忖：啥事嘛，值得把人激动成这样？

司空千秋连打喷嚏带咳嗽，折腾了好一阵，那个劲儿才算过去。司空千秋抬身挺直腰板时，心中显然做出了一个决定。他单刀直入，对金眼相士道：风水看完了，该相人了。

金眼相士想考证司空千秋的内心：你还真信这个？

不是信不信，是时兴。

那咱就时兴一下。时兴信，咱就信。

金眼相士像平常看鸽子一样，倒背双手，绕着司空千秋正转三圈，反转三圈，用戴着大墨镜的眼睛把司空千秋上上下下、前前后后、反反复复打量一番，然后收住势，抬头望向树顶。没有听到喜鹊的叫声，也看不到喜鹊的身影。

司空千秋有种洗澡时被人盯着看的感觉。

金眼相士目光仍在树梢，口中却吐出三个字：阙，阙，阙。

什么阙？

朝天阙。

听过这个词，好像是哪首词里的。

这里的阙指的是印堂，就是两眉间这块地方。你瞧瞧，咱们正好踩在菊花园的印堂上，而且是中正印堂。

司空千秋看不见自己的印堂，却能看到脚下这块土地。土地上是绿莹莹的菊苗。

金眼相士开始施展他的本领了：印堂，乃帝王之通途也。若两眉相交，则如杂草乱石碍于途，前程蹇涩难行。

司空千秋连忙用手指摸自己的眉毛交与不交。嗨，平时咋没注意这个问题呢？

金眼相士：朝中无交眉之宰相。

司空千秋皱一下眉，很快又舒展开：还好，不是交眉。

金眼相士：你印堂宽敞明亮，坦途千里。

司空千秋心情一片明亮欢快。

金眼相士：阙上华盖，阙下命宫。你运交华盖啊！

司空千秋内心不禁一惊：黄厅长前几天刚和我谈过话，说要推荐我为副厅长人选。这说话内容只有自己和黄厅长知道，与此毫不相干的金眼相士是绝对不可能得到这个绝密信息的，可他从相中看出来了！这家伙，果然名不虚传！且听他往下说。

阙下是命宫，也叫山根，鼻梁由此生出，由低向高漫升，漫升未久，便异峰突起，而且向前勾出。山稳峰险，好一番景象。

司空千秋的手不由自主地摸向鼻子。

山根主两意，一为祖上根基，一为自身命根。实话实说，你祖上根基一般般，很一般般。

废话，这个档案里写得清清楚楚，天生的，出身贫寒，不用相端。

虽无祖上荫庇，但你自身命根还算坚硬，又幸亏有贵人坐在命根之上，做你的靠山。华盖所交之运，当与这位贵人紧密相关。

神了，还真让他相中了！运交华盖，晋升副厅；贵人就是黄厅长，黄厅长就是我的靠山！

当然，运势再好，也不可能一蹴而就，中途出些小磕绊是再正常不过的事。

司空千秋顿时惊觉起来。

金眼相士直到这时才从树上收回目光，瞟了司空千秋一眼。尽管隔着墨镜片，司空千秋还是感觉到有毛刷一样的东西刷过面庞。你年岁不高，下眼皮已积成眼袋，而且略泛暗色，说明你最近为此事有些焦虑，情绪不稳定。另外，身体上那方面的事又有些过度。

天哪，又相中了！好的能相中，不好的也能相中。黑说呢，不知准不准？你信也不信？

司空千秋脱口而出：准！信！说时又后悔想掩口，但已来不及。

金眼相士又把目光升到树上：脸分五色，金木水火土，变化太快，今日就不看了。

司空千秋急切地问：那我的眼圈怎么办？

金眼相士用巴掌扇扇扑面而来的浊气：你出气太急促了。

司空千秋两手张在半空，伸长脖子，张口吸鼻往里吸着空气。可是那架势，仿佛空气太香太稠，怎么用力也吸不进去。吸到最后，居然弯下腰去，打出一个又长又大的喷嚏。喷嚏没打完，他又猛一扭身，本想避开金眼相士，没承想，那喷嚏的尾气正好打在金眼相士的衣襟上，甚至有几粒唾沫星子飞溅到金眼相士的脖颈里。金眼相士紧躲慢躲，还是没有躲过这喷嚏的灾难，斜过眼道：你瞧瞧，说着说着就来了。

司空千秋心有歉意，想给金眼相士揩衣襟上的唾沫星子，可想到自己的身份，又把手缩回来。

金眼相士掏出手帕，沾一沾脖颈，再抖一抖衣襟：丑话说在前边，我只管看相，不管看病，看病的事，请另请高明。

金眼相士和司空千秋沿原路返回，快走到古井跟前时，听到左手青瓦房的窗户里传来非常搔人耳朵的鸽哨声。那哨声短短长长，疾疾徐徐，进而舒舒缓缓，分明是按《春江花月夜》的曲调吹奏的。

金眼相士和司空千秋看到步陶老者几个人静止不动，屏气谛听。尤其是楚留声，静得像一尊泥塑，耸着瘦肩，支棱着耳朵，细细倾听，听得满脸向往的神情。

哨声渐渐沉落，楚留声才口嚼美味般喃喃道：好、好、好，几近唐音，几近唐音，风鸣的哨快成了！风鸣的哨快成了！

几个人依次落座，品茶，说了一阵林风鸣、鹤秀和周字哨、秦字哨、汉字哨及唐字哨。

末了，步陶老者对花郎道：你司空局长要的治崩漏的偏方开好了，交给你吧。花郎一边接方子，一边道谢。步陶老者补充说，不过药方里有一味药，叫地米花。要上好的。这上好的，长安城里外，恐怕只有飘风楼女主人芝秀手里有。花郎一听飘风楼和芝秀，便对司空千秋说：放心吧，我包了。说话间，趁人不注意，把药方塞进司空千秋口袋里。司空千秋似乎有些不放心,附在花郎耳边小声问:来时不是说好找元菊生吗?怎么拿的是步陶老者的偏方?这不是糊弄人吗?

花郎一听,哈哈大笑:没文化,真可怕。

司空千秋被笑得莫名其妙:还有豆粒一样的干鸽粪呢?

步陶老者和金眼相士起身,几个人随之起身。

时间不早了,夕阳把余晖投射到菊花园的里里外外。花椒树墙那儿生出黑暗的影子。园里的房屋、鸽棚、天籁阁,还有菊秧、竹林的光线都在一点点变暗。古槐树上的喜鹊和鹳雀彼此呼应着叫了几声。那叫声通过香甜的空气颤动着传过来,感染了棚里的鸽子,鸽子扇动翅膀咕咕叫着应和着。

司空千秋临走之前,站在井栏高处,单手叉腰,挺胸腆肚,纵目把暮色苍茫中的菊花园扫视一遍:江山形胜,美倒是很美,只是我老是喉咙发痒,鼻涕堵塞。

临走路过鸽棚,金眼相士指指简朴异常的鸽棚,对司空千秋说:你可要仔细看看噢。

司空千秋果然在鸽棚门脑的横匾上看到三个竹节一样瘦硬挺拔的字:集贤院。

司空千秋咳嗽着大声道:得来全不费工夫!得来全不费工夫啊!

司空千秋话刚说完,便觉嗓子奇痒难耐,鼻管完全堵塞,眼睛整个被泪水泗红,脸色变得纸一样苍白,剧烈的疼痛从脑心向太阳穴突袭过来,脚下像是被什么东西绊了一下,一个踉跄,眼看着要栽倒。幸亏花郎眼疾手快,一把扶住。白燕飞也几步赶过来,从后面抱稳了司空千秋:司局,你可不敢出事,出事我回去怎么向组织交代。

几个人都不知司空千秋是何症状,只见步陶老者不慌不忙地对莫追风道:去取一壶菊花酒来。莫追风应命而去。

金眼相士问是何症,步陶老者回道:没事,是醉氧,喝点菊花酒就过去了。

原来司空千秋是醉氧。

四

没人知道吧,花郎原来并不叫花郎。

花郎原名惠惠然,字三真子。姓是祖传的,名是长辈求有名的教书先生起的,字是自个儿取的。当初求先生取名时,先生字典也不翻,随口说道,姓惠好,春秋战国时就出了名人惠子，《诗经》里又有惠然肯来的句子，就叫惠惠然吧。长辈们一听，这名字好，叫着顺口，听着特别，瞧着雅致，当即拍板定案，还摆了一桌席面，拿出一瓶藏了七八年的高脖绿瓶西凤酒，高高兴兴地请教书先生喝。席间，说到娃的字，先生说有个名先叫着，字不着急，等娃长大成人，能看出性情特点再起不迟。没想到惠惠然这娃，快成人的时候，自己给自己取个字，叫三真子。后来有伙伴讥笑他：道教有一派叫全真派，人家叫全真子，你倒好，叫三真子，啥意思啊？惠惠然解释：真韵、真才、真情。伙伴越发笑他：就你这溜光锤子，还真韵、真才、真情呢，还是真吃、真喝、真那个吧！惠惠然进一步解释说：人家心中存一点理想不行吗？伙伴指头摁到惠惠然的鼻子上：小小年纪，看见钱就睡不着觉，还心存理想呢！

惠惠然上高中时喜欢一个女同学。这女同学叫朱云梦，天生丽质，冷艳清高，家居县城。父亲是有一定身份的干部，母亲是县医院的白衣大夫。朱云梦天生尤物，唯一不足的地方，就是对学习不大上心。整天描描画画，照照梳梳，穿穿戴戴，显得很现代、很时尚、很洋气，时常引得农村来的一帮土包子流哈喇子。

惠惠然家是农村的，穿得有些土气，可模样生得俊朗，尤其是眉宇间透射出的轩昂气宇，是许多县城孩子所没有的。惠惠然身强胆壮，没事就找朱云梦说话。这朱云梦生性清高冷艳，一般男同学跟她说话，她高兴了搭理，不高兴了不搭理。但就是搭理，也是拿眼角斜着往下看。薄嘴唇间吐出的言语，既绵软又冰冷，既亲近又刻薄，让一般人很难接受。所以呀，绝大多数男同学对朱云梦，多是站在远处羡慕欣赏，不敢近前搭讪招惹。

惠惠然倒好，一到跟前，朱云梦竟然平眼相待。惠惠然跟她说话，她嘴角悄然绽出一丝不易觉察的浅浅笑意。后来熟络了，惠惠然用他攒了许久的可怜的一点钱，买了一支圆珠笔送给她，她没有接那支圆珠笔，而且目光顷刻间变得和看别的男同学一样了。

她撇着嘴角道：不缺，不稀罕！

惠惠然尴尬地红了脸：我还以为你喜欢呢。

朱云梦态度放温和了说：以后别买这些破玩意儿，没事了大老远看看我，有空跟我说说话就行。

有次说话，惠惠然有意无意地问：你长得这么漂亮，生得如此聪明，咋不太贪学习呢？

朱云梦的下巴翘起来了，目光斜睨，那神气似乎在说，你怎么也问这瓜话呢？叫人瞧不起。

惠惠然道：你让我有空跟你说话，我这不逮住啥说啥嘛。

朱云梦下巴翘得更高：我天生丽质，用得着点灯熬油吗？

长得美，再学得好，岂不美上加好。

生得美，学得好，还让别人活不活？各人活各人。你想让我老死闺中呀？惠惠然多少有些明白了。

我前半生靠父母，后半生嘛……朱云梦拿眼风瞟惠惠然。

惠惠然哦哦连声：靠……靠……靠我。

朱云梦亮亮身上的穿戴，有些怀疑：你？行吗？

高中毕业，考大学落榜，惠惠然把朱云梦约出来，二人站在县城边的柳树下。惠惠然望一眼挂在树梢的半轮月亮，对朱云梦发誓道：等我八年！八年期满，我一定开着豪车回来接你！

朱云梦依然拿眼风瞟他：要是两手攥空拳，千万别回来。朱云梦嘴上这么说着，充满青春气息的身体却靠近过来，高高的乳房尖儿蹭到了惠惠然的胸脯。

那时候，有些懵懂的惠惠然不太懂得女孩子的心思：在事情没有完全确定的时刻，也可以用这种特别的方式告别。一切过程都是运动变化的。他听到了，感觉到了她的呼吸。那呼吸均匀里有着明显的起伏。她的眼睛迷离着，迷离的眼缝里弥散出超过平常十倍的风骚。她嫩嘟嘟的嘴唇噘起来，而且颤动得跟风中的树叶一样。

他的嘴唇靠近她的嘴唇，就差那么一点点就挨上了。他晓得，两片发热的嘴唇一旦挨上，就黏得撕不开了！

倏忽间，那个声音在耳边震响起来：你要是两手空空，千万别回来噢！我现在就两手攥空拳，而这鲜艳的红唇是有价码的！惠惠然像向水中摁葫芦瓢一样摁着自己的欲望，嘴唇一点点抬高，以至于她踮了一下脚尖也没有够着。他狠狠地对她说：等着，我会回来的！

岂知，生活变幻无穷，人生诸事殊难预料。到了约定的第八个年头，却是他历尽艰辛，生意最为困苦，人生又最接近成功的要命时刻。这期间，他曾经多次想抽空去探望她，可每到动身时，耳畔便响起那句话，结果只能是愤愤然作罢。

惠惠然咬牙坚持，以命博财。又两年，咸鱼翻身。惠惠然在陕北把事弄成了，有了自己的运煤车队，油井上也摇着磕头机。屁股底下坐着宝马，长安城曲江左近长庆坊买下一座别墅。

惠惠然开着宝马，拎了许多珍贵的礼品去见朱云梦，可见到的朱云梦已不是一个人，朱云梦的身边还有她的丈夫和刚会走路的女儿。

惠惠然淡淡地说：我来了。可心底却几近疯狂地吼道：我来迟了！然后万分丧气地看着面前的三个人。

朱云梦已成少妇，穿戴得珠光宝气，面润唇艳，风韵更加成熟。绕在朱云梦膝间的女儿，眉眼生得极像朱云梦，小小年纪，已经露出几分气质。唉，那丰润鲜嫩的唇已被人吻，孩子也已挪脚走路。这本是我的唇，我的女儿啊！可惜可恨，我来迟了！

在哀痛的叹息中，惠惠然把目光移向朱云梦身旁的男人身上。这男人年龄显然大出很多，身体臃肿而肥胖，细眯眼，眼泡还肿着，心中不由恶叹：鲜花插在牛粪上！鲜花插在牛粪上啊！同时又不得不惊奇：如此丑陋不堪的一个男人，竟然能种出这花骨朵一样的小女儿！一个漂亮媳妇，三辈辈人才哪！

朱云梦让座倒茶，并大方地向自家男人介绍：老牛，这位就是我常跟你提起的高中同学惠惠然。

敢情，一切都漏底了！

那个叫老牛的男人越发眯细了碎眼睛，目光挣扎着在自家女人和惠惠然身上跳来跳去。

朱云梦一立柳眉：跳啥跳？

老牛那狡猾多疑的目光立即缩回去。老牛面相蛮横凶恶，但在朱云梦面前却服服帖帖、唯唯诺诺，见朱云梦瞪了眼，忙识趣而讨好地道：老同学多年不见，叙叙旧，拉拉贴己话。说着抱起小女儿转出厅门去了后花园。

朱云梦从冰箱里拿出一罐青岛啤酒拉开来递给惠惠然。惠惠然一仰脖倒进嘴里，咕嘟着说：咋就嫁了？！

朱云梦平静地斜他一眼：你反倒问起我来了？！

惠惠然：咋能嫁给一个丑老头？！

朱云梦毫不在乎地：丑老头咋？县城首富，住这花园洋房，屁股底下两匹宝马。他一匹大，我一匹小。

惠惠然摇头：丑恶、丑恶，竟然能跟他生活？

朱云梦白着眼睛：不光能生活，还能生娃呢。

惠惠然：可恨，可恨。

朱云梦：还会再生，直到生出儿子。要不然这么大家业咋办？留给谁？

惠惠然气愤至极，冲门外喊：一堆牛粪！

朱云梦细嫩的巴掌拍在茶几上：不许污蔑我家男人！

惠惠然：我就污蔑，一堆牛粪！一堆牛粪！

朱云梦的泪珠哗的一下滚落下来：你知道他对我有多好吗？好得很哪！好得很哪！

惠惠然见朱云梦忽然落了泪，一颗心顿时软下许多。

朱云梦咬着嘴唇道：好到你偶尔来会我，他会回避的。

惠惠然胸中"咯吧"一响，那颗心像掉了一般向深处沉落下去。

朱云梦见惠惠然胸脯鼓荡，脖间青筋暴涨，口中直喘粗气，眼珠快要蹦跳出来，便用眼风勾他。那个青春的愿想，朱云梦情愿还给他。

惠惠然慢慢站起身，怨毒的眼睛火一样烧向朱云梦。一双攥得铁紧的拳头，像拳击手一样从两边砸向自己的脑袋。在扑通扑通的声响中，惠惠然头也不回地走了。

惠惠然出了朱云梦的家门，就此进了长安城里那些花红柳绿的大门，天上人间、桃花岛、柳浪岸、黄莺屋……整天沉浸在长安城这些有名望的洗浴中心、歌舞厅、洗脚房。有时候实在累得招架不住了，就到飘风楼找柳散木按摩放松。

有次，柳散木正给惠惠然按摩时，惠惠然沉重地叹息：唉，没意思！

柳散木：有钱人也会唉声叹气。

惠惠然：越放纵，心里越空落。

后来，话题从古老的爱情转移到时髦的性上，惠惠然就对柳散木讲了他和朱云梦的事。当然，惠惠然在这位好朋友面前也没有回避他沦落的事：嗨，说沦落也罢，堕落也罢，享乐也罢，总之身体和灵魂一起迷醉进去。日御五六女，白天黑夜分不清。时代不一样，有钱当皇上。兴奋、快乐、刺激，肉体生成灵魂。首先是身体，然后是其他。过去为传宗接代，现在为快乐，世间哪有人不为快乐而死呢？

柳散木显然不在意惠惠然的沦落，而是在品味他和朱云梦的事。柳散木让惠惠然趴在按摩床上，用指头在他脊椎的骨节上敲出节奏，并随着节奏吟道：

自是寻春去校迟，不须惆怅怨芳时。
狂风落尽深红色，绿叶成阴子满枝。①

惠惠然诧异：一个按摩的，竟然也会吟诗！

柳散木猜透了惠惠然的心思：别忘了，我可是步陶老先生的徒弟哟。惠惠然这才想起，柳散木的确是步陶老先生的大徒弟。不过那是养鸽子的师徒。唉，言传身教，潜移默化。

惠惠然：人在事中迷，这一沦落，把这唐人唐事全忘到脑袋后边去了。

柳散木：是啊，杜牧当年在湖州龙舟会中相中一个姑娘，只有十一二岁，想成亲，无奈姑娘太小，便和姑娘母亲约定，十年之内，他会来湖州为官，到时迎娶姑

---

① 见唐代杜牧《叹花》。

娘。倘若十年未来，姑娘可嫁他人。杜牧费尽周折，再到湖州，已是十年之后。打听姑娘，知已嫁人三年，并且有了两个孩子。

惠惠然：咋跟我一样？不，我咋跟他一样？

柳散木：你真幸福，在今天这个时代，竟然过上了唐代人的生活。

惠惠然摇着头道：杜牧给那姑娘留下一首千古绝唱，然后两别，而我给朱云梦留下什么呢？一声号吼，两顿拳头。

柳散木故意地：人家朱云梦那么有心有情，丈夫又那么宽怀大度，你还不尽尽仁义？

惠惠然停止摇头：不，这一点我和杜牧精神相通。惠然肯来，谦谦君子。

君子个屁，自此放荡无形。开始花了。

以前有两个心思，一个用来盘煤矿打油井挣钱，一个用来想朱云梦。梦破之后忽然有个新发现：这世道，只要你钱袋饱，腰杆粗，往钟楼顶顶上一坐，就能看到长安城东南西北四条大街上美女如云。

你有艳福阅尽人间春色。

社会开放了，时代变样了。旧的淘汰了，新的长成了。立德、立功、立言没机会，挣钱有机会，性福有机会。机不可失，时不再来。人生如梦，抓紧胡弄，未出三年，浪得虚名。

花出名堂了。

惠然而来悄然去，满城之人识花郎。

厉害，成花郎了。

惠惠然就此消失，脱胎换骨，成了花郎。

脱胎换骨，多么高妙的词啊！

金钱让所有人脱胎换骨。只要你拍响钱袋，便有人解裙带。初夜权，也就一两万，便宜得很哪！声调得意中夹杂着轻蔑。

柳散木重重地按住花郎厚实的脊背，发出一声沉重的叹息。

胸中块垒，花郎决定一吐为快：有次花事，遇到一个奇女子，相貌姣好，胸隆臀翘，腰细腿长，样样符合标准，于是闭门议价，拉帷宽衣。谁知这女子摘去巨大的胸罩，露出的却是个板胸，乳房小得像两个倒扣的酒盅。我顿觉兴味索然，怎么也办不成事。这女子眼中闪着泪花，说我这漂亮的脸蛋、嘟翘的屁股，上上下下哪样不赢人，就是中间塌点，咋就不行呢？我说它不行，我也没办法。这女子撕扯着小乳房，流着泪说，你这不争气的东西！那情形，简直把我吓坏了。按规矩，事办不成是不付费用的。这女子肯定是为此而痛恨自己的小乳房。我说你不要这样。她说我咋能不这样！我说我一切照付。她说她就是要挣一笔钱把这儿隆起来。我问得多少钱？她说差万把元。我如数付她。她双手推着不肯接：你努力下，你不努力我咋接呢。我说你丰好胸日子就好过了。她破涕为笑：你留个电话，我隆好胸第一个让你摸，把今儿这缺补上。说完收了钱，捧着我的脸美美地亲了一口，笑嘻嘻地穿上衣服，扭着屁股走了。临走还回头道：绝不食言，第一个让你摸。

柳散木：这女子还蛮仗义的。

花郎说着，突然将脸埋在双手间，发出一声男人伤透心的哭号：这世界已经变得真假难辨了。

柳散木：咱这阵不该按摩，咱该喝酒，喝个酩酊大醉！

花郎翻身坐起：无趣！没意思！看着鲜艳欲滴，实则残花；瞧着青翠如玉，实则败柳！

柳散木：你这是说那些女人呢，还是说你自个儿呢？

花郎声音嘶哑：脱胎换骨！我想换回去呀！

柳散木惊喜道：这年头，竟然还有浪子回头。

花郎：我知道不可能了！来不及了！一切都已发生，既无法抹掉，也不可更改！

柳散木赞赏道：人一放纵，反倒大彻大悟。

花郎：不，是在我醉生梦死的时候见到一个人。

谁家人？竟然有这么大功力。

步陶老先生家的鹤秀。打从看见她，我就想重新脱胎换骨。

柳散木怕一件上好的东西被碰坏了似的，连摇头带摆手：你可不能糟蹋了爱情这行当。

花郎挥动两只拳头，从左右两边击打自己的脑袋，所用的力气，远远超过他跟朱云梦告别时击打自己脑袋时所使的力气。脑袋似乎成了沙袋，被打得摆来摆去，还发出砰砰砰的声响：太晚了！来不及了！不可能了！咱不配了！

柳散木：这回真大彻大悟了——富贵如浮云，佳人难再得。

花郎：富贵多的是，真情没有了。

柳散木：是应该为此而痛哭。

花郎：没情，心里空虚得很；没人，生活空虚得很。实在没有想到，我这么有钱了，到头来还是落个空、空、空。

之后，花郎禁欲三个月。货真价实，三个月未近女色。每天就忙他的生意，此外就是和朋友喝酒喝茶，或者和鸽友谝鸽子。可是三个月刚满，生意上便来几笔账。账上一堆银子，就又有些禁不住，一是饭饱思淫欲，二是你一涨钱，就有人诱惑你。花郎不由得跑去对柳散木感叹：这咋跟吸毒一样，上瘾呢！瘾一犯，鼻流涎水的。真羡慕那些和尚、尼姑，真能禁得住。

柳散木正在给一只鸽子按摩：我手指头刚好摸到一个合适的，不若先给你填补生活的空虚。至于心里的空虚嘛，可从长计议。

花郎：看来只能先如此，不然人就憋爆胎了。

每次放飞训练和比赛之前，或者鸽子归巢之后，柳散木都要一一给鸽子按摩，就像医生给比赛间歇的运动员按摩一样。柳散木坐在矮凳上，用一块上好的白沙巾裹住鸽子的腰身，夹在两腿间，给鸽子按摩。轻轻地，慢慢地，从两羽的根部开始，之后手指稍加力加速，向背部和身体两侧运动。手法娴熟，轻重拿捏得神妙，完全能够从鸽子的享受状态看出来。鸽子的身体和羽毛渐渐松弛蓬松开来，两只漂亮的翅膀平展地铺开在柳散木的腿面上，嘴里还发出"咕——咕——咕"享受又舒服的叫声。

花郎感叹：怪不得你家鸽子比得好，有绝招哩。

柳散木：鸽子身上有多少关节？又有多少穴位？

花郎：惭愧得很，以前心思多在煤车和油井上。那人身上有多少关节？又有多少穴位呢？

好哥哩，我跟你的关注点不一样。

这些穴位又对应着五脏六腑的哪一处呢？

哥呀，我要知晓那些，也盖个飘风楼，开个按摩店。

柳散木继续给鸽子按摩，一本正经地说：胸脯有弹性，骨相贵气，可能旺夫；盆骨下口宽，能黏住你，给你生一河滩娃。而且生得妖冶，眼色迷人。

花郎兴趣给调动起来：骨相能摸出来，妖冶和迷人也能摸出来？

柳散木腾出左手，在花郎眼前晃一晃：看清了，就是这只手。

花郎细看这只手。这只左手果然和右手不同。右手是普普通通劳动的手。手指干枯，骨节暴突，一看就是出力气的手。这左手，活像女性的手，修长、秀柳、细嫩，一瞧就是灵动、敏感、干巧活的手。花郎从来没见过一个人生就两只完全不同的手。不禁惊羡道：金左手！金眼相士有金眼，你有金手！

柳散木：她来按摩，我这左手刚往她身上一搭，就被弹起来了。她的身体和我的指蛋儿反应太灵敏了！一弹之后，便是亲密友好的接触。她的骨骼和我的手指热情地对话哩。随着我手指头的重按轻敲，她的身体一节节打开，成了一朵怒放的花，肉中的至阴之气，既像冰，又像火，冰着灼着我的指蛋儿，生疼生疼哩。

花郎啧啧连声：越说越神了。

柳散木打开白丝带，放开鸽子，鸽子穿出窗户，飞到飘风楼上去。

柳散木在空中晃着两只形态各异的手：我这两只手，给你按摩过，也给她按摩过，嘿嘿，两手一拍，拍出干脆的响声。

花郎：你凭啥断定我和她合适呢？

柳散木：你和她的身体有共通的地方哩。

花郎：鬼才信呢。

柳散木：你一看准信。

柳散木从腰后摸出一个锦囊，提溜在花郎面前，摆来荡去。

花郎：啥玩意？神神秘秘的。

柳散木：用词文明点，这可是现如今难得一见的奇珍异宝呢。边说边解锦囊口的丝带：前一阵，一个老道来按摩，按摩舒服了，就留下这方古镜。掏出古镜。花郎看时，只见古镜背面铸着半圈汉隶字：火府百炼，纯阳宝鉴。

花郎好奇，伸手去拿，没想到柳散木一抽手，把古镜藏到衣襟底下：老道交代说，这方纯阳之镜，遇到至阴之气，会聚气成形，留下影像。

花郎：老道胡吹冒撂，骗鬼哩。

柳散木又亮出古镜：眼见为实。我拿镜照了她的影，聚了她的气，你看有没有。

花郎双手持镜，侧斜着，借着窗户的光线察看。咋样？有没有？照上没？

似有似无，似照非照。

你别糊弄我，我手上的感觉和金眼相士的眼睛一样清明亮堂呢。

花郎细看光鲜如新的镜面，只见镜面四边生出一层层雾彩，慢慢向中心聚拢，最后竟然汇聚成一个说模糊又清晰，说清晰又模糊的女子。

花郎：有了，胖胖的。

啥胖胖的，那叫丰腴。

对，对，丰腴，丰腴，眉眼也挺风骚的。

啥风骚？风情。

对，对，风情，风情。腰细，胸型特好，胯还扭动呢。

胡说，照的时候，躺在按摩床上，胯怎么扭动呢？

花郎嘿嘿笑着。

柳散木要古镜，花郎央求道：物尽其用，就送给我吧，让我仔细看看。

你可看清楚了。

差不多看清楚了：模样神态有两分像朱云梦，又有点鹤秀的影子，只是现代时髦了许多。

我屋里的叫芝秀，这女子叫翘秀，随着一个字呢。跟鹤秀也随着一个字哪。

哎，你还别说，鹤秀、芝秀、翘秀凑到一搭，就是长安三秀。

花郎一时情迷，咀嚼回味着：长安三秀，长安三秀……

花郎兴高采烈地回到曲江附近的长庆坊。花郎的家是一幢两层别墅，顶上有一排和别墅差不多一样豪华的鸽舍，取名凤栖榭。

花郎本来吹着欢快的口哨，可快到自家别墅跟前时却停息了。他想要给翘秀一个惊喜。可他刚走到门跟前，钥匙还没有掏出来，门便开了，里边露出一张热情灿烂的笑脸。不是他给翘秀一个惊喜，而是翘秀给了他一个惊喜。

你怎么知道……

不知道自家男人几时回家，还当什么妻子！翘秀再笨，也不会说我从窗户看见了。

花郎：有这样的妻子，花郎知足矣。

翘秀边把花郎的外套挂上衣架边说：一听你脚步声，就知道今儿有好事。

花郎洗罢脸时，翘秀已经把饭菜端上桌，他爱喝的人头马也已倒好。花郎一看，几样菜都是他平常最爱吃的，翘秀把筷子递到花郎手里：你先尝这盘唐鸡，按《随园食单》上的法子做的，用料讲究，工序复杂，我不厌其烦，练了大半月，终于成了。

花郎夹一块放进嘴里嚼嚼品品，又抿一口人头马，啧啧：好手艺，中国菜，西洋酒，味道胜过长安城任一家大饭店的山珍海味呢。

你要说好，那就是天底下最好的了。

没错，天下第一美味。

这下该说说你今日的好事啦。

花郎继续夹块唐鸡，嘴巴咕涌咕涌地吃着，喝酒更是喝出响声：可我这阵儿只想咀嚼过去。

你呀，老毛病，一有好事就回忆过去。过去和现在搅和在一起才有味道。

说不定将来更有味道。那也是从现在生出来的。

得，你常有理，咱听有道理的，说道去。花郎吃喝得更响更香。

翘秀偶尔夹一口菜，碰一下杯，更多的时候是双手支颐，欣赏花郎吃喝。那神情姿态，活像一位初出茅庐的年轻艺术家在欣赏自己新创作的一件作品。

历史虽短，故事却多，不知该说哪一件？

说与咱俩有关的，或者说柳散木的手也行。

一提柳散木的手，翘秀的精气神就上来了：散木哥那双阴阳手，可真够神奇的。

不是金左手吗？咋又成了阴阳手。

你叫金左手，大家叫阴阳手。

不过够神奇的，不然凭什么盖飘风楼，养好鸽子呢。

你扯到哪儿去了？

噢，咱不说飘风楼，咱说咱自个儿。

翘秀脸上现出受活的表情：有一次，散木哥正给我按摩，窗外广播响起一首陌生的钢琴曲。那琴曲初始舒缓抒情，行到中途，节奏加快，情绪上扬，声音立时顿挫急促。

散木哥手上稍微一用力，说能，一定能！我心道这人咋神神的。散木哥让我翻身趴在床上，然后用指蛋儿在我脊椎和腰椎上跳跃滑动。先快后慢再舒缓。那动作，简直比钢琴师还要优雅自如。你知道我心里有多惊奇吗？无论轻重快慢缓急，散木哥的指蛋儿都能准确地敲在突出的骨节上，而且每次敲击，都能把一种说不清道不明的感觉输送到我的骨髓里。很快，我的身体成了一架活钢琴，在散木哥的弹奏下有节律地起伏波动并发出很抒情的声响。后来，散木哥手指运行的速度减缓下来，我身体的声音也一节一节歇息下来。当散木哥左手小拇指轻轻一滑一勾收起时，我也柔声一颤，吐出了身体内部的舒畅。散木哥说：这下，身体的花盛开了。

花郎狠劲地喝一口人头马：这事散木哥说过，不过说得没有这么详细。

散木哥还说你的身体也开放着哩，咱俩的身体里边通着哩。我一听这话，就捧起他的手美美亲了一口。

后来我见到了你，觉得散木哥说得没错，是通着呢。是呀，散木哥的指蛋儿闪着佛一样的金光，不由人不信服。

散木哥也很自信他的手，声言他的手摸身体，摸瞬间感觉，摸当下，万无一失。可灵魂和未来，就常常摸不着。有瞬间感受就够了。

一瞬间，我觉得你的身体上印着过去和将来两个人的影子呢。我有那么丰富吗？

我一见你，就在心里做出一个重大的决定。

重大决定？我知道了，是过去的梦想。

养你一辈子，让你幸福。

翘秀一竖大拇指：真正顶天立地大英雄！

尽男人的本分和责任。

这不公平，对你对我都不公平。

哪里不公平？

你养我，那我干吗？

噢，不是不公平，是不平等，我养你，你给我干吗？

花郎笑：取之不尽，用之不竭，永葆青春。

你放心，不会年老色衰的。我们的身体不是相通的吗？我们要的不是瞬间感受吗?

两个人意气风发,借酒助兴,随即决定闪婚,而且还相互磋商,拟定出闪婚协议。

1. 双方关系为个人契约婚姻,不去民政部门办理任何手续。
2. 结婚形式:闪婚。
3. 男方每月交付女方两万元。其中一万用于二人日常生活开销,另一万为女方零花。
4. 女方穿衣打扮首饰雅玩另计,凭票实报实销。
5. 初夜男方付费十万元,之后性事根据质量和满意度酌情奖励。
6. 男方一旦供养不起,或者女方色衰服务不到位,即视为违约,对方有权解除婚约。

翘秀一边签字画押一边嘻嘻笑着说:我敢保证,这是全世界最自由、最现代、最有特色、最唯一的婚约。

花郎签字画押时心中却暗道:但愿养她一辈子的心愿能够实现。

翘秀风情地看着花郎:字一签,合约即生效,你想干什么就干什么。

我想先取一笔钱。

你还君子得不成,可我身体已经开放了。

既然有合约,就得遵守。

我说合约已经生效,你想干什么就干什么。

你是我的妻子,不是章台女。合约规定闪婚,那就得有闪婚仪式。

翘秀依然不想放弃:就闪一下嘛。

一下怎么能成呢?仪式之后,想闪几下闪几下,能闪几下闪几下。

翘秀有些无奈,同时也有几分敬重:那好吧。

婚礼大典,长安城有头脸的鸽友悉数前来恭贺新禧。司空千秋因为行政职务高,又和花郎关系铁,到前台证婚。一宣读婚约,全场哗然,羡慕啧啧声一片:时髦时髦。有人趁机让新娘新郎介绍时兴的恋爱经过。花郎简单地高声应道:闪婚,没过程,一眼定乾坤。柳散木笑着接道:怕是一手定乾坤吧。众人哄笑,把翘秀的脸笑得绯红绯红。

这婚礼庆典最特别的地方,是嘉宾向新娘新郎赠送雅礼。金钱红包已上了礼单,交于账房,不再展示。唯有雅礼,是要上台面的。寻常雅礼,也不过名人字画、古董雅玩之类。而鸽界,那就完全不同,但意趣却大致相仿:图个风雅,寓个吉祥。

头一样雅礼,是皇甫三兴老医生赠送的一棵带缨的大萝卜,当金眼相士把绿缨白皮的大萝卜交到花郎手上时,祝福道:清清白白,不离不弃。婚庆典礼上送大白萝卜,众人是头回见,大惑不解,非要金眼相士解释其意。金眼相士说那就请皇甫老兄讲几句吧。皇甫三兴站起来:相士先生不是都说了吗,清清白白,不离不弃。

清清白白看得出来,不离不弃怎么讲?

皇甫三兴摸着下巴:这是一棵东洋萝卜,还有一首诗称颂它。

金眼相士心想,快说吧,别吊人胃口啦。

是说日本天皇有次不小心惹恼了皇后,皇后负气出走。天皇怕家丑外扬,就写了一首诗,派人送给皇后。皇后展纸一看,见诗名是《大根足》,便轻声念道:

　　山复有山的山代女郎
　　拿了木锹掘出来的萝卜
　　萝卜似的白臂膊
　　不曾抱着睡过时
　　说不知道那还可以吧

皇后念完诗,立马随来的人回到了皇宫。

金眼相士道,这诗还挺有魅力。

不是诗有魅力,是大根足有魅力。

就是不知道大根足具体指什么?

诗嘛,不确定才艺术。可以是女人的白臂膊,也可以是女人的大白腿,还可以是别的什么,总之,皇后懂的。

金眼相士:我们长安人说萝卜可就与日本天皇大大不同,春日破土锥,夏日伴夏生。秋日数萝卜,冬日笑土稣。

太文话了,重说,重说。

这萝卜根须粗大,生时味道辛辣,熟后味道甘甜,叶片茂密肥大,味道辛苦,但性情温和,能治百病。可以生吃,亦可以熟食,腌藏豉腊,怎样都行。尤其腌藏之时,进缸时光滑坚挺,腌好取出时愚顽松软。所以呀,上床萝卜下床姜。

嗨,怎么绕着绕着绕到那里去了?

金眼相士对花郎:你得到萝卜,再梦见萝卜,这一生可有辛苦之劳。

第二件雅礼,是元菊生送的两对鸽子。元菊生对花郎道:你以前老央求我拿鸽子给你,我都没有允承。今日你大婚,我送两对鸽子与你,求个吉利。

金眼相士把竹笼提到花郎面前。众人一片羡慕,花郎和翘秀亦是喜出望外。

笼中是一对石夫石妇，一对合璧。

石夫石妇种出维扬，合璧种出北京，元菊生费尽工夫，搜集到集贤院，培养繁殖，徒子徒孙，各送花郎一对。

这石夫白底黑花，宛然白绸缎上挥洒了一片墨玉点。石妇通身纯白，唯有眼喙脚爪为鲜红色，宛然雪里梅花。石夫石妇相配，所生幼子，亦分两色，雌雄立判。故曰：石夫无雌，石妇无雄。

再看一对合璧，眼是肉蜡金眼，鼻上凤是纽凤，通体雪白，雅洁清秀，温润如玉，身上一根黑色细线，自鼻梁起，过脑过颈，过背过腰，直至尾梢。整个看来，像是两块白玉合在一起，天然有缝，故叫合璧。再反向一看，又似一块整玉，从中间一分为二，故又称破玉。

两对鸽子，看得众人眼都直了，都艳羡花郎与翘秀合修的福分。

金眼相士触景生情，随口吟出四句来：

　　石夫雅质白反黑，石妇纯情雪中梅。
　　合璧又名为破玉，直搅风云满天飞。

瞧这诗作的，既贴切又暗藏玄机。

就在众人交口称赞之时，鹤秀上前，把一个长长的双人枕塞到翘秀怀里，卖乖道：你要不苦苦相求，我才不会三天三夜不眨眼，给你绣这合欢枕。

翘秀接在手中一看，只见枕头中央一株菊花的茎秆弯弯地长起，几片叶子斜疏地伸展开来。枝干在中间靠上的地方分成两枝，一枝向左伸，一枝向右伸。每枝枝头，正绽开一朵金灿灿的菊花，似有一股浓浓的菊香，扑面而来。翘秀不禁脱口叫道：好漂亮的菊花枕！

这菊花枕确是鹤秀亲手所裁，亲手所绣，亲手所缝。虽然时间紧迫，但对心灵手巧的鹤秀而言，并不是太难的事。枕套秀好，枕囊缝好，装了甘菊在里边。这甘菊开时只有指头蛋大小，但连成一片，便灿烂若金。在开得正艳之时采摘下来，晾干，其香凝聚，浓郁甘甜。装成枕头，枕时既可嗅闻其香，又可去头风，还可明亮眼目。

枕头做成，林风鸣顿生艳羡，对鹤秀道：这枕头一送，鹤秀和翘秀可就成闺密了。鹤秀白林风鸣一眼：你可别说一半掖一半。林风鸣忙说不敢不敢。

翘秀双手将菊花合欢枕托过头顶，丰腴的身子陀螺般一旋，衣摆顿时旋出剥剥的声响。翘秀以这样的方式向嘉宾们显摆这难得的礼物。

男宾屏息，女宾嚷嚷说这么好看个枕头，必有说头。随即起哄。鹤秀见躲不过，也学着金眼相士的样儿，吟出四句来：

西风摇持花渐落,冷泉微吟枝正凋。
案上有实佐清酒,枕头多梦两相思。

婚礼仪式快结束时,有朋友通情达理地说:闪婚嘛,送闪礼,吃闪菜,喝闪酒,然后闪人,留下一对新人闪电。

送走新朋旧友,结清酒店手续,花郎开着宝马将翘秀载回长庆坊的别墅,他们冒雨上楼顶凤栖榭安顿好石夫石妇和合璧两对鸽子,然后才一同入洞房。洞房是翘秀邀鹤秀几个新结识不久的好友一同布置的,豪华而清雅,浪漫又温馨。

翘秀把菊花双人合欢枕摆放到床顶头:偌大别墅,二人世界。花郎将礼服挂到衣架上:你是说过去、现在,还是将来?

翘秀回头一笑:当然是现在。

花郎:过去还兴闹房,闹得热热闹闹,现如今,省略了。

翘秀:过去人闹房,是教新娘新郎演戏,现如今,自己会演。花郎欲去洗手间洗掉朋友们涂抹在他脸上的白红黑的油彩。

翘秀:戏没演完,咋能卸妆呢?

花郎摸摸脸:五色杂陈。

翘秀把床头灯调得像舞台效果灯一样朦胧梦幻:正好演花脸。

花郎:那你演花旦。

翘秀跳上床,一手捂胸,向床下:演出正式开始。花郎立在床下,做暂时的观众。

翘秀脚尖一点,腰肢一扭,体态轻盈地旋转一圈,裙摆荡起一阵香风,直扑花郎面门。

花郎一抬眼,看到一团炫目的白光。

翘秀猛地收住动作,双手往下一按裙摆,掩住白光。

一瞬间,两人目光交织,和灯光、和空气一起凝固了。

翘秀生得很是丰腴,上身半透明的衬衣包裹着身体,紧得跟皮肤结为一体,似乎随便一用力,那皮肤都可能撑裂开来。花郎实在有点惊讶:如此丰腴的一个人,行动怎么会如此轻盈而有弹性!翘秀的长相、身形、行动和气息总是让他有由来没由来地想起朱云梦和鹤秀。

翘秀慢慢地脱身上的衣裙,还有蝴蝶形的胸罩和绣花的小裤。

衬衣、裙子、胸罩、小裤花瓣一样散落在翘秀雪白的脚旁。

一团白光渐渐扩大、弥漫,并膨胀在整个房间。白光发源的地方,隐隐约约地浮现出一个丰美而神秘的形象。那形象极尽变化,一会儿像是翘秀,一会儿又像是云梦高唐的山水画，深远处还有朱云梦和鹤秀的倩影。

花郎完全被白光和幻影迷惑住了，不禁脱口而出：额的神呀！

翘秀：你说什么呢？

花郎：我的神呀！

翘秀神似的破颜一笑。花郎跃然上床。

浓烈的白光一节一节缩进花郎怀里。花郎的胸脯被灼得生疼。

翘秀钩着花郎脖子：你闻闻。

花郎在合欢枕上嗅一嗅：菊花的香味。

翘秀把花郎的头钩到胸前：嗯——再闻。

花郎抽鼻再闻，菊香之外，果然另有香味。

香味源自何处？

花郎翻身爬起看着说：你身上。

翘秀灭了灯：别看，闻。

花郎在突然到来的黑暗中专心致志地闻。先闻发际，有香味，再闻鼻息，香味更浓。再闻乳头，香味又浓。再闻腋下，再闻肚脐，香味一层浓似一层，但都不是香源所在。花郎在香气中迷离了，晕眩了。他继续向下寻找着那香源。

灯"嘭"的一下亮了，并伴随有翘秀的窃窃笑声。

花郎惊得头猛地一缩，结果思绪缩回到往事之中。

没有关严实的窗扇咣当咣当地拍打着窗框。

猛烈的风在树梢上吹出凄厉的胡哨，狂怒的雨箭一样斜射进窗户，在古旧的红木梳妆台上击打出砰砰的声响。

雷声阵阵，电闪嗖嗖。风雨如大海的怒涛巨澜，前后催涌，一拨紧似一拨地拍打那突然隆起的海岸。

很久之后，暴风雨才渐渐平息。

花郎湿漉漉的身体歪向枕边，先是像弓一样一挺，然后平跌下去，随即像泄尽最后一丝力气的皮球一样软塌塌地睡死过去。

翘秀在狂风巨浪中颠簸飘摇一番，随即在潮水慢慢退却中，也抱着花郎结实有力的胳膊沉入梦乡。

风雨停息，晨曦快要露头的时候，翘秀从沉梦中苏醒，感觉身体恢复了一丝气力。她眨巴眨巴眼睛，用眼睫毛夹夹花郎的下巴。花郎死气沉沉地睡着，没有任何反应。翘秀动一动他，他依然没有丝毫反应。翘秀心疼地想：原来男人会累成这样！乖乖，再睡一会吧，我们就再睡一会儿吧。可是她搂着花郎的胳膊努力了半天，却无法再睡着。她不甘这性福过后的寂寞，她不想惹恼他，却想要弄醒他；心想让他休息，手却不听话。

翘秀借着窗户透进来的朦胧柔和的晨光，看了看睡梦中的花郎：原来男人睡着了是这样的憨态可掬。

翘秀坐起身，探手枕下，摸出那个小香囊，荡着蹭着花郎鼻尖，不无得意地道：对付你这花郎，就得用花招！要不然，这么花个郎，怎么拢得住呢？

小香囊来回触拂着花郎的鼻头。花郎吸吸鼻子，侧过脸去。翘秀嘻嘻笑着，继续用小香囊挑逗花郎。花郎迷迷糊糊地用手拨开小香囊：什么呀？翘秀笑回道：温柔香（乡）啊！小香囊又荡回来，停在花郎鼻孔前。花郎微微睁开眼，吸鼻子闻闻。

香不香？

有端午节的雄黄香，有你的体香，还有枕头里的菊花香，混合在一起了。

有一股臭豆腐的味呢。

翘秀拈过花郎一只胳膊搁在自己大腿上，两个人有一搭没一搭地说着私房话。

官人，可满意？

嗯，叫郎君。

哦，我的郎君，对贱妾可满意？

嗯，不叫贱妾，叫娘子。

哦，郎君对娘子可满意？

胜却无数。

那么说一百分啰？

嗯，九十八。

翘秀一噘嘴巴：娘子哪个地方欠了两分？

欠倒不欠，但得给日后留个努力空间。

翘秀不依：今儿是今儿，明儿是明儿，除非有真不满意的地方。

花郎：样样奇，件件鲜，只是……

只是什么？

只是这香囊，初闻清纯香艳，再闻诸香混合，有股臭豆腐味。翘秀把小香囊凑到鼻子跟前闻一闻，果然有点臭豆腐味，道：

九十八就九十八。

花郎不明就里：九十八，很高了。

翘秀：那就按九十八的满意度兑现吧。

兑现啥？

我就知道，男人的山盟海誓是不靠谱的。花郎真的糊住了。

翘秀从枕头底下摸出二人所立契约。

花郎这才想起：初夜有专项，满意度有奖励。

翘秀用指头弹弹契约：不用我念吧？

花郎暗自思忖：怪不得既耍花招又卖力？！嘴上却朗笑说：一言既出，驷马难追，岂有不兑现的理！只是可否等到天色大亮，穿戴整齐，显得正式隆重。

翘秀奶头蹭着花郎：嗯，人家等不及嘛。

花郎光溜着身子下床，从抽屉里取出一个小皮包，又从小皮包里取出两张卡，回身扑到床上，将卡叠在一起，压在翘秀的乳沟里：初夜专项一张，服侍得好，奖励一张。

翘秀双手按卡：郎君出手大方，娘子愿免费服务一次。

菜光盘，酒杯见底，往事也回忆品味得快到尽头。翘秀方认真道：这下该说说你的高兴事了。

花郎抹抹嘴巴：还记得哪？

高兴事不记得，难道丧气事要记着？

花郎：记得我跟你说，这一年半载，陕北的煤和油都不好做了，我准备将生意重新挪回长安城。

这算啥高兴事？

你还别说，瞌睡遇见枕头。嗯，菊花合欢枕头。

还真是合欢枕，不过不是菊花的，而是生意上的。

生意上的？

对，司空千秋说他刚瞅了个项目，让咱投资，还说将来招标时互通款曲。还说这事要成了，咱们就在长安城扎牢脚跟了。还说……

翘秀热切地钩住花郎脖子充满希望地：我的理想要实现了？！

有门，快了。

翘秀将花郎拉到床边：娘子我上一次要免费服务一次，你硬说理由不充分，没必要，这回，天大的好事，总该同意了吧！

免费的晚餐，郎君我才不吃呢。

五

电梯门一开，司空千秋就进来了。

司空千秋忽然意识到：此刻，这个世界里只有他一个人。家里有妻子，办公室有秘书，车里有司机，喝酒有人敬着，唱歌跳舞有人陪着，讲话有人听着，就连上厕所，也有人引路开门。平常乘电梯，不是碰到李局长就是碰到王副厅长，幸运的话，还会碰到黄厅长的夫人。碰到李局长或者王副厅长时，彼此问候，然后说几句今天天气哈哈之类的话。见了黄厅长的夫人，那可就像哈巴狗见了主人一样：嫂夫人有天大的贵干，给在下发个信息，在下去跑这个腿，就是把两条小短腿跑折了，也是心甘情愿的，何必劳嫂夫人大驾，亲自出马哪。厅长夫人惬意地笑笑，客客气气地说我去做美容，外加保健。司空千秋并不尴尬，说我可以帮你刷卡呀。厅长夫人说你太客气了，也太懂事，怪不得老黄时常念叨你哩。这话听得司空千秋心里那个熨帖哟：跟厅长住一个门洞，真是幸运啊！

可是这阵儿，电梯里就他一个人。难道是老天爷专门给他司空千秋留出一截空闲和机会，让他回味最近一段时间所发生的事情。天意不可违，就趁这电梯上升的当儿回味吧。

司空千秋觉得自己政治忠诚，为人可靠，年轻有为，组织上又有意作为后备干部来培养，所以前途一片光明。同时司空千秋也明白，前途是光明的，道路是曲折的。在宦海扑腾了十年的他，多少也摸出了一些道道：冠军都是拼着命抢来的，所以游宦是必须的。所不同的是，冠军是依据规则明抢的，而游宦是讲究艺术技巧的。譬如交议罪银，就是司空千秋想出来的独门绝招。人人都知道把工作做好，给自己加分，给领导创造政绩。可谁能忘记，领导除了政绩之外，还要实惠。给领导实惠，总得有个理由，立个名堂。因此呀，工作干得大好之时，还要干点小坏。前几天有个地方拆迁，业主死活不让拆，司空千秋就向手下暗示：绝对不能把人打死，也不能打残，那样会给政府增加负担。结果黑白两道并用，打着闹着把事情解决了，而且还闹腾出一些小影响。结果呢，被黄厅长叫到办公室劈头盖脸一顿臭骂：你少给我惹是生非！你这个局长还想不想干了？司空千秋心道：咋能不想干哩？不想干费这心思干吗？说着掏出早已准备好的信封，像递交悔过书一样平放到厅长的办公桌上：被领导责骂是我的福分。工作失误，在下甘愿受罚，这是议罪银。心中又暗道：不光想干，还想进步哩。黄厅长看也不看，拉开抽屉，顺手往里边一拨拉，那动作娴熟自如得就像下班收拾文件一样：以后再有纰漏，一定加倍重罚。司空千秋忙道：谨遵教诲，牢记在心。

黄厅长：还有事吗？

厅长，还真有事。

长话短说，有屁快放。

司空千秋便把他到菊花园亲眼所见绘声绘色描述了一番。末了还把在菊花园耳之所闻大肆渲染一通，什么汉武帝御宿呀，唐代的达官显贵、文人雅士们纷纷建造园林别业呀，距长安城不远不近，恰到好处呀，真正恰到好处呀！

你什么意思，背个葫芦给我卖眼药哪。

您前一向曾向我念叨要寻一块上好的地方，建一个高尔夫球场，以供有身份的人工作之余休闲娱乐。

黄厅长指头在空中捣着司空千秋：听者有意啊。

厅长贵人多忘事，我可没齿不敢忘。

黄厅长摸摸后脑勺：长安城南有文化积淀如此雄厚的地方，我竟然没有临幸，真正是工作的大失误。走，咱巡视去。

司空千秋：有一段沙子路，车不好走。

你是干什么吃的，派人修一修嘛。

那您也没有必要亲自去。

临幸不亲自临，难道要找人替你临不成？

那地方也有美中不足，园内花竹，园外绿树庄稼，容易花粉过敏。

没事，全当酒精过敏。

嗓子发痒，呼吸困难，难受得很。

放心，我啥花没见过，过敏不了。

醉氧可不一样，头疼得要爆炸一样。

黄厅长哈哈大笑，那就让这茬朋友过过敏，醉醉氧，难受难受。

巡视回来，黄厅长满脸兴奋，冲他说：司空啊，你可立了一大功，侦察到这么好一块地方！简直就是侦察英雄嘛。

瞎雀碰到好谷穗，运气好。

唉——好眼力，适合当古董商。

司空千秋脸色有点变：我可不想当什么古董商。

黄厅长用力拍司空千秋肩膀：走，喝茶去，我请客。

这是黄厅长第一次拍司空千秋肩膀。人高兴，下手重，拍得司空千秋生疼，但他却觉得有一股被信任的暖流涌遍全身。

咋能让厅长请客哩，我请。

我说出口的话能不算数吗？

司空千秋忙道：厅长请客，我买单。

白燕飞拉黄厅长和司空千秋到大唐西市四水堂茶楼。下车时，司空千秋悄声对白燕飞说：今你不能先回，也不能上楼，得在车里窝着，随叫随到。白燕飞回道：司局放心，再不济，咱也有这点成色，懂这点规矩。

二人上楼，要了隐秘僻静的包间，点了茶，要了果盘。

黄厅长先坐。黄厅长坐定后司空千秋再转过茶几坐到对面。这是司空千秋头一次单独和黄厅长坐在一起。司空千秋有些好奇和惶恐。他飞快地瞄了一眼黄厅长。黄厅长的身材、相貌、神态，甚至说话的语调都和司空千秋有些相像。不，准确地说，是司空千秋和黄厅长有些相像。因为司空千秋私底下有意无意地模仿黄厅长的做派和说话的腔调。司空千秋觉得自己在两个方面和黄厅长有差距。一是屁股没有黄厅长肥大厚实。小时候只知道屁股大，做了错事挨尻板子有弹性，肉厚耐疼。长大了才晓得尻子大了坐江山坐得稳。看来以后吃得要更好些，还要锻炼。光长肚子不长屁股蛋不行。二是脸上的严肃程度不如黄厅长。说来也怪，人脸上的严肃度随着官职的上升而加重加浓，加到最后，严肃成了威严。凛然不可侵犯的神圣性是一步一步慢慢生长的。司空千秋发现，黄厅长脸上的严肃表情里已经有两分威严了。

得注意哩，得小心哩，万万不可冒犯了黄厅长。冒犯了黄厅长，游宦的事，一准泡汤。

茶童进来送茶水和果盘时，黄厅长招招手说：去把那样东西拿来吧。茶童转身出去，很快又转身进来，双手托着一个盘板，放到茶几上，说若有吩咐，请按铃。说着带上门出去了。

司空千秋从来没有见过这样的盘板。盘板上套印着各色图案，图案框内写着唐朝府衙的各级官职名称，分门别类由内向外排列。内侧官职最高，向外渐次变低。同级别者，左大右小。盘板上有六枚骰子和两叠筹码，盘板顶脑上有三个字：彩选格。

司空千秋把盘板上上下下、反反复复看着，越看越不得要领，实在忍不住，就问：厅长，这彩选格是什么东西？干啥用的？

黄厅长严肃的脸上透出一些笑意：先喝茶，吃水果，吃罢喝罢再说。说着递给司空千秋一个金橘，司空千秋连忙接住，剥好皮，又小心翼翼地递回去：厅长，您先尝。

黄厅长像是故意来磨司空千秋的性子，慢条斯理地吃着喝着。磨得司空千秋又忍不住了：厅长，这到底是啥稀罕宝贝，干啥用的吗？

这是我寄存在这里的，全长安城，也只有四水堂配寄存这东西。这是唐朝有官职的人玩的，我轻易不亮出来。今日特约你来，玩一把。

司空千秋诚惶诚恐：在下三生有幸。

你可看好图板上的图案官职。

司空千秋看清了，图案下方署着中央到地方的官级名称，按职别高低大小由内向外，由左向右排列。宰相在最上面，依次排开的有吏部各职、工部各职以及太守、县令。

司空千秋：看好了，都是古代的，没有现代的。

可以对应嘛。

咋个对应法。

譬如你，可以对应到县令。

那厅长您就是太守了。

其实我你所干这一行，在唐代，属工部管哩。

厅长，您说，咋个玩法？

六个骰子，一把抓，掷着玩，以点数计算跳格，看你的职位的升迁退变。

您是说既能玩升，还能玩降？

升迁贬谪，在古代是再正常不过的事情。

我还以为和现在一样，光升不降哩。

你胡说什么哪。

司空千秋拍了自己个嘴巴子：一着急，说漏了。厅长，咱开始玩吧。

要沐手静心哩。

二人沐过手，然后盘腿打坐静心。可是，要玩的是彩选晋升的游戏，司空千秋的心，一时三刻又哪里静得下来。司空千秋努力压抑着内心激动的情绪，表面上装出心平气和的样子。

你可记住了，六点为才，五点为功，四点为德，三点为良，二点为柔，幺点为脏。同时掷两个六点，方算一才，三个六点，为二才，六个六点，乃为全才。其他功德柔脏以此类推。若有幸掷出六个红四，那就是全红，可立即升至最高职位，并赢得所有筹码。

听您这一说，还挺难的。

废话，晋升有容易的吗？来，开始。

厅长先请。

黄厅长一把揽过六个骰子，双手捂在手心摇一摇，然后非常自信地撒向盘板。骰子在盘板上跳跃着，碰撞着，旋转着，然后先后不一地停稳下来，竟然是个全红！

厅长到底是厅长，甫一出手便是全红，官至宰相，赢得所有筹码。司空我甘拜下风。说着要把筹码推过去。

黄厅长手在空中阻止着：保不定，你也掷出个全红呢。

咋可能呢，我要是掷出个全红，那不成厅长了。嘴上这么说着，手上却将骰子狠狠地掷出去。骰子的响声很大，结果是六个五，按点数算，乃为建功立业，晋升一级。

黄厅长看着散乱在盘中的骰子，再瞅瞅司空千秋，末了一拍司空千秋肩膀：你小子有命，韩副厅长不久将转赴他任，要空出一个位置，你一把就掷出个建功立勋，晋升一级。

司空千秋的心怦怦怦地跳动起来，跳动得很厉害，撞得胸腔砰砰直响，响得黄厅长都听得真真切切。

黄厅长：机会来了，运势也不错，就看你如何再建功立业了。司空千秋把所有筹码推过去，虔诚万分地对黄厅长道：愿听教诲！

黄厅长抓过去六枚骰子，在手心揉着搓着把玩着：远在天边，近在眼前。

您是说咱刚刚考察过的菊花园、高尔夫？

聪明，这个项目要立起来，会有多少人来参加这高雅而文明的活动，那我们的平台就越来越大了。

我立马着手立项事宜，而且要快马加鞭地进行。

别忘了，我和你身份特殊哟。

这我知道，我们不用出面，我手头有现成的合适人选，既有实力，关系又铁。

这年头，有实力的人多了去了，关键是……您放心，绝对的铁哥们儿，对咱绝对忠诚。

说说看。

此人是通隆公司老总，叫花郎。

花郎？黄厅长惊觉地：怎么会有这样一个名字。

噢，这是别号，真名叫惠惠然。

惠惠然，这个名字还差不多，改天找机会面考面考。

这个当然，这个当然，厅长您亲自把关，我的心就放到肚子里了。

来，咱们再玩一把，试试这件事的运气。

自然是黄厅长先来，是六个一。司空千秋接着来，竟然还是六个一。黄厅长脸上有些变色：由红到白，再由白到青，又由青到紫。反反复复，变化无常，变得连呼吸都粗壮了。末了，咬牙切齿地对司空千秋道：这些事一定要办得合情合理，合纪合法，听见吗？

谨遵教诲，牢记在心。

出了问题，唯你是问！

电梯早到顶楼了，但司空千秋并没有出电梯，而是按动电钮，让电梯向下行。此刻，他宁愿待在电梯里回味刚才发生的事，也不想急着回到那个冷冰冰的家。

本来，白燕飞是要按惯例将他送到楼底下的。但彩选格的事太令他兴奋和激动。

他想缓释一下情绪，平复一下心境再回去。要不然，自己的神态心情会和家庭气氛闹别扭的。在离政府小区还有一段距离时，他让白燕飞把车开回去，自己则慢慢散着步往回走。自从晋升为局长，搬到这小区来住，从来都是车接车送，很少步行。今儿这一走，觉得小区绿化得好，空气也洁净，往来人也文明，总之，情势一片大好。

司空千秋不经意间看到路边花草丛中有几小堆黑乎乎的东西，那东西似乎还会移动呢。走近细一看，竟然是谁家的宠物狗或者被人遗弃的野猫拉的臭臭。遗落在花草丛中有几天了，打扫卫生的没有看见，屎壳郎和别的虫子都看到了。它们从四面八方蜂拥而至，争先恐后地扑向那几堆臭臭。屎壳郎已经在滚动了。司空千秋感觉到几分恶心：如此漂亮美丽的花草丛中，怎么会有这种东西呢？真是糟糕！真是糟糕！司空千秋想紧走几步离开这个地方，可一双脚却不听指挥。真是奇怪：好好的一双脚，咋就不听指挥了呢？这不听指挥的脚，让司空千秋胡思乱想开来：当年美国西部开发，那裸露的金矿，不正是遗落在人类美丽花园的臭臭蛋糕吗？狂热的冒险家们，从世界各地涌向加利福尼亚。身材多样，体形各异，种类齐全，密密麻麻地趴在同一块臭臭蛋糕上。每只冒险的虫子，抱定其中一点，勇敢地切凿起来。露天工作的，搜刮表层财富；钻进内部打通道的，寻找隐藏的矿脉；开发底层结构的，顺势偷埋一些。身体瘦弱的小可怜们，缩在一旁，瞪着双眼，等待强有力的角逐者们大动干戈时滑落下来的残渣剩末。它们也许会觉得恶心，但又不得不努力而战，因为这已经成为它们的生存世界。它们已经身陷其中，只能前进，不能后退。

司空千秋紧走几步，越过了那几堆黑乎乎的东西。还别说，正是这几步路，走得司空千秋一头汗水。司空千秋一边擦汗又一边开始胡思乱想：假如黄厅长和好几个局长玩那个彩选格的游戏可如何是好？！

电梯到了负一层，司空千秋又将电梯朝上按。司空千秋不想出电梯，这电梯最最理解司空千秋的心情：上上下下，起伏不定。

当电梯再次回到一楼时，门开了，财政局王局长和组织部副部长互相搀扶着走进来。显然是刚从酒场回来，醉意微醺。彼此打过招呼，一同上楼。到十八楼，司空千秋告辞出来：唉，回，回这个实在不想回，又不得不回的家。

司空千秋先按门铃，见无人应，便掏钥匙开门进屋，见妻子殷初梅正坐在沙发上看电视，一边看还一边举起白玉乳形杯和电视上的一位男主角干杯。

司空千秋脱下外套，挂到衣钩上。以前回家一摁门铃，妻子会像欢迎贵宾一样，立即热情地打开门，并殷切地帮他脱下西服外套，象征性地抖一抖，然后挂到衣钩上。现在不了。妻子自顾自地看电视，并不停地和男主角干杯，对司空千秋的进门，简直视而不见。这要是在办公室里，司空局长要是进门，女秘书要是不打招呼，自干自活，那司空千秋还不火冒三丈，立马把女秘书炒成鱿鱼吃了。可惜这不是在办公室里。

司空千秋对电视画面刚闪出来的女主人公说：我回来了。妻子则对缩到电视一角的男主人公道：家是你的嘛。

我能陪你饮一杯吗？

酒也是你的嘛。

司空千秋给另一个白玉乳形杯里倒了酒：咱俩干一杯。妻子一亮杯底：我已经和他干过了。

司空千秋只好独自干杯。常喝酒的人，竟然没有品出酒的味道。

事后，殷初梅魔术般剥下两个白玉酒杯，递给司空千秋一个：你一个，我一个。白天一分为二，夜晚合二为一。

司空千秋双手捧着白玉酒杯，暗自叹道：没想到，如此丰乳肥臀一个女人，竟然有如此细密的心思和浪漫有趣的举动。自己的心和身体一起被征服了！

赠君合欢杯，盛我一世情。

司空千秋双手高捧白玉酒杯，仰脖一饮而尽，仿佛杯中是满满的琼浆玉液。司空千秋要以这样豪放的举动，向殷初梅表示自己的决心。

殷初梅：我鲜活的奶和珍贵的白玉酒杯都给你了，你可曾有什么回馈于我？

司空千秋有些慌措，一时三刻竟然想不到拿什么给殷初梅好。

说句好听话也行。

司空千秋换上了死乞白赖的表情：那我日日喝酒，夜夜吃奶。

这就是你对我的回馈？

对呀，这还不够吗？

殷初梅在司空千秋额头戳了一指头：我这儿，是你在外边拼命拼累了，安抚你灵魂的地方，不是供你终日沉浸的地方。

于是，司空千秋回家温柔，外面拼命，不到十年时间，从科员跳到局长。之外，利用局长之便，办了个通隆公司，由妻子掌管。步步艰难，步步风险，又步步好运，在别人看来，这家伙一路顺风顺水，年轻有为，前程似锦。

生活总是跟人开玩笑，甚至有意为难那些过于幸福的人。

司空千秋在外边拼得风生水起，殷初梅在家里却步步跌落。

在我们这个族群中，你有再多的房子，再漂亮的收藏和摆设，再好的车子，再丰厚的存款，再高的爵位，若没有子嗣，那一切都是难尽如人意的。生活在这样的屋檐下，人的心情总是微妙、复杂的。尽管殷初梅觉得与丈夫很恩爱，相处也默契和谐，但恩爱和和谐至极致时，又觉得缺点什么。于是心里便滋生出淡淡的落寞和微微的慌恐。起初这种感觉只是偶尔会出现，而且转瞬即逝。但随着时日延续，那种感觉产生的次数越来越多，程度越来越强，多到强到丈夫的眼神都发生了变化。那眼神里似乎含有好奇、不解和哀怨，甚至还有自恨和自责。丈夫的眼神像两把无形的刀子，有意无意地划拉在她胸口上。那里是他曾经痴心迷恋的温柔乡啊！现在他一回来，就背向她，打着鼾声沉沉地睡去。刚结婚时，丈夫一打鼾她就难以入睡，后来没有丈夫的鼾声她更难入睡。现在，丈夫背向她睡着，鼾声时轻时重，时响时沉，像是断断续续地向她絮叨着什么。这絮叨不但会让她难以成眠，而且还让她产生错觉。丈夫就睡在身边，腿还挨着她的肌肤，但她却觉得丈夫离她很远，远得随时都可能飞到屋子外面去。一夜辗转反侧，第二天清早起来眼泡有点肿，眼圈有点黑，甚至两奶都有些松塌了。丈夫问她怎么了，她掩饰说做噩梦了。丈夫又问做的啥噩梦。她却说迷迷糊糊记不清，只是觉得要发生什么事情。丈夫玩笑道：不会发生世界大战吧？她则回道：但愿是吧。

司空千秋整日忙于在官场奋斗，对于没有孩子的事，他开始并不太在意，但时间久了就有些狐疑。自己问自己：妻子这么大的奶，这么大的尻子，咋能不生娃呢？于是加倍努力地耕耘，结果依然是妻子的奶大尻子大肚皮不见大。尽管如此，司空千秋没有在妻子当面说过一句话。

事情出在母亲身上。母亲无缘无故地要来家里住几天。母亲住到第三天，就在客厅冲着儿媳睡觉的房间跺着脚喊道：承筐无实！承筐无实！喊完吼完，蹾着拐棍闹着让儿子将她送回去。司空千秋怎么劝也劝不住。母亲边朝外走边说：眼不见，心不烦。自己的罪，自己受。

司空千秋简直不敢相信，又有几分佩服自己的母亲，到底念过几天书，竟然用这么古雅文明的词，戳了儿媳的心窝子。听，殷初梅在房间里抽泣哩。

母亲呢，嘴巴硬，可回去没几天，就病倒了，托人打电话要司空千秋回去。司空千秋坐在床沿上，听病重的母亲训话。

母亲快满二十岁的时候，为六十一岁的司空宏业生下一名男丁。红布包裹的粉嫩嫩的肉团，活像一粒撑破红薄皮的花生。六十一岁的司空宏业抱着这粉红皮花生，再次验证他小腿间的把儿，确信司空家族千秋有后，前程一片锦绣，这才轻轻放下红皮花生，拉住产后虚弱的妻子，扑通跪下，流着老泪说：谢谢你！

二十岁的妻子当然知道这三个字的分量。在此之前，丈夫曾经有过两房妻子，但都没有给他留下一男半女。没承想她，一个进城讨生活的外地女子，竟然帮他实现了梦想。转眼间，她成了司空家族复兴的功臣。

夜晚，司空宏业在年轻的妻子身边说：我一个年过花甲的老头子，为了这个司空千秋，为了这个家族的香火和未来，可以说是竭尽全力。

这个我完全感觉得到。

我已经被掏得空空的了。

不会吧。

从明儿，不，从今晚开始，我将休养生息。年轻的妻子狐疑地看着年迈的丈夫。

我想你也不愿意千秋早早就没爸吧。

年轻的母亲一侧头，两颗豆大的泪珠滚落到新生的司空千秋的额头上。司空千秋在空中挥动小巴掌，可他哪里懂得替母亲擦去泪水呢？

母亲拉住司空千秋的手，用病弱的声音说：儿啊，就是犯错误，也要为司空家留一条根！要不然我怎么去向你爸交代啊！

父亲不久后谢世，母亲用父亲留下的遗产，省吃俭用，把自己养大，供给上学，步入社会，参加工作。临了又碰到这么一件事情。难道真的有宿命吗？

司空千秋流着泪答应了。

母亲不放心，让他在父亲的牌位前指天发誓。

司空千秋跪在父亲牌位前，对天发誓：就是犯天大的错误，也要为司空家生一个男丁！

母亲说你的誓不够重，不足以感动你爸。

司空千秋朗声道：爸，妈，我们的目的一定要达到！我们的目的一定能够达到！

司空千秋发誓时，已经顾及不得妻子殷初梅。母亲病逝后，生活彻底改变了。

殷初梅自觉对不起司空千秋，但要让她当个弃妇，那可是绝对不干的。走出这个门，将来指靠谁去？于是威胁司空千秋：胆敢提出离婚，我就把你升官和办公司的事一股脑儿抖搂出来，叫你身败名裂。

后来，司空千秋酒后向花郎诉苦，花郎听后哈哈大笑：傻帽一个，现在小三都时兴成这了，你还闹离婚哩。

司空千秋一拍脑门：我这榆木疙瘩。

花郎一拍胸脯：司空哥，这事包在我身上。

从此之后，家庭关系降到冰点。殷初梅虽不确切知晓外边的事情，但女人的感觉是绝对有的。

殷初梅对司空千秋说：人家是无事不登三宝殿，你是无事不还家，说吧，今儿啥事。

司空千秋从皮包里掏出几页纸，咱公司和惠惠然的公司联合开发一个项目，得你签字盖章。说着到书房取笔，见书案上的灰尘有铜钱厚，就唠叨道：你咋不打扫书房哩？

我的客厅、卧室、厨房可是窗明几净呢。

可书房的灰比铜钱还厚哩。

那你就知道你多久没有回来了。

司空千秋毕竟是读过大学之人,求学期间也曾非常用功,并且积攒下许多书籍,存在靠墙的一溜儿玻璃柜里。但打从封官晋爵加办公司后,便忙于工作,忙于应酬,不在酒场,就在温柔乡,书房是彻底地冷落了。但那时,妻子照样给他打扫擦拭得干干净净。唉,司空千秋也曾强迫自己坐下来读几页书,补充点能量。可屁股刚挨椅子,电话就响了,这事那事,没完没了。说完事硬着头皮翻开书,却发现屁股没定力,东挪西蹭,怎么也不踏实。他心中大异:这坐办公室的屁股,咋就在书房里坐不稳妥呢?

殷初梅在客厅嘲讽他:步陶华胄而清贫,千秋暴富而白屋。

这是外面好事之徒编的段子。那个步陶我知道,就是菊花园的那个老头,今儿这合同,将来要和他菊花园牵扯上关系呢。

司空千秋把笔拿出来,让殷初梅签字。

殷初梅问:啥合同?

不是告诉你了吗,和惠惠然公司草拟的联合开发项目合同。殷初梅看也不看,就签了字。

还要盖章呢。

盖章?章就那么好盖?

司空千秋明白殷初梅的意思,就拉她到卧室,摸她许久没被摸的奶。

殷初梅:应付差事可不行,得一整夜哩。

司空千秋只得遵命,勉为其难地努力了一夜。

第二天早上,殷初梅打开自己的保险柜,给合同盖了章。司空千秋抢过合同就要出门。

殷初梅:你还得回来,那只是草拟合同。司空千秋飞快地逃出去。

殷初梅眼角流出屈辱的泪水:我的命,咋这苦的!

六

主人木归智和萧涤生拎着我和莲芯辞别了凌烟阁,出大东门,一路往前,过鸡

市拐，直抵兴庆公园后门左近的一个平民小区。萧涤生的家就在这个小区里。

开门的是萧涤生的母亲。萧涤生的母亲生得清雅慈祥，瘦弱的身体里残存着一种难以形容的风韵。看到萧涤生回来，便眯缝着眼欢喜地看着。那神色情态，完全是一位心中充满爱意的母亲看自己亲生儿子的模样。萧涤生呢，脸上也露出甜蜜的笑容回报母亲。真是羡慕人类这种超乎寻常的感情。我们鸽子的家庭，夫妻间的感情是坚贞不渝的。但子女一旦离巢，彼此便毫不相干。我在羡慕嫉妒的同时，飞快地察看了这母子俩一眼。真是奇怪，这母子二人，除了眉眼间的笑容相同之外，长相上却无半点相似的地方。母亲生得那么清雅慈祥，儿子生得这么朴实无华。

见过母亲之后，一同上楼。楼顶搭建两间鸽棚。式样既新颖别致，又简洁明快，大小有十平方米左右。养的鸽子也不多，学师父，定数四十。每年实行末位淘汰制。进一位新秀，必出局一只老朽。若非得说与师父有所不同，那就是师父的鸽子是清一色的亮灰色，而萧涤生的鸽子除了和师父一样的亮灰外，还有瓦灰和垃圾灰。萧涤生说垃圾灰看着不是很美观，但飞行起来隐蔽性好，有点像隐形飞机，不易被鹰隼发现。这种垃圾灰丑中见美，十分耐看。胸前羽毛由紫到蓝再到灰白，过渡自然，层次分明，阳光一照，大放异彩。人对人感兴趣，鸽子对鸽子感兴趣。你瞧，莲芯在笼里冲撞哩，她想回到她的巢箱里去。主人并不理会她，管自说话和观看。鸽棚的门脑上有三个美术字：唐初居。

唐初居是嘛意思，我自然不明白，还是听萧涤生说吧。

居三皇五帝之首那个尧，号陶唐氏，初居唐，后居陶。于是皇甫三兴给门徒萧涤生的鸽舍取名唐初居。而残疾人桑哑铛则受此启发，为自己取棚号为陶后居。

萧涤生打开鸽门，鸽子前后相随着飞上高空。笼中的莲芯见伙伴们在天空自由自在地飞翔，血性大起，头从笼隔的空间伸出去，拼命往外挤，想要腾上高空，去追赶朝夕相伴的伙伴们。萧涤生把莲芯的头摁回竹笼，又放些食水到笼里：吃吧，吃吧，吃完还要跟随天赐去探营呢，说完又来给我的笼里放食水。就在我和莲芯吃食喝水的当儿，萧涤生又与我家主人说开话来。

师父这人呀，该豪爽时比谁都豪爽，该吝啬时比谁都吝啬。一切取决于他深窝窝眼里一双黑蓝色的眼珠所看到的对象是什么样的人。他转让鸽子的前提是金钱、仁爱和信赖。比如上次说到的京华大款的三张金卡，分文不少取。有钱人有的是钱，不收他钱收啥？有钱人撒手多少钱他并不在乎，他有鸽子显摆足够了。他四处张扬道：瞧，我拥有长安城皇甫老医生家的鸽子。你们等着瞧吧，够你们喝一壶的。

我要是京华大款，或者混到师父那份儿上，黑了睡觉，做梦都会笑醒来。

其实他也有自己的心机。转让鸽子，多向外地。京、津、沪、东北、西南。本地则偏向外县，长安城里外，以前只有世交的步陶老先生和我有。另外就是小坏蛋的表叔有。小坏蛋的表叔是个极精明的人，他摸清了医生的本根俱足的慈爱本性，带着自己七八岁的儿子前往拜访师父。师父见这孩子很可爱，而且很喜欢鸽子，就送给孩子两枚鸽蛋。可不知什么原因，可能天气太冷吧，那两枚鸽蛋没有孵出小鸽子。孩子一哭鼻子，感动了师父，师父捏一捏孩子的小鼻头：乖孩子，知道为鸽子流眼泪呢。旋即进凌烟阁，又摸出一对白生生的鸽蛋，塞到孩子的小手里。孩子欢喜地破涕为笑。孩子的父亲说这咋敢当呢。师父则说道：这算什么，作为长辈，满足孩子心里的爱欲才是最重要的。

这样说来，我和那孩子一样幸运了。

你有锦盒献出。

师父说先暂时寄存在凌烟阁。

你知道师父为何启用咱们？给咱们鸽子吗？

师父不是说你叩门，门就开；你祈求，主就给嘛。

没错，但还有另外一个原因。

我咋没看出来？

你没有看到吗？凌烟阁南边是一排又一排的高楼，遮住了阳光。北边又是一排又一排高楼，挡住了渭河吹来的风。凌烟阁没有了阳光和清风，鸽子也没有了能够自由飞翔的宽畅天空。就连出小鸽子，也因为日照不足，只得用大瓦数灯泡来照射。尽管如此，幼鸽中常常有软骨病出现。师父和他的鸽子就生活在逐渐恶劣的客观环境之中，莫可奈何。另外，师父凌烟阁上榜的大名鸽中，存世的也只有恺撒号、拿破仑号和梵高号。恺撒号已经十九岁，相当于人的九十高龄。半年前还精神矍铄，半年后反应和行动明显迟钝缓慢，对雌性的兴趣也索然。有漂亮雌鸽靠近他，给他梳理羽毛，他也缩脖闭目，只享受，不理睬。传宗接代已无任何指望。拿破仑号比恺撒号年轻三岁，那也相当于人类的六七十岁。这是鸽子的正常寿命，该到站了。拿破仑号有超乎寻常的精力，相当于人中的超人。我们知道，这种精神过于旺盛、体力过于充沛者，最容易突然折断或崩殂。他近来出的幼鸽，近乎半数患有软骨病。再就是梵高号，几年不配对，幸亏步陶老先生带来了小荷马号。

近来，师父独自一人时，必坐在凌烟阁里，隔着网眼观看这三羽大名鸽，回忆他们年轻时的勃发英姿和取得的辉煌成就，然后感慨一番。盛世不再，一切都已成为过去？巢箱里边的老态龙钟，巢箱外边的也已垂垂老矣。人鸽相对，互生英雄迟暮之悲。

这几年，师父一直设法为这三羽大名鸽物色接班人选，但命运就是不垂青。大赛冠军往往旁落，而且多数为步陶老先生及其门生夺得。气势如虹成了明日黄花，日落西山成了残酷现实。偌大一个家业，名满长安城的赫赫声誉，眼见着烟消云散，湮没在漫漫历史之中。凌烟阁危机！二十四位功臣像将永远空缺一位。

盛事必衰，难道真是历史的命数?！即使真是，那苦苦支撑，挽救颓势，也是我们的责任。

木归智顿觉肩头压上了千斤重担：这么说来，金眼相士不开口请求，师父也会让咱们进凌烟阁的，尤其是天赐和莲芯。

瞧，说到我和莲芯了。

师父的目的再明确不过：让天赐和莲芯移到居住条件相对好些的地方，晒晒太阳，吹吹清风，然后征战沙场。

咱得争口气哩。

临走，师父还让我给你传授赛鸽心经。

求之不得。

能者总是殿后，好人准得第一。

什么意思？

钩心斗角的狡猾策略失败，谨慎宽恕的善良策略胜利。

这，就是赛鸽心经?！

金眼相士还说师父是用这进行拟子传播实验哩。

什么是拟子传播？

我也是头一回听说。

我和莲芯被主人提着下楼到萧涤生居室。居室不大，常见的两室一厅。厅正面挂着几面优胜锦旗，摆着几座奖杯。一室是母亲的卧室，另一室门旁挂一竖匾，上面集着大书法家怀素的四个草字：人间宝绘。进门看去，室中夹一张大床，床上一半铺盖卷，一半笔墨颜料，四面墙壁上挂满鸽子的画像。一幅挨一幅，一排并一排，足有几十幅之多。

哟，快成凌烟阁了。

这都是在长安城比赛中渐露头角的新秀，哪只能进凌烟阁就看造化了。

没想到，去非哥你还有这两把刷子呢。

这个，说来话长。

萧涤生画画，那可是天生的。五六岁的时候，睡觉做梦，梦见一位中年男子。梦醒，摸出铅笔，在白纸上涂涂抹抹，涂抹出来的形象模模糊糊，搁笔再梦，梦醒再画，反复三次，终于画出一个像模像样的人形。母亲问他：画的谁呀？小涤生答曰爸爸。母亲拿过画仔细端详，红着脸说，有几分像你皇甫大伯。小涤生把画像置于床头，入睡前凝看，睡着又梦，梦醒又画，直画得与皇甫三兴有六七分相像。母亲拿着画，领着小涤生去见皇甫三兴，说娃做梦都梦见你，梦见就画。你瞧，画得很像哩。皇甫三兴接过一看，果然有几分像，道：这小子，将来能当画家。母亲道：娃说他画他爸哩。皇甫三兴看着面红耳热的母亲：带娃常来嘛。之后，母亲有事没事都带小涤生去凌烟阁。小涤生在凌烟阁看到鸽子就喜欢上了。母亲对皇甫三兴说，不知是鸽子救了他的命、通了他的神，还是怎么的，这娃一见鸽子就着迷，听到鸽子叫就欢喜，娃这一点倒是特像你。

母亲的话，种在了小涤生的心田里，生了根，发了芽。于是时常梦鸽画鸽。皇甫三兴见小涤生画得好，就请人给小涤生搭建了唐初居，还送给他几对鸽子和一本画册。说：日后养鸽子，我是师父。画画，埃米尔·沙赫特察贝是师父。这本画册，正是埃米尔·沙赫特察贝的手笔。这本《手绘最惊艳的鸽子图集》，收录了一百幅精美的鸽子图画，画得太好了。后来步陶先生知道了这事，又送给他一册《清宫鸽谱》。小涤生既看鸽子，又看图册，对比着看参照着画。几年工夫，竟然对鸽子的形貌、特点、性情、神态、气质，了然于目，烂熟于心，画的鸽子活灵活现。有一次，小坏蛋好奇，将一羽单极了的雄鸽放入人间宝绘，只见那雄鸽鼓圆胸脯，在地上拖着尾巴转着圈叫一阵，然后放脚一跳，拍翅朝墙上一只小花雌飞去。双爪一伸，把画和画上的小花雌一同撕碎了。小坏蛋笑着说，鸽子跟人一样，喜欢画上的美女呢。萧涤生上前提住那雄鸽，交到小坏蛋手里：这家伙，害得我要重新画一幅。

后来，萧涤生异想天开，将自己梦想的男子和梦想的鸽子绘到一张画上：那男子西装革履，仰望天空，一只手伸过头顶。一只幼鸽，正扇翅欲降落到那只手上。母亲把这幅画拿给皇甫三兴。皇甫三兴拿到这幅画时，手臂有些颤抖。他一边赞叹，一边激动地说，就是不知道将来会出落成什么样子。

这娃禀赋特异，天生画画的料，我要出资送他到长安美院附中去接受正规的专业训练，之后再入大学深造，保不定会成为长安画派一等一的大画家呢。母亲萧淑娟没有料到，正是这幅画和这个决定，引发了小涤生和皇甫三兴尖锐而激烈的矛盾冲突。

木归智看到了最后那幅画，打断了萧涤生的思路和话语。

你咋画了一只小杂毛？

你看怎么样？

太嫩了，毛茸茸的，才换羽哩。

你可别小看他。

站相像一匹扬鬃蹬蹄的小马驹。

嗯，还算有几分见识。

嫩相是嫩相些，但精神气宇却和凌烟阁里的有几分相似呢。

萧涤生诧异木归智对鸽子的感知。这样的人，不太会辱没鸽子。萧涤生欣慰把木归智引荐给师父，也欣慰木归智成为自己的师弟。

一个小杂毛，露出这等英雄神气，难能可贵。

命运这玩意儿，谁也保不准。

那咱骑驴看唱本，走一步，看一出。

看一个小杂毛，如何一步一步成为光耀千秋的大英雄。

这话，为时过早吧。

当然，要是出师未捷身先死，那就没辙了。

世界荒谬，任它啥事都可能发生。

不管发生什么事，你得记牢这羽鸽子。

他是谁呀？瞧你说得严重的。

图南。

他就是图南?! 你见过图南?!

没见过，是根据金眼相士描述画的。

轮到木归智大为诧异了：你没见过，就画成这样。你要见过，还不画成神了。

木归智拎起竹笼，凑近画面，对我和莲芯道：二位看清楚了，这位就是图南，你们空中沙场上最强劲的对手。

萧涤生道：要我说，咱直接去飘风楼探探营，让天赐、莲芯和图南照个面，日后沙场上狭路相逢，也晓得谁是谁。

走！说走就走！直接下战书也行！

主人木归智和萧涤生提携着我和莲芯前往飘风楼探营和挑战。出和平门，沿雁塔路一路向南，直至道路被迎头拦断，那便是大雁塔北广场。

北广场有左右两个山门。山门用汉白玉筑就，中间门高，两边门低。中间门大，两边门小。山门造型挺拔俊朗，很有气韵。按规矩，从右手进门，从左手出门。右手山门脑四个大字：慈恩祖庭。

紧挨着的两边侧门门脑分书：善归一揆，慧蕴三乘。主旨分明，言此地乃慈恩古寺，玄奘西行归来译经之处。进门行不远，右手又见西边山门。正中门脑：五陵佳氤。两侧分书：丝路遥接，渭水环萦。既勾连江山形胜，又陈述历史伟业。字皆出自书圣王羲之《圣教序》，字字妍美，笔笔描金，处处彰显着贵气。想这大唐的风水宝地，何用晋人笔迹？请别忘了，唐主李世民对王右军可是顶礼膜拜。没有晋人的妍美风流，何来唐人的大度潇洒！

广场空地，深植银杏诸木。树木间红沙石铺地，镌刻着张旭、怀素、张怀瓘几位草书名家的代表性作品。广场正中，是现代化的音乐喷泉。一年四季，定时准点，音响水喷，游客争相观赏。若是夏季，时不时有情侣相携着跳进喷池，穿梭于喷泉扬起的水花之中，秀着他们的浪漫和恩爱。广场两侧，一应的仿唐建筑。朱红的廊柱，朱红的椽檩，朱红的门窗，四面歇山的坡顶，琉璃的黄瓦、碧瓦，飞檐的翘角，平整的屋脊，相对的鸱吻，一路铺排开去，烘托出遗世独立的大雁塔。白云缭绕，鸽群翻飞。慈恩寺两侧道边，青铜浇铸着唐代的列位名人和各式技艺。其间更有老人和孩童，手执海绵巨笔，蘸着木桶里的清水，在平整光滑的地板上模写着欧阳询、柳公权、颜真卿的字迹。在远处，又有一群女子身着盛装跳着仿唐乐舞。外地游客见了，不由得摇头叹息：一城文化，半城神仙。

越南广场继续向南，过曲江一号别墅群，三盘六绕，到曲江九十九号小区。左侧拐角，有一栋小三层门面楼。抬头望去，能看到半爿鸽舍冒头在楼沿上边。楼正门左侧挂有绿漆牌匾：飘风楼。右侧则有一块广告牌：千里之行，始于足下。

站在飘风楼前回首望去，可以看到铺排开来的屋顶和大半爿大雁塔。和大雁塔以及那些宏伟的仿唐建筑相比，这缩在远处角落的飘风楼着实有些简陋和寒酸，奇怪的是，正是这简陋寒酸的飘风楼，却与古朴浑穆的大雁塔遥相呼应着呢。这从四面八方吹来的世事变化的风，既能吹到大雁塔上，也能吹到飘风楼，还能吹到那宏伟的仿唐建筑的门窗里去，进而会漫卷长安城。人们也许感觉不到，但我们鸽子却能感觉到：大雁塔那通透的窗洞里流溢出来的唐风，能渗过世事变化的风，向飘风楼浸润过来。

飘风楼的大门紧闭着，铁铸的龟蛇铺首上吊两只结实的大门环。一只门环上挂个小牌子：今日暂停营业。

萧涤生上前，拍响了没有挂牌子的门环。门环的响声在向屋里的主人宣告：探营的来了。

按常理，国有利器，秘不示人。但这常理，在鸽界，既被遵循，又被打破。正如奥运会或者世锦赛，每一大项，夺冠的热门队伍和热门人选就那么几支或几个。除非有黑马爆冷，基本上冠军都会在这几支队伍或这几个人之中产生。一般在赛前，这几支队伍或这几个人会通过沟通协商进行互访，或者进行热身赛，彼此摸摸底牌，谋谋对策。所以呀，这互访和热身赛就大有讲究。有的雪藏主力，有的隐藏真战术，有的甚至用假战术诱骗对方，也有的尽遣主力，尽展新技术，先行摧毁对方的心理防线。一如国家国庆阅兵，尖端武器悉数亮相，但你要深入到人家的核基地或者航天中心去，那是不可能的。一切皆取决于主人的性格和智慧。赛鸽既然是一项激烈的竞赛运动，那也就不离此谱。在长安鸽赛中，传统的热门夺冠队伍也就那么两支：皇甫三兴和他的门徒，元菊生和他的门生。至于热门鸽选，金眼相士早已列出名单。皇甫三兴和元菊生都有鸽子入围，但排在前面的却是天赐号、图南号、步行者、莲芯号等三五羽鸽子。这不，性急的木归智和萧涤生携带我们来探营了。其实，木归智、萧涤生、莲芯和我心里也明白如镜，图南的面不是那么容易见到的。因为探营也有探营的潜规则，除非是师父和铁杆兄弟来了，图南可以过过目、上上手。一般熟人，逮两羽一般选手鸽应应景。既搁住你的脸，又见不到真东西。若是对手前来，那主人可会提高警惕，用嘴巴跟你说一说新近的鸽子状况，那已经给足面子了。对手上门，目的在鸽子也不全在鸽子。让看了高兴，不让看了也不见外。探探口风，摸摸虚实，足矣。高手之间，无意间释放的任意一丝信息，对方都能嗅闻得到。

飘风楼的门开了一扇，一位中年女子侧身出来，站在门前的台阶上，居高临下地看着萧涤生、木归智、莲芯和我。

这中年女子是个麦色人，通体给人以庄稼成熟了的丰稔感。浓密的秀发间，斜插一小撮粉白色的荠菜花，淡淡的花香从发间弥散到空气中来。

萧涤生上前一步，打拱唱喏：嫂夫人，一向可好？

中年女子：托你的福，挺好。

散木大哥也好。

又托你的福，他也挺好。

中年女子嘴上挺好，也挺好地说着，眼珠却不停地转着打量我们，身体依然站在台阶上，堵着半开的门，丝毫没有让客人进去的意思。

萧涤生再次打拱：你家图南可好？

中年女子没有回答，用指甲盖弹弹吊在门环上的牌子：兄弟今日是来洗脚按摩的吗？

萧涤生赔着笑脸：嫂夫人真会说笑话，明明是探营来了嘛。

中年女子不是十分友好的目光落在我和莲芯身上：探营怎么还挎着笼子呢？

萧涤生明白了——长安城鸽界的规矩，探营时提笼上门，那可就是挑战了，忙解释道：我们探营，顺便让我散木哥探探我们的营，一举两得。

不料，木归智却拎笼上前：既探营，也挑战。

中年女子并不理睬木归智，对萧涤生道：去非兄弟，若真是探营，请你一人空手进。

萧涤生满脸为难：同路而来，我咋能撇下师弟，独自一人进去呢。

中年女子退后一步，再退，就退到门里了：你进也不进？

请嫂夫人高抬贵手，敞开大门。

中年女子退回门里，欲要关门：若要一起，请转别家。说着动手关门。就在楼门将关未关之际，木归智迅即上前一步，用竹笼顶住门，并将竹笼卡进门缝。中年女子若再用力，竹笼怕是要给夹碎了。

双方正在僵持，背后响起一个清脆而平稳的声音：芝秀大姐，且慢关门。

我们循声回头，只见一位颇有几分气质的中年女子用一辆旧的两轮轮椅推着一位男子，从不远处走到近前来。

芝秀开门，走下台阶来迎接：原来是哑铛和弟妹。

哑铛坐在轮椅里，黝黑的脸膛泛着坚毅的表情。生活的辛劳非常明显地潜藏在那表情里，而生命不屈的精神火焰也燃烧在他的胸膛里。你瞧他多少有些自卑的眼睛里，透射出来的亦是极其顽强的目光。

萧涤生过去和桑哑铛很是熟识。印象中，桑哑铛是一个沉默寡言、十分自卑的人。而如今，情势反转了。萧涤生客气地：哑铛老哥，这两年精神见长啊。

桑哑铛嘴角回出一个不易觉察的笑意，黝黑的瘦手将小小的竹笼往怀里搂了搂。笼中站着一只沉沉稳稳的鸽子。

一般而言，善飞三四百里短途赛的鸽子，身形长相极像奥运会百米赛的短跑运动员，结实饱满，胸膛宽阔，肌肉发达，爆发力极强。而能飞千公里以上距离的长程鸽，亦像奥运会万米赛场的长跑运动员，干瘦、修长，秀溜，翼展大，耐力无限。而飞行五六百公里的鸽子，身形介乎二者之间。之外，也有少见的全能鸽，能在三百到千公里的各个级别比赛中入赏获奖。当然，这就不完全由鸽子的身形决定了。

笼中这只鸽子，正是介乎中间状态的身形。说强壮又不十分强壮，说瘦削又不十分瘦削，说短小又不十分短小，说修长又不十分修长。披一身大片墨玉一般的外衣，一只脚缺着脚趾，站在那里，羽翅稍微有点耷拉，显得有点精神又不十分精神。唯有一双紫罗兰眼睛，于偶尔闭合又睁开的一瞬间，会放射出蓝色的闪电。

毫无疑问，这就是有许多逸闻趣事和传说，并被金眼相士列入竞争豪强名单的步行者。

芝秀迎到了轮椅跟前：哟，一家三口都来了。

清脆的声音又响起：哑铛让步行者拜访散木哥来了。

芝秀笑道：不让你两口子进，也得让步行者进哪。前后两种态度，简直天壤之别。

木归智憋屈了一肚子委屈、埋怨和愤怒，不能直接对飘风楼女主人芝秀发作。这下可好，桑哑铛夫妇恰巧碰到帽檐上。

嗨，这就是大名鼎鼎的步行者，咋跟主人差不多，跛着脚呢？听说每次比赛，都不是用翅膀飞回来，而是一跛一瘸地走回来。告诉你吧，乌龟永远没有鸟跑得快。这样的东西，只配剁了下酒，哪里配进飘风楼呢？

木归智说着，还把我和莲芯挪到轮椅跟前，似乎要用我和莲芯把步行者比下去。

一直沉稳着的桑哑铛被羞辱得有些光火，嘴唇和瘦手都开始发抖。桑哑铛是这种人，你无论如何糟蹋他，他都不大在乎，几十年了，自尊已被屈辱磨成了茧子，没感觉了。但你若瞧不起步行者，胆敢糟蹋步行者，对不起，他绝饶不了你。今儿木归智把他人和鸽子一块儿辱没了，你想，他岂能隐忍不发。他会和你拼命的。

桑哑铛先是怒目而视，随之挣扎着要从轮椅里站起来。桑哑铛身体要是灵便，一只老拳早砸到了木归智面门上。桑哑铛挣了挣，眼看要挣起来，却被身后的妻子按回轮椅：这种人，也值得跟他计较吗？

桑哑铛呼哧呼哧喘着粗气，把步行者连笼一起举过头顶，咬牙切齿地道：你瞅好了，这是步行者，总有一天，他要打败你！

就凭他，跛足烂翅的？

今儿抹个嘴，把话撂到这儿：总有一天，他会走到你前边。

给他也买个车车，让他坐着跑。

芝秀扬着头，越过木归智，径直走到萧涤生面前：啥烂人，你也引到飘风楼门口来？不怕脏了台阶！

萧涤生也颇觉意外：木归智今儿是怎么了？旋风钻了屁眼了？领他来，真丢人。萧涤生拿眼斜木归智，阻止他不要再胡乱说话。岂料木归智非但对他的示意视而不见，反而大声嚷嚷道：步行者，靠腿回来的鸽子，也配和我比赛吗？实话告诉你，能和我家天赐比翼蓝天的，只有飘风楼的图南！什么步行者，后边跛着去吧！

几个人忽然明白了：激将法，醉翁之意不在酒，在乎图南。

芝秀根本不上当：要想看图南，那你天天来这儿，仰着脖子朝天上瞅，图南绕大雁塔飞行时，你或许能瞅上一眼。

可我就想进飘风楼看看图南。

那得拿戥子称称，看你有几两几钱，再撒泡尿照照，看配不配。

木归智急红了眼：我不配，他配！猛一脚踢过来，把我和笼子踢到芝秀跟前。

芝秀一看：哟，三道杠，听金眼相士提说过。大名唤作天赐。

对，是天赐，就凭他和图南死磕哩。

还是天上见吧。

可我就一门心思，要进飘风楼。

除非天赐赢了图南。

这么说，你应战了？！

就算是吧。

萧涤生既生气又佩服。营探不成，挑战却成了。

芝秀不再理会木归智，上前接过桑哑铛手中的竹笼：欢迎一家三口到飘风楼做客。

妻子把轮椅推到台阶边，斜靠住，扶桑哑铛下来。桑哑铛趔趄着身子走路。他一只脚的脚尖勉强能够到地面。桑哑铛一手挂在这条腿的膝盖上，往下用力，帮助这只脚踩实到地面上。桑哑铛就这样艰难地走了几步路，一瘸一拐，幅度大得前仰后合。上台阶时，妻来搀扶他，被他挡开了。

我和莲芯，还有主人木归智和萧涤生，站在台阶下面不远处，眼看着桑哑铛倔强地走上台阶，进入飘风楼。芝秀回身，用那只没有提竹笼的手带上了大门。吊在门环上的暂停营业的牌子在晃荡着。

步行者进去了，我和莲芯被关在门外。

木归智俯身开笼门，对我和莲芯说：去，探去！地上探不成，空中探，最起码要从高空看看飘风楼是个啥样子。

我和莲芯冲出竹笼，两圈即趸到高空。我们居高临下，能清楚地俯瞰飘风楼及其周围的环境。

飘风楼就建筑在楼顶，坐北朝南，式样有几分像皇宫，但比皇宫低矮简洁。歇山顶，飞檐而不翘角，瓦是唐代琉璃瓦，砖是旧灰砖，四面留有窗户和活络门，以通四面来风。顶上开有小天窗，上下左右皆透气，正合了古人六通四辟的说法。总体风格和大雁塔协调一致。

我和莲芯在高空滑翔，雅洁贵气的飘风楼，鳞次栉比的仿唐建筑，敦厚浑穆的大雁塔在我们羽翅之下缓缓掠过。我们能感觉到大雁塔和飘风楼之间流动的古风，那古风比现时的风浮力大得多。展翅飞翔在上边，真是自由自在。

遗憾的是，图南和他的伙伴们没有飞出飘风楼。我们看不见他们，他们也看不见我们。彼此渴望，却不能在空中结伴而行，是非常难受的事情。机缘未到，我们只能飞回去。看来，图南的女主人说得对：比赛时，天上见！

七

主人木归智回来，专门给我喂过食水，在我酒足饭饱后捉住我，摸摸身板和肌肉，观观眼砂和内线口，再掰开嘴巴看看喉咙，确信我身体无恙，才双手持握，把我贴紧他的胸腔，让我听他战鼓一样咚咚作响的心跳。

木归智就这样持握着我，跪在他父母的遗像前，诉说心中的誓言：时间不会太久，我会买一块风水宝地，把你们葬埋在一起。我要跪在坟头，点三炷香，烧六叠真钱，让几辈子受穷的先人在阴间住亮敞的楼房，穿阔气的衣服，过排场的日子。更要叫自己良苦用心换来的不孝恶名就此一扫而空，灰飞烟灭……我的天赐啊，希望寄托在你的身上！一切都看你的了！

以前都发生了嘛子事，我不知道。我只知道木归智，我的主人，对我太好了！好得过头了！好得让人受不了了！

我最初从凌烟阁被带回来时，木归智把我安排在洒雪储宝堂正中那间最宽敞、最向阳的巢箱里。他自个儿呢，把折叠床支到巢箱对面的墙根下，他要与我朝夕相处。这可苦了女主人银花。可怜的银花，既要打工挣钱，给他洗衣做饭，晚上还得独守空房。

银花之所以能和木归智生活在一起，一是工棚里太乱，女孩子住不安生。二是能省下房钱和饭钱，贴补生活在深山老林里身衰体弱的双亲。木归智转到养鸽行当之后，曾经用鸽子翻秦岭挣到一笔数目可观的钱。木归智用这笔钱翻修了鸽棚，还买了辆二手摩托车，平时不用，训练鸽子时才用。木归智给了银花一点私房钱。银花不问来路，有总比没有强。银花接钱时朝木归智甜甜一笑，木归智说我见钱眉开，你见钱眼笑，咱俩合在一起就是眉开眼笑。

现如今，事情颠倒了。木归智不再打工，也不再倒腾鸽子，一心主在侍弄我。家中很多花销，全靠银花打理。有时，银花端盘上桌，摔摔打打道：一个大男人，咋能窝在家里吃软饭呢？木归智用筷子敲着盘沿儿回道：今儿吃几顿软饭，是为了将来给你上硬菜。银花顶撞道：鬼才信哩！木归智把筷子往桌面上一拍，气哼哼地道：不乐意伺候了走人！说完起身上了楼顶，进了洒雪储宝堂。

晚上，伤心的泪珠成串地滚过银花的腮帮，落在枕头上。

女人真是个奇怪的生物，她要是一直单身，倒也能过得潇洒自如，可一旦和男人生活在一起，情况就会发生很大变化。银花因为生活情境所逼，寻个避风港，就和木归智生活在一起。刚开始也不太习惯，可时日不久，就变得爱闻他的臭汗味，喜欢他结实的胸脯和坚硬的胳膊。白天再累再烦恼，天黑了往他怀里一钻，往他胳膊上一枕，一切都安生了。臭汗味就是花香，鼾声赛过音乐。老天真是奇妙，造一个男人，再造一个女人，互相享受这种乐趣，而且乐此不疲。

天天如此就是习惯，习惯一旦被打破，你试一试，难受得很呢。

银花钻到洒雪储宝堂来了。人家一个人睡不着嘛。

不行，弄出声音会影响天赐休息的。

你呼噜声那么大，就不怕影响天赐休息？

木归智从枕头下摸出个木夹子，朝鼻子上一夹，伸给银花看。银花借着朦胧的月色一看，活像要下水的花样游泳运动员。想笑，捂住嘴不笑出声来。

银花从指缝里细声说：就躺在你怀里，闻闻汗味，啥啥都不干。

木归智没有吱声，算是勉强默许了。

过了大半夜，银花依然睡不着，心痒，身上发热，就禁不住伸手过来摸木归智，结果被木归智一把推出洒雪储宝堂。

银花实在忍受不住身体的饥渴，就跑到飘风楼去按摩，以求缓释。柳散木托人给木归智捎口信：雌散得太厉害了，快领回去踏蛋吧。木归智回信道：谁家雄旺，让她寻谁去。银花再去按摩，柳散木不进按摩房，站在外面，隔门对银花说：此地不宜久留，请另谋妙处。银花只得起身，悻悻地说：走就走，长安城按摩店多的是，又不是飘风楼一家。

银花回来给邻居娘子哭恓惶，邻居一旁听着，浪浪地对银花说：老哥给你支一招，保准管用。然后附到银花耳朵跟前叽咕几句，叽咕完又亮着嗓门高声道：这叫以毒攻毒，不怕他犟牛不回头。

银花脸微微有些红，拿眼诀了邻居。

邻居娘子见状，没好气地说：他一肚子鬼下水，能出的都是馊主意。

这天中午，邻居估摸着木归智快下楼吃饭时，溜进木归智房间，放下竹门帘，和银花在里面弄出一些奇奇怪怪的声音。

木归智刚好下来，听到声音，揭开门帘一看，见邻居正和银花抱作一团。邻居的大手还在银花衣服底下摸摸揣揣的。木归智先是一愣，进而压抑一下，然后平静地咳嗽一声。邻居和银花回过头来看，木归智丢下一句：你俩继续。摔门帘走了。

邻居追到楼道，堵在当面，指着鼻子骂：木归智，你他妈真不是人！我他妈真想揍你一顿！

木归智伸过身子：揍吧，揍两下给银花出出气。邻居拳头挥在空中：我这是为谁哩?！

木归智脸冲得更靠近拳头：男人心不狠一点，就弄不成事。

可怜的银花这回真哭了。坐在脚底，撕胸拍腿，呼天抢地，悲痛到极点。她实在意料不到，在木归智眼里心里，自己竟然不如一只鸽子！木归智对自己太冷漠了！冷漠到连世界上最刺眼杀心的事他都不在乎！这样的人，为啥还要过在一起呢?！

走！走！走！说走就走！一分钟也不要耽搁！

不行，一切都给了他，这样一走了之，便宜他了！银花开始迁怒于我，拿了菜刀来剁我。正要下手时，菜刀被木归智一把夺过去。结果剁我没剁成，银花自己的两根手指差点给剁掉了。骨断筋连，血红一片。

末了，包袱被扔出来，存折摁在脸上，扫地出门。

这下清白了，可以不受骚扰地把心思全部用到我身上。当我长到三个月大时，严酷的训练开始了。

清晨七点，鸽门准时打开。太阳冒头也罢，乌云蔽天也罢，下雨也罢，风搅雪也罢，准时得很。七点整，不早半分，不迟一秒。

木归智会"咣当"一声打开鸽门，我和适生、得宝、储金、大命、存折等伙伴们一溜带串地冲出鸽门。尽管我们啪啪啪啪地拍动翅膀，但我们的身体还是往下掉，不过很快就上升起来。那动作，跟新式战斗机从航空母舰上起飞很是相像呢。起初我们环绕洒雪储宝堂飞行，但飞着飞着就飞远了。约莫半个小时，我们飞回来，落到屋顶上，咕咕鸣叫，撒欢追逐。或者彼此相偎，互相梳理羽毛。再或者踱着方步觅食草叶碱土。又或者站在屋檐边，探头探脑地往下瞭望。木归智吹响口哨，摇动食盒，我们便知道开饭了，于是蜂拥着挤进活络门，扑向食槽。什么叫鸟为食亡？看着我们互相拥挤，互相踩踏，彼此叮嘴抢食的样子，你就晓得了。

一开始训练，我们生活的规律就打破了。而训练就是要打破固有的平衡，建立一种全新的竞争机制。

我们按常规准时降落时，忽听啪的一声巨响，惊得我们又飞起来。

我们能看见木归智手中攥了一把钢丝枪。那枪是他自己用三轮车的辐条、螺丝帽和皮筋做成的。把鞭炮剥开，火药放在螺丝帽的眼里，高高举起，扳机一扣，砰的一声巨响，田径比赛的发令枪，大概就是这样的。最起码声音和效果是一样的。

我们飞旋一阵，徐徐降落下来，眼看着要脚挨房檐了，又是一声巨响。我们天性胆小，害怕声音，又盘升向高空。

我们和人类一样，对任何东西都有适应性。初响我们很害怕，但响得多了，听习惯了，也就不怕了。反正枪里没子弹，打不中我们。我们会在枪响的空隙，一个俯冲，冲进活络门。可惜，舍里既没有食，也没有水。我们又被驱赶出来。木归智用砖块堵住活络门，又鸣枪恐吓，摇旗驱赶，强制我们飞行。就这样，我们的飞行时间从最初的半个多小时一节节延长至一小时、一小时半、两小时、两小时半，最后达到三小时。我们和大赛前的运动员一样，随着训练强度一点一点增加，身体素质也在一点一点增强。从一开始被驱赶的被动飞行，到咬牙坚持的习惯飞行，再到后来频拍翅膀的欢乐飞行。这时候，木归智已经只用旗不用枪了。把我们一放出，木归智便上梯子将红旗插到洒雪储宝堂的屋角上。我们看到红旗在空中飘扬，就一刻不停地飞翔。生命不息，红旗不倒，鸽在红旗在。时间到了，木归智收旗，说接近比赛状态了，离胜利不远了。我们就知道主人该犒劳我们并让我们休息了。于是滑翔而回，鱼贯而入。这时候吃食喝水，真是又香又甜。吃饱喝足，各自回到巢箱或栖架，闭目而卧。我们得抓紧时间养精蓄锐，因为下午还要训练哪，一天两场，雷打不动。

一天，萧涤生来到洒雪储宝堂，要看训练效果。

木归智将我们放出，自己站在洒雪储宝堂前面的空地上挥旗指挥，那神态模样，俨然是一位指挥千军万马的大将军。

红旗指向东，我们飞向东；红旗指向西，我们飞向西；红旗指向天，我们奋力往高飞；红旗在空中画个圈，我们便在高空转圈儿飞行；红旗插上屋角，我们就自由飞翔。

萧涤生情不自禁地赞叹：行啊，跟孙武训练宫女一样，听话得很嘛。

木归智有些小得意：没有这两把刷子，还上啥赛场呢！

常规训练结束，木归智又给我和适生开小灶。放眼世界体坛，教练喜欢谁，就时常给谁开小灶。所以呀，能被教练开小灶，那可是很幸运的事，说明你在教练心中有地位，上沙场角逐，有可能夺取好成绩。不信你看，我和适生飞得多起劲呀。

适生生得小巧玲珑，敏捷机灵。小花头，白翅白尾，活像一只花蝴蝶；神情秀气，羽翼柔韧耐飞。在主人木归智眼里，适生排第二。但在我心目中，适生排第一。待我青春期来临时，就矢志不渝地追适生，并愿意与她结为终身伴侣。

另外一只鸽子没有进巢，显然飞累了，吃不消了，卧在屋脊上张大口喘气。萧涤生道：累过头了，实在吃不消了，不然不会卧着不起来。木归智接口道：刀下菜，没用了。

我和适生又飞一阵，直到木归智收旗，这才飘飘摇摇地回到洒雪储宝堂。

木归智用小食盒盛了食，放到我和适生的巢箱里。训练飞行开小灶，吃喝也开小灶。偏吃偏喝偏飞，可见主人木归智偏心到了什么程度。在我和适生吃喝的过程中，木归智全程都吹口哨伴奏。那口哨是义勇军进行曲。

萧涤生看看小食盒的食，有花生米，有红花籽，有菜籽，有麻子，有绿豌豆，有小豌豆。

萧涤生看后哑然失笑：胡成精呢。

木归智：这可配的是上好的饲料，我一粒粒拣选，然后淘洗，消毒，烘干。

萧涤生摇头道：很早的时候，有一只大海鸟飞到鲁国的城郊，鲁侯捉住它养在祖庙里，上大鱼大肉给它吃，还让乐队奏九韶之乐给它听。

待若上宾，位近王侯。

可海鸟满眼忧愁，不吃一脔肉，不饮一杯酒，三天之后竟然死掉了。可见你比鲁侯厉害，口哨奏乐，脍炙细食，偏心而喂之。

木归智分辨不清萧涤生是在赞扬他还是讽刺他，他翻翻眼皮道：放心，食里拌有洋药，助消化，增体能。

萧涤生点点木归智：你呀，以养海鸟的方法养鸽子，倒也是一绝。

木归智：不出奇招，焉能取胜。

萧涤生：所以就折腾天赐和适生。

木归智：金眼相士说古人训鸡，一步步去其骄气，钝化它的感觉，直到呆傻若木鸡，这才出战。我也要把天赐和适生训练得杂念全无，只知飞翔。

萧涤生：金眼相士的古方，那可多了去了。

木归智更来情绪了：金眼相士还说，伯乐训马，手段更为卓绝。先给马打烙印，修剪鬃毛，钉上铁掌，戴上笼头，系上绊腿，拴在槽头。经此一折腾，马便死去十之二三。活下来的，不给它们吃，不给它们喝，还要打得它们快速奔跑，然后再听从命令，走整齐的队形。你想想，前有锐嚼勒着，后有皮鞭抽打，马不听令是不行的。如此这般，再一折腾，马又死掉一半。幸存下来的，才有可能成为千里马。千里马是天生的，也是像钢铁一样炼成的。

萧涤生：嗨，瞧，金眼相士古为今用，卖排他的学问哩。木归智一跷大拇指：真是高人，懂鸽子。

萧涤生：岂止懂鸽子，还懂你哩。木归智：说不定还会成为知音呢。

萧涤生暗自思忖：金眼相士呀，你到底是在成全归智呢，还是在祸害归智呢？你教给归智这些方法，也许行之有效，但太绝情，容易把归智的心弄残酷。金眼相士这么高个高人，难道不知晓鸽子既有顽强的意志品质，又有本能的条件反射。长距离比赛回归途中，渴极了，遇见河流就会落下去喝水。饿极了，见到草地庄稼地就会觅几粒食吃。稍有些体力，再继续拍翅赶路。适当的训练是有效的，但过度训练是有损天性的，而天性又难以改变。鸽子是这样，不晓得人是不是也是这样？

正在这时，我们那羽飞得过于劳累卧在屋脊上的同伴，挣扎着飞回洒雪储宝堂，摇摇晃晃地走向食槽，想要捡拾剩下的食吃。可怜他运气不佳，一粒食都没叨进嘴里，就被进来的木归智一把抓在手里。

萧涤生：可怜见的，没吃没喝呢。

木归智一边往外走一边说：他已经没有吃喝的权利了。

萧涤生顿生几分悲凉：归智，你的心太硬了。

去年秋季，我和适生以及几十位小伙伴一起被派去参加幼鸽赛。幼鸽赛相当于人类的少年赛，U-17足球赛，影响不是很大，奖金不是很高，旨在发现新苗子。许多超级巨星，都是从这条路走出来的。因为是头一回参加比赛，我和适生都很激动，而且飞得很起劲。我和适生率先归巢，而且比预定时间稍稍提前一点点。我和适生欣喜若狂，恨不能像打了胜仗的将士，欢呼雀跃着把帽子扔向空中，以示庆贺。但是我们不能够，因为还有最后几百米距离，我们的双脚才能踏到进门器上。那阵势我们头一回见过，也是头一回经历。短途归巢，鸽群就像自行车比赛一样，临到终点，一群运动员拼命加速，齐头并进。所谓率先，也就是百分之一秒而已。鸽群到达长安城上空，突然散开，各自朝着各自的家冲去。我和适生高速从空中俯冲下来，洒雪储宝堂就在下方，门踏板也依稀可见。我们收翅俯冲，快冲到跟前时又展翅减速，倏然又拍翅上升，我们像到了机场却无法正常降落的飞机，在空中盘旋。

我们的家变了，变成了一片红色。

原来，我们被送去参赛后，我们这位心智过人的主人木归智，因为图吉利，用涂料把洒雪储宝堂涂得红如花海，还买来两个大红灯笼挂在门舍两边。我们的主人平时就喜欢红色，说红色象征血性和自信，预示着吉祥和胜利。风卷红旗过大关，万里山河一片红，红杏枝头春意闹，羚角挂红，红红火火，没有不赢的道理。我们的主人，怀着一颗红心在等待我们归来。

木归智见我们落下又飞起，在空中持续盘旋，顿时急得满头大汗。他已顾不得隐蔽自己，冲我们又是吹口哨，又是摇食盒，欲要引诱我们下来。可不管他怎么折腾，我和适生都不予理会，只在空中绕着圈儿。欲落又起，欲起又落，最后竟然落到对面楼顶上。

木归智恼火到了愤怒的地步：我手中要有枪，一枪把你们崩下来。

又一只伙伴飞回来，也是欲落又起。

木归智顺手抓起一根木棍抛向空中，吓得那只伙伴飞落到我们身旁。

木归智鞭长莫及，跳着双脚，冲我们叫骂、挥拳。我们并不理会他，只是站在楼檐，警惕地探头探脑地望着我们变了颜色的家园。

木归智恼羞成怒，高声叫喊：老子宰了你们！

正在此时，萧涤生来了。萧涤生一看这情形，指着木归智道：你个二货，还骂鸽子呢，我看该挨宰的是你！

木归智见萧涤生不怪鸽子，反怪自己，胸中怒火不消反增，跳得更高，骂得更厉害。

萧涤生一拳打在木归智下巴上，下巴登时就肿了。你个二货！祸害！好端端一场胜利，生生让你葬埋了。

木归智捂着下巴万分不解地望着萧涤生：鸽子不下来，你打我做甚？

谁教你把鸽棚涂成红色呢？

没人教，自己涂的。

还挂两个红灯笼。

红色好啊，又血性，又吉祥，披红挂彩啊。你瞧，这不早早就回来了，就是不进棚，急死人了。

萧涤生：赶快打水。

打水？

洗掉红色。

为啥？好不容易才涂上的。

为啥？因为鸽子最怕红色。

啊？

木归智赶忙打水，两人一起，手忙脚乱地清洗洒雪储宝堂的门窗和墙壁。约莫一顿饭的工夫，红色被清洗得差不多了。虽然斑斑驳驳隐隐约约，但已经不刺眼了。灯笼也被摘掉了。木归智和萧涤生退到一边，打口哨叫我们下来。

我们三个展翅，降落到踏板上。可惜的是，机会早已逝去，胜负已和我们没有丝毫关系。

一片红色，就这样葬埋了一场到手的胜利。

冠军意外地被小坏蛋获得。但长安城的赛鸽强豪个个榜上有名。根据归巢时间和分速推算，我和适生的实力和冠军在伯仲之间。

萧涤生叹息：唉，鸽子争气，人不争气。面对这样的结局，木归智木在当地。

萧涤生：我一直以为你聪明，没想到你过于聪明。

木归智：心急吃下了这块热豆腐，烫心得很哪。

我看好端端的嘛。

得，别再冷嘲热讽了，人心里难受得跟棍子戳一样。是得留点痕迹，记住这教训。

记住教训，留点痕迹。木归智本来涨红的脸渐渐变得蜡黄，牙齿也咬得咯嘣直响，对萧涤生道：你站着别动。正眼看着我，眼皮眨都别眨一下。你的眼睛就是镜子，我要对着你这活镜子惩罚我自己。我不光要你看见，还要我自己看见。说完抡圆胳膊，自己给了自己一个重重的嘴锤：你个笨蛋！你个大笨蛋！你个天底下头号大笨蛋！千载难逢的好局，让你搅黄了！扬名立万，张袋收金子的好事，让你亲手葬埋了！

萧涤生见木归智嘴唇肿起来，嘴角出了血，忙阻止道：洒雪储宝堂，宝没储到，血倒先洒了。

木归智挣脱手：去非兄这话，话中有话。怕惩罚得轻，记不牢靠。

萧涤生：我不是要罚你，是要你记住，凡事要合规律。

木归智转身摸来一把锋利的锥子，眯缝着眼对着阳光看。木归智的目光和锥子闪烁的寒光一样犀利。木归智把锥子高高扬向空中。萧涤生见状急忙伸手去拦,结果锥子划过萧涤生手背,径直扎向木归智胳膊。萧涤生手背给划出一道红印,往外渗着细血珠。而锥子却直挺挺扎在木归智胳膊上。木归智一松手,那锥子还晃了两晃。萧涤生道:二杆子,快拔下来。说着伸手一拔,岂料锥子一拔下,立即有一股血冒出来。萧涤生丢掉锥子,抓住木归智胳膊,用大拇指摁住伤口。萧涤生手上忙着救助,嘴上却不饶人:这回真的洒血了,下回该储宝了。

木归智狠狠地:我的责任我担,罚必见血。

萧涤生:真正成了血的教训。

木归智反指自己的肿嘴唇,举起自己的伤胳膊:天赐和适生争气,可我不争气,就该罚成这副式挂子①!

不知为什么,我和适生的心一个劲打战,而且生出一丝一丝的凉气。

还记得那只飞累了卧在屋脊上休息、很迟才入舍的我们的伙伴吗?可怜见的,木归智正攥着他朝墙角走去。我们的伙伴似乎预感到什么,拼命往外挣扎。一只翅膀已经挣脱,死命地扇着。木归智则更加用力地攥紧另一只翅膀。两厢都用力,木归智的手和我伙伴的身体一起在空中剧烈地扭动着。

萧涤生忽然间意识到木归智要干什么,忙冲上去抢木归智手中的鸽子。只可惜,太迟了!就在他的手梢快要触及伙伴的羽毛时,木归智另一只手攥住伙伴的小头,两手一挫一扭,只听"咯嘣"一响,伙伴脆弱的头便被旋了一圈。不幸至极的伙伴,连一声哀鸣都来不及发出,就抖抖翅膀,伸伸脚爪,平息了。

我和适生呆愣在当地,眼中滴出血红的泪珠。

我们只听见萧涤生高声吼道:二货!二杆子,忘了师父的嘱咐了——不要杀鸽子,要杀,也得用金刀子。

三百公里比赛集鸽子的当天,木归智央求萧涤生出面将金眼相士请到洒雪储宝堂,目的既简单又明确:帮帮眼。古董行当,买主遇到心仪之物,一时又拿捏不准,便会邀请高手帮眼。这帮眼也叫掌眼。当然,这帮掌绝对不会白帮掌。轻则烟酒,中则饭局,重则挂红。鸽界也是如此。金眼相士全凭一帮一掌,在长安城吃香喝辣。

和少年赛、U-17相比较,三百公里赛,已经很重要了。从形式上看,有点像重量级拳击赛前边的垫场赛。但实际上性质不同。拳击垫场赛主角是不出场的,而三百公里赛各路精兵、各家将帅,可是要亲自披挂上阵的。比赛所设奖金,虽然不

---

① 式挂子,难堪寒碜之貌。

能和五百公里盛唐杯大奖赛相比，但也为数可观。一般鸽友，会去争抢这份奖金，而名家高手对此却不太在意。他们的目的是在实战中测试鸽子的比赛状态，看看状态是欠火候还是过头，抑或是刚刚好，以便在五百公里盛唐杯大赛奖赛前所剩不多的时日里，进行细致的调整。鸽子和运动员一样，有实力，再调整到最佳比赛状态，才有可能胜出。再优秀的运动员，没有状态，或状态不佳那就只有二三流的成绩了。

木归智自从拥有天赐以后，特别是去年秋季，天赐和适生参加少年预选赛后，心态发生了很大变化。他无法确定自己是一般鸽友还是名家高手，对下不下赌注也拿不定主意。按照他的性格和心劲，他是极想冒险一搏，但他没有那么大的本钱。一把输光，那到了五百公里盛唐杯大奖赛，就只有干瞪眼。精明的木归智，思来想去，还是想请金眼相士帮帮眼。不打无准备之仗，不打无把握之仗。

萧涤生：你以为你是谁呀？你以为金眼相士随随便便会来你这洒雪储宝堂吗？你以为你有这么大面子吗？

所以才请你出面。

你以为他会看我薄面赏光吗？他是个认鸽不认人的主。

他金眼相士不给我面子，难道也不给天赐面子吗？

萧涤生一拍脑门：我咋给忘了这茬口，兴许行哩。

金眼相士还真给天赐面子，穿着长袍短卦，戴着大墨镜，捏着象牙折扇来了。木归智又是搬椅让座，又是捧杯奉茶，又是递烟打火。金眼相士敞怀分腿坐在椅子上，接茶放在一边，叼着烟不让点火。大墨镜朝天，打开叠扇，时不时摇两下。瞧这架势，跟在皇甫师父的凌烟阁，完全判若两人。又不是大夏天，摇哪门扇子。木归智心中这么想着，嘴上却说：相士叔，要是摇把鹅毛扇，那简直就是诸葛孔明了。

诸葛孔明会扣大坨墨镜吗？

那时候要有墨镜，八成会的，很酷很时髦啊。

别贫嘴了，说，请我来干啥？

好相士叔哩，别拿明白倒糊涂，请你来，还能干啥？

掌眼啊。我这副眼镜，两坨黑，有时候也看不准哩。你那双小眼睛，交紧处可比我犀利呢。

犀利屁呢，和涤生师兄一道去飘风楼探营，门都没让进，连图南的毛都没见上。唉，一双好腿、两只小眼，还不如桑哑铛两条瘸腿、一对胶锅眼哩。

萧涤生一旁道：人家桑哑铛才不是胶锅眼哩。

木归智：瞧那眉眼，心还不黏得跟胶锅一样。

金眼相士用叠扇推推墨镜：归智想要知己知彼哩。

木归智一拱手：知我者，相士叔也。

金眼相士：可我只知彼，不知己。

我刚说过，知我者，相士叔也。我的五脏六腑，叔都看见。

我知其一其二，不知其三其四。

叔害臊侄子哩。

譬如卖个磨嘴石呀什么的。

萧涤生看到木归智的脸腾一下躜得通红。

早先，木归智初入道时，曾经拿块拳头大的丑石在集市上叫卖。而且专拣那些从乡下来的穿得破破烂烂的中年妇女推销。说这石头可神奇了，有位中年女子去灞河边洗衣服，见鱼呀鳖呀在这石头上磨嘴，这位中年女子好生奇怪，这石头是不是治嘴痛牙疼？而这中年女子正好腮帮痛，就效仿鱼呀鳖呀在石头上磨了磨嘴。说来也怪，腮帮间的疼痛还真减轻了。中年女子便捞起石头又磨了磨嘴。谁知，这是块宝石。中年女子回去后不光腮帮不疼了，而且长睡不醒，从入冬一直睡到来年二月二龙抬头，盖在身上的被子落了厚厚一层灰。丈夫和儿女每天晚上都要看看她。除了鼻息轻匀外，再无别的动静。二月二龙抬头这天，她醒了，活得跟睡着前一模一样。人们问她怎么回事她就一五一十地说了。人们一听说有宝石，纷纷下河去捞，可怎么捞也捞不着。半月后，木归智说他捞着了，是在上游几十丈远的水里捞着的。真正的宝石。不是宝石咋会在上游捞着呢？这石头既特异又神奇，磨磨嘴睡小半年呢。谁家要缺粮吃，买去有大用场。既能延长寿命，还能省下一家人一冬的粮钱。穿得破烂的乡下女人半信半疑地问，真的一家人都能磨嘴？能哩，千真万确，不信买回去试试。那女人撩起衣襟，从内衣口袋里取出包在手帕里卷成卷的钱颤巍巍地交给他，抱着石头走了。木归智在集市上转悠一圈，估摸着那女人离开集市了，又掏出一块石头吆喝着叫卖。结果让小坏蛋碰在当面，揭穿他的把戏。他则说，你瞧中央电视台那个赵本山，拐都能忽悠出去，咱咋不能卖两块石头呢？小坏蛋拿他没办法，摇着头说：这年头，管他妈的用啥方法，只要把钱攥在手心，就是乐事。

木归智脸依然红着：没名堂的事，早过去了，不提也罢。

金眼相士朝木归智摇摇叠扇，似乎想把木归智脸上的红晕扇得退下去：还有之二呢。

那样卖石头，肯定卖不长久。木归智华丽转身，自制缯网罩具，转行捕鸟。滈河峪口、潏河峪口、沣水峪口、滋水峪口……秦岭七十二峪口，几乎跑遍了。春天掏鸟窝，冬天下大雪时在峪口扫一坨地方，撒上食张网以待。人为财死，鸟为食亡。春冬两个旺季，木归智捕鸟大丰收，画眉、秀眼、金丝雀、八哥等人们喜爱的好鸟留下，其余杂鸟一律放归自然。木归智只把好鸟卖给爱鸟的老人们。谁要在他手里买肉鸟，他就拿小眼珠瞪谁。木归智以为自己这辈子要捕鸟为生。岂料世事变化，封山育林，不准捕鸟了。缯网罩具可以闲置屋角，但人不能闲置，人闲置着肚皮不答应。这时候，跟木归智在集市上厮混熟了的小坏蛋说：老天爷让你转行哩，跟我们倒腾鸽子吧。于是木归智跟在小坏蛋屁股后面边倒腾鸽子。倒腾不出去的就自家在房东的楼顶搭个简易棚养着。后来小坏蛋还便宜卖给他一堂鸽哨，葫芦、七星、九星、十一眼、十三眼、二筒、三筒、四筒、五筒都有。当然，价钱便宜，手艺也便宜。要是有一堂周、秦、汉、唐任意一名家的鸽哨，小坏蛋和木归智哪里还用得着起早贪黑在集市上倒腾鸽子。

金眼相士斜一斜木归智一白一黑两个耳套，略显遗憾地道：这其一其二我早有耳闻，其三其四，可就真的不知晓了。

萧涤生：我也曾想捕风捉影来着，可那风影倏忽缥缈，灵动无踪，根本捕捉不到。

之二之后的事，的确有些诡异和神秘，木归智宁肯藏而不露。除过小坏蛋外，木归智还认识另外一个怪人。木归智心中纳闷：真是奇了怪了，大凡咱碰上的，不是奇人就是怪人，那怪人摘掉眼镜，让木归智看他眼睛。木归智一眼就看清了：你眼睛里咋开了一朵萝卜花？

木归智心意已决：耳套他们尽可以看，但和萝卜花做的诡秘往事，还有关于父母的事，绝不能告诉他们。最起码现在不能告诉他们，一丝一毫都不能。

金眼相士叠起二郎腿，斜倚椅背，一手摘下墨镜，竖着举在眼前，隔着镜片打量木归智片刻，道：知己知彼，百战百胜。

木归智：长安城的鸽子都装在相士叔心里。谁家行，谁家不行，相士叔一本全知。

可叔未能全知你。

咱不说我，咱说天赐、适生、莲芯、石板灰、图南、步行者、花蝴蝶、宝石花。

可这赛鸽，其实就是赛人呢。

鸽子是鸽子，人是人。

从表面看，人在地下，鸽子在天空，但要说赛鸽本质，却是人鸽一起的。

那我情愿生两只翅膀，和鸽子一起在天上飞。

金眼相士一听这话，暗自思忖：怪不得皇甫老医生亲自选定木归智做实验。兴许会有一个出人意料的结局呢。

木归智：相士叔，依您的金眼看，这三百公里预赛，能在天赐身上下赌注吗？

知彼不知己，只有撞大运。

相士叔的意思是，等既知彼又知己时再下注？其实木归智是在给自己找借口。木归智准备了一笔钱，但押不押上去，有些犹豫呢。他倾向好钢用在刀刃上，赌注下在大奖赛上。三百公里赛偶然性极大，万一赌输了，五百公里盛唐杯大奖赛就没戏唱了。人生赌一把，要赌就赌大的！

金眼相士看透了木归智的心思，戴好墨镜。从怀里提溜出个小布袋，朝木归智一丢。我愿意撞撞运气。我出赌注，你出天赐，输了我认栽。赢了，我六你四。

金眼相士一言九鼎，岂容木归智反口。

萧涤生兴奋地道：天大的面子，相士叔要和你绑锅哩。

这正中木归智下怀。输了，自己的注钱还在口袋里，一分不少。赢了，有四成红利进账，两全其美，何乐而不为？

木归智毕恭毕敬地道：相士叔金口玉言，晚辈俯首听命。

八

木归智和萧涤生按照程序耐心细致地整理鸽子。喂适量的食水和营养药物，然后逐羽扫描电子环，再输入足环号、羽色、雄雌等数据。检查无误后装笼。二人各提十数羽选手鸽和金眼相士一起汇聚于凌烟阁。

当然，我和适生，还有莲芯也在其中。

这是比赛集鸽上笼前的最后一道程序，面见师父皇甫老医生。一如运动员上场前，要站在场边听一番教练的吩咐。

皇甫老医生逐一持握我们，巴沙着深邃的蓝眼睛，用医生的职业目光给我们做全面检查。骨骼、羽毛、大条、脚爪、眼睛、鼻子、口腔……每一处细小的地方都不放过。甚至连我们拉的粪便都不放过。他以呼吸道病为由，各从木归智和萧涤生笼中淘汰出两只鸽子。又以粪便异常为由，各从木归智和萧涤生笼中淘汰出两只鸽子。金眼相士指着笼中另一羽鸽子道：瞧，这只粪便也异常哩。皇甫老医生道：噢，那只鸽子肯定是头回上笼参赛，紧张得应急拉稀呢，不是病菌感染。得，他老医生这么一说，这只鸽子成了头一回上战场的新兵蛋子。

莫追风拿来一个小笼,把皇甫老人家挑的病鸽装进去,放到一边。

皇甫老医生对木归智和萧涤生道:回头拿回去,治疗调理。病鸽不能上笼。再优秀的鸽子,带病飞行,不是迟归就是丢失。再则,病鸽上笼,会将病菌传染给别的鸽子,影响整个比赛哩。

木归智和萧涤生满腔羞愧。不是自己没有检查,而是眼拙,没检查出来。

皇甫老医生示意莫追风,莫追风遵命从凌烟阁拎出一个非常精致的竹笼,里面装了六只鸽子。这是皇甫家独有的规矩:满棚只养四十羽,每次出赛四到八羽。笼里是清一色的灰鸽,只是灰色和灰色的深浅程度不同,在鸽子身上分布状况也不同。尤其一羽石板灰,显得特别出俏。小巧玲珑,胸前羽毛由紫到蓝再到灰白,层次过渡异常分明。橙黄色的眼睛洁净明亮,目光热烈而内敛。挺胸往那儿一站,清高而典雅,一副贵族小姐的神气。可惜阳光被高楼遮挡住了,要不然,这小石板灰一定会在阳光的照射下大放异彩呢。金眼相士像一位见了刚出土的生坑珍宝的古董商人,手摸着下巴下边假想的胡须,左眼斜着打量一下,侧过身,又右眼斜着打量一下:这小石板,精神头和天赐好有一拼。

瞧,金眼相士拿石板灰和我媲美呢。可我生长在洒雪储宝堂,哪有她身上那种贵气呀?

皇甫老医生让莫追风把三个鸽笼并排放在一起,用一块黑布覆盖住,说让鸽子安静安静,守守魂,再启程。

一层黑幔把我们隔开了。我能感觉到同伴的存在,能听到他们的呼吸,却看不清他们的身影,更看不到笼外面凌烟阁以及周围的景色,只能听到皇甫老医生他们说话的声音。

木归智又在向皇甫医生请教常胜不败的法宝。

皇甫老医生虔诚地道:我心中有两个上帝,一个是有史以来一直存在的上帝,一个是自然的上帝。上帝让我们折心向善,自然让我们遵从自然。

金眼相士:您老既信仰上帝,又信奉达尔文。

达尔文这一出现,世界就变得不一样了,但是依然叫人激动,给人启迪,令人崇敬;以达尔文教给我们的生命观去看世界,那情景是壮观美丽的。

可惜的是,你说的壮丽的情景,绝大多数人看不到。

我们不是要控制地球和地球上的生物,我们是要遵循自然的法令。让我们和鸽子一起,变得更加适应我们所生活的环境。过度人为会损坏一切,都是不可取的。唯有自然选择是进化的创造性力量。这一点,我们在鸽子身上完全看得见,但在人身上,只能看到反面。

金眼相士与皇甫老医生交往,少说也有二十年。可这样的话,也是头一回听说。金眼相士的心被强烈地触动和震惊了。金眼相士眼睛看向木归智和萧涤生：您老说得太高深，谁人领悟得透呢。

木归智：我们一心主在养鸽子，从来没有想那么多。

皇甫老医生像是沉浸在自我创造的迷幻世界里，继续说他诡异高深的话：鸽子，飞在天空，落在地上，不种也不收，也不在仓库里储蓄一粒粮食，自然却养活他。所以不要把财宝积蓄在地上，不被虫子咬，也会锈坏的。

要是把财宝贮藏在心里呢？

当心财宝和心一起锈坏了，或者被虫子一起咬成豁儿。这倒是越说越高深了，还是越扯越远了？

鸽子会让人心明眼亮。眼睛是心里的灯。眼睛亮了，全身都光明；眼睛熄了，整个世界都黑暗。明眼踏一步是一步，黑眼迈一步也是一步，不是向左就是向右，结果完全不同，而且不得退回。

木归智和萧涤生心中生出丝丝凉意：几番话宛然天书，虚忽缥缈，大而无当，细思量，又似乎专有所指。

皇甫老医生：鸽子比人聪明，鸽子一听就懂，甚至不听也懂。其实，人类如此高深的学问，我们哪里听得懂。但我们感觉得到皇甫老医生所言，与我们的本能和习惯是暗中相通的。

金眼相士：人在某些方面确实没有鸽子聪明。如果将一个人蒙住双眼，扔到千里万里之遥的荒郊野外，不给他地图，不设路标，不准通信联络，只可看山川河流、太阳和星星，那这个人就不知道自己身在何处，更不知道家在何方。想回家吗？恐怕越拼命往回走，反而离家乡越远。

皇甫老医生：说得太对了。人类目前正是如此。

可鸽子只要飞上天空，便知晓家在何方；只要不死在路途，必然回归。

那也不值得骄傲，只是我们鸽子恰巧有这种特异的本能而已。

气氛渐渐松弛，几个人的思绪犹如宇航员缓缓地从太空回到了地球。飘在空中和回到地上，那可是两回事啊。

情况完全变了，刚才还虚无缥缈的幻景顷刻间变得真实可见。就连皇甫老医生，也与刚才判若两人，变得和平时一样可敬可爱了。木归智、萧涤生，还有莫追风，也像是从醉酒后的睡梦中醒来。醉酒前的一切模糊不清，酒醒后的一切却渐趋活泛。

皇甫老医生由幽蓝深邃而变得浅淡明净的眼睛看向金眼相士：相士贤弟，你我相交少说也有二十年了吧？在长安城里，除了步陶老先生，怕是没人超过你。

金眼相士推推墨镜：这好像是前不久我问您的话。

怎么，兴你问我，不兴我问你？

金眼相士一拍胸脯：咱走路走中间，喝酒喝大碗，身子正，影子也正不怕问。

截至今日，我为啥只养四十羽鸽子已如实奉告，凌烟阁也让你进去观赏，养鸽秘籍也如数坦白，你对我可谓已知根知底。

金眼相士回想，也对，是事实。

可我对你，离得老远；你对我，灯火阑珊，明灭不定哩。

您老医生，三块钱买个辘轳，早把我看穿了。

皇甫老医生摇摇扁长的、头发稀少的脑袋：你相鸽的绝技从哪里来？你的师父又是谁？他隐居在何处？

这问题还真难回答。

长安城里外，谁不知道我是萧涤生、木归智的师父。步陶是柳散木、二鲁班、桑哑铛的师父。可有谁知道你师父的高姓大名呢？

金眼相士略想一想：那您的师父是谁？您师父的师父又是谁？步陶老先生的师父是谁？他师父的师父又是谁？

这样一路追问下去，那烧陶的师父就是陶朱公，木匠的师父就是鲁班爷。

金眼相士颇为得意地摸摸下巴，可惜摸空了。金眼相士略带伤感地笑一笑：今生最大的遗憾，就是没长胡须。

你要是生着长须美髯，怕是要时时揪住不放，甚或要自己揪住自己的胡须打秋千呢。

眼看爱鸽，手捋胡须，口下断言，那才见真相士的风度哩。

没长胡须都相得那么准，要是长了胡须，比赛时鸽子不用上笼，排个长队，让你过过目，径直排出冠亚季三军，岂不省事。

金眼相士不停摸着光秃秃的下巴：可惜荒丘不长草，鸽子还得自己天上飞。

得，别卖排了，你就说你艺出何门，师父到底姓甚名谁？

嗨，绕了半天，还是没绕开。

忘了我是医生了，病根没弄清，岂可随便罢休？

既然如此，我就礼尚往来，知恩图报，把家底开明叫响地告诉你们。

皇甫老医生一改往日的径相，道：稍等片刻，稍等片刻，让我整整衣冠，洗洗耳朵。说着整衣理带，又用指蛋儿蘸杯中水搓耳垂。

金眼相士：洗外边不济事，得洗里边。

皇甫老医生随即偏头侧身，作势要将水灌进耳孔。

金眼相士忙拦住，冲皇甫老医生耳孔大声道：我大师父叫郭太，二师父叫刘邵。

郭太、刘邵？孤陋寡闻，没听说过。

金眼相士扭头问木归智、萧涤生和莫追风听说过没？

几个人茫然摇头。

金眼相士暗道：俗气，没文化。

皇甫老医生多少有些尴尬。长安城虽大，人口众多，但有名的人，还是能扳指头数过来的。金眼相士如此有名，其师父岂能是泛泛之辈。可大师父没听说过，二师父也没听说过。幸亏没有小师父。要是再报出个小师父，咱再没听说过，那光剩下跳护城河了。

唉，整天给人吹嘘自己是土生土长的长安人，这下牛皮吹扯啦。这长安城的饭，白吃了大半辈子!

皇甫老医生用幽蓝的眼睛央求金眼相士：能给咱略讲一二吗？

真想听吗？

皇甫老医生两手搓耳，其余之人也引颈以待。

金眼相士：那就讲讲陈留那个左源吧。

陈留？咋听着不像现在的地名？就在皇甫老医生把郭太、刘邵和陈留往一起勾连时，天空忽然传来隐隐约约的鸽哨声。很快，那哨声就传到凌烟阁上空。金眼相士、皇甫老医生几个人循声望向空中。空中有三五只戴哨的鸽子飞来，绕楼三匝，余音袅袅，折西而去。

金眼相士从两边楼道夹出的天空收回目光：步陶老先生和徒弟柳散木派鸽子来，用哨声跟咱打招呼，让咱去相鸽子哩。

皇甫老医生惋惜地说出一句地道的长安话：把他的，又听不成咧。

金眼相士：时候不早了，天赐、适生、莲芯、石板灰他们魂也守得差不多了，该出征了。

皇甫老医生令莫追风揭去笼子上的黑布，让天光透过笼隔映射到我和我的伙伴身上。兴许是我们身上汲取和储蓄了皇甫老医生传导的崇高深邃的力量，还有金眼相士没有来得及道出的神秘力量，我们个个精神抖擞，容光焕发。尤其是我、适生、莲芯，还有石板灰，眼睛中彩虹的色素在剧烈增多增强。此刻，我们眼中的凌烟阁以及皇甫老医生、金眼相士他们，身上像镀了一层薄薄的金粉，而且向四周扩散着黄中泛红的晕圈。

我们和我们的主人的灵魂虽然或安静或躁动，但我们的热忱和情绪已经被激发起来，我们将携带着这种激发起来的热忱和情绪奔赴沙场。

可就在这节骨眼上，木归智突然冒出一句让大家稍感意外、稍觉泄气，也真有点功利俗气的话：师父，我相士叔已给天赐下注，你给石板灰下注不下？

皇甫老医生并不看金眼相士，只是平平淡淡地回道：鸽子是用来竞争的，是用来创造进化的，是用来激励甚至修行的，不是用来争斗的，更不是用来搏命的。

木归智的心咕咚一下掉下去很深：这老师父，净往命根子上说呢！

金眼相士脸色稍微一沉：您的要求太高了，还是先让他们上战场吧。

木归智、萧涤生和莫追风拎着我们下楼。我们坐车，莫追风骑他的高级赛车，径直奔赴长安体育场九十九看台。那是鸽会所在地，每次比赛集鸽，都在看台前的广场上进行。

我们离开了凌烟阁。金眼相士和皇甫老医生分别时说的话已听不见，只能用心去感知。

金眼相士快要下楼时说：皇甫老医生，我咋觉着您在不知不觉中拿木归智、萧涤生，还有天赐他们进行某种实验呢？

不愧是相士，眼睛就是毒。我是在暗中进行一场文化拟子传播实验，不承想，让你窥破了。

文化拟子？什么是文化拟子？

皇甫老医生笑一笑：你还是先去相鸽子吧。

金眼相士边下楼边说：时间紧火，得赶到飘风楼呢。

皇甫老医生扶着楼梯扶手冲下边喊：你那么聪明，还用得着我教你。

长安鸽会网上通告：三百公里竞赛于清晨七点整在山西临汾开笼。天气：晴间多云。空气质量：二级。司放地坐标经纬度。参赛羽数：一万二千三百四十五。鸽群走势良好，祝鸽友取得好成绩。

鸽友们依据以往的比赛经验，看看天气，看看风速，估摸估摸鸽子归巢的大致时间，然后提前上楼，站在鸽舍旁边，盼望和等待鸽子归来。有鸽友戏言：只要长安城有鸽赛，就必然唤起一大批仰望天空的人。

赛鸽的魅力在于：希望永远在前方，惊喜随时到身边。

赛鸽车连夜开到司放地，随车裁判长要邀请当地鸽协派员监放。审核竞翔单，检查笼门封条，确认司放地经纬度和开笼时间。一应无误，方才画押确认。于是各司其职，各就各位，目光注视腕间手表。当时分秒针走到七点整时，站在高处的裁判长一挥红旗，裁判员迅即拉下赛鸽车上大笼的闸门。鸽子蜂拥而出，拍翅冲向天空，很快就像一团云幔翻卷游移。成千上万只鸽子升空，但谁的那一羽会率先归来，永远都是一个未知数。真是太神奇了，竟然是这羽鸽子！每位鸽友都希望这羽鸽子是自己的，但鸽子没有落下、答案没有确定之前，所有鸽友的心都是忐忑不安的。最早的时候，只要皇甫家的鸽子出赛，那冠军是不会旁落的。可惜那个时代已经结束，强豪纷争，群雄逐鹿，群雄和强豪敢于夸口自己的鸽子名列前茅，但绝不敢保证自己能获得冠军。有实力的人多，有运气的人少，更何况鉴鸽水平和境界能和金眼相士比肩者，凤毛麟角，仅皇甫老医生、步陶老先生两三人而已。

金眼相士因为在天赐身上下了注，所以就带着莫追风到洒雪储宝堂来陪木归智等鸽子。木归智忙移桌搬凳，奉茶递烟，等鸽归来。

最初比赛实行持鸽报到。鸽子从数百公里、上千公里归巢后，鸽主自己快速将归巢鸽拿到鸽会，交到裁判员手里。裁判员依据竞翔底单查验鸽子足环号码、性别、羽色、眼砂，然后核对盖在主羽上的暗章。一切准确无误，方可按报到顺序排列名次，并张榜公示。

鸽子回来，鸽友持鸽从四面八方奔向长安体育场九十九看台。若有航拍，可见鸽子在天空拍翅翱翔，人在街上甩臂奔跑。那情景该有多么壮观。

为了抢到好名次，鸽友们纷纷在路段上想办法。鸽子一对翅膀扇得快，主人两条腿到腾得慢，名誉和奖金照样旁落。于是乎，有能耐的鸽主，约几个腿长脚快的哥们儿，提前选好位置，等候在那里。就像驿站给杨贵妃运送荔枝一样，鞭打快马，六百里加急，一驿接一驿，直到鸽会。最后一位，上气不接下气地把鸽子拍到裁判员手里，心劲一松，一头便栽倒了。

就因为鸽子报到，自行车时兴了。那时候，计划经济，自行车凭票供应。一年到头，一个单位能分到三五辆自行车票。分票时，办公室主任优先考虑领导。那时候领导人好，那时候人纯净得跟自然山水一样，没有那么多花花肠子，要就要，不要就给办公室招呼一声：还是先考虑劳模和先进工作者吧。那个时代，能推一辆飞鸽牌、凤凰牌、永久牌自行车站在人前面，风光得很呢。现如今，你开一辆宝马在大街上摁喇叭，路人会说你张啥呢。感觉跟感觉不一样哟。所以呀，鸽友们在单位都拼命工作，争当劳模和先进工作者。目标既单纯又明确：自行车。无论怎么说，圆轱辘的自行车总比直腿的人跑得快。那些没争上劳模和先进工作者的鸽友，就提着手榴弹和炸药包去寻情钻眼，倒腾自行车。慢慢地，长安城里出现了一支鸽友自行车大军。忙时赛鸽报到，闲时训练飙车。但和现在的飙车党不同，过去训练车技是为了报到时骑得快，现在的飙车党纯粹是活腻了寻死。

适逢其时，莫追风脱颖而出。

莫追风本是一位专业自行车运动员，干板瘦，被太阳晒得黑得冒油。戴船形头盔，穿竞赛服，骑一辆专业赛车，在长安城大街小巷穿来返去。有一回被金眼相士碰到了，朗声问道：小伙子，你不好好比赛，整天骑个高屁股自行车闲浪荡啥哩？莫追风慢悠悠地骑着，偏过头道：赛屁哩，去北京参加全国选拔赛，没取上名次，开销回家，光剩下闲浪荡，穷散心了。说完，身子一躬，脚下一用力，便蹿出去老远。金眼相士望着莫追风的背影感叹道：出溜这么快，竟然没拿上名次。那拿上名次的，该不是坐的火箭。

落落不得志的莫追风心是退了，可身体还是老习惯，一天不骑车，就浑身痒得难受。为了安慰身体，莫追风就换上比赛服，戴上船形帽，骑上自行车，像条黄鳝一般，在大街小巷的车辆和人丛中穿来蹿去。这不，偏巧让金眼相士碰见了。金眼相士想，人尽其才，物尽其用，就把他推荐给皇甫医生：老哥您要是得到莫追风，就好比刘玄德得了赵子龙，如虎添翼哦。皇甫医生和善地说：相士那双金眼，看鸽子准，看人也不会差，就让他来试试吧。岂料头一回报到，就出了状况：那是一次俱乐部组织的名人对抗赛。鸽子一到，莫追风便提着专用报到笼一路小跑下楼，飞快地把报到笼挂到车头上，跳上车就骑。结果车子没走，人却从车头上栽下去。爬起来又骑，又栽下去。起身一看，车子锁着，忙仰头冲楼顶喊：钥匙！车钥匙！楼顶的皇甫老医生和金眼相士听到喊声，趴在楼沿往下瞭望。楼下的莫追风已经急得满头大汗。运动员出身的他，比谁都知道比赛时时间和速度的重要性。他恨不能纵身一跃跃上楼顶：快！快把车钥匙扔下来！车钥匙在哪里？在楼顶！可能在楼顶！天哪，可能在楼顶！金眼相士隐隐约约看到莫追风手中一件亮亮的东西，忙冲下边喊：钥匙在你手上，傻瓜！莫追风边跳边喊：傻瓜！在你手——当莫追风把手扬到头顶时，一道紫色的亮光一闪。那亮光极其炫目，差点把他的眼睛刺瞎了。带链的钥匙，不是攥在自己手里吗？！莫追风忙俯身颤抖着手打开车链，推车紧跑两步，纵身一跃而上……

天哪，这比听发令枪还要紧张哪！

莫追风骑车蹿上大街，一路风驰电掣，犹入无人之境。红灯、红灯又红灯，一连八九成十个。莫追风飞驰而过，心道：今日要中彩了，一路飘红。

这一路，超过多少自行车，莫追风浑然不知。莫追风只知道拐过一个大弯时，前面出现一辆崭新的摩托车。摩托车手把上挂着一个花布兜，里面一动一动的。天哪，长安城里已经有鸽友骑摩托车报到了！不行，前面就是火箭炮，也要追上它！超过它！莫追风紧盯目标，和摩托车飙上了。直到体育场外边的环形道，他才勉强和摩托车首尾相接。旁边人鼓掌喝彩，他浑然不觉。到了鸽会所在的九十九看台前，摩托车来个急刹车，"吱"的一声停住了。车上人跳下来，撑车，掀布袋。这一瞬间，自行车运动员的优势发挥出来了。莫追风提前提好鸽笼，一如武功高手，纵身腾空一跳，自行车自己往前跑走了。莫追风抢先一步跳上台阶，三步并作两步往上跑去。摩托车手紧随其后，几次想超越都没有成功。裁判员在台阶上鼓掌，并摆好架势，准备谁先到就接谁的鸽子。莫追风心中一喜：头功抢到了！

再有三个台阶，鸽笼就递到裁判员手里了！莫追风猛地一跃，跃上平台。但脚尖却被最后一个台阶钩绊了一下，一个踉跄。但莫追风毕竟是运动员出身，身手敏捷，一个箭步，趁势收住了。出乎意料的是，后边的摩托车手情急之下，一扬手，装着鸽子的布袋从莫追风头顶飞过。裁判员见状，本能地一张手，恰好接住布袋。也就在此时，莫追风站在了裁判员前面。万分可惜，功亏一篑。

这次比赛，皇甫三兴获得亚军，冠军被这个偶尔冒头的、外号叫大活宝的摩托车手夺走。鸽子飞得快，摩托跑得快，手扔得快。三快合一，不得冠军才怪呢。

事后，金眼相士以玩笑的口吻揶揄莫追风：怪不得被国家队淘汰了，关键时候脑子不灵嘛。莫追风面对金眼相士和皇甫医生，像个做错事的孩子，连声说惭愧惭愧！心里却对自己说羞愧羞愧！其实，莫追风觉得自己输得窝囊，不服气。他要找机会报这一箭之仇。要把摩托车手甩得远远的。要赢得光明正大，绝不用下三烂手段。可惜，莫追风又输了，机会没有了，复仇计划落空了。摩托车手大活宝将冠军卖给了外地人，得到了一笔数目可观的银钱，又将摩托车贱卖了，二钱合一，买了一辆出租车，不养鸽子了，跑的。

还对人说，感谢鸽子！感谢冠军！给咱换来一个青花瓷大老碗，让咱一家老小不为温饱发愁。有了这次教训，在后来的比赛中，莫追风把细节考虑得细致周到，骑车也骑得特别努力。有两次比赛，几家鸽子飞得旗鼓相当，莫追风一次轻松超过柳散木家的芝秀，一次领先二鲁班半个身位，为皇甫三兴医生抢得冠军。皇甫医生高兴地对金眼相士道：还是你火眼金睛，知人善任。金眼相士用鼻梁抖抖眼镜：我说如虎添翼，你看咋样？是不是如虎添翼！皇甫医生连声说是，是，是。莫追风一听这话，顿觉平生功力有了用武之地。自行车赛场上的失败者，成了鸽子赛场上的胜利者。有趣的鸽子，让莫追风感到了生命和生活的欢乐与喜悦。

没过几年，有聪明人发明了专用手打鸽钟。赛鸽归来，撕下缠在足环上印有暗码的不干胶片，打入鸽钟，鸽钟便开始走时。暗码不干胶片是鸽子参赛的凭据，专鸽专用。可按归巢次序打入鸽钟，最多可打入十羽。然后将鸽子和鸽钟一起带到鸽会，裁判员验鸽，验钟，登记。现在时间减去鸽钟所走时间，便是鸽子归巢的准确时间。这样，按时间排序，飞行用时短者，名次列前。这样的比赛比持鸽比赛公平得多。比赛胜负，主要靠鸽子翅膀，不再与人腿和自行车轴辘发生关系。持鸽报到一经废止，莫追风和他的专业赛车又歇菜了。莫追风又喊道：生活咋能这样，一会儿把人抛高，一会儿把人撂低，一阵儿让你高兴，一阵儿让你愁闷。

莫追风不能专司报到了，就投到凌烟阁养鸽子。每天天不亮就动身去凌烟阁，晚上披星戴月再回家。自行车擦得明光锃亮，用鸽子羽毛给车轴膏好油，戴上头盔，换上赛服，一如既往。自行车成了他身体不可分割的一部分。骑上自行车，思绪也飞腾起来。想落寞，想愁闷，也想兴奋和喜悦，而且还想鸽钟。现在的鸽钟好不好？好！好到能准确地计算出每羽鸽子的归巢时间，而且能精确到百分之一秒。但细想之下，仍然有欠缺。鸽赛和人赛不同。人赛，无论是奥运会还是锦标赛，都是运动员汇集一处，站在同一条起跑线前，听同一声枪响，跑同一条路线，到达同一终点，撞同一条红线。鸽赛呢，前面都相同，但结局却是各回各家，各撞各线。也就是说，有多少鸽友参赛，就有多少终点。这样看来，鸽钟所判，看似公平，实际上还是不够公平。因为从同一个起飞点到每个归巢点的空距是不等的，所以仅用归巢时间迟早排列名次还是有欠公允的。只有在距离和时间上找到一种平衡，公平才能出现。可是如此先进的现代武器在哪里呢？有好事者怂恿莫追风：骑不成车了，就养鸽子。自家放，自家赛，自家报到，自家取奖金，自家获名誉。莫追风摇摇头说：世上没有样样都成的事。啥不成弄啥，那不是傻瓜吗？好事者又道：那也不能鱼儿晒到干岸上，死娃娃了。莫追风既然动了心思，也就悄悄付诸实践。只是火候未到，尚不能揭锅，咱活在世上不能光为了看亮，咱得弄点有趣的事哩。

　　这时，从东北方向的天空传来细小的鸽哨声。鸽哨声比平时传播得快得多，也急剧得多。金眼相士、木归智和萧涤生起身瞭望时，鸽群已经从东北方向漫卷过来，震荡得空气发出唰唰唰……呼呼呼的声响。再就是急促清脆又锐利的鸽哨声，那是步陶老先生及其徒弟们多年坚持不懈的表演方法：让沿途的人们听听这天空的音乐，同时也让长安城的鸽友警觉，鸽子归来了！眨眼间，鸽群已经飞临头顶，又于一瞬间四散开来，宛如纷乱的雨箭射向各自的巢舍。

　　空中一鸽，迅捷无比，闪过楼角，疾速而降，见影不见形。三个人惊魂跳目，见鸽子已收翅落于踏板之上，正低头弓背，破门进棚。

　　金眼相士眼尖，呼道：正是天赐号！

　　莫追风也看清了：没错，是天赐号！一副冠军相呢！

　　木归智急欲上前捉鸽打钟，结果双膝一软，扑通一下跪到地上。幸亏莫追风手脚灵便，替木归智打了钟。

　　是的，我飞回来了，极速凯旋，为主人木归智赢得极大声誉。

　　长安鸽会公示春季三百公里预赛获奖名单：

　　　　冠　军：天赐号　　鸽主：木归智
　　　　亚　军：图南号（带哨）　鸽主：柳散木
　　　　季　军：4477号　鸽主：祝三才（小坏蛋）
　　　　第四名：石板灰　鸽主：皇甫三兴
　　　　第五名：小鹤秀（带哨）　鸽主：元菊生

第六名：莲芯号　鸽主：萧涤生

之外，二鲁班、花郎、生宝、黑娃都榜上有名，只是桑哑铛的步行者又于第二天迟归，名落孙山。

我家主人木归智不嫌脚疼，来回往返，一连把公示公告看了三回，直到确定无疑，这才双手一拍又一拍，傻声傻气地道：咦，我中了！我的天赐得了冠军了！说着一回头，发现被鸽友包围住了。鸽友把我家主人围得水泄不通，高喊着我和我家主人的名字，以示庆祝。天赐号，得冠军！木归智成名了！我家主人木归智并不理会，拼命挤出人群，头也不回地跑回家，让莫追风骑上车，带上我，到长安城的大街上去游行。莫追风也正在兴头上，跨上车就要走。木归智拦住道：等一等。返身拿来平时训练鸽子的红旗插到车头上，说：去吧。柳散木、小坏蛋、二鲁班、花郎、生宝、黑娃，还有桑哑铛的门口，可别弯过了。莫追风得令，脚下一用力，车子便若离弦的箭一样冲出。风在身边呼呼，红旗在前面招展，那速度，跟我们比赛飞行旗鼓相当。莫追风带着我，穿街过巷，每到鸽友门口，必摇铃呐喊。可鸽友刚要出门恭贺，他又一溜烟骑远了。

等我们风光回来，木归智已经准备好了酒菜，请来了金眼相士和萧涤生一起热闹，欢庆。

我和小竹笼一起被安置在桌子中央，酒和菜摆在四周。我从来没有享受过如此优厚的待遇，仿佛这一切都是为我准备的。这就是体育比赛，只认第一，不问第二。若问奥运冠军谁谁谁，妇孺皆知。再问第二名，就该摇头了。冠军载誉归来，满机场满车站美女鲜花。亚军若随行一侧，则无人瞅睐。鸽子比赛，大同小异，冠军就是王爷，二名以下都是孙子。图南等此刻的状况和境遇可想而知。

木归智有生以来头一回做冠军的主儿，既兴奋激动，又志得意满，还有爱恨情仇。想到飘风楼探营吃闭门羹的事，气不打一处来，嘲讽地问：柳散木个龟孙子，露头没露头？莫追风笑而不答。

金眼相士问：我六你四后悔不后悔？

木归智：你老哥凭眼气拿六，我和天赐拿四，我倒没什么，只是天赐飞得辛苦，有些亏。

我是飞得辛苦，但什么三呀，七呀，亏呀，似乎与我关系不大，我也听不大明白。

这叫各端各的碗，各吃各的饭。人前一句话，马后一响鞭。

木归智：老哥，是这，这回奖金兄弟先留用，待五百公里大奖赛后一并归还，不知行也不行？

金眼相士微笑不语。

木归智一举酒杯道：来，咱干杯，吃菜。几个人一起朝我举杯庆贺。

酒菜间，木归智狠狠地道：赢了柳散木，咱高兴。

金眼相士暗暗提醒并警告道：图南可是带哨飞行呢。

带哨是亚军，不带哨是冠军，这有啥子关系呢？

哨虽只有几克轻重，但三百公里灌风而行，犹如人家腿上绑着沙袋和你竞走。这里边的玄机和奥妙你可吃摸得到？

恕我愚笨，我只知道现在天赐是冠军，图南是亚军。

金眼相士的话提醒我，使我回想起比赛归途的情形。

鸽群前翻后卷，疾速前冲，最后关头冲到鸽群最前面的鸽子中，有两只带哨飞行的，一羽红，一羽白底黑花。哨不大，但声音尖锐，一路刺激鼓励我们飞行。尤其是那羽红色鸽，羽毛色彩真漂亮，飞行的姿态更漂亮，简直要抢在我前面呢。

我想，他应该是图南。

九

木归智提着我，和金眼相士、萧涤生、莫追风一起来到飘风楼前。还记得上回来吗？大门紧闭，门环上吊个红牌子：暂停营业。那天残疾人桑哑铛和步行者被女主人让进去了，而我们却吃了闭门羹，那羹味真不好受哩。今日情形不同，飘风楼的两扇大门敞开着，门环上吊个绿牌子：正常营业。

金眼相士示意大家敛气屏息，自己在前，蹑手蹑脚地走近飘风楼。可当他一只脚刚踏上门前的第一级石台阶，门里即传出一个低沉的男中音：来者可是相士老兄？那声音低沉浑厚，中气十足，嗡嗡鸣响。既像是从很深很深的山洞里边传送过来，又像是葫芦哨吹奏在高空。

金眼相士的脚抬不起来了，动不了了，和往事一起粘在了石台阶上。

在长安城里外，要说目明，首推金眼相士；要说耳聪，当数柳散木。金眼相士注意过柳散木的耳朵：不大，不招风；无轮，没有福。是那种再寻常不过的小耳朵，形状甚至有些萎缩和丑陋。头发稍微一长，大半个耳朵就看不见了，所以叫隐耳。寻常看不见，偶尔露峥嵘，金眼相士曾经领教过。有次，金眼相士一堆人围着柳散木争论什么样的鸽眼好。黄眼、砂眼、烟灰眼、炸子眼、鸳鸯眼、圆瞳孔、方瞳孔、宽阿尔砂、锯齿形阿尔砂、满砂、半砂、粗砂、细砂、密砂、透砂……

柳散木半认真半玩笑道：依我看，如金眼相士一般的金眼，便是好鸽眼。众人一片哄笑，笑声盈屋。柳散木忽然竖指让大家止息安静，悄声道：有稀客来。众人侧身谛听，并无一丝声息。金眼相士以为柳散木故意打岔：我让你逗我们玩？柳散木认真道：此人在座者人人认识，在长安城鸽界坐头两把交椅，而且是头一回到我这飘风楼来。说话间，门帘挑开，皇甫医生跨门槛进来了。众人惊异之余，纷纷起身让座，唯有金眼相士愣怔在当地。皇甫医生见金眼相士一脸愕然，点着他道：瞧你嘴张得那个大，当心下巴掉下来。金眼相士影影忽忽听人说过，柳散木能以足音辨人。生人来，散木辨不出，若此人第二次来，人尚在门外，散木便可报出姓名。至于熟人，自然不在话下。金眼相士诧异地问道：若有人第二次来，你可通报姓名，可皇甫医生一双脚板头一回踏在飘风楼的台阶上，你何以断定是他？柳散木笑道：皇甫医生一双穿皮鞋的贵脚虽然是第一次踏进鄙楼，但我在别处见到皇甫医生的回数可就多了。金眼相士一拍脑门：瞧我，绝顶聪明个人，咋问这么傻个问题。又一挑大拇哥：在长安城，我的眼，你的耳。这话很快传开来，长安城有二能：金眼相士的眼睛，柳散木的耳朵。

得，往事一稀释，金眼相士的脚能抬起来了，台阶也柔顺光滑了。金眼相士上到檐台上，正要回身招呼大家，女主人芝秀弹着丰稔成熟的腰身从大门里走出来。

穿着碎花衣衫、绾着卧髻、插着荠菜花的女主人大大方方、舒舒展展地站在门前正中央。虽然没有让大家立即进门的意思，但上次那种冰冷和傲慢已经从脸上消失掉，换上的是温和和从容。

金眼相士上前，女主人芝秀侧身让道并俯首有请：相士老兄随时来，我们随时欢迎。

萧涤生、莫追风趁机尾随金眼相士进门。而当木归智欲跟进时，却被女主人挡在当面。

上一回，被挡在门外，木归智只有憋屈和愤怒。这回不同了，木归智满脸的自信和得意，似自然似有意地往上提一提笼子，把我亮给女主人看。

金眼相士回头道：上次是天赐，这次是冠军。

女主人立即谦恭地让到一边，不是为木归智，而是为冠军让开进门的通道。这是长安城鸽界不成文的规矩：带着冠军来探营，任何人都不可以阻拦，除非你不养鸽子，否则绝无例外。女主人让开道，木归智拎着我，趾高气扬、昂首挺胸地进了飘风楼的大厅门。一行人进门，转过雕花屏风，看到最里边墙上的中堂对联、条案八仙桌，还有圈椅，以及两边分列的高茶几和四出头灯挂椅。柳散木就坐在八仙桌上首的圈椅里。

柳散木的身材说不上来胖，也说不上来瘦。上身穿对襟排扣褂，下身着真丝宽脚裤，由于要适于按摩，那衣服显得宽大、空洞，而且衣袖总是往上挽起，露出干净的白衬里。

柳散木起身让座。金眼相士坐到八仙桌下首的圈椅里，其他人依次分坐在两边的灯挂椅里。我呢，则被连笼安放在八仙桌前边的空地上。我在笼子里挪了挪位置，咕咕叫了两声，算是同这新地方和它的主人打过招呼。主人柳散木侧身朝这边听了听。女主人利利索索地端上茶水。趁喝茶水的当口，我们打量男主人和屋里的陈设。往左手里边，是按摩待客的前台，有女大堂主持在忙碌。顺过道往里是按摩房，大厅的条案上摆着钟表和几盆翠绿翠绿的菖蒲。再看柳散木，同样也在扫视着我们。

有一缕阳光透过窗户的玻璃斜射进来，正好洒在柳散木的脸上，正好能看清他的眼睛。那双眼睛真特别，细细的，长长的，偶尔往大一忽闪，里边便蒸腾飘移出一缕一缕的雾气。要是多看一会儿，总觉得他眼睛前面朦朦胧胧地飘忽着一层薄如蝉翼、柔若丝绵的蓝色雾岚。

柳散木说话声音木木的：诸位好运气。

金眼相士：是啊，挂着正常营业的牌子呢。

柳散木：那咱就开始营业，说着起身往按摩房走，众人尾随而行。

按摩房的布置跟寻常按摩房没有太大区别，只是墙上挂着字画小品，按摩房间的茶几上放着几盆菖蒲，显得文气雅致。

柳散木坐到靠边的矮几上，抻抻衣袖道：谁先来？

金眼相士：我来的回数多，你的神手我享受过，涤生和追风享受没享受过我不知道，但肯定不是第一次来。唯独木归智，是平生头一回踏进飘风楼的高门槛。你的神手，他也是第一次见。要不，他先来。

木归智既受宠若惊，又惊慌失措地看着柳散木：这么幸运的灯笼，凭啥砸在咱额头上呢？

柳散木沉吟片刻，眼皮一闪，蓝色的雾岚飘向木归智：是这，你和天赐，二选一。

这太出乎人们意外了！见过给人按摩，没听说过给鸽子按摩。可眼前，柳散木明明白白把话撂下来，而且在按摩床的床沿上磕出声响。

木归智简直不明白，柳散木这是啥意思吗，是贬低人？是抬高鸽子？细一想，柳散木也有他的道理：若将天赐算作同行的一员，那他们都是单独一人，唯有自己成偶，所以柳散木才有此一说。可不管咋说，人总比鸽子分量重吧。木归智刚要说我来吧，金眼相士却抢在前面说道：散木这是给冠军面子哩。

木归智还能说什么呢，只得悻悻地把我递到柳散木手里。

接触到我的刹那间，柳散木的神手抖了抖，只是抖得自然而隐秘，别人看不出来，但我绝对感觉得到。

女主人芝秀把菖蒲端到柳散木鼻子跟前，柳散木闻一闻菖蒲淡幽幽的清香，道：怪不得飞冠军呢！身上可是聚着皇甫老医生的气，藏着皇甫老医生的愿呢。

金眼相士一竖大拇哥：果然神手！

柳散木开始给我按摩。初开始我还挣扎，说不清那是痛还是痒。但是很快，他指尖上的气息就传到我身上来。我被一种从未体验过的感觉包裹并左右了。他一只手温柔地握着我，另一只手则从我的尖喙和鼻头开始，一路向下，脖颈、胸脯、背脊、下腹、两翅、尾巴、脚爪，无一遗漏，轻重缓急地按摩开来。我身上似乎有许多穴位，都被他神奇的手指点透了。那种感觉之奇妙，用人类的语言都无法形容，更不要说我们鸽子。我们鸽子在最舒坦的时候只会"呜呜"地欢叫。在我"呜呜"的欢叫声中，他的手指飞快地弹奏起来。几个人醉眼迷离，或者说醉眼昏花。柳散木的手指像影子般交叠晃动，幻出幻入，一双神奇的手一下子从眼前飞舞到过去，又从过去飞舞到眼前。

柳散木年轻时曾经经历过生命中极要命的大变故，当时只有一个想法：找到鸽挎主人，归还鸽挎，然后了却生命。没想到阴差阳错地被领到了菊花园。步陶师父对他说活着总比死了好。母亲和鸽子都没有了，活在世上有啥意思呢？只要活得好，母亲和鸽子都会有的。生命的希望之火就此燃起。要养鸽子，要见母亲，首先要活得好，可我怎样活得好呢？步陶师父攥住柳散木的手扬在空中：你肯定能活得好！后来步陶师父领柳散木到周天子按摩堂，径直对堂主道：我给你送来个徒弟娃。堂主玩笑道：凭啥哩？养个鸽子、种个菊花，你说了算，到我周天子按摩堂学按摩，也要你说了算吗？你说，凭啥哩？！

凭啥？就凭娃胸膛里一颗心。

嗨，心是黑是红，隔着肚皮，看不见。

那就凭这双手，你可瞅仔细。心看不见，手可就在当面，千万别看走眼了。说着把柳散木的手抬给他看。

柳散木的左手是典型的蒲扇手，叉开五指，指指都像张开的扇骨；合拢起来，便成了醋钵大小的硬拳头，而且手背粗糙得和榆树皮一般，往日劳动的艰辛就隐藏在那皴裂的皱纹里。右手呢，要比左手小一些，形状质地秀溜而绵软，显出一点女性的特征。

堂主奇异于这双手。

步陶师父：咋样？学徒费包在我身上。

堂主也挺逗：看这双手的面子，费用减半，但有一个条件，学成出师，服务三年，方可自立门户。

事就这么成了。柳散木不光成了周天子按摩堂的学徒，而且还万分幸运地遇到了芝秀。不过那时候不叫芝秀，而叫墨玉环。

堂主亲自教徒弟，说话提纲挈领，言简意赅，人身从头到脚三百多个穴位，指头点出，不得有丝毫偏差。此外，手上要有功夫，一天十几个钟头按摩，没功夫，指头成了软面条，岂不鬼吹灯。功夫这玩意儿，谁也教不了你，得你自个儿练。随后第三点，是最难的。客人来了，一抬手，便知轻重。下手太重，客人疼得龇牙咧嘴；太轻，隔靴搔痒，解决不了问题。各个人的承受能力不同，看客下面，量体裁衣，度腹而食，轻重拿捏得恰到好处，才算好按摩师。说罢就让柳散木做示范。柳散木竟然做得分毫不差。墨玉环问咋这么快就学会了，柳散木沉默不语。墨玉环暗中观察，原来别人休息时，他偷着练呢。勤奋，心无旁骛，只在手指。天长日久，竟然把十根手指练得异常灵活。手指间的每一关节都能里外弓弹，而且弹得灵动如蛇。双手要是快速摇动起来，十根手指弹动如飞，顷刻间幻化出成百根手指。你只能看清指头的幻影，却看不清指头。逢到他兴致好，在按摩床前一摇手，客人的眼睛立马就迷离了，墨玉环的眼睛也就迷离了。这样的手，能不早出师早服役？

一天，来了一对男女，排到柳散木和墨玉环上钟。墨玉环给男的按，柳散木给女的按。这对男女神秘兮兮的，彼此在打嘴仗，心思似乎不在按摩上。柳散木朝女的摇摇左手，没反应，又摇摇右手，仍旧没反应。柳散木的手刚搭到她身上，她就嗷的一声大叫：死鬼，你轻点。不管女的怎样说，男的都只顾左右而言他。看得出，男的身份、职业、家庭等一应家底，不乐意完全暴露给女的。男的一再说，该知道的知道，不该知道的最好甭打听。女的不依不饶，非要包打听。男的说别着急，慢慢来，心急吃不了热豆腐。女的更加不依：你奶都吃了，我为啥不能吃热豆腐。

柳散木听得云里雾里，墨玉环却扑哧一声笑了。那男的就趁机岔开话题：不专心按摩，笑啥哩？墨玉环笑声更大，而且手指稍一用力，按到男子的笑穴，那男子忍不住，也嘿嘿笑起来，并打岔问墨玉环：小女子，你是哪儿人？墨玉环随口应道：月亮。男子反应也快，那你就叫嫦娥了。墨玉环：才不叫嫦娥呢，叫墨玉环。墨玉环不小心将真名实姓暴露了。那女子惊呼道：玉环？你叫杨玉环？就是那个祸国殃民的杨玉环？那男子：别忘了，你也是女儿身。那女子显然被噎住了：你以为你是唐明皇。墨玉环郑重纠正道：不是杨玉环，是墨玉环，笔墨的墨。那女子：百家姓里有姓笔的吗？墨玉环：不姓笔，姓墨。那女子嘴皮飞快：有姓墨的吗？一直动手不动嘴的柳散木忽然开口道：有，古代有个墨子，是个大学问家，开宗立派的人物。那女子这回真被噎住了，只见她白了柳散木一眼：一瞧就是一伙的。那男子打从听到墨玉环三个字，就不再理睬他们三个斗嘴，只是自顾自地念叨这三个字：墨玉环、墨玉环。那女子从那边床上伸脚过来蹬那男子：你念叨什么呢？那男子：我咋听这像鸽子的名字。

还别说，真让那男子说对了。白颜色的鸽子，脖颈围一圈黑围巾，叫墨环。围一圈蓝围巾，叫蓝环。围一圈紫围巾，叫紫环。倘若鸽子通体为紫色，脖颈围一圈白，就叫紫玉环。通体为蓝，脖颈围一圈白，则叫蓝玉环。通体为墨黑色，脖颈围一圈白，那就是标准的墨玉环。在紫、蓝、墨三种玉环中，唯墨玉环黑白对比鲜明强烈，最为好看，也最为名贵，是长安城独有的品种。当年八国联军闹事，慈禧太后避乱到长安，见到墨玉环，喜爱得不得了。后来回北京，就带了两样东西：一位做羊肉泡的掌勺师父，两对墨玉环。

那女子气不过：我说是祸国殃民杨玉环，还愣说不是。墨玉环近乎声明：是墨玉环！不是杨玉环。

柳散木：墨玉环？清末时候？恐怕只有元氏家族有。那男子脖子伸起来了：你说谁家家族？

柳散木亮声道：元菊生，字步陶。

那男子从按摩床上起来：你认识步陶先生？

岂止认识。

那男子把拳：行个方便，引荐引荐。

我连你是谁，家居何处，吃哪碗饭都不晓得，咋个引荐？

那男子面现难色，欲言又止。

那女子鼻子轻蔑地哼一声：别问他尊姓大名，叫他花郎就行。

墨玉环又扑哧一笑，拿眼角瞟花郎：好花的名字呦！如花郎君，郎君如花，或者花如郎君。

那女子：还是这位妹子嘴会说，招招见血，句句在要害。

钟满人去时，花郎还一再央求引荐。柳散木则小声嘱咐道：此女添烦，心身反应迟钝，不祸国殃民，也会祸家殃人，劝君及早抽身退出。花郎眨眼感谢。

柳散木生就一双这样的手，练就一双这样的手。按摩时，他要是用力猛，准能把客人的骨头捏成碎瓦片。但他不。他知道轻重缓急。他能把客人的关节捏到刚好，把客人的穴位点到刚好。他让客人疼就疼一点，而且疼到刚好能够忍受。他让客人痒就痒一点，痒到客人似笑非笑。稍微一过，客人就会哈哈大笑。他还能让疼和痒同时到来。凡是经他按摩的客人，临走时都要仔细瞅瞅他的手，口中连连称赞，下回来还寻这双神手！有一回，一个胖胖的略带风骚的中年女子按摩完，临出门时悄悄对柳散木说：我能不能摸下你的手？柳散木伸出手，中年女子脸上骚动着兴奋的神情，伸手去摸。可就在两人的手将触未触之际，柳散木缩回手，而且藏到身后去。中年女子面现尴尬：你？柳散木忙赔礼道歉：实在不好意思，我这双手，只适合摸别人，不适合别人摸。中年风骚女摇摇头，边出门边说：正人君子的手，也能把人按舒服。

终于有一天，墨玉环忍不住对柳散木抱怨道：咱们这些人，真是命苦得很。

咋苦得很？咱凭一双手吃喝，凭一双手成家立业，咋苦得很吗？实打实说，比在工地上搬砖撂瓦强多了。

嗨，你弄岔了，我不是那意思。

噢，我弄岔了，你不是那意思，那是啥意思？

我是说，咱生这么好一双手，光知道给人家按摩，咋没见给咱按摩。人家享受，咱动手，这命还不够苦吗？

哦，哦，原来你是这意思。

墨玉环望着柳散木的脸说：那还能是啥意思？

柳散木沉吟良久：这倒不是啥难事，如果你愿意享受的话。

傻瓜才不愿意呢。

柳散木开始摇手，摇得墨玉环双眼迷离，看人看物一片朦胧。

她一边往按摩床上躺一边说：我可没有闲钱付费噢。

柳散木停止摇动，手静息在空中，像是在沉思。末了，还是缓缓地搭在墨玉环身上。墨玉环感到一股灼热的电流通过柳散木的指尖儿传导到她身上。柳散木从头开始往下按摩，手之所触，口即言之。

你的头发真柔顺，肯定光亮得很，是用"潘婷"洗的吧？

墨玉环暗自对自己说：果真神手，连"潘婷"都能摸出来。你的眉毛又细又密，又弯又长，不是蛾眉，也不是柳叶眉。墨玉环闭上眼睛笑。

你的鼻梁又细又挺，鼻头略带鹰钩。墨玉环忍不住摸了下鼻头。

原来你长这副模样！细挺的鹰钩鼻两边，对称地挂一对弯眉、一对弯眼。别人要是大老远看去，还以为是一根挺直的玉柱两边上下各挂两枚细细的弯月牙。那个笑模样，真是太美了！

这人说话咋这么有意思呢？墨玉环为一种说话的趣味所心动。柳散木开始按摩她的身体，从肩膀往下。

该疼就疼那么一点点，该痒就痒那么一点点，该又疼又痒就又疼又痒那么一点点。推拿按点敲搓,诸种手法用得那么好,交替得那么适时,转换得那么自然。那手简直就是一把正在演奏的二胡,温婉而激情的声音和韵致自然而欢快地在身体和空气中流淌着。肩膀按摩得差不多了。墨玉环想,那指头应该再往下一点点,那儿有个点,从里往外都有点瘙痒。墨玉环心里的念头刚刚冒出来,柳散木的手指就移过来。不是那种一点一点地移,而是一指到位地移。不偏不斜,正点在那个从里往外瘙痒的点上,然后不轻不重地用力。用力时指头有大致的范围,那范围往下扩展得非常恰当,没有一头发丝的过分。

墨玉环心底旋响着深深的慨叹:这手指能摸透人的心呢!

一颗被摸透了的年轻女子的心发散出一派胡思乱想:如果一个年轻女子到了该找对象的时候,她会选择一个什么样的人呢?冒碰,冒碰,世上男人那么多,不碰上这个就碰上那个。但不管咋说,凡碰上眼的那个,必有吸引你、令你眼睛含情闪光的地方。天底下没有女子嫁给整个一个男人的。她要么被他的目光所吸引,要么被他的钩鼻子勾住了魂,要么为他的气质所折服,要么觉得他伟岸的身躯可终身依靠,要么被他出众的才华熏得醉意陶陶。最疵毛,也是相中了拴在他腰带上的钱包。哪一个傻瓜会嫁给一个囫囫囵囵、完完整整的男人呢?再完美的男人,女人那敏锐挑剔的目光都能给他寻一箩筐不是出来。

眼前和身上这双真真切切的手,既坚硬有力,又柔若无骨,灵蛇一般在她身上游动,而且能钻到她心里。音乐家、大厨、陶瓷大师,他们的手够专业了吧?可柳散木的手远在其上。柳散木的手是和大脑共生的:敏感、智慧、灵巧,本身会思维,会运动。墨玉环在那双手的调动下,身心俱喜,不由自主地发出舒服的呻吟声。

两个人心里同时跳出一个念头:艺入化境。

墨玉环的手似有意似无意地搭在柳散木的手背上。

柳散木的手安静下来,并试图挪开,但他的手一挪动,上面的手也跟着挪动。

柳散木:像榆树皮一样。

墨玉环抚摸并珍视那双手:动若灵蛇,静若处子。

柳散木:你不要光看我的手。

墨玉环一抬头,看到了柳散木的眼睛。距离太近了,能看清柳散木瞳孔上灰色的薄翳和薄翳四边晕散出来的蓝色雾岚。

柳散木又要张嘴说什么,嘴唇却被墨玉环按住,另一只手还从茶几上变出一盆花草塞到柳散木鼻尖下,柳散木闻到清幽的味道——菖蒲,清肝明目呢。

墨玉环:人都说眼睛是心灵的窗户,我看手才是心灵的窗户呢。

真是幸运,就是这样一双手,给我按摩了十分钟。初开始,我浑身的关节像是被依次卸掉，又依次安上一般。疼是疼一点，但很快就疼得舒服了，身上所有的关节也仿佛活泛许多。

按摩完，柳散木把我还给木归智，赞叹道：少见的好鸽子，可得好好珍惜呢。听到这话，我还真舍不得离开那双手。可那双手的动作却在说：下一个。

金眼相士：散木贤弟，别拿明白倒糊涂，你又不是不知道这帮人是干啥吃的。

不是说照常营业吗？

开明叫响，是探营。

既然是探营，那咱上楼。

楼顶，矗立着一幢六米见方、三米高的木楼。与一般人家的鸽舍不同的是，一般人家是单面开门窗和踏板活络门，而这楼则是四面开门窗和活络门。有一群带着哨的鸽子正环绕木楼飞行。顺着鸽子飞行的轨迹，循着鸽哨的声音看去，四周仿唐建筑层层环绕，唯有北面一条通道，可径直望见大雁塔。和那些仿唐建筑相比，这木楼虽然低矮，但气势上一点都不输于对方，而且在精神气韵上还与大雁塔遥相呼应。

我们被这气势和气韵给镇住了。这楼和皇甫师父的凌烟阁、步陶师父菊花园的集贤院相比，简直各有千秋呢！柳散木欢快地摇动自己的手，那十根手指如算盘珠子一样啪啪作响。我们又给镇住了。

柳散木：我这双手，外加墨玉环两只手，艰辛劳动二十多年，干成两件事，一是把娃送进大学门，二是买下这栋小楼。

墨玉环至今还清楚地记得当时的情形，钥匙刚一到手，柳散木便迫不及待大呼小叫：快去请二鲁班，养鸽的理想要实现了！墨玉环极不情愿地道：房子还没装修，按摩床还没到位，你急啥哩？柳散木：两相不矛盾，同时进行，同时进行。墨玉环架不住柳散木再三央求，便去请二鲁班。柳散木在背后吩咐，你可不敢叫人家二鲁班，得称邹宏才邹师傅。

二鲁班是个大能人，多少年来只干两件事：一是手工打造仿明式家具，二是替人盖鸽子棚。他打家具慢，一年半载出一件活，而且标价不菲，少一个子儿也不卖。至于盖鸽棚，那也盖成精了。他能依据主人的脾气喜好和鸽子的性格特征，再结合四周的具体环境，设计出各式各样不同风格的鸽棚，代表作就是他早年翻修的凌烟阁和集贤院。

墨玉环来到长安城西南角城墙根下，看见一个翘下巴的肥胖老头，正在侧身用斧头敲打漆皮脱落得斑斑驳驳的大门上的泡钉。泡钉在斧子的敲击下，发出与巡道员敲击铁轨相仿的声音。墨玉环在不远处看着。这户人家早先应该是个财董，可惜正院已被征收，盖了高楼大厦，只给主人留下门扇和门楼。肥胖老头敲打收手歇息时，墨玉环道：一共六十二下。

肥胖老头转过身，眯缝着圆眼睛看到墨玉环：哎哟，是柳夫人，耳朵灵得很。这两扇门，拆迁里边老屋时，让一帮活鬼给闹坏了。我重新修复，原马原鞍的泡钉只找到六十二颗。两扇门，八八六十四，生生缺了两颗。找了好几年，没找着，补了两颗新的，别扭难看，卸掉了。

墨玉环叹道：可惜，可惜。

肥胖老头：我每天敲一敲，叫魂哩，那两枚泡钉要是听到了，兴许会跑回来。

墨玉环的心嘎嘣乱想：这长安城里，尽是神人。道：过去的日子要是能时时回到梦里，泡钉就会跑回来。

回不回来不由咱，有没有这个愿望却由咱呢。

肥胖老头解开系在门旁的钉子上的细绳，轻轻一拉，门脑上的活络门被拉开，一二十只鸽子一溜带串地钻出来，飞上天空，鸽哨铃铃地响起来。肥胖老头退后几步，眯着眼看看自家门楼，望望天空，听听鸽哨，忽然唱出一句：苦中有乐啊！

墨玉环这才把礼物从身后亮到前面：邹师傅，我家无用有请。肥胖老头看清了礼物——西凤酒、红延安烟、紫阳茶、同盛祥点心。一挠头：叫啥邹师傅哩，叫二鲁班。

墨玉环：二鲁班在上，我家柳散木柳无用有请。

二鲁班嘴上说盖鸽子棚呀，手上收拾停当，随墨玉环坐公交车，到大雁塔站下车，没有直接奔进昌坊，而是环绕着大雁塔转了两圈。由于步步都在仰头看大雁塔，没注意头碰在树干上。二鲁班摸摸额头，把他家的，咋把额头碰下鸡蛋大个包。二鲁班边揉额头边继续转着看大雁塔，结果踩到一位女游客的脚后跟，把人家的皮鞋踩掉了。女游客边伸脚抻鞋边瞪眼道：长眼睛出气呢！二鲁班嬉皮笑脸地回应：鼻子说话，耳孔出气，眼睛看大雁塔。你瞧，大雁塔有多美，比美女还美呢。女游客嘴上说老不正经，一双风骚眼却转向大雁塔。二鲁班反而不依不饶：我看大雁塔，你挡了我的道，反说我老不正经。我是老，可我怎么不正经了？女游客被惹恼了，回身一抬脚，径直朝二鲁班脚面踩来，这一高跟下去，二鲁班脚面还不被踩个血窟窿。岂料在电光石火间，二鲁班灵巧地一拧脚，高跟鞋重重地踩在石板地面，溅出火星，发出巨响。两只脚紧紧挨在一起，像两只牛角顶在一起，谁也不愿后退。上面，四只圆眼也对上了。

墨玉环一边偷笑一边将二位往开拉。好说歹说，才把女游客劝走。回头笑二鲁班：一把年纪了，咋还这样？

二鲁班憨然一笑：生活沉闷，碰个艳人，寻个乐子。墨玉环不得不佩服：邹宏才，果然有才。

二鲁班又转着把大雁塔看了一圈，再把四周的仿唐建筑看了一圈，这才跟着墨玉环进了进昌坊的按摩房。

柳散木非常热情地接待二鲁班，又是敬茶又是递烟。二鲁班说咱现在是城墙根的泥腿子，拉锯推刨子的粗人，抽的旱烟锅，喝的大缸茶。说着从后腰上摸出旱烟袋，把烟锅伸进绣花烟袋装烟。烟袋上的花绣得很好看，只是日月长久了，花已少了颜色，边缘的线也绽开了头。

柳散木给二鲁班点烟，二鲁班凑着火苗吸着烟，说咱看地方。柳散木拦住道：别，咋能刚进门就看地方干活呢？传出去我不成了雇长工的二地主。二鲁班还想说什么，柳散木径直把他拉到一间将就着摆好床的按摩房，硬搬着让二鲁班躺下。二鲁班往起挣扎着说：你这是弄啥吗？柳散木忙解释说：兄弟没有别的本事，就手指头上有点功夫，让你受活受活，全当兄弟行贿哩。说罢，把二鲁班拉平展，搭指按摩起来。二鲁班在柳散木一双手十根手指的推拿揉搓敲点弹奏之下哼哼哈哈、嘿嘿嘻嘻一阵，猛地翻身坐起来。别按了，再按我就成王爷了！兄弟就是想让你当一回王爷呢。当王爷，叼个烟锅，背个双手，迈个方步，吆五喝六，谁给你盖鸽子棚呀?！唉?！柳散木给说得愣住了。二鲁班又嬉笑道：不过，你咋把我身上的穴位探摸得那么清楚？柳散木极快反应道：你咋把家具和房屋的卯卯窍窍摸得那么清楚明白？

二人上楼，二鲁班看过具体环境和周围形势，很快画出一张草图给柳散木看。柳散木说：我看不出啥名堂，你讲吧。二鲁班恨不得扇自己个大嘴巴：对对对，我讲我讲。这鸽棚主坐楼顶正中，面朝东南西北；用歇山顶，飞檐但不翘角；瓦用我家老房子拆下来的唐代琉璃瓦；墙用旧灰砖，也是我家老房拆下来的；四面墙上皆留门窗和活络门，以通四面来风；顶上留小天窗，上下左右前后皆透气，正合了老先人六通四辟的说法；里面巢箱、隔板、站架全用老红松制作，整体风格要与大雁塔及周围环境融为一体。

柳散木听着，脸上的表情变化着，末了一拍大腿，激动地道：就是这！就是这！跟我心里想的一模一样，甚至比我想的还要好哩。只是旧青砖和老琉璃瓦用你家祖传的，我心里有些过意不去。说话间，一双手已经把二鲁班的一只手攥紧了。二鲁班显然也被感染了：我祖上传下来的老房已经被那些活鬼拆掉了。我留些砖瓦，闲撂在门道里。我瞧了多少下家，都觉着不合适，没想到天遂人愿，在你这儿用上了。你就放心用吧，用在你这儿，总比被活鬼们糟蹋了强。

柳散木摇着二鲁班胳膊说：事不宜迟，咱就近挑日子动工。三个月后，新楼竣工。

另外，二鲁班还用余料和下脚料在楼顶角上楼梯口的地方建了一个小板子亭，用作喝茶和等鸽子用。

竣工那天，柳散木摆了酒席，步陶师父、皇甫老医生、金眼相士等长安鸽界名宿，以及相识、相熟、相好的众多鸽友都前来燕贺。楼顶鸽友熙熙，空中春燕、喜鹊、鸽子攘攘。

二鲁班楼上楼下地跑着。一会儿站在远处，一会儿站在近处，眯缝双眼，手摸下巴，不断欣赏这新建成的鸽楼，嘴里还不时发出啧啧的赞叹声。这情形被步陶师父看在眼里，对旁人说笑道：十几年前他帮我修集贤院，也是这等模样。经常跑几十里路来，也不进园子，就隔着花椒墙看。一看老半天，也不知道口渴肚子饿。二鲁班见步陶师父揭他底，就红了脸说：木匠这独门技艺，怕是要失传了。盖高楼大厦用不上，只能建个鸽子楼看。趁眼睛好，多看两眼，将来怕是想看也看不着了。步陶师父摸了胡须说：宏才兄弟这话，倒是警世通言呦。

正说话间，墨玉环来请：步陶师父，散木和皇甫医生几位请您给楼起个名。步陶师父来到楼前，牌匾笔墨已经伺候好了。步陶师父略一沉吟，挥笔在空中画个圆弧，然后在匾上龙蛇奔腾，草出三个大字：飘风楼。众人一片掌声。柳散木激动地说：先挂上，改日再篆刻刷漆描金。在振奋人心的掌声中，匾额悬挂在朝南一面的楼门上。二鲁班暗自叹息：咱生个娃，让人家起个名。二鲁班暗自叹息的时候，隐隐约约听到身旁的步陶师父口中也念念有词，大部分听不清，模模糊糊只听到两句：飘风骤雨随时起，矗立经年未可知。

尽管金眼相士、萧涤生当年参加过飘风楼的竣工盛宴，但并不知道飘风楼建造的内情。至于木归智，既是头一回上楼，又是头一回听说柳散木和墨玉环浪漫而辛苦的建楼史。木归智肯定被内中某种东西打动了，满脸潮红，小眼睛中似乎有泪花闪动。几个人再抬头仰看，更能感受到飘风楼屹立的威仪和流动的气韵。

柳散木终于实现了自己生命中的一个重要理想，二十多年后，重新开始养鸽。

师父步陶、朋友二鲁班以及几个在按摩房受活过的鸽友凑来一批幼鸽，教乖养家，敞门放飞，结果有七八只走翅，飞到远处的田野里玩耍觅食，误食浸过农药的种子，挣扎飞回，在楼顶自己撞自己，恓惶地撞死了。其中有两只是师父赠送的好种。柳散木无道理地和墨玉环大吵一番。委屈的墨玉环亦反吵道：你只能怪农药，怪洒农药的人，怪造农药的人，怪发明农药配方的人，怪农药时代。人都能吃死，何况鸽子？鸽子药死了，拿我做冤大头吗？柳散木语塞，抱着死去的鸽子号啕大哭。墨玉环见状，又心疼不已，抱着柳散木落泪道：对不起，我不该把鸽子和人划分开来。血的教训之后，柳散木对鸽子开始进行军事化管理，定时收放，定时训练，定时喂食水，定时进行身体检查。柳散木一有空闲，就拿劈灰刀铲粪。铲过之后，还要让墨玉环用湿抹布把巢箱、隔板、站架齐齐抹一遍。天天如此，风雨无阻。墨玉环又端来两盆菖蒲放下，说：瞧你精心的，把鸽舍打叠得比按摩房还干净，晚上干脆和鸽子住一起得了。柳散木说：巴不得呢，我觉得摸鸽子比摸人更令人心旷神怡。

鸽子是非常坚贞的，从小给它安排哪个站架，哪个巢箱，它会终生坚守着。长大成熟后，雄鸽子会占稳巢箱，鼓着胸脯转着圈儿鸣叫。这是我的家，我要在此娶妻生子！之后便有雌鸽接受求欢，住进爱巢，一起生儿育女。哪只鸽子在哪个站架，哪对鸽子在哪间巢箱，柳散木只要摸一回、听一回就记住了。因鸽生爱，雏儿快要出壳时，柳散木会把蛋拿出来，隔着蛋壳听里面的毂音。从那一刻起，柳散木的大脑里便建立了这只即将出生的雏鸽的信息。他父母是什么样子，他爷爷奶奶是什么样子，他外爷外祖母是什么样子，他将会是什么样子。雏儿出生三天后，他天天用手摸。鸽子跟孩子一样，是被摸着长大的。墨玉环会在旁边赞赏说：这么漂亮的一羽小灰鸽，将来说不定是一名运动健将呢！柳散木举着鸽子说，这只小胖灰，差不多一斤重了。墨玉环拿来天平一称，果然九两九。墨玉环说真正神手。柳散木便伸手摸墨玉环，把墨玉环打开了。

柳散木喂鸽子的食料非常丰富，玉米、大麦、偎麦、各种豆类、亚麻籽、葵花籽、油菜籽、红花籽，不一而足。新食购回，他要用手搓一搓，闻一闻，稍有霉味，立即换掉。食量控制也非常严格，多食一粒会胖，少食一粒会瘦。墨玉环打趣说，你可当营养大师，去给领导调节饮食。柳散木趣回道，鸽子比领导重要，领导随便吃几口都会发胖。

每隔一周，柳散木还要给鸽子喝一回茶。茶是用白荨麻和车前子的茎和种子熬制的。车前子，《诗经》里叫苯苢。"采采苯苢，薄言采之。"食之令人有子，饮之令鸽多孙。柳散木想象着鸽子饮用后仰着脖子品味的舒爽，对墨玉环说，记得八九月份再去神禾原坡上采噢，以备明年再用。另外，夏用蜂蜜，冬用胡萝卜以作调配。

如此这般，三年下来，参赛四五季，虽屡屡入赏，却无三甲大奖。于是前往菊花园请教师父。师父步陶点点柳散木左胸口：要鸽子和这儿相通呢。师父说得极对，凡人赏者，我这儿都是有感觉的，但依然没有入围三甲，是因为我的心路太窄，感觉还不够灵敏吗？

师父步陶仰望司马槐上面白云飘浮的天空，沉吟良久，才慢沉沉地说道：那就等待一羽天才鸽的出现吧！

柳散木心里点起一盏渐明渐亮的灯，并随灯腾起一股期盼和希望。

金眼相士忽然接话道：我想，那羽天才鸽应该出现了。柳散木的思绪也从往事的追忆中回到了眼前的现实中。天才是从艰苦环境之中挣脱出来，在激烈竞争，甚至你死我活的斗争中冲杀出来的。人们钦佩他的成功，才封给他天才的荣誉称号。

金眼相士：散木贤弟分明是在挖苦和讽刺我哩，你干脆说天才不是用眼睛看出来的。

柳散木：哪里，哪里，相士哥两只金眼，倒常常对天才有先见之明。

金眼相士：你还不如说你相士哥本身就是个天才。

柳散木：相士哥相鸽断人的天才，已经被生活证明了嘛。金眼相士道：相士的眼，散木的手。柳散木轻轻摇动自己的手，而且摇出响声来。

金眼相士：我今儿想要见识见识散木兄弟这双手对天才鸽的预见。

柳散木把双手摇向右首天空，而且摇出连续的声响，那手的动作和声响仿佛在说：远在天边。

墨玉环笑，金眼相士、木归智、萧涤生、莫追风的目光则顺着柳散木手动的方向看去。越过飘风楼，他们看到一群鸽子绕着空中的云朵飞行。哨声清亮，像是对他们几个人播放一种宣言。

柳散木又适时地转身将手收回怀里，又仿佛在说：近在眼前。眼前，地板上，是差不多快要被忽视了的小竹笼。竹笼里是我，三道杠，天赐。打从接受完按摩，就静静地待在这儿，观察你们的举动，听你们说话，被你们感染，为你们激动。

我的主人木归智是个性情奇怪的人。他的小眼睛转得很狡黠，目光飘游得很阴柔。寻常时他的眼睛并不正面瞅你，目光老躲闪着你。但是今天完全不同，他不光正眼看了飘风楼，目光却跟着空中的鸽群悠来荡去。他显然被感染了，被激怒了，或者说内心深处的某种东西被唤醒了，抑或是被浇灭了。不信你们瞧，耳朵和耳套都在剧烈地动呢。

木归智明显受到了某种刺激，小眼睛里布满了血丝，毫不躲闪地瞪视着柳散木：我已让你探过我的营，可我们上楼老半天，却还没有探得你的营。你总不能让我们探个空空营吧。这话的意思再明白不过：我家天赐已接受按摩，东西上手，感觉如何，你柳散木心中已有尺码。也就是说，柳散木你已经巧妙地摸过我们的底牌。而你柳散木底牌是什么花色，我们还一无所知。

柳散木正要开口，墨玉环上来故意打岔道：你们跷了我的门槛，上得我的楼顶，我飘风楼门窗洞开，旮旮旯旯，根根梢梢，已经和盘托出，你们上下瞧三遍，左右瞅三遍，里里外外又察看三遍，咋能说没探营呢？

金眼相士慨叹道：不愧为飘风楼的老板娘，好利索的一张嘴呦！

木归智目光丝毫不移开：你已经摸过天赐了。

柳散木：是按摩。

木归智耳套跳了几跳：可我们连图南的影子还没有看到呢。

柳散木：不巧得很，还在天上飞着呢。

鸽群飞过头顶，阳光投射下来的影子也从飘风楼上一掠而过。

墨玉环：这下看到影子了吧。

木归智有些哭笑不得：我是冠军天赐的主人，要见识见识亚军图南，有何不可吗？

这是最后的撒手锏，也是长安城鸽子界不可打破的铁律：冠军鸽主要看任意一只鸽子，主人都得笑脸捧上。

稳重机敏的柳散木有些手足无措。

墨玉环急救道：要不，改日吧。

合情合理，既答应让看，又不在今日。双方都有台阶可下。

金眼相士出面打圆场：古有刘玄德三顾茅庐、宋公明三打祝家庄，现如今，木归智有何不可以三到飘风楼呢？！

墨玉环抬头道：相士老兄这话，咋有点两头点火、自听响声的味道。

金眼相士一抱拳：不敢，不敢，给个准日子就行。

柳散木顿一顿：那就五百公里盛唐杯集鸽前三天吧。

好，一言为定，告辞了。金眼相士、萧涤生、莫追风和提着我的木归智走出飘风楼，刚拐到通往大雁塔的主街上，就看到空中的鸽群像得了命令似的从高处俯冲而下，急翦半圈，落在了飘风楼的坡沿上。最后边那只鸽子划出一道红影，带着哨声，直接栽了下去。

十

皇甫三兴老医生最近有些心绪烦乱，而且这烦乱折磨得他坐卧不安，于是约金眼相士和萧涤生一同去拜访元菊生。金眼相士觉得不太合时宜。怎么，大赛之前，老将探老营呀？皇甫三兴知他误会了，回道：那老营，已经探了大半辈子，旮旮旯晁都知道，不用探了。要探，就只能探探心。这倒奇了，不知老医生要探啥子心？皇甫老医生叹道：一是凌烟阁二十四功臣尚欠一位。二是祖父和父亲的灵魂没个安息地，你说让人烦乱不烦乱？金眼相士讶异，那天进凌烟阁，分明看到皇甫三兴祖父和父亲的遗像及灵牌供在香案上，今儿咋又说没有安息之地呢？金眼相士带着疑问，随皇甫三兴及萧涤生一起前往菊花园。

三人走到那段白沙路上时，发现路面已经改造。沙子被清除，换成了三合土和石子。皇甫三兴慨叹说好久不来，路都现代化了。金眼相士说：瞎咧，这下把菊花园和外界勾连起来了。萧涤生说：还是沙子路踩上软和，咱们走的路太硬了。

说话间，一小群鸽子从菊花园那边飞过来，有只鸽子带着三截口大葫芦，那低音琴一样的哨声在空中嗡响着。金眼相士支支耳朵说：林风鸣在蓝天上歌唱呢。萧涤生附和说真好听。皇甫三兴望望小鸽群，说欢迎咱们呢。

进荆棘拱门时，小斑点狗看到他们，摇摇尾巴，转身飞跑着向主人报告去了。金眼相士透过荆棘门廊的空隙，看看东边的太阳，说这时辰，主人应该在书房里。于是三个人随着小斑点狗跑动的影子，先到集贤院前的石井边，然后径直东折，来到左近的三间瓦屋前。瓦屋的青瓦早呈黛色，缝隙满生墨绿苔藓。墙皮剥落，窗棂古旧，有葛芭草爬上台阶，快要伸到门槛上。

有空空的、灵灵的声音从中间屋里传出：司马树上喜鹊叫，小狗也来报，必有贵客到。

三人进屋，指尖夹着小楷毛笔的元菊生起身迎接。

这是元菊生的书房，干净、整洁、通风、透光。四面墙壁用菊花和小麦研成灰和泥泥过，以防蠹虫，东西两边，靠墙立两排书橱，橱内尽是与动物和植物相关联的书。有的书间还插着菊花和竹枝的老标本，靠近南窗是一古旧核桃木条案。笔在手，砚在案，纸上墨迹未干。可见三人进屋之前，主人正在伏案耕耘劳作。再看窗脑顶上，挂一横匾，两个真书大字：书巢。

金眼相士见到"书巢"二字，当即拊掌唱道：书有巢，鸽有巢，人亦有巢，可雅称巢父，俗称"三巢翁"。

元菊生用毛笔杆捋捋胡须：相士有才，倒也形象恰当。

皇甫三兴走路走累了，等元菊生让座，却不见元菊生开口。一个知礼、尊礼、重礼的雅士高人，难道会忘了起码的礼节吗？皇甫三兴四下一望，这才发现，书房之内，并无一个椅凳，随即问道：步陶兄该不会是站着读书写作吧？

气宇轩昂、精气内敛的元菊生手提毛笔，在案前摆出一个恭笔书写的姿势，甩一下胡须：此言正是。

这就奇了，是满长安城找不到合适的椅凳吗？

金眼相士：极有可能！屁股合适，椅凳不合适；椅凳合适，屁股不合适。尘世间，两相不匹配的事，时有发生。

元菊生一腿悬空，一腿金鸡独立，道：读书用左腿，写作用右腿。一是练气功，二是著书立说，不可多写一字。说着，把三人进屋前没写完的一句话补写完。

你看元菊生这气质，朴素与高雅、平易与肃穆天然巧妙地合为一家。任何一种都呈现在你面前，任何一种又都不特别突出。四体合一，形成一种无法言说的新气质。

皇甫三兴回想起第一次来菊花园会见元菊生的情景。

那是菊花园落成的第二年春天。元菊生的父亲元惊竹邀请皇甫三兴的父亲皇甫穆勒到菊花园做客。那时候的皇甫三兴既不是老医生，也不是年轻医生，而是穿西装、结领花、蹬皮鞋的翩翩少年。皇甫三兴随父前往。父子二人拿久居城里的眼光尽情欣赏新建菊花园的古井清溪、绿花翠竹、茅屋瓦舍、矮树高阁，以及集贤院和那些活泼可爱的院士。父亲皇甫穆勒边欣赏边感慨：这长安城南，神禾原头，杂树荒田间，竟然营造出这么一个幽静自然、祥和恬淡、花香四溢、鸟语啾啾的伊甸园！皇甫穆勒的心像被虫子噬咬一般，疼痒疼痒。那疼痒疼痒的感受一直传导到了儿子皇甫三兴的身心之内。

元惊竹携儿子元菊生接待皇甫穆勒父子。

皇甫三兴跟随父亲在别的场合见过元菊生几次，但只是远远地瞭望而已，未交一言。此刻，当元菊生从他父亲身后闪身出来时，情况与平时的远远瞭望竟完全不同。皇甫三兴觉得眼前这一老一少其形大异，其神大似。但这大异和大似，都同这环境协调融合得天衣无缝。

元菊生的个头并不高，瘦瘦的，走路的姿势很特别，几乎没有看清他怎么迈步，人已经到你面前了。他的脑门又宽又亮，很有几分恢宏气势。他的眼棱很高，眉毛又浓又长，下面是深藏不露的小眼睛。那小眼睛忽然闪烁着瞟向你，你顿时觉得那深邃的目光像锋利的刀子，一下子就能穿透你的心。

皇甫三兴暗自惊呼：这眼睛和目光与我很相像呢！

皇甫穆勒道：两位爷爷相斗相爱半辈子，两位父亲又是天上敌人、地上朋友，现在该你们继往开来了。

元惊竹也对元菊生道：去见过你家兄弟。元菊生抱拳鞠躬，皇甫三兴上前握手。

意料之外，情理之中，二位日后成了长安城鸽界的双子星座。那次相会后，两家有过一次著名的比赛。赛后没几年，二老相继谢世。皇甫三兴至今都清晰地记着父亲临终时的模样，还有那鸽哨一样穿越时空的声音：你可要为你的祖上寻觅到一方可以安放灵魂的圣土。

皇甫三兴的目光依然锁定在执笔写字的元菊生身上。当年的那个少年已经胡须皆白，刀子一样的目光也早已敛去锋芒。现今的体貌里渗透出来的神气是：睡觉时徐徐而躺，静息而卧，从不做梦；睡醒之时，缓慢起身，怡然默坐，面上毫无忧愁之色；调理气息时，气息直达足跟；执笔写作时，神思直泻纸面；在园间劳作时，全当自己是牛是马，尽享劳动本根自有的快乐。嗨，葛衣麻裤，天生一个自然真人哪！

元菊生，这个自然真人，打从菊花园建成的那天起，就在父亲的引导下，以鸽子和菊花为对象，对动植物进行活态研究。研究其本性、习性、习俗、生存意识、生活习惯，以及性爱和家庭。在此基础上再进行新的育种实验。这个世界添一朵新花，多一种新动物，总是美好的事情。有一年秋末，傍晚时分，楚留声来访，见元菊生不在房里，却半卧在竹林边的菊花丛中饮酒沉吟。触景生情，顺口诌出两句诗来：秋花晚艳冷香醉，暮睡朝吟暖阁空。

元菊生忙拾身伸手，拉楚留声坐到身旁，口中连称好诗。诗句的真好，别人不知，元菊生岂能不知。古时，菊当歛、穷讲。意思是一年花事到此结事。菊有浓香，开在秋末，故又叫秋花、晚艳、冷香。宝钗给黛玉吃的冷香丸，成分岂能少了菊花！再按五行说，菊开在秋，秋令在金，故人们以黄色为正。譬如龙袍和黄马褂。由此称菊花为黄花、金径。又，农历九月为阳，九九为重阳。此日赏菊，渐成习俗，因之又称节花、九华。你瞧楚留声写菊，两句未着一个菊字，却通体尽是菊字，且与人物环境结合巧妙，你道好是不好？楚留声谦逊地道：可惜只有两句。元菊生道：好诗如好姻缘，是遇到的，也许日后有机缘，再续上两句。楚留声连连称道：世事奥妙，让步陶兄说尽了。

世纪初，京华北海举办第二十六届全国菊展。那盛况，蔚为壮观，绝不亚于奥运会。两万多盆花，两百多个品种，一百多种颜色，独朵、并蒂、满株、宽瓣、松针、卷散、勾环，如月、如髻、如拳、如盘，似笑靥、似朝霞、似玉带，白如莹雪，黄若金辉，紫如杜鹃血，绿如碧水波……千般姿态，万种风情。元菊生精心挑选三盆，代表长安城参展。结果自己培育的一盆花期从四月开到九月的绘素碧入围头甲；另外两盆，一入二甲，一入三甲。一二三甲，甲甲入赏。一时间，元菊生名动京华。可记者采访、协会邀请，均被元菊生婉言谢绝。说我虽然得奖，但我绝不是为得奖而务花，我是因为爱和生活才务花的。我务花，拿到集市上去卖，去送人或者摆到街道两边，让空气中多些香味，让环境中多些色彩，这就好了，得不得奖无所谓。后来，元菊生为这句话后悔和自责不已，因为之后十年余，全国各大名城，只有车展而没有菊展了。

同时，元菊生还在努力培养新品种的鸽子，并对鸽子的恋巢本能、对出生地的忠贞不渝进行探究，还对鸽子的返航能力进行数据测定，并将之与人对美好事物的眷恋相对应，进行文化上的研究。元菊生正在写两本书，一本是《新菊谱》，一本是《新鸽谱》。

皇甫三兴笔挺而恭敬地站在书案前边，听着，回忆着，湛蓝的眼睛渐渐潮湿了。苍天在上，大地为母，其余有根能走会飞的都是孩子。就连石头都有灵魂，动物和草木都会喃喃絮语。说着说着，皇甫三兴的泪水从那很深很深的眼眸中溢流出来。那泪水，也是湛蓝湛蓝的。

元菊生搁笔过来，本想递手帕给皇甫三兴，结果自己的手给皇甫三兴紧紧地攥住了。

皇甫三兴：作为职业医生，我很惭愧。除了治病救人之外，我却在进行文化因子实验。和你的工作比，我真是惭愧。这本应该是我的特长，却让步陶兄付出半生心血！惭愧啊！简直是羞愧！

元菊生：哪里话，我还有求于老医生呢。《新菊谱》和《新鸽谱》要有许多插图，我不想用那死冰冰的照片，我想劳驾老兄的门生高徒呢。

几个人的目光移向萧涤生。萧涤生满含热泪，频频点头答应。他点头时，泪珠全抛洒到脚面上。

金眼相士：师父还没有点头，门徒就答应了。

皇甫三兴窄凸的额头上那细密的皱纹一下舒展开来：是我们的灵魂在答应。

屋外嘎的一声响，把灵魂悸动了。原来是从司马槐那边飞来一只乌鸦，掠过屋顶时发出嘎的一声大叫，把小斑点狗也惹得汪汪直叫。

元菊生：又有人来了。

几个人出屋西望，果然见花郎、司空千秋，还有林风鸣和师父楚留声站在集贤院的井栏旁边。

两行人在井栏旁边会合，元菊生命林风鸣搬来木凳竹椅，分布在石凳间。大家围着圆石桌依次落座。金眼相士道：菊花园里的菊花茶和菊花酒，那可是满长安城都能闻到香味呢。

皇甫三兴心道：不愧凭嘴过活呢，说话就是悦耳中听。

元菊生微笑着朝刚来的白屋那边拍拍手。拍手声不大，却鼓荡空气传得很远，直传到书房、卧房和厨房那边。

人们看到厨房那边，一个年轻女子探身窗外，朝这边招手呼应。那是元菊生的女儿鹤秀。鹤秀听到召唤，用一个方竹盘端着茶具走过来。

鹤秀头上梳着椎髻，身上穿着深色精絺衫裙，衫右衽布扣，下襟掩在裙内，衬得身体修长随柳。鹤秀走路的姿势动作既有弹性又像风摆柳，胸脯和椎髻一起上下弹动哩。

林风鸣上前接过茶盘，放到圆石桌上。鹤秀说你去拨炉火，我去绞水。

鹤秀摇辘轳绞水时，花郎把眼睛看直了，不禁在心底狂呼大喊：这才叫女人！这才叫女人！心一喊就疼，越疼越喊。

水绞上来了。鹤秀揽绳，提桶，解钩，然后把木桶平平稳稳地放到红脉石的井栏边上。木桶里的水满当当的，上面鼓成一个缓缓的半球形，而一滴都不外溢。阳光挥洒下来，玻璃一样透亮的水面含蓄地反射出丰富绚烂的七彩。那简直是一个闪闪烁烁的、光彩四溢的水晶世界！面对这个水晶世界，花郎几乎要哭出来。

内保之而外不荡。金眼相士哀叹：步陶先生让鹤秀以水宣德，可在座者有谁参悟得透呢？

乳香菊花茶沏好了。

楚留声：风鸣新近刻成一对唐字小九星，不如给鸽系上，大家一边听哨，一边饮茶，一边闲话，岂不更好。

大家众口赞成，唯司空千秋兴趣不大，但不好表露出来。

林风鸣进集贤院捉来一对紫点子，楚留声和鹤秀帮手，把小九星系在鸽尾上，然后松手放开。一对紫点子升空，小九星便脆铃铃地鸣响起来。

来，饮茶听声，过天下顶顶有味的生活！既然如此，咱们就先佐茶说鸽哨吧。

好啊，好啊，就说长安城斗哨的传说吧。

东边赛鸽，西边斗哨。老长安人都知道这两句话说的是二十世纪三四十年代，元菊生和皇甫三兴爷爷辈的事情。意思是说，放路比快，要到大东门里尚俭路济慈医院去看。但观鸽斗哨，则要到大唐西市的四水堂茶楼。

当时长安城养鸽最有名的有两个人：一位是元菊生的爷爷，东大街菊花园中药铺堂主元友梅，养一棚观赏鸽。凡长安城方圆数百里内所能见到的名种，他都悉数收入棚中。另外，元友梅还酷爱收藏鸽哨，周字哨、秦字哨、汉字哨、唐字哨，只要见到，他便不惜重金收归已有。当然，碰到个别爱哨如命的，他也没办法。一个卖药治病的，总不能要人命吧。另一位是皇甫三兴的爷爷，济慈医院的创始人希格穆勒。希格穆勒从荷兰和比利时引进一批专门用来竞翔比赛的信鸽。初开始，二人各玩各的，后来被好事者楚留声的爷爷楚金钟将二人撮掇一起，进行了一次比赛。为公平起见，比赛分为两场，一场斗哨，一场比快。

先斗哨，地点设在四水堂茶楼门前，时间选在中秋节这天。当然，这时间的选择是大有讲究的。冬春季，鹰隼鹞时常来城里觅食游逛，鸽子佩哨而飞，有声有色，正好成为它们追逐攻击的目标。试想想，周秦汉唐，名家所制，被连鸽掳去，岂不令主人扼腕跳脚，痛断肝肠。夏季炎热，鹰隼鹞歇窝。可鸽子也厌飞，刚起即落。哨声亦刚响即息，如戏台上锣鼓开场，正戏未演，即闭幕谢客，扫人兴致。再加上夏季鸽子换羽毛，负哨而行，时常鸽回哨失，一样令人惋惜。而秋季，鸽子刚换新羽，喜冲天高飞，畅抒幽情。而长安秋季天空高而蓝，云白而薄，鹰隼鹞又少，正是飞鸽斗哨的好时节。

二人如约而至，一人身后跟一个拎挎提笼的少年。元友梅身后自然是元菊生的父亲元惊竹，希格穆勒身后自然是皇甫三兴的父亲皇甫穆勒。二人在四水堂门前广场中央的八仙桌两边落座，两位公子把鸽笼并排放在八仙桌前，然后退到父亲身后。

四水堂门前的街面和小广场挤得人山人海。有鸽友自愿组成纠察队，戴上红袖标，往西边街口一站，扎住口子，拦住车辆，令其绕道而行。挡住行人，只准出不准进。迟到之人，直叫后悔，只得站在街口外边翘首以待。

希格穆勒整了领带，用他的蓝眼睛看元友梅白茬竹挎里的鸽子。鸽子各式各样，一样一对。鹤秀、点子、合璧、玉翅、玉环、乌头、洒雪、小巧玲珑、花团锦簇。希格穆勒数了数，共有五对鸽子佩带鸽哨，跟侠士佩剑、夫人戴花一样好看。这五对鸽哨可是元友梅精心挑选搭配的，计为秦字小七星一对、汉字六眼葫芦一对、唐字二联一对、中三联一对、小五联一对。五对十枚，声调音色配置上力求合律协调。这五对鸽哨中，四大名家占了三家，枚枚都是价值连城的稀罕之物。虽缺周字哨，但已风光得让别人望"哨"莫及了。然而让希格穆勒奇怪的是，小体形者佩大哨，大体形者戴小哨。

元友梅也趁机侧头瞄了一眼希格穆勒藤笼里的鸽子，清一色灰，眼虹放光，体壮如牛，精神饱满。元友梅生性高傲，但内心还是吃惊疑惑，这体格和希格穆勒一样，一个顶咱仨，拳击格斗可以，飞路比赛咋能赢呢？再看鸽子所佩戴的七八枚鸽哨，不禁哑然失笑。形制大小做工全然不讲究，佩法也是大佩大、小佩小，忍不住问所佩鸽哨，可是集市上从一位中年妇女手中购得？

正是。我在东郊灞桥鸽市，见一中年妇人，穿一身破旧白孝衣，里边是补丁摞补丁的破衣裙，臂间挎一个破竹篮，里边放十几枚满带尘垢的旧鸽哨。我上前观哨问价，妇人初始惊异一个长得奇形怪状的外国人，怎么会说中国话？妇人的眼睛是惶恐的、躲闪的、遇问回避的。在我真诚再三的询问下，妇人流涕含泪地诉说了她丈夫新近死亡，独女又卧病在床，无钱葬埋丈夫，更无钱为独女看病，万般无奈，才把丈夫在世时珍若性命的名家旧哨拿出来变卖，以解眼前急难的困苦境遇。我不论贵贱，付钱给她，鸽哨拿来，还对她说，我是医生，你葬完丈夫，带女儿到济慈医院来瞧病，地址在东门里尚俭路。

那妇人带女儿来了没有？

没有，我也纳闷，怎么不来瞧病呢？

元友梅一弹大拇指：真是善心可嘉啊！

楚金钟忽然宣布：斗哨开始！

两人抓阄，排先后。结果元友梅先，希格穆勒后。

元友梅一个眼神，儿子元惊竹便从身后转出，将自家的白茬竹挎往空地前边挪一挪，然后打开侧面挎门。鸽子鱼贯而出，但并没有飞走，却在竹挎前簇成一堆，伸颈张眼地朝四周望着，有的还回头梳理自己的羽毛，一点儿都不显得惊慌。人们观赏着、颂赞着合璧有韵、鹤秀清雅……

元友梅轻轻发出一声短促的口哨，地上的鸽子犹如听到出征号令的军士，蹬腿张翅，腾空而起。鸽子在人们头顶盘旋升空，鸽哨也徐徐响起。

天空湛蓝得像刚用水洗过一般，几片薄如丝绵的白云飘浮在当空。人们仰颈伸脖，目光追随着飞动的鸽群，耳朵谛听着天上的音乐。这时候，人们才理解了元友梅说过的话，鸽飞在天，哨不可视，其声可闻。哨是用来听的，得练耳朵呢。

空中哨，以一对汉字葫芦为背景音，以秦字小七星为领航高音，以唐字二联、中三联、小五联为配合音。汉字葫芦低音嗡嗡；秦字小七星声胜笙簧，高调领航；唐字二联三联五联，声如串铃。众相合鸣，浑然一体。

希格穆勒把蓝眼看绿了，把两耳听热了，情不自禁地赞赏道：太美了，简直就是空中交响乐！

鸽群越盘越高，起先还拳头大小，三五圈之后，便若彩蝶一般，再一展眼，蝶群扑地一闪，跳进白云里边，不见了，唯有交响乐，还丝丝缕缕地在从高空传下来。渐渐地，汉字葫芦的低音和唐字联哨的配音消失了，唯余秦字小七星的领航高音还隐隐约约听得到。

人群中，眼睛好的，还在极力搜寻鸽群的身影；目力不济的，尽量支棱耳朵听着。四水堂门前的街面和小广场静极了。可惜临街传来的汽车声，烦人地打断了秦字小七星的领航音。

领航音消失了，空气也静止了。

人群中出现了小小的嘈杂。有人插科打诨地说起斗哨的逸事。早先长安城里有一对冤家，老钱和老银。二人眼不对目，人不对卯，又偏偏住邻居，又偏偏都爱养鸽斗哨。尤其老钱，总想得到老银一枚新得的八音大葫芦。一日，老银的鸽子一升空，老钱就被那哨声迷住了，连忙把自家的鸽子吆起，想把人家鸽子挂过来。以往从来没有挂来过老银的鸽子，反倒是自家的鸽子被挂过去过。尽管如此，老钱还是心存幻想。无奈，鸽子就是不合群。正焦急时，一只鹞子冲过来。鸽子慌不择路。噼里啪啦落过来，眼看要落下了，鹞子又一冲……

别说了，哨又响了。

高空的哨音宛若游丝，隐隐约约，飘飘忽忽，断断续续，若有若无。

人们的目光，随着哨音，追寻鸽群的踪迹。

天空高处，薄云边上，一跃一跃地闪出一团黑影，梦幻一般游移着，进而星散成一群针屁股大小的黑点，抱着团儿，转着圈儿，缓缓向下移动。眼见得蝴蝶大小又眼见得燕子大小，再往下，就能看清鸽子的身形了。哨声也在由高向下、由小到大地均匀鸣响。

人们又开始欣赏曼妙的空中音乐。

希格穆勒对元友梅的名鸽名哨早有耳闻，但身临其境，参与斗哨，这还是头一遭。他实在没有想到，这人工制造的小鸽哨，佩戴在鸽子的身上，飞上天空，会喧响成如此美妙的交响曲。希格穆勒少年时也曾随父亲去音乐厅听交响乐演奏，肖邦、门德尔松、贝多芬都令他激动不已。他从不否认这些天才音乐家抒发的情感以及对命运的诠释和抗争。但是此刻，那些少年的激动被另一种激动所代替，或者说折冲了。希格穆勒觉得眼前耳边，这音乐比人类创作的那些天才音乐有大大超过的地方。人类天才的音乐只能在音乐厅或者剧院里演奏，却不能搬到天空上去。所以呀，人类天才的音乐是大地的音乐，而鸽哨则是天空的音乐。之外，人类的天才音乐是按音符和曲调固定下来的。尽管每个人聆听时会有不同的体验，会注入不同的情感，但这音乐一经完成，就固定不变了。鸽哨则不然。它的演奏器物是固定的，但音乐是不固定的，是随鸽子的飞行和空气的流动而变化的。

鸽哨的音乐是最自然的音乐。

再者，音乐厅和剧院的音乐要收费，买得起门票的富人和绅士才能坐在里面欣赏；而天空的音乐是任谁都可以欣赏的。四水堂前站着的人们、远处街道行走的人们，甚至长安城外劳作的人们，都可以尽情地欣赏。只要你愿意，就请支棱起耳朵吧！天上的音乐，可以风闻数十里、数百里呢。

怪不得元友梅放飞比赛，也要让鸽子佩哨飞行。

就在希格穆勒浮想联翩、钦羡不已时，鸽群已下降到楼顶那么高。鸽群不再下降，而是左一圈右一圈摔开了盘儿。哨声也由刚才盘旋下降时的匀速节奏开始变化，左旋声巨，右旋声细，直冲声高，折头声隐。而鸽群的左旋右转，前冲后折又是随机的，速度的快慢也是任性的。所以呀，哨的交响乐也是自然的，变化莫测的。当鸽群盘到一座高楼顶端，眼看要飞过去时，元友梅向空中打出了一个响亮的呼哨。鸽群听到召唤，一翻身，从楼顶直向人们头顶俯冲下来。由于速度奇快，风入哨口回旋不及，顿时数哨齐哑，正在奏鸣的音乐突然中断了。

人们心头一收，此时无声胜有声。

鸽群飞掠而过，羽翅扇起了女人的长发。

鸽群滑起，哨声复鸣，天空又弥漫起曼妙的交响乐。

各自开始自由表演了。一同爬高，又流星般散落下来。有的滑翔，有的直坠，有的打旋儿，有的翻跟斗。比跳伞表演还好看呢。

人们看得如醉如痴。

元友梅手臂伸向空中，轻轻往外摆了摆。鸽群爬高，越过另外一座高楼，向东大街菊花园的方向飞去了。空中，余音袅袅。

许久之后，人群才爆发出雷鸣般的掌声和欢呼声。

掌声和欢呼声平息下来之后，裁判楚金钟对希格穆勒道：该你了。希格穆勒这才意识到，自己是来参加比赛的。

他命儿子皇甫穆勒打开藤条鸽笼。鸽子争先恐后撞出了笼门，蹬脚拍翅，冲上天空。

人们还像刚才一样，怀着期待的心情，观赏鸽子表演。

鸽群顺街升上楼顶，鸽哨也七零八落地响起来。鸽哨本身音律不整，几哨相配，更显杂乱无章。更要命的是，鸽群在空中只趑了大半圈，便调头径直往大东门的方向飞去了。

人群里立即响起失望的叹息，其中还夹杂着不满的嘲讽和挖苦。

未等裁判员楚金钟宣布比赛结果，希格穆勒便起身朝元友梅鞠躬致意：如此斗法，我甘拜下风。

元友梅知道他话中有话。表面的意思是，我对你的空中交响乐佩服得五体投地；深层意思是，咱们竞赛场上再争先后？

长安城那次有名的斗哨传说，听得几个人把乳香菊花茶都放凉了。

一对紫点子收翅落到集贤院的瓦檐上。小九星脆铃铃的哨声也仅余下袅袅回音。人们已经分不清这是那次斗哨的回音，还是眼前九星哨的回音，抑或是两种回音的和声。

皇甫三兴老深老深的窝窝眼里蓄满了蓝莹莹的泪水。怪不得父亲临终交代，要我找寻祖上灵魂的安息圣地呢。

楚留声用爱怜的目光看着林风鸣，问元菊生：我家徒弟、你家快婿的唐字哨刻得怎么样呢？

鹤秀忙给父亲换热茶，还用热切的目光飞快地瞄了一眼林风鸣。那眼神，又叫花郎心生羡慕嫉妒恨。

元菊生轻轻吹吹胡须，笑吟吟地道：很好了，很好了。刀法有过之而无不及，只是声音差那么一点点、一点点。

楚留声：要是一模一样，咱听的看的，就不是仿唐乐舞了。那也保不定，或许赶上和超过呢。

林风鸣和鹤秀目含憧憬，看向瓦檐上的紫点子。

说实话，司空千秋心怀别事，对此不感兴趣，因此一直沉默不语，其间曾几次想打断说话，但见大家兴致如此之高，又不便贸然造次。他能做的，也只能是边喝茶，边拿眼睛斜花郎。花郎本也是养鸽之人，听到如此动人的传说，一时沉迷其中，不能自已，亦没法理会司空千秋。

约莫一袋烟工夫之后，金眼相士方回过神来，恨恨地说：可惜咱没生在那个时代，没赶上那个趟子，没有亲眼所见，没有亲耳所闻。不过，有些传说，百听不厌。听一回过一回瘾，听一回过一回瘾。

嗨，这才赛了一场，还有一场呢？

岂止一场！

希格穆勒和元友梅都没想到，这一赛，竟然把自己余生都赛进去了。结果是，斗哨，希格穆勒没赢过。比速度，元友梅没赢过。

二百公里起赛、三百公里初赛、四百公里夹赛、五百公里正赛，春秋两季，一年八场，几乎场场冠、亚、季三军皆为希格穆勒所包揽。

这无形中激起了元友梅的斗志，于是他振臂一呼，长安城鸽友倾巢出动，采用鸽海战术，与希格穆勒决一死战。希格穆勒一副指点江山的神气，拎出三羽鸽子，信心满满地说：假如天公作美，你们想以多胜少，那是不可能的。天遂人愿，比赛当天，风和日丽，是难得的适翔好天气。比赛结果，未出所料，希格穆勒派出的三羽选手鸽包揽前三名。冠、亚、季军三面锦旗迎风招展，看得长安城鸽友既眼馋又心酸。元友梅亦灰心无奈地摇着头，他获得了第四名，赢了自家兄弟，输给了老外希格穆勒。元友梅知道，希格穆勒若派四羽选手出赛，自己就是第五名；若派五羽选手出赛，自己就是第六名。无论如何，自己都是第一个输给希格穆勒的人。鸽子不如人，技亦不如人，有什么办法呢？除了佩服人家，光剩下自个儿难受了。好在自己斗哨能赢，让希格穆勒也有难受的时候。但渐渐地，元友梅觉出世风在发生变化了。参加斗哨的人一季一季在减少，参加竞赛的人一季一季在增多。斗哨光能悦目舒心，竞赛可以赢银子落实惠。这太让元友梅抑郁了。

十余年间，希格穆勒收获了十三羽大名鸽，从奇阿普斯号到麦哲伦号。正赛加俱乐部赛,获得冠军一百零一次。希格穆勒一边回忆这些名将的丰功伟绩,一边内心觉得很空虚。他晓得,只有对手足够强大,胜利才有趣味。希格穆勒独孤求败,甚至想送利器给人,帮助元友梅强大,然后沙场上见高下。可惜他同元友梅除斗哨赛鸽时能见面外,私下里却是老死不相往来。没有机会,两个人被抑郁大潮淹没了。

直到皇甫穆勒和元惊竹这一辈,情况才有所改变。

元友梅临终前给元惊竹交代:儿啊,爸有两份遗产给你。一是祖传的中药铺。经营得好,足以养家糊口,过像模像样的日子。二是一棚鸽子,既可观赏,又可听声,身心愉快呀。爸爱鸽子,爸看得出来,爸爱鸽子的基因遗传给了你。世事变化再大,爱鸽、养鸽都是好事情,鸽子调和人心呢。元惊竹道:其实,一直以来,希格穆勒都想跟爸调和哩。元友梅咳着痰道:爸又不傻,爸是怕那种养法,把人心弄得老去争强好胜,那就瞀乱了。爸输了最多难过一阵儿,要是全长安城的鸽友都去争强好胜,那爸就更难受了。元惊竹道:爸呀,咱不跟人家调和,镇不住人家,人家不服咱,又咋能挡住那争强好胜之势呢?一句话,把元友梅呛死了。

皇甫穆勒对于那次斗哨,可是印在脑子里,闲来无事时,就回放回味。皇甫穆勒非常向往那能在空中演奏交响乐的鸽哨。但他知道,好东西是不可以随便张口讨要的,得创造机会呢。

一个学医有成,接已故父亲之任,做了济慈医院的院长;一个子承父业,做了菊花园中药铺的新堂主。二人皆成了长安城的头面人物。彼此虽心向往之,但要任意放弃父辈恩怨,折腰相拜,那还得有机缘条件。两人都是聪明人,都在为此而用心努力。先是元惊竹派人到济慈医院购买西药,使得菊花园中药房变成了中西药房,生意顿时红火了许多。随后皇甫穆勒也引进中草药到意大利,同时将一些西医除不了根的病人介绍到菊花园来吃中药。一来一去,日积月累,路算是蹚开了。之后,有了那次有名的正式会晤。

这次会晤,后来也演绎成一个新传说。有的说在大唐西市四水堂茶楼,有的说在南城墙魁星楼,还有的说在乐游原青龙寺。有的说是日当正午时分,有的说是风雨黄昏,还有的说是繁星满天的子夜。总之,二人的会晤是避开常人耳目的。只有一个两人都信得过的人在近旁。正是这个不愿透露姓名的人,演绎和创作了这个新传说。

一个问:斗哨和竞赛从根本上说,有何不同?

一个答:将无同。

前面那个:将无同?是曾有印象,又是曾无印象?

后边那个:就是名教观和自然观的千古悬案。

你是说咱们一问一答，兴许会成为千古悬案。

那只有千古知道。

这传说，云里雾里，说的什么呀？

释迦牟尼灵山说法，拈花示众，众人不解，唯弟子摩诃迦叶破颜一笑，以目传心，心心相印，就是这么回事。

传说之上又加传说，渡人入迷宫。但结局大家都知晓了，皇甫穆勒得到了一堂好鸽哨，元惊竹得到了一羽好赛鸽。这羽赛鸽跟拿破仑一样，年轻时是一员非常出色的战将，可现在已经老态龙钟。虽精神劲头还有当年的影子，但走路已经有些摇摇晃晃。他要是一位英雄人物，人们还以为他喝醉酒了呢。这位醉酒的好赛鸽，不爱年轻貌美的少女，偏偏相中了闲居一侧的纯白色老妇。元惊竹说这能行吗？这能行吗？

皇甫穆勒：耶和华要赐亚伯拉罕和妻子以儿子，叫以撒。妻子撒拉听后心中暗笑：我已身衰色败，我主也老迈迟钝。怎么会有这样的喜事呢？

结果是这羽西方老英雄和这位东方老白妇焕发青春，生出一羽儿子。这儿子长得极像老妇人，体态轻盈，通身皆白，一副男身女相。这就对了，母性愈显著，本能愈优越，出人意料的心智灵光就潜藏在母体之内。再杰出的人物也是母亲生的。

这羽聪明灵巧的白儿子，后来成了大名鼎鼎的司马号。

司马号在一次紧要的五百公里大奖赛上为元惊竹夺得中西对抗以来的第一个冠军，以后的比赛生涯中，共拔得九次头筹。其后辈亦是才俊层出，为主人赢得无上光荣。最重要的是，司马号的出现，打破了穆勒家族长期以来一统天下的单边倒格局，长安赛鸽界逐渐形成两大势力，并在奖牌榜上平分秋色。元惊竹无限感怀地说道：此生得一司马足矣！

春风吹动了司马槐的树冠。树冠上的喜鹊在巢上追逐欢叫！

元菊生万分惋惜地说：久经沙场的司马号老了。几天不吃不喝，整天蹲在屋檐上望着天空，像是回忆他辉煌的青春岁月。

忽然有一天，司马号朝主人咕咕鸣叫两声，然后用尽平生力气，歪歪斜斜地飞走了。我的父亲元惊竹眼看着司马号闪过楼角，不见了。这才意识到，杰出的鸽子会去一个人们看不到的地方安息，那里应该是一个美丽的天堂。司马号告别的咕咕声萦耳不散，飞去时歪歪斜斜的姿态时在眼前。我的父亲为此大哭三天三夜。之后，每当想起，便鼻涕一把泪一把。直到迁徙神禾原，父亲才把司马号住过的巢箱、卧过的蛋盆拿来掘墓掩埋，算是一个衣冠冢。冢前植一棵小槐树。风风雨雨，已经半个多世纪了。

皇甫穆勒和元惊竹在赛场上杀得难解难分。后来入选凌烟阁二十三位功臣，从达尔文号到梵高号，共七位，都出自皇甫穆勒之手。元惊竹这边也是名鸽辈出。司马号之后亦有舜禹号、周公号、逍遥号、飞将军号、叔夜号、渊明号、太白号、清照号，亦是九大名鸽。可谓不分高下，伯仲之间。二人正在积蓄气力，以决雌雄之时，世事突然又变了。先是国家对城市资本主义工商业进行社会主义大改造。父亲留给元惊竹的药铺被公司合营，实际上归集体了。还算幸运，住房和鸽棚保留了下来。但随后就是自然灾害和经济困难，国家大规模精简城镇人口，其中有数十万人的城镇户籍被注销，且未在农村办理迁入手续，成了没有合法身份的隐形人。幸运刚过，不幸来临，元惊竹首当其冲，房屋被变相贱卖，自己则一如被驱逐的外交官，被要求限期离境。元惊竹把私藏的最后一批中药材偷送到济慈医院，换了一笔钱。然后领着妻子和十二三岁的儿子元菊生，挑着包袱和鸽笼，离开了他们祖祖辈辈生活的东大街菊花园。行到钟楼跟前时，妻子回望一眼来处，问丈夫：到哪里去落脚呢？元惊竹望望钟楼，再望望跟钟楼最近的南门，说跟着感觉走吧。感觉引领他们一路向前，出南门，越韦曲，上神禾原，直到原畔滈河边，在常宁宫门前东折，穿村落，过荒芜的白沙地，来到神禾原的原头。

　　一家人站在神禾原头，举目四望。南面是逶迤连绵、横亘东西的秦岭。秦岭山脚下是村落稀疏星散的御宿川。川北是兀立的神禾原。滈河水靠着神禾原的脚跟弯弯曲曲地向西流淌。阳光朗照下来，富有声响的河水闪耀着粼粼亮光。东边，一条樊川，把神禾原和杜陵原分割开来。杜陵原垴的兴教寺和神禾原垴的香积寺隔川相望，互致问候。滈河斜出樊川，贴着神禾原的北脚跟一路向西。滈河那边的白鹭、青鹳和黄鸭时不时地越过神禾原，飞到滈河这边来，平展翅膀，滑翔着落在河边的矮树和草丛里，警惕地伸长脖颈张望一会儿，然后梳理梳理放松下来的羽毛，再然后就下到河边的浅水里，寻觅他们喜爱的食物去了。

　　元惊竹的思绪一如这白鹭、青鹳和黄鸭，飞翔起落。这山、这川、这水、这满川庄稼漫坡青草，掩藏着多少动物，牛、羊、猪、狗、野鸡、斑鸠、燕子、云雀、画眉、百灵子，还有长腿的仙鹤、白鹭，当然也有鹰隼和鹞子。这些动物对神禾原四周季节的变化，对食物散落的变化要比人类敏感得多。他们按照感知和习惯在神禾原上上下下自由自在地生活着，觅食、戏谑、求偶、筑巢、生儿育女。

　　妻子说：白鹭、青鹳、山羊、兔子都能在这儿生活呢。

　　元惊竹深情地望妻子一眼，用爱怜的目光赞扬妻子这句话。元惊竹再看这个大漫坡。漫坡凹凸不平，杂草丛生。一处凹坑积着雨水枯叶，一另处凹坑的杂草间散布着破砖烂瓦，像是老早前倒塌毁弃了的建筑陈迹。陈迹前边平地上，有一丛大半人高的茂密荨麻草。元惊竹向前分开荨麻一看，竟然是一口废弃的古井。井壁砖缝生满水草，护住井洞空间，看不到井底。

　　元惊竹突然心突突狂跳：当年那个宋朝名士，被贬黄州，于城东买一块贫瘠土地，火烧杂草，得一暗井，淘为神泉。天底下真有如此奇巧的事情，让咱碰上了？他的思绪狂野不羁地驰骋起来。唐明皇驸马郑潜曜娶临晋公主，居家在神禾原莲花洞；宋之问所题韦曲庄在神禾原下；大唐中兴名将郭子仪部将何昌期之何家营亦在神禾原半坡上。王维记韦氏城南别业在杜陵原下，杜佑的城郊居在杜曲之右、朱坡之阳，韦司马别业在杜城南面，背原面川。宋人韦师锡逍遥读书台和韦宗礼会景园亦在城南。不知脚下遗迹，可是其中一家？若于此处破土建屋，岂不穿越时空，与那些草堂别业屋甍相望，好景相接，那是何等的美景家园啊！元惊竹情不自禁地对妻儿道：此处风光甚好，即卜得佳邻，又有花鸟为友，当为我终老之地！

　　说动就动。元惊竹请来白沙地西边南巷村村民和自己一起淘井，不意间淘出两块大白玉石和五六块小白玉石。元惊竹窃喜：此为龙眼，风水正好，宜为筑居。白玉石更加坚定了元惊竹的信心。他带领家人，推独轮车，担着竹筐，从远处断崖边取土，连担带推，来填有积水枯叶的大凹地，还要在古井两边垫出两大片能盖房屋的平地。元惊竹边干边对妻儿说，愚公能移山，咱也能填涝池平地。在整个劳动过程中，元惊竹脸上从来没有流露出失去家园的痛苦，而是始终洋溢着创造劳动、重整家园的喜悦。他的情绪极大地感染了家人。当一天劳动结束，全家人围坐在井台边新垒的石桌旁吃妻子亲手做的香喷喷的粗茶淡饭时，元惊竹还不忘记吟诵几句古诗："故人具鸡黍，邀我至田家。""采菊东篱下，悠然见南山。"妻子笑一笑，接道：可惜没有酒，要不然还"潦倒新停浊酒杯"呢。元惊竹嗔怪妻子道：咋能散布消极情绪呢？

　　春始秋终，园子算是初步建成。茂密的花椒墙、笨拙的木头门、高而深邃的荆棘拱廊。古井东边，盖四间厦子瓦房，两间住人，一间书巢，一间素厨。古井西北角，是集贤院，住他们的鸽子。漫坡顶上，特地建造了天籁阁，收藏他们家不为人知的秘密。天籁阁左首，栽了司马槐。井边砌了红脉石井栏。还记得那几块淘上来的玉石吗？两块大的放在素厨的大水缸里，五六块小的放小水缸，以备煮茶时用。井水吊上来，朗清澄明，倒进盛有白玉石的缸里，顿生白雾，用来做饭沏茶，皆有乳香。靠花椒墙里边四周，种蔬菜庄稼；中间整成苗圃；进大门那儿搞成湿地；往返城里，把庭院的菊花和刚竹移植过来。菊花苗少，就四处搜罗，把能搜罗到的，或讨要或购买，移栽到花圃里；刚竹株少，又移植别的竹子来给它作伴。元惊竹对儿子说：刚竹在你爷爷那辈开过花，一百二十年开花一回，我是看不上了，但你肯定能看上，听说比太阳花还红亮呢。儿子元菊生感动得眼泪巴叉的。

　　事情就这样成了。一切都随行而置，浑然天成。

在儿子元菊生的心目中，父亲元惊竹的形象陡然间变得高大无比。父亲不光是一位父亲，也不光是一位中西药铺的堂主，还是一位学识渊博、技艺高超的设计师和能工巧匠。

最初两年，菊花园和主人一起遭遇年馑，一起艰难地度过灾害和饥荒，之后就五谷丰登了。元惊竹教习儿子读书写字、种粮种菜，还依据家传的秘方酿菊花酒、制菊花茶，生活闲适而恬淡。

元惊竹见崖畔河边生着密密的茜草，就向西邻的南巷村大队建议，建一个茜草提取红色染料小型加工厂，既能就地取材，创造经济效益，还能安排劳动力。谁知折腾来折腾去，大队却建了个人工合成红色素加工厂，把河水都污染了。元惊竹本来还想同大队合作，建一个酿菊花酒、制菊花茶的小作坊，一看这情况，立即作罢。但是，他还是和南巷村的村民建立了深厚的友谊。

花椒围墙非常密实，唯有底下有些小空隙，虫呀鸟呀可以自由出入。朝村子那边的花椒墙上，留有一个豁口，后来花椒枝交织生长，把豁口围成一个圆口，很像墙壁上凿开的小窗户，里边可以窥到外边，外边亦可窥到里边。每年春夏时节，花椒树都要疯长一阵，枝叶眼看要把窗洞遮住了。这时候，元惊竹必然要把枝叶剪掉，使窗洞重新透亮起来。他还要在窗洞上方的枝条上重新系好那枚老旧的铜铃铛。村里谁要是临时借个米呀、面呀、油呀、盐呀、钱呀，不用弯到南面的荆棘正门，只要拉响窗洞上的铜铃即可。铜铃一响，元惊竹或者妻子必来察看。多数时候看不见人。窗洞伸进来的是升子，就给挖米面；伸进来的是瓶子，就给灌油；若伸来一只空手，就问急需多少钱。有时候刮风铃响，元惊竹或者妻子也会前去察看。见没有人，也不抱怨一言半语，自个儿就回来了。

元菊生想起东大街菊花园中西药铺，那时候爷爷还做着堂主。偶尔有人急匆匆来抓药，药包好了，来人却在口袋摸索半天，面现难色，说实在不好意思，能不能先欠着。更有甚者，提了药包就跑。每遇这种情况，爷爷都会温和地笑一笑，说先回吧，吃药治病要紧。对那提药便跑的人，绝不去追，只嘟囔一句：撂一句话就成，跑啥哩。爷爷还教导儿孙，一个男人，不到万不得已，是不会说"实在不好意思能不能先欠着"这句话的。这句话在出口之前，不知在肚子里打了多少转圈，一旦说出口，绝不可回绝。丢人脸面，伤人自尊，会要人命的。

家风熏陶，元菊生少年的心灵早已埋下善良的种子。

兴建菊花园的往事，无意间勾起了皇甫三兴家的往事。

对资本主义工商业进行社会主义改造，要么公私合营，要么归公，任挑任选。轰轰烈烈的运动刚刚拉开序幕，皇甫穆勒就开始行动了。聪明的皇甫穆勒对局势判断非常清楚。他认为要以公有制这种形式进行新的社会实践，在当时绝对是新生事物。而新生事物刚刚开始时，生命力是极为蓬勃旺盛的。中国人常说，识时务者为俊杰。皇甫穆勒可是融会贯通了。他以外国人的相貌和身份，没费多大周折就见到了长安市市长。

衣着朴素但是精神焕发的市长在他简陋的办公室接见了皇甫穆勒，他握着这位洋人的手说：欢迎你，希格穆勒。

我是皇甫穆勒，希格穆勒是我的父亲。皇甫穆勒纠正市长。

市长一边给皇甫穆勒倒水，一边拿着眼睛瞪秘书：怎么把人家名字弄错了。又对皇甫穆勒说：皇甫？中国人的姓啊。我娶了长安媳妇，随媳妇姓。

市长爽朗地大声笑道：听说你们洋人，女的从出嫁的那天起，随丈夫姓，你怎么随媳妇姓呢？

皇甫穆勒举一举手中的搪瓷缸：可是我嫁给了长安城，而且有了儿子。儿子就是根，根扎在了长安城的土地上。

市长笑得更加爽朗：说得好，说得好哇！又突然收住笑：你说生根了，根叫什么名字？

皇甫三兴。

哦，三兴，兴国、兴民、兴盛。

NO，NO，是对生命的兴趣、对生活的兴趣、对人的兴趣。

市长吟哦连声：名字中国了，背后还是很西洋。

土洋结合，公私合营嘛。

好！说，为啥要见我？

无事不登三宝殿。

宝殿不敢当，为人民服务的地方。

皇甫穆勒极其认真地说：我自愿把我们家的济慈医院捐给长安城。

市长愣了一下，摇了耳朵，确信没有听错，但心里多少有些犯嘀咕。天上掉馅饼了？但他毕竟是经过风雨、见过大世面的人，所以只是整整衣领，纠正道：不是长安城，是长安市人民政府。

抱歉，叫习惯了。长安城也罢，长安市人民政府也罢，反正我捐。

市长这才热情地握住了皇甫穆勒双手，用力摇晃着说：谢谢你！你为党和长安人民立了一大功。

社会主义改造运动启动以来，市长脑袋里的弦一直绷得很紧，他以为这场改造运动得和其他革命运动一样，将是艰苦卓绝的。他做梦也没有想到，这起首第一件事，竟是有人主动上门送礼。市长兴奋地说：我们将动用一切手段，大力宣传此事，以表扬你对社会主义新生事物的鼎力支持。

这倒不必。

市长的决定是不可改变的：必须的！我们共产党人有恩必报。

我们讲布施，不图回报。

市长机警地问：你没有条件，没有要求吗？

有。

有就尽管说，我当场拍胸脯。

我和家人住的地方得留着。

这还用说。

医院楼顶也留着，养鸽子。

嗨，你怎么尽提芝麻大的条件？

当然，还有一件大事。医院的医护人员，请政府全部接收。

国家建设，急需各种人才。你这是给国家输送人才，哪里是在讲条件。

有两位意大利医生，去留由他们。

我们张开双臂欢迎他们留下，继续发扬国际主义精神。还有哪？

皇甫穆勒摇摇头。

市长来劲了：真没有了？

真没有了。

你呀，替鸽子操心，替医护人员操心，唯独忘了你自己。得，这份心我来操。院长你继续当，业务你继续管。不过我们得给你派几位政工干部过去。

医院嘛，谁管都行，都是为了给病人看病。

在接下来的社会主义改造和建设中，国家对粮食进行统购统销，对城镇居民定量供给。居民凭本购粮吃饭，干部每月三十斤，工人四十二斤。鸽子既不是干部，也不是工人，吃食成了问题。再加上自由市场被取消，投机倒把被打倒，问题就非常严重了。鸽友们集中到鸽会反映意见，说旧社会能养鸽子，新社会咋能不让鸽子吃粮呢？这一上纲上线，鸽食还真成了关乎国计民生的政治问题。最后，鸽会的几位老者一致推举皇甫穆勒向市长反映情况，协商解决办法。

市长听了皇甫穆勒的情况反映，挠着头说：这是从来没遇见过的新事物，得慎重处理呢。是这，你先回，三天后给信息。

皇甫穆勒前脚到家，粮食局管饲料的工作人员后脚进门，说是来实际调查的。他们把十只鸽子关在笼子里，在食槽里倒二斤玉米谷子和草籽混合饲料，让鸽子吃一天，晚上把剩下的打扫到一起过秤，测算出每只鸽子每天耗食二两。每户限养十只，月计六十斤，折半供应，也相当一个干部呢。很快，粮食局给每个养鸽户发放了鸽子专用购粮卡。卡上明文标注：享受平价，只可购草籽饲料类。不得超购。

事就这么成了。鸽友们纷纷夸赞皇甫穆勒会办事。几位老者还凑份子请皇甫穆勒吃了顿羊肉泡。席间戏言，一家医院，换来这么多鸽子口粮，值！皇甫穆勒则用筷子敲着老碗说：多好的市长啊！给鸽子批口粮的市长，满世界哪里寻去？

世事变化殊难预料。十年后，皇甫穆勒已经谢世，衣钵传给了皇甫三兴。皇甫三兴想父亲时就看父亲留给他的鸽子，并跟鸽子说话。可看着说着，鸽子没吃的了。天灾也罢，人祸也罢，反正粮食紧俏了，很快又奇缺了。人都吃不到嘴里，谁还顾得上鸽子。鸽子的特别购粮卡被宣布作废。皇甫三兴为此愁眉不展，四十羽张口货，一听见舍门响，就扑噜噜全来了。皇甫三兴一进鸽舍，鸽子呼啦一下，落得满头满肩，张口要吃。落到地上的，就啄他脚趾头，仿佛他的脚趾头就是玉米粒。皇甫三兴跑到城西的粮食仓库，求爷爷告奶奶，连扫带买，弄回来些谷糠喂鸽子。可怜的鸽子，扎着头在食槽里翻啄着，翻啄得满头都是谷糠。可谷糠里能有几粒谷子和草籽呢？鸽子磕头虫一样翻啄，胸脯前边的羽毛在食槽沿上磨掉一块又一块。可是就这吃糠咽菜的日子都难以为继了。皇甫三兴每周至少得花一两天时间四处为鸽子寻找食物。而偏偏在这时候，医院的病人越来越多，先城里，后农村。病人害的是一个病：青光眼，浮肿。病因跟鸽子一样：饥荒。病人说人饿极了，见啥吃啥，见树皮吃树皮，见鸽子吃鸽子。皇甫三兴仰头长啸：天哪，人开始吃鸽子了！

绝望的皇甫三兴站在楼顶怅然四望。乌云蔽天，唯有南边的天空，有一丝微弱的亮光从乌云的缝隙里透闪出来。这光亮让皇甫三兴想到了元菊生。元菊生已经接替父亲掌管着菊花园，找他或许有救。推车出门到大街上，一想不对，两手攥空拳，红口白牙说啥呀？折回头，挑了四羽好种鸽，装好笼，系在自行车后尾架上直奔神禾原。进了荆棘门，大老远看到元菊生弯腰俯身在集贤院前忙碌着，皇甫三兴用尽量响亮的声音打招呼：步陶兄哎！元菊生回头看一眼皇甫三兴，继续忙他手中的活计。皇甫三兴来到元菊生跟前，撑住自行车往下卸鸽笼：步陶兄哎，你咋不问啥风把我吹来了？

粮食风。

皇甫三兴略微愣一愣，这口水呛的。嘴上却带着巴结的口气说：你瞧，我给你带啥宝贝来了。

我长着眼睛哩。

咋这冰冷的？热脸都贴不上。皇甫三兴想，你爸为了迁到这园子，把私囤的中药材拉到我家，我爸可是蛮热情的哩，可你咋能这样不讲情面，伤人尊严呢？皇甫三兴走的心思都有了。转念又一想：为了鸽子，又有啥忍受不了呢？皇甫三兴卸下鸽笼，放到元菊生的脚跟前，虔诚地说：我特意挑了四羽上好的种鸽给你带来了。

怕是让逃命来了。

瞧你这嘴，就不能饶兄弟一回。

跟你一样皮包骨头了，不是吗？

唉嘿，就算是吧！

是就是，算啥呢？

皇甫三兴一蹾鸽笼：反正，归你了。

我还以为你等鸽子死了才来呢。

元菊生缓缓移开身子，露出栽在地上的带杠杠的麻布口袋。皇甫三兴急切地探手进去抓一把出来看，是五谷杂粮和草籽。皇甫三兴把五谷杂粮、草籽放回去时忽然明白了，转身抱住了元菊生，泪水一下涌到眼眶。他想道一声谢，却哽咽着说不出话。

元菊生无限深情地道：感谢神禾原，感谢滈河，感谢御宿川，感谢绵绵秦岭，感谢这大好河山！感谢命运，让我们在这儿安家落户！

皇甫三兴有些疑惑不解。

你看。

皇甫三兴顺元菊生目光看去，一群鸽子正从秦岭那边飞回来。

元菊生面色凝重：其实，农村人比城里人更缺粮食。国家政策首先保证城里人，农村人只有靠自然来保护。树叶、树皮、野菜、野草，有啥吃啥。

皇甫三兴又看那大半袋粮食。

我们养鸽人，就得靠鸽子。

怕是鸽子靠我们。

你想想，这偌大的神禾原，这宽阔的御宿川，这绵延不断的秦岭山，这丰厚而宝贵的土地上，散落着多少谷粒和草籽。它们散落在花草丛和土疙瘩的缝隙里，人们没有办法把它们找回来，但鸽子能够！

皇甫三兴的眼睛和嘴巴一同张大了。

放鸽出去，吃饱了回来，把食物从嗉囊中挤出来，再放出去。刚开始鸽子不适应，后来领会了人的意图，就像筛小鸽子一样往外筛呢。元菊生说得热泪盈眶：用井水淘一淘，不是救命的粮食吗？

皇甫三兴突然想到大洪水时挪亚方舟上那只衔着橄榄枝的鸽子。

元菊生脚尖点点口袋：这是给你的，不见你来，准备给你送去呢。

鸽子落下，皇甫三兴的热泪也落下。两个人一会儿拉手，一会儿拥抱；一会儿对着鸽子哭，一会儿对着鸽子笑。

末了，元菊生扎了口袋，帮皇甫三兴搭在自行车尾架上，送他回去。皇甫三兴千感万谢，坚持不让送。元菊生说送过韦曲县府大门，你再独自走吧。结果还没走到县府门口，就被一个戴红袖章的人拦住去路：车上带的啥东西？噢，你不说我也知道，是黑市上投机倒把的吧？任皇甫三兴怎么解释，人家都不听，而且拽住车把，要拖到县府里去。元菊生上前拦阻：是草籽，鸽子吃的，不是人吃的粮食。什么草籽？分明是粮食！抓的就是你们这些企图蒙混过关的投机分子。大半袋鸽食，眼见要被打劫。皇甫三兴万般无奈，只叹运气不好。却见元菊生愤怒地推开戴红袖章的人，夺过自行车。翻天了，竟敢当街推他！红袖章亮过来，很像警官证。

　　元菊生昂着头：高县长你认识吗？

　　见过，开大会时在主席台上讲话。

　　说过话吗？

　　没有直接说过。

　　想不想让县长跟你说两句？

　　让县长跟我说两句？

　　告诉你，县长是我哥。红袖章愣住了。

　　元菊生一挥手：走。大摇大摆地从红袖章面前走过去了。

　　红袖章还在寻思：哪个高县长呀？长得不像呀。

　　之后三四年，正常的种养驯赛。赛得正起劲，"文化大革命"席卷而来。

　　可惜皇甫三兴没有父亲对政治那么敏感，继续过他已经恢复了的小资生活。不光自己喝酒吃花生米，鸽子育雏时也吃花生米。吃完花生米，花生壳往垃圾桶一倒了事，结果给工宣队看见了。工宣队拿着花生壳作证据，说他吃花生了。他竟说吃了吃了，不光人吃了，鸽子也吃了。工宣队鼻子一哼，你以为医术高明就可以吃花生米吗？反动学术权威！资产阶级生活！鸽子也吃花生米，封资修！一连串新名词雨点般喷洒到皇甫三兴脑门上，激射得他晕头转向。工宣队立场坚定地警告道：你等着，我去叫红卫兵，抄你的鸽子，送到东方红食堂，然后给你挂牌子游街，看你封资修的气焰还嚣张不嚣张！工宣队气冲冲地走了。

　　皇甫三兴傻眼了：吃个花生米，竟然吃出这么严重的事情来。鸽子送到食堂，不就革命了吗？挂牌子游街，不也就成了革命对象！挂牌子游街，游回来摘掉牌子照样能吃花生米。可鸽子一抄走，根就断了。这可不成，万万不成！革命厉害，咱吃不消，得尽早想办法。皇甫三兴将鸽子装笼，用白纱布蒙好，藏在病人躺着的病床底下。红卫兵来了，问鸽子呢？回说，刚放了，飞到城外去了。耐磨到天黑，自己乔装打扮一番，像敌后武工队一样蒙混出城，将鸽子驮到菊花园，这才松一口气。心想，自身一介名医，堂堂一院之长，岂能如此面见元菊生。那一副狼狈相，得让他笑话多少年呀？皇甫三兴在荆棘门口，就着月色换他的西装。形势再紧迫，处境再无奈，做人的尊严，尤其绅士风度，那是不能丢魂的。岂料，正换着，被急匆匆从外面回来的元菊生撞个正着。两人相视而望，什么都明白了。皇甫三兴提一提鸽笼：步陶兄救命。元菊生说：我也泥菩萨过河，自身难保呢。二人简要地说了各自的情况。元菊生挠着头说：我也愁呢。农村也在批四旧，取缔自由市场，清除花鸟鱼虫，鸽子自然也要被搜捕。

一瓢凉水，浇在皇甫三兴头上。这么说，鸽子没有栖身之地了？

怕是连葬身之地都没有了。

天哪，咋能这样呢！咋能这样呢！

你身份特殊，可以像你爸当年那样去找市长，求其法外开恩。

没有市长了，只有革委会主任，我这长相去找他，保准说我里通外国。

那个给鸽子特批购粮卡的市长，好啊！

现在不是购粮卡的问题，是灭种的问题。

你爸走时没交代那个市长姓甚名谁？现在何方任职？

皇甫三兴遗憾地说：好市长咋能留下名姓呢。咱还是自己想办法吧。

吉凶难卜，就看鸽子自己的造化了。

园子寂静极了，一切都沉浸在往昔之中。

一阵风过，喜鹊从树梢飘起来。锦鸡和兔子从花椒墙底下的缝隙钻进来，跑到竹林里，竹林响起沙沙声。鸽群升空，鸽哨也开始在空中喧唱。两人梦醒一般，互相看了一眼。

嗨，艰难的时期一点一点过去，快乐的时光慢慢来临。

皇甫三兴湛蓝的眼睛泛着湖水一样莹莹的光：瞧这园子，与其说像法布尔的荒石园，倒不如说是东方伊甸园。瞧那牛乳一样香甜的井水，沿着生满青草的水渠浇灌菊花、竹子和蔬菜，多像小河从伊甸流出来，滋润这园子。瞧吧，那河水滋润的土地里有金子还有珍珠和红玛瑙。花草、蔬菜、庄稼和树木结出种子和果实，鸟雀飞在地面上，福音回旋在天空：魂兮归来吧。

这是长安城！还是叫菊花园吧。

司空千秋慢慢起身，走过井栏，站到一条稍高的土埂上，一手反叉在腰眼，再次环视这菊花园漫坡的花草竹木、土墙黛瓦、连棚孤阁、鸟雀走兽。司空千秋不是那种没有感情的木头人。菊花园的风雨历程也令他热血奔涌、心潮起伏。他认为，一座园子的命运，跟一个人的命运一样，是和时代贴得很紧很紧的。时代喘息，园子就喘息；时代起落，园子就起落。新的文明骤然而至，一切也就该戛然而止。

司空千秋回到座位那儿，从皮包里掏出一个信封，带着几分恭敬走向元菊生。

元菊生并不看那东西，似无意又似有意地岔开话题：不知司空局长用上次那药，腿上可方便些？

司空千秋手中捏着大信封，心想：这哪儿跟哪儿呀？口中却道：刚开始管点用，后来连服带敷，又不管用了。

兴许是药不再对症。观你面色，倒还红润，但看你神气，却有些游移不定，似有内亏外损之象。不知为了何事，操心劳神成这般模样？

瞧你危言耸听的，可别吓着我。

元菊生看看花郎，再看看皇甫三兴：最好让花郎领你到济慈医院检查检查。

皇甫三兴望望司空千秋：很有必要，很有必要。

司空千秋有些气恼：我给你寻下好事，带来贵重礼物，你却横插一杠，说到我的病上来。我有啥病？菊花园病！

司空千秋完全没有了恭敬之态，把大信封拍到元菊生手里，气哄哄地说：你看吧。

信封上印着红字，是长安文史馆的官用信封，上面署着元菊生先生敬启的字样。元菊生掏出内容，却是一纸盖着红印的聘任书，聘任元菊生先生为长安文史馆馆员。

在场的所有人都大惑不解地看着司空千秋。

元菊生：如此重大的事情，事先为何毫不知情？而且也没有征求当事人的意见？

鉴于你在菊花和鸽子研究上取得重要成果，尤其在菊花新品种培育上取得的重大成就，以及在全国造成的广泛影响，我和黄厅长，还有几位社会贤达联名推荐你为文史馆馆员。馆长说按程序必须征求你的意见，我们说这么好的事，走那过场干啥，就越俎代庖，给你办来了。

这么远的路，上下班多不方便呀。

这就不用你们操心了。咱端着城建局局长的碗，吃的就是这口饭，在城里给你们弄一套大房子，还不是一句话的事。

元菊生忽然明白了：怕是醉翁之意不在酒吧？

党落实政策，都落实到你这土知识分子头上了，让你回城哩。

可我更愿意活在自然的活物之中。

元菊生把聘任书装回信封，双手恭恭敬敬地递回司空千秋：如此昂贵的礼物，非村野之人可以消受，敬请收回吧。

司空千秋双手背在身后，脖子扭向一边，铁青着脸说：打听打听，我司空千秋给人送礼物就是给人面子，何曾给退回来过？不要……

本来要说不要给脸不要脸,可说到喉咙眼跟前,又咽了回去。

事情眼见着僵住了,楚留声、林风鸣、鹤秀、萧涤生都有些对司空千秋怒目而视:一位官人,咋能强人所难呢?

花郎想缓和气氛,从中调解,一时又找不到合适的言语。

一旁的金眼相士扑哧笑道:秦朝时有个能人叫王次仲,在古文字简化方面很有两下子。始皇帝对此很感兴趣,连发三道诏令宣其进都,可王次仲这头犟驴死活不奉命。始皇帝命人将他用囚车押解咸阳。途中,满腔愤懑的王次仲仰望苍天,长啸一声,化作大鸟凌空飞去。

在场之人,听得感慨不已。

十一

"四环素"停在大唐西市四水茶楼门口。

白燕飞转过来打开车门,请司空千秋和花郎下车。

司空千秋一手反叉在后腰眼上,仰头望向四水堂楼顶,说:看见了吗?这楼角上一边有鸱吻,一边没有。花郎和白燕飞举目一看,果真如此。

司空千秋:这茶楼的先主人去寻访那个缺失的鸱吻,至今未归。

花郎:啥时候的事,我咋没听说过?

大约三十年前。

怪不得,我刚出生不久。

司空千秋慨叹道:人生许多事,真是怪。一是痴迷,二是得不到。

花郎笑道:你不是常说,我们的目的一定要达到。

司空千秋大手一挥:我们的目的一定能达到。走,咱上楼。花郎随司空千秋到楼上拐角一个外表不起眼的包间。

放在平时,司空千秋会对白燕飞说一起上吧,白燕飞便殷勤地跟着,掀个门帘,展个沙发,端个果盘,倒个茶水。当然,也蹭着喝两杯茶,听几句闲话。今日司空千秋没吭声,白燕飞便知司空千秋有要事要对花郎交代,自己不宜在场,就窝在车里等候。

司空千秋腆着肚子往沙发正中一坐,示意服务员上茶。服务员朝他扮一个熟悉的笑容，也不问点什么茶、什么水果，就直接上去了。

司空千秋脱下外套：今儿我请。

花郎接过外套挂在衣架上：咋能让司局破费呢。

司空千秋眼一睁：怎么？我请不起？

花郎连忙：哪里，哪里，人民大会堂，司局都请得起。服务员送来茶水和水果，摆好搁好，退出去了。

司空千秋剥好一个金橘，递给花郎：我说我请就我请。花郎受宠若惊地双手捧住：除非你有天大的喜事。

司空千秋：真聪明。又端起一杯茶给花郎。花郎一手接住茶杯，一手捧着金橘，惊慌得不知道该先吃还是该先喝。

司空千秋看着花郎滑稽的样子，说：够你吃一顿、喝一壶的。

于是花郎先吃后喝，酸酸的、甜甜的、涩涩的、苦苦的，混合到一起，说不上来是什么味道，用五味杂陈都不足以形容。花郎咂咂嘴，眼泪差点流下来：司局，说，啥好事？

司空千秋有些激动和豪迈。老练的他边喝茶边嗑瓜子，以此来平抑情绪，直到屋子里的空气沉静下来，才不紧不慢地说：黄厅长真给力，建高尔夫球场的项目运作成了，批文过两天就正式下达。这果真是天大的好消息！自己不就一直盼望和等待这个结果吗？

花郎暗自庆幸：这个资，可算投对了！

两人以茶代酒，碰了干了。

末了，司空千秋用极其信任的目光看看花郎，严肃认真地说：建个高尔夫球场，需要配套设施，是个系统工程，投资不小。这都好说，公事公办。我有信心，我想你也有信心。

花郎拍着腔子说：包在我身上。

我想在配套设施背后再……

司空千秋顿住了。

再个啥？但说无妨。

再运作几套别墅。当然，名义上还归配套设施。

几套别墅？好事。

不过，得大量垫资。

只要值，我把多年的血本都垫上。

司空千秋脸上浮现放心的微笑：值不值，你懂的。

你懂的。花郎沉思品味着这个词。

花郎一品味，往事就回到眼前，而且历历在目。

花郎从陕北回到长安城，想重新搞投资，苦于没有门路，就来向柳散木求助。按摩店三教九流，啥人都来，路子宽，信息多，说不定瞎雀碰个好谷穗。还别说，花郎运气好，还就碰上了。柳散木说长安城城建局局长偶尔来，不容易碰上，但他的司机白燕飞时常带朋友来，时不时就碰上。没过几天，就约上了。白燕飞精明得很，一看事色，就知道想干什么，敞明透亮地说，想雅交还是俗交？花郎问雅交咋交？俗交又咋交？白燕飞说雅交你级别和档次都不够，花郎苦笑着说那光剩下俗交了。白燕飞说再俗不过钱权色。逢年过节官人相互走动，按级封礼。老子儿子回家打麻将，输赢得过账，少一分钱便立眉瞪眼。夫妻间性事也要计数收费。有钱吃肉喝酒是朋友，没钱过了桥就是路人。更有甚者，处女公开出卖初夜权，因年龄姿色身份不同，价码也从两万到二十万不等。不出众者抱怨：一样个东西，咱两万，人家二十万。老天爷，这公平吗？有人接话：天哪，二十万，卷成筒，要有多粗多长啊！花郎说：这的确太粗俗了。白燕飞说：都啥年月了，还假正经。花郎心里有点不屑：我过的花桥，比你走的路长，可从来不曾这么粗俗过。话题转到官人关系上。白燕飞说：隔层层看，官人盛气凌人，难接近得很。到人家办公室，别说喝杯茶，坐也别想坐。人家摇真皮太师椅，你得毕恭毕敬站着。在层层里边看，官人咋？三头六臂？红毛绿眼？青面獠牙？不是的！官人也是人，一样的七情六欲。唯一不同的是：七情寡一些，六欲旺一些。知道这个窍门，就好打交道。花郎说这是常规，有没有绝招？白燕飞说绝招凭啥告诉你。花郎抛一沓钱过去：咨询费。白燕飞收了钱，附在花郎耳朵上悄声说：一起干十回好事，不若干一回坏事。不信你试试，今黑了，一同干件坏事，明早就称兄道弟，成了铁哥们儿。

这话像蜜蜂，在耳边嗡嗡鸣叫，又像花蝴蝶，在眼前款款闪动。花郎的耳朵和眼睛一受用，心窍登时开了：这分明是给咱指路哩。

这时世，高雅是断头路，粗俗才是通天途。工程这事，狼多肉少，人多手稠。作为东家，给谁都是给，何不给亲近而钱多的人。你钱多，人不亲近，信不过。你亲近，没钱，让人家白忙活，也通不过。咱有钱，但人要变得亲近，就得按白燕飞指的路走。得谋算，得设局。时代时兴的风一吹，门就开了。

花郎问司空局长的脾性嗜好。白燕飞说浅赌绝色。花郎说怪不得有人说司空局长难打交道。白燕飞说还有人说他四季豆油盐不进哩。花郎笑道：你放心，我一定会让司空局长吃得喝得赌得出色。绝对出色！

局设在大唐芙蓉园江月楼。请客人：花郎；主宾：司空千秋局座；作陪：金眼相士、林风鸣、白燕飞。花郎本来想邀请元菊生和皇甫三兴二位高人作陪，又一想，人家是雅人，鞋底干净，不走俗路，也就作罢。但特意请了林风鸣。林风鸣身上沾着元菊生的雅气，金眼相士既雅又俗，自己通俗，各层都有代表，这就行了。

天空飘着小雪，雪片尚未着地就化了。地上湿一坨干一坨。到了傍晚时分，寒冷的西北风卷过来，雪一下变大了。稠密的雪片随风飘摇，落到楼上，落到街道的地面上，白了，厚了。窗户透出的灯光被风雪搅得影影绰绰。

窗户里边，酒宴已开席，菜是江月楼的招牌菜，茶是陈年熟普洱，酒是收藏多年的茅台。大家依次序轮流给司空千秋敬酒。司空千秋碰一下杯沿，浅尝辄止，不全饮，亦不说话，问他话，多数是白燕飞代为回答。

席末时，服务员端上一盘菜，恭恭敬敬地放到司空千秋面前。司空千秋见只有独此一份，便用眼睛询问。花郎答曰，这是一盘最特色的菜，叫米粒仙人掌，是掌勺厨师按我的要求做的，只供主宾享用，以示尊重。金眼相士诡谲地笑道：看来，咱只能流哈喇了。司空千秋捏筷子尝一尝：咋腥腥的？又咂巴两下，后味又香香的。金眼相士戏谑道：尊重都是这，开始腥腥的，后味香香的。林风鸣一旁放冷箭：好好个事，让相士老兄说成臭豆腐了。说笑间，大家又敬酒。司空千秋就着酒，吃了那盘满含尊重的米粒仙人掌。

酒后，花郎说我请司空局座玩个新鲜。白燕飞说司局虽说玩得不多，可见多识广。花郎说既不推牌九，也不甩扑克。一挥手，一位身材窈窕的女服务员端个古旧的檀木盘子进来，放在桌面上。盘中是五枚银杏状的象骨骰子。骰子一面深黑，一面莹白。其中两枚骰子的黑面上刻着一头小牛，白面上刻一只雉鸡，另外三枚骰子上什么也没有刻，只有黑白两面。

司空千秋赌虽浅赌，但见识很广。澳门的轮盘赌，也手叉腰看过。可面前这东西，他以前还真没见过。这是什么玩意？怎么个玩法？

花郎向金眼相士做出一个请的动作。

金眼相士有点扬扬得意：这叫樗蒲，唐代很时兴的。

白燕飞暗道：这个花郎，俗中有雅呢。

金眼相士：到了大唐芙蓉园，不玩唐代的玩物，那咋能摸着唐代的心呢？

林风鸣又放冷箭过来：原来唐代的心是这样摸的。

花郎言归正传。凡是平时喜欢游戏的人，一点就通，一看就会。花郎边用骰子比画边介绍：五枚全黑，为卢，计十六点，最大。五枚全白，为半卢，计八点。三枚普通骰子同时呈白，另外两枚呈黑刻牛，称犊，计十三点。三枚普通骰子同时呈黑，另外两枚呈白刻鸡，称雉，计十四点。这四种组合出现概率很小，所以称王彩。

白燕飞：开始吧，我当裁判。

林风鸣：我没彩过，不来。

花郎在桌子底下踢林风鸣一脚：你那双手，会输吗？即便有个万一，包在我身上。

金眼相士拉过林风鸣衣袖：你呀，不给我和花郎面子，难道连司空局长的面子也不给吗？

司空千秋的赌气给挑逗起来了，他斜林风鸣一眼，那眼神分明在说：一个男人家，怎么能临阵溜号呢？

林风鸣被激怒了，他想吹吹鸽哨压压怒火，一摸口袋，竟然没带鸽哨。那只摸鸽哨的手，迅疾地在盘中抓起三枚骰子扔向空中。骰子一枚接一枚从空中往下坠落。林风鸣手掌上下翻飞，又猛地一收，然后旋手展开巴掌，只见那三枚骰子平平静静地躺在手掌心。那意思是：来就来，谁赢谁输还两说呢！

林风鸣娴熟的手法让司空千秋感到有些意外：真人不露相，今儿可是碰到高人了。不过赌博嘛，跟高手赌，那才叫赌。金眼相士也不由得惊羡赞叹：不愧是玩刀子的手！

花郎：咱开始，争先后吧。

掷骰排序：花郎一，金眼相士二，林风鸣三，司空千秋四。

花郎把赌盘推到桌中央：此乃天意，司空局座无论到哪里都是压阵的。

几个人都没有料到，刚一开盘，就出现了天下奇局。花郎掷出一般点子。

金眼相士双手捧住骰子在空中摇晃：天皇皇，地皇皇，保我相士坐大庄。然后果断撒出。骰子在盘中蹦跳落定：三白加两黑刻牛，是个十三点犊。金眼相士尽量遮掩得意之情：运气还算不错，出手即王彩。

林风鸣把骰子一枚枚捡起，又一枚枚抛向高空，再一枚枚接住，然后双手在空中绾个花子要掷。金眼相士伸手阻拦，说你可得用心噢。林风鸣避开金眼相士的手，说用什么心，用手就行了。说着用大拇指把手中的骰子一枚枚弹出。五枚骰子前后跟随，划着抛物线落到盘子里，并齐齐整整地排成一溜儿。几个人看时，只见前面三枚呈黑，后面两枚呈白刻雉。十四点雉。已胜金眼相士。

司空千秋已被逼入绝境，想要胜出，就必须掷出五枚全黑的十六点卢。他是那种内里性硬之人，困难越大，勇气越大。险中求胜，绝处逢生。越刺激，越有趣味。

司空千秋捡起骰子，把每一枚骰子都用指蛋儿搓一搓，直搓到冒出热气。这还不够，还要用嘴再哈哈热气，直到确认把自己的信念传导过去，这才猛地把骰子撒出。骰子在盘中碰撞得叮当响。其中四枚碰撞后落定，皆呈黑色。剩下一枚，却像充过电一般，不停地在盘中翻转跳动，就是不肯停歇。

几个人提心吊胆，死死盯着那枚骰子，等待它落定。

林风鸣心道：给它留个缝缝，难道它真有机会钻过去不成？

那枚骰子非但不停下来，反而越发翻转跳腾得快了。

司空千秋猛然连喝三声：卢！卢！卢！随即再猛吹一口气出去。那骰子被震吹得跳过一枚骰子，碰到另一枚骰子，这才摇摇晃晃地停下来。五枚全黑，十六点卢！

白燕飞拍着巴掌宣布：司空局座胜。

花郎一擂桌角：局座好彩头！当加官晋爵，马上封侯！

这是司空千秋最爱听的话，也是最享受的时刻。

三人付筹。金眼相士边付边说：唐代人呼卢喝雉，咱今儿可算是见识了。

林风鸣付筹时心里有些气不过：要是散木兄在场，伸伸神手，哼，难说得很。

事情缘起于柳散木，却没请人家到场，花郎有些过意不去。同时又庆幸，若是来了，也掷出个卢，该如何收场呢？

金眼相士显然尚未从惊心动魄的游戏中回过神来：唐人真是伟大，一是游戏，二是诗，后代简直没法攀比。

林风鸣：还有音乐呢！

司空千秋才不管唐人不唐人，只觉得这玩意儿刺激有趣，自己运势又好，便撸袖子要继续玩。可袖子还未撸起，突然感觉到有一股强大的热流，从腹中蹿出，迅速涌遍全身，血液沸腾，周身燥热，头脑膨胀，双眼迷离，感觉自己像是跳进了熊熊燃烧的火炉。

花郎和金眼相士相视而笑：肉性发作了。

原来，刚才席上给司空千秋上的那道御用米粒仙人掌是熊掌。熊掌只可蒸在米饭里，或者溜汤煮菜，压根儿不敢直接下肚。热量太大，会烧死人的。花郎让大厨拿特殊做法，直接做了给司空千秋享用。重病必用猛药。这不，发作了，见效了。

司空千秋脱得只剩贴身短袖短裤，但依然热得浑身冒汗，头上像顶了个蒸笼。他烧得实在受不了，拉开门，直接冲到楼下雪地里。依然不济事。寒风吹到他身上变成了暖风，雪片落到他身上化成了温水。司空千秋成了雪地里的一堆篝火，越燃越旺。他甩掉皮鞋，光脚片踩着雪转圈儿。一手反叉腰眼，一手抚摸胸脯，口中喝声连连：烧！烧！烧！

幸亏夜色遮蔽了一切，窗灯路灯的光线也被雪花团团包围，层层阻拦。要是在白天，我们司空局座就要直播皇帝的新衣了。

林风鸣和金眼相士看着司空千秋的洋相背身偷笑。

白燕飞想要把衣服给司空千秋穿上，司空千秋推开他的手：扇！快扇！使劲扇！白燕飞双手把衣服张成大蒲扇，前仰后合地扇着。

司空千秋又朝花郎挥手：擦！快擦！花郎便掬着雪团给司空千秋擦身体。可没擦几下，雪团就化成水，还腾着热气呢。

花郎擦得满头大汗，气喘吁吁地说：局座，这，这样不成。

那咋样能成？

得泻火。

废话，是得泻火。得想办法泻火。

快想办法，只要能泻火就成。

花郎让白燕飞开车，把几个人拉到一家高档会所。

小姐站成一排，任挑任选。花魁自然得点给司空千秋，这是这个世界的规矩。你权高位重，坐沙发坐中间，喝茶喝第一杯，吃菜第一个动筷子，即便到了这花开香艳的地方，头牌也得他摘。

一句话，按规矩办。

花魁搀扶着热火燎天的司空千秋进包间去，花郎交代，好生伺候，火泻不净不付费。花魁骚迷迷地应道：放一百二十个心，保准让他掉在冰窟窿里，偃旗息鼓。

金眼相士：花老弟，实话跟你说，咱爱吃香的喝辣的，但不好这调调，咱得走人。

林风鸣自打进门，就一手捂鼻，一手蒙眼，背对小姐站着。他不愿闻这香水空气，不愿看这明艳色彩，把脸都憋红了。听金眼相士这么说，立马随金眼相士溜走了。

白燕飞朝花郎笑：兄弟沾个光。点了小姐，进了另一个包间。

花郎其实对这些事已经腻歪了，但今儿特殊，再腻歪也得上场。要不咋能叫一起干坏事呢？咋能变成铁哥们儿呢？花郎胡乱点了个小姐，进了和司空千秋紧相邻的包间。

花郎斜倚在沙发上，看到小姐脱得光溜溜地躺到床上，朝他招手：先生，过来嘛。

花郎想逗逗小姐：你过来嘛。

我偏不过去。

我也偏不过去。

我知道了，你喜欢沙发，不喜欢床。

权当你说对了。

小姐像是受了委屈：你咋能这样呢？

花郎：是啊？我咋能这样呢？

小姐有点眼泪巴叉：你要尊重我呢。

我正尊重你呢。

分明是羞辱。

是尊重。

连过来都不过来，咋尊重呢？

非得过来才算尊重？

你不过来也行，抱我过去。

抱你过来就算尊重？

是，抱过去就算。

看来不尊重都不行。

花郎过来，刚一俯身，小姐的双臂就勾住他脖子，娇小的身子熟练地顺溜到他怀里。花郎一抬身，嘎嘣一响，腰闪了，闪得疼痛难忍，不得不丢开小姐。小姐一噘小嘴：没用的东西，连个人都尊重不了。

翌日清晨送别时，司空千秋拍着花郎肩膀：花老弟，你这分明是给司局我挖坑呢。花郎：哪里，哪里，从今往后，兄弟就是司局的马前卒、哈巴狗。有啥事，尽管吩咐。

白燕飞在背后捂着嘴笑。

别过司空千秋和白燕飞，花郎弯到飘风楼去捏腰。墨玉环看到他走路的别扭样子，问他怎么了。花郎说闲得没事在湖边打水漂，把腰闪了。

用啥打的？用多大劲，竟然把腰闪了！

就用石头片嘛。

我还以为你拿金币打水漂呢。

没过几天，司空千秋就向花郎透露了自己隐秘的心曲。你甭再给我挖坑了，得给我解决实际问题。于是向花郎讲了妻子的事，结婚多年，把孔雀受孕的绝招都用上了，就是怀不上。母亲带着遗恨而去，临死交代，司空家虽然三代单传，但毕竟传下来了。儿呀，线线不能从你这儿断了。就是犯天大的错误，也得生个续香火的带把葫芦！

花郎心如明镜，说司局尽管放心，这事儿包在我身上。很快，安排了一个范围极小，只有亲近的人才能参加的聚会。席间，花郎把一个女子介绍给司空千秋，并对那女子说：颖秀，这位就是我跟你说的司空大官人，你可端详好了。叫颖秀的女子起身行礼，大方地旋转一圈，把身前身后亮给司空千秋看。腰是好看的小蛮腰，乳是比妻子还爆的乳。司空千秋有点担心，不知实用不实用？就在司空千秋担心的时候，颖秀坐回到座位上，像尊小胖佛。

敬酒时，颖秀趁机用小拇指抠了司空千秋的手心，司空千秋也回摸了颖秀绵软的手背。花郎调侃说手靠上了。司空千秋又眯眼瞅颖秀。花郎又道，眼也靠上了。

旁边的人说：花郎挺有学问，形容个眉来眼去，用的都是新名词。

花郎说：不是我有学问，是那个大教授辜鸿铭有学问。他把中国的妾这个词和现象，用日语解释为一个手靠，一个眼靠。男人在江湖拼搏，劳累疲倦时手有所触摸，眼有所寄托，这就是手靠和眼靠。

噢，原来是这，我还以为是那手铐和眼铐呢。

嗯，多美好的事情，让你说得晦气的。

谁也没有料到，颖秀会若有所思地说出一句话：妾、妾身、爱妾，多好听；小三，没文化，多难听。

在几个人的讶异中，司空千秋有了妾室。

司空千秋听说喝麦芽汁对生男孩有帮助，就让白燕飞成箱成箱地送过来。花郎得到一个秘方，说黔东南苗族侗族自治州有座山上产一种换花草，能控制生男生女的平衡，就托人采办。于是，颖秀天天用麦芽汁冲水喝，用换花草炒菜吃，再加上司空千秋的辛勤耕耘，没多久就怀孕了。颖秀肚子隆起来后，司空千秋有事没事就趴在颖秀身上，耳朵贴住肚皮谛听，边听边呼叫：我的儿呀！我的儿呀！颖秀戳他额颅一指头：是红瓤是白瓤还不知道呢。司空千秋就说：一定要生个带把葫芦，取名叫珠儿。颖秀说：没见你收个玉呀石呀，藏个珍珠呀玛瑙呀，咋给娃取名珠儿呢？

司空千秋拍西瓜一样拍拍颖秀的肚子：你才跟我几天，咋能知道我没收藏呢？

颖秀生子。司空千秋看到了初生的婴儿，跟自己当年一样，红红的，活像刚从壳里剥出来的花生米。司空千秋分开婴儿两腿，确认可叫珠儿的一瞬间，喜极而泣，眼泪稀里哗啦地洒落到珠儿鲜嫩的小身体上。

花生米一样鲜润的珠儿渐渐幻化成母亲临终前绝望而又巴望的表情。母亲那双眼睛一直这样看着自己，看了好多年，那眼神幽幽的、郁郁的、恨恨的。司空千秋跪下去，朝母亲的魂影叩头：妈呀！爸呀！你们看到了吧。颖秀给咱们生了个珠儿，咱们司空家有后了，可以续香火了啊！

珠儿饿了，哭闹了，却咂不出奶水。司空千秋求医生设法下奶。

颖秀说：别折腾了，假的，里边是硅胶，生不了奶水。

司空千秋咋都不愿相信，自己揣摸了这么久、这么劲爆的奶，竟然是假的！

奶是假的，珠儿是真的。

对对，珠儿是真的。司空千秋立即给白燕飞打电话，让他买半车最好的进口奶粉送过来。还说十万火急，珠儿正哭呢。

珠儿满月后，颖秀向司空千秋摊牌了：人常说，母以子贵。

对着呢，母以子贵，你以珠儿贵。

咋贵哩？

你说咋贵就咋贵。

总得有个名分吧。总不能叫我做一辈子地下夫人、幕后英雄，过一辈子见不得人的生活吧？

当初不是说好的吗？

当初是当初，现在是现在，你封个太子，还让太子妈当初吗？

好吧，我答应你。

听上去有点勉强。

司空千秋一捏拳头：为了珠儿，我豁出去了。

我母子吃喝拉撒总得有个保障，珠儿将来上学留学，也得筹算。我不大放心。

司空千秋把一张卡交给颖秀说：还有两张，赶明日一并交给你。

这么金贵个儿子，住在这小地方，上下楼多麻烦。要是独家独院、独门独户，开个奔驰什么的，进出也方便。

你说得对。我家珠儿就该打小住别墅，而且是高档的。

你懂的。茬口对上了。

花郎想别墅嘛，自己已经住上了。但司空局座和珠儿没住上，黄厅长也没住上。这不对呀，人家比咱位高权重，应该住呀。于是朝司空千秋拍拍胸脯：我懂的，我垫资。

司空千秋掩饰不住感激之情：这件事要是办成了，那一河水就开了，保不定，咱兄弟俩，能在长安城整出半壁江山来呢！

来，以茶代酒，为咱们的通力合作，为一河水和半壁江山，干杯！

两人又闲话一回，然后埋单，花郎要买，司空千秋说：别争了，我买小的，你买大的。花郎便不再争。

白燕飞被从睡梦中叫醒，送二人回家。

花郎和翘秀在长庆坊的栖凤榭里度蜜月。整整一个月，花郎都被翘秀缠着，没有出栖凤榭的大门。一天到晚，花郎不是逗鸽子玩，就是被翘秀逗着玩。柳散木说：这一对活宝，互相按摩上，就不来飘风楼了。白燕飞说：司空局座打过两回电话，电话是翘秀接的，说花郎正忙，过几天再联系。金眼相士玩笑道：这是色隐。

绵绵温柔乡，隐隐难了情。白燕飞把这两句话发给花郎，还附上两个字：色隐。花郎回了两个字：绝妙。

到了月末的最后几天，花郎自觉身心渐渐有些吃不消。这才感觉前人发明蜜月这个词发明得好。色隐一月，就得出山。月初乐此不疲，月末疲惫乐此，再不出山充电积蓄，会要小命的。花郎奇异：这和打游击还真不一样呢。恰在此时，司空千秋来电：出来几天，考察个项目。花郎对翘秀吩咐一声：照看好鸽子噢，就匆匆出门去了。

花郎去后，偌大一个别墅，留下翘秀一个人住。但她并不觉得空荡和寂寞。她每天固定做几件事情。每天给鸽子放两次风，喂两次食水，打扫一次鸽舍。放风时，鸽子在天上飞，她在底下看。窝里待一待，就得自由自在地飞呢，飞得越远越好。喂鸽子，鸽子吃食时，她最爱看那一对合璧。老天造物，真是鬼斧神工。白生生一只鸽子，被一条细密的黑线从中间停停当当地一分为二。就像自己和花郎，两块白玉合为一处，荏口对得严丝合缝。又如一块整玉，被一线利刃，从中间破开。笑话，自己和花郎会被破开吗？打扫鸽舍时，她包个头巾，像个农民工。连铲带扫，连拖带抹，把鸽舍打扫收拾得跟屋里一样干净整洁。唯有这样，花郎回来看到才会高兴。有次，她打扫完鸽舍，直接下楼去买菜。卖菜的瞄一眼她刚走出来的别墅，十分羡慕地说：只有长安城才有这么富态洋气的农民工。翘秀低头一看，发现自己忘了换衣服。卖菜的给她称好菜，俯到她耳边低声说：长这么漂亮，女主人放心吗？她本来想发作，但见人家眼神是羡慕的，言语是夸赞的，欢喜还来不及，发什么作呀！于是甩下一百元，拾起菜篮就走。卖菜的在身后喊：找你钱。她扬扬手：不找了。卖菜的愣愣神：天天来噢。

翘秀很爱做饭。有很多女人，男人不在家，自己就懒得进厨房，随便弄点吃的，或者叫份外卖，吃一顿管三顿，自己糊弄自己。翘秀不是那种女人。女人里的尤物，不光要男人为之服务，还要自己对得起自己。自己对不起自己，男人见了你，哪里还提得起兴趣。翘秀每顿饭最少需炒三个菜，烧一个汤。数量不多，花样不少，保证一个礼拜不重样。烧菜多依菜谱，高兴时还在菜谱上创新。炒好菜，摆上红酸枝餐桌，开一瓶法国波尔多红酒，倒两杯。一杯给自己，一杯放在对面，对面空着，她却权当花郎在呢。细细地嚼，优雅地品，还时不时和对面的酒杯聊上几句。

吃完饭，洗刷，擦桌抹凳，浇花，帮助消化，然后午休。午休养颜。午休起来该干正事。这正事当然不是想花郎。花郎不用想，该走就走，该回就回。不走，谁去挣钱？不回来，谁养活咱？翘秀有自己的正事，她在网上建了个购物站。翘秀喜欢在网上浪游世界，见服装店、鞋店、皮包店、化妆品店就进，目光多注意世界名牌新潮产品。凡看上眼的，先收藏着，隔日再看。凡物看三遍，第三眼还能看上的，就入购物车，付账结算，等待快递。快递员有次跟她开玩笑：我快成你家专用了。

很快，春夏秋冬的衣服、鞋袜、皮包就购齐了。当然，也少不了和花郎的情侣装。新衣服、鞋袜、皮包一到，翘秀就穿着、戴着、挎着对着镜子欣赏。虽然是自我欣赏，但翘秀认真得和跟前有人一般。一会儿问这件怎么样？洋不洋气？一会儿又答：洋气倒洋气，但还洋气得不够。嗯，这件上衣倒还合身，可是配什么裤子呢？欣赏完衣服，又去购化妆品。当然，珍珠、玛瑙、玉石、翡翠不能在网上买，买到赝品就说不清了。有些东西，得花郎陪着到钟楼附近的珠宝店去购买。

翘秀今天没干这些正事，而是开着花郎给她买的奔驰小赛车去取护照和办签证。翘秀一直在谋算去美国的事。护照办到了，可签证得到京华的美国大使馆去面签，这得等待机会和花郎商量呢。

花郎这次出去考察得久，差不多已有半个多月时间，忽然打电话说下午要回来。接到电话，翘秀自然要精心准备一番。洗好菜，蒸好饭，摆好酒具。然后沐浴，吹头发，化妆洒香水。女为悦己者容嘛。

花郎一进门，先闻到一股冲鼻子的香水味，进而看到一个大香囊裹着长睡衣站在面前。

翘秀并没有迎上来，而是站在原地，色眯眯地笑着，问：先吃饭还是先那个？

花郎虽然花，但这样的问题还是头一回被问到。花郎充电积蓄了大半月的身体，一下涌动起来。

翘秀身上的睡衣剥落了，一团白光顷刻间包裹了神魂未定的花郎。卧室都来不及进，就地掀起猛烈的狂风暴雨。翘秀动作娴熟，花样翻新，弄得花郎出粗气赞叹：老练得很。翘秀娇喘吁吁回说：天生的，一悟就通。一悟就通！是的，就像有才能的人做……做什么？做学问，一悟就通。花郎一笑，熄火了。

翘秀懂得规律，狂风暴雨之后，还得柔风细雨一回。就像额头被撞疼了，得揉一揉。

她拿毛巾给花郎擦了汗，又兑了温水给他喝，然后把他扶到卧室的床上。摆弄平展了，这才侧身躺到花郎身边，从发间拔下玉搔头让他看。花郎说兴许是汉武帝和李夫人用过的，送给你用。翘秀说那就让李夫人给武帝搔搔头。说着在花郎身上搔起来。花郎静静躺着享受着。翘秀又搔花郎鼻子、下巴和肚脐，口中还念念有词：搔了那头搔这头，搔得小头变大头。花郎被搔得气血膨胀，翻身起来，却被翘秀用玉搔头给顶住了：且慢。

翘秀用玉搔头在菊花枕下钩出一页纸，举给花郎看：这是我最近网购的账单。

花郎瞥一眼：这么多？

翘秀娇嗔道：咋啦，养不起？

花郎拉过皮包，取出一张支票，捏住角儿抖得哗啦啦响。

翘秀：响得跟出征的帅旗一样。

花郎：你这比喻倒还新颖别致呢。说着用嘴唇抿了抿支票，贴在翘秀隆起的乳房上，说绰绰有余。

翘秀收了支票，美美亲花郎一口，说你静静躺着，我来让你性福。结果让花郎阻止住。

花郎看到玉搔头和绣花枕上的菊花，像是联想到了别的事情，情绪变得有些低落。

翘秀抚摸着花郎起伏不定的胸脯，关切地问：你咋啦？像是有啥心事呢？

花郎：高尔夫项目确定下来了。

啊，天大的好事！你愁什么？怕中不了标吗？

中标的事，也非咱莫属。

那你咋忽然间闷闷不乐的？

我跟司空局长去了菊花园，见了步陶老先生、皇甫老医生，还有楚留声。林风鸣和鹤秀，也不约而同……

那又怎样？

看样子，司空局长把高尔夫球场选在了菊花园。那好啊！

好是好，就是要毁掉菊花园。

原来是为菊花园犯愁啊。

上百种菊花、几十种鸽子，还有一百二十年开一回花的刚竹。

这些和你有关系吗？

花郎瞪一眼翘秀，穿上衣服上楼去。翘秀也穿上衣服，尾随在后边。

花郎隔网看着舍里的合璧和石夫石妇，联想到菊花园的集贤院，不免有点感伤。

翘秀试探地问：司空局长决定的事，你能改变不能？

我哪有那个权力？也没有那个能耐。

既然不能改变，不如顺势而为。

你干脆说识时务者为俊杰。

花郎说这话时口气极其生硬，还用冒火的眼睛瞪了翘秀一眼。翘秀被瞪得有些怵火，后悔刚才说了那些不合时宜的话。

翘秀又使用软功夫，抱住花郎胳膊，偎在他肩头，明眸皓齿，望着花郎：那菊花，那刚竹，那些鸽子要是毁了，真还有些可惜呢。花郎见翘秀这样说，心中的气又消了些：步陶老先生那样的生活要是毁了，那才叫可惜呢。

步陶老先生、鹤秀、风鸣要是跟咱一块儿去美国生活，那就万事大吉了。

花郎摇着头：那是不可能的。

你可答应过我，挣够钱，去美国生活。

你是让我抛下他们，背一包袱钱去美国。可你凭什么在美国生活呢？

凭你的钱，还有我的资源。花郎真想冷笑一声。

你不要笑话我，你越笑话我越自信。我跟你结婚时有约定，而我确信你是一个信守承诺的人不是吗？

那是我终生的志愿。

我甘愿为你的志愿献出青春。

可司局已陷我于不义，还让我如何行动。这让我日后又如何面对步陶老先生、鹤秀，还有风鸣兄弟？

他们知道你是合伙人？

总有一天会知道的。

那时候，我们已经在美国了，跟长安城没关系了，光剩下欢乐了。

距离越远，罪孽越深。

反正，不管怎样说，在菊花园和美国之间，你只能选一个。你要是权衡不定，我来给你加砝码。

花郎打开鸽舍门，合璧、石夫石妇和他们的伙伴飞上天空。花郎望着他们，意味深长地说：你真是志存高远啊。

翘秀深情而快速地回应道：我的夫君，这是为妻的梦想啊！

孤独变成了团团白雾，弥漫在房间，包裹着殷初梅。

许多次，她打开门窗，用扫帚扫，用扇子扇，想要把孤独的白雾驱赶清除出去。岂料，外面的雾更浓更稠，而且是彩色的，有黄，有红，有蓝，有黑。诸种色彩混合一起，融汇成白色和灰色。外面的浓雾要从门窗涌进来，与里面的白雾搅和到一块。殷初梅连忙关上门窗，一边关一边叹道：难道这满世界都是孤独和忧愁吗？

别看司空千秋回来时，殷初梅端着冰冷傲慢的架子，和电视屏幕上的男主人你来我往，面对司空千秋的问话，是有一句没一句，爱搭理不搭理的。就连合法夫妻那种事，也是在讲好条件后，为某种利益而尽力。可是，一旦司空千秋离开家门，剩下殷初梅一个人时，她便禁不住掩面而泣，顷刻间陷入深不见底的孤独的雾海之中。

　　要是有一个小猫或者小狗一般大的孩子卧在自己怀里，或者趴在自己膝头，那这世界一定会雾开云散，一眼望到千里之外。每当此时，殷初梅都不再怨恨司空千秋，那是曾经的恩爱丈夫啊！他有什么错？殷初梅只能深深自责，一切错误都在自己。丈夫在官场干得有声有色，自家的公司要风得风，要雨得雨。房子、车子、存款、文物珍玩，样样不缺，而且越积越多。起初兴趣都在这些上面，后来从这些上面转移，却发现无处可转，一切努力和奋斗都失去了动力。失去动力，一切又都兴趣索然。

　　初结婚时两个人信心满满，性趣盎然。殷初梅这个媳妇可是丈夫按照婆婆的标准选的。尻子大奶大，生娃还不像鸡下蛋一样随便？初开始光咯咯不生蛋，殷初梅便依着丈夫那个样子，用枣木做了一串，作为护身符系在腰间，再时不时地弄些野兔胎盘回来吃。吃完就让丈夫去耕耘。耕耘的时候还模仿孔雀的受孕方法：相视则孕，眼神一触，恨不能把对方吸进去。音影相接则孕。身体重叠，喘叫声合为一处。雄鸣上风，雌鸣下风而孕。丈夫上呼播种，殷初梅下应开花。因雷声而孕。适逢下雨天，则更为努力，而且高潮要和雷声恰好一致。殷初梅还连着做了好几个孔雀跳舞的梦。然而梦想未能转为现实。奶子依旧大，尻子依旧大，肚子依旧不大。殷初梅这才理解，外因只是条件，内因才起决定作用。

　　当然，医院没少去，药没少吃，精没少成。但都空开花，没结果。婆婆发作，形势急转直下。能怪婆婆吗？能恨婆婆吗？婆婆要求媳妇像自己一样，给司空家生一粒剥皮花生，传宗接代续香火，有错吗？不符合宗法观念伦理道德吗？婆婆没有错，婆婆的要求一点都不过分。如果非得说婆婆有错，那就是把一层薄窗户纸捅破了，把一个闷葫芦凿开了瓢，把两个人好几年都有意无意回避的话题挑明了，把屋里压抑的气体点爆了，把儿子和媳妇的关系搞僵硬了，可这些真的是婆婆的错吗？承筐无实，婆婆说得多形象多文明啊！女人不生养，就若花草树木不结籽挂果，既不符合自然规律，也有违伦理道德，那就是犯了原罪呀。这才是孤独的根源哪！

　　殷初梅认为婆婆一点儿都没有错，只是太绝情了。儿呀，就是犯天大的错误，也要给司空家生个儿子，续上香火，否则我咋去见你爸，见了你爸又咋样交代啊？犯天大的错误，这天大的错误能是什么？要是在旧社会，咱做主，给丈夫纳一房妾，让妾在咱眼皮底下生儿子。即便母以子贵，妾是妾，咱正宫娘娘的地位还是雷打不动的。可现在是新社会新文明，实行一妻一夫制。文明倒是文明，有缺憾，碰到这事，咋办？过无儿无女的生活，那老了无所依靠，会寂寞冷清的；休妻再取，这妻怎么办？不光寂寞冷清，还要伶仃寒苦；在外蓄养……想到这事，再联想到司空千秋近一年半的态度和行为，殷初梅的心仿佛一下子掉到冰窟窿里，栗寒栗寒的。

　　一天，司空千秋派白燕飞回来取几件换洗衣服，还有些日用小零碎。殷初梅觉得司空千秋像是要外出学习或者另外过活，就问：他自己咋不回来取呢？白燕飞说司空局座既要开会，又跑着落实项目，实在忙得顾不上。白燕飞一边回话一边等在那儿，目不转睛地望着殷初梅。殷初梅并不急于收拾零碎拿衣服。她双臂抱在胸前，也斜看白燕飞。白燕飞平时见殷初梅，也是这么看，又色又含蓄。只是今日这场合，白燕飞的目光比平时更大胆更坦率一些。殷初梅像是无意中要报复什么，双臂环抱胸前，把两个本来就肥硕的大奶托得又高又突，让白燕飞看。这个白燕飞，真正不客气了。

　　看啥哩？
　　实在忍不住，就看看，又看不折。
　　看就看，眼睛咋死暴死暴的？
　　白燕飞揉着眼睛：我陪局座走州过县，见过多少贵妇人，眼睛从来都没有死暴过。可一见到夫人您……我的眼睛真的死暴了吗？
　　想入非非。
　　不，是心猿意马，但不敢越雷池半步。
　　胆子够大的了。
　　虽然是心猿意马，但也只是死暴死暴地看着，绝不会动手动脚。因为你是我家主人的坐堂夫人。这是我的底线。
　　你这是尊重你家主人，并非尊重我。
　　我像尊重司空局座一样尊重你。
　　你以为我是小孩子，一颗水果糖就哄欢喜了。
　　夫人，我是真心的。
　　我问你话，你会像回答你家主人那样诚实地回答我吗？
　　我对天发誓，会。
　　那我问你，你家主人是不是在外边寻下人，做下续香火的事了？
　　大出意外，白燕飞有点支吾。
　　行了，以后见了人，不要再提"诚实"这两个字。
　　白燕飞：是的，和一个叫颖秀的女子，生了一个儿子。
　　殷初梅的双臂放松下来，垂到身体两侧，像风中的藤条那样摇摆了两下。
　　白燕飞看到殷初梅的脸色由白变灰，又由灰变成铁青，嘴唇像树叶一样抖动，牙齿也发出咯咯声响。殷初梅的身体努力往上耸着，随后又如泄气皮球一样松软着往下铺沓。白燕飞惊得面色大变，连忙伸手搀扶。殷初梅无力地挡开他的手，往前跟跄两步,方才站住:你滚吧。

白燕飞万万没有料到,一条消息,会在一向矜持宽怀乐观的局座夫人身上引起如此强烈的反应。真痛恨"诚实"二字,真想把烂舌头拔下来撂到院子喂狗。

殷初梅用颤抖的手指指向门口,白燕飞只得退步而出,狼狈而去。

殷初梅按捺不住心中的怒火,按照白燕飞提供的地址,径直找到颖秀住的地方。一路上,她都想着如何用最恶毒的话语羞辱颖秀,如何撕破颖秀的衣服,又如何抓破颖秀的粉脸,让她脸上留下永不消失的疤痕,那是偷人汉子的羞耻标记。可当殷初梅走到门口举手敲门时,又犹豫了。那个天真烂漫一无所知的孩子,该如何面对呢?面对自己朝思暮想的孩子,该说什么?又该做什么呢?殷初梅的手,无声无息地落在门板上,而且按了很久,最后退回来了。

她不记得自己是咋样回到家的。

回到家,不吃不喝蒙头大睡三天三夜。醒来后给司空千秋打电话,以不容置疑的命令口气,要他回家一趟。

司空千秋不知晓白燕飞向殷初梅露了底,但他从殷初梅电话里的口气断定,准没好事。因为结婚十年来,殷初梅从来没有用这种声口打过电话。电话里没有,面对面也没有。关系热切的时候没有,关系极其冷淡的时候也没有。司空千秋有一种不祥的预感,多半是饺子露馅了。

他思前想后,决定不能独自回家,而是带上花郎回家。一是有两家公司合作项目的借口;二是无论发生何等严重的事情,有花郎在中间,便是一段天然的缓冲地带。纵使殷初梅有天大的愤怒,碍于花郎的情面,也不会做出过激的举动。

花郎的出现,着实令殷初梅意外,但也给了她诉苦和泄愤的对象。她索性对着花郎,把司空千秋在外蓄妻生子的事抖了个底朝天。末了隐忍泪水,指着天说:真真做的好事!

司空千秋侥幸地想:许是听人闲话,逮住风声,发些淫威,以火力试探咱哩。没捏着把柄的事,可不能一口就认了。于是争辩说:没有的事,你听谁嚼舌根,把你气成这样。

殷初梅:事到这一出,还想抵赖,还想骗我。说着要来揪司空千秋领口。司空千秋一闪躲,结果领带落在手心了。殷初梅像牵牛一般把司空千秋往门口拽:走,一起去见野女人颖秀和你的儿子,并且说出了小区名称和楼门号。

司空千秋本来一只手还反叉在腰间,一听这话,一见这阵势,忙腾了手,抓住领带往回拽着,一边拽还一边给花郎使眼色。花郎忙上前劝阻:家丑不可外扬,咋能当着我的面闹腾呢?

殷初梅一松手,司空千秋差点跌个屁股蹲儿。

家丑不可外扬？野婆娘都娶了，儿都生了，多么红红火火、轰轰烈烈的事情，恐怕只有我一个人蒙在鼓里。全长安城谁人不知，哪人不晓。包括你，保不定还帮闲忙呢。

花郎脸"唰"一下红了：咋把我也拉扯上了。

司空千秋见事情越董越匀①，手反叉腰眼上前道：有气冲我撒，别东拉西扯的。

"哗……"，半壶冷茶水浇到司空千秋面门上。花郎忍不住笑了：雷霆过后是暴雨。

殷初梅胸脯一挺：弄个既成事实，想休老娘。话一出口，舌头吐在外面边收不回来。真是人气极了，啥话都会冲出口。这还是殷初梅吗？

半壶茶水，把司空千秋浇灵醒了。自己偷娶偷生，难道还不允许原配妻子撒个野出口郁闷气吗？该，该，该。只见司空千秋把手从腰眼上取下来，红着眼圈，跺着脚痛苦地道：都是我妈那句话！都是我妈那句话！

这句话真是说得好，既减轻了自己和颖秀的罪责，又给殷初梅台阶下。

结婚十年，何曾见过丈夫如此自责，如此痛苦过。殷初梅撒过气之后，暗暗有些心疼了。

司空千秋见说话的机会来临，就装着可怜怜巴巴的样子，对殷初梅求软：事情已经这样，你说咋办就咋办。

花郎暗道：局座精明，把皮球踢过去了。

殷初梅气概上来了：我说咋办就咋办？

司空千秋：罚多重我都认。

你确信那孩子是你的骨血？

确信。

你确信那孩子能为司空家续香火？

确信。

那孩子就是咱司空家的人了。

是的。

那好，孩子留下，她走人。

这，这，这这……

这什么，不是多重的惩罚你都认吗？

可这算什么惩罚呀？

现在社会上不是时兴代孕吗？钱我出。

---

① 越董越匀，事情越发麻烦之意。

可这不是代孕。

咋，有感情了？

哪有跟你的感情深呢。

哄鬼呢，都要被休了。

不会，永远都不会。

口说无凭，拿啥保证呢？

你让我咋样保证呢？

孩子留下，她走。

可是，可是……

可是什么？

可是你忍心把母子俩拆散吗？

女人都有软肋，善良女人有善良女人的软肋，凶恶女人有凶恶女人的软肋。这句话正好戳在善良女人的软肋上。

殷初梅声音弱了许多：找她之前，就不能把我当个人，言语一声？

言语一声，你会同意吗？

殷初梅声音依然弱弱的，但语气却很坚决：除非杀了我。

给你言语一声，征求你的意见，能有今天吗？司空千秋本来想说能有儿子吗？怕伤殷初梅太深，就说成能有今天吗。

殷初梅真是不明白，明明占理的事，说到最后，总是自己理屈词穷。她甚至怀疑，这理亏的总根，就在自己身上。

殷初梅把司空千秋和花郎打发走，和衣蒙被，又大睡三天三夜。这三天三夜，那个难熬啊！一会儿坐起，一会儿躺下；一会儿撩开被子，一会儿又从头到脚蒙上；一会儿长吁，一会儿短叹；一会儿号啕，一会儿大笑。说睡着了，却辗转反侧；说没睡着，却又迷迷糊糊，梦话连篇。忽然醒来，看到阳光透过帘帷半遮的窗户，斜射进屋，正好照在空着的半个枕头上。从前，那是丈夫司空千秋枕着的地方。就在这一瞬间，殷初梅想通了。这想通简直如佛陀在菩提树下开悟一般，烦恼顿去，眼前一片光亮。殷初梅身心瞬间轻松许多。

母以子贵，新宠上位，皇后废黜，恋战还有什么意思呢？

殷初梅洗盥，在镜子里看到自己，虽然面容憔悴，但精神还过阳了，和前几天那个疯魔了的悍妇相比，简直判若两人。梳洗毕，化过淡妆，给自己做了个丰盛的早餐。牛奶、鸡蛋、火腿、面包。吃饱了，力气来了，开始收拾屋子，打扫房间。收拾得整整齐齐，打扫得干干净净，擦洗得光光亮亮。然后下楼买菜，买菜回来给司空千秋打电话，口气温柔和顺得像没出事一样：回来吧，等你。放下电话进厨房烧菜做饭。饭菜摆上桌子又去补妆。补好妆回到饭厅，刚好听到楼道的脚步声。那是他的脚步声，两慢一快，虽然比过去拖沓些，但节奏还在。殷初梅还像过去那样，听到脚步声便去开门，脚步声刚到门口，门刚好打开。十年来，配合一直很默契。

殷初梅站在门边，让司空千秋进门，然后关好门。

司空千秋：回来吧，等你。声口恢复得和过去一样。过去一召唤，我就回来了。他的自信也恢复了，只手反叉腰眼，以纵览大好河山的姿态纵览这有些陌生的家。哦，收拾打扫得和刚结婚时一模一样啊。

殷初梅非常感激司空千秋的夸赞，一旋身，转到他面前。

不是铅华洗尽，不是素面朝天，而是和他以前出差归来看到的一样。施了薄粉，涂了丹唇，描了淡眉，绾了堕髻，洒了香水。穿着薄薄的丝绸睡衣，领口半开半掩。乳沟深深的，乳头翘翘的。以前可是忍不住要伸手的，司空千秋拿眼睛瞟着。殷初梅真是化妆的高手，憔悴和感伤刚好被掩饰掉，平静的面色散发着和以前一样的温柔。眼皮虽有些浮肿，眼神却荡漾着和以前一样的骚情。

天哪，前一阵的狂风巨浪，似乎从来没有刮过、吹过。

殷初梅拉司空千秋到饭厅，司空千秋立即闻到饭菜的香味。好多天没有品尝殷初梅的手艺了。以前每次外出归来，不是先品尝饭菜，就是先品尝殷初梅，或者先品尝殷初梅，再品尝饭菜。有时候在外面吃喝过了，回到家还要品尝一番。

殷初梅给乳白色的合欢杯里倒酒，那酒像血液一样红亮呢。

司空千秋想起他们的新婚之夜，殷初梅把乳白色的玉酒杯扣在两乳头上，看，合欢杯。那是他俩的专用杯。那是多么迷人的初夜呀！司空千秋回想起两人喝交杯酒时殷初梅吟诵的诗句：赠君合欢杯，盛我一世情。

唉嗨，一世情。司空千秋的眼泪差点蹦出眼眶。两个人谁也不说话，就用这合欢杯，碰着这一世情，你一杯，我一杯，直喝得醉意阑珊。

殷初梅给合欢杯里添满酒，迷离的眼光在酒杯和卧室之间跳荡着。司空千秋最能理解那眼神的意思，起身来抱殷初梅。殷初梅双手执杯，被司空千秋抱到卧室的床上。酒杯摇晃，酒液却没漾洒出来。

殷初梅把合欢杯放到床头柜上，看着杯中酒由荡漾渐渐归于平静，然后跪着去铺床。那动作，那情态，和新婚之夜如出一辙。有些东西根深蒂固，任凭岁月消磨，它都纹丝不变。

殷初梅的新婚陪嫁并不算丰厚，但她特意准备了三床丝绵被，两床红色，一床黄色。殷初梅把两床红色的叠加着铺在床上，把黄色的收到箱子里。司空千秋当然明白那寓意。两被叠加是要夫妻二人合二为一；被为蚕丝，是要缠缠绵绵一辈子。

而那床黄色的，是留给未来的儿子用，所以先压在箱子底。

翌日晨，司空千秋先醒来，看到丝绸被的一角遮在殷初梅的腹间，她的绝大部分身体裸露在外边。她面朝司空千秋侧躺着，肌肤丰腴鲜润，脖颈细细弯弯，散乱的秀发遮去半边脸庞。露在秀发缝隙里的眼睛被长长的睫毛覆盖着，胸前那对紧靠在一起的雪白的鸽子，随着呼吸，很有韵律地起伏着。

司空千秋心中升腾起欢爱和喜悦，情绪也随着白鸽的起伏而起伏。司空千秋把殷初梅弄醒了。

正是夏末秋初的黎明，窗外不知何时起了狂风暴雨。风呜呜地吹着，斜射的雨点击打在窗棂和玻璃上，发出砰砰啪啪的声响。响声亦如战鼓，一波吹动一波，海潮一般往前涌去。殷初梅气都换不上来，断断续续地说：要是这样、这样死、死在、死在一块儿，那该多、多美呀！

殷初梅把床铺好了，铺得和初夜时一模一样。

她侧身偎过来，把依然秀美的黑发亮给司空千秋：还记得浐河洲渚那个月夜么？你朝我头上插什么来着？

司空千秋咋能不记得呢？那时他们谈恋爱，他用自行车把她带到浐河河心的一块洲渚，一同坐在垂柳下的草地上，看着河床边上的挖掘机和推土机在轰轰隆隆地劳作，自自然然的河流，被挖得坑坑洼洼、疮疮孔孔。

殷初梅感伤：好好的自然，被挖掘成这样，多难看。

这正是司空千秋的本行工作：这你就不懂了，建设现代化，能不付出代价吗？

人付出代价还不行？还非得自然也付出代价吗？

司空千秋开始对殷初梅大谈现代化城镇建设，并且用时髦的词汇描绘不远的将来就会实现的宏伟蓝图。他兴趣盎然直说到太阳西沉，月亮升起，直到挖掘机也收了长臂歇息了，殷初梅已完全被那幅诱人的图景迷惑住了。

一钩弯月挂在大柳树的树梢上，淡淡的月光给河边的景物印上朦朦胧胧的色彩，沁满露水的花草中不时传出蟋蟀的鸣声。这鸣声和垂柳上的蝉鸣声彼此呼应，在寂静的夏夜演奏着悦耳动听的音乐。司空千秋和殷初梅并肩坐在迎着夜风摆动的垂柳下，成了朦胧的画中人。身边不远处，几条小鱼儿相衔着跃出水面，在月光里划出弧形的光亮，又扑通扑通扎回水里，仿佛是故意给蟋蟀和蝉的合奏打出鼓点一样的节拍。

啊！这环境，这鸣声，这花香，这光亮，这氛围，这一切的一切究竟是为什么而存在的呢？

司空千秋顺手摘下身边一朵带露水的小花，插在殷初梅秀美的发间，然后侧头欣赏着说：助娇花。

殷初梅眼睛里充满了柔情蜜意。

司空千秋：咋能不记得！那简直是世间最美好的一个夜晚。

殷初梅心中却凄然叹息：若得山花插满头，莫问奴归处。

她端起床头柜上的合欢杯，自己一杯，递给司空千秋一杯。

司空千秋为一种情绪所感染，不忍心去接。

殷初梅：放心，我不是纠缠你。

司空千秋：真的不是因为不爱，而是因为……

正因为如此，我才想通了。

司空千秋接过合欢杯，快要哭出来。

殷初梅：今夜即告别。

司空千秋红着眼圈和殷初梅碰杯。殷初梅闪开了，像忽然想起什么事，放下合欢杯，起身取下柜顶的皮箱，打开，翻出那黄色的丝绵被：现在人结婚不兴陪这个，但我一直留着，是留给儿子的。

殷初梅说这话时，仿佛儿子就在当面。

司空千秋不忍心看，亦不忍心听，也把合欢杯放下。

殷初梅又从箱子里取出一块碎花布铺在床上，再把黄色丝绵被叠好，放在碎花布上。

司空千秋有些哽咽心碎。

殷初梅又从窗台的花瓶里取来一束散发着蘼芜香味的怀梦草，平放到黄色丝棉被上：昨日助娇花，明天怀梦草。

司空千秋喉咙完全堵塞住，哽咽出声了。

殷初梅又从枕头底下摸出一张纸：我都想通了，我庆幸嫁给你。让你给我爱，把我变成女人，让我们拥有共同的事业，让我们一起度过那么多快乐时光。我知道你心里从来没有放下我，你所做的一切都是迫不得已。这也怪我，我的命不好，总也扯不出一根与你白头到老的红绳儿。唉，苍天哪，咋这么不长眼，给我安排下这么苦的命！

司空千秋带着哭腔：别说了！

司空千秋甚至想说，我后悔了！但那既成的事实、颖秀和儿子，还有在九泉下望着自己的母亲，不让他后悔。他也无法后悔。

殷初梅眼中隐着微微泪花：黄丝绵被给儿子，盖上又轻又暖和。怀梦草你留着，说不定哪天一闻到香味，就梦到我。有一点念想，也不枉夫妻一场。还有这合欢杯，梦到了就喝一杯。

司空千秋简直不知所措了。

殷初梅：我最后一次跟你讲条件。

司空千秋想说，讲吧，一万条都行。只是没说出口。

殷初梅：一起喝过这杯合欢酒，然后像新婚之夜那样。

司空千秋难以觉察地点了点头。

还记得枕头底下摸出的那页纸吗？那是殷初梅提前准备好，并且签过字的离婚协议书。她交给司空千秋，让司空千秋也签过字。殷初梅点燃一对红蜡烛，灭了电灯。又从枕头下，摸出一页纸，让司空千秋看：认识吗？岂能不认识，那是二人对饮时，司空千秋随手记下的，是殷初梅吟的那两句诗：赠君合欢杯，盛我一世情。殷初梅在烛火上点燃那页纸，让纸灰一点点落在合欢杯的红酒里。这才递一杯给司空千秋，自己端一杯过来，坐在司空千秋腿上，把杯子往司空千秋面前举一举，说：这既是合欢酒，又是杯中散。来，干！

司空千秋没动，但殷初梅的杯子还是碰到了他的杯子上。司空千秋看到有两颗豆大的泪珠滴落到合欢杯里，正好一杯一颗，溅起了杯中酒。

两个人谁也不知道这酒是怎么饮下去的。

饮罢，殷初梅把两个合欢杯合在一起，放到怀梦草上，再把碎花布包袱包好，打上结，然后回头看司空千秋，意思是：一切都停当了。

司空千秋觉得合欢酒和杯中散的效力很大很大，那效力催促他把殷初梅抱起来，平放在他们同被共枕了十年的床上。

这一夜，司空千秋和殷初梅都全身心投入，把力量用到近乎死亡的程度。

司空千秋简直不敢相信，事情竟然以这种方式得以圆满解决。在蓄了别室、有了儿子时，司空千秋曾经设想过好几种可能出现的结局。一是殷初梅永远不知道此事，生活永远平静如水。这显然是空想社会主义。二是殷初梅感知到了，但睁只眼闭只眼，装作不知道，大家相安无事。这是司空千秋最希望的结局。在外有职有权有钱，在内有妻有妾有子，岂不是最美的人生？但司空千秋心里非常清楚：过于美好的愿望，都是一厢情愿的。三是殷初梅知道了，和颖秀谈判，劝颖秀退出。但事情已经瓜熟蒂落，颖秀会留下儿子走吗？不光不会，颖秀已经以儿子作为砝码，恃骄向自己要身份了。要真的谈判，恐怕不是殷初梅要颖秀走，而是颖秀赶殷初梅走：你凭什么留下呢？可怜的殷初梅该怎么回答呢？四是殷初梅知道了，屋里闹，单位上闹，闹得满城风雨。那是最坏的结局，那样的话，续香火变成了包二奶、养小三，是要受党纪国法惩处的。不要说晋升，就是屁股底下这把椅子，怕是也坐不稳。那母亲的话就应验了：儿呀！犯天大的错误……这是司空千秋最担心，也最不愿意看到的。他唯独没有想到，殷初梅会主动退出这场角逐，而且以出人意料的方式与自己告别。这种告别既深情又伤情。唯有这样告别，才让司空千秋更清楚地看到了殷初梅的心灵和情感。殷初梅退出了婚姻，留下了情感。唯有经历过告别的一夜，才能体会到殷初梅对自己的爱有多深沉，以至得到儿子的巨大喜悦，都被这份情冲淡了。

司空千秋问白燕飞，谁会向殷初梅透露这份秘密呢？白燕飞说我对局座绝对忠诚，而且对局座夫人也像对局座一样忠诚。司空千秋还能再问什么呢？白燕飞非常坦诚地交代了一切。当然这一切也是有保留的。譬如你的眼睛不要瞪得跟蚂蚱一样，死暴死暴的。你主子吃过的菜，你千万不要吃。多谢嫂夫人忠告，我最多也就暴暴眼而已。我是有底线的，一越底线就会被绊倒，这个我比谁都清楚。司空千秋说瞧你干的好事，你嫂子和我离婚了。司空千秋也有保留，只告诉白燕飞一个冷酷的结局，而把那深情告别的一幕藏在了心底。白燕飞只是略感意外。在透露秘密的那一刻，我没有去想事情如何终了，但却想好了自己的结局：卷铺盖滚蛋。局座你发话，让我今早走，我绝不拖到天黑。事情要是演变出最坏的结局，主子都没凳子坐了，白燕飞能不卷铺盖吗？但事情却峰回路转，演变出最好的结局。而导致这好结局的功臣，倒应该首推白燕飞。他若不泄密，事情还遮着盖着。仿佛地雷掩着埋着，让踩在上面的人的心时刻悬着。时刻等雷响而又不知雷何时会响，这多么熬煎人啊。白燕飞笨拙的忠诚多么实用呀，一切问题都迎刃而解了。司空千秋感谢还来不及，怎么会让白燕飞卷铺盖走人呢？

司空千秋清清嗓子，对白燕飞道：卷铺盖的事，回头再说，先送我到济慈医院吧。

白燕飞耍着小调皮：但愿是最后一次为局座效劳。

途中，白燕飞说：听说那个长得漂亮又有风韵的徐虹局长也在暗中活动哩。这话司空千秋是第二回听说，所以不觉得意外和震惊。他不动声色：开你的车，尽操闲心。白燕飞回他一眼道：人家忠诚你嘛。

车到济慈医院门口，司空千秋下车，边关车门边说：你先回去吧，我去看个病人。

白燕飞：空空手，咋看呢？要不，我去买些水果什么的？

走你的人，尽操闲心。

白燕飞吐吐舌头，调头把车开走了。

司空千秋依据自己的身体感觉和元菊生的提示，到济慈医院来检查。他不想让任何人知道，无论是白燕飞、殷初梅、颖秀，还是单位的同事和领导。又不是啥喜事，闹得张张扬扬的，没有必要嘛。在这续香火的事刚刚平息、高尔夫球场之事刚进入正轨、晋升刚冒出希望的档口，一切都该消于隐形，就像什么都没有发生一样。没有必要平水起波澜，更不要节外生枝。平平安安最好。

司空千秋挂号，排队，看医生，并向医生说明来意。医生听诊问察过后，说像这情况，可留院两三天，一方面做些调理，一方面做些检查。最后由我们皇甫院长作病理分析和结论。要是本市人，也可以不留院，每天来按要求做项目检查也行。司空千秋想，这几天刚好交空，主要任务是把身体检查好。但单位那边三两天不露面也不行。两全其美的办法是在医院要好床位，在单位露过面后再神不知鬼不觉地转到医院来。于是对医生说，那就留院吧。

办妥手续，护士领他到病房。

病房虽然简陋，但收拾得干干净净，没有别家医院的凌乱。小小空间，摆了两张床，仅剩窗户跟前一坨空地方供活动。

司空千秋问：有没有空的高干病房？

没有。

我加钱。

你说的，我听不懂。

这护士，一点儿不灵光，放到别的医院，早炒鱿了。

司空千秋往床沿上一坐，想弹一下身体，结果没弹起来，于是又站起来，一手反叉腰眼：咋地？级别不够就不能通融吗？他正要打发护士去通融，却见又一位护士领进一个人来。这人看着相貌已年逾花甲，身材魁梧，头发花白，面若重枣，耳似垂轮，浓密的长寿眉下一双大眼，有许多层重眼皮，背手往那儿一站，轩昂的气宇和历世的沧桑霍然弥散出来，使得整个病房顿时充满一种凛冽的气场。

司空千秋见这气度非凡的人物进来，立即被一种气势给镇住了，反叉在腰眼的手不由自主地松下来，毕恭毕敬地迎接来人，并借机仔细地打量。

来人倒背双手，踱步到窗前的空地上，那空地一下子变小了。这人的气场真是大，就连说话的语气和言辞都携带着一股凌人的盛气：我要高干病房。

护士回说没有高干病房。

再去，叫你们管事的来。

主任医生来了，听说要住高干病房，就和蔼地回道：济慈医院真的没有高干病房。

什么没有？没有高干病房还办什么医院？

主任医生依旧和蔼地解释：真的没有，过去没有，现在没有，将来也不会有。

去，叫你们院长来。

叫卫生部部长来也没有。

叫你叫，你就叫，哪来那么多废话。

态度一直和蔼的主任医生，白了来人一眼，气哼哼地走了。

不一会儿，高挑瘦削、穿着白大褂、戴着软白帽和金丝眼镜的院长来了，谦和地问：哪位先生找我？

院长一开口，司空千秋一听声音，再细看那窄扁的脸庞和被镜片遮住的蓝眼睛，这不是皇甫三兴吗？摇身一变，穿上白大褂，成了院长，专业得很，简直和菊花园见到的那个皇甫三兴判若两人！

皇甫三兴显然也看到了司空千秋，但没有表示出过度的热情，只是用眼神打了个招呼。

说来也怪，刚才那个器宇轩昂、盛气凌人的人，看到这位瘦削清雅的老院长，先自把威势收去一半，并且略显谦和地打量着对方。瘦削的身材、清癯的相貌、雅洁的装扮，尽显行医人的特点。尤其是那镜片后面透射出的蓝色目光，是那样的精细和深邃。这样的目光，看病，同显微镜一样清晰；看人，差不多能看清你的五脏六腑。

是我找你。

说吧，不论是看病还是别的事，只要和济慈医院相关，我都会给你一个最终答复。

我跟他们说，想要一间高干病房。

护士和医生不是明确告诉你，没有。

他们说的是真的？

他们说的要是假话，我说的也就是假话。

不，不不。我的意思是你这济慈医院真是特别。

进济慈医院的都是病人，没有高干。长安城有高干病房的医院多的是，西京、唐都、一附院、二附院、妇幼院、肿瘤院、传染院、精神院……你请便。

这近乎下逐客令了，来人不气不怒，反而哈哈大笑。当然，要看病，请留下。

来人收住笑：果然名不虚传！

皇甫三兴有些摸不着头脑了。

长安城人对济慈医院赞誉有加，皇甫三兴更是大名鼎鼎。我哪，好歹也算个有头有脸之人，进了你济慈医院的大门，若不和院长打个照面，咋好意思住下来呢。

司空千秋明白了：前面的一切表演都是苦肉计，目的就是要倒逼皇甫院长到他面前来。来人的老道，司空千秋可是从心眼里佩服呢。

皇甫三兴：病人看病，医院敞开大门欢迎。

来人：我这病，走遍天下，恐怕只有济慈医院能看。

正说话间，一位年轻的女医生进来，恭恭敬敬地向皇甫三兴道：手术准备好了，请您过去。皇甫三兴撩起白大褂的衣襟，风风火火地旋身，跟年轻女医生一起走了。那身形和步伐，甚至比年轻女医生还要轻盈。

司空千秋忽然悟到：人是复杂多面的，在不同的场合呈现不同的情态。

司空千秋转向来人，极其虔恭地请教：请问老前辈尊姓大名？

这人也不客气，昂着头道：行不更名坐不改姓，原省委常委、组织部部长甄国士，已退休八年，在书画协会挂个闲职。

哦，原来是甄常委、甄部长！常听我们黄厅长夸赞您，说您当年工作多么风风火火，处事多么公正不阿。

甄国士听到这话，才正眼瞧一下司空千秋：年轻人在何处高就哇？

在下司空千秋，在长安城城建局任小小的局长。

也算年轻有为，前途有望。

谢部长吉言。

司空千秋很是感谢元菊生，提示自己到济慈医院来检查身体。同时也庆幸自己在这小小的病房见到原组织部部长甄国士。老天有眼，风云际会，说不定遇到了生命中又一位贵人。别说发挥余热，就是点拨点拨，指指路子，也够关键时刻受用。

司空千秋把自己的包挪到靠门边的床上，把里边靠窗户的床腾给甄国士：甄部长请里边住，我给咱看门打水。

会来事，适合混迹仕途。

甄国士厚实的大屁股往床上一坐，弹得床咯吱咯吱响：那我就不客气了。

司空千秋：请问甄部长哪里不舒服，来看什么病？

甄国士脸慢慢定平了：看病，那是医生和院长用的词。咱实在没办法，顺着用。背过医生和院长，就换词。

那有病了，来医院了，用什么词？

皇上叫龙体欠安。

噢，皇后叫凤体欠安。咱叫什么呢？

小病叫偶感风寒，大病叫有恙。

不是痒，是难受。

这恙不是那痒。这恙是一种有毒的噬虫，善吃人心。稍不留神，它就会潜到你身体里，一口一口，噬咬你的心。患上这种病，慢慢就没心了。

噢，甄部长说的是那恙，那是早先人们草居露宿时才有的虫子，现在早绝迹了。

不是绝迹了，是基因变异了，分离了，叫权钱色。要是染上一种，还不当紧，尚可救。若染上两种，那就麻烦了。若三种同时上身，那就是绝症，没得治。

部长说得玄乎的。

我看你气色，不像偶感风寒的样子。

部长可以兼任院长了。

情色上似乎偶感风寒，但风寒已演变成重感冒。

司空千秋心道：已经快好了。

钱财怕早就上身了。

司空千秋又心道：凭经验推测的吧。不过该来的已经来了，可能来的正在路上走呢。

余下一样，就看你有机会染上没有。

要是有机会怎么办？

这种恙谁会去小心防范呢？谁又能抵御住这种诱惑呢？

司空千秋本想问：部长可是有恙，绝症了？细一想，不能问。再没眼色，再不会来事，也不能问这么傻帽的问题。这不等于拿刀捅人家心吗？心正被恙噬咬着，你再捅上一刀子，不是要人命吗？

甄国士像是看透了司空千秋的心思，从床上弹起来，走到窗前，来来回回踱几步，然后面朝司空千秋站定了，拍拍胸脯说：你看我像重恙在身、患有绝症之人吗？

司空千秋因心思被看透而稍显尴尬：看着不像，所以不敢确定。

甄国士转身亮亮腰板：你看我像喜欢钱财的人吗？为财舍命的人腰是粗的，粗得跟碌碡①一样，但他们的腰杆子会像我这样钢板硬正吗？

所以呀，我第一眼看到你，心里就犯叽咕：这么钢板硬正个大人物，咋跑到这里来了？八成是走错地方了。

所以呀，我并没有患绝症，只是有麻烦了，有大麻烦了。

司空千秋可算明白了：不喜钱财，腰杆子硬，却又有大麻烦。啥麻烦？权，小麻烦。色，小麻烦。两一合，一发酵，大麻烦。我看你，顶多重感冒，但也要小心，谨防重恙上身。我只是来检查身体，有恙无恙还不一定。

你不是说恙已经绝迹了吗？

你不是说基因变异，生成新品种了吗？

是啊，一切都在变，人心也在变，而且变得越来越顽强了。

话说到此，似已说尽，一片静默。静默之后，甄国士推开窗户，对着被树枝遮

---

① 碌碡，一种粗壮的圆柱形石质农具。

掩的天空,用苦音唱了两句谁也没听过的戏文:

千里来寻故地,三十载忽成往昔。

十 三

初夏的一天,元菊生领着小坏蛋来到飘风楼。

柳散木一边让座,一边吩咐墨玉环敬茶,又一边暗自思忖:师父今日哪个窍道给迷住了,竟然把小坏蛋领进了飘风楼。

元菊生坐在八仙桌上首,呷一口茶:数三大毛钱给人家。

柳散木丈二和尚摸不着头脑,平白无故的,为啥?

墨玉环看到小坏蛋提溜个笼子,里面有一只鸽子,那鸽子老瘦麻麻的,苦眉搭眼,无精打采,浑身煤黑油污,脏兮兮的,像是刚从废油池里爬出来,又钻过煤烟囱一般。而且两腿光光,没有脚环,是一个黑人黑户。墨玉环小声嘟囔:这么个脏万货,也值三大毛?

柳散木明白了,忙截住道:少废话,师父让数钱就数钱。

墨玉环数三十张百元红钞给小坏蛋,小坏蛋笑纳而去,临出门还扭过头对元菊生道:老先生,您可记好,头枚蛋可得给我。元菊生回说:放你一百二十个心,老夫绝不食言。

小坏蛋走后,墨玉环又问:师父,何以三大毛买这么个脏万货?

柳散木说:甭问了,师父过的眼,三大毛肯定值。元菊生坐着捋一下胡须,先养着吧,以后就知道了。说完起身而去。

养过夏天,鸽子换过羽毛,成了另外一只鸽子。柳散木再上手,惊呼道:打咱飘风楼建成以来,从没有过这么好的鸽子!

翌年打春前,元菊生带领柳散木夫妇,提着这只鸽子去凌烟阁拜访皇甫三兴。正巧金眼相士也在。几个人刚上楼,金眼相士就说这只鸽子咋看着眼熟。金眼相士很少上手摸鸽子,今日破例,非但上了手,而且从头到脚仔细查验一遍,末了疑惑不解地问元菊生说:这不是你在五年前那场艰难大赛中迷失的飞将军吗?元菊生赞道:相士不愧是金眼哟。金眼相士:苍老是苍老了,嘴角厚了,鼻泡大了,身上红毛也泛黑了，眼砂粗了，而且艳红也变成烟灰白。但那神气、那目光，依然和五年前出征时一样，英气不减当年！元菊生说：道路崎岖，世事难料，他又回来了，就生活在散木的飘风楼里。柳散木和墨玉环这才明白，师父移居到飘风楼来的脏鸽子，竟然是当年声名遍布长安的飞将军！柳散木和墨玉环简直激动得不能自已。性情冷静的皇甫三兴听着稀奇和热闹，深邃湛蓝的眼睛在元菊生和飞将军身上跳来跳去，声调调皮地道：步陶兄，你不会是单单带这位老朋友来让我欣赏的吧？元菊生倒也干脆：嗨，该打春了，满集贤院寻不到合配的嘛。皇甫三兴开朗地仰天笑着道：你又要跟我搞中西合璧、土洋结合？正是正是。第一次合作得了利，所以要搞第二次。不过你要明白，那样的话，我们在血统中所占的比重可就大了。无所谓大，无所谓小，双方精华，阴阳大偶合，你中有我，我中有你。皇甫医生一拍巴掌：太好了，四十位院士中的女性，任你挑任你选。元菊生说：早选好了，贝多芬号。皇甫医生很是爽快：贝多芬就贝多芬，但有三个条件。只要是贝多芬，三十个条件也答应。你可听好了：一，交押金一元，上面盖上你的大印，以作立据凭证。二，要让全长安城鸽友亲临见证。三，交配完成，只准生一窝蛋，立即归还贝多芬，结果如何，听天由命！好！就这么定了！一言既出，驷马难追！

二人谈判对话，犹如演员说书，又若骤雨敲窗，节奏奇快，听得金眼相士、柳散木、墨玉环和飞将军心惊肉跳、热血沸腾。

第三天，即逢打春日，元菊生、柳散木、墨玉环召集长安城众多鸽友一起去凌烟阁迎娶贝多芬。要是在古代，元菊生一定会亲自驾着士大夫以上人士才有资格乘坐的朱颜绣轴的轩车前往。现如今没有轩车，只有能显示身份的时兴宝马。元菊生、柳散木、墨玉环就放手雇了三辆白色宝马。前车披红，后车挂彩，尾随的鸽友敲锣打鼓，一路行来。到了凌烟阁，鸣炮报喜，锣鼓催阵。元菊生领衔，脸上抹黑涂红的柳散木、墨玉环提着飞将军紧随其后。再后乃是吹着鸽哨的林风鸣和鹤秀，又后乃金眼相士一拨人。双方相见，互致礼仪，把盏言欢。总之，仪式隆重，盛况空前。柳散木和墨玉环以长安城从来没有过的迎亲形式，热热闹闹地将贝多芬迎娶到了飘风楼。

金眼相士：当年吴门陆坦见宣和红丝砚，以彩舆鼓吹迎归。今日飘风楼柳散木见贝多芬，锣鼓宝马以迎娶。

柳散木夫妇把飞将军和贝多芬安顿在最显要的巢箱里。元菊生又让莫追风拿来一个小土蛋盆交给柳散木，说：这土蛋盆可不是一般的土蛋盆，那还是我爷爷当年养鸽子时，于一年打春日，用鞭子抽打祖传的土春牛，抽碎了，取出里面的五谷杂粮，然后用新泥和着老土春牛的碎末儿，做成九个蛋盆，放到墙根下晒干。三辈人用下来，九个剩下这唯一一个。你瞧，盆腹上还有我爷爷用指甲写的瘦金体"宜春"二字。我们家族的第一羽大名鸽司马号就出生在这蛋盆里,飞将军也是。今天,作为新婚贺礼赠送给你们,续个传承,留个纪念。

柳散木的泪水滴落到土蛋盆上,他双手捧着蛋盆闻了又闻,亲了又亲,然后才小心翼翼地放到飞将军和贝多芬的巢箱里。放的时候口中还念念有词:苍天有眼!散木有命!

十天后,贝多芬在这土蛋盆里生下两枚白生生、翠莹莹的鸽蛋,其中一枚还带着血丝。

柳散木满脸喜悦,摸鸽蛋时手都是温热的,恨不得用自己的一双手去孵小鸽子。

墨玉环则从底下的大盆里分植出一小盆菖蒲,放到飘风楼向阳一面的窗户底下。柳散木问她:干啥哩?她说:我要菖蒲和小鸽子一起生长哩。

按照约定,这两枚蛋之中的一枚要归小坏蛋。

放在鬼心眼多的鸽友,来个偷梁换柱、狸猫换太子,随便拿一枚鸽蛋去对付小坏蛋,小坏蛋是没有办法的。小坏蛋总不能掬着两手,等在贝多芬屁股底下,让贝多芬把蛋屙在他手掌心吧。鸽蛋上没有印字,他小坏蛋心眼再活、眼气再好,也是无法辨认的。至于将来出的鸽子长大了,再行辨认,那就是将来的事了。可是柳散木不是那种人。柳散木的脑袋里甚至连那种念头也产生不了,那种念头要是忽闪出来,还配给元菊生当徒弟吗?

小坏蛋来了,一对小眼睛转得滴溜滴溜的,只是没有看鸽子蛋,而是看墨玉环。初夏时节,丰腴的墨玉环穿着件黑色的厚短袖,胸前一道白,从胸前绕到胸后,环成一圈。不知为什么,玉环就爱穿这件衣服。衣服颜色不同,那环也搭配得不同,白黑红蓝紫,色色都有。多数圈在胸间,少数圈在领口。墨玉环饱满丰隆的双乳把胸前的衣服撑得翘翘的,那白的或者红的环起起伏伏地向两边伸展着弯向后边去。小坏蛋垂涎欲滴的小眼睛被诱惑住,滴溜不动了。一朵鲜花,可惜了,大大的可惜了!墨玉环感觉到了那棕毛刷一样的目光,她非但不萎缩,反而得意地把胸脯挺得更高:咋的,头窝蛋,金不换。

小坏蛋眼睛仍然迷离着,随声附和说:是,头窝蛋,金不换。墨玉环拿过那枚晶莹光亮的鸽蛋要交给小坏蛋,小坏蛋激灵过来,双手缩在背后。墨玉环:怎么,不要了?小坏蛋毕竟是混迹鸽市的精明人,立即改口道:头枚蛋,金不换。墨玉环正要羞他,柳散木一旁开口道:明人不做暗事,让他挑吧。墨玉环无奈,只得把两枚鸽蛋都拿出来,让小坏蛋挑。小坏蛋眼珠一滴溜,挑了那枚带血丝的,用手帕包好,装在上衣贴心的口袋里,乐颠乐颠地要走。

柳散木有些不放心:有保姆鸽吗?

有，好几对呢，将来出来了，轮着筛。墨玉环：时间能对上不？

对得上，同一天下齐的就有两三对。柳散木：那咱们两清了，你走吧。

咋能两清呢？情义刚开始，日月长着哪。说完下楼去了。

十八天后，幼鸽顺利出壳。柳散木和墨玉环细心照料着。幼鸽长到一周大，套上脚环，算是上了户口。两周大，贝多芬归还凌烟阁，留下飞将军独自哺育幼崽。幼崽天天见长，柳散木天天一下钟就要上楼来摸一摸，说：食的比例要变一变，水里不妨加些盐和蜂蜜，高钙土的量要控制好。墨玉环如得圣旨，严格照办。这只幼鸽就这样在柳散木的抚摸和墨玉环的关照中一天一天长大了。柳散木说：这崽娃，长大肯定是个高富帅。墨玉环：不是高富帅，通身墨雨点，是博尔特。啥博尔特？咋听着像老外的名字。是啊是啊，就是奥运会跑百米那个黑飞人。柳散木一拍脑门，哎呀，我就说这名字听着咋这么熟呢。博尔特，博尔特，怪顺口的，就是不知道啥意思。啥意思？就是全世界跑得最快、得冠军的意思。柳散木思忖良久：你说咱给这鸽子取名博尔特，不会侵犯名誉权吧？墨玉环笑着拍拍散木胸脯：一个人，一个鸽子，牵扯啥名誉权呢？詹森还拿自行车运动员迈克斯给自己的鸽子冠名呢。要说侵权，那皇甫三兴和步陶师父的贝多芬、飞将军，还有恺撒号、拿破仑号、莎士比亚号、司马号不都侵权了？柳散木：这就好，这就好，咱就叫它博尔特。

第四十天，博尔特随一群幼鸽出舍认房。空中忽然跌下来一只小鸽子，落在博尔特身边。这小鸽子一点儿不怯生，径直追着博尔特亲近。博尔特越是躲闪，小鸽子追得越紧。博尔特跳到进门器上，小鸽子也跳到进门器上。

柳散木支棱着耳朵说：来生鸽子了！

墨玉环：来了一只小杂毛。一片红，两坨黑，三点子白，几重子翠，长腿细脖子，像只丹顶鹤。

柳散木说：轰他走。墨玉环便用竹竿轰他，非但没轰走，反而随着博尔特钻进活络门，飞到巢箱里。真是奇了怪了。一般生鸽子到了生地方，总是挺身仰脖，转着小脑袋四处张望，除非渴极、饿极，轻易不会进棚。可小杂毛对飘风楼熟悉得跟自己的家一样，一飞进巢箱，就追着飞将军讨食吃。而飞将军竟然给他哺了几口食。柳散木抓住小杂毛摸一摸，说：骨相和博尔特很有些相像，只是身体瘦了些。

墨玉环：杂毛子，丑得很。

以貌取士，不喜欢就放了吧。

墨玉环接过小杂毛，拿到楼沿放了。小杂毛没有飞走，钻进活络门又回到巢箱，和博尔特挤到一起。

放不走。

那就写个招领启事，改天拿到集市上，让人领去吧。

还没等到上集市，小坏蛋却找上门来，哭丧个脸，说：鸽子丢了。

啥鸽子丢了？难受得你像丧了娘似的。

就是从你们这儿拿走的头枚蛋，出的小鸽子。头回出窝认房，就飞丢了，你说这和丧了娘有啥区别？

墨玉环扑哧一下笑了：不就是个毛蛋蛋嘛。嗯，有些特别呢，没出壳就觳觳叫呢。

吹，没出壳就咕咕叫，那婴儿还不在妈肚子里唱戏呀。

柳散木插话道：师父说过，幼鸽欲出卵而鸣，谓之觳音。

墨玉环吐下舌头：原来是觳觳，不是咕咕。

小坏蛋：现在不觳了，长成了。老远看一片红，近些看红泛黑，拿在手里看黑间白。红黑白，黑白红，白红黑。你说特色不特色？唉，可惜了！

嗨，跟你有一拼，小杂毛。

你这有教养的人，咋拐着弯骂人呢？

墨玉环假意要扇自己嘴巴子：瞧这张嘴，尽说漏气话，该掌。

柳散木：别逗人家了，拿出来吧。

墨玉环进飘风楼，拿出小杂毛。

小坏蛋小眼珠差点掉下来：天哪，隔着七八站地呢！

柳散木：是他吗？

小坏蛋仔细看过小杂毛，又对对脚环号，确凿无疑。

你拿走吧。

小坏蛋捧着小杂毛，千恩万谢地走了。

三天后，小杂毛又飞回来了，而且脚环上挂个晾衣架，进活络门时卡住了。小杂毛倒挂在空中扑腾，要不是墨玉环发现得及时，怕是要吊死了。

小坏蛋又来了：这个小杂毛，还养不到家了，让我拿回去，再关一礼拜试试。

一礼拜后，小杂毛又箭一般冲回来，径直扎进巢箱里。

柳散木心中大为惊诧：天下竟然有这么诡异的事！一只鸽子，恋家恋到这种程度，生根生得这么牢固，蛋生在这巢箱的土陶盆里，孵化在别处，长成之后，居然凭感觉飞回来了！而且三番两次，移也移不走！柳散木的心思动了。确切地说，柳散木的心，被小杂毛感动了。

小坏蛋再来时，柳散木对他说：看来这是天意。

小坏蛋警觉地：啥意思？你这是？

你要再拿回去，光剩下关死棚了。刚成人，就跟囚犯一般关在牢笼里，哪还有出头之日？

那我拿到集市上换两银子花。

你要卖，我是第一个买主。

小坏蛋又是抓耳挠腮，又是眨巴眼睛：从你这儿拿的蛋，再把鸽子卖给你，这咋能成呢？不成不成，万万不成。

买不成了？

小坏蛋故作为难：不拿走吧，又违反合约，陷你于不义。

柳散木寻思道：我倒有个办法。

小坏蛋：不妨说说看。

柳散木：拿博尔特换。啥博尔特？

就是跟小杂毛同窝而生的那位，亲兄亲弟。

墨玉环把博尔特拿到当面。

小坏蛋眼中放出贼亮贼亮的光。他少说也在鸽市上混了十几年，啥样的鸽子没见过。搭眼一看，便知博尔特是上上之品。小坏蛋假意道：一个天上，一个地下，我咋好意思呢？

既合天意，又能践约，有啥不好意思呢？

小坏蛋把博尔特带回家，竟然养熟了。

很快，小杂毛的奇闻逸事传遍了长安城。

元菊生养了大半辈子鸽子，还没有遇到甚至也没有听说过这么稀奇古怪的事情。于是约了皇甫三兴，带着金眼相士、萧涤生、二鲁班、林风鸣和鹤秀等一班人前来飘风楼，要见识见识小杂毛。

赶巧的是，柳散木刚打开舍门，让鸽子飞出去放风了。

柳散木招呼大家。墨玉环和鹤秀搬来椅凳到飘风楼前面的空地上，让大家坐。然后一个提壶，一个拿杯，给大家倒茶。一班人坐下来边喝茶边侃鸽经，边等待鸽子放风归来。

时令还是夏去秋来的节候，阳光已经没有炎夏那么暴烈，空气中渗入了一些令人爽快的凉意。这是一个难得的好天气。鸽子拍打着欢快的翅膀，唰唰唰地飞行。鸽哨声渐升渐高。

柳散木：飞到大雁塔那边去了。

蓝天白云，艳阳朗照，雁塔高耸，一群鸽子在环绕翻飞，鸽哨声和大雁塔那儿的梵音合成一体，随风飘荡。那不是美妙的大唐情景吗？

人们一边说话，一边仰望鸽群。鸽群盘旋上升，一直飞到太阳那儿去，像一群蝴蝶，在太阳耀眼的光圈边上，款款闪动。

墨玉环给各位客人倒好茶，又去给窗台下的菖蒲浇水。水刚浇上去，鹤秀就嚷嚷道：瞧，菖蒲浑身发抖哩。墨玉环细一看，菖蒲的茎叶果然在抖动，就像人怕冷，或者看到了令人毛骨悚然的凶物一样。

墨玉环抱起菖蒲，菖蒲的颤抖传导到她身上来。她抬头望向天空，鸽群还在从太阳光圈的边缘向下穿飞，阵形有些凌乱，仿佛受到了什么冲击。很快，墨玉环就看到，鸽群上面的阳光里旋出一只鹞子。鹞子平展双翼，自如地驾驭着流动的气流，在鸽群上方回旋，那姿态悠闲得像一位高傲自负的君王，高高在上地俯视着慌恐万状的臣民。墨玉环惊呼：不好，有鹞子。众人听言，纷纷向空中看去。鸽群显然已经发现了鹞子，加快速度，展翅与鹞子周旋。看到空中的情形，底下的人纷纷议论开来。有的说鹞子能追上鸽子，有的说抓不住。要是每次都能抓住，那鸽子就被抓光了。要是一只都抓不住，那鹞子就绝迹了。

金眼相士趁机说古喻今，大唐时设有闲厩使，隶属殿中省。下设五坊，专为皇上饲养珍禽异兽，有雕坊、鹘坊、鹞坊、鹰坊、犬坊，全是会猎杀的食肉类。皇上玩此，可从中领悟捕捉玩弄臣民百姓的技巧。食素动物，只有鸡被明令禁杀。因为唐明皇属鸡，而且喜欢斗鸡。

要是律法明令禁杀鸽子，那空中的鹞子，即为违法行为。那皇上的鹰犬还不得饿死啊。

当然也有敢搔皇上皮的。有一次，一位下属贿赂唐太宗一只相貌俊朗、气质奇异的鹞子。唐太宗非常喜爱，赏了金元宝，然后尽情赏玩。恰在此时，诤臣魏徵朝见。试想，位尊九五的皇上接见大臣时，手上擎个鹞子，形象多么不雅观。放了吧，既舍不得又露馅。情急之中，唐太宗便顺手把鹞子揣在怀里，然后回过身来和魏徵说话。其实，魏徵早已把一切看在眼里，但他不点破，而是气静神闲地坐下来和唐太宗谈论几宗重要国事。魏徵谈兴越来越浓，久久不肯离去。大唐的圣明之君，虽然惦记着怀中的鹞子，但却不便打断魏徵的国事之谈，只得硬着头皮听忠臣把忠言讲完。魏徵言罢，诡谲一笑，告辞而去。唐太宗见魏徵离去，忙掏出鹞子一看，已经憋死了。事后有人问魏徵：难道你就不怕皇上问你的罪吗？魏徵胸脯一挺，刚板硬正地道：堂堂皇上，敢拿一只鹞子跟我讲国家和百姓的事吗？问的人连跷大拇指：你牛，你牛。

空中的鹞子爬高到太阳的方向，然后回过身，借着刺眼的阳光的掩护，向鸽群发起突然袭击。鹞子双翅一收，一个俯冲，一头扎进鸽群。鸽群被冲得七零八落，但很快又团成一团，继续和鹞子周旋。鹞子几次三番冲击，空中情形顿时紧张起来，空气中也传来哔哔剥剥的声响。

元菊生双手合十，口中念念有词，向空中祈祷。

他说：在远古的西南方的深山老林里，一位不知年岁的旷古老人养有一对白鸽，被尊为神灵图腾。当初，这位老人在岩缝的柴草里捡到两枚鹞子蛋，带回家交由这对白鸽孵育。不承想，还真孵出一对幼雏。白鸽辛苦哺育，并与一对儿女相亲相爱。老人看到这样的天伦之乐，脸上浮现出慈祥的笑容。鹞儿女很快长大，追随白爸白妈飞上天空。再后来，鹞儿女便为白爸白妈的鸽群保驾护航。如果有别的鹰隼、鹞子或者云雀攻击鸽群，这对鹞儿女必定上前迎击。先是拦截，后是驱赶，直到鸽群安全降落。鹞儿女巡航归来，必要到白爸白妈面前问安汇报。

嗨，你讲的是传说还是理想？

是我和鸽子的心愿。

皇甫三兴微笑着说：步陶兄的意思是不要选那些长得像鹰一样的人当总统。

金眼相士：对！鸽子被尊为神灵图腾，世界才和平安宁呢。

空中，鹞子几次三番冲散鸽群。鸽群散而又合，而且团抱得越来越紧。鸽子知道自己的特性：团结一心，抱团飞行，迷惑和伏击鹞子。鹞子也知道自己的特性：只身一羽，不可能抓住一群鸽子，目标太多，等于没有目标。所以鹞子一再收翅俯冲，目标就是冲散鸽群，并且冲出一只离群的鸽子来。

人们手搭凉棚，遥望鸽群和鹞子在天空斗智斗勇。

墨玉环怀里的菖蒲又开始颤抖了，而且比刚才颤抖得更厉害。茎叶和茎叶甚至碰出了响声。

柳散木一脸焦急和慌恐：坏了，空中的鸽哨不响了，玉环怀里的菖蒲却响了。

鹞子奋力冲击，鸽子拼力逃命，飞行速度奇快。鸽哨除过偶尔发出一声尖利的鸣响外，大部分时间都在敛气息声。

着急的林风鸣摸出个大葫芦哨对着空中吹奏，想要把鸽群引下来。鸽群听到哨鸣，立即下降高度，向飘风楼飞来。可惜鹞子似乎明白人和鸽的用意，一个调头，从底下往上一冲，鸽群又被冲起来。

菖蒲猛地一抖，小杂毛脱颖而出，鹞子立即尾追贴上。

鹞子，这空中的猎豹，专注于小杂毛，别的猎物从他眼前和翅下滑过，他都视而不见。很快，在耀眼的阳光里，鹞子和小杂毛纠缠在一起。真正的空战开始了。

要说空中诸禽，要数鹘最为凶猛神速。鹘要高速撞过来，可直接将鸽子和鸟雀的头撞掉。鸽子和鸟雀若在高空遭遇鹘的撞击，还没有反应过来，便命丧须臾。若论身手，则数鹞子高明。他一旦缠住目标，便会伸出利爪，轻松抓住正在翻滚的鸟雀。那姿势真是优美，真像探爪在透明无形的囊中取物一般。这只鹞子贴身缠住小杂毛，得意地施展他优美而浪漫的杂技，想要在戏耍中将其猎杀。

空中哔剥一响，散开一团羽毛。底下人一片叹息：小杂毛休矣！

鹤秀看到墨玉环怀里颤抖的菖蒲猛地禁住，片刻之后，又弱弱地抖动开来。

空中，那团飘散的羽毛中，挣脱出小杂毛。它一个团身下坠，又一个侧弯。因失算而恼羞成怒的鹞子紧跟着扑下来，小杂毛一错身，又垂直往上爬去。这是鹞子的绝招，鸽子体轻，鹞子体重，一味俯冲，必是鸽子的菜。垂直爬升，鹞子一时调不过头，绕不过弯，登时被甩开了。

底下的人们嘘出一口大气：这个小杂毛，命真大！

嗨，这小家伙，舍身引开鹞子，拯救芸芸众生啊。瞧，鸽群飞回来了。哨声也渐渐恢复了常声。

远处，小杂毛侧棱着身子向大雁塔顶端的高空飞去。鹞子紧随其后，距离越来越近。小杂毛仿佛故意放慢速度，等待鹞子靠近。鹞子追上来了，将触未触之际，小杂毛一闪身，一头向下扎去，鹞子哪里肯被撩逗戏耍，折身疾追而下。鹞子右翅撩风，左翅掠草，几下追上小杂毛，一双利爪也已伸出，小杂毛又一折身，团身下坠，鹞子也一折身，团身跟上。

飘风楼顶，人们看到远方高空有一小一大两枚石块，径直向大雁塔撞去，想收翅已然来不及。

"砰"的一响，大雁塔上腾起一大片羽毛。有风吹过，那羽毛飘飘摇摇地散开去。

五百公里盛唐杯大奖赛集鸽前三天，主人木归智拎着我，萧涤生提着莲芯，跟随金眼相士和莫追风，如约来到飘风楼。我能明显地感觉到，主人木归智心里憋着前两次的委屈，积压着以前被蔑视所惹下的愤怒，同时也燃烧着争胜和报复的冲天烈火。尽管尽量压抑和掩饰，但他脸上还是露出富于挑战的神色：今儿无论他柳散木有什么说辞，都得见到图南！挑战他！PK他！

柳散木和墨玉环的态度比以前发生了很大变化。头一面，墨玉环和柳散木的态度是拒人千里之外的，所以我们一行吃了闭门羹。

第二次，柳散木和墨玉环虽然心中不乐意，但迫于冠亚军排位的压力，还是按照长安城鸽界的江湖规矩，敞开大门，让我们探了营。但营内情况和兵将士象却摆弄得虚虚实实、云山雾罩，最后还客客气气地礼逐出门。今儿个，柳散木和墨玉环的态度温和许多，不光有椅凳坐，有茶水喝，而且直接让我们看了图南。

图南不在巢箱里，亦不在竹笼里，而是站在飘风楼的楼角上。木归智把我和莲芯并排放在一把高凳上，让我俩隔笼看着楼顶角上的图南。

长安城春天的气候是变化无常的。风也有，沙尘也有，浓雾也有，细雨也有。但是今天，太阳出来了，仿佛专门为了照射图南，把明艳的阳光从薄云的空隙里洒下来，径直洒到飘风楼的歇山坡面和图南的身上。图南身披艳艳阳光，站在屋脊角上，引颈朝南眺望。

图南的羽色是那种火苗红，红中夹杂诸多黑色和少许白色斑点，简直如泼墨画一般。

　　图南脚腿有力，身材修长，脖颈清秀，脑袋灵巧，站相挺拔，尾巴上系一枚光鲜明亮的紫漆汉字小葫芦。南方无限远处，似乎有无形目标吸引着图南。他侧头张目，极力远眺。

　　我和莲芯完全被吸引住了，一如俗界之人被仙界下凡的王子所吸引。我们几乎不敢相信，我们鸽类，竟然有这样的尤物存在！瞧，莫追风的目光和我们一样羡慕呢。我的主人木归智的目光则在我和图南的身上跳来跳去，表情复杂极了。萧涤生则大声惊叫：活脱脱一只火凤凰！

　　金眼相士倒背双手，仰头侧目，斜望图南。片刻之后，回身收势，对身边几个人吟出一首诗来：

　　　　吾闻天子之马走千里，今之画图无乃是！
　　　　是何意态雄且杰，骏尾萧梢朔风起。
　　　　毛为绿缥两耳黄，眼有紫焰双瞳方。
　　　　矫矫龙性合变化，卓立天骨森开张。
　　　　…………①

　　有人连声夸赞，好诗，好诗。

　　柳散木却不以为然：画上千里马，何如飘风楼顶小图南。

　　金眼相士解释道：请看精气神。

　　几个人面对图南，又一阵指手画脚，言辞交锋。末了，莫追风对柳散木道：上次来，你大肆渲染小杂毛，今日又尽情显摆红图南，这到底谁跟谁呀？

　　柳散木：那就让玉环告诉你们吧。

　　墨玉环刚打来一壶水，听到这话，就一边给菖蒲浇水，一边续说小杂毛。

　　小杂毛舍身引诱鹞子，砖块一般撞向大雁塔，这一撞，可把柳散木的心撞碎了。

　　墨玉环、柳散木一拨人进慈恩寺，到大雁塔下寻找，结果只找到鹞子的尸体，头已撞掉，身体也已四分五裂，但是没有找到小杂毛。尽管柳散木说，活要见鸽，死要见尸。但众人围着大雁塔转了好几圈，问了好多游人，还是踪影全无。

　　回来后，墨玉环看那盆菖蒲，虽然病恹恹的，却像在对她摇头说着什么。要是撞死了，见了尸首，和泪掩埋也就是了。不见踪影，倒叫人心存侥幸，或伤病若菖蒲，弱弱地藏在养在不见人的地方，也未可知。

---

① 见唐代杜甫《天育骠骑歌》。

第三天下午，残破的夕阳快要被高大的仿唐建筑遮住时，西边的云霞里跃出一个黑点，迅疾地朝飘风楼这边俯冲过来。

墨玉环望见那个黑点，身心无故地激动和颤抖。柳散木也感觉到了空气的波动和震荡。

展眼间，小黑点变成了大黑点，而且张翅落在进门器上。

墨玉环：天哪！

柳散木：是小杂毛吗？

是！就是！就是啊！

还不食水伺候！

小杂毛撞进活络门，跌下去了。

小杂毛扑到水壶边，咕嘟咕嘟喝下一肚子水，然后调头到食槽边啄了好几粒食。

小杂毛想要飞上自己的巢箱，却不能够。左边翅膀明显耷拉，抬都抬不起来。咫尺巢箱，仿佛在千里之外，遥不可及。想跳到低些的站架，努力了几次，亦没有成功。

刚才，几分钟前，小杂毛是怎么飞回来的啊？

墨玉环颤抖双手，轻轻捉住小杂毛，递到柳散木手里。柳散木一摸，有水从嗉子流渗出来。可怜的小杂毛，被鹞子的利爪，刀子一样划透了嗉囊。再一摸左膀，也从根上断裂了。

天哪，天哪！柳散木心疼得要死，感动的泪水滴落到小杂毛背脊上。背脊上的小羽毛凌乱不堪，失了油性，泪水没有滑落，而是渗湿到羽毛里边去了。小杂毛一定是感觉到了泪水的温度和情感，艰难地回过头来，朝主人咕咕叫了两声。

柳散木卸了汉字紫漆小葫芦，让墨玉环拿来刀剪、针线、酒精和师父步陶特制的白药，给小杂毛脖子上的伤口进行清创上药缝合。又把刮痧板改成竹夹板，固定住小杂毛的断翅膀。完了才让墨玉环把小杂毛单独放在白茬竹挎里。墨玉环边放边说：小杂毛和我一样有福，享受你的神手哩。

墨玉环把竹挎放到卧室的床头柜上，又把飘风楼窗台下的那盆菖蒲端来，放在另一边床头柜上。她每天细心地照料着，给菖蒲施肥，给小杂毛喂食、喂水。之外，每天给小杂毛喂四到六次南瓜子，每次六到八粒。十天时拆线，二十天时撤掉夹板，一个月后小杂毛回到飘风楼，菖蒲也移到飘风楼的窗台下。

小杂毛伤愈骨合，身体基本恢复，只是左边翅膀些微往下耷拉。朝巢箱飞时，身姿有点仄楞倾斜。之后几天，小杂毛随群出舍飞行，姿势歪扭，落在群后。又几天后，就完全融入鸽群之中。墨玉环对柳散木道：小杂毛飞行的姿势怪怪的，像一条小鲤鱼，在透明的水中摆尾游动呢。

　　换羽之后，小杂毛变了大样，羽色红中泛黑闪白，成了火凤凰。性情呢，则有些清高，有些落落寡合。寻常不是独自躲在巢箱里不露面，就是站在拐角不显眼的栖架上闭目养神，从不与别鸽争抢打闹。别鸽追他啄他，他灵巧地一闪闪到一边，还点头向对方示好，简直是一个温文尔雅的小绅士。吃食喝水时，别鸽争先恐后，狼吞虎咽，小杂毛则从侧旁悄然啄食几粒，呷几口，然后退到一边观望，有机会再去啄几粒，呷几口。令人惊奇的是，他吃喝极少，体魄却极为强壮。

　　小杂毛在巢内静若处子，要是一出舍，那就动如脱兔了。他对天空有一种难以形容的眷恋。鸽群飞累了，降落了，他还要独自再飞上一阵，这才落到飘风楼的楼角上，挺胸仰首，侧目向南方远处张望，一副少年胸怀、志在千里的神气。有时候，小杂毛会在楼角站到西天的云霞消失，月亮或者星星升起。每当此时，墨玉环便会大加渲染、不无夸张地对柳散木说：小杂毛在望星空哩。柳散木若有所思，轻轻地纠正道：多好啊，咱们家有人望星空哩。墨玉环发出一串爽朗的笑声：若论他年凌云志，天晚不归望寒星。柳散木微笑惊奇：玉环也能诌两句诗词文话了。墨玉环继续笑道：你以为我只会按摩、养花、喂鸽子吗？

　　柳散木把小杂毛奇迹回归和身心的特异变化告知了元菊生。元菊生颇觉神奇，就专门来看望小杂毛，看后更觉神奇。养鸽几十年，还真没有碰到过如此神奇的鸽子，不由得赞叹道：有出息，将来一定有出息。

　　柳散木：不能再叫小杂毛了，不称了。

　　墨玉环：出落得堂堂正正，再叫小杂毛就太奶气了。

　　元菊生笑吟吟摸着胡须：怪不得接我来呢。

　　柳散木：只有师父您才有资格取个学名。

　　墨玉环：小杂毛的学名，既要有文化，还得有意思。

　　元菊生微笑着反问：难道还有没有文化，却有意思的名字吗？

　　有，多得很。

　　多得很？试举一二。

　　墨玉环还没有说，自己先笑个不停：有位姓秦的人家，三代单传，想让娃长寿，就取名秦寿生。

　　元菊生的微笑变成了嘿嘿笑。

　　墨玉环：有位姓朱的媳妇生了双胞胎，一个取名朱逸，一个取名朱群，合称朱逸群。

　　轮到柳散木笑了：简直飞机上挂暖瓶，高水平。

　　墨玉环忍住笑：你们男人的名字才叫得好呢。夏建仁、范统、范剑，还有赖月京、刘产……

墨玉环实在忍不住了，要扑到柳散木怀里笑。

柳散木推着她：还有哪，还有哪。墨玉环笑得话语连不到一起，但还是断断续续说着。

有次矫厚根请杜奇雁他们吃饭，人来得参差不齐，只好来一个介绍一个。刚开吃，进来一个，矫厚根介绍道：史珍香。大家立时放下筷子，没法吃了。中途又来一位，矫厚根又介绍：魏生津。大家又笑，刚好用上。快吃完时，又到一位，又得介绍：杜子腾。大家笑得揉肚子。眼看要散席了，急火火又进来一位，气得矫厚根说：你自我介绍吧。来人见状，连连道歉，说堵车误了酒局，原本打算好了和大家一起，沈京兵……

墨玉环笑岔了气，蹲下揉肚子。

元菊生虽然矜持，但也笑得收不住：原来如此，原来如此。三人笑一阵，话题转到有文化人的名字上。

柳散木：师父您姓元，名菊生，字步陶，号东坡杖人。名、字、号，字字有出处，样样和哪个晋人哪个宋人相勾连。就连寻常生活、心性脾气，也近乎他们的现代翻版呢。

墨玉环：正是，正是。

柳散木：皇甫医生，名三兴，字愚人。不知名、字何意？

元菊生若有所思说，皇甫医生曾求我写过一幅字：方内愚人。

方内愚人？

他说人必须接受和佩戴上帝的愚人标签，和上帝比，我们都是愚人，不管我们认为自己有多聪明。

那三兴呢？

哪三兴？兴哪三？就得问他自己了。

柳散木：姓林，名风鸣，字三籁，号哨痴，和声音贴合得多么好。姓元，名鹤秀，字听竹。有花有鸟，诗意图画。

墨玉环：看来，我也得有一个字号什么的。

柳散木：姓墨，名玉环，字芝秀。

元菊生：好，和鹤秀成两姊妹了。

柳散木：鹤秀、芝秀、翘秀，并称"长安三秀"。墨玉环满意地笑。

得，绕得太远了，该主角出场了。

元菊生又笑吟吟地摸胡须：鸽以人名，人为鸽名。

倒也是，二十三位功臣，个个大名人，羽羽大名鸽。名人名鸽皆功勋卓著。

片刻之后，柳散木问：可否不以人名命鸽？

也有，西方赛鸽名家有，我集贤院里也有。那咱就起个与飘风楼相称的。

疾雷破山不能伤，飘风振海不能惊。飘风楼，师父当初起的名字。

其翼若垂天之云，抟扶摇而上者九万里，天之苍苍，而后乃今将图南。

柳散木把师父元菊生的话咀嚼回味良久，才念叨道：称着呢！称着呢！

墨玉环：啥称着呢？

和飘风楼称着呢。

我问你啥和飘风楼称着呢？

柳散木从飘风楼摸出小杂毛，举到空中，高声叫道：小杂毛，你记着，从今往后，你的名字叫图南！

图南依旧站在飘风楼的楼角上，昂首挺胸，仰脖侧目，望向遥远的南方，铁铸一般，纹丝不动。任是如烟往事，还是现实街道的喧嚣，分毫都不能影响他。

我把我的身世和图南进行比较。我们都出自名门望族，血统高贵，在三百公里预赛中，我还以微弱优势战胜他，但这并不足以消除我的心理阴影。图南大战鹰鹞时，机灵果敢的英姿总是浮现在我的眼前。三百公里比赛途中，那个红色幻影身上发出的清脆亮丽的哨音也时时回响在我的耳际。我自惭形秽，甚至钦佩和羡慕图南的胆气和身手。我忐忑不安，有这样一个潜在的对手，未来的竞赛，很难料定结果。

我看到邻近的莲芯，她比我更加悲观，眼神里尽是畏怯和沮丧。再看萧涤生和莫追风，差不多和我一样的神态和表情。

金眼相士不愧为长安鸽界精于世故的高人，一抱拳朝柳散木称赞道：这是我有生以来最深入的一次探营。言内言外之意都在说：一位赛鸽高手，把他有形的鸽子和无形的精神都亮给你看了。你还要看什么？

我的主人木归智并未了悟金眼相士的意思，他的小眼睛骨碌转着定住了，面颊潮红了，耳套也开始跳动了。他也许自卑他的身世，记恨吃闭门羹的羞辱，燃烧着复仇的火焰，图谋著此刻不便说出的利益。总之，他内心的躁动不安，完全呈现在他变化多端的小脸庞上。

金眼相士墨镜片后面隐藏着一双能看透一切的尖利眼睛。他明了木归智的心思，知晓他要发作，便使劲用手扳他的大鼻子，仿佛要把歪鼻子扳端正。一边扳一边大声哼哼，以此来阻止木归智。可木归智这时脑子已经扭成一根筋，哪里会理睬他。

木归智掏出一个信封，对着楼顶上的图南，用手指弹了弹，那信封上歪歪扭扭地写着三个字：挑战书。

金眼相士、萧涤生、莫追风都颇感意外。

木归智：不光探营，还挑战。说着两指夹住挑战书隔空撇过来。柳散木听到声响，接鸽子一样接住，转交给身后的墨玉环。墨玉环要撕，柳散木说：别撕，留着吧。

柳散木问木归智：代表皇甫吗？

赢了代表他，输了代表我自己。

好，有担当。说，输赢何论？

倘若你输了，我再来飘风楼，你得亲自开门，进得门来，我坐你平时坐的主位，你媳妇敬最好的茶。上得楼来，所有的鸽子任看任摸，任挑任选。

墨玉环：那你不成了飘风楼主人了？

柳散木细笑笑：不就个脸面嘛。好说。还有呢？

木归智：所有奖项都押，押通炮。

柳散木：乖乖，我的飘风楼都摇晃哩。

墨玉环：这是赛场，不是赌场。

是赛场，更是赌场。木归智口气和目光都很坚定，俨然一副冠军的神态。

金眼相士想帮柳散木说句话，木归智拦住道：别坏了江湖规矩。

长安城鸽界的江湖规矩是，鸽友找冠军挑战，冠军可应可不应，一切以形势而定。但冠军若选人择鸽单挑，对方却必须应战，或者找德高望重的中人拉纤说和，送一份厚礼了结。

柳散木被逼到墙角，绝地反击道：那就恭敬不如从命！

木归智道：果真有种。

柳散木忽然扭头道：万一我赢了呢？

木归智：那这个世界就一片光明。

万一你输了呢？

我抠掉我的眼珠子，灭了这两盏灯。

墨玉环气恨恨地：红口白牙，欺人太甚！滚吧！

木归智一点儿走的意思都没有：别忘了，我的天赐可是被按摩过的。

我想起前次造访，柳散木给我按摩的事来。木归智的意思分明是，图南还没过手呢。

柳散木从口袋摸出一个黑漆截口八眼中葫芦，吹出一段好听的乐曲。图南听到乐曲，拍拍翅膀，飞回飘风楼。柳散木说：先让相士哥上手吧。墨玉环捉出图南递给金眼相士。金眼相士说：这样的鸽子还用上手吗？说着双手在衣襟上蹭了蹭，这才恭恭敬敬地去接过图南。可手伸到一半，又缩回来，说：还是让归智看吧。墨玉环这才极不情愿地把图南递给木归智。

木归智在持握图南的一瞬间,脑袋像炸了一般,"嗡"的一响。说实在的,这种感觉只有当初持握天赐时才出现过,而且有过之而无不及。但挑战书已交付对手中,人已骑在老虎背上,想抽身退出已然来不及。木归智心一横:唉嗨,人生就这么回事,咬牙赌一把,赢了荣华富贵,光彩照人,输了去他妈的!

木归智手劲随心劲,把图南捏疼了。图南猛地一挣扎,眼见脱手而去。木归智伸手一抓,倒是把图南抓牢了,但也把图南翅膀中央的一根主羽和相邻的一根副羽折断了。

金眼相士脸色立变:这是天意,还是阴爪功?

墨玉环气恨地惊呼:这可怎么比赛呀?

柳散木先是一惊,后是一疑,进而不无幽默地说:左膀耷拉,右翅缺豁,这下飞起来平衡了。

一句话,说得几个人哭笑不得。

我很替图南伤心。但我知晓我的主人木归智在暗暗得意。

十 四

五百公里盛唐杯大奖赛集鸽前一天,主人木归智拎着我再次来到萧涤生的唐初居。临出门还对我说一句:天赐,走,再和图南对对眼去。

到得唐初居萧涤生的居室,我才发现,我家主人木归智和他的师兄萧涤生竟然不谋而合,完全想到了一搭里。因为主人木归智拎着我进门时,萧涤生正好把装着莲芯的笼子放在画着图南的图画面前。萧涤生没说话,只是笑着点点头。木归智便将我和莲芯并排放在一起。这样,我们就可以与图南对眼了。

萧涤生:看吧看吧,知己知彼,方能百战百胜。

我和莲芯看着图画上的小杂毛,联想到两天前在飘风楼看到的真图南,眼前立刻腾起一团云雾。这团云雾弥漫在图画上的小杂毛和真实的图南之间,把二者弄得像缥缈中的仙山岛屿,于若隐若现中相互顾盼。图画上的小杂毛和真实的图南无论如何也难以重叠在一起。二者唯一相通的就是他们身上蕴含的精气神。但这精气神也被缭绕的云雾包裹着。

我们鸽子没有太复杂太深刻的思维,但我们的直觉总是超乎寻常的。图南这个

"彼"，可不是那么好知的。

木归智对萧涤生：咱俩也该知己知彼了。咱俩知己知彼，才能和柳散木知彼知己。可咱俩虽然是同门兄弟，彼此却像云雾一般。

那就拨开这云雾吧。

涤生六岁时，依据梦里所见，画了一个男人。画好后对母亲说：这是梦里的爸爸。母亲一听这话，再一看图画上的男人，脸一下绯红了。这哪里是梦里的爸爸，分明是平日里送吃送喝的皇甫伯伯。母亲非常理解只有六岁的儿子，在日常生活中，除了自己之外，接触最多的，就是皇甫三兴。一个没有爸爸的孩子，在睡梦中把平日见得最多的男人幻想成爸爸，那是再自然不过的事情。

母亲拿了那幅画，领着小涤生上了凌烟阁。

在此之前，多是皇甫三兴去探望这母子俩。母亲偶尔也领小涤生到医院拜见皇甫三兴，但从来没有上到楼顶的凌烟阁。小涤生根本不知道，楼顶的凌烟阁里还隐藏着一个有趣而奇妙的世界。

小涤生一双小手扒住栏杆，瘦小的身体几乎伏在铁网上，张大一双清纯的眼睛，好奇地看着里面清一色的灰鸽子。小涤生神情专注，似乎在这个世界上，除了鸽子之外，别的什么都不存在了。

小涤生天真入神的情态深深地打动了皇甫三兴。皇甫三兴对小涤生的母亲说：这娃和鸽子天生有缘呢。

皇甫三兴抓一小把玉米交到小涤生手里，并打开鸽舍门，示意他进到里边去。小涤生进去，张开两只小手，把手心的玉米粒展示给鸽子看。一只胆大的亮灰鸽飞到他手上来，吓得他一缩手，玉米粒撒到地上。鸽子们一拥而上，抢食，拍翅，鸣叫，追逐。小涤生稍稍退后一点点，欣喜地看着，眉眼间洋溢着会心的笑意。

小涤生饭也不吃，水也不喝，整整看了一天鸽子。母亲催促他：天晚了，该回家了。他这才依依不舍地离开。脚朝外走，头却扭回去，眼睛可怜巴巴地望着铁网里的鸽子。

皇甫三兴说：等一等。返身进入鸽舍，出来时手上提个小竹笼，笼里是两只叽叽叫的小鸽子。皇甫三兴把小竹笼悬在小涤生头顶，小涤生仰头看着。西天的晚霞多姿多彩，竹笼和鸽子正好衬在晚霞里，融化了一样。小涤生一边揉眼睛，一边听着小鸽子叽叽的叫声。皇甫三兴慢慢将笼子降到小涤生面前，抓起小涤生一只手，把笼提塞到他手里。小涤生疑惑地看着皇甫三兴，皇甫三兴拍拍小涤生肩膀：归你了。小涤生一双大眼睛登时放出喜出望外的亮光。

母亲用纸箱在楼顶搭了简易鸽棚，结果夜里差点让风吹跑了。母亲连忙告知皇甫三兴，皇甫三兴立马派人来取了纸箱，搭了个像模像样的鸽棚。后来，这鸽棚经过扩建，成了唐初居。

小涤生太喜欢鸽子了，时常在梦里梦见鸽子，梦醒之后还要母亲带他到楼顶，借着月光看鸽子。见鸽子单腿站立，闭目睡觉，这才返回屋里，安然入睡。白天呢，搬着椅凳到鸽棚里画鸽子。后来上学了，放学回来，又在鸽棚里做作业。做完作业，继续画鸽子。日积月累，画到何种程度，我们已经知道了。还记得上次说到小涤生长成十三岁的小伙子时，依据儿时的梦想和眼前的现实画了一幅画，画上是一位西装革履的男子正在仰望天空，一只手伸过头顶，一只幼鸽正落到手上。那情态真是太逼真，太动人心弦。涤生的母亲把画拿给皇甫三兴看，皇甫三兴看到画后激动不已，当即表态要资助涤生去长安美院附中接受专业训练，结果惹出一场大事故。

说来也怪涤生。涤生天性内敛不张扬，总是默默学习，默默画画。因为爱鸽子胜于爱同学，一有空就跑回家喂鸽子，看鸽子，画鸽子，常常独来独往，很少交朋友。涤生画好这幅画，觉得画出了内心深处的一种渴望，很是满意。一满意，就高兴；一高兴，就激动；一激动，就把画亮给同学看。同学们七嘴八舌地赞扬了一番。有同学问：画上那位西装革履、浓眉深眼的男人是谁？涤生回答说：不是谁。听说画画要有模特儿，你是有模特儿，还是凭空想的，甚或是做梦梦的？涤生说：三者都有。原来有原型，像一个老外。涤生说：本来就是个外国人嘛。外国人？姓什么？叫什么？姓皇甫，叫三兴。得，蒙谁呢，外国人有姓皇甫的吗？说是少数民族还差不离。外国人就不能有中国名字吗？噢，能，能。那你母亲姓什么？姓萧啊！你呢？也姓萧。萧太后，少数民族呀。同学们拿涤生开玩笑。

大家都随父姓，你咋随母姓？

这话等于揭人伤疤。这是涤生十三年来时时回避的问题。你还不如改姓皇甫呢。

这话更戳在了涤生的痛处。皇甫一直以来对他的好一下子涌到眼前，变成一团复杂的东西。

有时候，不下种，也长出苗呢。

是呀，石头里还能蹦出个孙猴子哩。

刚进入逆反期的涤生，含着眼泪回家。将画顺手一丢，关上房门蒙头就睡。

母亲下班回来，看到画没看到涤生，说句：这孩子，又上楼画鸽子去了。拿了画，上楼顶到鸽棚，只见鸽子没见涤生。又转到楼下，推房门见涤生蒙被躺在床上，匆匆上前揭开被角嘟囔：生儿，好消息！你皇甫伯伯要送你到长安美院附中专门学画画呢！还不快起来，给你皇甫伯伯磕头致谢去！

涤生猛地撩开被子,"嚯"地坐起来,冲母亲高声叫喊:我不稀罕!

母亲这才看到,涤生的眼圈是红的,而且满眼泪水。母亲愕在当地:生儿,你这是怎么了?

涤生说话的语气极其冰冷:一直以来,皇甫三兴……

不是皇甫三兴,是皇甫伯伯。

一直以来,他都对咱们家很关照,是吗?

是的。

从我出生到现在,一切费用都是他给的?

是的,该感谢人家。

现在又要资助我到美院附中专门学画画?

是的,这不好吗?

我想知道,这是为什么?

你虽然没有父亲,但应该有父爱。

天底下就我一个人没有父亲吗?

对你好,也是错吗?

不光是我,还有你。他对你也够好的了!

母亲的脸腾的一下涨红了,胸口憋闷得泛不上一句话来。

我就是想知道,而且必须知道,他到底为什么对你和我好?

难道人对人好,非得有个为什么吗?

世界上没有无缘无故的爱,也没有无缘无故的恨。你们不要让我心中生出无缘无故的恨。

母亲痛彻心骨地叫了声:生儿!想说什么,却欲说又止,转身回到自己房间,掩面抽泣去了。

涤生则撞门而出,径直来到凌烟阁。

皇甫三兴毕竟是经验丰富的医生,当他看到涤生怨恨愤怒的模样和神情时,先是一愣,但很快就对事情的原委猜出七八分。他用深邃而湛蓝的目光打量着涤生,非常冷静地等待着。

涤生站到皇甫三兴面前的那一刻,胸膛快要爆炸了。那气要比对母亲撒的气暴涨十万八千倍。

你为什么要把我母亲安排在你的医院里工作?你为什么要承担我的一切生活费用?你为什么要送我鸽子?你为什么要给我盖鸽棚?你为什么要赠我图画书?你为什么要给我买那么多画画用的纸笔和颜料?你为什么还要资助我去上美院附中?你见了我母亲为什么要笑眯眯的?为什么那么温和友好?你告诉我,这一切的一切,到底是为什么？

皇甫三兴深邃的蓝眼睛里善意的目光一点儿也没有改变。微微笑着说：不为什么。

可我就是想知道，为什么？

有些事情，不知道更好。不知道就是没有发生，没有发生，生活就会平平静静。

皇甫三兴越是掩饰不说，涤生越是肯定自己的怀疑。当自己内心的怀疑被认定成事实时，愤怒就真的爆炸了。涤生戟指，指在皇甫三兴面门上：披着羊皮的狼！好风流又想好名声的伪君子！你以为我不知道！你以为满长安城的人都不知道吗？就连空中的乌鸦都在控诉和诅咒你哪！伪君子！就差说你这个蓄室另养、有私生子的家伙！

皇甫三兴和善的目光收回去了，湛蓝的目光起了雾，变成灰绿色。高高的鹰钩鼻抽搐着歪向一边，薄嘴唇如飓风中的树叶一样哗啦啦抖动着。皇甫三兴眼看着要发作，不，不止是发作，他要发出比涤生还要厉害的大爆炸。

他头慢慢偏向一边。随之，整个身体都转向后边。

凌烟阁静穆地立在阳光下。清凉的北风从大东门那边吹过来，拂到皇甫三兴的脸庞上。十几只鸽子栖落在凌烟阁的屋檐上，有的相互依偎，有的彼此梳理羽毛，还有的面朝这边，安静而卧，像是关注和倾听正在发生的事情。空气、建筑、鸽子，处在一片静谧祥和之中。

皇甫三兴再转过身来时，脸上的表情和神气已经与这环境和气氛和谐一致了。

他像刚开始那样，微笑着对涤生说：我喜欢这样的人，知爱知恨，敢爱敢恨。

不知是因为这句话，还是因为爆发后留出了空隙。总之，涤生心中的怨恨和愤怒一点一点在减退。

无论爱时，也无论恨时，多看看鸽子。鸽子会让我们的爱恨变化，甚至升华。

涤生回来了。一切都发生了变化，唯独爱鸽子这一点没有发生变化。

涤生死心眼，非得要弄清自己的身世。一个人不知亲生父母，不知何以来到世上，那咋能成呢？不知何来，不知何往，岂不白活。涤生问自己的母亲，但从自己到凌烟阁闹事后，母亲对此讳莫如深。问别人，别人头摇得跟拨浪鼓一样。

事情越是这样，涤生越是不甘心。后来，涤生在追问自家身世的过程中，逐渐形成一个习惯：爱探究家族史。经常将一个人的血缘追究到八代以上，以证明此人血脉传承有序，是名门之后。再后来，这个习惯也被他用在养鸽育种上。一只鸽子飞得好，赛绩优秀，他会考究这只鸽子八代以上，然后列出血统表。一是证明这只鸽子血统纯正，二是进行数据分析，摸索规律，总结育种方法。还别说，他总结的双头金母育种法还真管用。皇甫三兴和元菊生采用过，因为只有他俩有双头金母。效果不错，二人都依此育出了几羽大名鸽。此是后话。

涤生在制作图谱时，也把自己、母亲和皇甫三兴列入。就骨骼、肤色、毛发、长相、气质进行比较分析，结果发现，三个人之间相似点和相同点极少极小，差异点和不同点又多又大。涤生很是怀疑，长相、性格、气质完全独立的三个人，以前是靠什么捏合到一起，并彼此维系的。涤生真想去做个亲子鉴定，可是那时还不时兴。即使时兴，母亲和皇甫三兴也未必答应。涤生只能寄愿一点：裂变和隐性遗传。反正事已至此，宁折不弯。皇甫三兴后来通过母亲关照和资助的任何东西，涤生都一一拒绝。他还暗暗立下誓言：等我成人发迹了，皇甫三兴以前所赐，如数奉还。

关系断绝，彼此不相来往，达两年之久。母亲痛苦，皇甫三兴亦觉不可如此放任不管。说白了，不可让怨恨和愤怒无期限地延长下去。皇甫三兴寻思良久，认真地对涤生的母亲说：淑娟，不行的话，就在娃十八岁成人那天，把真相告诉娃吧。让娃憋一辈子，会毁了娃的。

涤生的母亲萧淑娟满含热泪地点了点头。

涤生十八岁生日那天，母亲擀了长寿面，打了荷包蛋给他吃。对于母亲的爱，涤生从来没有拒绝过。而且从那件事后，他愈来愈爱母亲。都是被遗弃的人，同病相怜。涤生一边吃着鸡蛋长寿面，一边感激地看着母亲。

母亲：有一出戏，叫《红灯记》，你知道吗？

涤生把面条挑在空中，想一想：我听说过《红灯记》，但演的啥，不知道。

《红灯记》里边有一场叫"痛说革命家史"，由李奶奶讲给孙女李铁梅听。一家三代，本不是一家人，是闹工潮，是革命，使他们凑成了一家子。李铁梅是一位牺牲了的工人后代，是奶奶抱来的。

涤生把面条放回碗里，十分不解地巴望着母亲。母亲说：我今日也效仿《红灯记》里的李奶奶，对你痛说革命家史。涤生把碗放到桌子上，但手把筷子捏得更紧了：难道，我也有李铁梅一样的命运？

十八年前的一天黄昏，火球一样的太阳在西边坠落，霞光也告别楼顶，一节节往高空退缩，最后将绚丽的色彩涂抹到天幕上。夜的暗影趁机侵袭长安城，凌烟阁也被前面的高楼遮掩得黑魆魆的。

皇甫三兴在凌烟阁上收鸽子。食水已经喂过。要是比赛前的训练时节，他会毫不犹豫地将鸽子赶出去，让鸽子借着微弱的亮光再飞一阵，直到夜幕将长安城包裹严实，这才扯旗收兵。这样的训练有利于长程竞赛。有头脑聪明、意志顽强的鸽子，会在夜色合严之际，冲刺归来。正应了一位开国大将的话：战争的胜利，往往看谁能坚持到最后五分钟。

可是目前长安城无战事，鸽子亦处于休整阶段，以休息和恢复体力为主。皇甫三兴吹着悠闲的口哨，招呼鸽子回巢。平时，口哨一响，鸽子会像听到熄灯号一样，列队入门，归巢休息。但是，今日情况有些意外。

有几只鸽子听到口哨，飞到凌烟阁的屋脊上，张头回望，就是不进舍。皇甫三兴再吹口哨，鸽子非但不听令归巢，反而展翅向楼下滑去。皇甫三兴眼瞅着鸽子滑进前边大楼的阴影里。他知道那地方，那是前边大楼和医院大楼夹出的一个死角，白天很少有人光顾，天黑就更不会有人去了。

鸽子为什么要飞到那里去呢？

皇甫三兴再吹响口哨，鸽子又飞回到凌烟阁的屋脊上。皇甫三兴招呼他们进舍门时，他们又鸣叫着拍翅膀滑向楼角的阴影里。

鸽子拍翅鸣叫，似乎在向皇甫三兴诉说着什么。

皇甫三兴下楼，去到两栋楼夹角的阴影里。阴影里有一个粉色包裹。几只鸽子落在包裹旁边，转着圈儿咕咕鸣叫。

皇甫三兴走上前，借着黄昏的最后一丝亮光一看，看到一个婴儿的小脸半露在包裹外面。婴儿的双眼眯着，像是睡着了。皇甫三兴以一个医生的敏感和经验判断，这是一个弃婴。他左手将婴儿揽在怀里，右手在胸前画了个十字，哀怜道：上帝啊，你来到了人间！

皇甫三兴把婴儿抱回家，鸽子也归了巢。

涤生紧咬嘴唇，从牙缝里挤出一句话：那就是我！

母亲继续说着：我那时在医院做护士，而且苦恋着既洋气又绅士的皇甫三兴。皇甫三兴坚决不答应，说自己已经娶妻生子。我说你们外国人不是很自由很开放吗？跟我一夜情也行，我平生总算做过你的女人。皇甫三兴说：可我不是外国人，是土生土长的长安人。我说那我终身不嫁。当我得知皇甫三兴捡到一个婴儿时，立即对他说：不能跟你生，养一个你捡的总成吧！于是，事情就成了这般模样。

涤生扑通一下跪到母亲面前，眼里蓄满泪水。

闹工潮和革命使李奶奶、李玉和李铁梅组成一家。你可曾知晓，是什么把你、我，还有皇甫伯伯维系在一起？

泪水哗地落下来，涤生举袖一抹，抹得满脸都是。涤生这厢抹着，眼泪那厢流着，于是乎越抹越多，越抹越匀。涤生干脆不抹了，放开嗓门叫了一声：妈。然后双膝跪地叩了三个头，那苍凉的叫声和咚咚响的叩头声感染得母亲也落下扑簌扑簌的泪水。

涤生抬头望着母亲：妈，儿错怪你们了。

母亲：儿呀，妈倒没什么，可是你伤你皇甫伯伯，实在伤得太深了。

人生道路上的变故是始料不及的，也是自己造成的。涤生狠狠地掐自己，拧自己，打自己，责备自己，惩罚自己，怨自己太武断、太莽撞、太不近人情，把恩人当仇人，恩将仇报，猪狗不如！

涤生到凌烟阁，背上背着两根荆条。

恰巧，元菊生也在。两人正在说着什么，见涤生来，打住话题不说了。涤生看到两个人的神态，隐隐约约觉得所说与自己有关。皇甫三兴看到涤生，一点儿也不感到意外。脸上的表情和以前见涤生时一模一样。一切似乎都没有发生，或者发生了又消于无形。

皇甫三兴的神态让涤生更加难受，甚或觉得无地自容。皇甫三兴要是蔑视地斜他一眼，或者愤怒地瞪他一眼，训斥他几句，再或者干脆吼一声滚出去，今生今世不要到凌烟阁来，那涤生心里还好受些。这说明皇甫伯伯眼中还有涤生。可你看皇甫伯伯这模样和神态，平静似水，温和如往昔。这无疑是在说：我要么记恨在心，要么把你从生活的屏幕上抹掉了。

活该！难道还要人家笑脸相迎，恭请上座，端茶递水，热情款待吗？配吗？

涤生一句话也不说，满脸悔意地端跪在皇甫三兴面前，背上的荆条摇了两摇，停稳了。

元菊生眼睛看着涤生，嘴上却对皇甫三兴说：娃这是向你负荆请罪呢，你就抽娃几荆条。你一抽，娃心里就松泛了。

皇甫三兴脸上的表情没有任何变化，只是湛蓝的深眼窝里闪出幽亮的光，慢腾腾地道：我要一抽，我心里就不松泛了。

这话是什么意思呢？是坚决不原谅涤生，还是涤生已犯错，这一抽，岂不错上加错。涤生显然理解成了前者。只听他说道：既然伯伯不愿原谅我，也不愿惩罚我，那我就自己动手。说着，从背后抽下荆条，双手握着，铆足劲儿往自家面门上抽下。

荆条上生有尖利的芒刺，要是如此用力地抽到面门上，必然会开出血红的花朵。

就在荆条要落到面门之际，皇甫三兴迅疾地伸出一只手，挡在涤生面前，拦住了荆条，结果血红的花朵开在了皇甫三兴的巴掌上。

你若再抽，就请离开凌烟阁，永远不要再来。涤生的手、身体，甚至眼睛，全僵住了。

元菊生上前，拿过荆条，扔到一边，又变戏法似的变出一个小药瓶，旋开，把白色的药面撒到皇甫三兴手上那几朵血红的花上，口中还调皮地玩笑道：这是骨肉之亲，还是鲜血凝成的友谊？

涤生为这新的伤害而更加痛恨自己。

皮肉之痛，三五天而已。

所以我来请心灵上的罪。

你没有罪，那不是你的罪。

是我的，我绝不推脱。

元菊生：你不让娃请罪，难道非得要娃赎罪不成。涤生的心门轰然打开，赎罪二字进来了。

皇甫三兴拧过脸颊说：当初那一瞬，我也曾以为有罪，而且罪孽不菲。我也曾大动肝火，进而想发作，想训斥人，想惩罚人，可是我看到了鸽子。瞧这些鸽子。

凌烟阁的屋檐上，落了十几只鸽子。有的在互相梳理羽毛，有的在鸣叫追逐，有的面朝人卧着听人说话，还有的相携飞上蓝天。鸽子的世界温婉而和谐，恬静而友好。我那天看到的就是这情形，鸽子的世界永远都是这样。

元菊生：我晓得你的心、你的意。

我想到了我的文化拟子实验。善良、友好、相爱、同情、怜悯、温情、报恩和宽恕，难道不是上帝赋予人、鸽子等生物的文化拟子吗？我想，拟子不是基因，先天不遗传，后天可传递。鸽子传递给人，人也传递给人，让他们在心里生根发芽，在血液里流淌，在日常生活中开花。

元菊生差点鼓掌了：你可算选对人了！我不得不再次议论涤生这个名字。有来头，巧合了前朝重臣曾国藩的号呢。"从前种种，譬如昨日死；以后种种，譬如今日生"，去非鼎新，自我革命。

涤生亦附和道：昨日弃，今日捡；昨日死，今日生。

赎罪、报恩这样的文化拟子就此在涤生心里扎下深根。

我和莲芯这是第二次听说"文化拟子"这个词。头一回听说，只觉名词极新，根本不解其意。这一回，比上一回明晰许多。想涤生身在其中，必然有很深的体会。我们也将在他身上对此有更进一步的了悟。

莲芯在紫漆竹笼里。我——三道杠——天赐在黄漆竹笼里。紫漆竹笼和黄漆竹笼并排放在小杂毛面前的脚地上。莲芯和我，隔着笼挡与图画上的小杂毛相对而望。哦，昔日小杂毛，如今为图南。我回想几天前在飘风楼看到的图南，其差异之大，判若两鸽。一只丑小鸭，忽成白天鹅。

我揣摩我家主人的意图是以图南挑起我们的斗志，然后知己知彼，战而胜之。可是，莲芯的主人萧涤生却大讲他的身世和文化拟子传播和移植。不过，这样也好，让我们对人类的心灵本性和生存实践多一重理解。既丰富我们的阅历，又增强我们对世界的感知。一举多得。

我想，这下该言归正传，说我、莲芯、图南和五百公里盛唐杯大奖赛的事了。

萧涤生：我说得够多了，连文化拟子都传递给你了。

木归智：文化拟子的事我不懂，也不感兴趣，我就知道，去非哥今日可是对我掏心窝子了。

不掏心窝子咋叫拜把子？咋做同门师兄弟？

涤生哥掏了心窝子，兄弟再掖着藏着，就不够意思了。

瞧，我又预测错了。人类的事，我们怎么可能一猜就准呢？

萧涤生：掏吧！把核桃枣全掏出来，把心掏得空空的，兴许还能放些别的东西进去。

木归智命苦，生在道北贫民窟一间棚户里，家里的桌椅床凳都是从垃圾场捡来的。

父亲身体不好，在厂里干不了重活，就让去看大门。但看了没几天，又不让看了，说是嫌他穿得又脏又烂，影响厂子的形象。父亲不得已，蹭着脸，寻情钻眼想换份工作，谁料想又碰到转产承包，给了点钱打发下岗了。父亲拿那点钱做生意，老是不赚。不做了，仰天长叹一声：生意不是谁都能做的！然后在自由市场边上摆个烟摊，可怜巴巴地挣点油盐酱醋钱。父亲以前还抽自己卷的莫合烟，打从摆了烟摊后，一口都不抽了。烟这东西，越抽瘾越大。自家鼻窟窿要是不停地冒烟，那就只有拿烟雾去换油盐酱醋了。父亲一根烟都不抽，可儿子木归智却时不时来转悠。趁父亲不注意，暗摸一盒就跑了。一根独苗，可怜见的。搁在富人家，别墅、汽车、飞机，随便。可怜穷，没啥给娃，一盒烟，算了。一只眼睁，一只眼闭。

母亲身体还可以，可惜没工作。在一家餐馆打工。每晚下工吃饭，她都吃一半留一半，带回家给儿子吃。木归智边吃边嘟囔：又吃剩下的。父亲和母亲非常疼爱这棵独苗，但实在没有能耐兑现这种爱。

木归智见家里这种光景，也就无心读书，整天和一帮可怜娃娃混迹在一起。渴了喝凉水，饿了去自由市场或者小饭店，顺手牵羊的事也偶尔会有。穷孩子也羡慕富裕人家的孩子，背着书包，坐着父母开的车去上学。羡慕归羡慕，完了该怎么走路还怎么走路。

木归智稀里糊涂地抱怨家里穷。狗不嫌家贫，可人不是狗。宁肯母丑点，也不能家贫，贫了活不了。这念头蔓生上来，就成了行动。木归智在外边晃荡的时间越来越多，回家的次数越来越少。勉强回到家，父母再殷勤，他也不待见。

一次，木归智因为要买一双鞋，凑不够钱，气恼了，摔碟子掼碗：穷！穷！穷！穷成这样！难道要在这里穷死不成！我走呀，要挣不到一汽车钱，我绝不回来！摔门走时又撂下一句话：你们也别来寻我，寻我我也不认！

木归智到建筑工地上搬砖瓦，几年后碰到从秦岭深处出来打工的银花。先在工棚住，后在郊区租民房住。木归智问银花，为啥愿意和我一块儿住？银花说你掏房租，我能省一笔钱呗。再就是，一个女孩子，住在工棚里，猫不来黄鼠狼就来。

单身时，吃饭可以胡搞，一人吃饱，全家不饿。两个人住，胡搞不成。银花做饭时，一会儿要盐，一会儿要醋。发展到后来，竟然连五香粉和料酒也要。木归智一摸口袋，才发现在这个世界上，出力最大的人，挣钱最少。

正在这时，房东对他说，干屁呢，跟我串鸽市去。一句话，入了鸽子行当。

自从十六岁离家外出打工，木归智就再也没有回过道北棚户区那个穷家。要么是把父母遗忘了，要么是心里憋着一股劲，一味不愿意回家。

那个棚户区的穷家里，父母在一天天老迈。父亲的老毛病越犯越勤，后来严重到烟摊也不能摆，只能躺在床上对着窗户发呆。到了冬天，日子真是难熬。门窗不严，寒风一吹，屋里特别冷。母亲可怜巴巴地守着父亲，看着他一天天枯萎下去。每有门响，父亲脸上都会挣出一丝喜色，吃力地说：得是我归智回来了？母亲紧忙下床去开门，可刮进门的，是一股子风雪。母亲忙闩上门，把蜂窝煤炉子往父亲靠头的地方挪一挪，自己则上到床那头，把父亲的双脚抱在怀里，用自己已经干瘪的胸脯烘暖着。母亲觉得父亲那双脚越来越冰凉。她非但暖不热那双脚，自己的胸脯反而被暖冰凉了。

母亲帮病重的父亲暖过一个冬天，却没有暖过第二个冬天。父亲死了，母亲欲哭无泪，整个人变成了一根木头。

丧事是邻里们帮助料理的。其间不知哪位长舌头绕出一句话：明明有儿，却没人摔纸盆子。这话沉重得像一块石头，砸在了母亲的脚面上。木头一样的母亲有了反应：是有个儿子，叫归智。

母亲强撑着给父亲过了百日，然后要去投河自尽，被一位好心邻居拦住：你咋能寻短见呢？你这扑腾一下，身心倒是解脱了，可万一你归智儿回来寻你，那可咋办呀？母亲给问住了。邻居进一步道：依我说呀，你寻你归智儿去。你生下他，他能撂下你不管？退一万步讲，他要真不管你，你再扑腾也不迟。说得多在理，母亲心中已熄灭的希望之火又重新被点燃。

母亲靠着给饭馆刷碟洗碗挣点盘缠，然后满长安城寻他归智儿。路上走累了，就自己给自己打气：只要儿还活在世上，只要儿还在长安城，就是碰也能碰见。就这样反反复复，花费了一年多时间，母亲在城东郊打听到了归智儿的下落。

母亲敲开一间住户的房门，没有看到归智儿，却看到一个朴实的女孩子。女孩子用惊疑和探寻的目光打量着母亲。母亲说：归智是我儿。女孩连忙让进屋，床沿上坐。

屋子不大，就一间。东西摆得凌凌乱乱。但母亲觉得比她那穷窝强，最起码靠墙的柜子上立着台电视呢。女孩倒水给归智母亲，说归智去串档子，过一会儿就回来。你喝水，我去给咱张罗饭菜。说着出房门到楼道的灶台前忙活去了。

不一会儿，楼梯间传来鸽哨声。女孩冲屋里喊：回来了。母亲颤巍巍站起身，望向门口。七八年不见了啊！

木归智一手拎着装了两只鸽子的破竹笼，一手捏枚鸽哨，边吹边上楼。

女孩停住和面，朝屋里努了努嘴：你瞧，谁来了。

木归智把鸽哨溜进口袋，拎着鸽笼进屋。木归智非常意外，站在床前脚地的，是自己七八年未见的母亲。背驼得、苍老得差点认不出来了。

母亲嘴唇抖动得说不出话，眼睛透出巴望的目光，身体尽量往前倾着，两只手晃动着伸向木归智。木归智立在原地没有动，慢慢地将破竹笼提高到胸前。母亲的双手没有搭到儿子的肩膀，而是搭在了破竹笼上。这一刻，母亲回想起归智儿离家出走时的情景。归智儿摔门时吼出的愤恨声声声在耳：我挣不下一汽车钱绝不回来！

你们也别来寻我，寻我也不认！母亲后悔没有一扑腾的事。

木归智铁青的脸定得死平，目光别向窗外，牙缝里挤出碎冰块一样的几个字：你——咋——来——了？

这话正好被端饭菜进屋的女孩听到了。她一边往小茶几上放盘子一边说：你咋能这样跟妈说话呢？

这一问，把母亲的心问出一丝温暖。亲生的，还不如不是亲生的。

饭菜上好了。女孩特意炒了三盘菜，另加一人一碗连锅面。女孩和母亲坐小板凳，木归智坐床沿。

母亲觉得，这是几十年来吃得最香的一顿饭，又是最难以下咽的一顿饭。每一筷菜、每一口饭，都饱含着泪呢！

女孩：妈来了，就住几天再走。

木归智：这里和棚户区的家一样穷，有住的地方吗？

妈和你睡床上，我打地铺，总比工棚强吧。

木归智没有再应声。

母亲忍泪摇头：你倒有心，可我跟儿呢，勉强睡到一张床上，心也离得死远呢。之后，趁女孩去楼道洗碗的空儿，母亲忽然问木归智：你咋不问你爸一声？

木归智依旧从牙缝里挤出碎冰块一样的话语：没到问的时候。母亲一听这话，就什么都不想说了。

母亲痛心至极地看着木归智。木归智的脸坚硬冰冷得像一块青石板。

尽管女孩再三挽留,但母亲执意要走。走时,木归智没有送出房门。母亲出门,回头冲里面说道:你就当我没有来过。

女孩把弓腰驼背、苍老麻木,又伤心透顶的母亲送回棚户区的穷家。母亲万分惋惜地说:真是后悔,当初要是生个女子就好了。

女孩:妈快别这么说,要生个女孩,我就无缘认识你了。母亲老泪滚下来:到现在,我还不晓得你是谁呢。

我叫银花,是你的儿媳。

你比我儿亲。

此后,每隔半月一月,银花必偷偷携带一些微薄的东西来看望母亲。

有天晚上,躺在被窝里,木归智问:你为啥对我妈这么好?

银花以非常淡定的口吻回道:因为她生下你。

木归智背过身去,男人的大泪珠,断线一般流落到枕头上。

又半月后,银花带了些油盐米面来看母亲。母亲在床上睡着了。用手一摸,微温。再试鼻息,全无。银花悔恨自己晚来一步,手中的东西撒落一地。

所幸,母亲没有投河而死。

银花看到自己前次带来的米面油盐基本原封不动。银花告知了木归智,连同他父亲不在的消息一起。

丧事仍然是在棚户区旧日穷邻里的帮助下料理的。邻里们七嘴八舌地说:这样的儿,有跟没有一样。或者说:有到底比没有强。有的提醒:看,摔纸盆子了。

木归智把纸盆子高高举过头顶,用力摔下去。纸盆在地上摔得粉碎,火星四溅,黑灰飞扬。木归智扑倒下去,双手拍打着火星和黑灰翻卷的路面,嘶哑地吼叫道:我说我挣一汽车钱再回来,爸妈呀,咋就不给我这个机会啊!

原来,我的主人木归智还有如此凄苦的过去。平日里,我只知道我家主人性硬心狠,却不知道里面埋藏着这么深厚的情感和愿望。我尽量把这情感和愿望与我目前的处境联系在一起。主人为什么要将我和莲芯并排放在小杂毛的画像下面?这到底是要激励我们的意志呢,还是要我为他实现那个强烈的愿望呢?我一时想不透、猜不出,就扭头看我的主人,想从他的表情上寻找一些答案。

我家主人的浓眉依然紧交在一起,中间还挽成一个大疙瘩。平时爱巴沙的小眼睛这时不巴沙,专注地盯着前面的虚空看。泛黄的眼珠上蒙了一层薄薄的泪光。狼一样的狡黠和鹰一样的犀利此刻都暂时消隐掉。还真是我家主人极少见的一面。

萧涤生说话了:还记得到凌烟阁拜师拿鸽子的情形吗?

木归智没有反应。

萧涤生推了木归智一把：问你哪，还记得头一回到凌烟阁吗？

木归智这才慢慢地回道：死也忘不了。

萧涤生道：当时师父让你说一件令他信任的事，你为何顾左右而言他，为何又不讲这段往事？为何不向他交底交心？

我要说了，师父会把天赐给我吗？

得，牵扯到我了。

也说不定连莲芯一起给你呢。你请求，就赐予。也提到莲芯了。

可我需要怜悯吗？我会接受怜悯吗？

怪不得带个红锦盒，是平等互换还是做生意？

都不是。那是我的方式。

木归智说到激情处，耳朵又动了。他用手按一按耳套，想让耳朵安静下来。

萧涤生道：看来事情还没完，还有故事。请继续。

木归智跟房东串档子，结识了小坏蛋，又成了小坏蛋的跟班，专门从事东家收、西家卖、说和拉纤、布袋买鸽的营生。得机会，还往外地贩卖鸽子和鸽哨。木归智有一双狡黠而犀利的小眼睛，看人有一套，看鸽子也有一套。小喽啰收来或者顺来的鸽子，他先过手眼。遇到好的，留下。余下的，分成等级，标明价格，让喽啰们拿到档子上去卖。还别说，他标的价格，既不过于昂贵，也不过于便宜，正合了鸽子的身价，磨磨搁搁，最后都卖出去了。留下的，自己养着，配对出幼鸽参赛，时不时还得个毛毛奖。小坏蛋对他说：你要跟我一样，寻个蝇头小利，白天混个肚肚圆，黑了倒头便睡，啥事不想，那你就继续。但我看你不是本分安生人，你有野心，你今生不混到皇甫爷、步陶爷那份儿上，绝对于心不甘。对你而言，人生要是没有那样的风光，便是悲剧。

木归智心道：你只看对一半。风光要也行，不要也行。做人做到皇甫爷和步陶爷那份上，可也不可。最重要的是，要改变这穷命，让父母看到自己有一个能寻来钱的儿。

可他嘴上说：兄弟说得对，咱不是一直在等机会嘛。

一天收市，木归智召集喽啰们在饭馆喝酒抽烟，把屋子弄得乌烟瘴气。木归智边抽烟边说话，话语和烟雾一团团喷出来。先总结一月的工作，然后将这一月的工作与上一月的工作做比较，再联系目前的经济大形势，分析利害，寻找新的增长点。东拉西扯，最后归结到一个字上：这个字叫"利"。我们所做的一切，都是为自己谋福利。

有喽啰高呼：还有老婆娃。

木归智吐掉烟屁股，朝插话的喽啰伸出长舌头。那舌头的动作，真像鱼儿在水中游泳。

那喽啰也学着样儿吐出舌头。

木归智不缩回舌头，却能说话：想和我比舌头吗？说着，他的舌头在嘴唇外边伸着缩着卷着转着，做着各种灵巧奇异的动作。

那喽啰惊异之际，乖乖把舌头缩回去。

木归智不缩舌头，猛地吐出一句话：我说话，少插嘴。恰在此时，有人挑门帘进来。

众人上下打量，只见来人年龄中年，身材中等，穿着干净时髦。头上宽檐礼帽压住眉毛，眼睛上扣个金边大墨镜。人往当庭一站，显出几分气派和神秘。

木归智见有生人擅自闯入，起身一只脚踩到凳沿上，头扭向窗外，口气极不友好地问：不知来的是哪路神仙？

来人把并没有打开的扇子在空中摇一摇：瞧这派头，一定是木归智木兄弟。

面都没见过，谁跟你称兄道弟。

来人爽朗地长笑：同胞是兄弟，拜把子是兄弟，不拜把子亦是兄弟，四海之内皆兄弟，没见过面为何不能成为兄弟？

一通歪理，竟然把木归智说住了。

木归智略一沉吟：你摘下眼镜，我看看能不能做兄弟。来人又摇摇扇子：那可不行，真人不露相。

请真人走吧。

不要拒人千里之外嘛，这样日后怎么做生意呀。

谁说要跟你做生意来？

生意这玩意儿，跟男女一样，你费神找它，未必找得着。你不找它，它却送上门来。

送上门的，多半是便宜货。

有利就是生意，双赢便是兄弟。

有利、双赢，仅此两样，足以勾动木归智的心弦。来人扇子往外一指：这儿不方便，借一步说话。

这一借，借到了大唐西市四水堂茶楼。进门时，木归智脚后跟有点飘：以前啊，咱在这门前看人家斗鸽子，现在啊，咱要到里边谈生意。

两人进了包间，要了茶，关了门，开了窗户，落了座。那人开口说：门一关，就剩咱俩，窗户一开，咱说亮话。

木归智：光开窗户不行，摘掉墨镜才真亮堂呢。

事成了，我摘眼镜给你看。不成，就免了。

那恐怕不成。

能成。

你还能拿住我的事？

那人扶扶眼镜：我不戴眼镜看人，看不准。戴眼镜看人，八九不离十。

当心把牛皮吹扯了。

那人经木归智这么一说，不再说话，一边慢慢喝茶，一边隔眼镜片打量木归智。木归智虽然看不到那人的眼睛，却能感觉到一种毛毛的东西落到自个儿身上。木归智耐着性子，任凭他毛毛着。那人给木归智添茶，木归智也给那人添茶。茶冲了四五泡，一壶水差不多也添完了，两人都还不说话，继续喝着、毛毛着。

木归智终于忍耐不住，起身欲走：我可没有闲工夫被你瞎毛毛。

那人扑哧一笑：我一直等你问话哩。

等我问你话？

你咋不问我为啥找你？咋样找到你？

为啥找我？咋样找到我？那是你的事，我问那闲话弄啥。

我没看错，你这人极端自我。

自我？

而且极端自私。

自私？

极端自我导致极端自私。

木归智伸手和那人轻轻一握：还算个知音。

咋样，牛皮没吹扯吧？

还不一定哩。

你说生活就是无边无际的竞技场，人生就是你死我活的竞争和搏斗。一个好岗位，你上岗我就没戏了。一堆钱，你抢走了，我就干瞪眼。你香车美女，我只能给你擦皮鞋或者打扫厕所。

所以人必须自私，而且自利。没办法，我不得不时刻转动我的眼珠子。

你呀，一只狼眼、一只鹰眼，时刻盯着人的脊背和生活的缝隙。

对呀，只要看到对我有利的事情，我神经元里的脉冲码就会立即启动，血液也会随之沸腾，整个身体也登时进入亢奋状态。

那人大笑几声，又猛地收住笑，低声道：我找对人了。

木归智：该揭锅了。

那人俯到木归智身边：我手心有大利，快启动你的脉冲，沸腾你的血液，亢奋你的身体吧。

木归智犀利而狡黠的目光像火苗一样闪烁着。

木归智的情绪被调起来后，那人反而轻松下来，以说闲话一样轻松的口气对他说着亮话：其实不用你费神力，只要你的鸽子辛苦几趟就大功告成。你只管坐收渔利。

木归智有点失望：你是要拿我的鸽子去比赛吗？那可是赔钱的买卖，压根儿就赢不了皇甫爷和步陶爷手底下那帮人。

嗨，聪明人说糊涂话，咱咋能干那傻事呢。

要是赢了他们，那就不傻了。

那人越发压低声音，神秘地道：我最近搞到一批好药，可秦岭山各个口子卡得严、查得紧，带不过来。我踏摸着踏摸着就寻到你这儿了。我想让你的鸽子带上哨，让有的哨响，有的哨不响，光明正大地翻几趟秦岭。红利嘛，二一添作五。

木归智缓缓地明白了：原来要咱弄那事哩。那人诧异：咦，脉冲码好像没启动。

木归智的眼皮不住地巴沙，黄眼珠不停地转动，狡黠的目光在转动和巴沙中一闪一灭：水倒是一潭汪水，我又正渴着。不喝吧，嗓子冒烟；喝吧，水潭边蹲着头母狮子。这可咋办呀？

那人：你仔细思量思量，为啥要让有的哨响，有的哨不响？咱就是让全长安城的人都听见，咱的鸽子可是光明正大回来的。那不响的哨，谁能听得着？神不知，鬼不觉。

木归智陷入沉思：哨是用来听声的。那人耐心等待着。

木归智沉思片刻，目光突然跳跃起来，嘴里蹦出一句话：你把眼镜摘下来吧！

那人一笑：事就这么成了。慢慢摘下眼镜。

萝卜花！你左眼里有一朵萝卜花！

你以后就叫我萝卜花。

二十多羽鸽子，翻了好几趟秦岭，萝卜花拿来五大毛钱，在木归智眼前晃着：这是你的第一桶金，命运兴许因此发生变化。

木归智伸手去接：就此打住，以后两不相干。

萝卜花把钱收回，一手摘下眼镜，指着左眼道：干这一行，只要指头沾了盐，身上就得留个记号，以作联盟的标记。

萧涤生明白了：请摘下你的耳套。

木归智慢慢摘下耳套：淘到了第一桶金，耳朵却成了这个样子。

萧涤生看到，木归智的耳朵轮缺了个大豁儿：这耳朵的事，当初也该讲给师父听，以求得信任。

木归智摇头：要是让师父看了耳朵的大豁儿，天赐就不在这儿了。

事情演变到这儿,萧涤生总算把木归智的性情和心思看得差不多了。一个人要是认定一个目标,抱死一个决心,变成了四季豆,油盐不进,那文化拟子也就无法播入他的心田,更不要说生根发芽、开花结果了。

木归智在这大敌当前、大赛在即之际,把自己的命运遭遇、心性筹思全部敞亮给萧涤生,也敞亮给我和莲芯。我的心血被激沸起来。

木归智把黄漆竹笼往小杂毛跟前挪一挪,对我说:天赐啊,你可给我看好了,这图画上的小杂毛,就是你在飘风楼看到的图南,是你沙场上最强劲的敌手。

我回想起两天前在飘风楼看到图南的情形。那俊朗的体格、火红的色彩,以及收敛着的火一样的激情,真是令人艳羡和畏怯。跟这样的对手同场竞技,胜算殊难。

木归智用力拍了拍黄漆竹笼,把我拍得仰脖看他。

萧涤生:你伸手一拍,天赐可是用温柔信任的目光注视你呢。

木归智:我把我的第一桶金悉数押上。我要给父母赢一块好坟地,让父母在阴间住得豪华些。我要给银花赢到房子和汽车。我要给我赢一汽车钱。我走在人面前,要像皇甫师父一样风光呢。

你这哪里是比赛,明明是赌博,而且是豪赌。

难道人生不是一场豪赌?

万一赌输了呢?

木归智想说不成功,便成仁。说出口的却是:怎么会输呢?用师父皇甫爷的鸽子出赛怎么会输呢?!你问问天赐,看天赐会答应吗?说这话时,木归智忽然打出一个喷嚏,唾沫星子正好溅在我身上。

萧涤生发出沉重的太息,把目光投向莲芯和我。唉,想避也避不开。

无论距离多远,只要出笼,我们都会竭尽全力,以最快的速度飞回家。这是我们的心情,也是我们的本性。但主人这样一豪赌,我顿觉背上的负担有千钧之重。

十五

墨玉环领着柳散木到菊花园来拜访师父。

柳散木的心本来是一汪平静的湖水,可是,萧涤生和木归智一到飘风楼探营,湖面便起了涟漪。木归智再一挑战,涟漪上又涌起波澜。波澜一涌,柳散木便坐卧不安。

的确，寻常之战和关键大战迥然有异。寻常之战，调整好鸽子的状态，听准天气预报，坦然派兵出征即可。大战则完全不同，一战即可成名，一夜即成富翁，多少人憋着心气呢。又是探营，又是挑战。锣鼓家伙敲到你门上，你的心不跟着怦怦响，由得了你吗？但叫柳散木一颗心怦怦响的，既不是吹起涟漪的探营，也不是涌起波澜的挑战，而是天赐。

那天，萧涤生和木归智带着天赐来探营和挑战，柳散木不光上了手，还给天赐做了暂短按摩。柳散木的手告诉柳散木，天赐是图南最强劲的对手。征战沙场，谁赢谁输，殊难预料。再加上听天气形势预报，比赛当天，长安为多云天气，司放地晋中亦为多云天气，但沿途的气候还有不确定因素。鸽子比赛，天候非常重要，行话说，一种天候一种冠军。有的鸽子善飞晴天，有的鸽子适翔阴天，还有的鸽子耐力好，于多云顶风时能拔得头筹。更有草帽一族，能够穿云破雾，冒雨而归，给主人带来惊奇和喜悦。但草帽一族，毕竟凤毛麟角，绝大多数，还是会迷失在雨雾之中。即使未迷失，也多被大雨打湿了羽翅，不得不沦落他乡。所以多数鸽会竞翔规则会注明：遇雨顺延。只有极少数比赛规定：风雨无阻。风雨无阻的赛事，或者正常赛事中途遇雨，草帽一族才会冒尖。棚中拥有不同的鸽子，面对不同的天气，赛鸽人的心态和表现也各不相同。有的人爱鸽如命，绝不参加天气不确定的长途赛事。宁肯眼看着巨额奖金被别人卷走，也不愿冒冒失失地损失一羽战将。他们的格言是：留得青山在，不愁没柴烧。他们深深懂得，一羽出色的战将，是老天小心翼翼赐给你的，一旦损失在灾难赛事中，那除了扼腕顿足、捶头擂胸之外，还能干什么呢？因为下一羽超级战将的出现，尚在未竟之日。极可能，此行当就此与你终生无缘。另外一种人，生性好斗，见钱眼开，逢赛必赌。他们的信条是：养兵千日，用在一时。舍不得娃，打不得狼。再好的鸽子，也不过是他们赌命的工具。天候越恶劣，环境越艰险，越显英雄本色。越是这种情况，越要出战，打断你们的腿，折断你们的翅，赢走你们的钱，抢走你们的尊严和荣誉！

柳散木属于前者，木归智属于后者。

天上的多云成了柳散木脸上的愁云。要么晴天红日头，要么风吹大白雨，别晴不晴，阴不阴。多云最难了断，因为它随时会变。可能变晴，也可能变雨。一是天候不定，图南是否出战。二是碰到劲敌天赐，出战如何能胜？这两点闹得柳散木心绪烦乱，夜晚睡觉翻来覆去，难以成眠。墨玉环想用身子给他解愁，他也不理睬。墨玉环冲着他的项背说：明天去请教步陶师父吧。这不，就到菊花园来了。而且还用白苍竹挎提着图南。为了不让图南受到惊扰，竹挎还用布套罩着。

墨玉环看到，师父步陶正在和楚留声下棋。令她惊奇的是，今日这棋下得真是特别。平常下的棋盘棋子并没有用上，下棋的地方也不在红脉井栏边的石桌上，而是在集贤院与井栏之间的那块空地上，用竹棍画了个大棋盘。棋子也特别，白的用鸽子蛋和石头子，黑的干脆用土疙瘩。棋盘东西两边，铺着旧竹席片。步陶师父和楚留声相背席地而坐。楚留声双盘腿，两手平放丹田，运气凝目，注意前方，整个人凝固得像一尊雕像。步陶师父也盘着腿，耸着肩，双手自自然然地放在膝盖上，整个形象看上去极像一位打坐入定的老僧。

二人是在下盲棋。楚留声每报一招，一边的林风鸣便拈起一块土疙瘩放在棋盘相应的位置上。步陶师父每报一招，另一边的鹤秀便撮一枚鸽子蛋放到棋盘相应的交叉点上。

四人下得正投入，对墨玉环和柳散木的到来视而不见，充耳不闻。墨玉环和柳散木也不见外，放下竹挎，褪去布罩分坐在石凳上，和图南一起听他们报招，看他们下棋。

一溜儿鸽子，也蹲在集贤院的屋檐上，侧着小脑袋往下观望。楚留声报：横七竖十五。

林风鸣拈块半圆的土疙瘩，放到所报位置，回头看看鹤秀，笑着说：是手尖。林风鸣依旧眼白泛蓝，眼黑透亮，看鹤秀的神情一如少年般清纯。

步陶师父思索片刻，报出应招：横七竖十六退。

鹤秀一手往后拖着浅褐色绨布裙摆，一手三指撮着一枚晶莹的鸽蛋，上身前倾，手臂探出，要把鸽蛋放到所报位置。因为鸽蛋易碎，鹤秀生怕磕碰着，动作轻巧、柔舒、缓慢，夸张得像慢镜头一般，好看至极。鹤秀放稳鸽蛋，徐徐收回手臂，亦侧头朝林风鸣报以柔媚一笑。鹤秀的笑，在现代女子的脸上已经很难看到了。墨玉环望着林风鸣与鹤秀的笑与回笑，想：花郎要是在此，不知作何感慨。

这两招一过，棋盘上的攻守暂告一段落。形势两分，若再要落子，就得开辟新的战场。战斗空隙，对局者可以暂缓一口气。

楚留声声音洪洪亮亮的：你我若生在唐代长安，便是翰林供奉。

步陶师父声音木木的：是棋待诏。

二人说的，乃是唐代规制。皇上出游宴饮，也有文词、经学之士随行。上有琴棋书画，下有医卜歌舞，以备皇上应时之用。玄宗时，这些人才有了正式名分。姜身已分明，叫翰林待诏或翰林供奉，吹拉弹唱、弈棋博戏尽属翰林院。这才是大唐帝国的胸怀啊！为什么呢？因为艺术才是人间至美至上的生活方式。审美生活，上起皇上，下至庶人，哪个不通力追求？所以皇宫内宴之时，这些人才的位置通常在宰相之下，一品之上。

柳散木和墨玉环本来是向步陶师父请教盛唐杯大奖赛秘方的，不意间撞上四人在下棋。棋逢对手，说得又有趣，看得墨玉环，听得柳散木入迷。一时间竟把讨教鸽子比赛的事挂在耳后。

楚留声：序盘即要结束，形势将进入中局。棋诀曰入界宜缓，这一缓把我宜缓得不知在何处落子了。

步陶师父：慎勿轻速，动须相应。我一时也把握不住了。

二人说的，乃是唐玄宗时棋待诏王积薪事。一次，王积薪随玄宗皇上外出行猎，深夜入深山老林一户人家，巧遇这家婆婆、儿媳、姑娘在下棋。姑嫂盲对，婆婆观战。王积薪一旁偷观一整夜，归来后棋艺大长。后著有《金谷九局图》，其中第一谱当为那夜山中姑嫂的盲局。王积薪围棋著述中最为有名的是《围棋十诀》。刚才楚留声和步陶师父说的，便是其中三诀。

柳散木一边用心听着，一边暗自思忖：入界宜缓，慎勿轻速，动须相应。这到底是下棋呢，还是赛鸽子呢？

楚留声和步陶师父又续着前盘对弈。二人口报招数，林风鸣和鹤秀在棋盘上投子放子。初开始，你出一招，我应一招，局势平稳发展。临近中盘末尾，形势十分紧张，二人停止出招，凝神思考。林风鸣和鹤秀也站在棋盘边缓口气，但目光仍然没有离开棋盘。墨玉环看挎中的图南和屋檐的鸽子也屏息敛气地注视着棋盘。空气有些紧张呢。

楚留声突然发出一声"嗨"，便开始连连发招，发招间还夹杂着其他口诀。步陶师父见招拆招，其间也回应着口诀：

弃子争先。

舍小就大。

攻彼顾我。

彼强自保。

逢危须弃。

势孤取和。

不得贪胜。

之后招招相衔，环环相扣，速度越来越快。林风鸣和鹤秀像两只影子穿梭在棋盘间。鹤秀哪里还敢用鸽子蛋，枚枚都是白石子。幸亏是鹤秀，要是换作别人，以前放置的鸽子蛋，怕是早就撞碎了。你瞧鹤秀动作既快捷又谨慎，既轻巧又悠然。裙摆飘起来了，且飒飒有声。

顷刻之间，棋盘上的子就要摆满了。楚留声突发一招，直点在要害处。

步陶师父忽然止招。

空气刹那间凝固了。

林风鸣看到鹤秀手里拈着一枚白石子，僵在棋盘边，胸脯微微起伏，口中稍稍喘气，头上的椎髻还一弹一弹地动着。

楚留声认为他苦思冥想、提前准备好的、点中要害的一招，必然会使步陶无应对之招。雕塑一般僵坐着的楚留声不顾棋局未终不得回首瞻顾的盲棋规矩，起立，转身，略现浮肿的胶锅眼望向步陶，等待他俯首认输。

穿着麻布宽衣的步陶师父，依然似入定的老僧，纹丝不动地坐在那里。双腿叠盘，脚心向上，耸肩提脖，双手平放膝盖之上。姿势神态，未有一丝变化。唯一变化的，是他花白的眉毛一时间长长了许多。

楚留声后悔自己提前转过身来。他从步陶的身形气息上感觉到，他那特殊的一招，未必是了局。楚留声又庆幸自己提前转身看到步陶的形象。这形象太像穿着和服、盘腿坐在棋盘前的那个人。以前对局无数，面对面，为什么从来没有这样的印象呢？

楚留声不禁脱口叫道：清源先生！

步陶师父当然知道，楚留声呼出的这位清源先生是谁。武侠大师金庸先生曾经以赞赏的口吻介绍说：古人是范蠡，今人是吴清源。吴清源早年便以围棋神童身份出入北洋政府总理段祺瑞府邸及当时非常有名的来今雨轩棋席，十四岁东渡扶桑开始职业棋手生涯。十九岁运用自创的新布局与本因坊秀哉名人对弈。之后，在悬崖上白刃格斗二十年，横扫所有对手，成为围棋超人。吴清源一生沉浸在墨白世界之中，眼见和亲历太多的因伐而失、因弃而获的悲喜剧，终于凭其大智慧而悟道。这道便是中和，由此创出六合棋。这位卓立群彦之上的围棋超人，将这门以争胜负为唯一目标的艺术，提高到了极高的人生境界。反复争棋的最后目的，是从中领悟建立圆满调和的道。中者，天地之大本；和者，天下之达道。致中和，天地位也，万物育也。吴清源文武双修，内心同时含蓄着战争与和平两种截然相反的境界，并且取得并保持两者的平衡。他说阴阳思想的最高境界是阴阳的中和。围棋是宇宙间的黑白，黑白是阴阳，围棋自然亦是阴阳。故而围棋的终极境界也是中和。有一个声音似乎被风从太空中吹来：只有发挥出棋盘上所有棋子的效率的那一手，才是最佳妙的一手。这就是中和。

步陶师父依旧背身而坐，纹丝不动，反而比楚留声更像一尊雕塑。那声音像是从空中的祥雾里生出，飘过步陶师父的头顶，漫到楚留声他们面前来。

墨玉环看到柳散木的耳朵竖得像刀削的马耳朵一样，而且一动一动的。墨玉环比谁都清楚：柳散木的耳朵，对那些特殊的声音和特殊的话语是极其敏感的。

那声音弥漫过来一阵之后，步陶师父才徐缓地吹出一串口哨。

口哨清脆悠扬，把静谧凝固的空气吹得慢慢溶化开来。

石桌上，白苍竹挎里的图南听到口哨，像是听到神秘的召唤，一个劲儿将头探出竹隔之外。可惜竹隔拦阻着他的身体，任他怎么努力，也没有办法出来。

屋檐上那溜鸽子，听到口哨，张翅飞到空中，环绕着菊花园的茅屋楼阁、苗圃竹丛飞行几圈，又踅回人们头顶。其中一只鸽子先是爬高，然后折身一个俯冲，身体团成一个石块，一头扎向棋盘，在触地的一瞬间张翅立住了。挎中的图南拍翅鼓掌。

楚留声定睛一看，鸽子往那点上一立，满盘皆活。楚留声惊得差点跌坐到地上。谁也没有想到，一盘棋，竟以这种意料不到的方式走向终局。

墨玉环看到柳散木脸上的表情发生着急剧的变化，知道他内心的情绪也起了复杂的变化。墨玉环有些奇怪，自家丈夫本来是位情绪不太波动的人，今日一来，听了棋话和哨声，推断了形势变化，怎么忽然间变成这个样子？

柳散木摸摸索索地提起白苍竹挎，对图南说：走，咱回。墨玉环有些纳闷：不是来向师父请教的吗？

柳散木提挎转身，那干脆的动作像是在说：这还用讨教吗？墨玉环迷迷瞪瞪、似悟非悟地接过白苍竹挎，拖住柳散木衣袖，欲要走向紫荆拱门。

聪慧的鹤秀忙上前，将一个纸蛋儿塞到墨玉环衣袋里，又朝林风鸣努努嘴，说也不送送人家。林风鸣忙从衣袋里摸出一枚新近刻成的鸽哨，凑到唇边吹出几声曲子。听那曲调，像是《梅花落》。

本意是来讨教的，结果呢，师徒未交一言，就这样走了。

桑哑铛十分庆幸，他今生会遇到一艘双叶舟。一叶是谢冰莹，一叶是步行者。要不是双叶舟载着他，他的生命真不知何以而终。

桑哑铛家境不是太好，初中毕业便辍学离家外出打工，不料在工地上出了意外，伤残了一条腿。命中注定，余生将无法正常站立、行走和干苦力活。他的腿残了，心也残了。他无法忍受这种无所事事、单调乏味、痛苦绝望的生活，决定认命，向命运低头。

一天，他趁父亲上班、母亲去菜市场捡把菜的机会，偷喝了父亲浇愁用的少半瓶劣质白酒，借着酒劲爬上楼顶。他边爬边吐着酒气对自己说：一个失去劳动能力的人，一个靠穷父母养活的人，一个觉得生活死气乏味的人，活在世界上实在没意思，而且是一个累赘。爬上去，爬上楼顶，再照直往前爬，不要朝两边看。蓝天上的白云会抚慰你、融化你。他爬到了楼顶，看到了蓝天，也看到了白云。没有风，云安静极了。他非常奇怪，这个喧闹嘈杂的世界，这一刻怎么变得如此静谧无声。

这难道是专门为自己准备的吗？悄悄地来，悄悄地走，是一种凄凉忧伤的和谐和美丽。桑哑铛鼓足勇气向这凄凉忧伤、和谐美丽的迷梦爬去。就在他爬到迷梦的边缘，一伸手即可抓到迷梦的影子的那一刻，他听到一种声音。那声音仿佛是从迷梦的深处传出来的。

桑哑铛停止爬行，目光顺着咕咕的声音索寻过去。楼沿上，站着一只浑身炭黑、嘴眼艳红的鸽子。

桑哑铛望着鸽子，鸽子也望着桑哑铛，并且鼓圆胸脯叫了几声，然后冲桑哑铛点点头。这鸽子是在冲他点头说话吗？

又一只浑身雪白、青眼乌嘴的鸽子飞过来，落在刚才鸣叫的那只鸽子身边，互相点头示好。很快，他们就亲昵在一起。浑身炭黑的鸽子平展着翅膀自豪地在空中滑翔一圈，落回到浑身雪白的鸽子身边，亲昵地替爱侣梳理羽毛。过一会儿，雪白的鸽子又飞起来，在空中绕行一圈，拍着翅膀落在炭黑的鸽子面前，逗逗嘴。然后，两只鸽子双双跃向空中，欢乐地上下翻飞着。

桑哑铛在这个世界上生活了二十年，一直都是低着头看路，锁着愁眉生活，从来没有正儿八经地抬头看天空。今日，在那个迷梦的诱导下爬上楼顶，看到了天空。宽阔的蓝天、柔曼的白云，一黑一白两只鸽子在上下翻飞。一幅充满活气的图画呈现在桑哑铛面前。原来天空这么美好，世界这么有趣！以前怎么没有留心注意呢？两只鸽子尽情地欢乐着，末了掠过桑哑铛的头顶，旋弯半圈，收翅落到桑哑铛面前，冲他鸣叫。

桑哑铛望望蓝天，瞧瞧鸽子，嘴角露出从未露出过的微笑。他把上楼来的目的全然忘记了。

这次邂逅，使桑哑铛对鸽子心生爱意并开始畜养。他打一些力所能及的零星短工，以维持生计，并和鸽子一起苦中有乐地生活着。

几年之后，桑哑铛无意间又有了一次幸运的邂逅。他曾经对谢冰莹说：世事殊难预料，谁碰见谁也没有先兆。

你猜谢冰莹怎么说：幸福本来就是意外。

那天，谢冰莹到一家小饭店去吃饭，进去看到只有靠门左首有个空位，但对面已有人坐着。谢冰莹想坐到那个空位上，可看一眼对面那个人，谢冰莹又犹豫了。那人脏兮兮的，蓬乱的头发里夹杂着草屑，褪了色的蓝长褂上零星地粘着些鸟毛、鸟粪之类的脏物。试想想，一个穿着打扮得干净入时的女孩子，坐在一个脏兮兮的人的对面，即使要来饭菜，又怎么吃得下去呢？谢冰莹四下环顾，准备离开。

对面那个脏兮兮的人看了一眼谢冰莹，从她犹豫迟疑的神态中猜出了她的心思。他趔趄着起身，一节一节往门口挪去。谢冰莹这才发现，那个年轻男子是个瘸子。他的一只手拄扶在右膝盖上，似乎这只手不帮衬，他的右脚尖就够不着地面。

那人瘸出门外，把整张桌子留给谢冰莹。

服务员喊叫票号，那人又瘸进来，交了票，端了自己的一碗面，再瘸出门。谢冰莹真是惊奇：走路时，瘸得前仰后合，可手中的面碗却平平稳稳，连一滴汤水也没有洒出来。

那人瘸出门，伸出瘸腿，好腿则蹲在台阶上，吸溜着大老碗里似乎很香的长面条。

谢冰莹看看对面的座位，已经被新来的人占去了。

饭菜上来，谢冰莹吃得很纳闷：腿瘸成这样的一个人，行为举止却如此自然大方。识大体，顾大局，知尊卑贵贱，且安于本分。在他身上，看不到一丝一毫被人瞧不起，或者瞧不起人的神情和气息。相反，他的神情举动里尽是对一个陌生女性的理解和尊重，并不动声色且自自然然地照顾着陌生女性的颜面。在这个世界上，竟然还有这么淳朴自然、懂事识趣的男人，不讨好、不巴结、不冷清、不傲慢。尽管是陌生人的邂逅，彼此不对视一眼，不交一言，但内心却如春风拂过，让人温暖异常。

谢冰莹心灵有点小感动。她再次把目光投向门外，想看清他的眉眼，并把那眉眼印在心灵的墙壁上。可惜那人背向店门，瘸腿斜伸向台阶下，好腿蹲着，褪色的蓝长褂后摆拖在身后。她只能看到他的侧影，看不到，也看不真他的面容。但她能听到他吸溜面条的欢快声音。

谢冰莹进一步寻思：在这个世界上，多少女孩子都愿意嫁给一个有房有车而且身体齐全健康的人，就是不知道有没有女孩子愿意嫁给自己心灵的一次小感动。

后来桑哑铛问谢冰莹：你吃饭时，不怕一个脏兮兮的人坐在对面吗？谢冰莹回说：表面上的脏污是很容易清理的。一句话，把桑哑铛说成了一个极其干净的人。面貌干净，衣饰干净，小屋子和简陋的鸽棚也收拾打整得干干净净。

结婚时，桑哑铛向谢冰莹提出一个条件：和我一起养鸽子。谢冰莹说：那是你的命根子，咋能不养呢？不过，棚有点小，应该再扩建一点。桑哑铛感动得眼泪差点掉出来。谢冰莹则提出两个条件，头一条是，人前呼我亦梅，人后叫我藻雪。桑哑铛问为什么？谢冰莹说因为我字亦梅，号藻雪。桑哑铛哦哦连声，叫了一声亦梅。谢冰莹纠正道：人后叫藻雪。桑哑铛又呼了一声藻雪。谢冰莹答应了。桑哑铛说要是心里叫呢？谢冰莹瞄一眼：那就冰莹吧。桑哑铛会意了。谢冰莹又说：第二条，跟我一起学裁缝。桑哑铛说原来是这么好的事，就爽快地答应了。谢冰莹的陪嫁里有两样好东西：一样是轮椅，一样是电动缝纫机。谢冰莹用轮椅推着桑哑铛到距家很远的几家书店里搜罗购买服装剪裁资料。不期然，连沈从文先生的《中国古代服饰研究》都买回来了。经过反复的细心研究，最后决定主攻唐装，品牌名称叫玉鸽子，即玉鸽牌唐装。在衣领或者袖口的商标牌上能看到一只玲珑的白鸽子。谢冰莹负责材料采购和成品销售，桑哑铛负责裁剪和制作。

当楼顶棚里的鸽子繁衍成群时，桑哑铛的玉鸽牌唐装也闯出了一点小名气。长安城里的一些艺术家和文化人已开始光顾桑哑铛小小的唐装店。金眼相士订制了春夏套装，桑哑铛让谢冰莹给元菊生送去一套秋装。元菊生要付衣款，谢冰莹坚辞不收。元菊生便赠送一对鸽子和两枚鸽哨。桑哑铛见了，真是喜出望外。

之后，桑哑铛和谢冰莹给自己的店定了条宗旨：限定数量，保证质量，以慢为快。以慢为快，是他们从步行者身上悟出来的。

步行者是只秋天出壳的晚生鸽，其父母正是元菊生赠送的那两只鸽子。

秋老虎快来了，鸽子开始换羽。桑哑铛将鸽子拆对单养，却看到那对鸽子生蛋了。桑哑铛要取了炒着吃。谢冰莹说生都生了，吃了怪可惜，就让孵着吧。这是典型的女人的怜悯仁慈之心：怀都怀了，就生下来吧。既然冰莹这么说，桑哑铛只能谨遵懿旨，拿在手里的鸽蛋又放回蛋盆里。幼崽出壳，正赶上秋老虎。热潮，蚊虫叮咬，再加上老鸽换羽，体弱懒散，给幼崽喂水多、喂食少。长到八九天大，一只被蚊虫叮死了。余下一只也发育不良，体质瘦弱，头脸肿胀，龙骨弯曲，羽条豁牙，四十天才会独自吃食。六十天出巢上房，但不会腾空飞翔，眼见着是个废物。桑哑铛每每看到他，都会说没用了没用了，那意思是说淘汰吧淘汰吧。喂食时，桑哑铛故意赶开他，让别鸽先吃。因为吃不饱，所以就争着吃。动作特别快，一啄三回头，吃个半饱就机警地飞到栖架上去。有次赶他的时候，被谢冰莹看到了，说丑孩子也得养呀，缺哪把食吗？桑哑铛大概联想到自家出身，脸一下紫涨了，对这只鸽子的态度彻底改变了。但鸽子的习性已经养成，依旧是吃个半饱就躲开了。养到换羽，才勉强上天飞行，但飞得慢，跟不上群，老掉队。这样的鸽子，将来做保姆都没力气，只能一辈子吃白食。桑哑铛一时又把自家的身世忘记了，厌烦的心理又上来了。趁谢冰莹外出接单送衣服时，打电话叫收鸽子的来，把这羽眼看要报废的鸽子，连同几羽比赛时没出息的鸽子一同交走了。太弱了！听天由命去吧！谢冰莹回来不见那只鸽子，问桑哑铛：咋不见那只可怜虫呢？桑哑铛看到谢冰莹脸上一副天下父母操心可怜弱小孩子的表情，撒谎说连同四五只一起送人了。谢冰莹说你可别觍着脸哄我哦。桑哑铛说哪儿能呢。这事就这样在谢冰莹半信半疑的眼神中溜过去了。

一月后，谢冰莹一边扶桑哑铛上楼一边嘟哝，你那朋友也真是，领养别人的孩子，也不细心照看。桑哑铛说：藻雪你说什么哪？云山雾罩的。谢冰莹说你自个儿瞧吧。桑哑铛顺着谢冰莹手指的方向看去，见棚角蹲着一只鸽子，缩头耸肩，羽毛松散。桑哑铛辨认半天：像是他。谢冰莹说就是他，可怜虫回来了。桑哑铛有些惊悸：虎口脱险呀！提住可怜虫一看，一只翅膀最外边的五根大条还用细铁丝扎着哪！这小子，竟然扎着翅膀飞回来了！谢冰莹说：这可怜虫，命该咱养，就别再送人了。说着给可怜虫松了绑，养活下来。

尽管可怜虫换羽后比原先强多了，但和别的体俊羽滑的鸽子比，还是显得丑陋不堪。桑哑铛无论如何也喜欢不上他，但也不能再次背着谢冰莹把他送给收鸽子的吧。刀口溜掉一回，再送入刀口，太不近人情了。唯一的好办法：上笼，在比赛中淘汰。顺顺当当，自自然然。

驯放时，这小子表现极不好，自由散漫，梦游一般。短短的百八十公里，别的鸽子早早就归巢吃喝休息了，他呢，天擦黑才晃晃悠悠地转回来。每每回来，桑哑铛都要悄悄对他说：你倒跑回来弄啥？头一回参加正式比赛，三百公里。人家飞得快的，不到五小时就回来了。他呢，竟然飞了五天，才半死不活地晃荡下来。五天飞行，缺吃少喝，熬得瘦成一把刀，拿在手里，顶多有二两半重。羽翅缺损，尾巴磨秃。桑哑铛越发地不爱了，决心放弃他。接下来的四百公里比赛，遭遇坏天气，连着一礼拜，都是中到大雨，许多好鸽子都损失掉了。到第七天，谢冰莹清早起来开院门，猛然里瞧见门外雨地里缩着一只鸽子，浑身湿漉漉的，耸着膀子，缩着头，眼睁睁地对着院门，仿佛知道主人会来开门，专门等在这里一般。

谢冰莹向屋里惊呼着：快看，可怜虫回来了！桑哑铛听到呼声，急忙来看。

可怜虫见门开了，便一步一步走进来。

谢冰莹和桑哑铛让到两边，让可怜虫通过。可怜虫在过门槛时跌了一跤，然后顺楼梯跳着上楼。谢冰莹和桑哑铛跟在身后，眼看着可怜虫一步一步走回他的家。桑哑铛说：这哪里是用翅膀飞回来的，分明是用两只脚走回来的。

谢冰莹脱口而出：步行者！

可怜虫从此成了有名有姓的人。

步行者就是这样，每赛必出，每出必归。风雨、雾霾、酸雨、地震、太阳黑子爆炸皆无阻。有年大冬天，鸽会领导一拍脑袋，说咱举办个雪花杯大奖赛吧。于是两千多羽信鸽在春节前刚下过雪的日子，被拉到五百公里外去放飞。雪后初晴，大地白茫茫一片。阳光反照，耀眼刺眼。有鸽友戏言：这咋飞呀，鸽子非得雪盲症不可！果不其然，那次比赛，损失极为惨重，归巢率不足二百分之一，总共回来十八羽鸽子，统称十八勇士。步行者是第六天下午，慢悠悠从天空荡下来的，落在舍顶，胡乱啄雪吃。桑哑铛和谢冰莹看到，步行者的眼泡肿得和红桃一样，挤成一条缝。真得了雪盲症。谢冰莹心疼地说：步行者不是用眼睛看着飞回来的，是用感觉和心飞回来的。

八年之中，只要有赛事，步行者次次不落。一年春秋两季，一季五赛，掐指算来，步行者虽不是身经百战，但少说也亲历八十余阵。算飞行公里，每季正式竞赛三、四、五、七百和千公里，十六赛季共飞行四万六千四百公里，近乎四个二万五千里长征呢！想想红军的脚板、步行者的翅膀，便知征途有多么艰险。

每次比赛，步行者都回来得迟，归巢得晚，录取满额，比赛结束，他便像位饮酒过量的醉汉一般摇摇晃晃地回来了，而且把自己弄得疲惫不堪、骨瘦如柴，甚至伤痕累累。但归家三五日，食水正常，他便很快恢复原样。八年之中，他就这样甘居鸽后，默默无闻地生活着、飞行着。而身边那些飞得快的，得过奖的，一不小心就迷失了，遗落他乡了。唯独步行者，总是迟迟归来，总是能到家。八年之中，桑哑铛的心态也在悄悄发生着变化，由对步行者的不感冒，到对步行者归来的司空见惯，再到慢慢地惊异，最后到心灵里一丝一丝的牵挂。起初是等别的鸽子。别的鸽子到了，桑哑铛便喝茶查名次去了。至于步行者第二天到、第三天到，抑或第十三天到，他都不在意。反正他会到。可是等着等着，先前飞得快的忽然有一天等不到了，印象也模糊了。这时候，步行者风尘仆仆地回来了。这平凡质朴的形象开始让他在意了。之后再等鸽子，只要步行者没到，他的心便痒痒的。痒痒中还夹杂着一抽一抽的疼痛，接下来，更是空荡荡的感觉。这种疼痛空落难忍时，步行者就在天边出现了。步行者携带的欢乐之风一瞬间便会把盘踞心头的疼痛和空落一扫而光。桑哑铛不去喝茶，茶味哪有步行者从千里之外带回来的味道好啊！桑哑铛也从来不去查步行者的名次，因为步行者总是信步而行，从来没有得过奖。

谢冰莹一旁瞅着说：再也不会把步行者交肉了吧。

桑哑铛想起往事，羞愧得红了脸：这家伙，心明如镜。谢冰莹说：你得好好看步行者，他有神呢。

夜晚，桑哑铛甜美入梦，梦见自己变成了步行者，步行者变成了自己。两人絮絮而谈，栩栩而飞……八年来，玉鸽牌唐装也慢慢飞起来。起初是两人经营的夫妻店，现如今已经有了店铺和雇员，网上也有了销售加盟店。人在轮椅，衣行天下。看着自家亲手经营的事业一点一点地成长起来，桑哑铛不由得感慨道：我们都是步行者。

谢冰莹一旁推醒他：你说啥梦话呢？

其实，桑哑铛心里一直藏着一个梦想，那也是所有养鸽人的梦想：荣获冠军，哪怕就一次。最不行，入三甲也成。每有人得大奖，桑哑铛脸上都现出一丝怪怪的表情。那表情一滑而过，绝不在脸庞上作片刻停留。但是心思细密的谢冰莹还是捕捉到了，也感受到了。身残之人，要么极度自卑，要么极度自尊，要么自卑和自尊搅和一起：我腿瘸，可我的鸽子翅膀又不瘸，为什么不能在大赛中获得一次荣耀呢?

可是，老天还没有眷顾他们。

谢冰莹最理解丈夫桑哑铛，他内心的旮旯拐角哪怕闪出一头发丝那么细小的念头，她都感觉得到。但她分寸拿捏得极准，不该点破的，绝不点破。八年来，每逢比赛，她都陪伴在桑哑铛身边，倚着楼顶的栏杆，等待鸽子归巢。每当看到桑哑铛仰首望天、苦苦企盼的模样，谢冰莹的心就万分难过，以致恨不能变成一只鸽子，从天而降。可结果却是，他们家屋顶那片天空，已经被苦苦地巴望了八年。每当快要绝望之时，步行者就带着宽慰人心的姿态归来了。眨眼之间，新一届五百公里盛唐杯大奖赛又要集鸽出征了。第八次还是第九次，谢冰莹推着桑哑铛去体育场鸽会集鸽地。桑哑铛双手搂着放在腿面上的赛鸽笼，步行者就在笼子里，另外尚有七八羽随行陪伴的。他们内心充满无限的憧憬，同时也不抱什么希望。偏偏遇见端端，刚到集鸽地，便迎头碰上了木归智他们。木归智想起那天在飘风楼前碰面见辱的事，心生仇恨，用话打压桑哑铛和谢冰莹：啥烂脏鸽子，也拿来比赛！白撂钱呢，不若炖了下酒！在公众场合，你羞辱桑哑铛可以，但你不能瞧不起步行者。桑哑铛哪里会答应，他红脸瞪眼睛，决意要和木归智急，可步行者的飞行战绩实在太差，闹得他直哆嗦嘴唇，反不出一句话来。谢冰莹急切地想帮丈夫，但一时三刻也找不到合适的话语，只能于一旁不屑地瞥着木归智。

木归智得寸进尺，非要和桑哑铛单挑：我出天赐，你出步行者，单独赌一把，一万咋样。

桑哑铛被逼到悬崖边，不知如何是好。

幸亏金眼相士在一边搭了腔：翅膀忽闪到天上，谁赢谁输还不一定呢。

木归智巴沙着小眼睛，想说：说这种活络话，也配叫金眼相士。但没有说出口。木归智何等精明，会在这种场合招惹大名人金眼相士吗？

他只用极其瞧不起人的口气说：看在相士哥的面上，算了。

十六

集鸽完毕，赛鸽车出体育场，离长安城，星夜兼程，驶往放飞目的地晋中。

在赛鸽车右上角的一个隔笼里，我和图南再次相遇。我们的目光在向对方表示：真是有缘啊！或者不是冤家不聚头啊！我们又咕咕叫着向对方说：上回飘风楼上，这次赛鸽车里。沙场老对手，私下新朋友。

我和图南从同伴间狭窄的缝隙里挤到最外边，肩并肩站着。赛鸽车颠簸前行，我们也被颠簸得一跳一跳，你撞着我，我碰着你。有的被撞碰疼了，就回头啄撞碰他的同伴，同伴便咕咕叫着辩解或者道歉。瞧，博尔特正向适生道歉呢。

赛鸽车拐上高速路，速度加快，行驶平稳，一路向东，百公里后又折向东北。再行百多公里，便可见宽阔幽亮的黄河，越河便进入晋地。这条路，我和图南训练和比赛时来过。我们的同伴也来过。我们的父辈祖辈也来过。我们祖辈的祖辈也来过。我们祖祖辈辈在这条人类缔结的秦晋之好的道路上，乘车而去，展翅飞回，往还已有好几十个春秋。时间和行动铸就传统，赛线和赛事也因悠久而著名。

车行平稳，有的同伴已经互相依靠着闭目养神，他们非常有经验，这一夜只能叼空在车上打个盹儿。明天天一放亮，哨声一响，笼门一开，就要展翅天空，一口气飞行五百公里。五百公里，一双翅膀要扇呼多少下呢！养精蓄锐是非常重要的。哪怕迷糊一顿饭工夫也好。

我和图南因明天的战事而有些激动，一时间尚无睡意。我们肩并肩，面朝外站着，圆鼓鼓的胸脯抵住鸽笼的细横梁，透过金属网孔看着暗夜的天空。混沌的月亮随着放鸽车的行驶在天空滑行。云彩飘浮不定，月亮一会儿被遮住，一会儿又露出来。从月亮和云彩的移动和变化，还无法判断明天天气的情况。

我们比人类单纯得多，我们之间永远不会有人类之间那么复杂的钩心斗角。我们只有本能，没有功利。我们会比谁飞得快，但却不计较输赢。我们天性善良，见面即朋友。瞧，我们对着在云中穿行的月亮，扯开了别后的心里话。不信你瞧图南，完全是他乡遇故旧、人生逢知己的样子。他的心扉完全朝我敞开。

我静静倾听。

图南说：木归智和萧涤生带着天赐你到飘风楼挑战之后，我家一向沉稳的主人柳散木有些心绪不宁、坐卧不安，让女主人墨玉环拎着我，和他一起去向师父请教竞赛心得。到得菊花园，碰到师父和唐字哨传人楚留声对弈，林风鸣和鹤秀一旁助阵。墨玉环观战，柳散木听谱。主人传经，客人悟道，不交一言，不辞而去，身后只有《梅花落》的声音。

真羡慕，真遗憾，那样的场景我竟无缘得见。

回到飘风楼，女主人从口袋里掏出一个纸团儿，展开来念道：

黄芪20g 当归6g 党参10g 白术6g 苍术6g 车前籽10g（或车前草20g） 葛根15g 虎杖20g 穿心莲10g 板蓝根15g

用法：水煎，滤去药渣，两次煎。取药合并，适量兑水，供九十羽鸽子饮服，连用三天。

　　柳散木问：预防什么病？

　　墨玉环：未交一言。

　　唉，国有疑难可问谁？

　　得，鸽子养成国士了。

　　集贤院、凌烟阁，哪一羽不是国士呢？

　　得，别斗嘴了。

　　我猜是预防新城疫的。

　　新城疫是专门侵害我们鸟类身体的极厉害的病毒，发现于英国坦那的新河岸，故也叫新河疫。这种病毒传染快，一旦被感染，肠胃立即坏掉，拉稀拉绿。走路头重脚轻，没精打采。轻到耽误一届比赛，重到一命呜呼，而且呜呼率极高。这是鸽友比赛期间最让人头疼的事。全长安城，能对付这种病的只有元菊生和皇甫三兴两个人。一个预防，一个能治。

　　柳散木让墨玉环到药铺照方抓药，煎过两遍，滗过药渣，合成一处，兑水供我们饮用。

　　除此之外，女主人墨玉环还把漂亮的小寒玉放到我巢箱里来。小寒玉太可爱了，我早就喜欢她，甚至像男孩子暗恋心仪的女孩子一样暗恋她。我有几次试图靠近她，可还没等我靠近，她就像受惊的小鹿一般跳到一边去。我勉强靠近，她干脆拍翅飞到屋顶上。我想围着她咕嘟嘟叫，向她展示圆鼓鼓的胸脯和浑厚的男中音，还有在阳光下闪着亮红光彩的羽毛。可惜小寒玉没有给我这机会。

　　我的言行举止被女主人墨玉环看到了，我的心思也被主人柳散木猜中了。要不他们为什么特意要把小寒玉安排在我的巢箱里呢？小寒玉是个胆怯的小姑娘，躲在巢箱一角，战战兢兢地打量着我。我从来没有跟她靠得这么近过。我只要一伸脖子，嘴巴就能叨到她白嫩的小鼻头。可我怎么舍得叨她呢？机会难得，我欣赏还欣赏不过来呢。

　　小寒玉的眼睛简直仙目化人。一只赛鸽，偏偏生就一双观赏鸽鹤秀一样的眼睛。眼腊白里透红，眼型斜成丹凤。尤其是那艳若彩虹一样的眼瞳里面蕴含的柔情蜜意，瞬间即可融化人心。

　　小寒玉见我没有半点伤害她的意思，而且还那么用情地欣赏她，便渐渐地不像先前那样胆怯和紧张了，还用她柔情蜜意的眼睛向我示好。我的心欢快地跳动起来。

　　唉，你的主人真人性。我和适生也相好，可一起上战场了。瞧，适生在那边。

可惜好景不长，小寒玉又被女主人挪去了。挪到另外一个空巢箱。可望而不可即。我的心真痒痒啊！毫无疑问，我患上了罕见的相思病。思念小寒玉，思念温馨的木巢箱，思念毗邻大雁塔的飘风楼。这应该是我们与生俱有的乡愁吧？

图南真幸福，主人给予他如此美好的乡愁。

只要笼门一开，我就会急切地飞回飘风楼，闪进巢箱。那一刻，主人一定会让小寒玉和我相会的。

你家主人在用乡愁调动你的积极性哩。

临出征前，主人柳散木焚香净手，给我做按摩，这次按摩比平时更加轻柔细致。从嘴巴、鼻头开始，到脖颈、背腹、尾巴。当然，最用功的还是两只翅膀。主人还用他的阴阳神手，施展他的神技，揉捏推敲按，从关节、穴位到肌肉，一路顺下来，直到把我按得浑身温热、肌肉松弛、气息平稳、神态祥和，这才稍稍增加了一些气功，把自己的心力催促到我的体内。那心力令我身上生出一股从未有过的勇气，这勇气既让我追求小寒玉，又使我看到夜晚来临后天空闪耀的星星。这一次，星星比以往任何时候都明亮。

按摩毕，主人柳散木双手把我捧到胸前，跪到悬挂着母亲遗像的香案前，恭恭敬敬地叩了三个头，祈祷道：妈呀，图南出征呀，请您老人家在天之灵保佑他平安归来吧！

墨玉环见状，也跪下来祈祷：请您老人家在天之灵保佑图南一举夺魁，为飘风楼争得无上的光荣！

柳散木侧过头来：你没有悟透师父的教诲，尽自然人事，下好每一招。至于胜负输赢，就请平常心吧。

墨玉环想起三天前在菊花园观棋听语的情形，不觉有些脸色泛红。

柳散木说去吧，墨玉环便用白苲竹拤装了我和十几羽伙伴，陪着柳散木，打车一路直奔体育场九十九看台集鸽地。

当裁判员电子录入，盖过暗章，将我塞进赛鸽车笼门的一瞬间，我扭转脖颈，回头深情地看了我家两位主人一眼。恰巧，我家两位主人也在深情地看着我。告别的滋味真不好受，仿佛有一根软软的细绳拴在彼此的心肠上。每离一步，那细绳就牵动一下，细绳每牵动一下，我的心肠也就疼一下。

天赐心想，一生有一次心肠疼多好啊，可我的心肠一丝疼痛都没有。

图南说，我不一样，走得越远，心肠疼得越厉害。要止住疼，就得明天迅疾飞归，双脚踏在自家进门器的踏板上。

瞧，图南说得多感动人啊。

我说，我家主人木归智要是像你家主人那样对我就好了。

我觉得你家主人看你看得可重呢，爱你爱得胜过我家主人爱我哩。

唉，爱过头了。

爱还能过头？

比如说吃食吧，主人木归智拣最精细的食料装在敞口的粗紫砂小罐，放到我的巢箱拐角，专供我吃。我不好意思独自享用，召唤适生一起来吃，可适生刚飞到巢箱口，就被主人赶走了。可怜的适生只好飞到食槽边去吃大食堂。精心的主人一直站在那里，直等我吃饱，方才收起敞口紫砂罐。

哎呀，你成你家主人亲儿了。

再比如说喝水，我刚吃完食，主人就用橡皮针管往我喉咙里注东西，直把我的嗉囊注得鼓鼓胀胀，活像一个抱球鸽。开始我只是觉得主人对我只是太过关爱，后来我的身体才告诉我，主人给我注的水里有肾上腺素、类固醇类，还有中枢神经兴奋剂类的药物。我真不明白，人类运动明令禁止的药物，为什么要用在我身上？

我的嗉囊太胀，老打嗝，一打嗝，一股刺鼻的气味就冲出来，难闻得要命，熏得适生他们躲得远远的。

良药苦口，是让你的身体更强壮，精神更亢奋。

太过了，受不了了。

你家主人要么有求于你，要么寄厚望于你。

集鸽前，主人木归智将我和适生单独留在紫漆竹笼，端端正正地放在茶几中央。其余十几只鸽子装在大一些的破竹笼里，靠茶几腿放着。我和适生安安静静地待着，竹笼里的鸽子却在打斗鸣叫。

木归智在我和适生面前放一盏小粗瓷碗，碗里盛大半碗沙子，沙子里插一炷香。木归智点燃香火，香头明明亮亮，烟雾袅袅。

木归智正忙，萧涤生来了。这师兄弟二人熟悉到你来你的、我忙我的的程度。萧涤生放下鸽笼，看木归智忙活。

木归智双手捧着大半碗酒，跪下去，语气铿锵：天赐啊，我的神！三百公里预赛，你争气，我不争气。你拔得头筹，我却一分钱没押。我辜负了你坚硬的脊梁和有力的翅膀，让你空飞一趟。我有罪，罪该罚！瞧，我把自己惩罚成了这般模样！嘴唇的肿胀没有全消，胳膊上的疤痕历历在目。天赐呀，我的神！这回呀，你争气，我绝对也争气！木归智说着，解下缠在腰间的钱布袋，蹾到香碗旁边，信誓旦旦地一挥手：这赌命的大宝，我押了！

五百公里盛唐杯大奖赛，是长安城鸽界最强豪的赛事。参赛羽数往往上万，冠军单奖数目少说也在百万左右，加上二百元、三百元、五百元、一千元、一万元以及汽车大奖赛等各项插组赛，锅里总奖金往往有数千万之多。若遇哪一届集鸽数多，下炮人多，总奖金数可能上亿。冠军鸽如果运气好，押了通炮，一次即可赢取数百万上千万奖金，外加一辆路虎，再不济也是奥迪A6。所以呀，长安城的鸽友，都在精心准备这场赛事，辛苦劳作一年就春秋两次机会。赢了，名利双收；输了，咽一口唾沫，或者背过人哭一鼻子，然后准备下一场。鸽子大赛的诱人之处，就在于即便场场输个精光，但取胜的希望永远在前方。

除过丰厚的奖金之外，更有人生理想以及人生价值实现后的心理愉悦和人格增值。传统名家取胜，锦上添花，巩固霸主地位。新科状元，一举成名，昂首迈入赛鸽强豪之列。即便你是无力押通炮的穷小子，一旦夺得头奖，便与中彩票无异。得奖瞬间，简直不敢相信这是真的。绣球真会砸到自己头上？自己毛毡一样的脏头有这么幸运么？一经确认得奖无误，当即抱头痛哭。因为从此之后，就彻底向住棚户、租民房、靠卖苦力打工讨生活的穷日子说拜拜了。坐车有跟班，走路前呼后拥，宴会坐上座。你不开口说话，席间鸦雀无声；你不动筷子，大家都瞅着你。天窗已经打开，生活变得亮亮堂堂。

我家主人木归智是何等样人，第一桶金已捏在手里，会放过这样的机会吗？！不会的，绝对不会的，等着盼着呢。这赌命的大宝全押上了！

萧涤生发现木归智果敢的动作和坚决的语气里有点不易察觉的颤抖，知道这个狠心的家伙把身家性命全当了赌注。他想劝他，却不知道如何开口，就只好睁着眼睛瞟茶几上厚墩墩的钱袋。通炮啊！

木归智：上回鸽子挣下的，这回悉数再押上！

萧涤生：你太狠了，好赖留几天饭钱。

木归智小眼睛闪射出阴冷的凶光：男人就得狠！要么穷光蛋，要么木百万！

萧涤生在心里呼喊：我的兄弟呀，你咋能轻易尝试超过自身能力的壮举呢？你知道吗，对胜利的过度渴望和追求，里面埋藏着毁灭的种子！可说出口的却是：砂锅捣蒜，一锤子买卖。

木归智的目光和耳套跳动着，切齿道：不成功，便成仁。

萧涤生不得不叹服，木归智给这个仁字注入了新内涵和新活力。

我以为我们该出发了，谁知主人木归智又开始了。

木归智从床底下拉出个破旧的古乐器，左手拉弦，右手用一片新削的竹尺胡乱击打着丝弦，发出铿铿锵锵的鸣响。木归智声音嘶哑地随着铿锵声吼唱，音声虽不大合律，却也有几分慷慨激越之情：风萧萧兮灞水寒，壮士一去兮快回还！

图南用翅膀头掩嘴而笑：这故事我从前听我家主人讲过。

你现在才笑，萧涤生当时就笑了：高渐离击筑送荆轲刺秦王，你击筑送天赐夺冠军。

木归智目透凶光，两耳跳动，又切齿说一遍：要么穷光蛋，要么木百万！

萧涤生一仰头：那咱走！走！

可临出门时，木归智忽然记起遗忘的事，转身从电视柜上取过早已准备好的橡胶针管，把我从紫漆笼子掏出来，径直往我嗉囊里注射东西。软管插在嘴里，轻轻一推，就万事大吉了。

可刚推进一半，橡胶针管被萧涤生一把打落在地：你注什么哪？

木归智大大咧咧地道：牛奶呀。

萧涤生很有些恼怒：你这是要天赐的命！

木归智：私密大法，赛前加注牛奶，增强飞行耐力。

你鬼迷心窍，着了鬼道了。

木归智不以为然：我这么鬼的人，会着鬼道？

你说，是哪位师父教你的？

是小坏蛋和二鲁班密语，我听来的。好像师父也提说过。萧涤生跺着脚道：师父说的牛奶是白脱牛奶。

啥是白脱牛奶？

就是去掉奶油的牛奶，有清肠作用，可助鸽子增强体力。

脱不脱又有什么关系？

打寻常牛奶，会死鸽子。

胡诌啥呢，天赐怎么会死呢！

寻常牛奶，半夜会在鸽子嗉囊中形成干酪，嗉囊肿胀，鸽子会死的！

木归智顿时一头冷汗。小眼巴沙，耳朵跳动，手脚颤抖：这可咋办呀？

萧涤生：只有注些清水稀释，再试着抽些出来。一番折腾，我的嗉囊里一阵倒海翻江。

木归智问：管用吗？

萧涤生：幸亏注进去得少，就听天由命吧。

木归智用双拳暴打自己的头，打得梆梆作响。直到集鸽地见我身体还算正常，一颗悬着的心才稍稍落下来。

萧涤生则恨恨地说：你呀，邯郸学步，中人鬼道，怕是要从巷口爬回去。

木归智神气又恢复了些：去非哥呀，你咋尽拣好听的说。句句都是吉言。

到了集鸽现场，木归智又变成了另外一个人。他要在气势上压住所有人。竞技比赛，就要势不可挡。

交了费，下了注，押了宝，排队扫描交鸽。

因为木归智三百公里露了脸，有鸽友过来套近乎，木归智用脚尖点点鸽笼，道：战场在此。

又敞开衣兜：各位下注押宝的钱，不用交鸽会了，直接交我这儿吧。

有调皮鸽友奚落他：见到鸡蛋就想打鸣的公鸡，捡块石头就想煮鹈鸟肉吃，当心把长安城的牛皮吹扯了。

得，这就是我和我家主人。嗨，你我各司其职。

我忽然想起那天到飘风楼探营时，木归智在图南身上耍的小心眼，搞的恶作剧，就问：你折断一根大条，可怎么飞长途啊？

图南想展开翅膀让我看，可是赛鸽车里实在太拥挤，翅膀根本展不开。但图南动翅膀时却撞着了旁边的适生。适生这家伙，就这样默无声息地缩在角落里，听我和图南互诉衷肠。我觉得我冷落了适生，连忙把她介绍给图南：这是适生，我的女朋友。

适生礼貌地向图南点头示好。

图南咕咕叫着回应：我们都是有缘人。随后又把博尔特介绍给我。

天上，月亮钻到云里边去。地上，赛鸽车加速前进。

斜前方闪出弯弯的一串灯光。赛鸽车已经把泛着幽光的黄河远远地抛在后边，沿着汾河向着晋国的腹地前进。

图南说：眯瞪一会儿吧，给明天积蓄一些力量。

我打个呵欠：好吧。

天放亮时，我们来到了濒临潇水的晋中市郊。

赛鸽车出收费站，拐上岔道，行不远，在一片开阔地旁停靠下来。

当地鸽会的头头和裁判长已经等候在那里。

双方握手寒暄，开始拍照，验看竞翔单，检查赛鸽车笼门上的锁把和封条。见一切正常无误，当地鸽会的头头便向裁判长点头示意，裁判长即在竞翔单上签字盖章。回到长安城后，这些监放的签字盖章的竞翔单和放飞照片要张贴公布，以表示此次比赛的真实与公正。

太阳冉冉地从东边的山梁上冒出头，天边的云彩被太阳烧得火红火红。霞光从云彩的缝隙里透射出来，把中央的天宇照得一片蒙亮。那亮色一圈一圈扩散，很快就从天空扩散到地上。大地渐渐变亮，春风拂过，麦田发出细密的沙沙声。

仅就东边和我们头顶的天空看，无疑是一个适翔天气。但扭首西南望，也就是我们要飞归的方向，却有乌云悬浮在天空。那一坨一坨的乌云静止不动，没有滚动凝聚到一起。万幸万幸，乌云要是凝聚成团滚动起来，那必然要生出雷电，跟在后面的，肯定是狂风暴雨。老天保佑，千万别发生那样糟糕的事情。

戴着鸭舌帽、穿着蓝大褂、佩着红袖章的裁判长和两位裁判员庄严地站成一排，昂首望着天空。裁判长不时抬腕看表。大赛即将开始，气氛骤然紧张。空气中似有剥剥声响，我们在笼中也跃跃欲试。

七点整，裁判长吹响早已衔在唇间的铁镝。镝声尖利而刺耳，把我们的神经一下刺紧张了。

随着镝声，两个裁判员高举在空中的红旗猛地往下一挥，严阵以待的司放员拉下车笼的闸门。

我们前拥后挤，鱼贯而去，拍翅冲上天空。

万余之众，揽成一团，笼罩在裁判员及赛鸽车的上空，遮天蔽日。空中顿时响起鞭炮一样的噼啪声和箭矢一样的嗖嗖声。箭矢一样的嗖嗖声是我们的翅膀划动空气产生的，鞭炮一样的噼啪声是我们的翅膀互相碰撞击打发出的。

空中的碰撞和生活中的碰撞都是正常的。只是有的被碰撞得重了，就会掉到地上。他们要休息一会儿，恢复些体力，才能重新起飞。

我们飞上高空就不会再相互碰撞。看着稠密，实则和谐。我们会像长机和僚机一样保持精准的飞行距离，盘旋，漂移，寻找飞行方向。东边有太阳升起，可有云彩的西方是我们的家乡。

站在地上的裁判员和司放人员在看我们。我们已经变成了一朵移动的云彩，告别着，要淡出他们的视野。

我们小小的脑袋里有一件神秘的器官和功能，能根据磁场清晰地辨别和确定我们家乡所在的方位，即使人们蒙上我们的眼睛，把我们拉到千里甚至万里之外的无论什么地方，我们都会毫不含糊地分辨出我们家乡的方位，并在脑海中描绘出一个大致的回归路线图。知晓家乡所在是一回事，有没有能力飞回去是另外一回事。我们流落或葬身异乡，一定是能力不够或者遭遇了意外。在这一点上，我们和人类不一样。人类有时候会迷失好长时间，甚至把家乡的方位都遗忘了。

我们现在飞行在晋中平原上空，向南再有一百公里就要进入吕梁山和太行山夹出的狭窄川道。汾河就沿着这条川道一路向南，最后折而向西，在河津那儿汇入黄河。越黄河向西约二百公里，就是我们的家乡——可爱的长安。

我们归程大约需要飞行七小时。七小时中，最轻松的就是这刚出笼飞在晋中平原上空的时刻。这时刻很短暂，绝对不会超过半小时。唯有在这轻松的半小时里，我们尚可以互相欣赏和鼓励。

图南，你身上的羽毛真好看，红得像天边的朝霞一样。

图南回道：你的羽毛才好看呢，阳光一照，灰中耀蓝，亮丽得很呢。

我和图南互相欣赏的话，引来适生、博尔特、莲芯、石板灰、步行者、红袍关公、青年飞将军、小雨点、蓝眼，还有带哨的雪头们的目光。太阳慢慢上升，光线打在我们扇动的翅膀和抖动的身体上，反射出无数个跃动的光点。无数个光点汇聚成大光团，向南偏西的方向移动着。我们翅膀划动空气的唰唰声和雪头尾巴上的哨声混在一起，在空中形成一个声带，至东北向西南传递开去。

图南说我们刚才起飞的地方是晋中。我们的右首是晋阳，那可是赫赫有名的地方，早年曾是晋国的都城，更早时，在那里上演过赵氏孤儿的话剧呢。

我玩笑说，图南你要生在那儿，兴许也会成为赵氏孤儿呢。图南说那地方现如今已不叫晋阳，也不叫苏州，而叫太原。我们不得不佩服，图南知道的真多。

图南说哪里是我知道得多，是我家主人知道得多。有其主，必有其徒。

我家主人经常把我装在白苲竹挎里，放在沙盘做的地形图旁边。别人看纸上的图，我家主人摸沙盘里的地形图。那地形图从长安城出发，沿着赛线一路向东北，过山西、河北，一直延伸到内蒙古的海拉尔。赛线沿途的地形地貌、山川沟壑、草甸河流全按比例缩在沙盘里。我家主人俨然是一位指挥员，不光自己胸有韬略，还要我跟他一起熟悉地形。

我家主人柳散木每摸到一个地方，女主人墨玉环便报出名称。女主人一报出名称，主人柳散木便讲出那地方的历史典故。我家主人讲，我就静心听，听过之后，我也零零星星地记下一些来。

你又要说赵氏孤儿了。

赵氏孤儿的事，大家都知道，就不说了，咱说之后的事情。之后又有什么事情？

之后晋国形成六大家族势力：智、赵、韩、魏、范和中行氏。六家争斗，势力最大的智伯联合韩、赵、魏灭了范氏和中行氏。事成之后，强势的智伯又要求韩、赵、魏三家割地给他们，可是遭到赵家掌门人赵襄子的严词拒绝。智伯盛怒之下，率韩、魏两家攻击赵家。没想到赵襄子动之深情，晓以利害，成功说服韩、魏两家，三家联手，反而灭了智伯家族。随后，赵、魏、韩三家就把晋国给分了。

我说人类有好多事情我们搞不懂。那个智伯心太贪，做事也太过分，反落下个被灭族的下场。

莲芯、蓝眼、雪头和博尔特共同说：我们没有人那么多的欲望和智慧，所以在我们之间，也不会发生那么残酷的事情。

步行者：我们一如既往，和谐相处。

适生：可我们还要和人相处呢。

我担心的，适生说准了。

图南：精彩的还在后面呢。

图南在卖关子，吊人胃口呢。

智氏被灭，引出一个光彩的人物来。

谁呀，能有多光彩？

图南奋力振动几下翅膀，换了有力的口气道：豫让。

豫让？豫让又是谁呀？我们以前从来没有听过。

豫让是一位职业士人，起先为范氏和中行氏服务，不怎么受待见，转而投奔智伯，智伯将他待若上宾。于是豫让就忠心耿耿、死心塌地地为智伯服务。可惜的是，智伯被赵、韩、魏三家联手杀掉了。可气的是，他们竟然把智伯的头颅制成饮器来喝酒。主人死而见辱，可气坏了豫让，也激起了他的斗志。沮丧绝望中的豫让情绪昂扬地仰头对苍天高呼：士为知己者死，女为悦己者容！

这话怪好听的，是什么意思呀？

大概意思是说，士人愿意为知己的人去赴死，美女总是为喜欢自己的人梳理羽毛。

我们之中，不知有没有士人？

图南继续：豫让决心为智伯报仇。他更名换姓，自己把自己变成刑人，私藏匕首，混进宫里，去粉刷厕所的墙壁，想趁赵襄子上厕所时，将其刺死。可惜赵襄子预知了危险，命人捉住豫让。豫让开诚布公，希望赵襄子杀死他，以徇士道。可赵襄子极为佩服豫让的人格，很义气地把他释放了。

红袍关公：赵襄子可要比智伯大气很多。

图南：豫让志节不改，用生漆把身体涂抹得皮肤腐烂，吞咽炭渣把嗓子弄得嘶哑，面目全非地到街上去乞讨。妻子见到他，竟然都没有认出来，只有一个老朋友拍他的肩膀说：这不是豫让吗？豫让藏身桥下，准备行刺过桥的赵襄子。结果赵襄子的坐下马受到惊吓，赵襄子便知道是豫让藏在桥下，命人擒来问道：作为士人，服务三家，为何前面不为范氏和中行氏报仇，偏偏要为后来的智伯报仇？豫让慨然回道：范氏和中行氏像对待一般人一样待我，我也像一般人一样回报他们。而智伯待我若国士，我就要像国士一样回报他。

我说：这话听着令人心动，只是意思不全明白。

图南：我家主人说，国士待我，我必国士报之。这便是士。士成在两个字：知和报。知遇之恩，以命相报。

你这一解释，反而更糊涂了。

适生、莲芯、石板灰、博尔特、步行者、蓝眼、雪头、红袍关公、小雨点和青年飞将军他们七嘴八舌地议论开来。我们之中有没有国士，我们的主人是不是待我们若国士。步行者叹息道：我家主人待我若国士，可惜我不是国士，我会努力的。红袍关公和青年飞将军本想嘲笑步行者，但那嘲笑很快便成了同情和感动。

我说：我家主人木归智有时待我若国士，有时待我若奴役。

图南朗声道：人间事，我也不全懂，但我的心却为此而激动，我的血液为此而沸腾。知遇不知遇，各人不一样，但我们都有一个舒适、温馨、和谐的家。我们的主人给我们住得好，吃得好，而且年年月月、时时刻刻操心着我们、记挂着我们。我们出门在外，主人焦急盼望翘首以待。我们不在主人身边，心里也慌得很。我们还是加快速度，快点飞回去吧！

图南说得对，趁着精力充沛、情绪激动飞回家吧。这是比赛，不是旅游。你尽可以絮叨，什么交城的玄中寺呀、汾阳的美酒呀、临汾的尧庙尧陵呀，任你图南说去，说上三天三夜也没人计较。

刚起飞这段，空气尚好。新兴的城市、冒烟的烟囱、煤矿油田、路桥车马，还有两边荒凉的乡村，都在我们的羽翼下快速地移动和变化。在和一段高速路并排飞行时，有位司机赛性大发，驱动他的路虎车和我们飙快。天上地下，奋勇争先，难分胜负。

图南说我们应该感谢人类，我们遇到人类才彼此交往，共同开发。我们是由人类的眼睛和心智开发的。我们生得品相俊朗、羽毛多彩、性情温和、意志顽强。人们不知怎么就发现了我们最大的特点：落地生根、擅长飞行。人类因此在闲暇时欣赏我们，急忙时派我们传书，战时则让我们侦察敌情、传递绝密信息，和平年代又用我们竞赛比赛、争夺锦标。我们的先辈中曾经涌现无数英雄豪杰，这些英雄豪杰和人类一起，共同创造了堪能载入史册的神奇佳语。我们确实得鸣谢人类，是人类在挖掘我们最大的潜能，把我们清纯的心智和一对漂亮的翅膀亮相给这个精彩的世界。我们还要鸣谢上苍，上天给我们插上这双翅膀。这双翅膀和人类的想象一样，可以满世界飞翔。

我再次想起图南羽翼上被我家主人木归智折断的那根大条。昨晚想看，没有看成。这会儿在空中，应该能看个清楚。图南的翅膀扇动得又快又有力。翅羽半合半开，似乎没有缺豁儿的地方。缺个豁儿，五百公里，扇动七万六千下，得漏多少风呀！

正当我们意气风发，要斗个输赢时，高速公路拐弯了，而我们要照直飞行。司机从车窗朝我们挥挥手。我们照直前行，人类却不得不绕弯路。

在我们祖辈半个多世纪的竞翔史上，绝大多数时候都是一路晴空、万里无云，地面上是青山碧水、绿树红花，就连空气中都弥漫着沁人心脾的芬芳。在那样的环境里飞行，真是欢乐。那样的比赛，越比越精神。十分可惜的是，之后环境发生了急剧的变化。空气中香甜的芬芳消失了，被一种刺鼻呛人的异味所取代。我们眼前总是飘浮着一层浑浊的、半透明的东西。这东西时浓时淡，时稠时稀，而且起落无时，飘忽不定。身在空中，隔着这层东西看地上的景物，有时是黄浑浑的，有时是灰蒙蒙的，有时是黑魆魆的。

瞧，说变就变，说来就来。一块巨大的云团翻卷着从我们的身后滚动过来，包围了我们。我们旋即陷入风沙的海洋之中。情况骤然间变得异常糟糕，我们遇到了沙尘暴的袭击。

风力在逐渐加大，我们的羽毛被吹得翻起来，有些影响飞行了。更要命的是，风中夹杂着沙砾，打到我们羽毛翻开的身上，生疼生疼。我们宁可不要顺风省力，也不愿忍受这被子弹击中的疼痛。风力还在不断加大，沙砾越来越密集。我们身陷重围，无法逃离。人们啊，连伐带挖，弄得地上光秃秃的，沙砾只好随风扬在空中。

携裹着沙砾、灰尘、细树枝、碎树叶、短草梗、烂纸屑和薄塑料的空气完全变成了浑黄色。一种无形的力量把空气翻搅得天昏地暗。幸亏我们的眼球上有一层薄薄的保护膜，否则眼睛便无法睁开。但话说回来，双眼睁开又有什么用呢？能见度太低了，不要说辨认方向，就是想看清楚身边的同伴，都异常艰难。残酷的环境和现实送给我们的，唯有才能和感觉这两根救命稻草了，我们紧紧抓住它们，拼着性命往前飞行。

岂料，更大的灾难当头罩下，沙尘暴的中心追赶上我们，把我们旋裹进去。风不再是从后边刮来的顺风，而是猛烈的旋风。没有顾忌，没有方向，忽而左，忽而右，突然前，忽然后，瞬间高，倏忽低，胆大妄为，任意恣肆。我们已经无法把控飞行姿态，活像中了炮弹的飞机，在空中摇晃翻滚。有几次，我和同伴的身体撞在一起。幸亏不是撞在山体坚硬的石头上，那样的话，就粉身碎骨了。断树枝、粗沙砾、碎石块，尖的若利刃，圆的似子弹，不断地打中我们的身体。我们已经无法感觉哪里疼、哪里不疼了。

路过一个小村庄时，步行者被沙砾和石片严重击伤了，他摇摇摆摆地说不能再冒险飞行了，再冒险就没命了。他一收翅膀，借着风势往小村庄降落下去。他要找个屋檐躲一躲，沙尘暴总会过去的。等天气变好了再回家吧，保住命，回到家才是最当紧的。步行者避开一个强劲的风头，落到一棵大树后边的屋檐下面去了。

我有些犹豫。步行者被击伤，迫不得已选择中途躲藏，这迫不得已也许是明智的。沙尘暴过去了再回家又有什么不好，我想随着步行者落下去。

我的耳边"吱"的一声响，那短暂急促的声音是从雪头身上发出来的，雪头是此次比赛中唯一一位负哨出征的。元菊生老前辈还像往常一样，要让沿途的人们、动物和鸟儿听到那脆亮的鸽哨声。看来，他老人家美好的愿望这次要落空了。这一响之后，再也不响了。沙尘差不多把鸽哨灌满了，非但发不出声，反而成了沉重的负担。雪头身材瘦小，又背负着灌了沙尘的鸽哨，飞行得更为艰难。她不断调整姿态，或借风势，或迎风头，一下一下扑扇着翅膀往前飞行。蓝眼、适生、石板灰和莲芯也在雪头身边。博尔特很有心思，寸步不离地飞在雪头身边，为雪头护航。

可是，怎么不见图南他们几个呢！难道聪明而见多识广的图南在步行者前面就躲避风险，寻找安全的地方歇脚去了?!

我想呼唤适生，找一块合适而安全的地方躲一躲吧！

正在此时，图南斜着从一团黑云中蹿出来。没错，是他，可见的红色，还有那仄楞着身子的飞行姿势，是他独有的。瞧，红袍关公、年轻飞将军和小雨点紧紧随在图南身后，图南和雪头他们会合一处，抱着团儿往前飞。图南俨然是位身先士卒的指挥员，迎着枪林弹雨飞在最前面。

沙尘暴更加疯狂肆虐，图南和大伙在其中拼搏。

我打消了寻港避风的念头，像一个想当逃兵的人那样感到羞愧。又没有像步行者那样受到重伤，有什么理由脱离战场呢?!

飞吧！图南和雪头他们能飞，我也能飞。

突然，一粒片状的碎石打进我的右眼，眼前顿时一黑，随即是钻心的疼痛。疼痛使我眩晕，翅膀顾不得扇动。我的身体宛如一片残瓦，随风坠下，甩向一块大石头，我的身体顷刻间就会"砰"的一声爆裂开。

不能！绝对不能！求生的本能鼓动我催开双翅，猛地翻过身来。我的凶险处境显然被图南看到了，他一个仄楞，俯冲而下，就在我快要接近大石块时，用他的脊背将我托起，然后飞到我前边，引导我上升。

就这样，我、图南，以及众多伙伴，有如树枝和纸片，被猛烈而疯狂的沙尘暴裹挟进吕梁山和太行山余脉夹出的出口，我和图南尽量爬高，以免撞到山体上。不过，那些动作稍微迟缓些的，还是难免遭此厄运。我真不忍心听他们身体撞上山体发出的哔剥声。

峡谷出口，斜着的一道山峰和回旋的气流把沙尘暴阻挡住了，沙尘暴减缓了速度，上浮，向左边飘散。

我们终于脱离铺排碾压了我们一百多公里的沙尘暴，拐向偏右的川道。这应该是我们回家的路途。不管怎么说，脱离苦海总是值得庆幸的。我忍着眼疼环望我的同伴，我的右眼已经被血液黏住，什么也看不清。我只能转动脑袋，用左眼搜寻。身边的同伴稀稀落落，许多已经血洒疆场。你瞧，图南飞得正起劲呢，他在最前面领路，姿态很特别。

前程黑云漫漫，我的鼻尖和羽翼感觉到了空气里的潮湿。空气里的水分太大了，沙尘暴异常猛烈，使我们无法把控身体，而潮湿的水分会使空气变得像铅一样沉重。前者危险，后者难飞。反正，没有省油的灯。更严重的是，潮湿的空气在警告我们，前面就是落雨区。

风迎面吹来，没有沙尘暴凶险，也没有携带短枝残叶和沙砾碎石，携带的只是稀稀落落的雨滴。我祈求雨不要下得太大，因为暴雨会把我们拍到地上，将我们浇成落汤鸡。中雨也会打湿我们的羽毛，把我们的羽条拧成麻花，使我们无法飞行。如果是小雨，我们带有油性的翅膀尚可抵御一阵，我们会快速扇动翅膀，使雨水无法在我们身上停留。不信你看我和我的同伴，只有尖尖的嘴巴、鼻瘤和前额被雨水打湿了。那是我们迎风破雨的地方。

唉，你该知道，在这样的环境中飞行是非常吃力的，一下都不能松懈，喘一口气都不能够。

弯过山脚，越过小镇，前面便是旷野和荒地。那里没有屋檐和窗台，只有树木和花草。有同伴实在飞不动了，就落到树枝上去。没有经验的家伙，鹰隼就隐藏在树林里，要拿你们做美味的午餐呢。

飞吧，像图南那样，咬紧牙关飞吧！

雨水打入我受伤的右眼，蜇得生疼，仿佛医生正在用手术刀挖我受伤的眼睛。伴随着难忍的疼痛，我嗅到被雨水打湿的空气里散发出的刺鼻的酸味。紧跟着，我疼痛的眼睛、鼻子和气管里，同时产生一种无法言说的难受。喉咙里刺痒刺痒，痒得我老想像人一样干咳几声，可一时之间又咳不出来。坏了，我们遭遇到一场怪雨，人类好像叫它酸雨。

我们对气味很敏感：闻到腥味，知道天要大变；闻到汽油味，知道到了车辆穿行的大城市；闻到花香，嗨，不用说，到家了。我们之中不乏聪明者，但是没有学者。人类既聪明，又有学者。人类学者说近代工业革命促使蒸汽机、锅炉、火力电厂、轮船、火车、汽车蜂拥出现，这给人类生活带来巨大的幸福，也给自然生态带来巨大的灾难。燃煤、尾气等酸性物质升上天空，和对流气体混合在一起，酿成酸雨。要是酿成酒该多好啊！酸雨随风而飘，随意而下，一蔓延覆盖就是数百公里，一漂移又是数百公里。率性而来，任性而去。这块古老的土地上已经没有一个城市、一处乡村可以独善其身。谁遇上谁倒霉，我们遇上，我们倒霉。

能倒霉到哪种程度呢？对内，心肺要污染患病。对外，可使非金属建筑材料、混凝土、砂浆、石块和砖瓦表面硬化，水泥溶解，出现裂缝和空洞，强度降低。试想，钢筋水泥尚且如此，何况我们这小小的血肉之躯和柔软的羽毛。

除了本能的逃逸，我们还能干什么？！除了生存意志，我们还能有什么选择？！伤眼的疼痛和呼吸的困难，一时间都顾不上了。只得凭本能和意志扇动沉重的翅膀，奋力往前飞翔。至于将来会患上什么痛，留下什么后遗症，那是将来的事，眼下压根儿顾及不上。

透过薄薄的雨幕看去，前面，下方，是一条宽阔的水带，略带大弯，向东南延伸过去。水面上蒸腾着浓稠的乳白色雾气，雾气阻断了我们的视线，使我们无法看清对岸的情形。我知道，这是人类非常崇敬的母亲河——黄河。这是我们第二次飞越黄河了，三百公里比赛时已经飞过一次。过河往西南不远，就是一马平川的关中平原。沿关中平原往西飞行二百多公里，便是我们的家乡长安城。我们多像外出归来的游子，离家越近，心情越迫切，可谓归心似箭，恨不能一跃到家。

飞越黄河时，我看到图南那在乳白色浓雾里晃动的紫红色身影。图南斗志昂扬，飞得特别有神采。红袍关公、年轻飞将军、石板灰、小雨点和莲芯虽然紧紧尾随，但飞行的动作和姿态显然没有图南轻松自如。再有百十公里，他们怕是跟不上了。我回头看身后，只有适生紧随在左后方。再往后，竟然没有一个伙伴相随。我们已成第一梯队，成千上万只同胞仍然身陷沙尘暴或者酸雨区，掉队、落难，甚至遗失。我现在才真正明白，我家主人木归智为何要带上我到飘风楼探营，找图南挑战。人们的眼睛真有神，早就认定图南是一只英勇的战将。我想起昨晚在赛鸽车的笼子里相处的情景，想起我们说的那些话，心潮立刻再度起伏不已。不能落单，不能掉队，最起码要和图南一搭飞回长安城。

可怜的太阳，刚刚冒了一下头，就又被云霞遮蔽住。

关中平原上空，搅动着一大团一大团黄色的烟霞，靠黄河这边稍微稀薄些，越往西越浓稠混浊。这种烟霞似的浓雾，是近些年才出现的，而且活动频繁。常人叫它雾霾，人类的科学家叫它光化学烟雾，浪漫的诗人称它烟霞，并且戏言：烟霞与群鸽齐飞。可惜这烟霞不是古时那绚丽的落霞，这烟霞，首次爆发于二十世纪四五十年代的工业王国英国的首都伦敦，以及美国的洛杉矶。半个世纪后，又发展到我们这儿，而且混进了中国特色的沙尘溶胶，成分复杂无比：酸、碱、盐、胺、酚、尘埃、花粉、螨虫、流感病毒、结核杆菌、肺炎感菌……总之和苏丹红、三聚氰胺、塑化剂以及罂粟是一样的。人类深受其害，光伦敦灯污染事件，就有上万人丧生。洛杉矶是轻点，也有八百多人死亡。只要遭遇，我们也会和人类一样，患上急性呼吸道感染、急性支气管炎、肺炎、哮喘、鼻炎、结膜炎、心血管病、中风。染上其中任何两种，正飞行的我们都可能掉下去，摔碎在地面上。

唉，地球几十亿年前就是这雾霾的样子。火山喷发、地壳运动，大量活的化学分子排放到空中，空中充满硝酸盐等化合剂。地球生态演变了多少亿年，才成为青山绿水的模样，可人类只花了两百年，就把地球又拉回到起初阶段！

人类尚可戴个口罩应应急，可是想象一下，我们要是戴个大口罩飞行，那是多么荒唐滑稽的形象啊。

有什么办法呢？总不能坐以待毙吧。

说实话，在这光电烟霞中，我的右眼已完全失明，左眼也只能看到三五米远。我完全凭感觉飞行，只感觉前面有个紫红色的影子在晃动。我什么想法都停止了，专心致志地跟着紫红色的影子往前飞。

图南真是聪明，舍弃了高空，贴着地面飞行。高空的悬浮物又稠又密，地面的空气相对轻薄，能见度稍好些，呼吸也没有那么呛。但你得记住，贴地面飞行，注意力需特别专注，飞行技术要特别高超，一不小心就会撞到不知什么东西上。那就爆了，完蛋了。图南正疾疾而飞，突然一个急刹车，翅膀朝后扇着，像直升机那样在空中停顿一下，然后调头绕个弯儿飞过去。后面的小雨点没注意，一头扎过，正好撞在尼龙线织成的网子上。博尔特和年轻飞将军见状忙折身拐弯，可翅膀还是刮在了网边，有膀条和羽毛脱落了。看来，是有人知道天气坏，在我们的必经之途上扎了竿，张网以待我们送上门来。一中两伤，幸亏我和适生在后边。不然，凭我一只眼，怎能不入网？

我们惊魂未定地继续飞，速度得放慢呢，时刻得注意天罗地网。

当我们飞过一片矮树丛，树丛里突然站起一个人，举枪便是砰啪一声，太猝不及防了。图南身子往上一弹，像是被抛掷的一块砖头，抛到高点，又往下坠去。红袍将军也挂彩了，挣扎着斜斜地向前飞去，前方又连续不断地响起枪声。

命运真是无常，该遇上的都遇上了，该碰到的都碰到了。像大炮一样轰鸣的枪声震住了我，图南和红袍将军的惨状惊吓了我。我慌急地招呼一声适生和石板灰，掉头向相反的方向逃逸。

十七

司空千秋前天做完身体检查，今天来查看结果。医生说你先在病房等一等，过一会儿会诊结果就出来了。

司空千秋带了上好的茶叶和茶具来，心道，若有事，时不时来住，就一边吃药打针，一边陪甄国士老部长喝茶。若没事，茶具和茶就留给老部长享用。

甄国士盘着腿苦眉搭眼地坐在里面的病床上，腰板硬正，既像一尊铁塔，也像一尊佛。不知何时，手里多了三枚油亮的麻核桃，在自如地把玩着。

司空千秋洗刷好茶具，烧好水，沏好茶，敬给甄国士：老部长，请用茶。

甄国士用闲着的手接过茶盅，抿一口，放到床头柜上，不抬眼皮从眼缝里瞥一下司空千秋：事情进展到哪一步了？

司空千秋知道老部长问的是自己晋升的事，便回应道：信号很积极，厅长私下已经允诺，并且以厅里名义向组织部推荐了。

组织部派人来考察了没有？

目前还没有，厅长说按计划不会超过三个月。

甄国士忽然朗笑一声：白板皇帝。

司空千秋从来没听过这个词：啥叫白板皇帝？

就是没有传国玉玺作为印信的皇帝。

噢，我还以为皇帝打麻将摸了张白板呢！这跟我有何相干？

你呀，没有组织考察，没有红头文件，没有加盖红印，没有正式任命，不是白板是啥？

嗨，厅长允诺，厅里推荐，等着组织部来考察，咋能是白板呢？肯定是红中。

甄国士又嚯嚯笑两声：从推荐到红中，这个过程诡异得很呢。司空千秋忙给甄国士换茶：敬请老部长指教。

甄国士把手心的核桃玩转得咯啦咯啦响，闭了重眼说：有些事不能教，有些事教不会，有些事不用教。

司空千秋忙跪到外边病床上，朝甄国士磕了个头：老部长点拨得好，我这厢致谢了！

两人又说了一会儿闲话，司空千秋忽然说：老部长，您那两句戏文很有意思，我玩味了好几天，越玩味越放心不下。

甄国士用核桃敲了几下梆子，扯着苦音唱道：千里来寻故地，三十载忽成往昔。

对对对，就是这两句，有趣味得很。

我已经老了，没啥忌讳的了，你想问啥就开明叫响地问。

我前后在琢磨，凭老部长的人脉关系，长安城任意哪家大医院住个单间，都不成问题，可老部长偏偏到这济慈医院来住个标间，还变着戏法召见皇甫院长，可见了院长，又不急着看病，难道老部长是专门到这来唱戏的？

甄国士：你这话，可是问到我心底底里了，有一堆话已经在我心里窝了三十年，没有机会说出来，今日有缘见问，老夫我就索性倒了这核桃枣。

甄国士喝了司空千秋新倒的茶，用核桃敲着梆子做伴奏，嚯嚯朗朗地叙说他的陈年往事。

甄国士是二十世纪七十年代末的大学生，学经济，毕业后被分配到商业厅工作。那时候，大学生，稀罕物，抢手货。甄国士又生得高大、英俊、标致，再加上学问大，有能力，还会来事，很快就被老厅长相中。同来的大学生都被下放到基层锻炼，唯独他被抽调到了办公室当秘书，平时管材料，开会时为厅长写讲话稿。甄国士是新三届的大学生，有理想，有学识，又勤奋地彻夜点灯熬油，讲话稿自然比"文革"时期留下的秘书写得有水平。老秘书政治性强，口号多；甄国士数据多，理论深，观点新。老厅长讲话下面鼓掌叫好，老厅长好有脸面，每次下去调研或外出开会都要带上甄国士。甄国士眼亮手勤，既能用多种可行的方法获取最新最真实的材料，写出有用的调研报告，又能把老厅长照顾得周周到到。老厅长表面不动声色，心中却暗自赞叹：这小子，是可造之才！

一来二往，彼此熟悉热络，说话也就亲近随便了。有时周末下班，老厅长会毫不经意地说一句：小甄啊，礼拜天没事到我家玩噢。甄国士以为这是热络的客气话，表明厅长对自己的亲近和关心，哪里敢当真呢。厅长随便客气一句，你就真去玩，厅长家有好玩的吗？是随便玩的地方吗？甄国士何等样人，能傻到如此程度吗？老厅长过一段时间就有意无意地说一句，有三四回了，甄国士从来没有当真。

有一天，厅组织部部长向甄国士透露，最近厅里要在新分来的大学生中选拔两位政治觉悟高、工作能力强的人，充实到干部队伍中。组织部部长还拍着甄国士的肩膀说：年轻人，机会难得，是实现抱负的时候了，像你这种上学期间就入党，有学识有能力，又有一定实践经验的年轻人，是逃不过组织的眼睛的。再说，群众的眼睛也是雪亮的……甄国士的心跳加速了：古代那些仁人志士，谁个不是通过科举考试进入权力机构，谋个一官半职，然后一步步实现自己的志向和抱负，为社会为民族做一份贡献？

就在甄国士的心像兔子一样撞击胸腔时，办公室主任拉着他衣袖道：走，我约了几个人到老厅长家热闹热闹。甄国士有点胆怯：哪里不能热闹？非得跑人家厅长家热闹。办公室主任紧了脸说：什么人家厅长，咱们厅长。甄国士立刻意识到话说错了，对不起厅长平日里的亲近和关爱。办公室主任见甄国士面有愧色，又松了脸说：我这办公室主任是干什么吃的？我热闹，你热闹，咱们大家热闹，老厅长不热闹，我不是渎职吗？走，厅长又不是老虎，怕什么？

结果七八个人去了厅长家，除了甄国士和另外一个年轻人，别的都是各处室的处长和主任。

办公室主任一手拎酒一手按门铃，老厅长亲自开门迎接。甄国士从来没进过大干部家，只觉得这房子特别大，光客厅就比他们两人住的宿舍大好几号。屋里的家具和摆设也很讲究，既古色古香，又有些洋气。主客在客厅简单寒暄几句，就到餐厅圆桌边就座。自然是老厅长坐主位，旁边留一位，其余人按职位高低或年龄大小依次而坐，甄国士和另外那个年轻人陪于末座。正落座时，一位系着围裙、顶着手帕的女子端着菜盘从厨房出来，一边往桌上放，一边飞快地斜眼睛扫一下甄国士：今日有新贵人，请坐请坐。

办公室主任边往外掏酒边说：厅座夫人亲自下厨操刀，我们的待遇一下就上去了。

年轻的厅长夫人抛了个媚眼，放个眼风道：老袁礼贤下士，我负责落实。说完又返回厨房去端菜。

办公室主任掏出两瓶有年份的高档西凤酒，正要打开，被老厅长拦住了：今日家庭私宴，咱不喝公家酒，你一会儿原封不动地提回去。说着从酒柜里取出一瓶包装古旧的茅台：咱今儿高兴，喝好酒。办公室主任斜一眼甄国士：咱秃子跟上月亮沾光哩。甄国士的目光还没有从酒柜中的那一排排各式各样的茅台上收回来，没在意办公室主任说什么。

菜摆好，酒倒停当。

夫人坐在老厅长旁边的空位上，摘下手帕，一头秀美的黑发滑落下来，垂到肩膀两侧。夫人略一摆头，那秀发又甩向后背。甄国士暗叹夫人的年轻和风韵。老夫少妻，坐在一起，竟然那么和谐般配。

酒宴是如何开始的，又是怎样进行的，甄国士已全然不记得。他只觉得老厅长年轻的夫人是位非常了不起的人，既能照顾好老厅长，又不遗漏任何人，而且还能把酒宴的气氛调节到既热闹非凡，又不粗俗过头。她要敬谁酒必能随机发挥，讲出你心服口服的理由。端酒杯的人，宁肯喝醉，也要对得起她一番话语。柔美的巾帼豪情，甄国士可算是领教了。

酒酣饭饱，老厅长忽然想起什么似的对办公室主任说：小朱啊，我主持的那件事办得怎么样了？办公室主任立马会意：我们几个主任和处长正要向您老人家汇报呢，是这，按老规矩，家里不谈工作，咱另找地方。于是呼啦一下全走了，就连那个年轻人也被抓差拉去做记录。甄国士也要跟着去，夫人道：小甄稍等一等。

厅座夫人在家里发话，跟厅座在单位发话有什么区别？甄国士怀着一颗惴惴不安的心留下来。

餐厅里只剩下厅座夫人和甄国士两个人。甄国士从来没有和这么成熟、这么有风韵的女子单独相处过。甄国士心有点慌，背有点瘆，手脚有点凉，表情和动作有点不自在。这情形，局座夫人一眼就瞄透了，只见她往后扬扬葱嫩的手，厨房里立即出来一位穿着朴素的中年妇女，收拾桌上的碗盘筷勺和酒壶酒盅。

夫人努努圆中蕴尖的下巴：咱们到客厅坐吧。

甄国士机械地坐到客厅米黄色的真皮大沙发上。尽管他不敢往深里坐，只是用屁股尖坐在沙发边上，但还是明显地感觉到，厅长家的沙发就是好，坐上真舒服，有朝一日……这是哪跟哪呀，别胡思乱想了，还是正襟危坐、毕恭毕敬吧。

夫人坐到顶头的单人沙发上：别拘谨，跟在自己家里一样。夫人故意夸张地：你的名字是甄，甄什么来着？

欠身：在下甄国士。

对对，这名字好，国士国士，前途不可限量。老袁时常念叨你，刚才宴席上朱主任又介绍你，我是声名早闻今又闻。现如今大活人就谷堆堆坐在我面前，我得把这声名和真人对应一下。说着又把甄国士打量了一番，甄国士浑身不自在，但又不敢表露出来。

夫人笑眯眯地道：老袁那双眼睛，黏糊糊的，可看起人来，就是漏个缝，也看个差不离。

甄国士云里雾里，老厅长看谁呀？你，还是我？我，还是你？

夫人扭头朝里头喊：春秀，来给客人看茶。房子的过道很深，夫人的声音传到顶头，碰到墙壁又折返回来。随着声音过来的，是一个年轻女子，年轻女子双手捧着茶杯，不慌不忙地走到甄国士面前，欠身把青花瓷杯递给甄国士。甄国士连忙起身，很有礼貌地接过茶杯，茶杯不是很烫，可能是沏了有一会儿工夫了吧。

年轻女子的目光在青花杯上点一点，很稳重地退到一边，大大方方地看着甄国士。

夫人：这是我们家千金，春秀。

甄国士狐疑地看着春秀，又看看夫人，怎么现在才闪面？夫人：噢，这是我们家的规矩，来客时，晚辈一般不上桌。家教挺严，规矩也挺传统。

甄国士这才仔细地看了春秀一眼。春秀个儿不高，胖胖的，白白净净的，多少带点厅长的影子，但没有夫人的美貌和风韵。既不难看，也不出挑。挑不出明显的毛病，也不令人怦然心动。甄国士在心里尽量把厅长和夫人往春秀身上揉捏，但怎么也揉捏不到一起。

甄国士觉得春秀有点眼熟，最起码在什么地方有过一面之缘。甄国士想起来了，春秀到过自己办公室，找朱主任，没找着，又走了。甄国士前后一联想，心中顿时一惊：今日这酒席，八成是鸿门宴！

夫人朝春秀递眼色，春秀的眼睛又朝青花茶杯瞄了瞄，招呼说：别老站着，坐下喝茶。说完扭身回自己房间去了。

夫人：你瞧这茶杯，好看不好看？

奇怪，不问茶却问茶杯。

甄国士捧着茶杯观看,一个古气氤氲的青花瓷杯,绘有仙草。看这边。

甄国士转动茶杯,看到一柄带穗的如意。甄国士的心惊得跳起来:皇上选皇后时会递个如意,今儿个咱手中捧个如意杯。

夫人:老袁说,这青花如意杯,打有春秀时就收藏了,从来舍不得用,你有福,请用茶。

甄国士遵命呷一口茶,苦,极苦。

这茶你肯定没喝过,叫剑南石花,但苦后回甘很明显,你饮完咂舌,甘甜润喉。

甄国士依法而试,果然有一点。

夫人和甄国士东一句西一句扯着闲话,甄国士想把话题引到家庭出身上。那样,自己就有话可说了,可不知怎么,话题却让夫人转到厅里最近选拔干部这件事上。夫人本来就能说会道,一说这事,话匣子的描花盖打开来,里面一窝话,若一群蜜蜂飞出来:我们家老袁呀,是个老革命,思想特别正统,办事原则性极强。

这个我知道,我跟厅长跟了差不多快两年了。

夫人:我说老袁,你跟人较真一辈子,才较真个厅长。人家不太较真的,早上去了。所以呀,选拔干部嘛,既要坚持原则,还要有灵活性。你一辈子自作主张,今儿听我一回,看看结局会不会更好。老袁眼一骨碌:今日就听一回枕边风,灵活就灵活一点,但大原则必须坚持。然后就像平常一样,不时唠叨甄国士,说国士在大学学习成绩多么多么优秀,还要求上进入了党。工作多么多么认真,多么多么有能力。讲话稿写得多么多么好,他张口一念,底下就是掌声。像人品这么好,又有能力的年轻人,打着灯笼都难寻到噢。我说老袁你有完没完,你这是选拔干部呢,还是挑女婿呢?夫人笑:老袁还真让我问住了。

甄国士心里乱槌槌的,轰轰响。

夫人收住笑,正眼对甄国士:当然了,年轻人被提拔了,才是万里长征迈出第一步,可是这第一步要是迈不出去,万里长征就没有了。这第一步,重要得很,迈出不迈出,取决于自己的能力,还要看厅长的提携,厅长对你青眼有加,仅剩下点头画圈了。

甄国士万万没有想到,人生旅途非常重要的第一步,要迈出去,还如此的复杂和艰难。甄国士心乱如麻,一时难以决断,这个春秀,直如天外来客,一脚踏在关键的节拍上,把事情弄复杂了。再回想老厅长为人做事,真真正正姜还是老的辣,一出戏,导演得步步是景,环环相扣,简直神来之笔,天衣无缝。

甄国士由衷地佩服,也由衷地拿不定主意。

夫人提醒他:机不可失,时不再来,过了这个村,没有这个店。再说,识时务者为俊杰。俊杰做事，当以大局为重。男人选择，当以事业为首。

甄国士心中油然升起敬佩之情：不愧为厅长夫人，句句有声，刀刀见血。甄国士胸腔里那颗年轻的心，一下被挑到竿头上。

夫人不用察言观色，自知自己一番话的分量，也知这番话在甄国士心里引起的反应。为了缓解甄国士的心理压力，夫人又轻描淡写地补充一句：权有了，人有了，钱有了，好条件有了，你想干啥，虽不能完全由着性子，却也具备资格了。

言者无意，听者有心，甄国士为这句话心眼活动了，但他没有表露出来。

夫人知他内心变化，也不当面强求，就说：给你三天时间考虑，我们静候佳音。

甄国士认为这句话就是逐客令，便一口喝干茶，放下茶杯，起身告辞。夫人也不挽留，冲屋里道：春秀，送送国士。

春秀应声出来，送国士下楼，一直送到门外很远的一棵大枇杷树下。甄国士看春秀换了一身宽松的衣服，似乎是专门为了自己，不经意地隐藏一下她那胖胖的身材。瞧她的目光，竟然有恋恋不舍的柔情呢。

未出三月，甄国士被破格提升为正处长，未足半年，甄国士成为袁老厅长的乘龙快婿。未到一年，春秀为年轻的厅长夫人生下了一个胖嘟嘟的小外孙女。

甄国士粗声慨叹道：想当初，我的仕途和婚姻之顺利，羡煞厅里多少年轻人。

司空千秋愈听愈迷糊：老部长为何扯得那么远，跟那两句戏文没有一丝一缕的关系，我还是不知道您老人家为什么要到这济慈医院来。

甄国士像戏台上的老生，唱戏唱到高潮处，猛地在床上站起来，一手核桃，一手茶盅，高举过顶，做出一个英雄的亮相。甄国士本来就高大，亮相又光彩，那形象，差不多顶着房顶了。甄国士眼放精芒，朗声念白道：老夫我寻我儿来了——

司空千秋一下跳起来：不是生了个女儿吗？

那是开头，还有后来呢。

看来后来的事还大有变数呢。

像我这样的人咋能没有一点特殊的经历呢？

洗耳恭听。

正在这时，一个穿白大褂的年轻医生进来了。甄国士缓缓收势，盘腿坐回病房。

司空千秋看到医生手里的病历单，莫名一激动，一屁股坐在自己的病床上。没想到，那病床从中间拦腰折断，塌了下来，司空千秋被两边折起的床板夹住了。医生和甄国士搭手帮忙，把他拉起来，又帮忙把床腰拉平整。原来病床是可以折叠的，螺丝松了，司空千秋猛一用力跌坐，就塌下来了。他一边抱怨床不行，又一边庆幸：亏得不是地震，要是地震，就埋进去了。

医生说：司空千秋先生检查报告和病理结论出来了。

没什么事吧？

医生看着甄国士。

没事，你说吧。

医生：还是请你到我诊断室吧，按照医院规定，病情必须如实告知病人，同时还要保密。你得有点准备。

甄国士见状，起身说：要么我出去，要么你去诊断室。

司空千秋说有什么大不了的，一把抢过医生手里的病例和检查资料，自己翻着看。看着看着，脸上起了变化。先是潮红，接着是蜡黄，随后就成惨白了。

司空千秋神情恍惚地走过去，把房门拉大，向外挥挥手：你俩先出去，让我想一下。

甄国士带着不祥的预感，随着医生出去了。

司空千秋反锁房门，扑通一下撂倒在病床上，拉过被子蒙住头，在被子里面失声痛哭：天哪，这咋可能呢？！这咋可能呢啊？！

哭过之后，掀开被子，到卫生间擦洗一番，对着镜子照了照，与之前差异不大，只是眼角微微有点红，神情有些委顿。他大吼一声：去他妈的！把委顿的神情瞬间赶跑了。他把诊断书又看一遍，塞到枕头底下，打开房门，说：进来吧。

甄国士边往进走边叽咕：这小子有种，性硬。

皇甫三兴、金眼相士、莫追风三个人坐在凌烟阁门口的白色圆桌旁，边喝咖啡边等鸽子归巢。萧涤生和木归智不能来了，萧涤生要在他的陶先居等候莲芯，木归智也要在洒雪储宝堂等候天赐和适生。比赛这天，所有参赛鸽主都会坐在自家鸽舍门前，瞧着长空，期待出征的小勇士们凯旋。金眼相士和莫追风爱鸽不养鸽，就按惯例到凌烟阁和皇甫三兴一起等鸽。凌烟阁有以石板灰为首的六羽勇士正在征程上振翅奋飞呢。

莫追风提壶往杯子里加咖啡，楼下传上来吵吵闹闹的声音。

坐在旁边的金眼相士手扶大坨墨镜，望着昏昏沉沉的天空：鸽友们都说，在长安城，若没有皇甫老医生的鸽子，最好不要出赛，出赛必成赞助单位。

皇甫三兴深邃的蓝眼睛里闪烁着难以琢磨的光芒：眼看着要成老皇历了。

金眼相士继续：如果手心痒痒，而且闷得发慌，就到凌烟阁楼底下看皇甫老医生的鸽子是怎样飞回来的。

以前的确是这样，每逢大赛，楼前的空地上必然会聚集一大群鸽友，一会儿望望天空，一会儿指指楼顶。就连一些能自由行走的病人，也兴致勃勃地加入等鸽队伍之中。一旦有鸽子出现在天空，鸽友们便纵情欢呼，弹冠相庆。其热闹程度，和当年四水堂前斗鸽的情形不相上下。每当那时，皇甫三兴便会得意扬扬地说：可惜楼顶地方小，不然的话，请他们上来喝咖啡。

楼下的热闹更大了，金眼相士说：鸽友们又促烘①你来了。

三个人趴着楼沿往下看。楼下空地上果然聚集了很多人，虽然不像以前那样摩肩接踵、熙熙攘攘，但也三五成堆、七八成群地绣在一起，有的还伸手指着楼顶，向身边的同伴说着什么。皇甫三兴多少有些意外：奇怪，今年的人气又上来了。

皇甫三兴掏钱，让莫追风下楼买几箱矿泉水，供鸽友们享用。莫追风接过钱在手心里甩一甩：唉，天生跑腿的命。说着，协调顺溜的身子一晃，就晃下楼去，很快又晃转回来，还绘声绘色转述楼下鸽友的话：这是长安城有史以来参赛人数最多的一次比赛，谁赢了，谁就是长安城鸽界真正的王。

莫追风又给金眼相士和皇甫三兴添咖啡，结果发现皇甫三兴杯子里的咖啡丝毫未动。

身着雪白衬衣、藏蓝西服，系着紫红领带的皇甫三兴，坐在面对凌烟阁的白色弯腿椅上，微仰着头，略皱浓眉，用深窝窝眼注视着屋顶的琉璃瓦和琉璃瓦背后的天空。要在平时，他准能看到阳光打在屋顶的琉璃瓦和红松墙体上反射起来的光晕，也会听见舍里鸽子拍翅和鸣叫的声音。但是今天不会。今天天气晦暗，而且楼下热闹，楼上静谧。莫追风觉得，皇甫老医生依旧是那么洁净、沉稳、深邃和风度，只是少了以往的自信，多了点暗怀的忧愁。

皇甫三兴略带忧思：追风，你说我们养鸽人、爱鸽人在等什么？

莫追风飞快地答：等冠军。

金眼相士笑：天空飞下来一鸽，你怎么晓得是冠军不是冠军。

这话正中莫追风下怀：嗨，这正是我干的事。我这半辈子呀，骑车非但没骑上冠军，反倒输给扔鸽子的。我就想，得想个最现代化的办法，把事情整公平了。于是拿出所有积蓄，卖了心爱的赛车，办了个小型电子作坊，招聘两个学电信和计算机的大学生，研发了这款新型电子鸽钟。咱这鸽钟与卫星定位仪和电子感应板相配套，将鸽主姓名、棚号、鸽舍所处坐标的经纬度、电子环以及与之匹配的鸽子足环号等信息输入鸽钟，集鸽时录入鸽会比赛用电脑。得，万事大吉，你尽管喝茶喝咖啡，静等鸽子归来。鸽子征战回来，双脚只要踩上感应板，相关数据立即通过网络

---

① 促烘，怂恿之意。

上传。分数即算，排名立出，冠军赫然在目。

够现代化，也够公平公正，可精确到百分之一秒。像以前那种隔人扔鸽的事情，再也不会发生了。

不用打钟了？

再也不用颤着手打钟了，那个时代一去不复返了。可是手颤心跳的乐趣也没有了。

这次测试一成功，下次就在楼下装个大屏幕，或者装到钟楼底下，现场直播，让长安城所有鸽迷像看奥运会一样看到冠军的风采。

皇甫三兴微微摇摇头，叹出一口气。

金眼相士明白了皇甫三兴问话的用意，也猜透了他的心思，道：坐等希望来敲你的心鼓，是多么美好的事情。

皇甫三兴：欧洲是现代赛鸽的发祥地，可时至今日，仍然坚持用手打鸽钟。是他们科技落后，不会生产一款精确便捷的电子鸽钟吗？不是，是他们不愿意随随便便弄丢某些特殊的传统和乐趣。虽然，莫追风对皇甫三兴的话不完全明白，但还是觉得给迎头浇了一瓢凉水，整个人从头到脚都冷飕飕的。

皇甫三兴：欧洲养鸽人都有自己的花园，花园有大有小，鸽舍就建在花园里。平时看园中花开，听舍中鸽鸣。每逢赛事，约三五好友，围坐在花树下的绿茵上，边喝咖啡，边聊鸽经，边等鸽子归来。欣赏空中优美的弧线，感受鸽子炮弹般快速冲刺划破长空的声音，人才有了心灵的激动。连带下赌注带来的小小刺激。

欧洲人也讲究赏心悦目？

欧洲人也以此赌博。

只是给赏心悦目增加一点刺激，绝不以鸽搏命。

金眼相士：步陶老先生的集贤院建在花园里，只是等鸽时不喝咖啡，喝菊花茶或者菊花酒。

满长安城，也只有步陶先生养鸽和欧洲接轨。

金眼相士哦声连连：怪不得这么多年来，只有步陶先生能和您分庭抗礼。

皇甫三兴扭头向莫追风：你刚刚说楼下鸽友说什么来着。

莫追风：谁赢了这场长安城有史以来最大的比赛，谁就是长安城鸽界真正的王。

皇甫三兴窄扁的脑袋摇得跟货郎手里的拨浪鼓一样，就连那稀疏的头发也在飘动呢。

莫追风想：是不是新猴王要挑战，老猴王有些忧思，该怎么应战，又如何保住这个王位呢？

皇甫三兴忽然想起了什么,对金眼相士道:上次在这里,你说你师父是郭太和刘,刘什么来着?

郭太和刘邵。

哪朝哪代的人啊,如今长安城的名流里,没打听到这两位啊?

金眼相士爽朗地笑了:不是咱长安人,是汉代末年人。

当日我欲刨根问底,被别的事岔开,今日趁此机会,你可得说个明白透彻。

金眼相士推推鼻梁上的大墨镜,摸摸假想中的胡须,慨叹道:终生遗憾,不生胡须,羡慕步陶老先生白髯风度。

莫追风忙又为金眼相士添咖啡。

金眼相士:要是菊花酒就好了。

皇甫三兴:相士真能卖关子,你就权当步陶先生坐在当面呢。金眼相士把咖啡当菊花酒喝了,杯子往桌面上一墩,道:且说东汉末年,朝廷选才实行察举制度,士族中便兴起流行人才品鉴之风。至魏文帝曹丕时,人才招聘管理又实行九品中正制,致使人物品鉴的风气比前边更加兴盛,以致形成惯例:士族豪门、名人雅士,每月相聚互相品鉴评议,俗曰月旦品焉。

这风气倒是很有情趣。

时势造英雄,风气开先河,其中涌现出郭太、刘邵、刘义庆几位品鉴大师。

伯乐相马,他们相人。

我先说郭太吧。郭太家世贫贱,早年丧父,母亲托人在县衙里给他谋到一个杂役的职位,让他挣点钱养家糊口。谁知郭太坚持不去,说大丈夫焉能处斗筲之役。遂赴成皋就学屈伯彦。三年业成,博通文典,谈吐成云,音律成诵,而谓六艺兼备。后游历京师洛阳,名声大震。衣锦还乡,衣冠诸儒迎于河上,以为神仙呢。当朝司徒和太常共举他入朝为官,他以朝廷已为天之所废,不可支也为借口,推脱了。

唉,虚、飘、玄。不接地气。

那就说他品鉴左原的事吧。

左原?你上次好像提到过。

陈留人左原为郡学生时,犯法被斥,郭太和他在路上相遇,请他下馆子吃美味佳肴、喝好酒,并宽慰他:当年梁甫大盗颜涿聚,就学于孔子,改邪归正,后来做了齐国大夫,在齐晋黎丘之战中发挥了重要作用。还有那个晋国人李克,初始混迹市井,做商人、市侩、马匹经纪人、捐客,专门在集市上给人说和拉纤,后入孔门,师子夏,学而有成。其身边几位好友先后为将,唯独他清高隐居。魏文侯的弟弟极力向魏文侯推荐他,魏文侯月夜登门请教,他则遵从不为臣、不见诸侯的古训,翻墙逃避。魏文侯求贤若渴,每次路过他家门口都要下车扶轼致敬,以表自己的诚意。魏文侯的诚意终于感动了他,出仕侍魏文侯,后封于段,为干木大夫。人称段干木,真名遂隐。干木富义,可得记住了。后来秦国出兵伐魏,有明智之士劝秦王,魏君礼贤下士,有段干木辅佐朝政,国人上下一心,万万不可轻举妄动啊。秦王随即收兵回营。原来礼贤下士、重用贤能可以避国难啊。

颜涿聚、段木干尚且不能无过,何况你左原呢。请勿心生愤恨,而要反思自己,躬身行义。左原纳言而去。

后来有人以此事讥讽郭太,说他交人不慎,不绝恶人。郭太回道:如果我们不怀仁爱之心,把左原推向疾仇恶道,社会不就乱套了吗?

皇甫三兴用湛蓝色的眼睛把金眼相士打量了又打量,问:你这该不是古为今用、有的放矢吧?

金眼相士谦虚地说:哪里,哪里,叙叙老师的逸闻旧事而已。

莫追风:看来我只能骑车倒咖啡,二位先生说得我稀里糊涂。说着又提壶添咖啡。

金眼相士:还有电子鸽钟。

皇甫三兴笑着叹:现代化,现代化。还有刘邵和刘义庆呢。

金眼相士从怀里掏出两本古旧的线装书,亮给皇甫三兴。

皇甫三兴接在手中翻看,一本是刘邵的《人物志》,一本是刘义庆的《世说新语》。

金眼相士:我每天夜里都会入梦。今夜梦见刘邵师父,明晚又梦见刘义庆师父。两位师父轮流教我人才品鉴的识见和方法。刘邵师父教我政治和道德,以此鉴识人才,拔擢后彦,预言成败。刘义庆师父教我品鉴人物的质性和才情。我觉着,师父教我的才性之学,到了魏晋时期才真正进入人本体,创出高境界。不信你听听这些词:清、神、朗、率、达、通、简、雅、真、畅、后、旷、远、高、深、虚、超、逸……再到后来,麻衣相法之流,已经把这些才艺之学世俗化、功利化了。

皇甫三兴:如此繁难,能一一记住么?

金眼相士用手掌蒙住墨镜说:两部经典,你可任翻一页,指其一句或言说一事,看我能应答叙说否。

皇甫三兴顺手翻阅,随意挑出两句和两事考试金眼相士,金眼相士果然应答如流。皇甫三兴心中大骇,以前只知道他有点学问,会相鸽,没想到他的学问见识扎实到这种程度。真人长久不露相,日后更加得狠刮眼皮,高看他几眼。

皇甫三兴万分疑惑地:你肚子里这么大的学问,却从来没有见你品鉴过长安城里各行各业任何一个人物。

风气不再，时评不得。

何以见得？

古人大度，彼此品题，相互比较，你砥我砺，共同提高。今人小气，身上一根杂毛都说不得。轻则跟你猴急，重则砸你饭碗，焊你口。你说，咱是吃这碗饭的，碗要是被砸了，咱喝西北风去。不行，咱不能让这么好的学问烂在肚子里，咱得凭这个吃香的喝辣的，于是咱就相鸽子。

皇甫三兴向金眼相士跷起大拇指。

这些灵异之物是对我眼力的一种检验，或者说他们是我眼睛的一种创造。

莫追风又添咖啡：资质愚笨，越听越迷糊。

楼底下的吵闹声停息了，似乎也在用心听讲。

按惯常时间算，鸽子该归巢了，可是天空依旧阴阴沉沉的。太阳不见露头，雾霾没有半点要退去的意思。

莫追风：相士老哥能掐会算，就像以前那样，给咱算算哪羽鸽子能得冠军。

金眼相士闭口不言，眼睛的余光从墨镜边流出来，扫描着皇甫三兴。

皇甫三兴呷一口咖啡：我知道你想说天赐、图南和步行者。

莫追风：咋能没有咱石板灰呢？没有石板灰，咱谷堆堆坐在凌烟阁门前干等啥呢？

皇甫三兴拿目光制止莫追风，莫追风才坐到白色弯背椅上，纳着头，不再吭声。

一提说天赐、图南和步行者，金眼相士登时来了精神，一口喝尽咖啡，顺势把杯子往桌上一撇，杯子在桌子上打了几个转，眼看着就要掉下桌沿，却颤颤巍巍地停住了。金眼相士清清嗓子道：若论形体，三者肤骨兼有，戈戟足以自卫，毛羽足以飞翻；若论性情气质，三者皆有帝王将相气，气足以吞云梦，性足以撼五岳……

得，别卖排①了。泛泛之言，太笼统，不足以取法。分开说，分开说。

天赐逸，图南慧，步行者毅。

又太简洁了，说具体点，具体点。

　　骨气不及右军，简秀不如真长，韶润不如仲祖，思致不如渊源，而兼有诸人之美。②

这个刚才考过了，是时人评阮思旷之语，与鸽子毫不相干。

---

① 卖排，卖弄之意。
② 见刘义庆《世说新语》"兼有众美"。

我以此法评天赐、图南和步行者如何？

噢，原来窍道在这里。

天赐素有清节，生性正直，敏捷而机智，可惜与其主人性格不相吻合，主人会时时刻刻按其心性调教天赐。要么强强联手，强而又强；要么两性相伤。图南生得体态端妍，色彩纯艳，极具慧根，实乃真固之相，可谓长安第一信士。图南和主人富有心电感应，灵魂堪堪合二为一。步行者机敏不及天赐，慧性不如图南，但它生得骨植而柔，是位心怀弘毅之志的瘸腿寒士，兼有二美，又占弘毅，更显其长。

莫追风满眼疑惑地问：相士哥不会是在说笑话吧？步行者会胜出？

别打岔，让他继续评议。

然相鸽之要，必先察其平淡，然后求其聪明。

嗯，更进一步，更深一层了。

步行者是一只自卑到极致而又慢慢反弹的鸽子，是在挖苦和嘲讽中逐步成长并把苦难看淡了的鸽子。想一想，对苦难和蔑视都全然不在乎了，能不平淡吗？沙场淘汰了多少五星上将，步行者却屡屡拼死归来。经历生死磨难的步行者，能不平淡吗？若论中和平淡，恐怕无鸽可与步行者相比肩，尚使天假机会，步行者或可独步天下。

皇甫三兴含颔点头，满脸赞赏：郭太、刘邵以知人名传古今，你以知鸽声重长安。

莫追风：相士老哥这字字句句都在说步行者要得冠军嘛。金眼相士仰望天空，微微屏息：人算不如天算。

从早晨起，天气就阴沉沉的。原想着天色近午时，太阳会出头露面，驱散雾霾。可是，今天的太阳有一点虚弱，非但没能驱散雾霾，反而遭到了雾霾的围剿，没法露脸了，甚至出来透一口气都不能够。雾霾越来越浓密，早上还隐隐能看见东城门楼，现在倒一点都看不到了。

鸽子平常归巢的时间已经滑过去了。有赛鸽经验的人都知道：正常情况下快鸽子会准点到达，有时会准到以分秒计。但若受到天候或者人为因素影响，快鸽子不能准点到达，那比赛就成了延时赛。而延时赛中哪羽鸽子会率先归来，实在无法预测。用鸽友的话说，那纯粹是碰命哩。

一向沉稳风度的皇甫三兴也有点坐不安稳，他听听楼下焦急的吵嚷，看看腕上的手表，对莫追风说：看看卫星云图，查查沿途的天气情况。莫追风领命下楼去看电脑。

皇甫三兴、元菊生、柳散木属于同一类人，爱鸽深入骨髓。每次比赛前一个周，他们就开始查看天气形势预报，判断比赛期间可能出现的天气变化，然后根据天气情况选派战将出赛。因为一碧万顷的艳阳天，适合飞翔劲爆的高速鸽。这时候的天空，鸽子归来，头一群至少几十羽，齐头并进，冠军归谁，全凭实力。但若遇到多云天，大阴天或者浓雾天，这种时候鸽子就容易迷失。方向稍微一偏，速度越快，离家越远。差之毫厘，谬以千里。这时候，就该让那些稳健而意志顽强的鸽子登场了。他们边飞边判断方向，忽扇着带潮气的翅膀，穿云破雾地归来了。人才是埋没不了的，黑马随时都可能出现，尤其是乱云飞渡的时候。路途若是有雨，他们就高挂免战牌。皇甫三兴挂在嘴边的话：不识天文地理，最好别玩鸽子。宁肯少赛一场，绝不把心腹爱将葬送到坏天气里。鸽友戏言：皇甫爷的赛鸽法宝是宁走十里光，不走一里荒。

皇甫三兴他们最害怕的，是鸽子放出后路途天气的突然变化。若变化超出预期和把控，就只有听天由命了。

莫追风来报：糟糕，全遇上了！前段六级沙尘暴，中段中级酸雨，关中一线重度雾霾。

皇甫三兴一屁股坐在了弯腿椅上。沙尘暴、酸雨，还有雾霾，全浓缩成愁云，布满他的脸膛。

金眼相士：走麦城大家一起走麦城，又不是谁一个人走麦城。皇甫三兴轻声说：不是那样的，说着将脸上的愁云抹掉了。

金眼相士想：难道皇甫老医生担心着别的事。他忽然想起来了，道：皇甫老兄，您上次说您进行了一次文化拟子实验，这文化拟子实验到底是什么？

皇甫三兴看了金眼相士一眼，那眼神似乎在说，我刨了你的根，你也刨我的根。

文化拟子实验和基因类似。基因借助精子和卵子，由一个身体跳到另一个身体，生命便得到传播和延续。文化拟子无法天生遗传，但它会以模仿的方式，从一个头脑传播到另一个头脑。你完全能够在我的脑袋里种下一个有繁殖能力的文化拟子，这拟子会大大地影响我的思维，并且改变我。

不愧是学问高深、技艺精湛的医生。

我想把爱鸽和优胜竞翔法则的文化拟子，通过鸽子，从一个人的大脑传导并种植到另一个人的大脑中去。

哦哦，我明白你忧愁什么了。

莫追风：比前边更玄了，越发听不懂了。

天色向晚，电脑和手机都没有信息反应，说明全长安城还没有鸽子归巢。

全长安城的鸽友都处在焦虑的等待和急切的盼望之中。

为了缓和气氛，金眼相士把所论引到轻松的话题上：还记得三年前那个阴雨天等鸽子时，说到音布利区的趣事吗？

那么激动人心的事，咋能不记得呢。

音布利区以养红色长程鸽而享誉世界。他和鸽子在一起，就如和女朋友在一起一样亲密无间。他有一羽非常出名的赛鸽，叫希望号。希望号生得短小精悍，每次比赛都流星闪电般俯冲回来，仿佛后面有什么可怕的东西追赶着似的。有次比赛碰见坏天气，音布利区咖啡也顾不得喝，心急火燎地在鸽舍前的草地上踱来踱去，时不时地仰着脸看阴云密布的天空。天空乌云越聚越多，而且下起雨来，雨点越来越稠密。音布利区一边咒骂鬼天气，一边担心希望号会迷失在这飘摇的风雨中，那样的话，希望就成了绝望。

就在音布利区双手抱头、紧张绝望之时，像是谁从高空中扔下来一块砖头。那一划而过的弧线，音布利区太熟悉了。

心里的那块砖头落地了。

音布利区手捧着希望号，老泪纵横。

下了多大注，输赢多少钱都无关紧要，只要希望还在。希望还在，一切都有意义。

众人感慨不已。

莫追风：还是等待我们的希望吧。三个人又仰望布满雾霾的天空。

尽管天色向晚，楼下的人众也没有散去，仍然锈成一堆，引颈伸脖地往上看着。

可是，希望迟迟不见闪面。

突然，莫追风的手往南边天空一指：快看。

皇甫三兴和金眼相士以为鸽子回来了，急忙扭头往南边的天空瞧去。

鸽子并没有出现在天空。出现的，只是云彩的变化。

成团的乌云漫卷着向两边退去，中间的云彩渐渐变薄。薄云的缝隙忽然弯出一道彩虹，那拱桥一样的彩虹不是很鲜亮，在云层里忽隐忽现。

楼底下的人显然看到了，有人在欢呼。

彩虹的上端显露在外边，下边则被乌云遮挡住。人们根据彩虹的弯度大致可以估摸出，彩虹一边的根大约扎在神禾原的滈河里，另一边的根大约扎在曲江的南湖里。

金眼相士想起来了：你说过，若赢，天空会出现彩虹。

皇甫三兴痴迷地望着南边天空的彩虹，灵魂像是飞走了。

空中响起一串响声，那声音像是皇甫三兴的话语，又像是天外之音。

我们与你们并你们这里的各样活物所立的永约是有记号的。我把虹放在云彩中，这就可作我与地立约的记号了。我使云彩盖地的时候，必有虹现在云彩中。我便纪念我与你们和各样有血肉的活物所立的约，水就不再泛滥毁坏一切有血肉的物了。虹必出现在云彩中，我看见，就要纪念我与地上各样有血肉的活物所立的永约。①

听，神说的是多么诚心诚意呀！
人们还在望着南边的天空，乌云又漫卷回来，正在遮蔽彩虹。

十八

就在皇甫三兴、金眼相士和莫追风在凌烟阁等石板灰归巢的同时，萧涤生也在他的陶先居等莲芯。桑哑铛和妻子则在他们的唐后居等候着步行者。木归智比谁都心切，自然守着洒雪储宝堂，期盼着天赐和适生。总之，全长安城的鸽友都像以往的比赛一样，隐在自家鸽舍的隐蔽处，等着自家的将士归来。与往届的唯一不同是，元菊生没有坐在集贤院前、红丝石井栏边的石鼓凳上等雪头。他把听哨音等雪头这般赏心悦目的美差交代给了林风鸣和鹤秀，自己则约了楚留声到飘风楼来和柳散木、墨玉环一起等图南。二鲁班认为自己那一棚看鸽，飞个二三百公里还凑合，若要角逐五百公里盛唐杯大奖赛的奖项，基本上是癞蛤蟆瞅天鹅，只有看的份儿，没有尝的福。于是放弃等待，到飘风楼，看图南飘回楼角的风采。想想，这不比啥受活？

元菊生今天特意穿了新浆洗的青色对襟唐服，手腕上还系了条红络带，带上缀着几粒红豆。瞧，就连元菊生今日都在祈福求祥呢。

楚留声也穿得干干净净，手上还拿了枚旧鸽哨，说图南一回来我就吹哨。

墨玉环把元菊生和楚留声安排到木板茶房面朝窗户的茶桌旁坐。说：图南回来，要先让步陶师父和留声师父看到呢。二鲁班说还有我呢，说着，挪动圆胖胖的身体，挤坐到元菊生身边。

---

① 见《圣经·创世记》（9：12—9：16）。

柳散木也换了新衣服，红衬衣、中式对襟长褂、黑绒布圆口鞋，和两位师父以及二鲁班打过招呼，便不再吭气，只是静静地坐在靠窗户的凳子上，支棱着耳朵，听窗外的动静。

墨玉环把那盆和图南一同长大的菖蒲搬来，放到柳散木能闻到的窗台上，然后转动腰肢给大家倒茶：上好的紫阳富硒。

二鲁班玩笑道：玉环弟妹哪里像个按摩女郎，分明就是阿庆嫂啊。

墨玉环瞟了一眼二鲁班，笑：这是你亲手盖的飘风楼，何时变成了春来茶馆？说着话，把茶杯递到了二鲁班手里，说请享用。二鲁班先喝一大口，抿着嘴唇：你刚说什么茶来着？

上好的紫阳富硒呀。

你咋不说神禾菊花或者台湾冻顶呢？

楚留声也啜口茶，咂巴咂巴厚嘴唇，笑。

墨玉环诧异：难道我把茶放错了不成？揭开壶盖，仄斜着往里瞅瞅，又凑近鼻子闻闻，然后诡谲一笑：我这是试探你俩哩，看你们等鸽时紧张不紧张。能辨出茶味，说明不紧张。

二鲁班：就怕你紧张得把茶叶放错了。

墨玉环：哪能呢。我给咱换茶去，有步陶师父在，还是喝神禾菊花吧。

墨玉环再上茶时，二鲁班问：这茶和鸽子有关系没？

墨玉环：这就得问步陶师父了。

元菊生这才呷口茶，伸平手，让茶盅静卧掌心，道：有唐朝名相张九龄飞奴传书，时常仰望天空。飞奴就是鸽子，仰望天空就是仰望鸽子。

可这跟茶有何干系？

手把茶盏。

楚留声：一个紫袍长人，手把茶盏，撅着有胡须的下巴，仰望飞鸽，多好的形象！多美的画面啊！

二鲁班：跟步陶老师父倒是很像呢。

明朝还有个张万钟，一边品茶，一边写书。

啥书？

《鸽经》。

人有《圣经》，诗有《诗经》，茶有《茶经》，鸽有《鸽经》。这天下的经倒是不少，可惜现在人不太念经了。

现在人赵传集和王世襄又整理出《明代鸽经》和《清宫鸽谱》，也宝贝得很呢。

这老赵和老王喝茶不喝？

这还用问，喝。

能喝上咱神禾原的菊花茶不？

嘿！

没事，逗个乐子，轻松轻松。

楚留声：还别说，这乐子逗得好，就让步陶兄讲讲咱长安城的茶和鸽子，百听不厌，有趣得很呢。

元菊生放下茶盅，捋捋稀疏的白胡须，慢条斯理地讲开了长安城鸽坛的逸闻旧事。

旧时代的事，咱没有亲身经历过，都是听祖辈们凑在一起讲掌故时竖耳朵听的。

二鲁班：我耳朵也竖得跟鹿耳朵一样。

旧时的长安城，春秋两季都要进行鸽子抢红大赛，地点就在大唐西市的老四水堂茶楼。程序是头天集鸽，第二天放飞竞赛。集鸽放飞这两天，四水堂前就成了热闹的集市。卖各式小吃的，卖烟酒茶的，卖鸽食、鸽笼、鸽药、鸽哨和足环的，摆得一街两行，人声鼎沸，热气腾腾。集鸽时，鸽笼挨着鸽笼，蜿蜒若长蛇一般。四水堂大厅里，三张核桃木八仙桌并排而放，后面九把太师椅上正襟危坐着长安城鸽界的头面人物。这九位头面人物组成评议团和裁判团。先评议品种。凡参赛者，必须是纯种。点子、玉环、色环、玉翅、四块玉、青眼白、合璧、鹤秀、两头乌、菊花凤……一句话，杂毛子谢绝参赛。九人举牌评议，举五牌者通过。否则淘汰。那时候，审美为上。飞得再快，种气不纯，一身大杂毛，对不起！犹如写诗，不合律，文采和内容再好，也不叫诗。中选者，撕一条带号码的胶布缠在鸽腿上，然后登记，盖骑缝章，装笼办手续。每羽参赛鸽交纳黄金两钱，或者相当于这个数的白银。掐指算算，每赛少则两千羽，多则三千出头，平均两千五百羽。所集奖款黄金五百两。组委会抽头百分之十，用于置办奖杯、奖品、奖状、红绸、新竹笼，再就是操办庆功宴。余百分之九十，用作奖金。冠军百分之三十，亚军百分之二十，季军百分之十，再余百分之三十，四到一百名均分。冠、亚、季三军，奖杯，红绸缠新笼，红绸裹奖金。每季大赛分三场，由近到远放飞，三关皆入赏者，综合评定名次。之外还有一个规定，每家可特别指定一鸽，指定鸽须带哨飞行。既要看其飞速名次，还要比较其所配之哨的大小和出处，再要听其音色质量，最后综合评定前三名。也是奖杯，红绸缠新挎，奖金从均分奖金中抽取。指定带哨鸽的奖金不如关赛的奖金高，但却享有最高荣誉。因为这是比眼气的活路，名家将其看得极重。要是指定的带哨鸽获得总冠军，那主人和鸽子可是双双荣耀！啧啧，瞧人家！好鸽子！好眼气！要是冠军鸽没带哨，主人就要被嘲笑了。快把眼镜卸了！说得再难听些：

眼窝抹鸡屎了！

嗨，说了半天，是拿钱热闹，没穷人啥事。

有，穷人照样可以参赛。不凑份子，不赢奖金，只赢名誉。

噢，不得奖金只获荣誉。

你抢了名次，获了荣誉，那些有钱人照样羡慕地围着你转。

怪不得这么多人都跑到四水堂来了。

比赛当天，参赛者个个信心满满，又坐卧不安，一会儿出来望云，一会儿出来看天，仿佛红绸子就在眼前。其实，这情形一看就是散户人家。大户人家有专人饲鸽等鸽，主人不干这等差事。干什么哪？坐在四水堂大厅品茗侃大山等鸽子来报到，美其名曰：洪福将至，富贵可期。

嗯，说钱也说得有文化。

我爸说我爷有一对菊花凤鹤秀，白头、紫背、白羽白尾，雄的头顶一团菊花凤。这对宝贝生得体形硕大，骨骼坚硬，肌肉柔软，羽毛光滑，劲头十足。尤其是认路本领超强。每次参赛，我爷都要为凤头雄鸽佩带一枚秦字紫漆小七星老哨。等鸽时未见鸽影，先闻哨声。鸽友们一听到哨声就悲叹道：哎，小七星，元家的菊花凤到了！

果然头等。

带哨的菊花凤鹤秀装在系着红绸的新竹挎里，放在四水堂大厅正中的八仙桌上，供鸽友们欣赏和膜拜。风采可睹，身子骨不可摸。只能望而感叹：比新娘艳丽，比英雄有神！

我爷那时可是风光美了。缠红景泰蓝大奖杯，挂红新竹挎，裹红厚奖金，连同人和鸽子一同扶上轿，出四水堂，在大街上来回颠三圈，然后送回家去。一路上吹吹打打，好不热闹。回到家中，亲朋好友络绎不绝，登门庆贺。天大的喜事，当然得大摆宴席，款待大家。那场面，简直比娶媳妇和娃过满月还要排场。

二鲁班：我要活在那个时代，一准要给菊花凤鹤秀盖一座大宫殿。

楚留声：我只要听听那哨声就算过耳朵生日了。

元菊生：可惜好景不长。

出厉害人了？

皇甫三兴他爷希格穆勒先是传教和行医，后来又引进欧洲鸽子，要参赛。我爷爷们为了给人家下马威，就说先斗哨，果然斗赢了。人家不服，要赛速度。我爷爷们以种不纯予以拒绝。结果人家拿出一厚沓血统书，什么霍夫肯、华普利、约翰逊、凡布利安娜、古柏兄弟，以此证明自己的鸽子是纯种鸽。这些名字以前从来没有听说过，但光看那详细的血统记录，听那好听的声音，便知道他们的血统很高贵。原来人家是记血统的，我们是看毛色的。既然血统纯正，符合规程，那就赛吧。

结果大出所料，这一赛，把长安人赛得一败涂地。可怜见的，希格家的鸽子无哨可带，我爷只能赢得带哨鸽的奖赏，算是为长安鸽友挽回一星点面子。但我爷心里清楚，人家的鸽子若是带哨飞行，总冠军肯定是人家的。

就此开始，希格家的鸽子野火般席卷长安城，而且一霸就是许多年。这种巨变也好，我爷和长安城所有鸽友一起，夜晚睡觉做梦都梦想打败希格和他们家的鸽子，重铸长安城往日的辉煌。

这梦想偶尔让我爷实现了一次。那也是五百公里中程大赛，全长安城鸽友倾巢出动，欲要以鸽海战术淹死希格，希格还像往常一样，派出四羽选手参赛，其中两羽是久经沙场、屡屡夺得大奖的老将。希格用一双老眼望望天空，信心满满地说，如果天气好，你们想以多胜少是不可能的。正是这句话，刺激了我爷，我爷千挑万选，先选中一羽菊花凤鹤秀的孙子鸽，扎了哨，送了参战。结果遭遇暴风雨，天空被雨幕遮蔽得暗沉沉的，鸽友们纷纷叹息，这比赛，该泡汤了。可就在暴风雨的小间歇，天空裂开一丝亮缝的刹那间，菊花凤鹤秀的孙鸽一头扎回来了。鸽子像一页瓦片，飘飘摇摇地越过屋顶，跌落到院子的泥水里。鸽子回来了，没有哨声，我爷拾鸽在手一看，鸽子湿漉漉的，水珠顺着羽毛往下滴呢。再看鸽哨，里面已经灌满雨水，沉腾腾的。天哪，这家伙是怎么飞回来的？我爷想把鸽哨里的水倒出来，可是手抖得不行。倒着倒着，自己的身子也歪向一边，这一倒，就倒到了床上。

希格家的三羽鸽子在暴风雨中迷失了，只有一羽经验丰富的老将在风歇雨住、天气放晴时才迟迟归来。希格大度地前来祝贺我爷，一跷大拇指：冒雨夺冠，了不起！我的可惜，经不得风雨。我爷朗声大笑：哈哈，我的司马号被暴风雨吹回来了！

啊！这就是埋在大槐树下的司马号！

我爷话音未落，便仰面倒下，闭目气绝。没想到，希格回去没两天，也无因无由地谢世了。长安城的鸽友们提着鸽子来放飞。鸽子漫空飞旋，遮天蔽日，鸽子和鸽友一起，悼念这对既心仪对方，鸽子又不相往来的老冤家。

楚留声亦慨然叹道：几位制哨名家也怀揣绝技，随着二位老人去了，只留下为数不多的宝贝鸽哨遗落在人间。

世事把老天爷手中那把镰刀磨得飞快，割人跟割韭菜一样，一茬又一茬。元菊生说着，口中不知怎么就吟出几句诗来：

旅梦乱随蝴蝶散，离魂渐逐白鸽飞。

红尘遮断长安陌，芳草王孙暮不归。①

楚留声暗暗吃惊：步陶老兄向来清新洒脱、潇散恬淡，今日因何变得如此哀神伤感？是因为怀旧，还是因为司空千秋的不期而现，让他觉得像这样的等鸽时日已为数不多？感怀伤情，总是有原因吧。

元菊生：这是咱长安人韦庄的诗，原句是"离魂渐逐杜鹃飞"，我把"杜鹃"改成了"白鸽"。虽然韵调不同，也全然顾不得了。昔日杜鹃，今日白鸽，更符合我们长安城养鸽人的凄凉情景。

柳散木听得感慨不已。墨玉环竟然连茶也忘记添了。

乐天派二鲁班不忍看这凄凉场景，更不愿被这哀伤情绪所烦恼，就粗着嗓门嚷嚷道：后来不是争得很激烈，斗得很有趣吗？

记着，我爷和皇甫他爷那一辈心虽相互倾慕，鸽子是不来往的。这僵局，直到我爸和皇甫他爸这一辈才算被打破。别忘了，希格家是开医院的，我们家是开铺经营中药的。医院和药铺怎么会没有业务往来？有时候，吃西药治不了病，就来求中药。我爸卖中药，有时也到济慈医院进点治头疼感冒的西药。还别说，有的病，中西药兼吃，好得快。后来，济慈医院和意大利一家医药公司签订合同，向其输送中成药。那药，就是我家专供。就这样，生意做着，鸽子赛着，关系近着。我爸认为，是时候了，业务来往，人来往，鸽子也该来往。于是，在成交了一大批药材之后，亲自拜访凌烟阁，想为爷爷留下的司马号讨一房洋媳妇。

凌烟阁只养四十羽鸽子，新生的、多出的全部售出。由于品质好，求大于供。但他们家有他们家的售货规则。一是不得挑挑拣拣；二是不讲价；三是再门庭若市，也要跟在门诊看病一样排队预约。长安人、外省人一视同仁，任何人不得找关系插队。谁若想坏规矩，立即取消购买资格。

我爸去时，正赶上两位外省客人买鸽子。年长些的是按约定来取的，年轻些的是临时跟年长的来的。只见皇甫他爸拿出一个称药用的天平，放到桌面上，然后从凌烟阁取出一只半拳头大小、刚套上环、肉嘟嘟、才扎毛的小鸽子，放到天平一端，天平这端立即被压下去。小鸽子叽叽叫着保持平衡。皇甫他爸不说话，只拿眼睛看着客人。客人从包里往外掏黄金，边掏边往天平那端放。直到天平两端平衡乃止。于是客人取鸽，主人收金。等量齐观，等价交换，客主不交一言，买卖就成了。这也是他们家独特的买卖方式。幼鸽一出壳，即用电报通知客人。客人视情况

---

① 见唐代韦庄《春日》。

而来。有的客人金子少，第三天就来了，还是这方法，不过环得拿回去自己套。小鸽带回，由保姆鸽抚养长大。

我爸说：这样日进斗金，比开医院来钱快多了。

皇甫他爸：人活着光为挣钱，我们何苦要跑到长安城来呢。外省的年轻客人也要买一只小鸽子。

皇甫他爸拉过一个小木匣，取出一个小卡片，让年轻客人登记，登记好后按卡排队，说：明年五月初来取鸽子。

年轻人：外省，道远，能不能今天顺便带一只。

皇甫他爸不作任何解释，摇着头收拾木匣子，不再搭理客人。年轻客人万般无奈，随年长的客人走了。

皇甫他爸忽然拉着洋腔唱出一句：刀刀挖的都是心头肉。然后对我爸说，你终于来了。我爸等你爸，我等你，等了好多年了。

我爸心领神会，立即表明来意：我手上没有黄金，你看那批药材成不？

皇甫他爸：好说好说。

那就拿卡登记吧，我明年五月来拿鸽子。

皇甫他爸呵呵笑着说：买小鸽子那是规矩，若在四十位院士里挑选，就不受此限制了。

君子不夺人之所爱，还是登记排队吧。

皇甫他爸忽然沉下脸说道：过了这个村，没有这个店，你就当你的君子吧。

我爸没有被这话激着，拉过木匣：还是按规矩登记吧。

皇甫他爸真的有些恼怒，一把拉开木匣：今儿搁住你的话，就搁不住我的话，搁住我的话，就搁不住你的话，你自个儿登记吧！我爸转身要走：算了，这事难下场，我不要了，我回呀。说着真的朝门口走去。

皇甫他爸在背后吼道：你这一走，今辈子别想再来！

我爸胸腔里那颗心被真诚和热情打动了。他扭回身笑道：嘿嘿，我试火你哩。

两人抱在一起，皇甫他爸擂着我爸的后背说：孤独死了！快要把我急死了！说完拉着我爸到凌烟阁前，指着里面的鸽子道：四十羽院士，个个都是我的心尖尖，任你挑任你选。

我是想给司马号找个洋媳妇。

噢，二十位德才兼备的女院士，任你挑任你选。

灿烂的笑容浮现在我爸脸上：那我就恭敬不如从命了。皇甫他爸很绅士地一伸手：请。

我爸隔着铁网迅速地把里面扫视一遍，然后果断地指着蹲在拐角的一羽小脏灰：就是她了！

皇甫他爸让养鸽人进去抓鸽子。养鸽人是个怪人，进去抓出一只亮灰雌来。

我爸说抓错了。

养鸽人又重新抓出一只三道杠。又错了，是那只小脏灰。

养鸽人把三道杠放进去，自己立在门前不动窝。

皇甫他爸催促养鸽人去抓，养鸽人说那只鸽子正害着病呢，总不能送一只病鸽给人吧。

皇甫他爸斜一眼养鸽人，亲自动手抓出小脏灰，递到我爸手里：是患着单眼伤风呢，很长时间了。吃些衣原体药，好两天，药一停，又伤风流泪，根治不了。

我爸接鸽在手，心爱地握着看着，果然有只眼睛红着肿着流着泪。

养鸽人的表情真是奇怪，仿佛谁拿了他家宝贝，他又要抢回去似的：你要把她送人，我就辞职不干了。

皇甫他爸不理会养鸽人，对我爸道：这鸽子的确又病又丑呢。我爸说：在帝王将相家族里，有许多人长得比猩猩还丑哩。皇甫他爸笑问：我想知道，你为什么会选一个小丑呢？

我爸神秘地说：在名家名舍里，能把一只丑鸽子养到十岁，凭啥嘛！

皇甫他爸一拍脑门，朗声大笑：嗨呀！长安城人有长安城人的智慧呢！

养鸽人模样狠狠的，要过来抢鸽子，被皇甫他爸拦住了：要么不送，要么送最好的给人，这是我们希格家的规矩。又对我爸说：这是一羽在空中把星星追赶出来的快鸽子，好生用吧。

楚留声、二鲁班、柳散木和墨玉环听得感慨不已。

正是这羽小脏灰，和司马号相合，育出一羽离骚号。离骚号飞得很浪漫，甫一出战，就打败希格家的鸽子，夺得冠军。可以说离骚号的浪漫一飞，开创了长安城赛鸽的新时代。自此以后，希格家不再独霸天下，而我们元家开始和他们分庭抗礼了。

楚留声：我看，开创新时代的离骚号也有资格埋在大槐树下。离骚号征战十余载，终于老了，成了老态龙钟的老将军，走路蹒蹒跚跚，吃食都叼不到嘴里。最后几天，水米不进，独自卧在屋檐上望远处的天空，像是在回忆青春的征战岁月。我爸守着离骚号看了三天。离骚号恋恋不舍地看了我爸一眼，用尽最后的力气，扇动翅膀飞向空中。哦，我的天，她飞走了。

哦，我的天！离骚号仙去的第三天，我爸也去世了。我爸的骨灰就埋在司马号旁边，就在菊花园的大槐树下。下次我去，一定多鞠几躬。

离骚号是在十六岁时离世的，相当于人类九十多岁高龄。奇迹的是，在她离世的前一年，竟然还老当益壮，为我们育出一羽幼鸽，这羽幼鸽后来历经磨炼，成为有名的飞将军号。

啧啧，天啊！真正传承有序。跟长安鸽哨一样，周秦汉唐，不断线呢。

说来也怪，这中西合璧的二河水鸽子，既飞得快，又吃苦耐劳，尤其和阴雨天结缘。记得有一次等飞将军，又碰到下雨天，我站在集贤院前菊圃靠近竹篁丛的地方。女儿鹤秀见雨大，就张伞为我遮雨，我怕飞将军万一冒雨归来，看到花伞受惊不进舍，就劝鹤秀离开，鹤秀理解我的心情，更理解鸽子归巢的心情，收伞躲到屋檐下，远远望着在雨地里等鸽子的我。我手挂竹竿，站在修篁旁边的菊丛中，手搭凉棚望着雨丝不断的天空。南面是雨幕遮隐的终南山，北面是雾气朦胧的长安城。鹤秀触景生情，吟出一首诗，那诗句穿过雨幕，传送到我耳朵来。

御宿春尽离肠断，雨打竹菊风敲檐。
策杖老叟望儿女，长云漫漫鸽未还。

唉，那时候，风就是风，雨就是雨，雾就是雾。不像现在，风是沙尘暴，雨是酸雨，雾是雾霾。落在身上若刀子，吸进喉咙迷心窍。

坐在窗边一直不说话的柳散木忧心忡忡地开口了：我从昨晚到今早，一直在听沿途的天气预报，沙尘暴、酸雨、雾霾，全让图南遇上了。

一句话，把气氛说阴沉了。几个人望向窗外，雾霾非但没有减退，反而更加严重。唉，这样的等待，简直要把人肺等炸了。几个人不再说话，就这样沉闷地等下去，眼见着天色变黑下来。

图南，不会回不来吧！

苍天保佑！墨玉环念叨完这句话，说我出去看一下，结果刚一起身，却见窗外突然闪出一道亮光，不禁叫道：快看！

几个人看到窗角外面的天空，云彩裂开一道缝，透出弱弱的一弯亮光，那光五颜六色。墨玉环叫道，像是彩虹，就跳到外面去看。可是那彩虹的亮光就闪现了那么一瞬，又被乌云遮住了。

柳散木脸上浮现出希望的光辉，说听起来彩虹像是镶着灿烂的金边呢。说着，一只手伸向窗台上的菖蒲。菖蒲的幽香在加浓，叶子也在微微地颤动，那颤动通过手臂，传送到柳散木的心房里来。柳散木支棱起耳朵，朝向窗外，急促道：空气在颤动呢，听，有破空的声音。

语音未落，几个人看到窗外空中划过一道弧线，紧跟着，一个红色的影子冲向飘风楼。

楚留声向元菊生嘘出一口气：总算没有白等。

柳散木嘴唇急剧地抖动着，磕磕巴巴地对墨玉环道：图南回来了！

二鲁班猛地一跳，是图南回来了！

图南若一块石头，"咚"的一下，重重地砸在进门器上，栽倒了，又拾身站起来。

柳散木心头一紧：声音不对，图南肯定受伤了。

图南身体趔趄着，一只腿直立，一只腿蜷缩，另一边的翅膀也耷拉着，胸脯前尽是血渍，只有那不屈的头，高昂向空中。图南就那样站在进门器上，完全是一副负伤英雄凯旋的光彩形象。

我、适生、图南、步行者、莲芯、雪头、博尔特、石板灰和上万羽伙伴乘赛鸽车越黄河向晋中进发的那一夜，我家主人木归智肯定彻夜无眠。我们顶着沙尘暴，冒着酸雨，穿越雾霾，奋力飞归的这一天，我家主人肯定急得头上长犄角了。要是平时，我家主人会约莲芯她们家主人一起，夜卜灯花，晨占鹊喜，说些师徒间的养鸽逸闻。可这不是平时，而是大赛。每当大赛，各在各家等鸽归巢，谁会来陪他呢。我家主人又是个心重之人，下了大注，把身家性命全押上。要给父母赢一块风水好点的坟地，让父母在阴间住得豪华些，要给女主人赢得宽敞的房子和上档次的汽车，还要给自己赢一床铺的钱，躺在上面做个乐呵呵的梦。要么木百万，要么穷光蛋。这是我家主人下赌注时发的赌誓。你听那口气，哪里是要当穷光蛋，分明要做木百万。带着这么重的赌注，我飞起来都异常艰难吃力呢，更何况这下赌注的人！让他一个人坐在雾霾笼罩着的洒雪储宝堂前等待我们，去熬那锈食人心、要人性命，而又缓慢难挨的分分秒秒，我家主人哪里忍受得了？

我家主人千求万求，要女主人银花来陪她。银花从未见他这种可怜相，多少有些同情他，再加离家多日，老在外边转悠也不是个事，不若借坡下驴，就此回家。

中午时分，我家主人在楼顶等着，女主人在屋里忙活。炒菜时取调料盒，撞倒酱油瓶，把一个瓷盘打碎了。炒好菜瞥一眼午间新闻，就在端饭给我家主人时说：炒菜时无意间打了一个盘子，新闻上又说台湾复兴航空公司一架客机失控撞桥，断裂几截坠入基隆河，死伤好几十。你说，今儿咋是个坠落的日子，你说让人心疼不心疼。

我家主人接过饭碗生气地道：能不能说点好听的！银花吓得直吐舌头。我家主人尝一口饭，觉得没味，把碗搡回去，不吃了。

两个人就这样大眼瞪小眼，干瞪了很一阵子。我家主人觉得瞪着心急，就在洒雪储宝堂转圈圈，边转圈圈边抱怨天气：狗日不长眼的雾霾！迟不来早不来，偏偏在我押赌下炮的时候来，这不明摆着要我的命吗！转身又嘟囔：雾霾好，雾霾好！把图南他们全迷惑了，让我天赐独自归来吧！瞧我家主人多偏心呀！银花觉着我家主人有点神经，说你至于吗？买彩票想中大奖，捞鱼想捞个金元宝，把赛场当银行，想钱想疯了。放在平时，银花要敢说这话，保准被一脚踹出去。可是今天，顾不上了。我家主人一会儿抱怨雾霾，一会儿向昏沉的天空祷告。可是祷告到快天黑时，天空依旧静悄悄的，我家主人实在忍耐不住这样熬人的等待，抱着双拳，交替捶打自己的脑袋，仿佛自己的脑袋是牛皮鼓，捶得咚咚响。一边捶一边吼叫：雾霾快裂一道缝，天空快放一下亮，天赐快冲下来，是输是赢，快见一个分晓吧。

银花有些心疼和不忍，拦着我家主人：你要打就打楼顶的铁烟囱，千万不能再打自个儿脑袋了。脑袋打爆了，赢下钱有啥用呀。我家主人停止击打。就在这一瞬，天空有了变化。厚厚的云团裂开一条宽宽的缝隙，缝隙里透出一道亮光。隔着雾霾看去，那亮光像是一截彩虹。彩虹两端被乌云遮住，只有中间一段弯在云层裂开的缝隙里。雾霾把彩虹模糊了，也把彩虹的色彩丰富了。彩虹晕晕散散的，形成一个斑斓的光团。银花指着天空叫道：彩虹！像是彩虹！

我家主人双手抱着疼得欲炸裂的头，望着天空。云层裂缝透光的那一瞬，他看到了。他觉得彩虹那斑斓的光团太刺眼了。他朝空中挥着双手叫道：我不要彩虹！我要天赐！

彩虹仿佛不受待见，慢慢褪尽色彩，隐回云层的缝隙里。云团从四周合围而来，要把彩虹遮蔽掉。就在彩虹将熄未熄、将灭未灭之际，天空又迅疾地划过一道细细的弧线。那弧线的色彩跟正在消退的彩虹有些像呢。

我家主人惊得跳起来：像是一只鸽子！

银花：我咋看像一只喜鹊呢。

不是喜鹊，喜鹊不是这样飞的。

那就是一只斑鸠。

斑鸠要能飞那么快，准是吃了药。

那道弧线没有弯下来，而是划过洒雪储宝堂的上空，一路向南冲过去。而这一冲，竟然把天冲黑了。

我家主人又开始用双拳捶打自己的脑袋，那梆梆的声音比前边还要大：快去看电脑，看有没有鸽子归巢的信息！

可咱家只有电视。

我家主人又朝自己面门上擂一拳：要是赢了，先买一台苹果电脑！

银花一直心疼着我家主人：别再打自个儿了，头会打爆的。

不打不行，我头疼欲裂啊！

实在忍不住,就打那管铁烟囱吧。碗口粗哩,经得住你打。

我家主人走过去,猛挥双拳,狠狠地击打着楼顶边上的铁烟囱。铁烟囱发出砰嗡砰嗡的声响。我家主人的手上淌出血,这才停下。然后双眼巴望着天空,紧张地用手抱住烟囱,恨不得和它合为一体。

电话响起短信声。银花把电话递给我家主人。我家主人松了手,依住铁烟囱,抖着手打开来看。信息是萧涤生发来的:图南荣获春季五百公里盛唐杯大奖赛总冠军,并且创造历史,成为长安城有史以来唯一一羽在最恶劣天候条件下当日归巢的伯马。

这意味着,一切荣誉和奖金尽归图南。

鲜花和美女、富贵和荣华,是何等诱人的梦想啊!我家主人的耳朵抖抖地弹动着,把耳套弹掉了,露出了耳朵上的大豁儿。我家主人的双眼血红,肿胀发紫的嘴唇抽搐着,呼吸越来越急促。他的眼神和神经有些错乱,想哭,哭不出声,想喊,也喊不出声。筛糠一样哆嗦的身体慢慢地离开铁烟囱,用力把手机抛下楼去,随后脖子梗着,两边肩膀往上努着,努到不能再努时,整个人立即变成了一根被猛然砍断的树桩,硬硬地、斜斜地往下倒去。

银花见状,忙抢身过来扶,可惜晚了一步,那根僵硬的树桩砰啪一下平摔在水泥地上,弹了两弹,停住了。

不说我家主人了,说我自己吧。

就在图南中枪向下坠去,前面又响起连续不断的枪声时,我和适生、石板灰,还有博尔特连忙调头,折身往来路飞下去,但这样会越飞离家越远,不过已经顾不上了,性命要紧。然而刚飞不久,我和博尔特就撞在了网上。我的羽翼被结实的尼龙网粘住了,博尔特更严重,两只翅膀和两只脚爪全都套在网眼里。在穿越沙尘暴、酸雨和雾霾的最后时刻,又遭遇这样的绝境:前有枪炮,后有网罟,谁能算计得到呢?我们只有拼命扑腾,尽力挣脱。那样的情急和悲催,又有谁能亲身体会呢?再高的智慧、再大的才能、再强健的气魄、再崇高的理想、再精湛的技气,一旦挂到网上,就只有挣命的份儿了!

撒网人吹着悠闲的口哨把博尔特收走,装到蛇皮袋子里。他把袋子口折一折,然后转身,又吹着悠闲的口号来收我。就在他把我的翅羽从网眼里取出来的一瞬间,我奋力挣脱了。得谢谢他,他要不把我卸下来,我还挂在网上瞎扑腾呢。我飞在空中,撒网人手中只攥着我的几根羽毛。他望着手中的羽毛说道:咦,大意失荆州,煮熟的鸭子、上网的鸽子,飞走了。

生死线上这一番折腾,把我折腾得惊慌失措。当我和适生、石板灰一起再次飞入雾霾弥漫的天空时，完全迷失方向了。我们像无头的苍蝇，胡乱往前撞去。当天归巢，只能是凄凉的梦想了。

比雾霾更黑暗的夜幕降临了，我们找了个人烟稀少的破败村落胡乱将就一夜，可是这一夜，嗉囊里的残牛奶和药物联合发酵了，连呕带吐，喷出来了。肠痉挛，疼得我就地打滚。这都是我家主人好心好意造成的。直到第二天清晨，雾霾渐渐散去，太阳冒出头时，我们才重新辨别家的方向，拖着疲惫疼痛的身躯，往回飞来。我知道，昨天是雾霾，今朝有阳光，在雾霾里飞归是功臣，披着霞光飞归是罪人。昨天要是没有雾霾，而是艳阳高照，身体无虞，那我们极有可能成为功臣。但是情况无法改变，我们无权责怪太阳。尽管已经迟到，败局已定，一切希望已成泡影，但我们还得奋力回家。即便是死，也要回到巢箱，这是我们的本性。

我家主人木归智栽倒之后是怎么醒来的，那一夜又是如何熬过来的，我无从知晓。我只知道第二天一早，我家主人疯子一般钻进洒雪储宝堂，一边低吼着我恨你们，一边把我那些没有参赛的伙伴赶出舍外。我和适生尚有一双儿女留在巢箱。他们站在巢箱门口，巴望着我们归来哺育他们。再有六七天，他们就能飞到食槽边啄食一些细小的颗粒了。父母要是不在，这要命的六七天可怎么挨过去？这样的情况要是遇到皇甫老先生或者柳散木，他们肯定会端个闪亮的洋铁盒，里面装着浸泡好的豌豆、谷粒和高粱。他们会将这些浸泡好的混合饲料含在嘴里，像老鸽喂雏鸽一样，嘴对嘴地喂他们，直到他们能飞到食槽边吃食为止。唉，真令人叹息，这一双儿女命运不济，没有碰到皇甫老先生和柳散木那样心地仁慈的人。我家主人拎着我们一双儿女的脖子，抛瓦片一样把他们抛到屋顶上去。然后挥动扫帚，把落在屋顶上的我的那些伙伴，驱赶向空中：滚蛋吧！吃白食的货！滚得越远越好！要是再让我看见你们，刀下鬼！下酒菜！

正在此时，我和适生飞回来了。我们看到了屋顶上的一双儿女。他们也看到了我们，叽叽叫着朝我们挪动身体。适生立即靠过去，让儿女依偎着。哺育儿女是我们的本能。可我们经过一天一夜的飞行和折腾，腹中滴水粒米皆无，拿什么哺喂我们的儿女啊？！当我踏上进门器时，只听到主人气恨恨地说：死冤家，这会儿回来做啥？寻死吗？

我简直不敢相信自己的眼睛，这站在洒雪储宝堂门前的，是我家主人木归智吗？我怎么觉着他像换了一个人似的。头偏着，脖子梗着，耳朵耷拉着，眼白充血，鼻子歪向一边，脸颊像黄表纸一样黄，肿胀的薄嘴唇像道林纸一样白，那只指向我的手，像沙尘暴中的树枝一样抖动哩，瞧他气成什么样子！

我跳下进门器，进了洒雪储宝堂。

饮水器是空的，食槽也是空的。以往训练和比赛归来，食槽里总有干净光亮的玉米、稻谷、大麦、豌豆等上好饲料伺候着。饮水器里也蓄满加着多维电解质和葡萄糖的水，等我们享用。可是今天，食槽歪斜在脚地，饮水器也横倒在一边，气氛大大的不对啊！我家主人把我抓在手里，每次训练和比赛归来，他都要把我抓在手里检视一番。那动作是亲近而轻柔的。可是今天不同。今天他的手带着巨大的怒气，太重了！我的骨头差不多要被捏碎了。我的眼中充满了歉意。我的心脏和身体都太小了，承受不了你那么沉重的力气。可是我家主人并不理会我，手上的力气越用越重。

你还有脸回来?!

回来是我的本能。

你还回来干啥?!

可这是我的家，我咋能不回来呢?

我家主人捏着我走出洒雪储宝堂。我觉着这短短几步路，比沙尘暴、酸雨、雾霾和枪毙更恐怖。

伙伴们已经落到屋檐上，和适生一起注视着我和我家主人。

我家主人叉开颤巍巍的双腿面朝洒雪储宝堂站着，拿抖动的右手将我举向空中，像一个讲到屈辱历史的老师，气恨恨义愤愤地对屋檐上的一排小学生讲道：瞧，这就是我寄予厚望的天赐！

屋檐上的伙伴可怜地望着被主人举在半空的我，不知所措。

主人又羞又恼，两只豆粒大的小眼睛里燃烧着熊熊大火。那大火像是用竹节燃烧的，能听出愤怒的噼啪声响：天赐，我可是待你不薄呀！

我脑海中迅速闪现出主人对我的千般好处，主人确实对我好，虽然好得有点过头，好得我难以忍受，但那毕竟是对我好。主人对我好的时候时常说：养兵千日，用兵一时。可在这一时上，我没有上佳表现。因情势所迫，我没有当日归来。让主人的金钱和荣誉双双落空。我的目光里尽是歉意，如果还有机会，我一定设法弥补这不可改变的歉意。

可是，我歉意的目光被主人曲解了，他以为我是在哀求他的原谅和宽恕。原谅和宽恕是能够轻易给予的吗?! 我歉意的目光如火添油，更加刺激了主人心中的气恼和愤怒。他的胸脯像风箱一样鼓动着，豁豁耳朵摇动着，一对大鼻孔往外喷着怨气，把露出鼻孔的黑鼻毛都喷直了。只听他痛恨异常地说：当初我犯错，我狠狠地惩罚了我自己。

他是狠狠地惩罚了他自己，不光把嘴鼻打肿了，还拿一把改锥扎在手臂上。

你天赐今日犯下大错，也该接受重罚！

啊，他该不会拿把改锥插进我身体里吧?!

主人手上更加用力，我觉得我的骨头真的要碎裂了。我想挣脱主人的手心，可越是挣扎，主人攥得越紧。我的骨头已经在咯嘣咯嘣作响，疼死我了！

主人没有把我打得鼻青脸肿，也没有拿把改锥插入我的身体，而是对我说：要么第一个回来，要么别回来！可你不是第一个回来，还偏要回来！

这话太重了，重得超过我们的本性了。

主人慢慢地把我举向空中，对屋檐上我的伙伴们教训道：给我瞧好了，记住了！不好好飞，天赐就是你们的榜样！

屋檐上的伙伴们给说得愣住了，不知道接下来要发生什么事。但那话语里的恐怖情绪，已经通过主人的手，传到我的身体里来。而且那只手越往高举，恐怖越浓烈。那手眼看着举到最高点了。这动作、这情绪，绝对不是把我放飞到空中的动作和情绪。我的心一下冰凉了。这惩罚，远远重于把改锥扎进身体。

你要干什么?!声音里充满急切的阻止意味。

谢天谢地，有救了！是萧涤生和女主人银花适时出现了。

我家主人并没有收回手臂，而是用歪扭的嘴角回道：男人不心狠手辣，凭什么在世上立足呢!

银花连提醒带阻止道：别干傻事！

我家主人依然把我举在空中：也许，我一开始就干了傻事！

萧涤生靠近过来：傻瓜，会被逐出师门的！

我家主人又用歪扭的嘴角冷笑道：师门？师门是什么？师门是一声响！

银花也从另一侧靠近过来：松手，放开天赐！

我家主人往后退一步：别过来！别想抢走天赐！

萧涤生止住脚步：别干傻事！真的别干傻事！否则你会后悔的！

我家主人稍微收一点手：请问，钟楼底下有卖后悔药的吗？

银花：看在爸妈的份上，别干傻事。

我家主人哈哈一下笑了，笑得弯了腰，收了手臂。

萧涤生和银花急忙抢身靠近，要把我夺过去。我殷切地盼望着。可是我家主人的腰又直起来，而且整个身体往后仰，双手也高高地扬向脑袋后边。我家主人在吸气，但没见气呼出来，显然是憋了一个喷嚏，要打出来却没有打出来。

萧涤生和银花停顿下来，等待我家主人把喷嚏打出来。

我家主人猛地一收腰身，用尽全力打出这个喷嚏，双手也用力地向前掼去。

我的身体在重力加速度的猛摔之下，高速撞向坚硬的水泥地面，爆发出原子弹爆炸一样的巨响和能量。不是世人摔死了我，就是我惊醒了世人。

我的眼睛和意识在这个世界上留下的最后一个印象是：适生和伙伴们在我身体瞬时的爆裂声中，扑啦啦飞离了洒雪储宝堂。

十九

我是图南。

当我像一块重重的石头，从空中砸下来，栽倒在进门器上时，我立即顽强地站起来。尽管我受伤了，一条腿蜷缩着，一只翅膀耷拉着，前胸的羽毛上渗着血，但我还是用一条腿支撑着我的身体，并且高扬着不屈的头颅。我想我的形象还是有几分光彩的。那一刻，我骄傲地把一路经历的磨难全忘记了。因为我已经把他们甩在身后，光荣凯旋。那一刻，我心中只有一个念头，见到我的主人柳散木和爱妻小寒玉。

我听到我家主人柳散木吃惊而心疼的话语：声音不对，图南肯定受伤了。能有这样的主人真是幸福，经历再大的磨难，听到这么贴心的关怀话，心里都是暖和的。

当我跳进家门、进入屋内时，我家主人已经从木板茶房来到飘风楼里。他把提前准备好的小饮水器递到我面前。小饮水器的乳香水里添加了多维电解质和葡萄糖。

任是多么疲惫的身体，一饮用这样的水，体力和精神便恢复一半。饮完水，我家主人又在我面前摊开巴掌，掌心是易于消化的清除饲料。不多，只够我们吃个少半饱。我家主人经验丰富，尺度把握得准，轻重拿捏得好。我长途飞回，虽然又饥又渴，水可以多喝，但食只能少吃。若吃得太饱，会被撑死的。

水和食物是第一救命的药，接下来才是身体检查。

我家主人像往常那样，双手持握着我，并且让我的胸脯贴近他的胸口。我又感到了他手的温暖，听到了他的心跳，那一刻呀，我家主人柳散木的心比平常激动得多，响得跟鼓一样。那鼓声都跳动到他手梢上来了。人们都说眼睛是心灵的窗户，可我却真切地觉得，手才是心灵的窗户。手是最灵动的，可以随心所欲地做多种动作，抓住任何东西，甚至可以抓空。音乐家、大厨、陶瓷师父的手的确专业，可我家主人的手更专业，因为我家主人这双手的对象不是器物，而是人和我这样的活物,以及我们看不见的灵魂。

我已无数次地享受这双手给予我的美好感觉和乐趣。这双手在我和主人之间传递的信息,甚或比眼睛还要真实可靠。眼睛遇到危险的场面,眼帘一闭,就什么都消失了。可手指头只要一触摸到正在燃烧的火炭,整个身心就会蹦起来。我家主人的手开始摸我的身体,当摸到我右羽的根关节时,就像摸到正在燃烧的火炭一样蹦起来了:天哪!这是怎么飞回来的?!图南右边的翅膀已经扭伤得脱臼了!我这才回想到,我是歪歪扭扭地飞回来的。别忘了我家主人这双手,人身上有多少个穴位、关节是如何长着的,它都一清二楚。人体解剖图、鸽体解剖图仿佛就印在他的指纹里。我家主人的手指先是在我膀根轻柔地按摩,然后是飞快地一捏一送。只听咯嘣一响,随之是一阵钻心的疼。再随后,感觉轻松了,关节可以自由活动了。

我家主人要把我带到木板茶屋里去,因为女主人墨玉环已经在那里呼叫了:快带图南来让步陶师父睄睄!

我家主人在进木板茶屋时手已触摸到了火炭,声音一跳一跳的:快拿夹板绷带和云南白药,图南的左腿又断了,只有皮连着!墨玉环听话,连忙和我家主人一起忙活,二鲁班也跑前跑后地打着下手。步陶师父见他们伝在我身上忙活,怜恤而庆幸地说:幸亏有三双神手,就是牛骨骡骨也接上了。

接好我的腿,我家主人继续检查我的身体。当他的手摸到我的前龙骨时,更像是摸到了一块大火炭,整个人都跳起来。天哪,一粒铅弹钳在龙骨里,龙骨快要被打穿了!龙骨一穿,心脏也就穿了!我的神呀!命大!命大!我家主人手指沾上了我身体里往外渗着的血。

步陶师父让墨玉环立即打电话:快请皇甫老医生来,带上急救箱。

从东门里到曲江,路顺,不是很远,皇甫三兴很快就到了。金眼相士和莫追风因为和皇甫三兴一起在凌烟阁等鸽子,就一道跟着来了。

皇甫三兴也不和大家打招呼,立即洗手、给器具消毒,像战场上的野战医生一样,现场给我动手术。他朝我胸腹的伤口上撒了些白色药粉,我的伤口立马不疼了,而且有麻麻的感觉。

皇甫三兴把我交给莫追风,说这种事,还是追风配合得顺手些。

我家主人柳散木则坚持要自己亲手持握着我。

皇甫三兴说:我给病人动手术,亲人是不能站在旁边看的。我家主人柳散木回道:我和图南连着心哪,我倒要试一试,你的刀尖,能不能挖疼我的心。

皇甫老医生把铮亮的手术刀在眼前转着看了看,对围在身边的元菊生、金眼相士、墨玉环、二鲁班和莫追风道:听见没,散木和图南不赢谁赢。

皇甫三兴不愧是长安城的名医,手术技术之娴熟,简直跟魔术师耍魔术一般。划拉伤口,用镊子夹出豆粒大的弹丸,清创止血,缝合包扎,行云流水,一气呵成,末了双手一拍,对我家主人柳散木道:怎么样?我的刀尖把你的心划疼了没有?

我家主人柳散木轻轻地抚摸着我胸腹前刚刚缝合好的伤口,我只感觉到刀尖轻飘飘地划过去,就像从空气中划过去一样。我今生头一回体会到刀尖划过心头,竟然是带着温暖的痒痒。

皇甫三兴一边收拾他的医疗器械,一边用湛蓝的目光看着我,对我家主人说:我的刀尖要是下重了,你的心怕是要被摘掉了。

我家主人展开我的翅羽,意味深长地道:修得好,完好如初呢。

一句话,说得众人慨叹不已。

皇甫三兴交给墨玉环两包外伤药,说按时换,保证两个礼拜之内,图南能自由自在地上天飞行。至于活血化瘀疗内伤,那只有服用步陶兄的跌打菊香丸了。

我感激地看着皇甫三兴老医生,谢谢他精湛的手术,又欣喜地瞧瞧元菊生老先生,期待他的跌打菊香丸。因了这两位老人,我很快就会重返蓝天,成为一名更具智慧的空中勇士。

诸事告一段落,但我还不能回到我的巢箱里去。因为女主人墨玉环把擦得油亮的白苍竹拵拎过来,放到桌面上。我家主人生怕碰到我的伤口,小心翼翼地把我放进竹拵里。

这油亮的白苍竹拵我太熟悉了,它简直就是我家的一部分,我曾无数次地进住其间。与巢箱那个家不同的是,进住竹拵,必定是去训练和放飞,所以形成一个习惯,只要一进白苍竹拵,我的气血就膨胀,精气神就上来了。那站相跟平时绝对不一样,今天也不例外,虽身负数伤,但那势是绝不倒的。

我家主人退后几步,转头望向窗外华灯初上的夜长安,怀着难以形容的情感说:我家图南虽然历经磨难,并且身负重伤,但却愈加精神焕发。瞧他的站相、身体的轮廓、愈加火红的颜色,无一处不散发着崇高而神圣的美啊!

墨玉环万分惊奇地:你怎么看见的?!

金眼相士则在一旁淡淡地:这是眼睛的创造力。墨玉环哦了一声,把身体缩到了后边去。

直到此时,皇甫三兴才算轻松下来,对一直默坐着凝眉沉思的元菊生道:风浪成就最能干的水手,风沙、雾霾、酸雨和难以想见的灾难造就了图南。

元菊生摸摸白胡须,目不转睛地望着白苍竹拵里的我,像是自言自语,又像是回应皇甫老医生:我一直在想,图南伤残如此,是依仗什么飞回来的呢?仅仅是高昂的战斗精神和顽强的意志力吗?当所有的鸽子被恶劣的自然环境和人为的灾难折腾得筋疲力尽，体内器官几近爆炸时，他却透支体力，带着伤痕，流着鲜血，甚至冒着牺牲生命的风险穿越归来！凭什么？！

我在飞行时一心只是想着回家、回家、回家！

心无旁骛，不生一丝杂念，甚至连危险都意识不到，经我家主人的师父步陶老人家这么一说，我才意识到问题的严重并且有些后怕。

皇甫三兴脸上的表情变得异常坚定：凭信念！我历经几十年的医学考察结论，今日再次被图南所证实：鸽子是有信念的。人有信念，鸽子也有信念，这是上帝赋予所有生物的灵魂。当人们丧失信念，把环境变坏，把自身行为变坏时，图南他们的信念才愈加彰显。

元菊生缓缓从座位上站起来，找到知音似的握住皇甫三兴的双手。

就在金眼相士鼓掌要两个灵魂相通的老人继续说下去时，墨玉环把小寒玉逮出来放到白苍竹挎里。金眼相士立即拍着柳散木的肩膀，赞许道：还是玉环理解寒玉和图南啊。

小寒玉也是，全然不顾旁边有人，像久别重逢的小媳妇一样，先是惊魂未定地看着我，那眼神和表情分明在说：你个死鬼，怎么把自己弄伤成这样？！接着就上来用羽翼抚摸我的伤口，用嘴巴梳理我的羽毛。还一个劲儿责怪我：你怎么把自己弄成这样？你怎么这么不珍惜自己？你以为就你自个儿活在世上吗？

小寒玉的行为，惹得在场的所有人都伤感落泪。我有些不好意思：要亲热关怀，也只能在巢箱里，那是我们二人的家啊！

但是，我们暂时还不能回到我们家里，因为我家主人有反应了，他支棱着耳朵道：有人来了，而且不是熟人。我家主人柳散木除了一双神手，还有以足音辨人的特异功能。他说来人就必定来人，他说不是熟人那肯定就是生人。

墨玉环听令去迎接。

来者是鸽会秘书长，还领了两位挂着胸牌的裁判员。秘书长和裁判员见皇甫三兴和元菊生二位前辈在座，忙上前握手，说了一堆熟络的恭维话，最后说明来意：例行公事，前来验棚。

我明白了，为什么宁愿小寒玉到白苍竹挎来陪我，而不急于把我放回我的巢箱。因为竞赛章程有规定：每次大赛飞入前三名者，裁判员必须亲自上门验棚，确认赛鸽的身份和成绩，然后上网公布三天，若无异议，成绩方能生效，鸽子才可冠以冠、亚、季三军之名。

这程序，和干部任命一般严格呢。

我家主人柳散木：你们头一回来飘风楼验棚，不胜荣幸。

秘书长不失时机地接话道：没想到，今年风水转到你家飘风楼了。

幸运！幸运！

秘书长整整衣服说：开始吧。

墨玉环把我从白苍竹挎里掏出来，递到一位裁判手里。我一到那位裁判手里，他的手便开始抖动：天啊！伤成这样，竟然飞回来了！

另一位裁判也唏唏嘘嘘地拿出竞翔底单，核对足环号码、性别、羽色和眼砂。之后又拿出暗章印稿和我羽条上的暗章对比，一切确凿无误，接下来才进行最后，也是最重要的一环，把我拿到楼拐角，头冲外放飞，看我能不能快速回巢。若能，即确认赛鸽身份和成绩真实有效。若不能，问题就严重了。

目的，防止AB棚。记住，是AB棚，不是AB团。

多年前，和小坏蛋关系密切的一位鸽友，久赛不赢，便动了心思，在距长安城四五十公里外的临潼和渭南之间，秘密与人合伙搭建一棚。这样一来，这位鸽友便拥有两个鸽棚，一个在长安城，一个在临潼和渭南之间。这位鸽友不辞劳苦，奔波于两棚之间，把鸽子训练得认得两个家。瞧，两个家，有别室，多嘚瑟！比赛时，这位鸽友注册的是长安城这个棚，而赛鸽归来，却进了临潼和渭南之间那个棚。有次大赛，这位鸽友的一羽鸽子领先群鸽几近半小时率先归来，争得头名。也就是说，这羽鸽子归巢时，别的鸽子还在临潼开外奋力扑扇翅膀呢。五百公里，领先群鸽几近半小时，也是长安城赛鸽史上的一项奇迹。可惜老天有天眼，鸽子有至性。验棚时足环号码、性别、羽色、眼砂、暗章，各项指标都对。裁判员也很激动，长安城一羽大名鸽眼见就要诞生了！可是鸽子拿到楼角一松手，奇迹出现了。鸽子非但没有进棚，反而箭一般向东北方向飞走了。后经查证，鸽子为了暴露主人隐秘的劣行，飞到临潼和渭南之间的那个棚去了。

是AB棚就得打掉。尽管在铁证面前，这位鸽友还死不认账，梗着脖子犟嘴：你们说的啥子，我听不懂，你们玩的啥把戏，我也看不透。我只知道我的鸽子领先半小时归来了！哼，五百公里，少飞四五十公里，能不领先半小时吗？结果比赛名次被取消，并处重罚：终身禁赛。

鸽会会长在全体会员大会上宣布：长安鸽会无论什么都可以存在，唯有弄虚作假无立锥之地！我们信奉和追求诚实、公平、公正。如果我们背离了这一基本信条，那我们的比赛、我们的生活还有什么意义呢？！我们如果将崇高的冠军荣誉授给一只假鸽子，那天下所有的鸽子都会用屁股嘲笑我们。

全场响起一片笑声。

有人奚落那位鸽友：幸亏不是在官场，要是在官场，一双开，帽子就丢得没影了。

那位鸽友翻着白眼：咸吃萝卜淡操心，要是在官场，没一分钱的事。一个烂鸽会，把纪律整得比官场还严，何苦呢。

茬口再硬，结果是不可改变的。

还有一位鸽友，做事更绝。鸽子比赛归来，落在屋檐上不进巢。这位鸽友一急之下，用气枪把鸽子打下来。原想打中翅膀什么的，谁知枪法不准，一枪毙命，就这样拿着尸首去报到。那时候见鸽报到，报了，而且第三名。验棚，足环号、性别、羽色、眼砂、暗章皆准确无误，但验完拿到楼口去放飞，一口气早断了，怎么飞？不能飞，成绩只能取消。那鸽友抱着鸽子尸首痛哭：你为啥要飞个第三呢？为什么不飞个第四呢？第四不验棚，还有名次和奖金呀！

不久，二人一商量，双双自杀了。养鸽人性硬，不检讨，但以自杀来谢罪。

现在，轮到裁判员在楼口放飞我了。就在裁判员正要松手的当口，墨玉环叫道：等一等。转身入木板茶房，拿出小寒玉，放入飘风楼。我明白她的意思。她是要小寒玉在巢箱里等待我。

裁判员一松手，我挣扎着飞向空中。虽然伤口很疼痛，但我还是感念我家主人柳散木，要不是他一双神手把我的膀关节接上，我肯定会掉到楼底下去。那就一切都没戏了。就这样，我忍着伤疼，拖拉着一条腿，仄楞着翅膀，绕楼半圈歪歪斜斜地再次飞向进门器。这回我没有栽倒，而且脚一挨踏板，就一头扎进舍里。

秘书长立即拨通鸽会会长电话，报告道：验棚成功。听，不是验棚完毕，是验棚成功。

秘书长的声音既激动又洪亮：图南荣获春季五百公里盛唐杯大奖赛冠军！而且，是长安城赛鸽史上唯一一羽在极端恶劣天候和人为条件下当天归巢的伯马鸽！可以上网公示了。

冠军！伯马！一炮双响！创造历史新纪元！

这个消息震动了在场所有人。

皇甫三兴激动地说：土洋结合。

元菊生老先生兴奋地说：闪电一配。

二人异口同声：生个图南！

金眼相士踱着步搓着手，念叨道：我还没有上手呢，怎么就验完了？我还没有上手呢，怎么就验完了！

一直没有机会说话的莫追风道：相士老哥那么傲气的人，看鸽子从来都是倒背双手，侧着身，偏着脑袋，两坨镜片，一双墨眼，何曾伸过手？今儿怎么了？

金眼相士有失往日的矜持和风度：今日不知怎么了，手痒得很。说着一个劲搓手：再说了，明儿要是有人问，冠军图南，伯马图南，你上过手没？我可如何回答？如何回答？！

柳散木礼貌性地答：不行让玉环逮出来，让相士哥过个手。

不忍心，不忍心，长途归来，有伤在身，不忍心，不忍心啊！说着一阵猛拍，把手拍得啪啪响。众人看时，那双手已经彼此拍得又红又肿。片刻之后，金眼相士猛地一收手：来日方长，来日方长，还有千公里呢！

任何事都有个尽头，该结束了，该解散了，该各回各家了。

就在大家准备告辞散伙时，金眼相士回过头来，意犹未尽地说：我心中忽然冒出个大胆的想法，提出来让大家议一议，总比烂在肚子里强。

众人重新聚拢，听金眼相士说下去。

金眼相士：我提议，封授图南为鸽圣。

天外来客，破空之音，出乎所有人意料。

皇甫三兴和元菊生相视而笑。这个金眼相士，虽然能海阔天空地乱吹，但从来不说冒失话。今日能有此提议，想必有他的道理。

金眼相士：在我们中国，六艺通家有孔圣孔老夫子，之外有书圣王羲之、画圣吴道子、诗圣杜甫、药圣孙思邈、茶圣陆羽，可谓行行出圣人，那咱们养鸽界，为什么不可以出一个图南圣人呢？

但圣人封的都是人，你怎么封鸽子呢？

人是命，鸽也是命。人有灵，鸽也有灵。人中龙凤可以为圣，鸽中龙凤又为何不可以为圣？

总不能见了图南就叩拜：图圣人在上。

这有什么不可以呢？金眼相士说着就要朝飘风楼叩拜，却被柳散木拦住了：万万不可！

金眼相士：别人反对，你柳散木也反对吗？

柳散木：皇甫老医生凌烟阁文臣武将少说也有二十余位，步陶师父集贤院的仁人志士少说也有十几位，个个都是历经风雨、多次夺冠的大明星，却没有一位封圣。

皇甫三兴和元菊生很是赞赏柳散木的谦逊态度。

金眼相士一字一顿地道：可他们都不是伯马，伯马是唯一的。皇甫三兴和元菊生对金眼相士的理由也无话可说。

柳散木：图南虽然是独一无二的伯马，但他只得到了五百公里盛唐杯冠军，更艰难的千公里赛程他还没有上去呢，他还不能算一个通家。

我家主人这话说得振振有词，把飘风楼都震动了，也敲响了我的心，激起了我内心深处的愿望和激情。

圣人必须是一个行当的通家，这是基本准则。金眼相士找不到反驳的理由了，只见他仰头哈哈大笑着说：散木老弟和清源一样谦虚呢。

皇甫三兴和元菊生知他言之所指，相视一笑，这家伙开始找退路了。

金眼相士：一代围棋宗师吴清源造访台湾，中正要封他棋圣，他婉言谢绝，说只有孔子这样的通家才担得起这个名号，最后领了个大国手回去了。

莫追风嘴快：那就封图南为大国手。

可咱这是长安城，不是国，总不能叫大长安手吧？

那再不行，也要封个鸽王吧。

鸽圣、大国手、鸽王，议而难决。

二鲁班早听得不耐烦了：冠军也得了，肚子也饿了，是不是庆贺一下。

金眼相士：这个胖鲁班，猫吃糨糊，老在嘴上打挂。

二鲁班：这话你也说得？金眼相士拍拍嘴巴：话说坏了。

柳散木对墨玉环：等鸽验鸽，从中午到天黑大半天了，正好皇甫老医生和步陶师父也在，你带两瓶珍藏的老西凤，请大家到大唐相府热闹热闹。

墨玉环疑惑地：我请大家去热闹？

对，我留下，再陪陪图南。

我的心里流过一股暖流。我觉得这是世界上最好听的话。

萧涤生虔诚而怜悯地俯身捧起天赐，嘴对嘴地给天赐吹气。可天赐的五脏六腑已经破碎，血液从嘴角流出，沾染到他的嘴唇和舌尖上。萧涤生尝到了满含辛苦的咸味，心里立刻腾起一股悲怆的情绪。他满含热泪，万分愤慨地对木归智道：你不用金刀杀天赐！也不用银盘子接血！你坏了养鸽人的金科玉律！你用你的脏手杀死了天赐！

木归智打喷嚏时脑筋短路，把什么都忘了。当他看到萧涤生给天赐吹气并厉声斥责自己时，也有一瞬间的愣神。但木归智是那种性硬之人，做事不恤血本，不计后果，也不认错。他愣过神之后，强硬地回嘴道：我不知道什么金科玉律，我只知道天赐输了，该死。说着用眼睛瞪天赐流在地上的血，仿佛那不是天赐的血，而是他的金钱。

萧涤生牙都咬碎了：走，去凌烟阁，了断咱们的关系！

木归智亦切齿道：走就走，我正要找那个皇甫老医生哪！

萧涤生把滴血的天赐揣进怀里，裹紧衣襟，前头走着。木归智怨恨之火未消，梗着脖子随在身后。

街上行人和车辆乱哄哄的。一队上学或者放学的小学生踩着斑马线横穿马路，然后沿着路边前行，边行边唱。

说胡话，说胡话，老鼠下个白牛娃儿。
　　斑鸠树上垒窝窝儿，下的八颗鸽蛋儿。
　　吃猫奶，跟羊走，半夜听着人咬狗。
　　挖起狗，打石头，石头过来咬了手。
　　铁担子，木打钩，井子跌在桶里头。
　　毛布袋驮上个毛驴儿走，一走走在城里头……

　　路边有人惊奇：这些娃，平时唱的，都是电视里放的流行歌曲，今日咋唱这稀奇古怪的旧民谣？

　　二人各怀心事，顾不得理会旧民谣，径直上了凌烟阁。

　　虽然比赛失格，但皇甫三兴、金眼相士、莫追风还是坐在凌烟阁前边的白色圆桌旁等待石板灰和他的伙伴们归来。这时的等待，已经不是等待得奖，而像是父母等待外出务工的儿女平安还家。

　　他们没有等到石板灰和他的伙伴们，却等到了萧涤生和木归智。

　　当他们无意间看到从楼梯口冒上来的两人时，眼中的目光和脸上的表情是万分惊疑的。

　　萧涤生和木归智都像换了人，弄得皇甫老医生、金眼相士、莫追风简直不敢相认。

　　体形稍显圆胖、态度一向敦厚温和的萧涤生整个人就像一大块燃烧的煤炭，通红通红。一双眼睛，是闪耀的火苗。

　　身体瘦弱些的木归智头偏着，脖子后面像插了根树棍儿，梗得硬硬的。耳套没有了，耳朵豁拉着。眼白充血，目光呆滞，鼻子歪向一边。脸面上的表情全僵住了，整个人杵在那里，简直就是一块冰冷的生铁。

　　皇甫三兴本来叠着二郎腿，边喝咖啡边和金眼相士聊着昨晚到飘风楼探视图南的事情。他们的表情和话语是激动、热烈和赞赏的。萧涤生和木归智的出现，把整个的氛围冲击和破坏了。

　　皇甫三兴的目光随意而迅速地扫过去，那目光简直比手术刀还锋利，不光划开了他们的肌肤，还扎透了他们的心。萧涤生和木归智同时感觉到了刀尖划过心头的凉意。

　　皇甫三兴把腿放下来，一只手推开咖啡杯，将那泛着湛蓝光泽的目光回收到他的深窝窝眼里，轻描淡写地对木归智说：我知道你来干什么。

　　木归智坚硬而冰冷地回道：我也知道我来干什么。萧涤生拖着哭腔高声道：师父,将他逐出师门吧!

金眼相士和莫追风满脸不解。

萧涤生扑通一声跪下来,颤着手从怀里掏出天赐,俯下身,额头触地,而一双手,却高高地把天赐托在空中。那姿态,仿佛托的是一条洁白的哈达。

萧涤生:木归智既没有金刀子,也没有银托盘,他竟然用他的烂手,把天赐摔死了。

啊,可悲的天赐!

莫追风回想起萧涤生当初带着木归智来凌烟阁讨要天赐和莲芯的情景。那个在白色圆桌上挪着稚嫩的步子,叽叽叫唤的小生命,转眼之间已经成了冰冷的尸体。莫追风咽喉有些堵塞,胸口有些憋闷,他握紧拳头,对木归智怒目相向。

金眼相士心中回响着沉重的悲鸣!皇甫三兴的拟子实验,期冀的可不是这样的结果呀!

皇甫三兴想放松一点领带,可手指在领带上僵住了。他清瘦的脸没有变成铁青,而是变成苍白。两道浓眉,几乎凝结成一体。浓眉下那双深窝窝眼,若窗户一样紧紧关闭了,无论是目光还是泪水,一丝一毫都不泄漏出来。就连薄薄的嘴唇,也绷得很紧很紧。按理,天赐已赠木归智,木归智已成为他的主人,主人有权处理属于自己的物品,外人过问干涉不得。可是,天赐不是一件普通物品,他是皇甫三兴和步陶老先生精心培育的婴儿,连着心哪。

皇甫三兴把天赐和莲芯分赠给木归智和萧涤生,是在暗中进行的一个拟子实验,但他的内心深处,对这个实验是有倾向性的,情感是偏向成功的,潜意识是希望那爱和善的拟子在木归智的心田存活的。不承想变故陡生,事出意外,天赐竟然被残忍地摔死了!什么样的结局他都设想过,都可以接受,唯独没有想到天赐因失败而被摔死。天赐之死,让他心寒若冰,甚至怀疑拟子理论的可行性。皇甫三兴忆起昨晚在飘风楼见到图南归来后的诸般情景,忽然悟道:拟子是传导给众多个体的,只有营养汤适合时,才能传导。如有序有效的竞争,只能在心中本来就有善良和宽恕的营养汤的人身上传导。而在木归智身上,恐怕只能传导另一种性质相反的拟子。

皇甫三兴的心思被金眼相士窥破了:愚人老兄是不是后悔进行这次拟子实验了?

皇甫三兴微微摇头:不是后悔,是惋惜。

皇甫三兴接过天赐,放到白色圆桌上,天赐的身体弯得像一张硬弓。当年南唐后主李煜被赐饮了下有牵机药的毒酒,死时身体窝蜷得像快要接上头的弓。屈死,怎么扯也扯不平展。难道这真是命,这命就应在那个弩字上。可怜天赐,克服重重困难,忠诚归来,却步了二位后尘。

天赐啊，再也不会挪动惊慌的步子，从桌沿掉下去。

萧涤生还跪在地上，双拳捶着胸脯：师父，请惩罚我吧！是我把他带进凌烟阁的！

皇甫三兴：是你把他领进凌烟阁，是我把天赐送给他的。

萧涤生愈发感到罪孽深重，我若不带他入凌烟阁，师父怎么会把天赐送给他呢？天赐怎么会落到这样的下场呢？萧涤生捶打自己的胸脯，捶打得更加厉害。

莫追风举着自己的右手道：是这只手把天赐交到他手里的，难道要把这只手剁掉吗？

木归智忽然嘶哑地吼道：我做事，我承担！

这样做事的木归智，做了这样事的木归智，倒是有几分英雄气概呢。

萧涤生慢慢站起来，反手指着木归智：师父，请将他逐出师门吧！

木归智：大可不必，我何曾入过师门。

萧涤生气得牙齿发抖：青天朗日，红口白牙，你怎么黑说白道呢？你说，你当初怎么求我，求我带你到这凌烟阁，拜大师父。

木归智：我求你来吗？有证据吗？录音也行，把当时的风抓来做证也行。

萧涤生更加气得指天跺地：你就不怕掉牙烂舌头。

木归智无赖地张张嘴，吐吐舌头：你瞧，一切都好端端的。萧涤生后悔至极，也气恼至极，但面对这副无赖相，却实在不知说什么好了，只能像捣蒜似的用指头在空中捣着木归智，连声说了几个你、你、你！然后如捅破的皮球一样，放着气跌向一边。

皇甫三兴、金眼相士和莫追风实在看不过眼，却在一时三刻之际，不知如何应对。几位君子碰到一个无赖，犹如几羽绅士般的白天鹅碰到一条瘸腿的癞皮狗，还真有些手足无措。

木归智身上的英雄气被萧涤生火燎起来，只见他上前两步，走到白色圆桌旁边，转着身，伸着梗脖儿，用那眼白充血、目光呆滞的眨巴眼，把凌烟阁扫视一遍。之后收回目光，落在天赐身上。片刻之后，不屑地撇撇嘴角，把目光拿开了。之后，他一手撑住桌面，一手在空中胡乱挥舞着，口吐唾沫，像是对桌面上的天赐，亦像是对面前的皇甫三兴、金眼相士和莫追风，也像是对凌烟阁和大东门上空的苍天，慷慨激昂、振振有词道：请问长安城有头有脸的大名人皇甫老先生，请原谅我不叫你师父……

瞧瞧，这也算人吗？还没有被逐出师门就不认师父了！

请问皇甫老先生，你福大命大，世袭继承，在长安城拥有一栋楼，经营一家医院。既可以行善，为民众驱灾祛病，又可以合法收费，挣钱养家，还可以休闲娱乐，养鸽博彩。可以说活得人五人六忒滋润。可我想改变我的穷命，有什么错?!

皇甫三兴几个人，尤其是萧涤生，联想到木归智的身世遭遇，不由得生出许多同情。气归气，可想改变穷命有什么错呢?

还有那位被尊称为步陶老先生的元菊生，在城郊占一座花园，种那么多花草，栽那么多竹子，养那么多珍稀彩鸽，喝着菊花酒、菊花茶，写些闲得没用的书，请问，我想改变我的穷命有什么错?!还有你个扣墨镜的金眼相士，背着手满长安城闲转。东家出，西家进，仅凭一对招子、两盏灯笼，吃香喝辣，我想改变我的穷命，有什么错?!

金眼相士：你的想法还真没有错。

木归智摇着自己的豁豁耳朵，继续道：皇甫老医生，你要我讲一件令你信任我的事，我出于私心和策略，用耳套遮掩了，后来告知了值得信任的萧涤生。

萧涤生心中哼道：还不如不信任呢。

今日我把我的豁耳朵亮给你们看，我以我的耳朵为代价，挖到了极不光彩的第一桶金。我要改变我的穷命，有什么错?!

可以谅解，还真没有错。

涤生说我求他，我何曾求他？我用我虚假的诚意和谦虚欺骗了他，我利用了他的善良、同情与怜悯。他带我到了凌烟阁，我开始改变我的穷命，这有什么错?!

萧涤生望着口吐唾沫星的木归智，心里打着寒战：这哪里是当初认识的那个木归智！

皇甫老医生，你让我讲一件可以让你信任我的事。我讲了一堆事，唯独绕过了我的耳朵豁拉的事。我虚假的诚意无疑被你窥破了，但你还是把天赐给了我。我来，你开门，我求，你赐予。你的眼睛太深邃，你的目光太犀利，你的脑门太智慧。你为什么会有这么高的境界？你想拿我做什么实验，我一律不感兴趣。我的心思只在天赐身上，我要用天赐改变我的穷命，这有错吗?!

站在木归智的立场看，还真没有错。

金眼相士悲哀地暗自叹息：怪不得实验失败，四季豆油盐不进，没反应啊。

还有你，相士老兄。我不信任任何人，当然也不会信任你，但我却信任你的金眼。我要借用你的金眼统观长安鸽界，扫描参加盛唐杯大奖赛的上万羽鸽子。你法眼微睁，点了三羽鸽子：天赐、图南、步行者。你说，你都点了天赐的大名，我还不用他来改变我的穷命，那岂不是成天底下头号大傻瓜！你说，这有错吗?!

没错。

木归智用着浑身的力气，手搭着桌面，把身子更高地撑起来，目光扫过凌烟阁，音量放到最大，尖利地说：为父母赢三尺好坟地，为妻子赢房子和汽车，要么木百万，要么穷光蛋！一个顶天立地的男子汉，把身家性命悉数押上，为人生进行一次豪赌，这也有错吗？！

非但没错，而且还近乎一个大英雄。

整个凌烟阁的气氛，让木归智给整得膨胀了，昂扬了，上升了。甚至金眼相士、萧涤生、莫追风都被这气氛包围其中，完全弄迷糊了。

皇甫三兴摇头发出一声惋惜的感叹：脑梅毒，人性的脑梅毒。还记得那个哥伦布吗？这个疯狂的冒险家，经历诸多磨难，发现新大陆，为那个老地主加新兴资本家欧洲带回巨额财富，也带回来梅毒。这就是哥伦布的两大功劳！哥伦布太贪功了，光带回财富该有多好呀！可惜世界上还没有哪位神医能够把梅毒从财富中剔除出来。梅毒以其顽强的意志力，把欧洲这个老地主和新兴资本家整整折腾了四个半世纪。直到青霉素出现，这难以言说、难缠难治的家伙的脖颈才被扼制住。

过程极其艰难，而根治又是不可能的，因为梅毒这家伙，耐性极好，潜伏期极长，甚至可以长达半个世纪之久，而且具有伪装性和模仿性，它经常会表现为其他症状，很难识别。更危险的是，它还会发生变异，由下身梅毒变成脑梅毒。脑梅毒天生亢奋，爆发前夕，患者会有一个超常的精神和智力迸发期，一旦爆发，人就疯掉了。

脑梅毒何时何地在何人身上爆发，根本无法预测。一经爆发，迅疾蔓延，难以抑制，因为患者本身不自知，而短期内很难找到变异的青霉素。

木归智无法自知，仍在继续：当然，为了赢取这次豪赌的胜利，我也动了机巧之心，天赐、图南、步行者，不是三位一体，也不是三足鼎立。

步行者，算了吧！淘汰出局吧！一个次次走回来的鸽子，咋可能拔得头筹呢？能成为劲敌，足以和天赐抗衡并争夺锦标的，唯有图南。于是乎，借着探营的良机，我神难知鬼难觉，折断图南羽翼上的一根大条。这样的话，图南飞起来，翅膀上会有一个豁口。图南每扇动一下羽翼，便会漏一口气。千里飞行，要漏几十万口气哪！为了改变我的穷命，我不择手段，有错吗？！

这不是错，是卑鄙！

金眼相士既不屑又可怜：聪明总被聪明误。你忘了柳散木有一双阴阳大神手，而墨玉环又有一颗慧心。一根大条，对他俩来说，简直小菜一碟。一把剪刀，几滴万能胶水，一根平时收藏的旧羽毛，于是乎，图南的羽翼又完好无缺，就像俏晴雯补过的孔雀裘一样天衣无缝了。

唉，脑梅毒生出的小机巧，连剪刀、胶水和旧羽毛都赢不了，哪里又赢得了大爱心和大智慧呢？

木归智有些尴尬，有些泄气，身体有些往下耷拉，但他竭力撑持着：即便如此，天赐都有一万条理由赢，没有一条理由输。

皇甫三兴、金眼相士、萧涤生和莫追风的目光一同落在天赐身上，那目光里蓄含着泪光：可怜见的，连一条输的理由都没有。

金眼相士：天赐幼小的身躯，根本担不起改变你穷命这么沉重的责任。再说，天赐也没有这个义务。

图南能赢，天赐为什么不能赢呢?！木归智朝向皇甫三兴：天赐是你创造的，怎么会输个精光呢？称霸长安城几十年的天字号人物，亲手创造的天赐，怎么会输个光光净呢？我想不通，敲碎我的脑壳，也想不通！

面对这样的话语，皇甫三兴竟然不知作何回应。他气得想站起来，可站到一半，又跌坐回白色弯腿椅上。

一直炭火一样在旁边燃烧的萧涤生冲木归智吼着，那话语，一如喷出的火焰：天赐就是输一万次，你也没有权力摔死他！呸！一个没有金刀银盘的货！

木归智的手脚、身体和胸腔里边变得愈来愈冰冷，从嘴巴里吐出的言辞，也如敲碎的冰块：把我的身家性命、前途命运输得精光的天赐，还有什么理由活在世上！瞧我这只手，是摔死天赐的手，我要把天赐和我的穷命，阿嚏！还有坏运气，统统，阿嚏！摔成，阿嚏阿嚏！碎、碎、碎片！阿——嚏——这一连串的话语，还有这一连串的大喷嚏，把木归智的气泄尽了。他神情委顿地一铺沓坐在白圆桌旁的水泥地板上。

天空突然飞来一个缥缈的声音：请尽量远离打喷嚏的人。

是石板灰回来了。他像一片干枯的树叶，从空中飘向凌烟阁。皇甫三兴连忙起身，挡在白圆桌前面，不让长途跋涉、辛苦归来的石板灰看到弯曲在桌面上的天赐。

石板灰落在进门器上，伸开翅膀抖抖羽毛，转身望望主人，歉意地点点头，这才撞响活络门，进到凌烟阁里面去。

皇甫三兴跟进凌烟阁，亲自给石板灰喂了加过多维电解质和葡萄糖的水，补充些急需的水分和糖分，同时分解一下体内沉淀的有害杂质。喂完水，皇甫三兴退到一边，用老年人才有的那种充满爱意的目光安抚着石板灰。石板灰也回望着主人，眼中蓄满了迟归的歉意和重新见到主人的喜悦。皇甫三兴非但没有一丝一毫责怪石板灰的意思，反而感动地说：回来就好，回来就好，一回来，一切希望都在。

约莫一刻钟之后，皇甫三兴见石板灰身体紧张的机能和高度兴奋的精神松弛和平复下来，这才给他喂了少量带壳的、好消化的清除饲料：少吃点，压压饥。饿极之人，吃猛了不好。

石板灰吃过食，飞到巢箱里去歇息。皇甫三兴想，迟归也有迟归的好处，吃喝完毕，就可以静养生息，免了前三名验棚的折腾和辛苦。唉，能者总是被折腾和骚扰的。皇甫三兴一边胡乱联想着，一边退出凌烟阁，回到白色圆桌旁坐下来。

石板灰的不期归来，竟然无意间产生一种神奇的效果，把之前冰冷紧张的气氛和尖锐激烈的冲突稀释和消解了。皇甫三兴、金眼相士、萧涤生和莫追风再看桌上的天赐和桌旁地板上的木归智，心理和情绪已经完全不同。一时间，谁也不理解，一只鸽子飘然归来，会使人的心一下子变温柔。就连梗着脖颈、勾搭着脑袋的木归智所说的"这么迟，还回来干啥"这样薄情寡义的话，也不觉着那么残忍了。

几个人在用一种惋惜和温情来哀悼天赐。

萧涤生：师父，我一直记着你讲给我的金刀银盘的事，一刻也不能忘记，并且时刻谨遵着这金科玉律。

萧涤生说的是伊斯兰教主和鸽子的传奇故事。当年，穆罕默德率军与敌军大战，战败落荒而逃，逃到一个山洞里藏身。敌军尾追而来，没有看到穆罕默德，只见许多鸽子在洞口嬉戏，还有的在柴草窝里孵蛋，一派祥和景象。敌军将领认为，穆罕默德若钻进山洞，鸽子必定会被惊飞，便认定穆罕默德不在洞里，遂即一挥大手，领军到别处搜查去了。穆罕默德就此逃过一劫，后来回到阿拉伯半岛的麦加城，穆罕默德重整旗鼓，打败敌手，创建并发展了伊斯兰教。

穆罕默德牢记鸽子的救命之恩，非常严肃认真地对自己的教民说：鸽子不能随便杀，更不能随便吃。如果迫不得已，要用金刀子杀，用银盘子接血。伊斯兰教民谨遵教诲，从来不滥杀鸽子。

穆罕默德还献给鸽子一个金项圈，以示纪念。所以呀，鸽子脖颈上的羽毛生得绚丽多彩，阳光一照，金光灿烂。

瞧，天赐虽然已经逝去，但脖颈上的羽毛，依然放着金色光芒呢。

萧涤生：总有一天，我要画出一只光辉灿烂的金鸽子。

他顿一顿又道：不过今天，木归智触犯了金科玉律，还是逐他出门吧！

木归智八叉两腿坐在地板上，梗着脖子，用小眼睛翻了萧涤生一下，一副毫不在乎的样子。

皇甫三兴表情冷静而平静，根本看不出他是同意还是不同意。金眼相士说萧涤生：你说穆罕默德报答鸽子倒还令人向往，但说到最后怎么气又上来了？

一看到天赐，就不由人啊。即使面对生命，也要平静。

我是个凡人，不是高僧。一面对生命，我便激动。还真让你说着了，那位高僧，平静地以命换命。

皇甫三兴、萧涤生和莫追风想起来了，在鹞子追逐图南的时候，金眼相士讲过那位高僧顿悟的故事。

那是一羽雪白的鸽子,被一只凶恶的鹞子追逐着,无路可逃,命在须臾。白鸽情急之中,一头扎向一座寺院。院中的台阶上,一位鹤发童颜的高僧正盘腿而坐,双手合十,闭目诵经。那白鸽正好扎入高僧怀中。高僧睁开双目一看,顿时明白,便责怪鹞子,为什么要追逐鸽子啊?鹞子瞪着凶巴巴的眼睛,理直气壮地说:肚子饿,不吃她,我就得饿死。

鹞子有错吗?

高僧看看怀中的白鸽,白鸽可怜巴巴地望着他,可爱至极,哀怜至极。

高僧对鹞子说:请你放过白鸽,我给你和白鸽一样重的肉,可以吗?

鹞子想也不想,不管是谁的肉,我吃饱为原则。高僧拿来一把尖刀、一个天平,把白鸽放在一边,天平立即朝白鸽这边倾斜。高僧用尖刀剔大腿上的肉,放到天平另一边去,可是天平纹丝不动。高僧又剔另一边大腿上的肉。剔完了,放上去,天平依旧纹丝不动。高僧顿悟,微微一笑,挥动尖刀,把身上所有的肉都剔下来,放到天平那边去。天平慢慢升起来,平衡了。

啊,原来命跟命一样重!

鹞子狂喜道:哈,我可以吃好多顿呢,完全可以渡过饥荒呢。

木归智生硬地道:划不来啊!

伊斯兰教主不让杀鸽子,佛教高僧以命换鸽子,那还有一个神圣的宗教呢?几个人都把目光投向皇甫三兴。

皇甫三兴沉思片刻,命莫追风取来一把小镢头,然后捧着天赐走向楼角。楼角的大瓦缸里,挺着那棵摇曳的橄榄树。皇甫三兴亲自动手,在树根旁刨出一个深深的小坑,把天赐掩埋了。

唉,天赐,你不是千古的功臣,却是屈死的冤魂。生不得入凌烟阁,死,就葬在这橄榄树旁!

皇甫三兴回到白色圆桌旁的座位上,虔诚地双手捂胸,口中念念有词,像是在祈祷着什么。之后,身体徐缓地靠向椅背。那颗窄扁而谢顶光亮的脑袋枕向椅背的横档。那深邃的目光,蓄念着圣洁的光,望向天空。天空刚才在石板灰归来的方向,透闪出青石板一样的亮色。

金眼相士、萧涤生和莫追风觉得皇甫三兴的姿态和神情光洁而神圣。

透闪着青石板一样亮色的地方,飘过来一片祥云,那祥云和皇甫三兴的目光一相撞,便撞出教堂钟声一样的声音。那声音庄严、肃穆、神秘、旷远、悠扬,既能穿透亘古的时空,也能穿透现代坚硬的建筑,直抵人的内心深处。

你兄弟亚伯在哪里?

这询问声飘飘荡荡，漫空飞旋。

楼角瓦缸里的橄榄树被风吹动了，那叶的响声真像天赐的鸣叫。

许久之后，皇甫三兴坐正身体，思绪回到现实中来。他用深蓝的目光，平静地打量了一下早已不耐烦的木归智：我知道你来干什么。

那，你还等什么?!

皇甫三兴起身，从凌烟阁拎出木归智拿走天赐时留下的红锦盒，放到白圆桌上。

金眼相士、萧涤生和莫追风看得目瞪口呆。

木归智瞥一眼红锦盒：我和涤生踏入凌烟阁时就断定，你不会打开锦盒。

这你倒算准了，原封不动，完璧归赵。

金眼相士忽然想起魏晋时竹林七贤里那个古怪的王戎，外甥结婚，他送了一件单衣以示庆贺，还口称薄礼一份。大家讥笑他，乃舅这份礼的确够单薄的。而更出人意料的是，新婚三天刚满，王戎又把那件单衣索要回去了。想到这儿，金眼相士不禁哑然失笑。

除过皇甫三兴，其余人都觉得他笑得莫名其妙。

金眼相士本来想以此嘲笑木归智，但又觉着在这种气氛中嘲笑人不合适。再说，那个大贵族出身、正部级高官王戎，本身是个才子，工作效绩又好，若再有一个端廉清正的好名声，岂不功高盖主，引起主人猜疑吗？于是王戎便以此自污，以求自保。可眼前这个木归智，能和王戎相提并论吗？若拿王戎来开涮木归智，岂不滑稽吗?! 金眼相士见旁人看他，忙收住笑，没有吭声。

木归智冷笑一声，抓起红锦盒，在空中揉一圈，转身就要下楼。

萧涤生这块红炭，已经没有刚才那么烈焰通红了，他冲木归智道：你最好下楼出东门，到城河边，把心掏出来洗一洗，就像淘米洗菜一样，把你胃里的贪欲和脑壳里的智巧全洗掉，再到美容院里，把耳朵上的豁豁修补好，再到大街上去。

莫追风接着道：白鹄不洗澡，依然白，乌鸦不污染，依然黑。木归智在楼梯口那儿停住脚，回过头来：我才不洗呢，宁愿死！说完，摇摆着红锦盒，趿踏着走下楼去。红锦盒在摇摆时碰撞到楼梯的栏杆上，发出克朗克朗的声响。

还记得吗？木归智当初得到天赐时，可是满脸迷笑，双手捧着竹笼，倒退着下楼梯的。拐弯时，还用胳膊肘护着竹笼，生怕一不小心伤了天赐。而如今，他可是趿踏趿踏地倒腾着脚步下楼。在拐弯那儿，还把红锦盒在空中抡了一圈。

莫追风摇头叹道：遇上这么个活宝，真是没治了。

金眼相士本来还想提说师父郭太和孟敏的事，但见皇甫老医生还在沉思什么事情，不好打断他，也就作罢。

萧涤生这块炭火,经过这一阵燃烧,也成了一半炭火、一半灰烬:我的眼力欠火色,没看透他。要逐他出门,岂料他自个儿走了。

二十

春季五百公里盛唐杯大奖赛,是长安城有赛鸽史以来天候变化最奇幻、环境最恶劣、竞争最残酷的一场比赛。虽然创造了奇迹,改写了历史,但损失也极为惨重。在随后的几天里,莲芯、雪头、步行者、石板灰、红袍关公、花斑公主、玉翅亮相等零零星星归来,但博尔特、小雨点等名将还是流落在外,死生不明。粗略统计,起放一万一千一百多羽,归巢一千零几十羽,不足十分之一。这样的比赛,很令鸽友伤怀和沮丧。尤其是那些抹了光头、零归巢的鸽友,有的仰天长叹,有的跺脚诅咒,有的捶胸痛哭。

在此之外,元菊生、楚留声、林风鸣和鹤秀还平添着另一层遗憾和伤感。那是因为雪头和林风鸣新刻制的唐字鸽哨。

雪头回来了,但是是悄没声息地回来的。以前,雪头比赛归来,长安城人总能听到那划空而过的哨声。这次,林风鸣和鹤秀新制成的唐字哨,元菊生特意让给雪头佩戴上,还说全集贤院就数雪头最有负哨飞行的经验。元菊生是想让沿途千里的人们和长安城的人们听听这新制成的唐字哨那宽宏嘹亮的声音。遗憾的是,这个美好的愿望落空了。

雪头一身疲惫、风尘仆仆地归来了。平时的雪头,浑身墨黑,头顶雪白,往那儿一站,就像六月积雪的太白山一样有气势。可现在,浑身松垮,雪头也被污染得油脏油脏,系在尾巴上的小三联也歪斜向一边,几乎快要掉落了。

元菊生经管雪头吃喝完毕,捉在手中检查。雪头身体未受硬伤,无有大碍,但三联小哨却弹痕累累。哨身后筒已被散弹打碎,前筒里灌进许多沙尘和雨水,唯有中筒完好无损,不过哨口也被尘霾封住。小三联已成这般模样,残的残,灌的灌,封的封,还如何把宽宏嘹亮的唐音唱给千里长途以及长安城的人听呢?

元菊生表面只是微觉可惜,但内心的哀伤却异常沉重,而这沉重,也只有身边的林风鸣和鹤秀感受得到。

唉,刻制一枚名哨,岂是用耗年费月、尽心竭智可以形容。有的哨,简直就和人的命运，甚至生命本身紧密相连在一起。

天边飘来一缕曼妙的音乐。那音乐像一根颤动的细钢丝，拨动了正在窗下小书桌前做功课的少年的心弦。这样的周末，再要这位少年平心静气、专心致志地坐在窗下桌前做功课，已经不可能了。

少年先是搁笔，支棱耳朵捕捉那飘忽而来、倏忽又去的音乐，继而推开书本，走出房门，来到庭院的石榴树下，手搭凉棚，从树枝的空隙望向天空。天空寂寥，白云凝固，只有一缕音乐缥缈不定，悠然移动。似在北方，又像在南方，似从东方出，又像从西方来。少年十分好奇，这幽魂一样曼妙的音乐，以前怎么从来没有听到过？就是梦里也没有。

石榴树上的蝉忽然鸣叫起来，"吱儿——吱儿——"，一长一短，一高一低，一应一合，完全把空中细微的音乐遮盖住。少年摇动树枝，把胆小的蝉赶走。蝉声不再，而天空的音乐也没有了。少年拍拍耳朵，等候那音乐的出现，结果等来的是院外大街上汽车的轰鸣，少年的情绪被搅坏了，心中生出莫名的怨恨。

少年巴望了好一阵，那音乐才再次缓缓地传过来。依旧是那么飘忽，忽左忽右，忽前忽后，忽疾忽徐，忽高忽低，忽而直去，忽而折回。那节奏，既随意，又有规律；既自然，又有迹可循。少年张大湖蓝色的大眼睛，在天空搜寻着。音乐飘向哪边，少年的眼珠就转向哪边。他终于惊喜地看到，从悬浮不动的白云边缘，暂出好几个黑点，回旋着朝头顶上空飞来。那是一群鸽子，少说也有十二三羽呢。随着鸽群临近，音乐也渐渐变得清晰鲜亮起来。鸽群往下俯冲时，少年大致能看清鸽子的色彩。有白，有黑，有灰，有花，有一头红，有两头乌。少年也终于可以确认，那音乐是从鸽子身上传来的。莫非，那就是祖辈们传说的鸽哨声？

少年迷眼迷耳迷心，魂魄随着鸽群和哨声在天空飞翔。

鸽群在空中盘旋几圈，然后调头向南，超尘绝俗而去。少年不及多想，拉开院门，冲上大街。就这样，鸽群在天上飞，少年在地上追。少年的白衬衣张得像鸟翅一样，冲过十字路口时，警察拦他，抓他的后衣襟，没抓着：这小疯子不要命了！

但是，少年的两条腿倒腾得再欢快，也欢快不过鸽子的翅膀。少年呼着粗气追过几条街，眼看着鸽子轻松地忽悠着翅膀，越过一座正在修建的高楼，一闪，不见了。那清亮悠扬的哨声，也被大楼阻断了。

少年站在街边，望着鸽群消失的地方出神。

路旁一个陌生的胖女孩嘲讽道：见过狗撵汽车，没见过人追鸟。

少年脱下衬衣，拧着浸透的汗水。边拧边甩胳膊：我咋没有翅膀呢？我咋没有翅膀呢！

女孩见他疯疯癫癫的，又挖苦道：你要有翅膀，不就成鸟了。少年停止甩动，忙道：哎呀，知己呀，我这会儿就想成为一只有翅膀的鸟。

女孩红了脸：谁跟你知己呀，一边凉快去。

少年穿上衬衣，捉衣襟朝女孩扇了两扇，嗤着鼻子说：凉快吗？胖妞！说罢扭头走了。

少年急火火地回到家，进门就缠着妈要买一辆自行车。妈有些意外：猛不丁的，咋冒出这么一个念头来。妈看着少年。少年的眼睛跟妈的眼睛一样，眼角弯，眼白青，眼仁湖蓝，里边全是纯情和幽怨。妈看着少年的眼睛，犹如看着自己的眼睛。这双从来没有撒过谎的眼睛，里边尽是急切盼望的神情。妈说咱家不是有自行车吗？少年说咱家那自行车，除了铃不响浑身都响，快散架了。快散架了，你爸咋骑着？是呀，我爸上下班骑着，我咋骑呀，总不能让我抢我爸的班，夺我爸的权吧。妈沉了脸说，你到底要自行车干啥？不跟妈说清，一个轱辘也不买。少年一屁股坐到地上，耍赖道：不买自行车，我就不上学了！嗨，儿把妈箍住了。

晚上睡到被窝里，凤仪跟丈夫排云提说儿子风鸣赖着要买自行车，还说不买就不去学堂了。排云在枕头上扭过头，看着妻子湖蓝的眼睛：你说买不买？凤仪撒娇：儿子姓林，你又是掌柜的。排云道：就这一个宝贝，啥不是他的。再说，骑车上学，也不是啥邪事。凤仪爬出被窝，打开床头的棕箱，取出一个古旧的小木匣子，揉到丈夫胸前。排云坐起来拉过衣服，从口袋里摸出一串钥匙，笑着说：让我开你的锁。

第二天，排云为儿子推回来一辆崭新的上海产飞鸽牌自行车。起初的几天，风鸣骑着新自行车上学，但是不久，凤仪就发现儿子上下学有点不太准时。

只要鸽哨一响，鸽群一出现在天空，风鸣就骑车追赶。风鸣仰头望着鸽群，双脚用力蹬着脚踏，对身边的行人和车辆全然不顾，行人和车辆反而得避让着他。自行车箭一样尾随鸽群往前飞驰。但快到大南门时，鸽群直线越过几幢大楼，追不上了。风鸣非但不气馁，反而兴致倍增，一有机会就追。追得次数多了，发现鸽子飞行是有大致规律的。时间比较准点，飞行路线相对固定。风鸣想出一个办法，今日追到这儿，把鸽群追丢了，明日就在此等候，等鸽群过来，继续跟着追。就这样一截一截接力下去，竟然追出大南门，追过小寨，追过韦曲，追过滈河，追上神禾原，漫坡上到神禾原顶端，再一路往南越过五六个村庄，看到原势突然陡陡地收住，底下是依原蜿蜒而行的滈水。滈水那边，是平坦碧绿的御宿川。川南是拔地隆起、翠黛苍茫、绵延无尽的终南山。

风鸣一脚撑地，静坐车上，欣赏着眼前的景色。他非常感谢鸽子把他引领到如此美妙的地界。在城里长了十六年，看到的是街道、店铺和楼房，听到的是汽车和人的鼎沸声。而眼前，低原高山、绿野平畴、碧水红花。几只白色鹤鹳，立在原下滃水边的草丛中，引颈望向天空。天空鸽群盘绕，哨声缈缈。夕阳投射过来，所有的景物都被涂上一层既亮丽又朦胧的色彩。清新、自然、寂静、神秘。风鸣的身心被深深地吸引并陶醉了。

　　鸽群似乎发现了一路追踪而来的风鸣，成群结队地俯冲着掠过他的头顶。鸽群俯冲速度快，鸽哨就响得急切。风鸣的耳鼓差不多被穿透了。原来鸽哨也能发出如此激情四射的召唤声！

　　鸽群挑逗风鸣一阵，然后爬高，沿原畔向左前方飞去。被深深诱惑的风鸣立即调转车头，从大路拐向小路。鸽群在远处盘旋，他们的翼下是一片茂密的树林，树林上边露出茅屋和瓦舍的坡顶。风鸣一头从车上栽下来，吃了满满一嘴沙子。他爬起来，一边往外吐沙子一边看着。原来，小路在这儿中断了，变成沙路了。沙路不能过车，车一吃重，轮子就陷下去，栽倒了。风鸣推起自行车，蹚过这段松软的沙路，拐上树木夹出的小道，直到紫荆搭成的圆形拱门。风鸣看到了门脑皱裂的木匾上的三个字：菊花园。

　　柴门开着。风鸣推车进门，觉得进了人间仙境。

　　风鸣的目光越过那丛修篁，看到了四周的花椒墙，看到漫坡而上、已有零星花开的菊圃，看到了坡顶的大槐树和树下的天籁阁，看到了右手的茅屋瓦舍，看到了正面的集贤院，看到了集贤院左近的辘轳和井栏，还有井边的石榴树。

　　鸽子陆陆续续地降落到集贤院的屋顶上，哨声也就此歇息。啊，远行的目的地到了！

　　风鸣想要推车继续往里走，却见一只小斑点狗站在小径中央，挡住了去路。小斑点狗并没有冲风鸣吠叫，但也没有让道的意思。风鸣有点进退两难。继续往里走，小斑点狗肯定会汪汪大叫。就此退出，那一连多日踏车追踪的工夫岂不白费了？几十里路循迹而来，鸽子和鸽哨就在瓦舍上，没有真切看一眼，也没有见到主人的模样，就此退去，那算什么呢？大老远跑来，又是为什么呢？咱不是古人，乘兴而来，兴尽而返。更何况，咱兴刚起，将来有没有尽还不一定呢。不能退，一个少年宁肯和一只小斑点狗眼对眼对峙，也不能悄然退去。

　　真的眼对眼，既不是仇人相见，分外眼红，也不是情人相会，脉脉含情。

　　风鸣索性撑好自行车，双手抱在胸前，坐在后尾架上，眯着湖蓝色的眼睛，与小斑点狗对峙着。好一阵儿之后，小斑点狗像是听到了什么声音，或者是闻到了什么味道，甚或是有了什么感觉，忽然拧过头，朝集贤院左近的井栏那儿张望。风鸣的目光也不由自主地顺着小斑点狗的目光望过去。

　　花畦右边，青瓦房的一角，忽地转出一位褐色短袖、红色长裙的年轻女子，向井栏这边走来。夏风吹拂，掠动她的裙裾，使她走路的姿势像蝴蝶在款款移动。她走到井栏跟前的石榴树旁，停住了。她显然看到了自家的小斑点狗和坐在自行车后尾架上的陌生少年。因为她翘着下巴，侧脸朝这边瞭望时，动作稍微怔了一怔，随后把一条长辫子从身后移到高高的胸前来。

风鸣的屁股离开了自行车的后尾架，身体站直了，眼睛里的湖蓝色一下弥漫过去。由于距离较远，风鸣看不大清年轻女子的眉眼，但那年轻女子的衣饰打扮、走路的姿势、站立的神态，以及整个人身上往外释放的气息，完全把风鸣迷住了。风鸣迷望着石榴树旁、井栏边的年轻女子，心底却旋响起鸽哨的奏鸣：这尘世间，还真有如此典雅飘逸的神仙姐姐？！这到底是在梦里还是在画中？

小斑点狗不再和风鸣对峙，折回头，跑到她主人身边去。风鸣也移动脚步，追随其后。

年轻女子既没有理睬小斑点狗，也没有理睬风鸣，径自解开井绳，钩住放在井沿上的木桶，摇动辘轳搅水。年轻女子露在短袖外面的胳膊像洗净的莲藕一样，而裹在宽裙里的瘦长腿，一条弓着，一条蹬着，把长裙撑开来，经风一张，便膨胀得像个大蘑菇。她一手扶着辘轳圈，一手摇着辘轳把，身子一仰一合，往上搅着水桶。夕阳的金辉投射过来，鸽子起飞环绕飞翔，鸽哨清徐曼妙地奏鸣。

风鸣九岁时头一回喝白酒，曾经大醉不醒。

风鸣一脸醉意，两眼闪着光辉，冲年轻女子喊道：我家院子也有一棵石榴树。

年轻女子搅上水，用手一捞，木桶便立在红丝石的井沿上，然后望一眼井栏旁边的石榴树。石榴树的枝头挂满黄绿色的石榴，有的石榴嘴上还残留着红色花瓣。

年轻女子看到正在结籽的石榴，脸微微一红，扭头用眼角露出的眼风瞟了风鸣一下：你家有古井没？

没有，只有石榴树。风鸣嘴上应着，心里却在体味那眼风，简直比被鸡毛掸子掸着还要熨帖舒服呢。

风鸣和年轻女子都没有想到，一个芳龄稍长点的少女和一个年岁稍小点的少年意外相遇，竟然一人说了一句无关彼此，却又互相勾连的话，之后竟有点手足无措了。

小斑点狗摇着尾巴跑过来，嗅嗅风鸣的裤脚，又跑过去嗅年轻女子的裙摆，结果被年轻女子喝住了：去，一边去。小斑点狗只好蹲到一边，十分不解地望着主人。

正在二人不知如何是好时，集贤院里传出一声呼唤：鹤秀——

哎——

原来这年轻女子叫鹤秀。鹤秀的这一声哎，既若银铃般脆亮，又如鸽哨般余音绕梁。

鹤秀一手拿起青石桌上的葫芦瓢，一手拎起木桶，向集贤院走过去。盛满水的木桶又大又沉，鹤秀的腰身又纤细又柔软，很是不相衡趁。但鹤秀显然是拎惯水的，只见她斜甩着木桶，并借着木桶摆动的惯性扭动着腰肢，迈动着步伐。那动作，真是沉重归于轻灵，好看极了。

集贤院陈旧的木板门被拉开，里面走出一位壮年男子。男子侧身让道，让鹤秀拎着木桶进去。就在二人一错身的瞬间，风鸣看清了那男人的眉目和神情。那男子面容清瘦，肤色红润，留着不是很浓密的胡须。一手空着，一手拿捏着铁铲和扫帚。显然是刚刚铲扫完毕，只等鹤秀进去擦洗并给里面的小精灵们添食喂水。

眼前这位男子，应该是这菊花园的主人，也应该是这种自然惬意的诗意生活的创造者。风鸣觉得自己整个人一下子沉潜下来，心中也有一样东西忽地扎下根来。

那男子把铁铲和扫帚靠在围栏上，拍拍衣服上的灰尘，走到青石桌跟前，端起小巧圆润的紫砂壶，一边啜吸一边看着风鸣，那目光分明在说：你是谁？怎么到菊花园来了？

风鸣连忙报告说：我叫林风鸣，是循着哨声、追着鸽子到这儿来的。喏，自行车还撑在那儿哩。

那男子看到靠近修篁丛的花圃细径上撑着的自行车，忽然亮出雪白的牙齿，笑出声来：英俊少年，林风鸣。这名字好，有韵味。

请问先生尊讳？

噢，鹤秀的父亲，元菊生。

风鸣失踪了，一连三天没有归家。母亲凤仪和父亲排云快要急疯了，到派出所报案，派出所说又不是妇女儿童，不在保护法之列，自己寻找去吧，若找到的是尸体，我们负责破案。气得夫妻俩手脚直哆嗦，又无可奈何，只得发动亲戚朋友和邻里四处寻找。整个长安城的大街小巷都寻遍了，护城河边也找了，就差挖地三尺了。嘱咐寻找的人，找不见人，找见那辆新飞鸽自行车也行。可眼见着整三天过去了，人没影，自行车也没影。凤仪三天水米未沾，三夜未合眼。衣服凌乱，头发蓬松。整个人失了形状，眼见着卧在床上起不来了。

就在凤仪和排云要相互抱怨时，院门响了，而且传来了自行车铃声。凤仪拾起身，随着丈夫排云冲向院子。

朦胧的月光下，风鸣推着自行车进了院门，身后还跟着一位清瘦的壮年男子和一位恍若天仙的妙龄女子。

凤仪慌急地把自行车撞倒了，她紧紧地抱住风鸣，生怕再失去了似的：我的儿，你野到哪儿去了？快把妈急死了！

排云不知从哪里摸出一根短棍，在空中举了几举，又扔掉了：要不是有生人在场，要不是有生人在场……唉嗨！

壮年男子忙自我介绍道：我是元菊生，这位是我女儿鹤秀。其实，最被这场面感动的是鹤秀。鹤秀的眼泪快要出来了：多好的母亲！有母亲多好！

搂着风鸣的凤仪看到了月辉里的鹤秀，还有她眼里的泪光。这女子生得天仙一般，身上有丝气息和我相通哩。

排云有些错愕，不知如何是好，元菊生则继续缓和道：我家早先也在城里住，祖上在菊花园开一家中药铺，二十多年前搬到城南滈水河边神禾原畔，自家开垦了新菊花园住。

排云觉得元菊生神情秀逸，气息迷人，态度温和，平易近人，就忙接话道：原来祖上是菊花园掌柜元老先生，听我父亲提起过，好像还养着一棚好鸽子。

正是，正是。

凤仪破涕为笑，松了风鸣，拉着鹤秀的手道：大老远来的，站在月亮地干什么？还不快进屋。

进屋后，凤仪先是倒茶，进而张罗饭菜。鹤秀跟进厨房，帮忙打下手。风鸣则搜出一瓶父亲排云藏了多年的陈酿，说我在菊花园喝过菊花酒，师父来了，也得有酒。

这一夜，林家客厅的灯火长明未熄。鹤秀向凤仪诉说自己的母亲，林排云则向元菊生说着凤仪和风鸣。

我们林家真是幸运，住在这鼓楼西北角一个小院落里。这位置千万不可小觑，往前朝考查到唐代，可是大明宫南皇城圈里的地方，是尚书省礼部南院所在地。是唐代进士考试，遴选天下英才的风水宝地，是大唐文脉泉涌的旺盛地方。可惜岁月流逝，王旗更迭，世事变迁，这里已沦为寻常之地，散居着寻常之人。可慰的是，无论世事怎么变迁，人事如何演绎，此地文脉始终不断，且不住地滋生涌动。居住在此的，大多是落魄或遭难的文人，我们林家便是其中之一。

凤仪家姓彭，本居京华，也属显赫望族。可惜"文革"落难，遭抄家批斗。其父见家势飘摇，而凤仪又正值青春妙龄，且生性纯直，喜好洁雅，留在家中，恐遭意外，便嘱其兄彭凤祉将其带出，投亲靠友，以避祸乱。凤祉带凤仪先到上海，见形势更为吃紧，又转道福建，亦无寄身之处。几经辗转，来到长安，在这永昌坊的小院落里找到五服之外的老亲戚，我的父亲林鹤翔。凤祉简单说明事由，将凤仪拜托我家，便回京复命。兄妹惜别之时，妹妹嘱哥哥回京后照顾好父母，哥哥抓着妹妹的手说，你暂且借住表叔家，形势稍有好转，我即来接你回家。妹妹一双清澈的湖蓝色大眼蓄满泪水，极其认真地冲哥哥点头，意思是我每天都盼望着。

凤祉万万没有想到，他再来长安，已是十年之后。这十年之中，国变家难剧烈，父母已双双含恨离世。凤祉悔恨当初不该听从父命将妹妹送到千里之外的长安，以致父母临终前悲惨地连声呼唤凤仪的名字，手臂还无力地向前伸着，仿佛凤仪就在跟前，一伸手即可抓到一般。凤祉又庆幸妹妹不在身边，目睹惨状，心伤何忍？凤祉不能写信告知妹妹。一是不想让妹妹在异乡伤悲，二是不保险，怕连累妹妹。身为男儿，一切都扛着、担着吧！虽然形势转变得晚，但毕竟还是转变了。头上狗崽子的帽子还没有摘掉，自己就迫不及待地来到长安接妹妹回去，就算流落街头，也要相依为命。

长安城还是长安城，永昌坊还是永昌坊，旧院落还是旧院落。与十年前稍稍不同的是，街上行人的衣着式样和色彩不像以前那么单调，脸上似乎也有些喜悦的神采。再有的，就是十年骨肉分离，一朝相见的怦怦心跳。

凤祉径直推开院门。他不想敲门，他想在没有任何预兆的情况下出现在妹妹面前。

院庭中央，石榴树下，一个小男孩，撅着屁股，手拿刀铲，正在树根下刨土玩。小男孩听见门响，停住玩耍，握住刀铲直起身转过来。

凤祉看到小男孩忽闪着长睫毛，转动着清澈透明的湖蓝色大眼球，一下惊呆了，这不是凤仪小时候的眼睛和神气吗？

凤祉先是怔怔地看小男孩一阵，然后向前走几步，想要抱起他。小男孩警惕地看着突然出现的、陌生的凤祉。见他靠近过来，先是往旁边一闪，然后转身跑回屋里。很快，小男孩牵着自己母亲的衣襟出来了。母子二人，就站在门槛外面的台阶上。小男孩依旧忽闪着怯生的大眼睛，母亲则是满脸的错愕和惊喜。

十年后，亲人就这样相见了。凤祉想给妹妹一个意外和惊喜，结果反倒是妹妹和小男孩给了他一个意外和惊喜。

原来妹妹已经嫁给了林鹤翔的儿子林排云，并且生下了这个小外甥。

大舅子上门了，林家人自是高兴万分，倾其所有，热情款待。小外甥听说来人是舅舅，先还怯生，但很快就偎在舅舅怀里，问了许多既童稚又好奇的话。舅舅问他几岁了，他掰着指头说三岁半。问他姓什么叫什么，他说姓林叫风鸣。又问：跟舅舅姓彭，叫彭风鸣好不好？小男孩摇着头说：彭风鸣没有林风鸣好听。舅舅摸着小外甥的圆脑袋笑道：林风鸣好，有声音有意境。

凤仪在一旁补充说，名字是他爷爷依据族谱的排行取下的。风鸣长到周岁，过生日那天，他爷爷给他办了晬盘仪式。风鸣坐在床上，四周放了许多东西，让风鸣抓。风鸣骨碌着一双湖蓝眼，看看这个，又看看这个，就是不下手。他爷爷借机讲着晬盘的掌故，说宋史上记着武惠王曹彬周岁时，家人试晬，但见小家伙右手提干戈，左手取俎豆，之后又随手抓起一颗金印，长大果然显贵，位尊将相。他爸排云说他爷，什么正史，倒像是野史，虚夸得太厉害，这哪里是周岁孩子的形象，俨然一位威武大将军。他爷说反正白纸黑字，史书上就这么记着的。再说当代写上史书的，新中国成立前就成名的青年才俊钱锺书，周岁抓周，金银珠宝一概不取，唯抓书在手，故取名钱锺书，长大后果然成了学问家。他爸排云说，立功者有了，立言者也有了，立德是皇上的事，与咱寻常人家无干。咱还指望娃抓啥呢？万一像《红楼梦》里的贾宝玉，抓一把钗环脂粉，将来做个酒色之徒可如何是好？他爷沉了脸道：胡说，我们林家怎么会出酒色之徒！他爸说：要出个贾宝玉那样的酒色之徒，倒也没啥不好。

凤仪很是庆幸这命运安排，让她嫁到林家，十年风云，谈文色变，谁还玩这传统的雅兴？林家、彭家，这一点上，倒是一脉相承呢！

凤鸣双眼望向窗外。窗外空中，有鸟飞过。凤鸣伸手去抓，却哪里抓得着？凤鸣呆望一会儿，才环顾身边。钢镚、糖果、笔纸、玩具、粉盒、小人书及各种器物环绕而列。凤鸣的眼睛挑来拣去，最后抓过一根笛子放在怀里，又抓过一把小刀，要拉开来玩。他爸排云怕他划伤手指，急忙夺过来。谁料小刀被夺，凤鸣竟哇哇大哭起来。他爸无奈，只得把小刀还给他，他竟破涕为笑。他爷捋着胡须道：既非将相，又不嗜书，也不沾脂粉，唯好玩，有点像我，好！世上玩得好的，既躲劫难，又出名堂，多好。随机取风鸣二字为名，又拟了个字，三籁。他爸问其意，他爷道：天籁、地籁、人籁。人籁吹箫，地籁风吹窍孔，天籁风雨雷电声。

凤祉又盘桓几日，才对凤仪说，哥此行来，是要兑现十年前的承诺，接你回京华。

凤仪很是感动，但却淌着泪说：我已嫁入林家，而且生下凤鸣。说着揽凤鸣入怀：我的根已经在长安城了！

听了这话，再看着这其乐融融的一家，自己怎忍心将妹妹带走呢？凤祉很感谢林家，在这冷酷无情的十年里，给了妹妹人伦和温暖。妹妹是这个刚刚过去的时代里少有的幸运儿。

妹妹也割舍不下哥哥，建议他留在长安，随便找一份差使，寻机成家立业。

凤祉十分感念妹妹这份情怀，但却咬着嘴唇说：得回京华，住在父母灵魂的跟前。另外，听说上边已开始给冤假错案平反，并落实政策。我得回去，就是把腿跑断，也要跑出个眉目来。

翌日，洒泪挥手而别。

未久，凤仪收到一件来自京华的包裹，打开来看，是一把极其精致的古时王公贵胄用的小佩刀。刀鞘镶金，刀柄钳玉，刀刃寒光凛凛，一看就属于四旧之物。凤祉不知何处所得，且附有短笺，专赠小外甥，以资永久纪念。当凤仪将小佩刀交给儿子风鸣时，风鸣喜欢得爱不释手，就连晚上睡觉也要把刀放在枕头旁边。

风鸣长到十六岁，已经出落成一个翩翩少年，身材颀长，眉清目秀，尤其一双眼睛，和春日的湖水一样，在微风吹拂下泛着蓝色涟漪。说无情，却幽深；说有情，却宽泛。在学校，已经有好几个漂亮女同学悄悄属意于他。有胆大的，已经偷偷往他书包里塞糖果和情诗。但他似乎尚未开窍，对此毫无兴趣，既不回眸，也不唱和。迎面撞见，还和往常一样点头打招呼，宛若什么事都没有发生一样。既不得罪，也不靠近。似乎无动于衷，又似留有希望。

爷爷去世了，但爷爷偷着收藏的书还在。风鸣放学归家，除了做寻常功课外，就是读爷爷留下的杂书。父亲排云发现，儿子与贾宝玉有点相像，对仕途经济类的正经书压根儿不感兴趣。但又与贾宝玉不同，不大看那些才子佳人、男欢女爱的书，而爱看那些花鸟鱼虫类的自然书和营造制作类工艺书。排云有次实在忍不住，就说你怎么尽看闲书？儿子白他一眼，反问道：书有闲的吗？排云一下被噎住了。晚上钻进被窝里，对凤仪说：你铁得管管儿子，尽看旁门左道的书，将来要做个小炉匠怎么办？凤仪怪嗔道：难道还想让林家出个国家领导人不成？真是的！排云胳膊肘支在枕头上，撑起上半个身子，垂着眼睛道：再不行也得到大学里熏一熏。不敢说学有专攻，最起码有一技之长，将来到社会上不看人眉高眼低，凭本事端饭碗。凤仪连忙拉丈夫胳膊：当了十几年父亲，就这几句话说到点上了，气强！排云压住妻子道：一个被窝滚了毛二十年，就这几句话中听吗？儿子是白有的吗？明儿得搭伙教训他，凡事不能由着他的性子来。

谁也没有料到，空中传来一串哨声，云边飞来一群鸽子，地上一辆自行车，使得林风鸣的命运轨迹发生了巨大的转折和改变。

总之，这一夜，林家客厅的灯火长明未熄。

第二天清晨，元菊生和鹤秀向排云和凤仪辞别，而且还带走了推着自行车的林风鸣。排云眼圈乌黑，脸色铁青，勉强地和元菊生握着手，凤仪帮风鸣系好铺盖卷，又拉住鹤秀的手一个劲儿看着，一直舍不得松开。

至于为什么会出现这种奇迹，外人不得而知。总之，事就这么成了。

壮年的元菊生，领着少年的林风鸣一路往北而行。

元菊生空手，林风鸣推着自行车。自行车后架上驮着行李卷，车头把手上用麻绳挂一个青釉瓷酒坛。

元菊生身轻，看不见迈步有多欢实，行走速度却奇快。林风鸣生怕酒坛在车身上碰坏了，时不时用手扶一扶。这样一来，脚底下就慢了，显得跟不上。

林风鸣：拜你一个师父就行了，咋还得拜一个师父？

元菊生：别吱声，跟着走。

林风鸣略微有点不服：又不是长征呢，让人闷着头跟着走。

元菊生心道：这娃有思想，有主意。有些事，不跟他说个大致明白，他心里还真会狐疑。于是扭头浅浅一笑：那就先知道一个人。

林风鸣推着自行车一下靠近过来：俺耳朵灵着哪。

斯人姓楚，名讳襄阳，是长安城玩虫的大名家。

噢，是个听蝈蝈叫、斗蛐蛐玩的人物。

哎，可以毫不夸张地说，就是咱们脚底下正在走着的这地方，文明点叫长安斯地，可是中国鸣虫的发祥地呢。古人和今人不同，没有那么多现代乐器，于是便和自然界的花鸟鱼虫为友，彼此欣赏，互相取悦。仅鸣虫一种，《诗经·豳风》里就有七月、鸱鸮、东山、破斧、伐柯、狼跋等。而到唐开元天宝年间，长安城宫里宫外、城里城外，已经养鸣虫斗蟋蟀成风。王公贵族、富商巨贾，刻镂象牙笼畜养鸣虫，时常以万金付之一喙。有才子撰联形容当时情景：太液风寒，唐主赐金笼之宠；昭阳日暑，玉妃开小赌之筵。风气一开，薪火便代代相传，续时将灭，灭时又续，直到今天。长安城里里外外，玩鸣虫斗蛐蛐者，人众绝不下万，谑称鸣虫一族，其中最有名者，当数楚襄阳。

楚襄阳起初只是个担担客。冬天里，穿一身粗布长棉褂，肩挑一副担子，担子很特别，形状像箱柜，却是用纸糊的。正面中间开一孔小门。箱内分上下两层，下层放个木炭小火盆，上层摆着虫罐。一般的虫放在小泥罐，品相好的放在墨底小瓦罐。外面虽然寒风刺骨，里面却被微火熏得温暖如春。楚襄阳就挑着这副担子走街串巷，无论是路边还是街角，只要人多，他便歇下担子。担子落地，人不吆喝，虫虫自鸣。行人驻足，渐渐围拢。观者观，听者听，问者问。相中的，一番讨价还价，一手钱一手虫，各取所需，各遂所愿。楚襄阳喜欢挑担卖冬虫。一是冬虫稀罕，能卖上好价钱。二是冰天雪地里能听到夏秋之声，心里温暖舒坦。有时天色向晚，他独自挑担而行，还压低声调吟唱几句：

晚风庭竹已秋声，初听空阶蛩夜鸣。
忽而白雪铺街面，担内如春火微红。①

有年秋天，楚襄阳挑着担子过市场，看到一个小竹笼里圈了一只身体壮硕无比、浑身乌黑的大蝈蝈。楚襄阳的眼睛比炭火还红亮呢。瞧这蝈蝈多威风，足足有

---

① 见宋代张耒《闻蛩二首》：晚风庭竹已秋声，初听空阶蛩夜鸣。流落天涯聊自得，今宵为尔感平生。

两寸长，翅羽少说也有寸把宽。养虫卖虫大半辈子，还没见过如此挑头出彩的万货呢。楚襄阳放下担子，分开围观的人，猫腰近看。那蝈蝈像一块巨大的磁石，牢牢地吸住楚襄阳的目光。

楚襄阳的目光一丝一毫也不移开，看了多久，他也意识不到。他一直在等待，等待这只大黑太郎叫出声来。可是大黑太郎始终六脚趴地，两只大腿有力地撑着，纹丝不动。好不容易等到它扇动翅膀，却没有发出声音。原来是个哑巴！太可惜了，看着英俊壮硕，实际上是个不会吱声的大傻子。围观的人闹哄哄地离去了，楚襄阳也心痒痒地回到担子跟前。他挑起担子欲去，可心里那个痒痒却不消失。他禁不住回头去看，小竹笼还在卖主手里，大黑太郎在笼里撑腿仰头地扇动翅膀。薄薄的透明的翅羽在阳光下闪着亮光，但就是不发出声音。叫蝈蝈扇翅而不发声，还是头一回见。这蝈蝈界和人世无二。人群中，数万、数十万才出一个人尖子。蝈蝈也一样，十万、数十万才出一个大长翅。而超长翅，要难到十年，几十年才遇到一个，一如人中龙凤。今日有缘得遇，却是只超长翅的大哑巴！可惜，可惜！楚襄阳简直心痒到了心不甘。

楚襄阳放下担子，挪两步过来，问卖主：咋个卖法？

卖主瞥一眼楚襄阳，是熟识的担担客，就实诚地说：是个哑巴，你看相给。

楚襄阳转身从担箱里取出两个蝈蝈罐，一手一个，递到卖主面前：二换一，咋样？

卖主一接罐，里边的蝈蝈一受惊，发出急切的叫声。卖主说：拿去吧。

买卖，就这么成了。

楚襄阳把大黑太郎带回家细心喂养，吃的是用小米、黄豆、红豆、蛋黄特制的精饲料，有时还用面包虫作零食。大黑太郎可是遇上了好主人，过上了好日子。楚襄阳也偏爱得有些走火入魔。担子不挑了，街也不串了，守着大黑太郎。白天看，半夜醒来挑了灯看。大黑太郎依然如故，光扇翅膀不吱声。这让楚襄阳太揪心。

日子长了，楚襄阳终于看出了门道。多年养虫玩虫的经验告诉他，问题就出在翅膀上。大黑太郎的一只翅膀生得不太规则，而且是左翅压右翅。窍道正在这里，与人正好相反。人是男居左，女居右，男在上，女在下，才能正常发声。蝈蝈则要右翅在上，左翅在下，方能正常发声。

楚襄阳尝试着用小剪刀对那只病翅做了大致修整，又小心翼翼地将右翅拉起来放到左翅上边，然后放开。大黑太郎感觉浑身轻松许多，猛地扇动翅膀，果然发出声来。楚襄阳像给患有疑难杂症的病人找到病由的医生，高兴地一拍脑门：嗨，一窍不得，少挣几百。接下来，楚襄阳对大黑太郎实施精细的外科手术。他先制作一个小巧的固定装置，用棉线将大黑太郎系牢靠，然后用小剪刀一丝一丝修剪那只有点畸形的翅翼，直到修剪成理想的形状。

　　事情还这么成了。整形手术后，大黑太郎亮出嗓门唱出楚襄阳从未听到过的老憨子歌。楚襄阳为自己的奇思妙想和成功手术兴奋不已。大黑太郎也为自己能唱出美妙的歌曲而激动不已。一个不分昼夜地歌唱，一个没黑没明地听着乐。

　　当然，这样的遗世绝品，断不可以与那些庸常俗物一起住在挑担里。楚襄阳让大黑太郎住在他家仅有的一个葫芦里。这葫芦是老工艺，胸腹上头绘着草虫图案，口上镶着象牙，内里装着笙簧，平时在壁上供着，这会儿可算找到下家了。楚襄阳把葫芦揣在怀里贴心口的地方，再挑上担子走街串巷。看见的人都说，瞧，担担客走路都和以前不一样呢。楚襄阳担子一放，葫芦一亮，大黑太郎一唱，嗨，刚开始，众虫还跟着和鸣，但和不了多久，便黯然息声，唯余大黑太郎一街独唱。那情形，真如帕瓦罗蒂引吭高歌，别的成群的歌唱家只能环列陪唱，当帕瓦罗蒂声音陡然拔高时，众声皆息，任由他的高声在空中回旋飞翔。

　　不光当初的卖主后悔不已，就连那些当初见到大黑太郎而没有出手的人也遗恨不已。可他们哪里晓得，他们之中，任谁买去，大黑太郎仍旧是个三棒子打不出屁来的大傻子。

　　大黑太郎性硬命强，一直从仲秋唱到孟冬，依然不肯停歇。一日，天落大雪，楚襄阳挑着纸糊的蝈蝈担子转悠到一家大户人家的雕花大门楼前，正赶上这家老爷出门。楚襄阳挑担避让，好让气宇轩昂的富贵老爷先走。就在这位老爷刚刚走过去时，楚襄阳怀里的大黑太郎歌唱了。

　　老爷止步，耸耳谛听片刻，然后转身叫住楚襄阳：掏出来瞧瞧。楚襄阳掏出来让瞧，老爷的眼球顿时瞪直了。价也不问，就撩开大衣在棉褂里摸索，结果摸出来六块大洋，觉得不妥，又装回去，然后脱下外边的貂皮大衣，往楚襄阳怀里一塞：这件大衣，少说也值千儿八百，归你了。楚襄阳忙把大衣推回去：快穿上，别把老爷凉着了。老爷脸一沉：怎么，不值？楚襄阳从神情举动中看出，这老爷真爱大黑太郎，而且葫芦还攥在人家手心里，看样子，怕是讨不回来了，就脸上堆出笑来，说这大黑太郎，几十年就遇见一个，是无价之宝。废话，不是无价之宝，我会稀罕吗？楚襄阳说您要实在喜爱，就送您吧。楚襄阳这一大方，倒把这位老爷难住了。老爷冷笑道：长安城里打听打听，老爷我是白拿人东西的人吗？楚襄阳也硬气地说，老爷也打听打听，我是那种说话不算数的人吗？说着，伸出手来。老爷手往后一缩，干吗？楚襄阳说葫芦。这是行规，大黑太郎送你了，但没说葫芦送你了。可大黑太郎就在葫芦里，还葫芦，不就将大黑太郎一并还回去了？老爷说跟我来。楚襄阳挑担子跟随老爷进了高门大院，楚襄阳活了大半辈子，头一回进这么阔气的地方，不由得眼睛胡翻乱转。到得厅堂，老爷让楚襄阳在红太师椅上坐。楚襄阳这才意识到担子还在肩上，忙去把担子放在门外台阶上，这才进来坐了。老爷吩咐下人，上最好的茶，自己则摸出一个镶金包银的老葫芦，把大黑太郎倒进去，将原先的葫芦还给楚襄阳。下人端茶上来，老爷亲自递给楚襄阳，又吩咐下人，去告知厨房，做最好的饭菜，再把我藏了三十年的两坛老酒搬到这里来。

席间，大黑太郎不停地歌唱。

饭饱酒足，楚襄阳欲告辞，道：一只大黑太郎，让你这么富贵的人高看我一眼，足矣。

老爷笑道：富贵算个屁，能听到这么美妙的天籁之音，才算不枉活一世。感谢你！

楚襄阳挑担告辞，老爷坚持要送。送出大门，楚襄阳让老爷留步，老爷非但不留步，反倒引楚襄阳向右行百十步，指着一道大门，掏出一把钥匙，说这是我家偏院，一个小院子三间大瓦房，归你了。

楚襄阳大觉意外：一件貂皮大衣没要，换成三间大瓦房了！

楚襄阳指指老爷胸脯：顶多再听半个冬天。老爷说值。

大黑太郎真是通灵识趣，在老爷怀里欢快地鸣唱起来。

说话间，二人来到含光门外左首的街面上。

林风鸣：您该不会让我拜养鸣虫的楚襄阳为师吧？

楚襄阳早就谢世了，是他儿子，叫楚留声，字如秋，你得叫如秋师父哩。

如秋师父？

对。

二人到了一家院落前。这是一家坐南朝北，大门正对着古城墙的三开间大院落。门楼破旧，门脑上方镶着青砖镂雕的门匾：半闲堂。虚掩的门扇上一边刻一羽带哨的鸽子。隔门缝望进去，半遮半掩可见三间青砖黛瓦房。房势古旧含蓄，显得比毗邻的楼房更有内涵。

元菊生：行行出状元，养鸣虫养出个状元黑太郎，换下这院房。

林风鸣想起楚襄阳：咱要进的，就是状元府第。

元菊生：既是鸣虫状元，又是挖哨状元。

林风鸣望望门匾上"半闲堂"三个字：这字跟菊花园那三个字神气有点像哩。

是同一支笔题下的。

"半闲堂"，有没有出处啊？

你呀，人小心思多。多少人跟我来，都没有问过这个问题。

这么说，有出处！

"半闲堂"，是南宋宰相贾似道专门为斗蟋蟀修的宫室，地址在杭州西湖边的葛岭之上，内有亭台阁榭，贾似道常在此聚众斗蛐蛐。野史传说金兵南犯，襄樊告急，加急文书连连报进，贾似道却没事人一般坐拥姬妾，就地斗蛐蛐。你说他如谢安一般临战不惧也罢，贻误战机也罢，曲奉圣意也罢，反正他就这么干了。就是这个名声极不好的贾宰相，对养斗蛐蛐情有独钟，竟然写出世上第一部研究蛐蛐的专门著作，叫《促织经》。

可如秋师父为什么要用它来做居号呢？

这正是如秋古怪的地方。

二人不叩门环，径直推门而入，刚走到院庭中央的一棵金桂树旁，就听中间屋里传来一个声音：紫气东来，贵客入门，来者可是步陶老兄？话音未落，竹帘挑起，迎出一个人来。这人生得又瘦又高，出房门时脑袋差点碰到门框上。头发蓬乱，眼若胶锅，浑身干瘦，简直若枯萎发杈的树枝。宽松的杭州丝绸衣裤穿在他身上，就像旗帜挂在旗杆上，经风一吹，呼啦啦招展哩。

林风鸣差点掩口而笑，幸亏忍住了。元菊生抱拳回了声如秋兄。

如秋一手笼在袖子里，一手朝里面让着，口中道：不敢，叫楚留声。

林风鸣撑好自行车，卸下车头上那坛酒，提着，随元菊生进了中屋。

元菊生命林风鸣把酒献给楚留声。楚留声让放到中堂八仙桌上：平日小罐，今日大坛，看来有事。

元菊生：小罐哪里管用？

原来，半月前，楚留声到菊花园聊鸽哨，聊得久，留下吃便饭。其间，有点坐卧不宁，老偷着用筷子头搔脚丫。你想，如此清雅之境，吃着时鲜蔬菜，喝着菊花美酒，你老是神情不安，坐卧不宁，主人还以为菜不可口，酒不合味，或者是招待不周呢。楚留声啥场合没经过，岂能不知晓这些礼数。可知晓是心理上的，而脚丫痒痒是生理上的。心理再强大，也抵不住脚痒痒。实在忍不住，只得倒腾姿势，用筷子头蹭一蹭。后来干脆两只脚在桌子底下搓着。饭毕起身，发现脚上只剩下一只袜子。

这细枝末节，岂能逃过元菊生的眼睛，笑道：如秋兄，你是要脸面还是要脚面呀？一句话说得楚留声面红耳赤：唉，把脚面丢到脸面上了。

元菊生招呼小斑点狗，小斑点狗把那只袜子噙来了。可惜撕成索索，穿不成了。

楚留声：噢，是药酒，治脚气的。先加热，能闻到药味和酒香。

楚留声抽鼻子：现在都能闻到。

然后用热气熏脚。

这我知道，叫气疗。

半个时辰后再泡脚。

嗯，酒疗。

泡痒痒了。接下来呢？

接下来嘛，把酒喝了。

嗯，这是内外兼治。

保你病好。

楚留声这才反应过来，上大当了，戏耍我哩。林风鸣扑哧一声笑了。

元菊生这才认真道：娃的拜师酒。

林风鸣行过拜师大礼，元菊生从怀里掏出一枚鸽哨，交给楚留声：娃和哨都交给你了。

楚留声用竹节一样瘦劲的手指捏住哨转着看了看，眼放亮光，眉有遗憾：稀罕物，周字七眼大葫芦，可惜残破了。

林风鸣头一回如此近距离地看到真正的鸽哨。哦，那在空中发出曼妙音乐的，就是这神奇的物件。

元菊生：烦劳你一只手，把娃教成，把哨修好。我走呀，去看散木呀。

楚留声笑道：脚心背心痒，找大徒弟按摩去呀。

送走元菊生，回到堂屋，楚留声兴致极高地说：既然行了礼，拜了师，学刻哨，那就先见识一下鸽哨吧。

说话间，走过去，揭开床头板柜，取出一个旧藤条蒲篮，放到八仙桌上。林风鸣见蒲篮里铺双层红棉布，红棉布上整整齐齐摆放着几列各式各样的鸽哨。

林风鸣睁大了惊奇的眼睛：哇，这么多！

唉，和步陶兄比，这只是九牛之一毛。

是吗？我怎么没见到。

漫说你，我也是听说得多，看见得少。

楚留声兴奋而得意地向林风鸣介绍，鸽哨所用材料有竹管、竹板、苇节、葫芦、虬角、牛骨、生漆等。挖空其腹，削薄其壁，上覆竹盖或骨盖，盖上有口，腹底镶把，再敷以生漆，哨便成了。由于材料不同，腹中容积各别，盖上哨口宽窄有异，迎风一吹，声音便各具特点，强、弱、大、小、高、低、巨、细，不一而足。

楚留声顺手捏起一哨，凑唇一吹，嗡嗡声旋即响起。

鸽哨形制大致可分为葫芦类、联筒类、星眼类和排箫类。葫芦类分大葫芦、葫芦、小葫芦三种。虽有大、中、小三分，但形制相似，只是腹中所隔和口中所含、肩上所耸之小哨崽多少不同，分为葫芦、截口葫芦、三截口葫芦、七眼葫芦、八眼葫芦、十眼葫芦、十五眼葫芦、众星捧月、子母铃等。排联类形制若排箫，有口含小崽的四眼二筒、六眼二筒、三联、四联、五联、三排、五排等。最具特色的是星眼类，有七星、九星、十一眼、十三眼。星眼类形制构思佳妙，将葫芦和排联合为一体，中排前边小筒，中间为小葫芦，后边乃大筒。葫芦两侧，肩耸两崽、三崽、四崽，左右对应。耸两崽者为七星，耸三崽者为九星，耸四崽者为十一眼。发声既有丝竹之铃铃，又有葫芦之嗡嗡。鸽哨之形制，不下百十种。但万变不离其声。鸽飞在天，形制不可见，唯闻其声。所以名家所制鸽哨，讲形制佳构，讲刀法精到，更讲音色、音质和声调配合。如三联音阶为135，五联则为13513。星眼类之葫芦，大小二筒，几枚小崽，各具一音，合而为七，汇为复音。大筒和小葫芦宛然低音部的13，小崽五音，若高音部之56123。音声正，音律协，鸽群在空中自由飞翔，那音乐随意而生，真如天籁一般。

瞧，名家所制，多有底款。

林风鸣果然在一哨底上看到制作者留下的字痕。

长安城有史以来，刻哨成名的，有周、秦、汉、唐四大家。是刻哨人在其姓名中选字留款吗？

周、秦、汉、唐，哪有那么巧的姓和名？刻者寄兴而已。

哦。

周字哨正，形制硕大，以大葫芦和四眼六眼大二筒为主，粗粝古拙，有刀凿斧斫之迹。涂漆亦不甚讲究，哨身如熟透的石榴，凹凸不平，粗糙涩手。哨盖如古人戴冠，广博高耸。哨口宽阔平整，有规有矩。葫芦和大竹筒发音雄浑纯正，小崽发声清晰明亮，与主音配合得天衣无缝。十余哨同时随鸽升空，周字哨绝不领响而凌驾于众哨之上，而是作为宽厚的背景音回旋。经常是别哨声息，而周字哨仍余音绕梁，缠绵不绝。

林风鸣听着听着，便沉潜其中，脸上尽是神往的表情：制周字哨的，一定是位高古的隐士。

可惜，高人已无迹可考，只能想象了。

该秦字哨了。

秦字哨形制忽然变小，且创制出七星和九星。秦字哨做工精良，刀法漆法都极其讲究，存世所见，个个玲珑剔透。秦字哨的特点是哨盖圆而有棱角，哨口窄长而一角微斜。哨音高亢嘹亮。群鸽腾空，秦字哨犹如进军号角，声凌众哨之上，真正不同凡响。

师父是说秦字哨哨口一角稍斜？

人们观哨听音，斜口音宏，推测其创制者会不会是位独眼老者，或者是位斜目须臾，再或者手有疾病，要么就是用刀时有古怪习惯。于是鸽界前辈中有孙姓者出来订正说，秦字哨创制者生得仪表堂堂、威武有神，跟后来发掘的兵马俑坑的持剑将军很是相像。有好事者很羡慕：你见过这位老祖宗？孙姓者摆摆手：我要是有那福分，还会在这儿跟你们瞎掰？我是听我爷爷说的。另一赵姓前辈校正道：秦字哨创制人仪表堂堂、威武有神不假，但看人时往往偏着头，一目正视，一目斜视，所以挖出来的哨口也一角正一角微斜，此乃目斜而口斜。有人笑问：也是听爷爷说的？赵前辈假装生气道：我和孙前辈年一年二，若是有缘得见老祖宗，岂不成了孙前辈他爷爷？孙前辈举拳欲打，赵前辈忙道：我是听我外爷说的。众人又叹气。又有郑前辈补充道：秦字哨创制者生得像兵马将军俑着实没错，看人亦不斜视，只是说话和吃饭时嘴角偶尔会向一边歪斜，但其人饮食郑重，说话中规中矩，故而仿照自身特点，将哨口挖成斜口。还有人说此人祖居骊山脚下斜口镇，故意挖斜口哨以记其祖。众人这回不是叹息，而是发笑：郑前辈这回可是听谁说的？我亲耳听我妈说的，我妈说她是听我外婆说的。

虽然都是听说，但秦字哨创制人还可大致描绘。隔两代人，当代人没见过，但三代前的人还是见过的。除去吃饭说话偶尔嘴角歪，看人故意一目斜，用刀时手上有怪习惯这些加盐添醋的说法外，秦字哨的创制人如将军俑一般威武的仪表和神气大致可以确定。

嗷哟，原来周字哨、秦字哨创制人如此离奇神秘。

对一般豢鸽玩哨者而言，周字哨、秦字哨本身也是一种传说。偶有遗传，一枚半枚，残与不残，皆珍若拱璧，秘不示人。除非亲朋至友，方才拿出，过个眼瘾。谁人舍得将此稀罕宝贝冒险系于鸽尾，纵之蓝天，喧之长空？万一遭鹰鹞之劫，岂不悔断肝肠。所以呀，珍藏者实在想听，也只能偷偷拿出来，轻轻吹两声，过个耳瘾。

我人小福大，今日饱了个眼福。

周字哨，我家也只藏有一枚截口八音小葫芦、一对四眼大二筒，再就是你步陶大师父刚拿来这枚残破的七眼大葫芦。秦字哨，倒是有一对大七星、一对小九星、一对长三联。说着拿起那枚周字截口八音小葫芦凑嘴一吹，声音果然宽厚沉雄。又换一枚秦字小九星来吹，声音果真高亢脆亮。

嗯，又过了耳瘾了。

瞧，这周字哨、秦字哨刻款极为随意，有的刻，有的不刻，有的刻在哨身，有的刻在哨底。但凡留款，周字必金文，秦字必小篆。

林风鸣边听边看。

延至后来，制哨落款，几成定例，有如书画家书法绘画钤印，制瓷制壶制砚者挥刀署款，以为独家标记。但周秦哨所创之初，制者随意所为，刻不刻字，留不留款，全凭兴致。有兴则刻，无兴不留。因此，周秦哨不能全凭落款来辨析，而要从形制、刀法、声音和风格诸方面综合把握。

林风鸣张着大眼，竖着尖耳，不住点头。

汉字哨大小介于周字哨和秦字哨之间，形制上出现三排和五排。

汉字哨仪态端庄，舒展大方，刀口严整，髹漆尤其讲究。里外皆髹，既防虫又祛潮，结实耐用，故而存世相对较多。汉字哨声音宽正清越，介于周之浑厚和秦之高亢之间，刻款必在哨底，字体规范，一应隶书。

唐字哨已集大成，形制丰富齐全，大中小皆有。工艺更加精细讲究，气韵若唐之仕女，既雍容华贵，又风姿绰约。落款一律唐楷，挺拔劲秀，颇有欧褚笔意。其声音的最大特点是众响和谐、浑然天成。唐字哨若一枚升空，未必能独领风骚，但若三五枚、七八枚，甚至十余枚同时腾空，众声喧哗，众音协鸣，那别的哨恐怕只有钦羡的份儿了。

看样子，汉字哨和唐字哨的创制人，师父您可是亲眼见过。

不，汉字哨创制人，我父亲楚襄阳有过一面之缘。父亲说他一日挑担过市，身旁忽然走过一位鹤发童颜、浑身仙气的老者。那老者像是被风吹着飘然而行，手持一哨，臂肘间挂一串哨。过市不叫卖，偶尔吹一两声手中哨，集市上登时鸦雀无声。就连担箱里的蝈蝈和蛐蛐也都屏声敛气。而笼中鸽子，则朝老人扭头张望。老者和颜悦色，缓步而行。众人侧身让道，恭立听哨，不敢上前搭话。老者过后，众声感叹：今日有幸，见得汉字高人，聆听妙音。

嗨，挖哨高人，咋都和神仙一样？

唐字哨创制人姓师名龟年，生于清末民初，自幼喜欢养虫养鸽挖哨。由于玩兴太大，用情太专，竟然把婚姻大事耽搁了，孑然一身过活，吃喝拉撒全是自个儿料理，平生所有时间都用来畜虫养鸽挖哨。但凡见到好虫、好鸽、好哨，必然倾囊而出，宁肯倾家荡产，也要收归己有。他对周字哨、秦字哨、汉字哨细加研究，从形制、刀法到声音特点，一丝一毫都不放过，并在周哨浑厚、秦哨高亢、汉哨昂扬的精神基础上创制了宽博辽远的唐哨。在他那个年代，长安城养鸽者不佩带唐哨，见了人都抬不起头。一如当年家中有人过世，墓石上未有柳公权所书墓志，三辈子都觉脸上无光。

唐字哨声望盖过周秦汉，怪不得周字哨、秦字哨、汉字哨失传了。可惜世事变化无常，岁月又不饶人。风行一时的唐字哨毁于"文革"，师龟年自己也顷刻间变得老态龙钟、行动不便。

林风鸣说可惜当时没有我，要有我，我来经管他老人家。楚留声心中暗暗赞赏：这娃倒是有心。

是没有你，却有我。因为住得邻近，下班没事就跑去看他，帮他买个米面油呀，打个酱油醋呀，捡个竹竿，抱个葫芦呀。再后来，师龟年年迈体衰，连床也难得下来，眼见着不行了。那些日子，我一直伺候在跟前。师龟年临终前，让我坐到他跟前，艰难地拉着我的手说：娃呀，你也不知道拜我为师。说得我一脸茫然。师龟年又万分遗憾地叹息：这门手艺要是叫我带到阴间去，那周秦汉唐四字哨，就该灭绝了。

我懵懂的心似乎明白了点什么。

师龟年用尽平生仅余的一点力气，颤巍巍地从床头扯过装着各式刀锉的工具袋，还有残存的几枚鸽哨，推到我面前：我看你娃人好，灵醒，是块学手艺的料，但是你没那个心思，我也不勉强。这套挖哨的家什送给你，咱爷孙俩有缘相好一场，留个念想。说完手一松，工具袋跌到床下。工具和鸽哨撒了一地，有一枚鸽哨还跌破了。

我收了工具和鸽哨，央求父亲出资葬埋了师龟年老人家。

一连许多晚上，我都梦见师龟年老人家。老人家磨叨着嘴巴，唠唠叨叨地对我说着什么，可我一句也听不清。我一睁眼，老人家的影子就消失不见；一合眼，又出现了。老人家在组装一枚新鸽哨，我站在旁边观看。老人家组装好，先不上胶，而是用唾液糊住缝隙，然后吹着试音。先是一眼一眼吹，随后是几眼合在一起吹，边吹边听几音相合的协音。老人家边听边摇头，显然不满意。老人家一生制哨无数，制好即售。先是集市，后来专门有人经营。但要是挖制出满意的，便自己藏着。要集为一堂，作为标本。二筒、四眼二筒、六眼二筒、三联、四联、五联、三排、五排、七星、九星、十一眼、十三太保、十八罗汉、五音葫芦、六音葫芦、八音葫芦，众星捧月样样留藏一对，唯缺一对三截口十五音大葫芦，方可凑成一堂。一堂哨同时升空鸣响，协音漫空而去，那会是何等情景！可恨天不遂人愿，这三截口十五音葫芦的音总是调不和谐。真是众口难调、众音难协。老人家满含忧伤地叹息：万一成为终生遗憾咋办？说者分明有心，可听者当时无意。

林风鸣：后来有意了。

楚留声：师父留下的，大半毁掉了，就我存这些了。说着收起鸽哨，用红布包好，连蒲篮放回板柜上。林风鸣看见，师父楚留声所做一切，都用一只手，而另一只手始终袖在袖筒里，不肯露出来。

楚留声：如今我也老了，碰到和师父同样的难题。我知道我没几年蹦跶头了，我忧心忡忡，怕周秦汉唐四字哨，到了我手里，真的断绝了。断子绝孙，岂不是千古罪人？每想到此，脊梁骨都发凉啊。

林风鸣的心既欣喜又沉重。

楚留声又瘦又干的脸上忽然泛起红晕，老花眼里也闪放出希望的光芒：真是天无绝人之路!娃呀,你是步陶兄送给我的,这个世界上最好的礼物!

少年林风鸣头一回感受到了自己的重要,心里生出几丝惶恐和不安。

来,让师父抱抱你。

林风鸣很是奇异:师父干瘦成这样,怀抱竟然像火炉一样烘暖。林风鸣想趁机摸摸师父那只袖着的手,却被师父不经意地避开了。

师父,你的……

娃呀,该问的问,不该问的别问。

林风鸣只得暂时收起好奇心。

走,先安顿你住下。

林风鸣随楚留声到院子里,看到左边房屋的门板上刻着"千年秋兴"四个字,右边房屋的门板上刻着"螽斯衍庆"四个字。林风鸣正纳闷这刻字的意思,忽听左边房屋传出蝈蝈的叫声。

楚留声:这是中音245,应该是靠里墙第四笼里那只大绿蝈蝈叫的。

林风鸣十分惊奇,进去看,果然是。右边房屋又传出几声蛐蛐叫。

楚留声:这是高音133,应该是炕里头第二排第六罐里一只小棺材头叫的。

林风鸣又去验证,果然又是。

林风鸣不得不由衷佩服师父的耳朵。

楚留声:你就住这螽斯衍庆房吧。

和蛐蛐同住一炕?

对,先听声。

林风鸣将自行车推上台阶,靠墙放好,卸下铺盖卷,放到螽斯衍庆屋的土炕上。

这一夜,林风鸣躺在土炕上,一边听蛐蛐鸣叫,一边回想这生活极其有趣的变故。自己不知为何,就这样莫名其妙地从一个学习不错的中学生,突然变成要跟楚留声师父学挖哨的徒弟娃。

二十一

夜半时分,手机振铃了。

喧哗了一天的长安城,难得安静下来。医院大楼的灯基本上熄灭了,只有楼梯和楼道的灯还晕散着昏黄的光亮。偶尔，大街上有汽车驶过，并且伴随着讨厌的引擎的轰响。

这一夜，司空千秋迟迟不能入睡。司空千秋是那种很有时间观念的人，该吃时吃，该睡时睡，该娱乐时娱乐，该工作时工作。工作再忙再累，压力再大，心里再紧张，但到了睡觉时间，倒头就能睡着，而且不择地方。宾馆、办公室、家里、工地现场，有床正常，没床睡沙发，没沙发拉片席子也能将就。囫囵一觉，或者打个迷糊，醒了，精神来了，继续工作。总之，司空千秋是那种心里能搁住事，并且能承受压力的人。但是这一夜，他失眠了。

这样的事，怎么可能发生在我身上呢？这样的病，咋可能染到我的身体上呢？不可能啊，没有道理啊。幸运的绣球正向头顶飘移，不幸的榔头怎么可能先砸中呢？说出去会有人信吗？自己都不敢信，局里的人又怎么敢信呢？还有白雪和出生未久的儿子，还有初梅，谁敢信？谁又愿意信呢？

为什么？为什么我会中道夭折？不，不是夭折，是英年早逝！为什么？为什么一个年富力强的党的基层干部会遭遇这样的困境呢？不，这不公平！自己损失一条性命不说，党损失一位有能力的干部，天道公平吗？为什么灾难不降临到一个无关紧要的人身上？组织委派我完成如此重要的任务，我才开了个好头，才进行了一小半，怎能够临阵松手？又怎能够中道见弃呢？

老天爷，你的眼睛就睁开一丝丝缝隙吧！假我以时日，让我把这件对现代化建设有意义的事情干完吧！老天爷，你就睁半只眼，闭半只眼，假我以时日，就算在下求你了！你打个瞌睡也行，让我争取点时间，抢点速度，完结工程，成功晋升！

这太让司空千秋受煎熬了，煎熬得眼睛睡着了心也睡不着。心一瞥乱，思绪也就乱成一团乱麻，理不出头绪。以至于后边的思维跟不上思维，语言接不上语言，词句连不成词句。整个脑际，只余下一片混乱不堪的图像。那图像参差着、颠倒着、变幻着、模糊着，宛然进入梦境。

正在这时，手机振铃了，在床头柜上跳动。

司空千秋借着手机的荧光看了看里边床上的甄国士。甄国士似在梦中，翻过身体，磨捏着嘴，像是在说什么。

司空千秋打开手机一看，是殷初梅，就急急地接通了，电话那头传来一声急切的喂。司空千秋应了一声，听到回应声，那头似乎放心一点。

你好吗？

还行，活着。

不知为什么，我的心猛劲跳，撞得我胸口疼。

多好的心。

不知道为什么，心里有一种说不上来的感觉。

感觉真灵敏。

感觉和心跳令人不安，就顺手给你打个电话。咋样？好着吗？

司空千秋沉默了，不知作何回答。

那头又急切了：好着吗？身体好着吗？

司空千秋的眼泪哗一下涌出来。母亲已不在人世，有反应也无法来慰问。妻子颖秀相处太短，儿子太小，难有丝毫反应。唯有已经离婚但情丝不断的初梅有反应，而且在夜半三更已过的时分打来电话问候。心连着心哪！

沉默变成了哽咽，那头听到了。你怎么了？到底怎么了？

忍住哽咽。

再不说我就急死了。

我，在医院里。

天未放亮，殷初梅就赶到医院门口。可是，医院的铁栅栏门却紧紧关闭着。殷初梅使劲摇一阵门栏，见无人应声，就只得双手抓住栏杆，眼巴巴朝里望着，直望到天色平明，大门打开，她才急火火地冲向病房。

甄国士正在起床，听到敲门声，便提着裤子去开门，见门外是一位陌生的女子，显得有些尴尬。女子并不在乎，见门开了，就不顾一切冲进来。

司空千秋从床上拾起身，看到殷初梅。想向甄国士介绍，却又不知如何介绍，就说找我的。

甄国士老练的目光在两个人身上溜了溜，随即穿好衣服，说我下去散散步，锻炼锻炼，然后去吃早点。说完带上门走了。

这厢里，殷初梅一屁股坐到床腰上，差点把床坐折了。殷初梅挪挪屁股，更加靠近司空千秋，心疼地看着他：你咋了？

司空千秋病恹恹的：你看嘛。

殷初梅：一月多不见，你咋成了这样？

司空千秋看殷初梅，坐在那里，尻子依旧大。上身探在那里，奶依旧大。正脸朝着自己，眼依旧大，鼻子依旧大，嘴巴依旧大。只是，身上的气息和脸上的神情，和一月多前分手时，已经完全不同。

你咋也憔悴成这样？

还问哪？

和司空千秋分别之后。初始几日，殷初梅倒还适应。就像司空千秋平时出差，三五天便回来，至多也就十天半月。司空千秋出差在外时，她心中会有一丝淡淡的牵挂。她一边打理公司，一边想念他。她觉得那种想念像毛毛虫在心头爬过，麻麻的，挺有意思。她从不拿电话追踪他，更不跟他视频。那样会冲淡她的想念，少了趣味。千里之思，顷刻之归，翩翩然飘至眼前。含情而望，纵情而上，多么妙趣横生呀。

三天过去了，五天过去了，七天过去了，八天过去了，半个月过去了，全然超过了他们成婚以来分别的最长期限。半个月的寂寞难眠，让她的生理和心理双双患病了。身体的渴望得不到满足和安慰，心里就生出孤单和落寞。心里一孤单和落寞就睡不着觉，睡不着觉就双手抱膝，披衣倚床栏而坐，木雕泥塑般望着窗外。窗外，初夏夜晚的天空，斜着一轮有缺口的月亮。

那月亮真是奇妙，竟然浮映出那么多情思和往事。有次等他归来，竟然等来一场夜雨。她想，大雨滂沱，道路黑暗，他是无法回来了。不意他却冒雨归来，她心底顿生意外之喜。随景生情，向他念出几句词来：

张鸣筝，恰恰语娇莺。一从弹作房中曲，常和窗前风雨声。①

他问鸣筝在哪里，她一亮身体，他立即会意。她去解架子床上锦帐，细声道：

装绣帐，金钩未敢上，解却四角夜光珠，不教照见羞模样。②

他伸手来摸她下巴，说让我瞅瞅羞模样。她偏了头转身去铺床，又道：

铺翠被，羞煞鸳鸯对，犹忆当时叫合欢，花开陪君睡。③

那一夜，胜似新婚夜。翌日晨起，觉脖颈肩头隐隐疼痛，揽镜视之，竟有两排齿痕，红红的像涂了胭脂。

她被一阵忽然而至的声音从梦中惊醒，忙起床推窗。起风了，落雨了，风雨吹打窗户，砰砰有声。她这才意识到，回来的是风雨，不是他。她回到床前，但是已经坐不下，更躺不下。她绕床踱步，感到口干舌燥，心慌意乱。她想喝酒，这才忆

---

① 见辽国女诗人萧观音《回心院词》（之十）：张鸣筝，恰恰语娇莺。一从弹作房中曲，常和窗前风雨声。张鸣筝，待君听。
② 见辽国女诗人萧观音《回心院词》（之五）：装绣帐，金钩未敢上。解却四角夜光珠，不教照见愁模样。装绣帐，待君贶。
③ 见辽国女诗人萧观音《回心院词》（之四）：铺翠被，羞杀鸳鸯对。犹忆当时叫合欢，而今独覆相思块。铺翠被，待君睡。

起，新婚之夜启用的白玉合欢杯，已经在离婚之夜让他带走了。新婚之夜，离婚之夜，多么绵长伤感啊！她从柜子里取来一瓶红酒，坐到床沿上开饮。合欢杯是他们的约定，红酒是他们的前奏。白玉杯曾经共啜多少甘露琼醪，合欢床曾经翻卷多少恩爱柔情。现如今屋内灯暗，窗外雨声，气氛萧散，情绪冷清。往日助兴之酒，今日入口苦涩，而且愈饮愈苦，愈苦愈饮，最后干脆和泪一起灌下。酒入胸腹，搅得五内翻腾。几个喷嚏、几个响嗝，酒和愁绪又都一并呕吐出来，污了床角被单和脚地。她天生有洁癖，放在平时，要是他污了她被单，她都忍受不了，一口气洗个十遍八遍。可眼前，是她自个儿在呕吐，而是连呕不断，不光把酒水呕吐出来，而且把胆汁和愁情一并呕出来。床角地面，污了一片又一片。呕着呕着，身体开始发软，软得像面条一样。手指僵硬，手腕无力。她想用酒盥一下口，可举起的瓶子已经空了。瓶子也跌落了，嚯嘟嚯嘟地滚到床腿那儿。

她在心底抱怨，怎么半个月连一丝信息都没有？司机白燕飞也不闪面。她想给他打电话，眼看拨通了，又挂断了。他已是别人的丈夫和父亲。合欢杯、怀梦草，还有黄丝被一股脑儿都给了他，自己算他什么人呢？拨通了以什么身份跟他说话？用什么样的语气？说什么话？

唉，殷初梅的心太苦太苦，头太沉太沉，以至于松软的脖子都支撑不住。她的头压向肩膀，带动整个身体歪斜到床上。

下半夜时，殷初梅突然从噩梦中惊醒，一下子抬身坐起来，心突突地跳着。她忙用双手捂胸脯，可哪里捂得住？双手像握着一台功率强劲的震动机，非但握不住，手还随着一起震动哩。

殷初梅挣扎下床，走到窗前。风雨已停。她猛吸几口带着潮味的空气，想缓释一下难以忍耐的心跳。可那心跳非但未缓释，反而跳得更厉害，厉害得连身体都颤抖起来。她胡乱找了些药塞到嘴里，又用意念解释着：我的心嘛，我知道你为什么而剧烈跳动！我现在就联系他！心有感应了，跳动立即放慢许多。

心跳就是理由，殷初梅拨通了司空千秋的电话，并焦急地来到了济慈医院。

殷初梅看不到自己憔悴的模样，却能看到司空千秋的面容和神情，越看越心疼：你到底怎么了？

我想哭，想大哭。

你从来没有这样过。

可我现在这样了。

殷初梅反而快要哭了，搬着司空千秋的脸庞问：告诉我，到底发生了什么严重的事？

司空千秋想：能告诉的，也只有她了。便从枕头下摸出病历和检查报告，让殷初梅自己看。

殷初梅看到：肝肿瘤，低分化。六个字裂变成无数颗金星，在眼前跳跃飞舞。殷初梅像是自己患了这病，快要晕倒了。司空千秋扶住她，反倒要宽慰她。

殷初梅颤着手把那几个字指给他看，仿佛他不知道似的。

司空千秋男人的气血泛上来了，强撑出没啥大事的表情，拉过平时夹在腋下的皮包，取出一根红签字笔，把病历平摊在床头柜上，在右上角画了个圆圈，并且认真地写下三个字：知道了。

殷初梅见他写字时态度认真，字却比平时潦草。想哭，却硬忍住不哭。她要帮他把病历收起来。

司空千秋正要把笔收回包里，忽然想起什么，脸上现出差点忘了重大事情的急切表情，要过病历，在左上角画个特殊符号，并且写下两个字：绝密。

殷初梅于司空千秋落笔的一瞬间，心里一切都明白了，说，对，绝密，是得绝密。对黄厅长，对单位所有人，对平时交往的所有朋友，包括花郎和白燕飞。

还有颖秀和儿子。

殷初梅鼻子一下酸得堵住了，如此重大的信息，司空千秋向所有人屏蔽了，包括他已合法的妻子和儿子，而偏偏让自己看到和知道。你说，在这个世界上，我是他什么人？和他是什么关系？除了信任还有什么？除了知己还能是什么？想到这里，辛酸全变成眼泪，"哗"一下淌出来。殷初梅猛地甩掉眼珠，抹去泪痕，对司空千秋道：满眼泪水，怎么绝密呢？

司空千秋也抹抹自己的眼角。

殷初梅：瞧瞧你的神情，怎么能绝密呢？

司空千秋想看看自己的脸色和神情，可病房的床头柜上没有镜子，他干脆捧着殷初梅的脸，以殷初梅的大眼睛为镜子，在里面照看自己。飞快的一眼，他便推开她，不愿相信地厉声道：那不是我！我不可能成为那个样子！

殷初梅把眼睛往前凑一凑：那不是以前的你，却是现在的你。千真万确！这怎么可能绝密呢？怎么可能回到局里工作呢？怎么可能完成拆迁建造高尔夫球场的艰巨任务呢？怎么取得晋升资本呢？

知己知己！肺腑之言！

司空千秋去到卫生间，把自己狠狠地、痛快淋漓地冲洗一遍。出来时，他又变成一个强硬的新人。生活磨炼了他，他在工作的官道上意气风发地冲锋着，完全是一个不怕风雨的勇士。这个世界上没有什么东西能打倒他，区区疾病怎么可能打倒他？只要工作出色了，任务圆满完成了，职务顺利晋升了，万病包医。漫说有两三年缓冲期的癌症，就是立马倒的心脑血管爆裂症，也登时医得好。

殷初梅从自己的坤包里取出玉兰护肤油，让司空千秋抹到手脸上，说跟以前差不多了。

恰逢其时，门响了。

进来的是甄国士。散完步，吃过早点，回来了。

脸色神情恢复正常的司空千秋向甄国士介绍：殷初梅，我的妻子。

殷初梅本想更正，以前的。但心里稍一窃喜，算了，权当是吧。司空千秋用阅人无数的眼睛打量打量殷初梅：虽然觉得怪怪的，但是像着呢。

司空千秋又向殷初梅介绍：省委组织部部长，甄国士老前辈。殷初梅连忙向甄国士点头致礼。

甄国士十分坦率地纠正道：是前部长。

甄国士落座，又把两个人轮流打量一番，联想到司空千秋昨天下午和昨天晚上的表现，再联系到殷初梅大清早匆匆而来的情形，又把这些联想和眼前情景一对应，顿时意识到：在这两个人身上，发生了极其重大的事件，这事件重大到足以改变二人的命运。可这重大事件有隐情，不想让外人知道，所以极力掩饰着。

甄国士是何等人物，省委原组织部部长。有许多事情，他闭上一只眼睛，也会看个八九不离十。甄国士心中早已猜出：司空千秋患了非同一般的病症，而且这病症还和别的重大事情相关联。甄国士是老江湖，把一切都看清了，却不点破，并且想方设法说些闲话，缓和一下气氛。

恰逢其时，门又响了。进来的是穿着白大褂、挂着听诊器的皇甫院长。皇甫院长用他幽蓝的眼睛扫视一下病房，对殷初梅的在场稍觉意外。司空千秋做过介绍，皇甫院长才表情夸张地耸耸肩说：原来是局座夫人。不过，在我们济慈医院，病人住院，有护士护理，家属是尽可以放心的。

甄国士见皇甫院长大清早亲自到病房，想必有要事相说，就说你们有事，我先回避一下。

皇甫院长笑笑：国士怕事吗？

甄国士：我要是纪委的，肯定诸事包打听，你不告诉我，我还要追究呢。可惜我是组织部出身，不该问的缄口不问，不该知道的绝不偷听。你就是大声告诉我，我也充耳不闻。

皇甫院长：国士果然特别。

甄国士：老朽一个，有什么特别？

我见你每天在院子的小花园散步，觉得很特别。

我散步有什么特别的？

你要不是将军肚的弧度太大，身板还是很直挺的；你要不是下巴抖搂着赘肉，那脸膛的轮廓还是很清爽的；你要不是眼袋吊得有点大，那眉眼看上去还是很清晰豁亮的；你要不是头发花白凌乱，那整个人看上去还是很俊朗的；你散步时要不是背着手，而是甩着膀子，那你还是很有风采的。

甄国士唉声道：把风采活成风度了。

难道这还不特别？

似乎有那么一点点。

你没有病，却住到医院里，清早散步，中午睡觉，晚上晃悠，还时不时把我召唤来，让我关注你。让一院之长，关注一位没有病的病人，这还不够特别吗？

这倒真有些特别。

这下该走了，不是回避，是走。医院是给病人住的，一个身体倍儿棒的人，住在医院里，算什么？

甄国士非但不回避，反而回到他里边的床位，坐下来：我才不走呢。

皇甫院长：今儿，你必须给出一个留下来的理由，否则，走不走，可就由不得你了。

甄国士的豪情被逗引得激昂起来，站起身，一只脚踩住床沿，冲皇甫院长、司空千秋和殷初梅道：我要说出来，你们怕是巴不得我留下呢。

咂，气长得很。

我前次跟司空说过我岳父岳母挑选我做女婿，并提拔我做处长的事。

可你还是没说千里来寻故地，三十年……

这，这就是我留下不走最坚刚的理由。

还是请老部长坐下慢慢说。

坐下说就是谈判，站着说才是宣言。

皇甫院长：那我们坐着听你发表宣言。于是和司空千秋、殷初梅坐到靠外的床上，听甄国士老部长说他的往事。

生活变化之突然，令人始料不及。

我的岳父，袁泰山老厅长猝然离世！事先没有任何征兆，下班回来还高高兴兴地和我年轻的岳母开了几句玩笑，晚饭后又逗我和春秀给他生的外孙女玩了好一阵。人呀，隔辈亲。三岁多的女儿和我有些生分，但跟她外爷极亲近，没迟没早地缠着她外爷，要听故事，要学画画。这天晚上，外爷捏着外孙女的小鼻头说，再过三个月，爷爷就离休了。一离休，爷爷天天陪你玩，讲故事、画画、写毛笔字，你说好不好。外孙女高兴地给外爷跳了一段舞。

岳父泰山和往常一样，洗漱完上床睡觉，可是第二天清晨没有像平常一样准时起床。岳母用手推他：老家伙，起床了。却猛然发现，人已经长眠了。屋里顿时慌乱一片。

厅里对老厅长很好，很重视，派专人来处理后事。

年轻的岳母把所有人赶出房间，说要单独和自己的丈夫待一会儿，便关了门。有好事者从门缝里听到里面万分悲恸的哭诉声：泰山呀，你这是干什么嘛，睡下时还生龙活虎的，清晨就不起来了！你这是着的哪门子急呀！好赖就剩三个月，你就急得连个离休就等不到吗？办公桌前不好吗？非得要在床上。那性质可真是天地之别呀！你撇下我，让我孤零零地靠谁去呀！啊哈哈！再开门，岳母已经成为一个泪人，眼睛像熟烂的桃子。

悲伤是会随时间慢慢衰减的。

岳父去世后，组织上很快派来一位新厅长接替工作。国不可一日无主嘛。

新厅长是个女的，虽然韶华正逝，但年轻时的姿色和风情还是明显地残留在她的脸上和身上。更特别的是，她对工作的热情在举手投足间都能看得出来，说话干练，动作利索，神态里隐含着自信和威严。未出三月，便把厅里的情况摸得一清二楚。对厅里每个人的来龙去脉、工作能力、人际关系，搞得门儿清。她很快就按自己的方式往前推动工作。她还是个工作狂，经常加班到深夜。过于忙时，就住在办公室不回家。她对下属很是宽怀体贴，需要她一个人批阅文件，她绝不让下属闲陪她。下属都说她管理很人性化。

有次我单独给她汇报工作，她不动声色地听着，听完嘴角微微露出一丝和蔼的笑意，末了向我叮嘱了几件事，还向我传授了许多工作经验和方法，对我启发很大。

周末若有空闲时间，各处室会轮流请厅长吃饭。厅长对喝酒有规定：借酒摆工作业绩可以，借酒浇工作之愁也可以，借酒抒个人情怀亦可以，但不许喝得酩酊大醉。厅长不喜欢看人醉酒之后的丑态，简直没个人样子！

厅长说这话时，我正嚼一口肉，灌一杯酒，结果给噎住了，随之是一个大喷嚏。紧转身慢转身，酒沫肉渣还是喷出来，一多半喷到自己肩膀上，有几星溅到厅长衣袖上。

你们知道我心里有多么愤恨那个喷嚏吗？因为我成了契诃夫笔下那个打喷嚏的小公务员，吓坏了！我连忙抽了餐巾纸给厅长擦衣袖，就在我的手快要挨住厅长的袖边时，厅长的衣袖却离我而去。完了，厅长生气了！

厅长从她精致漂亮的手提袋里掏出一块洁白的丝手绢，象征性地在自己衣袖上揩了揩，然后转过身来给我揩肩膀。我简直受宠若惊。可厅长神态自若，动作自然。我的宠惊消失了，肌肤上生出一丝暖意。我怎么可以烦劳厅长用她的丝手绢给我揩擦肩膀上的剩酒残渣呢？我怎么可以长久地享受如此高级别的待遇呢？我连忙接过手绢，站到一边，自己给自己擦拭。我闻到手绢上散发出来的郁金香味。唉，如此洁白香郁的一块丝手绢，让剩酒残渣给污染了，弄脏了，多可惜嘛！我做梦也没有想到，这方洁白香郁的丝手绢，要改变我的命运。

我犹豫迟疑，擦脏了的丝手绢，该怎样还给厅长呢？我用眼角瞄厅长，厅长正和下属们亲热地饮酒谈笑，一点儿也没有在意我，更没有在意我捏在指间的手绢。不行，无论如何也不能把脏手绢还给厅长，要还，也得洗净晾干再还。于是，我把手绢收好，塞进裤兜。为了表达内心真诚的道歉和谢意，我特意敬了厅长三杯酒。厅长究竟有多大酒量，我们不知道。她不喜欢别人喝醉，所以也从未见她喝醉过。真是深不可测，深不可测啊！也不知道为什么，这天晚上我没测出厅长的深浅，却把自己测醉了。散席时，厅长见我走路摇摇晃晃，就让办公室主任送我回家。办公室主任是个老油条，在路上问我送到哪个家？我借酒醉胡乱应答：你送到哪个家就是哪个家。

办公室主任说你中彩了。我说中什么彩？他说绣球不偏不斜正好砸到你额颅上。我醉意醺醺地掏出丝手绢，迎风向远处张扬着：我没有看到绣球，只收到一块白手绢。

我把那块丝手绢洗净晾干，想给上面喷些香水，可我那死老婆春秀，打从生完孩子后，就再也不用香水了。算了，不喷也好，这香水不是那香水。

洁白的丝手绢像一面旗帜指引我前行。下班了，大家各自回家，可厅长办公室的灯还亮着。该还给她了。

我敲门进去，看到厅长面朝房门，坐在沙发中央，双手手指交叉，平放在腿面上，一副等人的模样。我以为厅长另有所约，不禁问道：厅长在等谁呀？

等你呀。

我既意外，又吃惊：等我？

你会来还手绢的。

你们若以为双手把洗得洁白的丝手绢奉还给厅长，然后道一声谢就万事大吉，那就大错特错了。因为当时我就是这么想的，结果我大错特错。

当我双手把折叠得整整齐齐的丝手绢递到厅长面前时，厅长并没有接，而是像少女一样嫣然一笑。太出人意料，一位盛年女人也会像少女一般嫣然一笑，而且笑得随意而自然，完全是从心底洋溢出来的。可正是这嫣然一笑，把我笑尴尬了。我捧着丝手绢的手僵在空中，伸出去不是，收回来也不是。

厅长慢慢起身。一只手落落大方地搭在我肩膀上，轻轻往下摁一摁：请坐下吧。天哪，请坐下吧！平时到办公室汇报工作，多数时候站着。少数时候汇报得好，厅长会拿眼神示意我坐在椅子上。可是今日傍晚，厅长却请我坐，而且是坐到她刚才坐过的地方。既受宠若惊，又诚惶诚恐。人是坐在沙发上，手却捧着丝手绢不知所措。

厅长坐到离我不远的地方，拿起茶几上的苹果用小刀削起来。厅长削苹果的技术非常娴熟，眼光斜视着我，手上的苹果却不停转动，苹果皮吊出一圈又一圈。厅长一边削一边说：收下吧。

厅长不是等我来还手绢吗？

是等你来还手绢，可并不等于我要收回手绢。

手绢是厅长的，理应收回。

可你已经用过了。

我已经用过了！心底有声轰鸣：是的，我已经用过了！

你就留着用吧。

多么轻描淡写的命令，我不知有没有能力抗拒。

厅长把削好的苹果递到我鼻子跟前，让我闻苹果的香味。苹果的香味和手绢的香味差不多。厅长一手拿过丝手绢，另一只手把苹果塞到我手心里。我的心顿感轻松：手绢终于被收回去了。应该咬苹果庆贺。我抬手把苹果送向嘴边，结果被厅长伸过来的手挡住了。那只手解开我胸前的一枚纽扣，另一只手顺势把丝手绢从解开的纽扣那儿塞进去。丝手绢装在了我衬衣的口袋里。厅长拍拍我的胸脯，满意地说：嗯，贴着心呢。

我还在错愕，厅长说吃吧。我下意识地咬了一口，心里悲怆地叹道：该不会是伊甸园的苹果吧！

我闷头吃苹果。厅长脱掉外套，坐到我身旁。苹果含在嘴边，却忘了吞咬。厅长身上只穿了件薄薄的、桃红色的圆领衬衣。那浑圆成熟的曲线优美地显露出来，青春时的风韵残留得十分明显。厅长身上散发着奇异而诱人的郁金香味。我身上蔓延出惶恐和紧张，不是因为没有见过这种场面，也不是因为她在上、我在下这种关系，而是心里没有丝毫准备。为了掩饰惶恐和紧张，我一口将剩下的半片苹果吞掉了。

我差点被噎死，厅长却没有做什么事，而是很热情很亢奋地对我说了许多话，有工作方面的，也有私人生活方面的。厅长似乎要把她整个人向我绽开来，可我却听得云山雾罩的。

夜很深了，厅长却还精神饱满地叙说着，而我却疲倦了。厅长看到我想打哈欠的样子，收住话说：瞧我，只顾说话，忘了看时间了。抬手看看皓腕间精美的英纳格表：哟，时间过得真快，差一分十二点，你该回家了。我像听到特赦令一般起身告辞。我的心一跳一跳的,那里有一块丝手绢。

厅长:瞧我,只顾说古道今,差点忘了正事。

原来厅长还有正事。

厅长以平时谈工作的口气说:省委组织部行文,近期要来考察干部,拟从现任处级干部中选拔一位年轻有为的提升为副厅长。要求厅里提前提出备选名单,并准备好相关资料。

这是天大的好事呀。

你明白我的用心——和——苦心吗?

我要说不明白,岂不成了天下第一大傻瓜。我支吾着,没有表态。

厅长:我也不急着要现成答案。走,咱各回各家。

在路灯底下分手时,我的手下意识地摸了摸胸口。这个细小的动作被厅长看见了。她说:你仔细考虑考虑,周末晚上咱照个面,但不在办公室,在唐华宾馆三楼南边顶头,我在那儿有一间房,你来吧。

我一时拿不定主意。

厅长:男子汉大丈夫,有啥犹豫的,干干脆脆就一个结论。就是非要还手绢,也来。

我咬着嘴唇:是会有一个结论的。

厅长忽又嫣然一笑:静候佳音。

我万分诧异:厅长的表情变化真是快捷无比。

要么把手绢留下,如意晋升副厅级。要么把手绢还给厅长,一切照旧。唉,事情要是这么简单就好办了,可是生活远远比这复杂得多。问题是,无论生活多复杂,周末也得到唐华宾馆走一遭。就是刀山火海、深井油锅,都得去。牌总得摊开吧。

当我站在唐华宾馆门前,看着门头上那块金字牌匾时,我的心一下子铁定了。去他妈的,死活就这一锤子,至于结局如何,听天由命吧!

我乘电梯到三楼,左拐到顶头,房门虚掩着。我没有敲门,径直推门进去。房间很大,而且是套房。装饰很豪华,欧式风格,多彩的水晶灯吊得很低,壁炉旁边的白色酒柜里横陈着许多红酒。正墙上挂着油画,茶几上摆着西式茶具和红茶,落地窗被红丝绒窗帘遮挡着,通往里间的房门半开着,能看到里边棉包似的大半个床和包着金边的床头。总统间咱没去过,只觉得这房间够豪华够气派。厅长裹着睡衣,就是电影里才能看到的贵夫人穿的那种,长长的、紫红色的丝绒睡衣。厅长显然刚洗完澡,湿漉漉的头发用薄薄的白毛巾裹着。白毛巾下面脸蛋红扑扑的,黑亮的眼睛灵活地转动着。厅长,这个风韵犹存的成熟女人看上去比平时要年轻好多岁呢。而且她的打扮、神态和气质，跟这房间很是协调。原来，厅长除了工作模范的形象外，还有这风骚动人的一面。

厅长见我进来，笑盈盈地迎过来，让我坐。还走过来，轻轻把门关上。屋里的世界和外面的世界，被一扇门板隔绝了。

厅长拉了大灯，只留下暗红色的小射灯。房间里顿时变得朦朦胧胧，气氛和情调也漫散开来。

厅长认为一切都将水到渠成。厅长才不在乎我冒不冒险呢。

厅长倒了两杯红酒坐到我对面，两杯一碰，一杯递给我，一杯自己留着。我接过酒杯，闻了闻，放到茶几角上。厅长旋旋高脚杯，细细啜一小口，用风情的眼角斜斜我：我料定你不是来还手绢的，我还料定你会坐在副厅长的位子上。

厅长真够自信。

当然。我所作所为，样样对你有利，没有一丝一毫不利。

原来，厅长的自信完全是建立在我的基础之上。要是我一摇晃，厅长的自信会不会掉下来？不会，因为厅长端起了我放在茶几角上的红酒杯，把她杯中酒倒进我杯中，晃一晃，晃匀了，又折回一半，然后两杯响响地一碰，把我的递给我。酒场的规矩我懂，只要两杯一碰，杯中酒就得一饮而尽，还得诚心诚意地向对方亮亮杯底。可我没有这么做，非但没有一饮而尽，而且还违反礼节地将酒杯又放回茶几角上。厅长并没有因此而生气。她大概喜欢难以驯服的男人，也喜欢享受驯服的过程。就在我胡思乱想迟疑未决时，厅长端起我放下的酒杯，用杯沿蹭了蹭我的下巴。杯沿很光滑，像厅长的手指。

我接过酒杯。再不接就不合礼法了。接酒杯得合礼法，饮不饮酒得合我的决心。

厅长见我接过酒杯，便一仰脖，把自己杯中酒荡漾得干干净净。之后，不光向我亮杯底，还把杯子颠倒在空中控着。这也是规矩，滴一罚十。厅长的杯子颠倒在空中，风骚的亮眼用情地看着我。那目光、那神情、那姿态，满是期盼和等待，当然，也含有威逼和胁迫。

我没有一饮而尽，甚至连酒杯也没有朝嘴边送一送。不能！坚决不能！要是一饮而尽，厅长的真诚和自信就会充斥整个房间，那我就会被厅长的真诚和自信化为一摊红色的酒水。

不成！不能前功尽弃！除了单刀直入，别无他途！

我握紧酒杯可劲清嗓子，我要用最洪亮的声音向厅长宣布我铁打的决定。

厅长关切地：别太激动，喝完再说。

我不听，亮开嗓门吼道：副厅长我要！而且一定要要到手！

厅长放松了，边给自己添酒边说：本来就是给你准备的嘛！

我又高声道：白手绢也要还给你！

厅长手一抖，酒添到了杯子外边。

我放下酒杯，从胸前的衬衣口袋里掏出叠得方方正正的丝手绢，双手捧着，献哈达一样献给厅长。

厅长没有慌乱，朝我亮亮她的手。一手执杯，一手握瓶，意思是，两只手全占着。

我的决定和动作已经做出，不可能收回。

厅长放下酒瓶，呷一小口酒，淡而又淡地说：有些东西一旦收下，就还不回去了。

可这回不行，我无论如何都不能接受白手绢。

厅长口气有些冷漠了：你见过皇上给大臣交代事情，中途收回成命的吗？

我还真没有见过。

那你今日想让我破这个例吗？

坏了，俨然一位女皇。

这下轮到我掂量轻重了。大臣违抗皇命，重则杀头，次则流放，轻则贬谪。一旦摊上事，想安安生生回家种地赋闲都不可能。厅长既然这么说了，必然这么做。抗命不遵，不光副厅长无望，就是屁股底下处长这把三条腿的椅子，恐怕都坐不稳当了。

情势危急，不得不亮出撒手锏。

我的撒手锏是一个很少有人知道的秘密。这秘密不到万般无奈之时，是不会轻易让人知道的。国有利器，秘不示人，怀揣珍宝，知者极少。

我和春秀的日子过得平和而无趣。春秀是那种人，既夜夜要你，又缺少激情浪漫和花样，把夫妻间事搞得寡淡乏味。天天吃一味饭，还缺盐少醋，你说无聊不无聊？女儿出生后，春秀一门心思全放在女儿身上。勤劳、辛苦、算计，全都为女儿。只要看到女儿，整个人都笑盈盈的。春秀笑起来也挺可爱，可惜她只对女儿笑。至于我，似乎成了一个多余人，只在晚上被临时雇用一下。

春秀没有留意，风气变化很快，世界很精彩。请客、送礼、按摩、洗浴、吸人乳、喝花酒、养情人、包二奶，一时成为风潮。谁不与时俱进，谁就会被淘汰，成为时代的弃儿。我陷身其中，只得随波逐流。我有权，管项目，客户就围着我转。啥都送，古董、字画、金钱之外，还送来一个刚毕业的女大学生。这女大学生不知中了什么魔咒，竟然对我特别体贴入微。而且那方面花样繁多，让人情趣盎然。经常一个动作，一句冷幽默让我笑半天。这时候，我才真正品到了女人的滋味。原来女人和女人差别竟然如此之大。有次她对我说：我要是给你生个儿子呢？我亮着眼睛说那太好了。光太好了咋能成呢。

我保证道：该给你的一定都给你。

我盯着厅长说：我在外边有人。

厅长毫不意外：我知道，是个刚毕业的大学生。

我脊梁冒汗了：厅长暗中走访？是谁泄露了我的秘密？但不管怎么说，我已经在厅长的掌控之中。但我仍然心存幻想，想利用厅长女性的柔心。女人有女人的软肋。

她，可能，极可能，怀有我的骨血。

你还是想让我收回成命。

我差不多跪下了。

厅长嘴角撇出不屑的神情：你可是个男人噢。

我的膝盖绷直了。

你想利用女人固有的同情心。

我被她看穿，赤裸裸地暴露在她当面：我知道厅长思想觉悟高，工作能力强，有独断大事的智慧和胸怀。更重要的是，厅长有一颗善良而慈悲的心。

厅长：没错，但女人也爱嫉妒。一旦嫉妒，女人的心可要比男人硬一千倍！

我几近绝望，使出最后一招，把白手绢撒给她：副厅长我不要了，你还能把我咋？！

厅长看都不看白手绢一眼，一口把酒喝干，狠狠把杯子往茶几上一蹾，酒杯碎裂了。你有两个选择：一是进这道门。她手指指向卧室门，万事皆休。又一指通往楼道的房门，二是出这道门，也万事皆休。三天之内，全厅的人，包括你过世的老岳父的亲信、纪委书记路一召，都知道你在外面养小三，而且已有身孕。

我后悔到这里来，来了就无法退出。我痛恨自己设计的绝地反击的计策，不堪一击。聪明反被聪明误，到头来被套牢的仍然是自己。

厅长头发甩向一边：走啊，你走啊！

我缓缓向房门走去。手已经抓住门把手。门一拉开就身败名裂。打开门走啊。

我的手绵软无力，没能打开房门。

我恍恍惚惚地拐回来，伸手捞起白手绢，沾了沾眼角，然后猛地抓起茶几角上的酒杯，一口灌下。灌得太猛，呛得我狂咳不已。我一边咳嗽一边摇摇晃晃地朝卧室门走去。唉，万事皆休！

厅长的语气温和下来：去冲一下。

我咬牙道：我必须听你的。转身到卫生间。

厅长略带胜利后的得意：我要连你都领导不了，还怎么领导全厅人呢？

我把水龙头开到最大，让哗哗的热水冲刷我万分屈辱的身体。厅长进来，说转过身去，我给你搓背。我的身体转过去，弓下腰。厅长真的给我搓背。很认真，很普遍，轻重拿捏得准，要是在洗浴中心，绝对是一把好手。

厅长拍拍我，玩笑道：你明日尽可向人夸耀，说厅长亲自给我搓背哩。

我不得不佩服厅长转换角色的能力。刚才还金刚怒目，转眼就打情骂俏。

正搓着，厅长身上的丝绒睡衣滑脱了。原来厅长里边什么小衣服也没穿，光溜溜的。厅长的身体和雷诺阿笔下的画一样：丰腴、圆润、高贵、性感。

世界上谁有这样的体验：用滴血的眼睛欣赏一幅真实无比、撩人情欲的美人画。

皇甫院长、司空千秋还有殷初梅深深地沉浸在甄国士老部长的讲述之中，而且完全被打动了。一时之间，竟不知道是该同情他，还是该羡慕他。

后来呢？

后来，厅长升任别的市市长，把我也带去了。那个女大学生呢？

不斩断情缘，能混下去吗？

可怜见的。

十年后，我调回长安城，并一步步旋向权力中心。我曾多方打听那个大学生，我亏欠她的，想弥补于她。她到底怀没怀孕，生没有生？若生，是男是女？究竟怎么样了？这都是我揪心的。可是，黄鹤一去，再无消息。

按说，三十年的岁月，是可以把石头磨平的。许多事情淡漠了，从记忆的屏幕上褪掉了。唯有那个大学生临别时凄惨的面容还时不时浮现眼前。唉，今生今世，怕是难得一见。

我万万没有想到，我退休三年之后的某一天，也就是两个多月前，有一位很多年不见的老部下找到我，避开春秀对我说，有位女子让我给你捎来一个口信。我立即意识到是谁，忙抓住他的手问：她在哪儿？来人摇头道：在阴间。临病死前让我给你捎句话。我把他的两只手都抓住。我的心中有一个强烈的预感。只听他说：你有一个儿子活在人间。我把他手抓疼了：知道在哪里吗？他一边摇头一边往外抽自己的手：遗弃了。她为此而痛心而患病。我的手慢慢松开。他望着天空：弃在一家医院外边，医院的楼顶有一群鸽子在飞。

噢，原来是这样。

我跑遍长安城大大小小的医院，唯有这家医院上空有鸽子飞翔。

司空千秋和殷初梅听完甄国士老部长的叙说，再联想到自身经历，心中不觉五味杂陈。老部长有子却未见而且不得见，自家为求子也弄得夫妻分散。二人手足无措,不知说什么话好,只能相对无语,黯然伤神,并在心中慨叹:生活咋能这样?生活咋能这样啊!皇甫院长的第一反应是神奇。他联想到了萧涤生。天下竟有这等奇妙的事?一个三十年前,不,二十九年前被弃,一个二十九年前被捡,这难道是一个人?甄国士和萧涤生,二人之间难道会有一种超乎寻常的联系?皇甫院长用他医生特有的专业目光把甄国士上上下下、仔仔细细地打量一番,并在脑海中把甄国士和萧涤生反反复复比较,想在二者的容貌和神气之间寻找到一些共同点。可惜,一时还难以得出确切的结论。

皇甫院长甚至有把萧涤生的事告诉甄国士的冲动。告诉他,并做一下亲子鉴定,不就真相大白了。转眼又一想,不妥。没由头,甄国士没有申请,即使申请了也不妥。和一个素昧平生的人无缘无故地去做亲子鉴定,萧涤生会同意吗?这不是故意揭萧涤生的疮疤,伤他的自尊吗?勉强做了,万一不是,可怎么收场呢?

皇甫院长不愧是位经验丰富的医生,心中很快闪出一个医学心理实验来:让他二人在一个自然场合意外相见。若真是血缘父子,看看他们之间有无特殊的心电感应。

皇甫院长诡秘地笑笑:白发老人寻儿郎啊。甄国士:是的,我的余生,用来寻找我儿。

找着了皆大欢喜,万一找不着呢?

万一老天爷不睁眼不成全,我就养一群鸽子。因为我儿生时楼顶天空飞翔着一群鸽子。看见鸽子,也就算看见我儿了。

二十二

千公里秦汉杯大奖赛很快就要鸣锣开场。

秋天渗透和衔接着夏天,又一点点排挤和驱赶着夏天。夏天呢,也在一节一节做着退让。太阳不像炎夏那么刺眼,云彩也不若炎夏那样燃烧得通红。就连树枝间的鸣蝉和墙角草丛里的蛐蛐,叫声也不如炎夏时那样狂躁不安。大自然中的一切,渐渐变得温和而绵柔。

和这季节变化不同的,是鸽友的心气。春赛和预赛的胜利者,既要保住胜利成果,又要乘胜追击;而失败者,希望徒增,信心重树,摩拳擦掌,欲打败胜利者。

他们的心，还像炎夏时被阳光点燃的云彩那样燃烧着，像炎夏的鸣虫一样狂躁着。他们积蓄和耐磨了整整一个夏天，准备在这秋季大赛里痛快淋漓地释放一下。

不信你瞧，我家主人也在为此而焦躁不安呢。

千公里秦汉杯，是整个年度的收官之战，也是所有鸽友检验自己智力和劳动效果的标志之战。虽然参赛羽数不若春季五百公里盛唐杯多，奖金也没有那么丰厚，但荣誉绝不在其下。为荣誉而战，成败在此一举。

究竟派不派我出战，我家主人迟疑犹豫，一时难以决断。

春季五百公里盛唐杯，我成为当天唯一归巢的伯马，为主人柳散木和墨玉环总揽那笔极其丰厚的奖金。那笔奖金完全可以再盖一座飘风楼，但我家主人并不在意。我家主人看重的，是他们近二十年艰辛的改变命运的奋斗历程，让我一战就集中地表现出来了。人们羡慕、尊重、赞赏我，难道不是在羡慕、尊重、赞赏我家主人柳散木和墨玉环吗？我很争气，为我家主人赢得了巨大的尊重和荣誉，同时这尊重和荣誉也给他们造成极大的心理压力。

出战还是不出战？我家主人真是纠结得进退两难。

好心的鸽友纷纷劝他：算了吧，图南已经功成名就，已经为你在长安城扬名立万，你还嫌不够吗？要蛇吞象吗？咹？再说了，图南为了你们的尊严、荣誉和自身的价值，已经飞得伤痕累累、气息奄奄，你还忍心遣他出战吗？要是我，早供到香案上了。也有二杆子鸽友口出狂言：上，不上养他做甚？瓦罐不离井上破，将军岂怕阵上亡！舍不得娃，打不上狼！就连女主人墨玉环也劝说男主人柳散木：算了吧，就此打住。咱辛辛苦苦大十几年，才努力下一座飘风楼，而图南一战就实现了。志气、理想都实现了，尊严和荣誉也争回来了。你还不满足？还想要啥？咹？

听听，我家女主人给我说情，说得多好、多恳切，简直把我家男主人的心都说动摇了。但我家男主人柳散木道：你说得很是在理，可我这心，还是被千公里秦汉杯这根羽毛，搔得直痒痒。女主人墨玉环忙说：来，我给你抚索抚索。男主人柳散木忙挡住伸过来的手：得，你越抚索，我越痒痒。女主人墨玉环撇了嘴：反正我舍不得图南再出战，万一有个意外，我看你咋活呀？别说了，你个乌鸦嘴。乌鸦嘴怎么了？这难道不是你心里惧怕的？一语中的，男主人之所以纠结迟疑，正是惧怕这个。能不能再得冠军，不惧怕。亚军也行，季军亦行，即便不得奖，也不吃啥紧，最多被人白两眼，奚落几句。最惧怕的，是天有不测，鸽有闪失，那就光剩下呼天抢地抹眼泪了。

我家男主人既觉得女主人言之有理，又于心不甘，说：你们说一千道一万，都是给图南说情哩，就是不知道图南领不领情。

男主人：咱得尊重图南意愿哩。

瞧，我家男主人多有学问，多知我的心。说林黛玉和贾宝玉是知己，我看我和我家男主人才是知己。

我家女主人说：这样也好，简单公平，免得纠结。

说话间，女主人提来白苤竹挎，男主人把我放进去。

我对这油亮亮的白苤竹挎太熟悉了。每逢训练和出征，我都要被放进去。我一进去，血脉就膨胀，精气神就上来。主人把油亮亮的白苤竹挎放到八仙桌中央，并把我放进去。他们的心思和用意，我能不明白？

还记得春季五百公里盛唐杯大奖赛我艰难归来的情形吧。我一条腿被打断，仅靠皮连接着；一只翅膀脱臼，耷拉着；胸腹中枪，鲜血浸湿羽毛。幸亏我家男主人给我接好了翅和腿，也幸亏皇甫老医生给我取出镶在龙骨里的铅弹并缝好伤口。要不是二位神人神手，我即便挣命归来，也难逃一死。

夏季，是我们鸽子休养生息、焕发新生命的季节。在整个季节里，我家的两位主人悉心照顾着我。我的翅膀全好了，虽然右翅些微有点耷拉，但飞到空中，很难看出来。我的左腿断骨也已长好，只是接茬的地方长出竹节一样的大疙瘩。飞行时，这只腿不能完全收回来，就像飞机拖着一边收不回去的起落架在飞行一样。我胸腹的枪伤已经痊愈，愈后的伤疤也被新生的羽毛遮掩住了。如果非要说我身上有什么不适的话，那就是飞得久了，呼吸有些急促，可能是雾霾在肺上留下的后遗症。

夏季，还是我们换羽的季节。要说这换羽，还真是讲究。刚开始须给我们喂食粗饲料，以促进我们褪羽。等我们旧羽褪去，身上刺猬一般长出新羽锥时，主人便更换饲料，去粗留精，多加油菜籽、葵花籽、亚麻籽、红花籽等油性饲料。饲料中还拌有钙粉和助消化吸收的药粉，为的是让我们长一身质量上乘的羽毛。鸽子养得好不好，换完羽瞄一眼，高下立现。高手养的鸽子，换完羽就像新娘子一样漂亮。

这不，我家男主人柳散木在屋子里踱了几个来回，然后背对我站着，冲着窗外，朗声道：瞧他的站相，瞧他的轮廓，简直跟蹬蹄竖耳的千里驹一样。瞧他新换的羽毛，简直像一团燃烧的炭火。瞧他胸腔中的冲天大志，简直要把眼珠憋破了。这样的英雄不出征，难道要窝死在巢箱里？

我的心跳得像春雷，亦像战鼓。

女主人望望男主人的背影，又看看白苤竹挎里精神焕发的我，眼中滚出两串泪珠：你说的，我何尝不知，人家就是舍不得嘛。

我家男主人囔地转过身：你同意图南出征了？

女主人抹掉泪水：你不是说要尊重图南的意愿嘛？

男主人：图南五百公里盛唐杯载誉归来，金眼相士提议封他为鸽圣或鸽王，我当时否决了，说图南虽然荣获五百公里盛唐杯伯马冠军，可赛程更远、征途更艰难的千公里赛，他还没有上去呢，他还不能算一个通家。不是通家，何以封为鸽圣呢？

是呀，我不振翅，怎么能成为通家呢？

女主人：鸽圣呀，鸽王呀，我倒不在乎。我只心疼图南。但我尊重图南的意愿和选择。

男主人：好，让我们来征询图南，图南若愿意出征，必拍翅鸣叫转三圈。若不愿出征，则无任何反应。

好，你询问吧。

男主人柳散木没有立即询问，而是从白苎竹挎中把我掏出来，双手持握，让我的胸脯抵住他的心窝。我的心顿时和男主人的心跳到一起。男主人像往常出征那样给我按摩。男主人沸腾的血液，通过他那双手，涌流到我的身体里来。男主人的用意我再明白不过。英雄宁肯死在战场，也不能窝死在巢箱。我自己的意愿也再清楚不过，天生两只翅膀，岂能不当空翱翔。事情如果如此简单，那男主人只要放开我，我当即就会在白苎竹挎里拍翅鸣叫着左转三圈，右转三圈，以表明我的态度。可是，我有心事，内心也像男主人一样纠结得难以决断。

说来，这事还和天赐相关。

就在我伤病刚刚痊愈，第一次出舍做恢复飞行时，意外地碰到了适生。我看到适生领着一群伙伴绕着大雁塔飞行，我飞过去加入他们的行列，并和他们一起落在大雁塔顶端。

我靠近适生：你们怎么飞到这里来了？

我们在长安城方圆百十里转悠了许多圈，都没有找到合适的住处，最后飞到这儿来。饿了，飞到城外的野地里觅点食，渴了，就扎到喷水池边喝点水。晚上，就栖息在大雁塔的门洞里，既安全，又避风雨。

我问你们怎么飞到这里来了？还有天赐？你怎么抛下天赐飞到这里来了？

适生的眼圈顿时红了：天赐被狠毒的木归智摔死在洒雪储宝堂了。

我惊呆了：为什么？到底为什么？

适生淌着泪叙说了当时的情形。

这哪里是洒雪储宝堂，简直是风波亭！

我简直无语，一直在适生身边蹲到天黑。我不知道该如何哀悼天赐，也不知道该怎么安慰适生，我眼前尽是我们五百公里盛唐杯大奖赛结伴飞行的幻影。

适生也不吭声，一任南来北往的风把她的泪水吹干。我说天快黑了。

适生说你该回去了。

你们跟我一起到飘风楼吧，喏，不远，就在那边。

大雁塔南面，街衢通畅，华灯初放的仿唐建筑群里，依稀可以看到飘风楼的轮廓。

适生望着飘风楼，摇摇头：危邦莫入，乱邦不居。

我家主人叫柳散木，待我们可好了。

可我家主人却要了天赐的命，幸亏我们逃得快，要是慢上半步，就不一定能见到你了。

还是随我到飘风楼吧，我家主人爱我们，简直胜过爱他们的亲生女儿呢。

适生非常坚决地摇摇头：可我已经不相信人类了！问题如此严重！

之后，每天我都飞来和适生论说这个严重的问题，并想努力说服她。着急时，我说不许你诬蔑我家主人，还以颈上头颅保证，我家主人一定会善待大家。

适生非但不让步，反而进逼道：我就是勉强相信你，但你家飘风楼能住下天底下所有的鸽子吗？

我倒有些理屈词穷：那自然不能够。

那你就自己去住吧，自私鬼！

啊！我？自私鬼？

自己住安乐窝，不管同胞兄妹死活，还不自私吗？

我真有些气恼：你到底要我怎么办？

适生这才说出心里话：我想和你这样方向感好，又聪明智慧，又有顽强毅力的鸽子，共同完成一个伟大的创举。

伟大的创举，几个字让我的血液快速流动起来：说说看，什么伟大创举？

适生悲伤而憧憬地望着远方：我也说不清。但我觉得与一根笛子和一群老鼠有关联。

笛子和老鼠，你扯到哪里去了？

是说有个大城市闹鼠灾，满街老鼠，人们早上出门上班，连个下脚的地方都没有。市长为消除鼠灾，悬下重赏谁能减除鼠灾，赏金条百根、花姑娘一个。有位穿黑红花格衣服的流浪汉看到官家榜文，揭下来拿到市长面前，说他能灭鼠。市长说光说不练那是假把式。那流浪汉便用石块将榜文压到市长脚下的台阶上，然后从袖管里抽出一根竹笛，抵唇吹奏。老鼠们听到笛子吹奏的是集合进行曲，纷纷汇集过来。花衣人边吹边走，一直走到河水里。老鼠被笛声诱惑，一路向前，结果统统掉进河里淹死了。花衣吹笛人拿着心爱的笛子到市政府去讨赏，市长靠在宽大办公室后面高敞的皮椅里，严肃认真地说金条在府库里，要是每个人都来吹两声笛子，拿走一百根金条，那不出三天，府库不就掏空了。至于花姑娘嘛，市长冲着天花板挤挤眼,意思是说,哪里轮得到你个流浪汉呀。花衣吹笛人说市长要赖账吗?市长说你吹笛时挺文明,说起话来却很地痞。什么叫赖账?连毁约都算不上。口说无凭,你有凭证吗?花衣吹笛人见市长如此不讲理,连去台阶上找官榜的心情都没有了。摇头笑一笑,转身走出市府。只见他把笛子搭在唇间,边走边吹出另外一首曲子,结果全城的小孩听到笛声,都跑出来跟着花衣吹笛人趔出城门,不知去向。

好一个花衣吹笛人,因了市长不信义,便领着全体小孩离开,给市长留下一座毫无希望的空城。

难道不应该给那些背信弃义、热爱金钱、不珍惜生命的人留下一座空城吗?

你要做花衣吹笛人吗?

适生:我没有这个能耐,你有这个能耐,可我愿意舍命陪君子。

可你已经不信任人类,我们又怎么做花衣吹笛人呢?

适生一时语塞。

再说,我又不愿意我们不知去向。

哎呀,我不是这个意思。我怎样才能让你明白呢?

我的处境还没有给我那么深的感触。

适生自然有点着急:还有一桩事呢。

说吧,最好别说人,说咱动物。

是啊,人类会思考,而我们只会寻找。

得,说吧。

有个聪明人……

又说人。

得过诺什么奖。

诺贝尔奖。

对,是诺贝尔奖。

那可了不得。那是人类最大的奖,比我得的盛唐杯要大十万八千倍。

那个人创造了一头白海豹。

我想想,人创造了白海豹?

是的,你要想不起来我告诉你。

我有点想起来了。我们生活在天空,白海豹生活在海洋。

就是这头白海豹,看到了非常可怕的事情。

比死亡还可怕吗?

海豹群被驱赶到屠宰场。白海豹看到二十多个面目狰狞、手持铁皮杀威棒的猎人走过来。领头的把两只被同伴咬伤的海豹踢到一边,说声干吧!猎人们随即挥舞手中的杀威棒,朝海豹头顶猛劲敲击。顷刻间,白海豹便不认识自己的伙伴了。猎人把他们的皮从鼻尖一直撕开到后鳍,再猛地扯下来,扔到地上,堆成一堆。鲜血染红了海水。

白海豹惊呆了,有猎人向他走来。他慌不择路,一跳一跳地跳进海水,拼命地向远处游去。途中,遇到一头大海狮。惊魂未定的白海豹前言不搭后语地把自己亲历的情形告诉了大海狮。大海狮感慨道:猎人们知道你们每年都要从那儿经过,所以他们已经连续不断地干了差不多一个世纪了。

简直太恐怖了。这可怎么办啊?

你们每年都从那里经过,猎人们摸着了规律,专门守候在那里。

死路一条哪!

除非你们能够找到一座人们从来没有到过的岛,否则,就只能如此了。

有这样的岛吗?

不知道。海狮摇着尾巴游走了,老远撂下一句话:不去寻找,怎么能知道有没有呢。

我真佩服适生,居然能讲出这样的事情。不是我自个儿想出来的,是天赐告诉我的。

我老早就佩服天赐,我一直觉得天赐是我们这个族类里出类拔萃的尤物。

出赛前一天,他跟我说,他看到主人木归智近来的面容和气色,就莫名其妙地做了这样一个梦,我当时就觉得兆头不好。

可惜青年才俊,命乖运舛,壮志未酬,即遭毒手。

适生流着悲伤的泪水,眼巴巴地道:我能陪你去吗?

我一时未悟:去哪里?

我内心一直钦佩你,只有你有胆识,有能力,就是不知道你愿不愿意。

我红着脸:我有点明白了。

是的,不是不知去向,而是去寻找没有人烟和鹰隼的地方。

有没有这样的地方,还真难料定。

不去寻找,咋能知道有没有呢?

我想了想,犹豫着说:恐怕不能够。

适生眼中希望的火星渐渐熄灭,只余下泪痕:其实我的心早就告诉我,你不会去。你的主人对你那么好,你有什么理由离他而去呢?

我内心深处的亲情被唤起:我这辈子恐怕只能和我的主人在一起,他对我真是太好了。比赛无论输赢,只要归来,他都把我贴到他的心窝上。

适生的处境如此可怜,我还在用这样的话伤害她,她哪里受得了呀。她肿胀的大眼睛里又滚出豆大的泪珠。泪珠滚向嘴角，又滚向嘴尖，最后随风飘落到大雁塔下面去。

我满脸歉意。

那我就独自去寻找。如果找着了，我就回来召唤同伴们去那里生活。

这话不像适生说的，像风从远方吹过来的，口吻很像天赐。我敬佩地再看适生，适生已经甩掉泪水，坚定的眼神中隐含着几分冷漠。

我想说一句致歉的话，但适生的眼睛已经望向别处：你走吧，自私鬼，你不配做天赐的同路人。

我想靠近些解释两句，可适生一嘴啄过来，把没有丝毫防备的我啄下了大雁塔。

我扑棱着翅膀飞回塔顶，气恨地鼓着脖子叫道：离开主人就是背叛，让你独自外出跋山涉水我又于心不忍，这叫我如何是好！

恰好在这个时候，我家主人来测试我，考验我，让我表态，是否出征千公里秦汉杯大奖赛。你说令人揪心不揪心，纠结不纠结？如果依照与主人的知心感应，出征大赛，必有违适生之意，有悖天赐之志，失去为族类寻求出路的机会。若不辞而别，与适生结伴而去，寻找也许根本就不存在的理想国，那与主人的知己，怕要变为异己。

唉，难啊！

我家主人柳散木已经为我按摩完毕，也已经把他浑身的精血气脉传导到我的体内。他把我放回油亮亮的白苎竹拷，嗡着洪钟一样的声音道：一切就看图南的表现吧！

我在竹拷里站着，竖腿耸肩，伸脖仰头，目光射向窗外的天空。即使没有阳光照进来，我身上新换的红色羽毛，也像燃烧的火焰一样跳动着。我想挣脱内心那重纠结，我更想超越天赐、适生和我家主人那层矛盾关系，进入一种大自由。我想，只有飞行，一切才有可能。

我拍动双翅，鼓圆胸脯，咕嘟嘟鸣叫着左转三圈，又回身转三圈。然后满含渴望地朝我家男主人望着，凤凰一般三点头。

我家女主人嘘了一口气：这可随了你的心，如了你的愿。

我家男主人柳散木一拍巴掌：三天后，勇士图南出征千公里秦汉杯大奖赛！

今晚，花郎要设宴为自家娘子翘秀饯行。

翘秀不同意，说就在家里吧，你坐着，我下厨。

那不成你给我饯行了？

就让人家再给你做顿饭嘛。

那不成了最后的晚餐？

瞧你说的，人家就是想再给你做顿饭嘛。

你身上比晚餐香的地方多的是。

翘秀立刻会意：娘子听官人的。

花郎说请上司空局座吧，让他带上新夫人和儿子，就咱们两家人坐一坐。一是司空局座出席，饯行的规格就高，你脸上有光。二来你也认识认识局座的新夫人，她将来说不定也会带着孩子过去呢。

翘秀：那敢情好，彼此有个照应。

三是联络联络感情，把有些事当面敲定敲定。

花郎今晚要办的两件事，一件关乎翘秀，一件关乎自己和司空局座。

翘秀对内负责花钱伺候花郎，并让花郎性福，对外则联络移民事宜。先始联系美国，不知什么原因，面签没过。后来一位移居加拿大的同学鼓动她：政策好，欢迎有钱人，速来。翘秀立即抓紧时间和机会，办理签证等一应手续。没想到一路绿灯，事情格外顺利地成了。翘秀兴奋过度地亲着花郎说：官人，没有想到，我的美国梦，却在加拿大实现了！花郎不知是忧是喜，但却依照闪婚协议，将自己资产的一半划给翘秀，以实现自己娶你即养你的诺言，并尽到一个丈夫应尽的责任。翘秀说我先给咱铺路架桥打前站，你做好这个大项目，带上钱过来，咱过天堂一样的好日子。

第二件事，花郎庆幸自己跟对人了。这年头，不绑定一个手中攥着实权、口袋装有项目的官人，咋可能挣到钱呢？！司空局座对咱好，咱自然得高回报。这年头，双赢才叫赢。司空局座暗示说在高尔夫球场边的树林里隐藏几栋别墅，供几位大劲关系用。建别墅的钱咱先垫着，到时候和高尔夫球场的工程一起结算。你想啊，这别墅一经启用，长线就放成了。舍不得娃，打不着狼。有投资才有回报，有大投资才有大回报。这是潜规则，还用说。花郎毫不犹豫，把账上结余的另一半资金，如数打到司空局座前妻殷初梅公司的账上。二人联手，打造高尔夫球场，修建别墅。万事齐备，只欠东风。红头文件一到，即可动工。工程诸多问题，晚宴上若有机会，可当面商量。即使不方便，见个面，喝个酒，彼此也会心照不宣。

花郎电话和司空局座联系好，然后发动宝马将翘秀拉到大南门外香港鲍鱼酒店，直到酒醉方回。

回来后，先上凤栖榭楼顶，打开灯看鸽子。

一棚花花绿绿的鸽子，站在巢箱门口或者靠墙的栖架上，借着灯光转动小脑袋看主人。

过两天，就比赛呢。

噢，是千公里秦汉杯。

可你一走，我就没心思赛了。

微醉的翘秀听出自家官人伤感了。

那对石夫石妇互相对着头咕咕鸣叫，之后又转身对着主人咕咕鸣叫。

石夫石妇一叫，合璧也跟着叫起来，叫声比石夫石妇还要脆亮。

石夫石妇也真是。人家合璧已经生养了四五对儿女，可石夫石妇都依然只能彼此顾盼。每每生蛋，孵着孵着，不是水蛋，就是蜷黄。

花郎也曾抱怨过：这么肥一头花乳牛，咋就不见怀上呢？

翘秀不说别的，只是假装嗔怪道：你的枪打得不准嘛。

花郎真的有点怀疑自身：枪法没问题，就是不知道子弹质量咋样。

翘秀又安慰道：你也不用急，一切都是天意。

花郎：要不你把这对石夫石妇带过去养上，免得一个人孤单寂寞。

翘秀想了想：还是你到时候带来吧，我先去给你把窝盖好。

二人回屋，翘秀说我先去冲一下。花郎问好了没？翘秀说幸亏你搞来菊花园的特效药，差不多好利索了。

原来炎夏时节，两个肝火旺盛的人来得太勤，用力过猛，弄得翘秀底下有些红肿。花郎便带翘秀到菊花园，元菊生只大老远看一眼她走路的姿势，又近观一眼她的气色，问也不问，就薅来一捆甘菊苗，放到花郎脚下，又采来几丛野菊花茎叶、两把苍耳草，又让鹤秀取来一瓶菊花酒，一并交给花郎，道：甘菊苗捣烂煎汤，先熏后洗。然后取野菊花茎叶和苍耳少许，捣烂，加酒，绞出药酒汁服用，并将药渣敷患处。

鹤秀一听这药方，红着脸瞅瞅翘秀，又朝着花郎，在自己脸上扣了几下，捂着眼睛跑掉了。

翘秀依法炮制，日子不久，就差不多全好了。翘秀冲洗完回来，将灯光调朦胧，房间里立刻蒸腾起闪婚初夜的情调。

翘秀让花郎闻。

果然比晚餐香呢。

有第一夜香么？

花郎回想起初夜那个香囊，鼻子不由得又抽了抽。

翘秀脸上不知涂抹了什么，也许是狐媚吧。花郎一亲她，嘴唇就和她的脸蛋粘在一起。花郎拼命移动，才把嘴唇移到她的嘴唇上。四片嘴唇即刻合在一起，短时间内要想分开，那就只能像撕胶布一样撕裂开来。

翘秀非常渴望。花郎说等一等，翻身从床头柜里取出一方比巴掌稍大的汉代铜镜。那铜镜正面光滑,背面铸着八个隶字:照古腾今,子孙永宜。

翘秀:又捣鼓你的风月宝鉴。

不是风月宝鉴,是纯阳宝鉴。我头一回就是在它里面看到你模糊的影子。

翘秀也过来看:幸亏不是破镜。

花郎净手、焚香、呵气,然后用书和皮包把铜镜支好:你明天就要走了,我要留个影像,想的时候看一看。

翘秀深受感动:那我可要特别用心啊。

花郎又朝铜镜上哈哈气,再吹一吹:还记得皇甫老医生给咱们送的大白萝卜吗?

咋能不记得,连缨都吃进肚子里去了。

不知道能不能长在心里。

翘秀轻笑:萝卜要是生根,那要是吃颗核桃,嘴里还不长出棵核桃树?

花郎见翘秀不领会,管自吟道:

　　山复有山的山代女神
　　拿了木锹掘出来的萝卜
　　萝卜似的白胳膊
　　不曾抱着睡过的
　　说不知道那还可以吧

翘秀说:那咱们就萝卜吧。

没有温柔浪漫的序曲,直接燃烧激情。花郎喘气歇息片刻,过去看铜镜。镜面上刚才哈的气,早已散去。镜面光鉴明亮,花郎对着烛影一样朦胧的灯光看看,镜面里什么影像也没有。既没有自己,也没有翘秀,更没有二人相合的影像。花郎狐疑之时,忽然回想到柳散木曾说过,这纯阳宝镜,凡遇至阴之像,方会留形。而今这阴阳大碰撞,既不至阴,亦不至阳,甚或至阴不纯,至阳亦不纯,故而未留下丝毫影像。

花郎想留个纪念,想留个看头的愿望竟然意外地落空了。

翘秀看出了花郎的小失落,指头戳着他心窝说:你是古人还是今人啊?这么顺手的现代化不用,却捣鼓个古镜来照影形!说着拿过手机,打开录像,支到刚才支铜镜的地方,道:来,重来,绝不让你放空炮。

二人又认真地激情上演一回。

翘秀拿手机回放给花郎看。

花郎看过录像，可那都是别人。今日看到的，却是自己和翘秀。毫发毕现，生动活泼。花郎想：那情形、那场面、那激情，是那样的躁动人心，怎么看上去不够优美，甚至有些不堪和难看呢？

翘秀：怎么样，比铜镜清晰鲜亮多了吧？

花郎哀叹道：唉，只可以腾今，不可以照古！

该歇息了。他们并头交股而眠时，看到了合欢枕上那枝长茎菊花，也闻到了合欢枕里散发出来的淡淡菊香。房间里，渐渐弥漫起菊花园清晨和暮昏时常见的云烟和雾岚。

花郎和林风鸣来到菊花园内集贤院门前。元菊生见他们来，就扭头朝东边吩咐一声。随着元菊生一声传得很远的吩咐，花郎和林风鸣听到那边茅庐的木窗格里传过来一声清脆甜润的答应：就来。花郎和林风鸣循声望去，看到茅庐的房门中忽地闪出一位妙龄女子，素衣长裙，手中拎一大茶壶，踩着砂石小径，款款走过来。那走路的姿势，跟鸽子凌空滑翔一样轻盈优雅。这女子跨过菊园的畦埂，走到古井边，弯腰把茶壶放到石桌上，然后扭身去井边摇辘轳打水。

这就是鹤秀！她要遵从父亲的吩咐，打水为客人沏茶。

鹤秀脸庞微微仰着，身躯一俯一起，胳膊一伸一收。辘轳吱咛咛叫着，麻绳一圈一圈缠到辘轳上，水桶一节一节升出井口。鹤秀伸手一捞，将水桶捞过来，放到井沿上，解了扣钩，然后趔着身子将水桶提到石桌左近放下。取葫芦瓢往带系的陶罐里勺水。勺满，将陶罐挂到三根半粗竹竿搭成的支架上，然后坐在一块圆石上点火烧水。鹤秀的坐姿很特别，膝盖把裙子向前顶出两道好看的弧线，一双脚都收回到裙摆里边。一双肘，刚好支在膝盖上。

几只鸽子，从集贤院的屋顶上飞下来，落到鹤秀身边。有的觅食，有的好奇地仰高脖子看鹤秀俯身鼓腮吹火。更有胆大的，探着小头，伸着长喙，一下一下地啄着鹤秀的裙角。

花郎一下子给迷住了。此前许多年的情事韵事，都给眼前这幅清丽、生动、优美的活的图画覆盖了。

花郎把坐在圆石上烧水的鹤秀和分散在她身边的鸽子做着比较。那鸽子里正好有一只黑鹤秀和一只紫鹤秀。那色彩、那身形、那张翅欲飞的发髻，真是太相像了。尤其是那散漫的动作和优雅的神气，简直太相同了。花郎简直分不清哪是鸽，哪是人。鹤秀，都是鹤秀！诸形归一，出神入化。

花郎太过痴迷，太过专注，以至于目不转睛。这情形被回头捡柴火的鹤秀警到了。鹤秀脸微微一红，那红晕若一丝霞光飞射过来，投向花郎。花郎顿觉自己有失体态，有违礼数。怎么能这样看一个初次谋面的女孩子呢？花郎的脸烘的一下通红了。二人相视的一瞬间，都把头别向一边。

那只紫鹤秀，用红红的尖喙叼住鹤秀的裙角，往后边扯动。鹤秀微笑着，友好地伸出玉手，轻轻地把紫鹤秀撩开。腕间的玉镯，滑到手背上，欲坠未坠。鹤秀的手指，修长尖细，葱嫩葱嫩。这样的巧手，不知能干出何等神奇的事情呢？鹤秀微笑着，光滑的下巴微翘，两颊上两个深深的酒窝，盛满了柔情蜜意。若有幸啜上一口，不死也得升仙。

花郎想入非非，有些飘飘然。

飘飘然中，开始饮茶。饮茶时，林风鸣拿出新挖的鸽哨让鹤秀看。鹤秀喜爱地看着，忘情地和林风鸣吹着、聊着鸽哨。

花郎被冷落一旁，想：这世道，真是有什么显摆什么，有古雅气的亮古雅气，有鸽哨的吹鸽哨，有权的示权，有钱的晒钱，有色的用色，各逞其能，各显其道。若将所长所有包裹匿藏，岂不如锦衣夜行，耽搁事情。今儿个，当着鹤秀的面，林风鸣在演示他的独门绝技，那自己该彰显什么呢？想来想去，只有一样东西尚能拿得出手。于是也不管与环境协调不协调，就嚷嚷出来：咱得承认，咱有咱的特长，而且赶上了好时代，挣钱了！挣了多少钱？存在哪几家银行？账号是什么？密码几位数？这个嘛，有银行给咱保密。咱能公开亮明的，就是咱有钱。而且这是一个兴钱的时代！兴钱的时代！没有钱办不成的事情。鹤秀你信不，无论林风鸣挖多少鸽哨，只要他开价，我都能买下来送给你。

鹤秀回瞄花郎一眼，又把头扭回去。

鹤秀你听着，别的事我不敢随便应承，我的事，我敢夸下海口，不论什么事，你要用钱，只要说个数字，包在我身上。

鹤秀依然背对花郎：那你出钱，在终南山下办一所希望小学，再在神禾原上建一座养老院。

花郎实在没有想到鹤秀会出这一招，心中暗暗恨道：这个鹤秀真会难为人！

林风鸣趁机挖苦：钱是有钱人肋条上的肉，真要动刀割，他嫌疼哪。

花郎：要是鹤秀自个儿要，不要说割肉，我连肋条都掰下来。可惜这希望小学和养老院，跟鹤秀一毛钱关系都没有。

鹤秀回过身，上下打量着花郎：你可别忘了，我的身份是小学老师，而这个小学老师，将来一定会老的。

花郎：你要是校长或者教育局局长，我就给你建一座希望小学。你将来老了，我专门给你盖一栋养老院。

鹤秀撇嘴笑一笑：这哪里是花郎，分明是花君子嘛。说着扭头看身边苗圃里的菊花，有几丛菊花开得正艳。

　　花郎忙俯身打拱道：谢谢夸奖。

　　鹤秀一掩口，林风鸣也笑了。花郎缺文化，把花君子的意思理解歪了。菊花经霜耐寒，不逐俗流，独艳深秋，被誉为花中君子。鹤秀借此比喻，揶揄花郎，花郎不自知，以为鹤秀真的赞扬他，还满嘴谦虚地谢着。但当看到林风鸣的坏笑，又觉不对味，但又不知岔子出在那里。

　　林风鸣仍旧笑着：总之一句话，眼下不给一分钱。

　　花郎有些急了：我不是说过，别说割肉，就是肋条，我也掰下来。我夸下海口，只要鹤秀用钱，我马上大堆地堆在她面前。

　　鹤秀脆笑着指了指花郎，又自自然然地站出一个古典美女的姿势，道：你瞧，我这绾着堕髻、穿着麻葛衣裙、旧里旧气的女孩子，和一摞新铮铮的钱币摆在一起，协调吗?!

　　真乃千古一问，生生把花郎问倒了。

　　鹤秀向林风鸣抛一个蕴含风情的眉眼，甜甜地道：我这样的人哪，就合听个蝈蝈叫呀、鸽哨鸣啊什么的。

　　林风鸣眼中放出喜悦的光亮，花郎的眼睛则陡然暗淡下去。花郎恍恍惚惚，不知置身何处。似乎在菊圃中饮酒，而且饮得杯盘狼藉，坐卧无形。

　　林风鸣挥手入怀，掏出一枚新刻的八音葫芦哨，乘着酒兴吹奏起来。先吹一曲高山流水，吹得身旁二人，以及林丛、菊花和鸽子一片安静，就连风也悄然静止了。自然界的一切都成了知音。之后，又吹《春江花月夜》，带有闺怨的优美景致，缓缓铺展开去。

　　鹤秀沉醉在其中，双眼迷离，听着，饮着。之后起身，摇摇晃晃地往前走几步，像是伸手抓什么却没有抓住，便软软地卧倒在菊花丛中。

　　时令大约已至农历九月中旬，菊花盛期正过。秋风随哨声旋来，花瓣纷纷被吹得告别枝头，扬向空中，又飘飘摇摇地旋落下来，似有意似无意地撒向鹤秀。

　　鹤秀侧卧在菊花丛中，一只胳膊搭在畦梁上，头又正好枕在胳膊上。稍微凌乱的衣裙半遮半掩着她的身体，莲藕一般的胳膊露出一小节。就连平时不可能外露的肚脐和粉腿，也隐约可见。双眉略舒，两眼迷醉，酒窝含笑，面色飞红。

　　花瓣一瓣一瓣、一片一片、一层一层旋落下来，落得鹤秀满头满身。鹤秀淡红的衣裙，渐渐遮隐在金黄的花瓣里，就连脱落的一只绣鞋，也已经半满了。腰际间悬挂的一个素色香囊，随着她的呼吸而动荡着。

　　林风鸣放低放缓了曲调，为这落花醉美图作着和谐的伴奏。

　　花郎望着那个动荡的小香囊，忆起自己有次患了虚热症，问鹤秀何药可医，鹤秀随口应道：冷香丸。冷香丸！不曾听说过这味药。

鹤秀一本正经：吃了这味药，人就会离那浓艳而刺鼻的香水远一点。

花郎约略觉出一点意思，但并不气恼，反而问：这等灵丹妙药，何处能够买到？

鹤秀深意一笑：红楼药房。

花郎尽力想一想：偌大长安城，何曾有个红楼药房？

鹤秀脆生生一笑：不在长安城的大街上，在红楼梦里。

花郎这才明白，自己读书少，反应慢，被开涮了。花郎脸红脖子粗。花郎最喜的是这种时刻，最恨的也是这种时刻。羞不能，恼也不能。

鹤秀的身子些微动了动，鼻翼微张，呼吸间发出细微的鼾声。原来鹤秀打鼾的样子如此好看，细微的鼾声亦和鸽哨的余音一样好听。

花郎怜惜地想：鹤秀饮了热酒，卧在这清冷的花丛中，经寒风一吹，岂不要病？花郎真想脱下外套给鹤秀盖上，但又实在不忍心破坏了这绝美的图画和意境。

有只紫鹤秀穿花而来，用肉红的长喙啄鹤秀脱落绣鞋的脚心。鹤秀没有醒来，而是蜷了蜷腿，翻身继续睡着，花郎看着鹤秀睡着的背影。天鹅一样的弯脖子、被裙子裹着的好看的臀部，还有翻身时抖落的花瓣。

花郎脑海里突然一下涌现出一大群过往女子的形象。那形象一个接一个飞快地闪动着，又很快地被眼前这花间美人图消解和代替了。

鹤秀的形象陡然间放大了，夸张了，由清晰而朦胧了。这形象幽静而殷勤，憩静而腼腆，羞涩而妩媚，贞淑而优雅，自在而悠闲。这么多品性含蓄在这样一幅图画中，开放而不放浪。而过往的女子们则是大胆、外向、激情、拼搏、张扬而放荡的。这种对比真是太强烈了！一个是刺眼阳光，一个是温柔的月光。花郎实在搞不清，现代社会如何在顷刻间改变了女子的模样。又是什么东西，在这动荡剧烈的社会留下鹤秀这样一个活标本，向人们释放一种贞淑优雅、自在悠闲的气息。

花郎身居其中，一时三刻搞不清，哪一种更诱人。

林风鸣坐在鹤秀身边的菊丛里，只有上半身露在外面。他没有惊动鹤秀，只是依旧吹着八音葫芦哨，为这睡美人作着绝妙的伴奏。春江花月夜荡漾弥漫，花瓣旋舞开来，又收拢回去，一幕幕裹住鹤秀，一层层散落到鹤秀身上。鹤秀差不多快要被淹没住了。

花郎看到林风鸣和鹤秀组成一幅新图画，秋风飞扬，花瓣飘落，鹤秀埋于其中，鸽子啄其裙裾。林风鸣坐于其侧，凑唇吹奏，哨声随风张扬。

花郎陶醉得连妒意都忘记了。

林风鸣猛可里吹出一个高音，鹤秀的眼睛忽闪一下睁开，并且猛地站起来，身上的花瓣哗啦啦抖落得四散而飞。

这花瓣一抖落,又把世界抖落得恍恍惚惚。恍恍惚惚中,鹤秀嫁给了林风鸣。结婚那天,花郎不光喝了喜酒,闹了洞房。红烛爆燃,窗纱幽明。闹房人退去后,花郎又拐回去蹲在窗下,屏息听墙根。

窗纱里边透出嘻嘻的说笑声。

你怀里是什么?

你猜。

嗯,不猜,要看。

嘿嘿,就亮给你看。窸窣声。

噢呦,这么漂亮的小竹笼,有半个拳头大呢。

看里面。

呦嗨,这么红呀。

自秋入冬,饲以白餐,掺以朱砂,通体就变得赤红有光。

嘻嘻,真的赤红有光呢。

喜欢吗?嗯,喜欢。

就知道你喜欢,特意给你的,别人可是见也别想见的。

知妻莫如夫。

还有它。

烛焰摇曳,窗纱上光影明明暗暗。有蝈蝈清丽脆亮的歌唱传出来。

  今夜偏知春气暖,虫声新透绿窗纱。①

古人神笔,把咱今夜的情景写得活灵活现。窗外要是有人偷听,岂不羡慕死了。

花郎一边狠劲咽唾沫,一边举起右手。他真想拍响窗户,高喊一声:花郎在此!但是,花郎的手拍到一半便停住,并且一节一节收回来。窗户一响,即失礼节。礼之一失,世界即刻乱套,自己也就成了无赖和痞子。他只有努力压抑着欲火和嫉妒,委身窗下,继续聆听。

又有脆亮的鸽哨声,和着虫鸣,漾出窗外,颤动了安静的夜空。夜,因了这声音的颤动,愈发显得清幽和静美。

多好,这是咱俩的声音。

---

① 见唐代刘方平《月夜》。

哨声渐低,虫声渐高,其间夹杂着娇喘声。声音合辙押韵,由低而高,顿挫有节,绵延有续。花郎的心像爆裂的气球,砰地一响,拳头忍不住擂响窗户。

春景堪破?秋景堪破?爱景堪破?恨景堪破?

不堪!不堪!!不堪!!!

花郎狂叫着,并且用手拍打着菊花合欢枕。

翘秀搌住花郎胳膊,不让他拍打:什么不堪、不堪、不堪?

花郎依旧叫着不堪、不堪、不堪!

翘秀用力将花郎摇醒:你是不是做噩梦了?一身汗!

一个魔幻的世界顿时消失,花郎回到了现实之中:是做梦了,但不是噩梦,而是春梦。

你本身就正在春梦中。

那就是在春梦中做着春梦。

翘秀的眼睛瞪圆了:你梦见谁了?

我梦见闪婚的那个夜晚。

翘秀的眼睛立刻变得温和而风骚。

花郎嗅一嗅合欢枕里散发的淡淡菊香:还记得鹤秀吟的那几句吗?

记不全了。

花郎望望窗帘缝隙里透进来的晨光,吟道:

西风摇持花渐落,冷泉微吟枝正凋。
案上有实佐清酒,枕头多梦两相思。

翘秀忽而明白,花郎是在告诉她,天一放亮,一切都将变成两相思。翘秀一明白,惜别之情顿时涌上来,也把她的身体挤过来。

告别赛毕,二人又相拥着歇息片刻,然后起床。翘秀可是精心梳洗打扮,平时买的衣服,挑最洋气的穿在身上,然后胡乱吃些早点,便上凤栖楼顶和石夫石妇、合璧或者破玉辞行。末了大箱小包地塞到大宝马上,一路奔机场而去。

路上,花郎边开车边对翘秀说:明天,千公里就要集鸽比赛哩。

还惦记着哪。

嗨,人家放鸽我放人。

瞧你,把人家当成鸽子了。

鸽子放出去还会回巢,这人一放出去,还不晓得是什么情形呢。

二十三

林风鸣在半闲堂蠡斯衍庆房的土炕上迷糊了一夜。清早起来,梗着脖子走出房门。

师父如秋已经旗杆一样竖在庭院的桂花树旁边,见风鸣梗着脖子:嗨,人家是落枕了,你是没枕了。说着用手指指房檐台上大半块秦砖:拿凉水冲一冲,当枕头用。

林风鸣口中说:不是,是看画看的。手上却遵从师命,用水冲了秦砖,控控水,拿回蠡斯衍庆房。再出来时,口中不住嘟囔:躺在炕上,正好看到对面墙上贴着一幅画,画的是几个儿童聚在一起斗蛐蛐,生动活泼得很。

那是宋人的《儿童斗蟋图》,原作在美国大地博物馆,仿品挂在蠡斯衍庆室。

美国人也爱斗蛐蛐?

科学无国界,蛐蛐更无国界。

画上有两行题字:混沌宇宙寂无声,首破宁宇是鸣虫。

三亿五千四百万年前的泥盆纪,虫们便开始在地球上鸣叫,一亿五千万年前,鸟们也开始歌唱,而我们人类,最多才有一二百万年历史。

您是说,在我们人类之前,地球就是一个百花盛开、虫鸟欢鸣的和谐世界了?

所以啊,你得听声。没事就听声,明白吗?

林风鸣错愕道:没事就听,没事就听。

于是乎,听蛐蛐叫成了林风鸣生活的主要内容。林风鸣一边听声,一边胡思乱想,再好的歌唱家也没有鸟儿唱得悦耳,再好的鸟叫也没有昆虫叫得朴素自然。为什么呢?基本功好,练的时间长啊。

人类啊,刚练了两天声、三月字,就著名起来了。可哪一样能比得上虫的鸣叫和歌唱。

师父楚留声的女儿嫁到美国,生个小杂毛,把她妈也接去,撂下楚留声自己,在长安城守这祖先丢下的烂摊摊。好心人劝他,跟女儿去,洋活洋活。楚留声晃晃瘦脑壳:女儿叫咱去,咱不去。认不得洋字,说不了洋话,寻不见洋厕所,去干啥?洋活?我看是洋罪,哪里有待在祖屋里听蛐蛐叫、听鸽哨响舒服自在?什么吃不上葡萄,葡萄是酸的,葡萄哪有羊肉泡好吃。

林风鸣学着师父楚留声当年伺候师爷师龟年的样子,尽力尽责地伺候着师父楚留声。隔三岔五,他就骑自行车上街,买米买面买菜,买油盐酱醋。买回来就做饭，伺候师父吃喝。头一回做饭，实在摸不着门道，就回想在家时妈做饭的程序，凭记忆现想现做。饭菜端上桌，自己不敢坐，站在桌角等着。师父威严的脸上是随和的态度：坐下，一起吃。林风鸣坐下，拿起筷子却不敢夹菜。师父说吃呀，带头吃起来。师父袖着右手，用左手夹菜送到嘴里嚼了两嚼，眉头皱了皱。林风鸣本来要夹菜，见师父眉头皱了皱，又缩回筷子，等着挨训。

师父又嚼了两嚼，勉强咽下：头一回做饭吧？林风鸣连忙点头。

师父说：还不错，熟了。林风鸣一颗心顿时放下来。至于饭菜是什么味道，林风鸣还真没有品尝出来。

师父说这学做饭和学挖哨一样，急不得，慢慢来。说着从书橱里翻拣出两本书，丢给林风鸣。林风鸣一看，一本是秦菜谱，一本是唐菜谱。

一月学一道菜，三年下来，就可以摆席面了。

师父有令，徒弟奉命。一月一道新菜，供师父吃着喝着。师父爱喝酒，年轻时一天八两，现如今一天半斤。一日无酒，睡觉失眠，走路栽跤。至于酒钱何来，不用凡人操心。师父每有哨成，必挑尖子留着。酒坛每到空时，步陶师父必携酒来，爱酒的喝酒，爱哨的收哨。

除了伺候师父吃喝拉撒外，林风鸣还得学习拌蛐蛐食喂蛐蛐。夜晚，则和蛐蛐同居一室。只有睡到土炕上，才能真切体会到螽斯衍庆的含义。林风鸣被蛐蛐衍庆得兴奋了，睡不着，就开灯看墙上的《儿童斗蟋图》。觉得有趣，但不过瘾。就想看真蛐蛐。林风鸣听到炕头一个澄泥罐里的蛐蛐叫得最欢，便凑过去打开罐盖看。岂料那蛐蛐见罐盖一开，立即一个空翻，蹦到炕席上来。

林风鸣看清了，是那个深红大将军。大将军头大脖粗，虎背熊腰，腿长爪利，牙若锯齿，翅透血筋，体放红光。更特别的是，这位大将军浑身上下被一层青雾漫罩着，大将军移则青雾移，大将军止则青雾止。

师父说近十年来都没有遇到过这么稀奇珍贵的大将军，专门用上百年的澄泥老罐藏着，还吩咐林风鸣好生照看，好生听声。

林风鸣怕大将军有失，想把他捉回罐里。可大将军非常机敏，他抓了几次，眼看就要抓住了，都被它轻松地蹦跳开。大将军要是跳下炕，钻到墙缝或者洞穴里，那就麻烦了。林风鸣屏住气，看大将军跳到秦砖枕头旁边，一双大腿有力地撑着身体，警惕地望着他。林风鸣动作极慢地靠近大将军，然后双手迅疾地捂下去。大将军反应极快，迎头蹿起，结果整个身子冒出，一条大腿却夹在林风鸣的指缝里。林风鸣夹紧不放，大将军死命一挣，悲剧发生了：大将军的一条大腿留在了林风鸣的指缝里，身体则翻跌到炕席上。

翌日晨，师父楚留声打开正屋门，看到林风鸣双手捧着跪在门外的台阶上。问怎么了？林风鸣摊开手让师父看蛐蛐的大腿。师父忙问大将军呢？林风鸣说剩下一条大腿，再蹦跳也是原地打转，已经收回罐里了。

师父没有再问，径直寻来一截半手腕粗的竹竿，丢到林风鸣面前：自个儿打自个儿腿吧！旋身回屋，门甩得山响。

林风鸣坐到台阶上，挥竹竿敲打自己的膝盖。竹竿稍微有些长，挥打起来不十分得劲，但林风鸣还是认真而努力地敲打着。敲一下，咧一下嘴，再敲一下，再咧一下嘴。自己批评自己，自己责罚自己，自己敲打自己膝盖，尽管很卖力，但也不至于把膝盖骨敲碎了。膝盖骨绝不能敲碎，敲碎就得爬着走路。林风鸣转而击打自己的腿面。腿面肉厚，很快就打红肿了。效果很好。

约莫过了两个时辰，师父开门出来：别打了，绕院子跑两圈，尝尝腿疼的味道。林风鸣扔掉竹竿，动作夸张地在院子跛了一圈。

师父：不打不长记性，再有蛐蛐掉腿，当心你也掉腿。

林风鸣连说不敢了，再也不敢了。

师父二人进到螽斯衍庆房，断腿大将军适时地发出痛苦而凄惨的鸣叫。师父说你听听，这叫声带的是什么样的感情？

林风鸣听一听，是心疼的感情。

日子恢复常态。林风鸣日复一日、月复一月地伺候师父吃喝拉撒，也伺候东屋蝈蝈和西屋蛐蛐吃喝拉撒。没事了，就听蛐蛐和蝈蝈叫。林风鸣习惯了蛐蛐和蝈蝈的气味，更习惯了蛐蛐和蝈蝈的叫声。哪只蛐蛐或者哪只蝈蝈叫得好，他的心尖会一跳一跳的。断腿大将军只要一开口，众虫立马息声。这下林风鸣的心尖不是一跳一跳的了，而是像有刀子一剜一剜的。这个大将军自从断腿之后，声音简直成精了！自己将来挖哨，要是能挖出这么好的声音，也算对得起他了。

又过了许多日，师父对徒弟进行了一次测试。

楚留声挑出五个罐子，依次摆到房檐台上，并用另一只蛐蛐在庭院的花丛中作诱饵，引诱罐中的蛐蛐鸣叫。蛐蛐鸣叫的时候，师父用小竹片在罐上依次敲击着。于是，罐里的蛐蛐鸣叫得停歇有序。林风鸣用心谛听，很快听明白：师父，是宫商角徵羽五个音。师父又换五个罐，如法炮制。林风鸣报出是高六度的宫商角徵羽。师父猛然加快速度，并且不按次序敲击了。出乎林风鸣意料的是，罐里竟然流淌出天然的乐曲来。这乐曲一遍而过，不再重复。师父说天籁之音才是音乐的最高境界。我们人仿的音乐，能达其十之一二，足矣。

林风鸣听到天籁之音几个字，忽然间就联想到菊花园大槐树底下的天籁阁，不知道那天籁阁和这天籁之音间有没有联系？林风鸣一边胡乱联想着，一边用口哨把刚才蛐蛐鸣奏的天然乐曲吹过一遍。师父楚留声立即夸赞道：徒弟娃开窍了。

师父是不是说，听声差不多能听出门道，可以上手挖鸽哨了？

是该磨一套刀具了。

林风鸣回了一趟家，取来舅舅彭凤祉送给他的那把旧佩刀。师父一看，说这刀有古气，用这刀打磨成刀具，挖出的鸽哨肯定也会带着古气。于是师徒二人动手，用这把旧佩刀打磨出一把平头刀、一把圆头刀、一把弯头刀、一把斜刃刀。

刀具打磨好，师父说：只要功夫深，铁杵磨成针，可以举行开刀仪式了。

林风鸣兴高采烈，吹着口哨炒了四个菜端上桌。师父摇晃摇晃酒坛，说酒不多了，步陶兄该来了。话音未落，房门一响，元菊生拎着一坛酒进来了。楚留声说：真正长安地方邪，说龟来只鳖。元菊生回说：我岂能不凑巧遇上？说着就开封倒酒。

头三盅酒，敬天敬地敬祖师爷，然后依次落座。

林风鸣给二位师父倒好酒，退到一边，垂手恭立。

元菊生看看楚留声，征询道：是不是让徒弟娃也落座？

楚留声：还是先站一会儿吧。

元菊生：看样子还有戏演。

楚留声：总不能三盅酒敬天敬地敬祖师爷就算完事，咱总得说个啥吧。

说啥？

这场合，你说说啥？

元菊生忽然醒悟，眼睛看向楚留声的手。楚留声的右手，正从袖筒探出来，并且举向空中。林风鸣也于顷刻间看到了他狐疑和猜测已久的手。这哪里是一只手，简直是一只僵硬的鸡爪子！

楚留声对林风鸣：你可瞧好了，挖哨会把手挖成这样。

林风鸣心生一股冷意，看看自己细嫩的手，再看看师父的手，心里实在不明白，挖个鸽哨，咋能把手挖成鸡爪子呢？

楚留声：还是请步陶兄给娃讲讲我这只手吧。

元菊生：唉，实在不忍心揭你这疼痛的伤疤。

"文化大革命"刚开始时，批四旧，长安城红管会便颁布了一条规定，叫八不养：花鸟鱼虫、鸡鸭猪狗。凡养者，一律自行清理，否则挂牌戴高帽游街示众。运动一起，帚扫落叶，风卷残云。我住在乡下神禾原，为保存十几羽种鸽，尚且付出妻子生命的代价，城里的情况也就可想而知。

那时候人们不爱花鸟鱼虫、鸡鸭猪狗吗？爱！前边关乎精神愉悦，后者关乎肚腹饥饱，咋能不爱？但一说那是资本主义的尾巴，就不敢爱了。

真可怜。

你师父本来就活在蛐蛐、蝈蝈和鸽哨之间，不谙外面世事，性子又倔，不信那个邪，照样拎一串新挖的鸽哨到集市上去卖。你师父还像往常一样，用根细铁丝穿在哨把眼里，用手抡着转圈儿。鸽哨嗡嗡地响，没有招来买主，却招来套袖章的市管人员。结果招祸了，家被市管人员同红卫兵给抄了。罐罐被摔碎，蛐蛐、蝈蝈被踩死，鸽哨被烧成灰。若是到此为止还算好，可偏偏有个红卫兵头头说他是封资修生活之源，靡靡之音也因他一双手而起，要触及灵魂闹革命，就该从他一双手开始。

问：鸽哨是你挖的？

你师父一副好汉做事好汉当的神气：长安城里，除了我还有谁？

用哪只手挖的？

你师父迟疑片刻，举起右手。

结果这举起的右手遭了殃，被用了刑。

林风鸣眼中蓄满泪水。

你知道苏三生着一双什么样的手吗？

竹笋一样的纤纤玉手。

不，是一双弹琴的手。弹得一手好琴哪！那琴声曾经打动一个男人的心。那男人叫王景隆，后来考中进士得官，惩办构陷恶人，将苏三从狱中救出并重续前缘。可惜可恨，苏三的一双玉手，被竹板夹得碎成节节，再也不能为夫君弹琴了。

我师父挖哨的巧手，也被夹成鸡爪爪了。

后来世事变化，又可以养花鸟鱼虫、鸡鸭猪狗了。我从终南山下捉了几只上好的蛐蛐装在罐子里，给你师父送来。你师父在空中摇一摇鸡爪一样的右手，恓惶地说：光剩下听蛐蛐叫了。我说如秋兄，你不是还有左手吗？你师父眼里尽是泪花，万分狐疑地看着自己的左手，喃喃道：我咋忘了，我还有左手呢！悲喜交加的泪水，哗地洒了一地。

幸亏，还留了一手。

因了终南山的蛐蛐和你师父的左手，唐字哨又在长安城上空喧响开来。

林风鸣淌着泪水讲述了自己父母如何巧聚，如何生下自己。还说世事无常，悲喜交融。

元菊生惨淡一笑：你和你师父的手，都是"文化革命"的成果呢。

楚留声惨淡一笑：世事变幻，殊难料定，这挖哨会招来什么祸，引来什么灾，或者带来什么喜悦和名望，都无法预测，你可得想好了。开弓没有回头箭，开刀没有回头路，要打退堂鼓，现在还来得及。

林风鸣咬咬嘴唇：这碌碡都拽到半山坡上了。半坡碌碡滚到沟底的，多的是。

林风鸣心里蹿上一股劲：我不爱听碌碡滚回沟底的声音。还有碌碡眼看拽到山顶顶上，结果脚下一滑，手一松……

咱不能！

那由不得人，得看命。

那咱挣命！

命有的能争过，有的争不过。我只问你，实心实意喜欢挖鸽哨吗？

不实心实意，能弃学拜师吗？

得，只要真心喜欢，成也罢，不成也罢，认这个命。

嗯，既挣命，也认命。

屋里一阵静默。

片刻之后，元菊生才对楚留声说：如秋兄，这下把心放到肚子里了。

楚留声醒过神来，命林风鸣给三个人斟满酒，道：来，开刀酒。

三人碰杯而饮，三杯酒后，楚留声又命林风鸣：去，把外边窗户下那堆石头和砖瓦搬几块进来。林风鸣遵命而行，搬来石头和砖瓦，放到八仙桌前面。

楚留声：先练硬功，刻石头砖瓦。

刻啥呀？

胡乱刻，爱刻啥刻啥，鸽子、蛐蛐、蝈蝈、桂花树，凡是眼睛能看到的，都可以动刀刻。

凡是眼睛能看到的，都可以动刀刻。

要用心体会刀法。

要用心体会刀法。

楚留声不再理会林风鸣，管自和元菊生吃菜喝酒说话。林风鸣则忘记了吃喝，也忘记了伺候二位师父，独自对着一堆石头和砖瓦出神。

楚留声：我知道你干啥来了。

元菊生：估摸酒鬼的酒快喝完了，给酒鬼送酒来了。

我知道你干啥来了。

顺便喝口开刀酒。

我知道你干啥来了。

你是我肚子里的蛔虫。

我就是知道你干啥来了。

难道我不知道我自己干啥来了！

楚留声：我宁肯给你刻一枚新哨。

元菊生：这可不像如秋兄说的话，也不是我盼望的。

楚留声：好我的步陶兄，我何尝不和你一样心急，我用我这胶锅眼，夜夜看那位老佳人。老佳人眉眼受了损伤，有了裂痕，留了伤疤，声音也变得嘶哑了。

铁得指望你妙手回春。

我天天端详她，并想象这位老佳人未受伤前的原貌是什么样子，嗓子浑圆甜润到什么程度。我的脑幕里一个接一个，连续不断，浮现出数百幅图案。这些图案变幻无穷，难以确定，我不知道哪幅图案、哪个声音更接近原貌、原声。那个时代的风貌看不见了，那个时代的气息闻不到了，你让我这只鸡爪子怎么办呀？！

哦，这正是我和你一同哀伤和忧愁的，哀伤和忧愁到不忍心问你、催你的地步。

步陶兄呀，你越是理解，我心里越急，生怕今辈子了不了这个心愿。

那样的话，我死不瞑目哪！

尽人事，听天命。我们竭尽全力，我们不后悔。唯愿老天对我们睁一睁神眼，给我们一次机会。

面对石头和砖瓦愣怔着的林风鸣，渐渐地回忆起步陶师父带他来拜会如秋师父的情景。那天，步陶师父亲手将一枚残破的周字七音大葫芦交到如秋师父手里。林风鸣也渐渐听明白了，二位师父所说，正是修复那枚周字七音大葫芦的事。林风鸣的心，也渐渐沉重了，原来修复一枚哨，竟然需要这么丰富的内涵啊！

酒后，楚留声对元菊生道：步陶兄，你是不是又要顺便弯到飘风楼，看你徒弟柳散木和图南？

元菊生点点楚留声：如秋兄，真真正正是我肚子里的蛔虫。

元菊生走后，一切步入常态。林风鸣除了照顾师父和蛐蛐、蝈蝈的日常起居外，余下来的时间就是一边听蛐蛐、蝈蝈叫，一边刻石头和砖瓦。石头和砖头刻一层，磨平一层，再刻一层，再磨平一层。实在薄得没法磨了，就重换一块。林风鸣的手呢，磨出一串血泡，放了血再刻。又磨出一串血泡，再挑了血继续刻。师父楚留声隔三岔五地指导一下刀法。看到林风鸣的手，一点儿也不心疼：把血泡磨成茧子，再把茧子磨成细皮嫩肉，就差不多了。师父说得很有几分道理，林风鸣觉得自己初始刻的鸽子、蛐蛐、蝈蝈、桂花树、房屋、门楼，仅仅只是形式。后来，刀下所出，渐渐带了神气。近来，林风鸣试着刻了鹤秀的肖形，自己觉得还有几分像哩。

深秋，白露霜降相继来临，蛐蛐和蝈蝈的叫声显得凄凉哀婉。入冬，叫声又进一步变得悲切沉痛。在悲切沉痛的绝唱声中，蛐蛐和蝈蝈们相继离世。尽管楚留声和林风鸣采取了许多保暖措施，但蛐蛐和蝈蝈们还是没有活到第二年春天。林风鸣心中也难免生出许多悲凉,同时也悟道:任何一种声音,既是其所处时代的情绪,也是个体生命的情绪。鸽哨怕也不能例外。

楚留声把今年夏秋冬以来叫得最好的断腿大将军装在一个小棺材里。小棺材是师父用竹板制作的,火柴盒般大小,非常精致。棺盖上还用阴线细刻了一只正在鸣叫的独腿蛐蛐,惟妙惟肖,形态和神气与断腿大将军在世时一模一样。师父一边往小棺材里收敛尸体,一边惋叹道:明年再听,就是另外的声音了。

林风鸣大受感动,挥泪挖坑,把断腿将军掩埋在庭院中的桂花树下。

过了断腿大将军的三七,师父和徒弟的心情才逐渐平静下来。楚留声看看林风鸣在石头和砖瓦上雕刻的各式图案,说硬功差不多了,可以试试软功了。说完挟一捆竹筒、竹板、竹简、竹片丢到林风鸣面前,道:或刻或做,弄一样东西我瞧瞧。

林风鸣在竹板上一试刀,立刻领悟了师父让他在石头和砖瓦上练硬功的用意。在坚硬的石头和砖瓦上用惯了的刀,用到竹板上,顿时觉得竹板像豆腐一样柔软,刀运行起来,简直得心应手哩。唯一不同的,是在石头和砖瓦上用冲刀时有崩刀效果,而这冲刀刀法在竹器上不太合用,因为竹器精巧,无论什么东西,要是用冲刀崩得豁豁拉拉就不好看了。另外,竹板柔软,器物精巧,需求刀法细腻到毫厘不差,发丝无误。

林风鸣一边琢磨着刀法变化,一边试着雕刻制作了几样东西。放在案上独自欣赏,欣赏到一半,便摇着头自语道:这样没内涵、没情感的东西,怎么能拿给师父看呢?怎么能入师父的法眼呢?于是拨拉到地上用脚踩碎,再投到灶膛烧成灰。

直到第二年夏,蛐蛐和蝈蝈再度鸣唱起来时,林风鸣还没有刻制出一件令自己满意的像样东西。原来把刀法制成器物还挺难,而要把刀法、器物和声音合成一体,那就更是难上加难。孤独寂寞、苦思无解的林风鸣忽然想到了鹤秀。模样清秀、神态冷艳的鹤秀要是能来到半闲堂,和他一起听螽斯衍庆声,然后站在旁边看他雕刻和制作,那该多有趣。她随便一个小建议,都可能打开他的思路。即使她不吭声,但一个眉眼、一个笑靥,都会给他一个启发。纵便她不提建议、不出声、不笑、不抛媚眼,她身上的气息也会令他心窍洞开。

胡思乱想间,林风鸣手底下不知不觉做成一个小竹笼。小竹笼形似竹挎,但只有拳头大小。中间有隔断,两边有小插门,提梁正中镌刻"三籁有二"四个小字。这样的小竹笼,用来养蝈蝈,真是再好不过。

林风鸣孤芳自赏了三天,觉得还行,就拿给师父看,师父的胶锅眼果然放亮了。只见他用"鸡爪子"钩住小竹笼,举到空中看了又看,并且连声夸好。末了问:做小笼时,你想谁来?

林风鸣脸微微一红：没……没想谁。

没想谁，咋能做得这么灵巧秀气呢？

林风鸣大为诧异：徒弟心中起个念头，生个想法，都瞒不过师父。

楚留声钩着小竹笼进东厢的秋兴房，出来时，小竹笼里多了一个翠绿翠绿的大蝈蝈。林风鸣认识这翠绿大蝈蝈，是秋兴房里数一数二的蝈哨子。那翠绿大蝈蝈也认识林风鸣，一见面就欢快地叫了两声，热情地和他打招呼。

楚留声：这小竹笼要是换成小金笼，你就回到唐代了。

盛唐之时，每至夏秋，宫女纷纷用金笼蓄蝈蝈，放在枕边，夜半听声。曰：蝈蝈彻夜鸣，妾自彻夜听。

那咱师徒俩岂不成妾了。

楚留声黑了脸，把小竹笼交到林风鸣手里：去，给谁做的，送给谁去。

林风鸣被这突如其来的命令，惊得呆在当地。

怎么，有心思做，没勇气送？

林风鸣还是没有动。

你要不去，蝈蝈可要收回了。

林风鸣满脸飞红：师父真是好师父！说着抢过小竹笼，往门口跑去。跑到门外，又折回来推自行车。

楚留声见林风鸣慌急的样子，在背后微笑着道：蝈蝈雄叫雌，妾身雌待雄。

林风鸣和鹤秀前来拜访陶后居。

陶后居是桑哑铛和谢冰莹居家的名号，地点位于安远门外一条相对僻静的小巷子里。有好事者问桑哑铛，你家为什么取这么古怪的名号？是心甘情愿居于步陶师父之后吗？桑哑铛不吭声，谢冰莹却答道：不是的，是顺着萧涤生的名号叫的。萧涤生家鸽舍叫唐初居，我家就只能叫陶后居。好事者忽然省悟，原来是这意思：初居唐，后居陶。

林风鸣和鹤秀刚一跨进挂着各式各色唐装的店铺，就被谢冰莹看到了。谢冰莹一边惊喜地迎过来，一边冲里边喊：掌柜的，来稀客了。里屋的桑哑铛应声瘸出来，见是林风鸣和鹤秀，竟然意外得手脚无措了。

林风鸣笑着道：我们来拜访步行者。

要是在别的地方，你不说拜访主人，而说拜访一只鸽子，一准会惹主人不高兴，弄不好，主人会给你脸色看。但在这里，这话反而生出另一番效果。试想一想，能把鸽子养得让人专程拜访，主人心里该有多么温暖和舒坦呀。

桑哑铛说那咱直接上楼。说着在谢冰莹的搀扶下，一阶一阶瘸上楼梯。

林风鸣和鹤秀看到了楼顶那个朴素简陋但却非常干净爽朗的鸽舍，同时也听到了鸽子的欢叫：人家鸽舍都题着匾呢，你这陶后居却没有。嗨，没有匾，人们也晓得步行者住在陶后居。

桑哑铛把两个小方凳让给林风鸣和鹤秀坐，自己则习惯性地用那只好腿蹲着，并吩咐谢冰莹去捉步行者。谢冰莹很快就用小竹笼将步行者提出来，放到面前的脚地上。

林风鸣和鹤秀放开眼光打量桑哑铛和步行者。当然，偶尔也瞄一眼谢冰莹。

桑哑铛的脸膛依旧黧黑，眼角和嘴角的皱纹倔强地弯曲着，眼中的自卑也已经化为坚毅和自信。而步行者呢，依然是老样子，说强壮又不十分强壮，说瘦削又不十分瘦削，说短小又不十分短小，说修长又不十分修长。通身上下，洒着墨玉一样的雨点。虽然一只脚趾仍旧缺损，羽翅仍旧有点耷拉，但那站相，可是比以前精神多了。尤其是那双紫罗兰眼睛里放射出的精神光芒，跟他主人有几分相似呢。林风鸣暗自思忖，怪不得金眼相士要将步行者列入竞翔强豪的名单，而且要委以重任。

谢冰莹的目光从林风鸣和鹤秀身上跳到步行者身上，那目光似乎在说：步行者在这里了，请二位客人尽情拜访吧。

林风鸣起身整理整理衣服和鬓发，眼睛望望苍天，然后双膝跪地，对着步行者纳头拜了下去。

桑哑铛和谢冰莹惊疑和慌乱了：不是说拜访吗？怎么成了跪拜了？这怎么让我们担待得起呢？！

林风鸣表情痴痴地道：步行者完全担待得起。说着又拜了两拜。

一边的鹤秀，见林风鸣拜完了，自己也要接着拜，被谢冰莹拦住了。这厢里，桑哑铛也忙上前拉起林风鸣：这没因没缘、没头没尾的，唱的哪一出，拜的什么神？

林风鸣不接话，探手入怀，摸出个小布包，绽开来，露出个小锦盒，亮给桑哑铛和谢冰莹看。

桑哑铛：这葫芦里又卖什么药？

鹤秀说还是我来吧，说着拿过小锦盒，轻轻巧巧打开，展开手心让桑哑铛和谢冰莹看。

桑哑铛和谢冰莹见小锦盒里是一枚崭新的小七星鸽哨，顿时高兴地跳起来。桑哑铛落脚时差点栽倒了，但他一用力，保持住身体平衡，欢喜道：当初赠给步陶老先生一件唐装，步陶老先生送我们一对鸽子，也没有舍得送我们一枚七星鸽哨。

鹤秀道：不送鸽子，没有步行者，送鸽哨有什么用呢？

谢冰莹：有理倒是有理，但我们还是闷在葫芦里。

林风鸣神态依旧痴痴的：你们闷在葫芦里不得紧，但一定得给步行者说明白。

那天，林风鸣一手提着蝈蝈笼，一手扶着自行车把手，出长安城，直奔神禾原菊花园而来。

蝈蝈笼送到鹤秀手里，自己则累得一屁股坐在井栏上喘粗气。鹤秀呢，接过蝈蝈笼，举到眉眼前，欢喜地瞅了一眼，然后旋身转一圈。风把裙摆扬起来，鹤秀的情绪传染给笼里的大绿蝈蝈，大绿蝈蝈也高兴地迎风鸣唱。

鹤秀又旋转一圈：你真会送，我家园子鸟多蝉多蛐蛐多，白昼叫，黑夜也叫，众声齐鸣。还别说，就缺个大蝈蝈，不承想，让你给补上了。鹤秀说这话时，身体旋过一半，所以回头斜看着林风鸣。林风鸣还在喘气，胸脯一起一伏的。他看到鹤秀欢喜的样子，脱口说道：蝈蝈雄叫雌，妾身雌待雄。

鹤秀收住身，面庞腾地飞红了。她表情严肃凝重，把小竹笼高高举过头顶，像是要朝林风鸣掼过来。大绿蝈蝈惊恐地直鸣叫。

林风鸣意识到自己太冒失了。师父可以和自己开玩笑，但自己和鹤秀却不能够。鹤秀长自己三岁，而且待字闺中，难道你不知道吗？可惜话已出口，水已泼出，没法收回，那就等着挨训吧。

鹤秀没有把小竹笼掼过来，而是慢慢地收到胸前。面庞上严肃凝重的表情也在一点点稀释，嘴角还漾出一丝会意而羞赧的笑意。鹤秀就这样站在红丝石井栏旁边的菊圃里。穿着绣鞋的脚下是垄畔，身后是金黄的菊花和翠绿的竹林。再远处，是烟雾苍茫的御宿川和青黛迤逦的终南山。高处是白云蓝天，还有西斜的太阳。

鹤秀穿着随风飘拂的短衣长裙，胸前捧个小竹笼，笼里是不时鸣叫的大绿蝈蝈。鹤秀的酒窝笑出来了，细细的眉毛向上扬着，一双带着彩虹的秀目望向花椒墙外的远处。那神情，像是害羞，像是怨恨，像是回忆，像是沉思，亦像是向往……

林风鸣胸膛那颗心，完全被眼前这种无法言说的情景和韵致所迷惑和陶醉。

过了许久，鹤秀才忽然想起什么似的，扭头对林风鸣说，跟我来。林风鸣的魂被勾引着一般，随鹤秀到了东边的茅屋书房。

鹤秀把小竹笼放在书案角上，又去打开书橱的橱门，一样一样取出许多东西，又一样一样摆到书桌上让林风鸣看。先是几本书，有《殷墟甲骨文实用字典》《篆刻常用字字典》《银雀山汉简文字编》《镌刻石头》等。林风鸣随手翻开，觉得里边的字很陌生，就摸着一块寿山石说太难了。鹤秀说和做蝈蝈笼比，当然要难些，但是如果没文化，你也就只能做个蝈蝈笼。林风鸣心里极不服气：我不光做蝈蝈笼，还要刻鸽哨呢。

书籍和石头之后，全是竹器，笔筒、香筒、臂搁、镇纸、扇骨、山水花鸟挂件,一应的雅玩。上面镌刻着各式人文的、自然的图案和诗文。浅刻、深刻、陷底深刻、透雕、圆雕、贴黄、高浮雕、阴刻的毛雕、阳刻的留青、薄地的阳文,五花八门,丰富多彩,看得林风鸣眼花缭乱。还别说,这眼花一缭乱,心里顿时清爽,清爽得眼睛澄明放亮。林风鸣禁不住叫了一声:竹子啊!

鹤秀:王维有竹里馆。

林风鸣:菊花园有竹丛。

晋有竹林七贤,唐有竹溪六逸。

今有师父楚如秋和徒弟林风鸣。

鹤秀斜一眼林风鸣:竹子外表节劲不弯,内里心虚通气。林风鸣吐吐舌头,跟鹤秀说话,可得小心留意呢。

林风鸣看看竹器,又望望窗外不远处随风飒飒拂响的竹丛,朗然表明态度道:我觉得我和这些竹子亲呢。

鹤秀嘻嘻一笑:那你就做个竹人。

这时,门板一响,传进一个声音:呵呵,一对竹人。

二人回头一看,是元菊生。鹤秀忙上前,挽着元菊生胳膊说:爸啊,你说什么哪!

元菊生看到了书桌上的大绿蝈蝈,摸着下巴上的胡须道:肯定是你如秋师父养下的。有道是蝈蝈彻夜鸣,我自彻夜听。

后来,林风鸣三年学徒期满,离开师父,和鹤秀成了家,家就安在菊花园的茅屋书房里。一年后生下一个儿子,取名林怀岫。怀岫周岁断奶时,彭凤仪和林排云把他接回城里,说孙子将来得上大学,可不能跟他爸学挖哨。林风鸣望着爷孙远去的身影叽咕道:儿子都不听你们的,孙子能听吗?

又几年下来,林风鸣的各式竹器和花活已经做得非常好。林风鸣有事没事都想显摆他的手艺,一有机会就当着鹤秀的面表演一番。林风鸣手中那把刀,一搭竹匏,便若游龙入海,时而奔突跳跃,时而隐迹而行。只见曲折顿挫间,竹匏之屑纷纷飞落。突然间,又见刀尖一挑,砰地收住,然后一口气吹去,吹得残屑四处飞散。这时候,林风鸣便伸展手掌,把活儿亮给鹤秀看。鹤秀看到新刻的竹匏器皿上的图案和诗文,果然有眉有眼,简直跟活的一样。鹤秀见林风鸣刀法技艺又有进步,就娇嗔道:要没有这把刀,谁会嫁给一个小毛头呢。林风鸣则让鹤秀端坐着,说让我刻个媳妇姐。嘴上说着,手上动着,片刻之间,竹板上便浮现出一个女子的形象来。鹤秀一看,果真和自己有几分相像。林风鸣得意地:怎么样?还带着三分古气呢。鹤秀不失时机地接话道:你要把这古气,连同蛐蛐和蝈蝈的鸣叫声一起刻到竹子里,那才叫有水平,那才令人满意呢。林风鸣叹出一口气:总有一天会实现的，要不然，媳妇姐不白娶了。

鹤秀很是热爱这种惬意的生活。平时在村小学教学生，周末逢集，陪风鸣去卖他新刻的雅玩。还别说，卖下的钱，真够他们生活。当然，每过十天半月，他们会回城看望儿子怀岫，也顺便给如秋师父捎些日用品。

寻常日子之外，林风鸣和鹤秀用心思和精力最多的，还是鸽哨。唐字哨得师父真传，所制几可乱真。有次和师父一人做一枚唐字六眼二筒，凑成一对，让人观赏听声，金眼相士竟然以为一对鸽哨出于师父楚留声之手，后来还是元菊生听出了两者声音上的细微差别。至于汉字哨，林风鸣也仿制得差不多。师父赞曰：几近原声。林风鸣精心制作一枚汉字小九星，让雪头佩戴着竞翔五百公里盛唐杯，结果遭遇沙尘暴、酸雨、雾霾和枪弹，损坏了。损坏了不要紧。能做出第一枚，就能做出第二枚、第三枚。难的是第一枚。所以秦字哨成了一堵墙，横挡在林风鸣和鹤秀面前。

秦字哨特点是哨口左角微斜，大中哨声音清亮，小哨声音高亢。其中佳者，随鸽升天，其声凌越众哨之上，真正非同凡响。林风鸣无数次模刻，皆外形毕肖，但声音远远不及。林风鸣纳闷奇怪：这秦字哨只比汉字哨长一辈，其间难度竟如此之大？！那要破解和创制周字哨，岂不比登天还难？林风鸣心怀疑惧，拜访师父，师父说我琢磨秦字哨少说也有二十年，至今尚无名堂。不过，最近步陶兄拿来几张秦字拓片和法帖让我看，我看得入迷。这里边或许有门道呢。说着拿出几页石鼓文拓片和秦篆石刻帖本，摊到桌面上：来，一边听蛐蛐、蝈蝈叫，一边照着刻字，要把这声音和古意刻到竹石里。这年代越早，古意和声音融合得越好。师徒俩当即动手，边听边刻。竹上刻，石上刻。刻好，比照一番，刮掉，再刻，反复无穷。刚开始，林风鸣觉得枯燥乏味，进而又觉得趣味盎然。到后来，越刻越觉得那字里奥妙无穷。不知过了多少时日，师徒俩觉着所刻内容已烂熟于心，天籁之声也烂熟于心，而且二者在心里也融合得差不多了，就动手刻哨。没想到，形制依然酷肖，声音也比原来清亮，但也只能达到一般秦哨的低等水平。和上佳者较，仍然相去甚远。

师徒俩又拿着新刻的鸽哨，一道到菊花园求教元菊生：秦哨哨口左角微斜，其声清亮高亢，难仿得紧。

元菊生知他师徒二人来意，故意避实就虚地说：如若哨口两边皆正，鸽子佩哨而飞，在空中左盘右旋时，其声一致。而哨口左角稍微歪斜一点，鸽子左盘右旋时，哨口吃风不同，所发声音自然也就不同。

师父楚留声了然有悟：偏左或偏右，斜正有变化，世事正如此。

林风鸣也有些明白：一忽左，一忽右，一忽斜，一忽正，要辨清这左右斜正，还铁得用心呢。

元菊生顺手一指鸽舍门脑：瞧，集贤院三个字，笔画斜得厉害，字却正着。

楚留声：笔斜字正。林风鸣：口斜声正。

元菊生：关键心要居于正中。

楚留声：心也正，口也斜，声也正，清亮也有点，就是高亢出不来。

元菊生：万变不离其宗，也只能在心上用心。

之后，林风鸣仔仔细细、反反复复观察研究作为样板用的汉字哨和唐字哨，果然哨口都有一角微斜，只是斜得不如秦字哨那么明显罢了。正如一个人的面相，脸庞一边正一边斜，眼睛一边大一边小，眉毛一边高一边低。只是这正斜、大小、高低差异小到可以忽略不计，再加上天长日久，看顺眼了，整个面相看上去依然很周正。

林风鸣就此在斜正上用心，一心要仿制出口斜声正、声调清亮高亢的秦字哨。林风鸣这一狠劲用心，便茶不思，饭不吃，整个人很快就形容枯槁了。

鹤秀见状，一边心疼一边玩笑道：为伊消得人憔悴。

林风鸣回道：只要哨成，死也甘愿。

鹤秀又道：要是死了，哨也未成，你的心甘也不甘？

林风鸣一下给问得呆住了。

鹤秀以为心思过于专注，容易钻牛角尖，情绪过于紧张，则动作僵硬变形，于人无益，于制哨更无益。于是想方设法引开林风鸣注意力，缓释林风鸣的情绪。

鹤秀说咱们斗哨吧。说着端来一蒲篮鸽哨，里边有秦汉唐的样板哨，另有林风鸣刻制的各式鸽哨。鹤秀随意从中拿出一枚，当面逐口吹三遍，然后让林风鸣背过身去。鹤秀再随意吹一口，问林风鸣所吹为第几筒或者第几小崽？答错受罚，答对互相易位。二人数易其位，没有结果。

林风鸣道：你我难决高下，不分雌雄。鹤秀掩嘴咯咯笑着说不分雌雄，不分雌雄。林风鸣这才意识到把话说瞎了，顿时脸颊羞得通红。

鹤秀娇嗔道：傻瓜，也不知道卖个破绽，输上一局，让我香香一下。

林风鸣后悔不及，想动手动脚，被鹤秀止住了：不行，斗哨不分雌雄，咱对对子。

鹤秀出绿林好汉，林风鸣对金菊佳人。

林风鸣又出鸽有翼而飞。鹤秀对人通灵而慧。

鹤秀再出白鸽近席而来去。林风鸣又对红蕊拂衣而不散。

对来对去，又不分雌雄。

鹤秀又娇嗔：外表呆痴，内心争强好胜。

林风鸣又后悔：忘了卖破绽。

鹤秀捞过一片竹板，用刻哨小尖刀在上面刻画起来。林风鸣俯在肩后观看。只见鹤秀巧手翻转，刀尖飞动，一溜儿一溜儿的字便在竹板上浮现出来。林风鸣逐字逐句默念道：

食淡秋菊茶酒，衣消描龙画凤。失却明珠翠珰，聚来竹哨满笼。
院外流金走银，耳室联句斗声。谁言贫朴无趣，唯恐风吹烛明。

林风鸣非常感谢鹤秀。鹤秀不光缓释了他的情绪，还把他的整个心思变成了富于情趣的诗意生活。

林风鸣情绪稳定了，心态平和了，再仔细琢磨秦字、秦哨和蛐蛐、蝈蝈声，遂觉奥妙无比。鹤秀进一步启发道：人以为难，我以为易。人以为恐，我以为戏。林风鸣回道：姐姐所言极是。鹤秀又道：艺无止境，方是真难处。林风鸣：怪不得泰山大人，哦，不是，步陶师父再三叮咛，要在心上用心呢。

你再说一遍。

要在心上用心。

鹤秀的秀眼里放出两道彩虹，用指尖点住林风鸣胸口道：心在哪里？

林风鸣捂住胸口：在胸腔里。

那秦字哨的心又在哪里呢？

在秦字哨创制人的胸腔里。

秦字哨创制人的心又用在哪里？

林风鸣不知如何作答。

鹤秀拿起那枚秦字小七星样哨，吹一吹，又举到空中摇一摇：在胸腔里。

林风鸣接过小七星，就着窗口的阳光，从哨口往里看：什么也没有，空空如也。

隔着哨口看心，和隔着门缝看人，有何区别？

那你说怎么看？

拆开来看。

林风鸣眼睛和嘴巴都张大了：你说什么？我说拆开来，弄清它的内在结构。

天哪，你也太异想天开了！秦字哨里就这么一枚小七星，平时做样哨都小心翼翼，你竟然要拆开它？拆坏了，世上就没有秦字小七星了。

再高尖端的东西，行家里手只要看明白了，既能拆开，又能复原。

林风鸣瞅着自己的一双手，怀怀疑疑地：行家里手，行家里手。

鹤秀兑来大半碗温水，把秦字小七星泡进去。约莫三刻钟后，动手用小尖刀剔缝脱胶。碰到细小的地方，弃了尖刀，改用绣花针。鹤秀那个细心和轻巧，比绣花、比医生给病人做心脏手术有过之而无不及。林风鸣呢？一边紧张地看着，一边拿手绢给鹤秀擦额头和鼻尖上的汗珠。两个时辰后，鹤秀轻轻嘘出一口气，软软地靠在了林风鸣怀里。

秦字小七星，被完好无损地拆成了零件。

之后，林风鸣和鹤秀非常用心地研究了秦字小七星的内部机构。原来这秦字小七星在外形上和汉字、唐字小七星大致相同，但内在构造独有其妙。其七个小崽细筒的底部垫得很高，底心还凸起。七个小崽，底心的凸起大小高低完全不同，小葫芦和大竹筒内分两层。靠底下一层也有盖，盖上有窄长细口，可谓腹中哨，两声合一音，音调极清亮。清亮加高亢，合为秦声。

林风鸣和鹤秀叹为观止。

原来底心高，声才高亢！

原来腹中有容，音才清亮！

这大约也是人工通天籁的地方。

林风鸣兴致大发：咱据此模刻一对秦字小七星。

鹤秀：形肖，神似，声类，其实并不尽意。那样咱岂不成了纯粹的古人？可咱分明是今人。今人模古，免不了带有今人的味道。林风鸣万分钦佩地看着鹤秀。鹤秀白他一眼：看什么看？没见过啊。

林风鸣打拱：以后不叫媳妇姐，叫老师。

人家本来就是老师嘛。

林风鸣让鹤秀取来泰山送给他的开过花的刚竹，还有自家种的金橘葫芦。鹤秀说：嗯，好钢用在刀刃上。

就这样，林风鸣怀着对鹤秀的崇敬和热爱，时不时回忆着自家的身世和结交两位师父的过程。眼前飞动着秦代的篆字，耳边回响着独腿大将军和大绿蝈蝈的鸣唱。林风鸣把这一切沉潜下来，精心刻制了一对新秦字小七星。其底心和腹哨，尤其用心。初成，展在掌心给鹤秀看。

新哨形体精致俊朗，竹筒和葫芦主体与七枚小崽搭配和谐优美。哨盖漫坡向上凸起，圆隆如馒首，哨口两角向前弯斜，左角弯斜得略显夸张，但总体看上去很是平衡，真的是口斜心正。

鹤秀细观之下，于满意处寻不满意，最后就着阳光，用她聪慧的心智和灵巧的双手，捻动小刀，把新哨斜口的两腮刮剔得薄如蝉翼、明光透亮。然后胶合，薄涂两遍生漆，晒干后再糅退光漆。晾干后拿在手中鉴看，既不耀眼，又可见自家眉毛。凑唇吹奏，其声既清亮，又高亢，而且还刚正、宽宏。

真是神奇，哨就这么成了。

鹤秀眼神风情一勾，林风鸣立马把鹤秀抱到床上。屋里很快传出新哨那样清亮、高亢、宽宏的欢快之声。那声音可是起伏有致，绵延不断。

第二日，林风鸣就迫不及待地报告泰山大人，并邀请师父楚留声和金眼相士来菊花园鉴定新哨。

林风鸣一五一十地向几个人介绍了秦字哨的内在结构。楚留声用钦佩的眼神看看元菊生：原来窍道在心里呢。说完接过新哨详细审视，以为除用材外，形制、刀法、风格都酷肖自己，但又出唐而溯秦。尤其哨口拐角的地方，下刀于娴熟中突显果断。这果断，唯经年临帖刻字者才会有。楚留声特别注意到，这新哨哨口两耳薄如蝉翼，透光见影，其用刀法度和前边大异其趣，于是心生疑窦：一个年轻男人，很难有如此薄透的耐性。即便有如此耐性，手上也没有如此绵柔的轻功。另外，若用一般竹子，刻那么薄，早透气了。唯有刚竹，才有如此能耐。

元菊生：目光黏到哨上了。

金眼相士：师父给徒弟娃挑毛病哩。

楚留声打量林风鸣，又打量打量鹤秀，眨巴眨巴胶锅眼：人道青出于蓝，怎么一眨眼就胜于蓝了？

林风鸣：哨口那几刀，还真不是我的手艺。说着把鹤秀往前一推，还是你来向师父说明吧。

鹤秀既害羞又大方地道：我先用平刀将哨口里稍加修理，然后依着里边的形状用立刀一丝一丝往里刮蹭，直到薄得不能再薄。

金眼相士：平刀立刀，推陈出新。

楚留声轻轻一吹，立即被那清亮高亢又刚正宽宏的声音震撼了，禁不住连声道：新秦字哨成了！新秦字哨成了！

林风鸣趁机道：请师父给新哨题款吧。

楚留声略一沉吟：新秦字哨是你创制的，还是你来落款吧。这样一来，新哨的里里外外、上上下下风格就格调一致了。

林风鸣还欲再求，元菊生在一旁道：你师父所言在理。

林风鸣只得恭敬不如从命。但刻款时，手下还是犹豫了：唐字题楷，汉字题隶，秦字题篆，周字乃为金文。可这新秦字哨该题何体呢？顺着老秦字题篆吧，刀法分明用唐，题唐楷吧，又分明是新创制的秦字哨。林风鸣一时犹豫难决。

楚留声：你想用草书落款吗？

金眼相士：有用草书作款的吗？

元菊生：你不是说推陈出新吗？草书可以使篆书高高飞扬。

林风鸣双目放亮，运刀如飞，一对哨底，顷刻镌出草书秦字。

接下来，该给新哨开声了。这里说的开声，不是用嘴吹一吹，而是系之鸽尾，纵之蓝天，让鸽哨第一次响彻长空。

楚留声和金眼相士急于试听新声，双双提议在集贤院捉两羽鸽子来。

元菊生道：我倒有个想法，这新秦字哨做成，实属不易，开声仪式不若和过几天开始的千公里秦汉杯大赛合为一起，搞得正规隆重些。

几个人连称好主意。新秦字哨一开声，就要鸣响千公里。仪式定了，该选鸽子了。

元菊生：雪头五百公里负哨飞行，虽然哨毁，但雪头归来，身体也已受创伤，这次千公里，雪头断不能负哨飞行。我看，图南可负一哨。众人一致赞同。元菊生继续说：另一哨，需另选上佳选手鸽。

最后商定，由元菊生、楚留声、金眼相士三人将各自心仪的鸽子写在手心，由林风鸣验看，以得票多者中选。林风鸣请三人同时亮手心。三个人不谋而合，手心都写的步行者。

桑哑铛和谢冰莹知晓了林风鸣跪拜步行者的缘由，心里激动得嗡嗡响！能给新秦字哨开声，是我们一家三口的荣幸！说着，对着锦盒里的新秦字小七星纳头就拜。拜毕，请林风鸣将哨系到步行者尾羽上。

步行者入笼，回首望着身后的小七星，那姿态显得既好奇又精神。

桑哑铛道：再过三天，千公里沿线的人们，就可以听到咱长安城的新声了。

千公里秦汉杯集鸽前一天，皇甫三兴再次造访了菊花园。但这次造访，绝不同于五百公里盛唐杯集鸽前那次。那一次，心绪是烦乱而激动的，是带有半探营性质的。而这次，心绪是平静而盲目的，也没有半丝探营的意思。皇甫三兴甚至在心里疑问自己，在赛鸽的空中沙场上争强好胜了一生，怎么到了这秋季千公里秦汉杯大奖赛上，却突然把胜负看得很淡很淡，淡到造访菊花园都茫无目的。没有目的，唯有感觉，感觉是祖上的魂灵引领他到菊花园来看繁花绽放的秋日景色。

园内，各式品种的菊花陆陆续续地绽放了。那情景，绝非冬、春、夏可比。尽管元菊生用尽心思，按时序培养有春菊、夏菊、秋菊和冬菊，但冬、春、夏之菊开得星星点点，哪里比得了秋菊这样花团锦簇。你瞧那白色的一捧雪和凌波仙子、金色的君子玉和黄莺出谷、绿色的绿牡丹、红色的金背火红、红绿相间的绿意红裳、红白绿三色相杂的三色牡丹、粉色的人面桃花和贵妃醉酒、黑色的墨荷……就连那花瓣也是各具形态：平瓣、匙瓣、管瓣、雀舌、蜂窝、桂瓣、荷花、翻卷、叠球……一株一花、一株数花、一株一色、一株数色。珠玉垂帘、轻歌曼舞、波涛翻卷、雁阵惊寒……啊，整个菊花园，漫坡而上，简直就是菊花的海洋！就连空气中也荡漾着清新甜润的水果香味。

皇甫三兴一迈进荆棘拱门，就看到元菊生带领着鹤秀、林风鸣和楚留声在菊海中劳作着。皇甫三兴想冲他们招招手或者呼喊着打个招呼，但是没有。他更愿意欣赏这自然优美的花海劳作图。皇甫三兴站在修篁丛的一角，痴迷心醉地欣赏了好一阵子。真是太美好了！自己整天面对的是医院的医生、病人和医疗器械，再就是凌烟阁和那些鸽子。给人治病和养鸽竞翔都是崇高的劳动，可那种劳动哪里有眼前这幅劳作图自然朴素并富有诗意呢？皇甫三兴轻轻挪动脚步，踩着菊圃的埂梁，向菊海中走去。皇甫三兴既想融入那图画之中，又不想惊动元菊生他们，所以那步子迈得又慢又轻，以至于两只手臂都伸张开来。一位西装革履的老人，动作和姿态，活像一个蹑手蹑脚于花丛中扑蝶的总角少女。天哪，这菊花园自己总共来过多少次，已经全然不记得，但没有一次比得上眼前这情形。以前也好，但没有这么好。皇甫三兴的耳畔缥缥缈缈地旋响起父亲的叮嘱：彩虹之下，花海之中，天籁为乐，安我魂灵。

菊海之中，猫腰埋首的元菊生在伸直腰身的时候，看到了皇甫三兴：愚人老兄来了。几个人听到元菊生问候，一齐直起身来看皇甫三兴，就连小斑点狗，也从元菊生身后蹿出，穿过花枝的空隙，跑到皇甫三兴面前摇尾巴。

皇甫三兴这才看清，元菊生和林风鸣单薄的秋衣外面，还套着犊鼻裈。刚才他还以为元菊生他们在栽培新菊、贮土、选种、分秧、理辑、养护呢，但看到他们身上的犊鼻裈，便觉不对：不是栽培的季节，是欣赏和收获的季节啊！

恰在此时，西边花椒围墙的窗洞那儿响起风铃声。

元菊生回看鹤秀一眼，鹤秀会意，从菊丛中拾起一根扁担，勾起两坛酒，送上肩，沿着坎梁，向响过风铃的花椒墙窗洞那儿走去。一位古色古香的曼妙女子，挑一担酒，穿行在菊海之中。扁担轻盈盈地忽闪着，秋风吹动她的裙裾。皇甫三兴再次迷醉，甚至想起自己妻子年轻时的情形。有几分神似，但还是自愧不如。

元菊生：村里有年轻人结婚，喜事，送几坛酒庆贺庆贺。噢，我说呢，怎么穿着犊鼻裤劳动呢。

顺便把去年做的酒起出来，要用。

每年秋，菊花盛开时，元菊生都要带鹤秀将繁处的花和茎叶一同剪下，阴晾干，分一少部分以古法炮制菊花茶，一多部分和黍米小麦并为一起，用家传秘方酿酒，装坛埋于菊圃之中，待到来年九月秋菊再度盛开，然后起坛，酒正好熟透，谓之元氏菊花酒。酒香不怕地偏远，元氏菊花酒声名远播，早已越出长安城的范围。邻村结婚的年轻人及亲朋好友和乡党们有福了，今秋起用的前几坛酒，就送他们享用了。噢，还有菊花茶。饮茶则养肝明目，饮酒则生发五德：高标、真纯、普惠、坚贞、养生。难怪乡野之间，多朴茂信义之士。

鹤秀挑过一担，又挑过一担。林风鸣换过鹤秀，将新起出来的酒坛挑到古井旁边，围着结满果实的石榴树摆成一圈。然后几个人坐到石圆桌旁边休息。勤快懂事的鹤秀又摇辘轳搅水，为大家生火煮茶，炊烟缭绕着升上菊海的上空。

皇甫三兴望着那圈酒坛出神。那酒坛一应的陶制，有红有灰。虽然地下新起，周身沾满泥土花根，但其器形气宇，足见精良。

一直沉默不语的楚留声，用他那只好手在空中画过一圈，道：菊黍齐，曲蘖时，湛炽洁，井水香，陶器良，柴火旺，再加秘方，何愁好酒？

元菊生：有何秘方，经验而已。

不外传的经验，难道不是秘方？光看这青烟的薄、轻、透、柔，就知道鹤秀的火烧得有多好，就知道茶事、酒事有多难。

鹤秀回头，既骄傲又谦虚地冲皇甫三兴一笑：比我妈差远了。鹤秀妈在世时，这些事都是她亲力亲为，小鹤秀只能在旁边打下手。可惜"文革"除四旧时，鹤秀妈为了掩护隐藏在地窖里的鸽子，把命舍下了。

元菊生鼓腮吹动胡须，拿眼角斜斜鹤秀，意思是不该提说这令人伤心的旧事。鹤秀非但不理会劝阻，反而进一步呛巴道：怎么，你不想我妈？你不想我妈，有时候对着舍里那只老鹤秀叫我妈的名字干吗呢？黑夜里从枕头底下摸出我妈的照片看啥呢？元菊生凄然一笑，指着道：这女子，越说越不像话了。鹤秀嘴角漾着甜盈盈的笑意，提壶过来：我替我妈给大家倒茶。

楚留声呷口茶，抿抿嘴唇：要是没有牛乳香的井水，怎么会有这么好的菊花茶来沁我们的脾、润我们的肺？当然，还有菊花酒。皇甫三兴听楚留声这么说，便把目光从酒坛移向石井栏。井栏石涵虚聚敛着天地灵气，凝成红脉。鹤秀刚才搅水时洒了水在上面，映得那红脉如朝霞一般灿烂。想那井内之水，清澈甘冽，源远流长，随时都可带出皇甫三兴的回忆。

那是皇甫家赛鸽竞翔由鼎盛转向与元氏家分庭抗礼的时期,皇甫三兴造访了菊花园。那时候,尽管元氏家族已经强势崛起,但他依然信心满满。因为他们家又引进了第一赛鸽强豪詹森家的鸽子,还引进了养鸽人梦寐以求的原版白色圣经。皇甫三兴和父亲除了发挥他们的医学特长,依照遗传理论进行科学育种外,在饲养管理上则严格依照白色圣经上列举的方法来进行,尤其对饲料的选择,严格到了苛刻的程度:种子选购回来,先随机抓一把放到水里浸泡,若出芽率不合高要求,则毫不吝惜,全部淘汰。若合格,才会放到锌桶里存放,以增加饲料的微量元素。饲喂时,再按比例搭配。玉米、黑豌豆、青豌豆、小蚕豆、大麦、高粱、荨麻籽、红花籽,按比例搭配。这比例既是严格的,又是随季节变化的。闲暇时,还要给鸽子喂些燕麦、小菜籽、果仁等零食。吃完零食,再给鸽子喂点蜂蜜水。

许多奥秘,其实就是一层窗户纸。高人在里边,凡人在外边。皇甫三兴以在里面的高人姿态造访菊花园。他想他的新举措,足以让他回到独霸长安鸽坛的王者地位。

皇甫三兴摸过元菊生采用中西合璧法培育的鸽子,不禁暗中吃惊。元菊生家的鸽子在西洋鸽坚硬厚实的骨架中渗入了绵软的弹性和耐性。了不起!了不起!任何改良和创新,都是会改变世界格局的。

再看元菊生喂鸽,除了饲料的新鲜和搭配的合理,还时常喂切碎的红萝卜和白菜帮;给鸽子饮用的,是自家特制的鸽茶。皇甫三兴提起饮水壶闻了闻,既有牛乳的清甜,又有中草药的淡香。皇甫三兴看到,元菊生的几个小徒弟,如柳散木、桑哑铛、二鲁班他们还定期来拉井水回去供鸽子饮用。皇甫三兴心中痒痒得,恨不能将这口古井搬到凌烟阁去。

皇甫三兴回家,将这情形告知父亲皇甫穆勒,父亲说这我早已看到长安城赛鸽情势正因为这井水而发生逆转,咱们家还会因为高楼林立而中落。

皇甫三兴心凉得身上冒出冷汗。

父亲:时风吹过,世事谁也拦挡不住。皇甫三兴不是心凉,而是悲伤。

当我走了,城里太拥挤,你还是找个清静的地方安放我的灵魂吧!

皇甫三兴当时就想,父亲为什么要在说菊花园养鸽时说这种话呢?

楚留声巴沙巴沙胶锅眼:秋日品茶,可如冬日饮酒。

未及元菊生回应,鹤秀的话已经轻快地飞过来:秋时延冬时,竹溪并菊溪。白雪映火炉,红喙啄薄冰。

楚留声对林风鸣道:你手上的刀子快,鹤秀的嘴唇更快。

林风鸣笑着揭鹤秀的老底:师父哪里知道,这是她以前的旧作,声调韵脚都不太对。

楚留声：我倒是觉得这几句话说冬日情景，生动贴切得紧。倒是你，挖哨听蛐蛐叫，韵律入了骨了。

元菊生含而不露，捋着胡须看他们斗嘴，瘦脸上现出惬意的微笑。

皇甫三兴品着鹤秀给他新添的菊花茶，望着眼前的美景，听着他们的话语，体味着这生活的意趣，愈来愈理解父亲那颗心，愈来愈想满足父亲那安妥灵魂的愿望。而且他强烈地感觉到，眼前这生活和体味，正在凿开一个缺口，通过这个缺口，父亲千叮万嘱的那个地方，一定能够找到。

皇甫三兴正想着时，一群带哨的鸽子从集贤院的屋顶上起飞，掠过修篁丛，飞到园子外面去。秋风跟随着鸽群吹过来，把修篁丛拂动得飒飒作响。

那修篁丛里的竹子，种类本来不少，结果被元菊生和林风鸣一点点迁移到原底下的滈河边，那里已经有一小片新竹林了。修篁丛余下的，另有柔韧细腻的慈竹、竿枝尽黑的墨竹、满带泪痕的斑竹和稀罕宝贝的刚竹。

元菊生望着飒飒有声的修篁丛，说斧斤以时而入山林，竹君招呼咱呢。说着拿起弯头镰刀直入修篁丛，修篁丛立即摇动起来。很快，穿着犊鼻裈、一手持镰刀、一手拖一小捆竹子的元菊生出了修篁丛，林风鸣忙迎过去，帮着把竹子扛回井边来。

菊花园修篁丛的竹子，哪株年岁够、哪竿正直不曲、哪根粗细适宜、哪枝中节密实，元菊生一望便知。哪株应留、哪竿合伐用，元菊生一清二楚。若换作别人去砍伐，那就斧斤不入时了。

元菊生拿过一根竹子，递给楚留声：这是刚竹，风鸣用它做秦字哨，声正音锵。给你，修周字哨，或许有用。瞧，元菊生时刻惦记着他的周字唢呐。

楚留声手上正捏着一竿斑竹，随口说道：若用这斑竹，怕是有血泪之声。无意间一句话，把几个人说愣了。楚留声拍一下嘴巴：乌鸦嘴，这么好的场合，咋能吐出这等扫兴话。说着连忙接过刚竹和斑竹并排放在一起。

那群带哨的鸽子飞回来了，越过修篁丛，越过青瓦房，飞到菊海的顶脑，绕着司马槐转圈儿。喜鹊没有吭声，鹳雀却在鸣叫着回应。有一只还跃离枝头，加入飞翔的鸽群之中。

皇甫三兴望着远处司马槐下的天籁阁，惊奇道：窗户开着呢！

是开着呢。

我来菊花园多少次，从来没有见天籁阁的门窗打开过。

唉，透透气，见见阳光。

我总觉得，你这天籁阁，比我的凌烟阁神秘得多。

你的凌烟阁对你自己也神秘吗？

我想，机缘一定会来的。

鸽群飞离了司马槐，带着清凌凌的哨声落回到集贤院的屋顶上。

皇甫三兴再次想到父亲，并由父亲生发出许多怪想。

城市不光太拥挤了，而且太嘈杂了。肉体归于沉寂，灵魂却还在吵闹。浮士德把灵魂卖给了魔鬼，现代人把灵魂卖给了物质和金钱。你想一想，为了物质和金钱，灵魂能不吵闹吗？不吵闹，静静地歇一歇，可在哪里歇呢？平稳、宁静、和谐的乡村，或许能使这个世界保持一点平衡，并安妥我们的灵魂。但这种平衡能维持多久，没有人能够知道。尽管如此，父亲啊，我依然不会放弃，我会不厌其烦地到菊花园来。彩虹出现过，花海就在面前，天籁还会远吗？

鹤秀又来添茶。多好喝的茶呀！

元菊生吩咐：喝完茶，大家动手，把酒倒在新罐里，旧罐用来酿明年用的新酒。多么美好的愿望啊！今年酒，明年喝，年年喝！

林风鸣和鹤秀从东边厨房里搬来新罐。所谓新罐，其实还是旧罐，只是没有埋入地下而已。

元菊生一边倒酒一边说：这酒呀，专供，用作千公里大奖结束后的庆功宴。

楚留声：你是说，今年的庆功宴要在菊花园举行。

难道你不乐意吗？

我梦寐以求。

正说话间，小斑点狗狂叫着往荆棘门那儿跑去。

有人来了。

来者是金眼相士、司空千秋和花郎。

楚留声：不速之客，不请自来。

金眼相士：我是单个，他俩是一伙，不期而遇，在门口碰上的。

楚留声：不是朋友不扎堆，不是冤家不聚头。

元菊生是守身执礼之人，面容平和，对客人的到来，既不热情，亦不冷淡，只是对鹤秀吩咐：搬几个竹凳，让客人坐，看茶。林风鸣、花郎立即随鹤秀到瓦房搬来几把旧竹凳，散放在圆石桌和红丝石井栏边，让座，然后奉茶。

司空千秋进来时看到皇甫三兴，多少有些意外，脸上现出不大自然的表情。自己身染沉疴，此处只有皇甫三兴知道。他来前，修饰了心情，坚强了信念，还让殷初梅精心给他化了妆。他要以一位毫无破绽的正常人的身份，宣示组织决定。他要在有限而有效的时间里，完成内心那个隐秘的愿望。可他没有想到，就在他开始实施他的计划时，遇到了皇甫三兴。人有相识之尴尬，亦有相遇之尴尬。今日这尴尬，让司空千秋遇上了。皇甫三兴就在当面，就坐在圆石桌旁的石凳上，那双深窝窝眼里放着湛蓝的光，那目光似乎也在探询，把司空千秋的心探询得慌慌的。司空千秋明白，自己无论表现得多么庄重、多么刚强、多么威严，只要皇甫三兴一句话，自己就被打倒了。不，不是打倒了，是自己轰然倒塌了。

要在平时，放在官场上，别人不起身迎接，不让首座，自己是不会入席的。但他实践过了，这里根本不吃那一套，这里有这里的规矩。特别是皇甫三兴在场的这个时刻，人家就是起身让首座，他司空千秋也不敢坐。造化真会愚弄人。你没有软肋，就凭空赐给你个软肋，而且还让旁边站个人，随时在你的软肋上戳挠一下，你看你是笑呀还是哭呀。

司空千秋挪动竹凳，靠近皇甫三兴坐下，还用少见的热情主动和对方打招呼。司空千秋的态度分明是在告诉皇甫三兴：你就是一页薄纸，也要包住我这团火。

皇甫三兴手术刀一样犀利的目光，岂能看不透这一层。但他最终会不会用一页纸去包火，可就说不准了。

几个人坐下喝茶，金眼相士看看元菊生和林风鸣身上穿的犊鼻裈，再看看石榴树周围新起来的酒坛，抽抽鼻子，咂咂嘴唇：香得很！看样子，是给大奖赛庆功宴准备的。

楚留声：鼻子比小斑点还尖。

金眼相士：当然，当然，就是比金钟兄差一点点，不然怎么会比金钟兄晚到呢。

众人皆笑。

元菊生：我们为鸽赛庆功宴起酒，没想到贵客盈门，说客亦盈门。由此想去，庆功宴不知要热闹成什么样子呢。

金眼相士急不可待地问元菊生：不知今年的庆功宴定在哪一天？在什么地方举办？

元菊生：往年都在四水堂茶楼或者钟楼饭店，今年我想在这菊花园举行。元菊生看看司空千秋：咱就在这菊海中举行个露天庆功宴，时间定在九月九日重阳节。

金眼相士一拍巴掌：太好了，花海庆功宴，别有情趣。时间也定得好，千公里赛后大半月，鸽子恢复体力还过阳，鸽会的奖杯、奖金也准备得差不多了。万事齐备，只等开坛。

元菊生：这只是我个人的设想，还不知道鸽会同意不同意呢。

皇甫三兴：求之不得，我代表鸽会同意。

话题一开，人们纷纷议论往届庆功宴上的逸闻趣事，同时展望今年庆功宴的美好前景。七嘴八舌，说得不亦乐乎。

司空千秋衔命而来，目的非常明确，就是当面向元菊生宣读红头文告。但当他看到皇甫三兴在场时，变得有些尴尬，亦有些后悔。这事按照组织程序，本不该他出面，基层组织派个人来通告一声就行了。可是司空千秋起了私心，就亲自来了。一是元菊生好歹算个人物，又帮自己看过腿病，送过药引子，有小恩于自己。亲自来，一是感恩，二是表示尊重。另外，这地方是自己发现的，项目是自己跑下来的，让别人插手不好。又另外，自己突然莫名染病，有效时间有限，必须抓紧行动，这就得亲自督阵，没有退路可行。可皇甫三兴为什么要在这里呢？皇甫三兴坐在当面，自己就两难了。既要显示一位正式官人的权威和尊严，又不能被皇甫三兴揭了底，放了气。万难之中，只能看皇甫三兴眼色行事。必要时，权威和尊严可丧失一点，但老底绝不可揭破。老底一揭破，权威和尊严就连根烂掉了。皇甫三兴，我的事要办，但我会看你的眼色，你现在是拥有最高权力的人。

就在大家你一言我一语说得不可开交之时。金眼相士嘴里忽然冒出一个词：百舌。

司空千秋觉得这个词用得太准确了。虽然园中只有七个人，但说起鸽子竞赛和庆功喜宴，那可是如百舌鼓动，众声齐鸣。可怜的司空千秋哪里晓得，金眼相士猜出他此行的目的，借眼前情景，用百舌暗中嘲讽于他。百舌，是一种体黑嘴黄、鸣声多变的鸟。

金眼相士口中忽然又蹦出一个词：百朋。

司空千秋：这个我也知道，"货贝，五贝为朋"，"既见君子，赐我百朋"。

金眼相士笑：说你有文化，不知百舌为鸟。说你没文化，却知百朋为货贝。你见元君子，想讨要百朋吗？

司空千秋结舌。

花郎的脸面被一句话刺得发烧，忙递茶给金眼相士。

金眼相士接过茶杯，搁到脚旁的井栏上，冲司空千秋推推眼镜，唇间又蹦出两个字：百城。

司空千秋：说我哪。坐拥百城南面王，是说我坐在长安城里，竟然管辖到神禾原头的菊花园来了。

司空千秋说这话的时候，眼睛偷偷瞅着皇甫三兴。皇甫三兴只是满怀趣味地听着，一点儿揭他老底的意思都没有。他觉得这是千载难逢的好时机，于是正了正胆，从口袋里掏出几页红头文件，要向元菊生宣示。

司空千秋一进门，元菊生就想到了他上回来送文史馆聘任书的情形，现在又见司空千秋往外掏红头文书，立即意识到接下来要发生的事情。元菊生不愿意事情这么快就摆到当面。有些事一旦摊开，就没办法收拾。但是他只是一个务花养鸟的，他没有权力把那文书按回到司空千秋的口袋里去。

元菊生一口喝干茶水，丢下杯子，起身迈步到井栏边，又一抬脚，踩到菊圃的梁埂上。

几个人诧异地看着，不晓得元菊生要干什么。

掏出红头文书的司空千秋，拾起身，想要站到元菊生对面去。元菊生精瘦的身子往旁边一闪，然后双手拍着大腿，沿着梁埂跳跃而去。菊海的垄畦间，元菊生弓腰屈腿，跳跃而行，白发飘着，犊鼻裈晃着，那形象，既奇异，又好看。

司空千秋立在原地，不知如何是好。身边的人，看到这情形，忍不住哈哈嘿嘿地笑着。司空千秋在笑声中想：不行，元菊生要是这样跳跃行走到天黑，跳跃行走上三天三夜，直把自己跳跃行走得瞌睡过去，这送达执会的任务不能完成，岂不误了大事。

司空千秋再看皇甫三兴。皇甫三兴根本没有注意他，而是神情专注地看着元菊生，目光随着元菊生的跳跃而移动。那神情，像是在欣赏一出木偶滑稽剧。

司空千秋见皇甫三兴根本不介意自己，更没有揭自己老底的意思，就壮着胆子走到元菊生跟前去。只听鹤秀在身后喊：当心，别把菊花踩坏了。司空千秋的脚立即变得小心翼翼。

元菊生拍着大腿扭头眯眼道：这位官人，你是谁啊？缘何又到我这菊花园来？

啊，元菊……

不，步陶先生，你这是明知故问？还是有意调侃？我已经第三次来菊花园了。

哦，我想起来了，你很像以前那位问病求药的官人，但我又不能肯定，你到底是不是早先那个官人。

我不是官人，我是长安城建局局座司空千秋。我尊重你，并向你知会一件非常重要的事情。说着，双手展着红头文书，要念给元菊生听。

可是，未待司空千秋念出口，元菊生却像鸽子拍翅一样拍着大腿，跳跃着离开了。司空千秋知会心切，忙双手举着红头文书追随其后。就这样，元菊生扇臂拍腿在前，司空千秋举文书在后，踩着垄埂，穿着菊海，围着古井，跳跃而行，而且还有一搭没一搭地对着话。那对话，散坐在圆石桌四边的人，断断续续地能够听到。

请你不要尾随我。

那可不成。我必须尊重你，亲口知会你。

你要以个人的名义和我商量，就请讲。

我是有身份的人，挂着衔，怎么能以个人名义说话呢。

那就请你离开菊花园，回去吧。

那可不成。

你本来就是城里人，理当回城里去。

我们在城里,你们把我们赶出来。我们在城外,你们又赶我们回城。我们是一群挥鞭驱赶的羊吗?

要是羊就好了,一鞭子吆进城门完事。可人有思想,鞭子就吆不动。

说这话时,正好经过圆石桌旁。楚留声插话道:当心鞭子。

金眼相士补充道:当心手腕。

元菊生和司空千秋又跳跃过去。

在城里最繁华的黄金地段的摩天大楼上,给你们补贴两大套房子。你一套,鹤秀和林风鸣一套。其余的折成钱。

我的鸽子呢?点子、鹤秀、合璧、玉翅、玉环,还有雪头和小花头,一百多号,要比人住得宽敞呢。

我们只管人,不管鸽子。人住房,鸽子也住房,全世界恐怕都不会有这样的规定。

恰巧经过皇甫三兴身后,这话刚好被他听到。他立即接过话茬道:有。在我们老家欧洲,鸽子住别墅,比人洋气呢。在埃及,再贫穷的人,给自家盖房子,都必须在房顶给鸽子也盖好房子。有人住的,就有鸽子住的。

司空千秋想反驳:长安城新任市长曾经宣布,为了美化和净化环境,不许在城里养鸽子。但他不敢反驳,只得随元菊生跳跃过去。

我的菊花呢?二百多个品种,还有七八个新品种,快要培育成了。

要是实在喜欢,就在阳台上养几盆。还嫌不尽兴,干脆到植物园去任职,把菊花也带过去。怎么样,够仁至义尽了吧?

还有刚竹,每过一百二十年左右,逢盛世开花。以此算来,再过三五年或者八九年,就会开花。那花红亮红亮,比菊花的香味还要特别呢。难道你不想看一看,闻一闻?你真的等不及吗?

我正在为现代化的盛世而努力,所以刻不容缓。

元菊生知道话不投机,说到两岔里,猛地收住步子,停止拍打。司空千秋没注意,一下闪过元菊生,正好闪到楚留声面前。楚留声提醒道:走得太快,当心灵魂跟不上。司空千秋收住差点跌倒的身子,暗自反驳道:灵魂长什么模样,谁看见过。林风鸣则大声叫道:刚竹要是连根毁了,我们就没了做鸽哨的材料,那以后再想听周字哨、秦字哨的千古长音,可就不能够了。

司空千秋见元菊生停在当面,顾不上理会楚留声和林风鸣,双手举展红头文书,就要宣读。可是元菊生又拍腿跳开了。司空千秋无奈,只得再次尾随跳行。他很奇怪,自己的手脚,仿佛受到一种魔力操控,动作有些模仿元菊生。元菊生扇臂拍腿，跳腾纵跃的动作比刚才更慢更柔更夸张，简直就像鹤翔庄①。但司空千秋怎么也到不了近前，只能在后边模仿。动作太僵硬，一点儿也不像。

只要菊花的新品种一培育成，秦字哨和周字哨一刻成，我的《新菊谱》和《新鸽谱》就可脱稿，再用三年两载修订，统共也就五六年时间，你都等不及吗？

不是聘任你为文史馆馆员吗？到文史馆去，那里条件好，专门给你辟间办公室，你继续写，保准比现在写得好。

做死学问的地方，写不了活书。我这书只能在这鸟语花香的菊花园中写。换了环境，一个字都写不出来。

你真会说笑话，天下那么多书，都是在鸟语花香的环境里写的吗？

好书都是，尤其是写活物的好书。

得，不说那么多，不扯那么远，你停下，让我恭恭敬敬地把这红头文书上的重要事情知会于你。

元菊生忽地拍腿一跳，跳向更远处。那动作，既像白鹤一样柔美，又像鸽子一样敏捷。远处的金眼相士嚷道：步陶兄屁股上沾着鸽子毛呢。楚留声：啊，果真，屁股上有鸽子毛呢。再过五六天，怕是要长出翅膀和尾巴，可以佩哨飞行呢。

元菊生又拍着大腿跳跃一圈，回到座位跟前，收势坐下，眼睛看向皇甫三兴，意思是：我表演完了，该你们了。

司空千秋见元菊生坐下来，自己也收住脚，一手反叉腰眼，喘了一会儿气，然后走到元菊生当面，笔直地站住，双手展开红头文书，要朗声宣读。

元菊生把头扭向一边，不看司空千秋。司空千秋心道：眼睛看不看无所谓，耳朵听见就行。只要我当面宣读完，便算知会于你，再一签字，合约便生效。剩下的，就是我们的事了。司空千秋清清嗓子，放声宣读。他只要张口，全长安城都能听到他的声音。

可是皇甫三兴却先于司空千秋发声了：有些事情，实在心急不得。

司空千秋回头看皇甫三兴，结果把脖子看得僵住了。因为皇甫三兴黑中泛蓝的深窝窝眼里，似乎隐藏着温柔的利刃。有些事情只可试探，但不能被那利刃划破。

皇甫三兴的目光移向身边的竹凳，并且向司空千秋招招手：来坐。

司空千秋的身体依然被魔力操控着。尽管满心不愿意，但是身体却下意识地移过来，坐到竹凳上，只是两只手，还展举着红头文书。唉，这个身体，刚才离开这把竹椅，去执行一项任务，可是任务没有完成，又坐回来。瞧，一双手还不甘心，依然展举着红头文书。

---

① 鹤翔庄是一种仿生功法，起源于五禽戏。

皇甫三兴见司空千秋的动作和神态僵僵的、怪怪的，就说：暂且收了吧。说话的口气，宛若医生在叮嘱病人吃药。司空千秋呢，也真的像听医生话的病人，把红头文书叠好，装进口袋里。口中却在小声叽咕：机会总会有的。小不忍则乱大谋，眼下先听他的，绝不能让他把那要命的窗户纸捅破了。

司空千秋收好红头文书，坐稳了，一手搭在腰眼，说：想为人民服务都服务不成。

元菊生也已经从刚才那种疯癫状态回到现实中来，接话道：那就请你打一桶水上来，给大家煮茶喝。

鹤秀拿来一个水桶，放到井沿上。

司空千秋玩彩选格、双陆棋、打麻将、行酒令，那可是技艺娴熟。相较之下，摇辘轳打水，那简直笨拙得很。好不容易把水桶摇出井口，然后一手扶辘轳，一手捞桶绊。结果刚捞到手，桶底掉了，一桶水哗地一下流回井里。众人很觉意外，一阵惊呼。司空千秋更是攥个空桶，愣在那里，脸有些变色。

金眼相士脱口道：桶底子脱啦！

是啊，桶底怎么说脱就脱？满满一桶水，顷刻倒掉，从井里来，又回井里去。

金眼相士听到元菊生内心深处一声异常沉重的叹息，万般无奈地摇摇头。

鹤秀换过一个桶，和林风鸣一起，重新搅水给大家煮茶喝。金眼相士仿佛沉浸在桶底子脱的情境里，胡乱说着刚才的事情：步陶老兄，你方才在菊海中拍腿跳跃的眼神和形象，可像鸿蒙了。

皇甫三兴：鸿蒙是谁？这名字头一回听说。

楚留声：可惜这位司空局座不是云将。

司空千秋：云将又是何人？

金眼相士模仿着鸿蒙的口气道：扰乱自然的常道，违逆万物的真情，群兽离散，飞鸟夜鸣，殃及草木，祸临昆虫，这是治理自然吗？这是为人民服务吗？

楚留声则模仿云将的声口：那我该怎么办呢？

金眼相士则用苍老的声音大声道：请你回去吧！

这句话，司空千秋听清楚了：不行啊，端这碗，就得吃这饭，怎么能回去呢？

哎，执迷不悟。

皇甫三兴开动脑筋，也没有搜索出鸿蒙和云将是谁，但他们的对话他都听懂了，他觉得那些话中的意思，跟他心中的传统很是不谋而合。

皇甫三兴湛蓝的目光环视一周，最后落在司空千秋身上，并且认真地强调道：亚当说的第一句话，就是动物的名字。这是天条，神圣不可侵犯！

司空千秋不能确定皇甫三兴这是在启发自己，还是在教育自己，抑或是在警告自己。但有一点，他可以认定，那就是今天在场这些人的所作所为，都是针对他口袋里的红头文书而来。因为皇甫三兴这块坚硬的石头横在当面，红头文书上的决定无法宣读和知会。他伸手在口袋里，捏一捏红头文书，在心底里吼道：可憎的皇甫三兴，在这里碰到你算我倒霉。你不让我宣读知会，我今日就不宣读知会。可你还不至于不让我为红头文书做一些辩解吧！

司空千秋身上有一股气运上来，他站起身，走到红丝石井栏那儿，像头一次来到这儿时那样，一手反叉腰眼，昂首挺胸，把夜幕降临的菊花园环视一周，然后亮着嗓子说道：我们不是要破坏一个旧世界，而是要建设一个新世界。我们拆除这瓦舍鸽棚和旧木阁，挖去这菊花和刚竹，然后建设一个花树环绕、绿草成茵、碧波荡漾的高尔夫球场。人们穿着西式礼服，扎着领花，挥动碳杆，打白色的高尔夫，那是多么高雅的贵族生活。那才是真正的现代文明呢！

司空千秋话音刚落，天便一下子黑严实了。

司空千秋当然不会说，在场各位泥腿子，打高尔夫，就免了吧。更不会说，在高尔夫球场一角的绿树红花中，掩藏几栋别墅。

金眼相士立起身，仰天浩叹道：一声文明，遮去多少羞丑。

鹤秀和林风鸣去房间取来几根蜡烛，点燃，滴油蹾在圆石桌上。夜风徐来，烛影摇曳，坐在四周的人们被映照得虚虚幻幻、模模糊糊。此刻，人们的所说所做，亦如这摇曳的灯影，明明灭灭、魔魔幻幻。

夜色中，菊花园顶脑的司马槐那儿传来几声鹳鸟的鸣叫，随后又传来几缕细细的丝竹之音。这鸣叫和声音唤醒和感染了楚留声和林风鸣。这师徒二人随即掏出新近刻制的唐字哨吹奏起来。唐哨之音和司马槐那儿传来的声音，与叫声合为一处，凄清哀婉地弥散在菊花园灯影婆娑的夜空。元菊生脱下犊鼻裈，裹缠到头上，很像倒着的冠帽。只见他一手扶住冠帽，一口饮尽杯中茶，吹着白胡须说道：我的心已经为终南山的白云留住，我的身子已经扎根在神禾原上，我只能与我的菊花、刚竹和鸽子休戚与共。说完身子往后一仰，倒在菊花丛，隐没了。鹤秀连忙移步过去，坐到父亲旁边，并且顺手摘下一朵小菊花插在发间。

司空千秋刚才说话时，一只手一直反叉在腰眼，看到这情形，听到这些话，那只手不由得徐徐垂下来。

皇甫三兴拍拍身边的竹凳，司空千秋只得从井栏那儿回到竹凳跟前坐下。

皇甫三兴显然被这环境和氛围所感染，目光巡视着，像在寻找什么：唉，不知为什么，置身此处，竟然想起骨灰和灵魂厝于凌烟阁的祖父和父亲。

金眼相士：愚人兄不是一直在苦苦寻找吗？

是啊！我的父亲皇甫穆勒临终有交代：医院是看病救人的地方，是渡人行善的地方，又是挣扎和痛苦的地方，充满喧闹和恐惧，不是灵魂安歇的地方。我说是呀，治病救人可以，安歇灵魂不行，太喧嚣灵魂安歇不下。父亲嘴角露出慈祥的浅笑：那你就寻个安静浪漫的地方，安置我和你爷的灵魂吧。天哪，既安静，还要浪漫，天底下有这样的地方吗？但是这话万万不能给父亲说，只能说：这样的地方，真不容易找到。父亲说：要容易找到，你爷的灵魂早安置好了。我说：我将竭尽全力，一定找到一坨既安静又浪漫的地方。父亲得到我如此坚定的态度，放心地闭上了眼睛。

金眼相士：怪不得你近两年有事没事老往菊花园跑呢。可到目前为止，我还无法确定。

还不能确定，为什么？

因为我在整理父亲遗物时发现一个秘密。

一个秘密。

一个难以破解的秘密。

说来听听。

皇甫三兴从贴心口袋里掏出一页皱巴巴的纸，展开来。金眼相士移烛过来，看到上面是几行歪歪扭扭的字。仔细辨认，方才连贯凑成一首佛教偈子一样的诗：

残山破景秋胜春，彩虹掠空菊酒温。
若遇高阁天籁起，清风冷月葬离魂。

隐在菊影里的元菊生连声高呼：好诗！真的好诗！口中高呼，身子忽地坐起，由于用力猛，把用犊鼻裈缠裹的倒冠甩脱了。

金眼相士也连跷大拇指：没想到，一个老外，竟然写出这么好的中国诗。可见这位长安通，名不虚传。美中不足的是，仅见这一首。

楚留声：这有什么，有唐一代，仅存一两首诗而名垂千古的，不乏其人。

你的意思是，这首安妥灵魂的诗，会名垂千古？难道你不这样认为吗？

皇甫三兴：可要是诗里描绘的地方找不到，机缘也没有出现，只是诗流传千古又有什么用呢？

司空千秋见大家说得不着边际、不切现实，就建议说：高尔夫球场建好了，将你祖上的骨灰和灵魂安置在球场边的绿树草丛中，不是很好吗？

皇甫三兴看都不看司空千秋一眼，毫不犹豫地否决了：我可不愿意祖上的灵魂被人一碳杆打到一眼小洞孔里去。

司空千秋涨红了脸，向皇甫三兴：诗里说得那么虚，找不着，高尔夫距离近，你又不愿意，这可如何是好？

元菊生见天色很晚，就让鹤秀和林风鸣拿些干果点心之类让大家充充饥，然后散摊。临走还送给司空千秋四样礼物：菊花膏一盒、蜜饯菊竹药酒两瓶、鸽蛋四枚、红蜡烛一对。

皇甫三兴道：步陶兄真会送。鸽蛋可以做药引子，菊花膏和菊竹药酒本身就有清热明目、延龄益寿的功效。至于蜡烛，那更是大功效的厚礼物。

司空千秋牢记历史使命，坚辞不受。吃人嘴软，拿人手短。这一点，司空千秋心里清楚得很。

别忘了，和司空千秋一同前来的还有一个人，这个人就是花郎。花郎今日一反常态，从白到黑，坐于偏隅，隐于暗中，未置一喙，不发一语，一边察言，一边观色。可以说，花郎是今天体悟最深、内心最矛盾的一个人。他觉得自己深临泥潭，进退两难。他见司空千秋坚不受礼，就上前替他收下了。司空千秋反手往腰眼一叉，威严道：你收下，你拿走。花郎并不示弱：不，我是替局座收礼呢。头又转向皇甫三兴：老医生，您说是吧？皇甫三兴立即向司空千秋道：这是步陶老兄的一点心意，也是我们大家的一点心意，你怎么忍心拒绝呢？

司空千秋心里很气恼元菊生，我是来给你知会红头文书的，你却给我跳鹤翔庄、送俗礼，这是干什么？司空千秋也气恨花郎，你个吃里爬外的坏家伙，今儿个一句腔都不帮，还收受贿赂，收得吗？司空千秋还气恨皇甫三兴，你个医生、院长，替病人保守秘密和隐私，是你的天职，你怎么可以如此要挟我呢？在这个世界上，除了黄厅长，没有人敢强我所难。难道你比黄厅长还厉害吗？啊？

司空千秋更气恨自己的身体，迟不出事早不出事，偏偏要在这创造政绩、为黄厅长出力办事、职位有望晋升的关键时刻出事。出点小事倒还罢了，可一出就出这要命的大事。唉，身体一出事，灵魂受制约。投鼠忌器，出门得化妆，精神得注兴奋剂，一切得像常人一样。可是一遇到皇甫三兴，就得瞧他眼色，听他说话。皇甫三兴个老家伙，用湛蓝的眼睛看着咱，给咱说这是步陶先生的一点心意，也是我们大家的一点心意。你怎么能拒绝呢？听，说得多客气，可那意思分明是：你敢拒绝吗？算了，小不忍则乱大谋，退一步海阔天空，几样俗礼，就由花郎代收吧。

花郎真是没眼色，竟然把礼物递过来：局座的礼物，还是局座亲手拎着吧。

以往任何时候，花郎都是跟班拎包的，今日简直反了天了。司空千秋真想踹他一脚。可是花郎把礼品袋横在他们中间，还朝皇甫三兴努努嘴。在皇甫三兴的注视下，司空千秋万般无奈，伸出委屈，甚至有点屈辱的手，接过礼品袋。

元菊生端起圆石桌上的一根蜡烛，用手护着灯焰，在前面照路，礼送司空千秋和花郎。鹤秀则朝司空千秋叫道：小心！别把菊花踩坏了！

金眼相士：步陶兄亲自擎烛引路，司局的待遇可是够高的了。

楚留声：事从宜，礼从俗嘛。

元菊生沉吟道：我们除了这可怜的审美生活和残存的礼节，还有什么能拿得出手呢？

金眼相士凄然笑道：咱这是礼贿。

一行人送到荆棘门口，告别时，元菊生将蜡烛交到花郎手里。

身边的皇甫三兴则淡淡地说道：脚前有灯，路上有光。

花郎持烛照路，引导司空千秋穿过拱廊，一直走到停在路边的汽车跟前。汽车一发动，大灯一亮，蜡烛便熄灭了。

金眼相士见汽车在远处拐过弯，轻松地嘘出一口气：今儿黑了送客人上路，明儿等千公里赛鸽归来。人生嘛，不就是送往迎来。

二十五

千公里秦汉杯大奖赛在内蒙古集宁开笼，六千多羽选手鸽将长途跋涉，越草原而入太行吕梁峡谷，出汾河口而跨黄河，进关中而归长安。

依据以往经验，领头鸽将于翌日上午十点至十二点之间到达。尽管鸽友们依据经验，能估摸出他们的大致归巢时间，但领头鸽是哪一羽，鸽主是谁，却没有人估摸得到。即使放到以前，鸽友们也只能说，不是皇甫家的，就是元菊生家的。现在情况稍微有些变化，情势有些乱，几乎所有鸽友都觉得自己有机会。于是乎，绝大多数鸽友是彻夜无眠。清晨，天刚放亮，又都匆匆起床，胡乱洗把脸，早点也不吃，直接上楼，盼望和等待赛鸽归来。

鸽友们坐卧不安，翘首东望。梦想正在远处的天空飞翔呢。

有人预报天气：起放地集宁和归巢地长安晴间多云，风力二到三级。沿途各地气候情况良好，唯有晋中一带多云，且有四到五级逆风。没有酸雨、沙尘暴和雾霾的报道。这实在是近几年极少见的适翔天气。按时见鸽，极有可能。

约莫十一点，人们听到东边天空传来隐隐约约的鸽哨声。那声音渐变渐大，很快飞临长安城上空。鸽友们一阵惊喜雀跃。这鸽哨声和以往听到的鸽哨声大为不同：清亮、高亢、刚正、宏远，鸣响千公里，遥遥归来。可归向谁家呢？能有如此好鸽哨的，除了元菊生家，还能有谁家？但那哨声没有向长安城东南方的大雁塔那儿漂移，也没有向城南的神禾原漂移，而是横贯长安城，一路向西。

消息很快传出：步行者获得千公里秦汉杯大奖赛冠军。

令桑哑铛和谢冰莹更加意外的是，第一个登门祝贺的，竟然是木归智。大门的门环被敲响时，桑哑铛吩咐谢冰莹：快去开门，不是金眼相士，就是鹤秀和林风鸣。当谢冰莹打开大门，看到门外站着木归智时，顿时愣住了。门里的桑哑铛看到门外的木归智，心中泛起一股逆潮，一下子把步行者获得冠军的喜悦冲淡了。

心情急切的木归智见大门开了，扎头便进，似乎这唐初居是一片湖水，他这条刺拐子①一个猛子就能扎到里面去。可惜他的额头咣地一下撞到坚硬的门扇上。

幸亏门扇上没有钉子，要是有钉子，那木归智的额头上就不是肿起一个大包，而是被扎出一个血窟窿。木归智没有感觉到疼痛，也没有抱怨谢冰莹把那半扇门关上了。他一心只想进到门里去，见这边半扇门开着，闪开谢冰莹，纳头又进，结果被人一把推得蹬蹬倒退，差点仰面跌倒在台阶上。木归智收住脚步稳住身子，抬头看时，却是桑哑铛堵在门口。桑哑铛一条好腿支撑着整个身子，一条残腿脚尖点地，昂着头，万分不屑地斜视着木归智。先前那个干干净净的木归智变成了另外一个人。头发蓬乱，脸脏身污，牙齿变黑，就连牙缝里也塞满黄色。木归智则感到，平时病歪歪的残疾人，今日完全换了一个人，堵在门口，不似一座大山，也像一尊铁塔。

哑铛哥，你咋使恁大的劲，兄弟差点跌个屁股蹲儿。

桑哑铛干脆把目光移向别处：你也配当兄弟？配把我叫哥？脏了哥和兄弟这几个字。

木归智赖赖地嘿嘿着：今儿不叫哥，张不开口说话。

哼！是来单挑的吗？

哥真会说笑话，没本钱了。

那是来寻下酒菜的？

我今儿倒愿意拿自个儿给哥当下酒菜。

热炒凉拌随意。

想看步行者一眼？

哥知道兄弟的心，兄弟这厢给你磕头。说着，双膝跪到门前台阶上。

磕头顶什么用，听说你当初从凌烟阁拿走天赐时也曾三拜九叩。木归智的膝

---

① 刺拐子，即黄辣丁。

盖里像扎进钢钉一样疼，但他还是叩了头：你就可怜可怜兄弟，让兄弟见一面，看一眼。

跛足烂翅，一瘸一瘸走回来的，有什么好看？

好哥哩，你这不是败哏兄弟，简直就是剀兄弟的心！

啊，我怎么一点儿也不知道，你还有心！

瞧哥这话说的，没有心，咋能活在世上呢。

桑哑铛本来想说你滚吧，滚得越远越好。结果却说成了你走吧，到别的地方活去吧！并示意谢冰莹回屋关门。

木归智痛苦地喊道：不让看了，庆贺一下都不行吗？

别羞辱我了，快走吧。

桑哑铛和谢冰莹退回屋内关门。因为心里有气，关门时用的力气大，只听嘎嘣一响，哎哟一声。原来木归智想阻止关门，手指给夹住了，既出了声，也出了血。门再开时，只见木归智跳着脚，筛着手，有血滴到台阶上，忙又用脚去跐。

身后忽然有人说：呦，手夹成鸡爪子了。

还有更狠的声音：怎么夹的不是脖子呢。

三人看时，却是金眼相士、萧涤生、莫追风、林风鸣和鹤秀到了。刚才的情形，他们从大老远看到了。

桑哑铛和谢冰莹各退门侧，让各位进屋：没想到，这么快就来了。

嗨，鸽哨一响，心跳手痒，就跟来了。

几个人进屋，木归智也跟着进屋，被桑哑铛拦住。金眼相士见状，圆场道：他可是进过凌烟阁的人。桑哑铛丝毫不让：他要是跷过这道门槛，唐初居就变臭了。金眼相士见桑哑铛寸步不让，就和几个人退回门外，说：是这，咱把事问明白，再做定夺，去留两便，心中敞亮。桑哑铛冷冰冰地看着木归智举在空中的手，说我心中敞亮着呢。谢冰莹拉拉桑哑铛衣袖：你就依相士哥，让他先问，问完你再定夺。聪明的谢冰莹这是在给自家夫君递话哩。相士哥问，咱决定。既搁住相士哥的面子，又不妨碍咱的决定，有何不可？桑哑铛会意，立即退到金眼相士旁边：就依相士哥的。

金眼相士不客气，单刀直入地把心中的疑团亮给木归智：你登门拜师，得到天赐时，送给皇甫师父一个红丝绳系着的锦盒，后来天赐兵败，你又把锦盒要回去了。我想，那锦盒总不能空来空去吧？

相士果然金眼，那锦盒果然是空的来着。

这么说，你一开始就断定皇甫师父不会收锦盒，收了也不会打开？

锦盒虽然是空的，但我的心是实的。只要赌赢，我付给主人十倍的价钱。只可惜，老天无眼，没有给我这个机会。我只能索回锦盒，我不想让任何人看到徒有其表的空盒子。

萧涤生和莫追风听得一阵一阵发愣。

金眼相士回忆起木归智送锦盒和索要锦盒时皇甫三兴的目光、神态和言行举止。看来，皇甫三兴也把木归智看清了，所以拿他做拟子实验。所以呀，皇甫三兴当时就说，那就先暂且寄存在凌烟阁。可是，既然是实验，怎么能来也空空，去也空空？

并非空空，我将锦盒拿回家，打开，空无一物。这印证了我当初的断定。皇甫师父没有打开锦盒。我面对锦盒，万分犹豫，是扔掉呢？还是留作纪念呢？可就在我翻过锦盒时，看到盒底红丝绳系着一页折叠着的纸。

我说嘛，怎么去也空空。

我打开一看，是一幅画，画面上是一只口衔橄榄枝、正在飞行的白鸽子。画角有几行字：第七天上，鸽子归来，脚上有泥，口衔橄榄枝。①

啊，馒头咬出馅，有点味了。金眼相士非常后悔过早说了那句结论：拟子实验结束，你失败了。还是人家皇甫兄老练，在木归智拎着锦盒下楼时说道：日头照好人，也照坏人。雨落到义人身上，也落到不义的人身上。原谅他吧，只是别让他再来凌烟阁。除非天开眼，不要赠鸽给他。金眼相士当时讲师父郭太路遇左原，左原悔罪自新的事，又想讲那个钜鹿杨氏县人孟敏，结果被岔开了。孟敏当年客居太原，荷甑而行，结果不经意间，瓦甑坠地摔成碎片。孟敏看也不看一眼，照直去了。这事正好让师父郭太撞见，问其为何不顾而去？孟敏答说：瓦甑已碎，再看又有何用？昔日孟敏，今日归智，何其相像？又何其相异？

莫追风忽然冒出一句：古人的灵魂，早叫今人吹气泡了。金眼相士差点摘掉眼镜看莫追风：你咋把我的话说了。

莫追风：我一半替你说，一半替皇甫老先生说，剩下的替我自己说。

一半我，一半皇甫老兄，还剩下了。当然。

金眼相士：得，别扯了，让归智说吧。

木归智：我一看到衔橄榄枝的白鸽子就梦见天赐。梦见天赐就盼望适生回来。我咬咬牙关，告别鸽子，重寻一种生活，结果发现不能够。根本无法进入另外一种生活。天赐死了，适生飞了，生活被带走了。我这才发现，生活跟我没关系了。走在路上，迎头打对过，鸽友就像避瘟神一般，大老远绕道走开。即便不经意间勉强

---

① 见《圣经·创世纪》（8：11）。

擦肩而过，鸽友也有意别过头去。就是硬着头皮跟刚上道玩毛蛋的小鸽友搭腔说话，人家听见权当没听见，还故意朝地上啐唾沫。想重买两只鸽子养，还没走到跟前，卖主便把笼挪到一边去。悻悻转身，人家就在背后指指戳戳：天赐都摔死了，咱这鸽子到了他手里，能活得了！没办法去找小坏蛋，协商说现在时兴公棚，咱合伙办一个，我给你拉下手。小坏蛋连忙摇着双手说快趁早歇着，你办公棚，会有人送鸽子来吗？转一周八匝，碰得灰头土脸回到家，银花也不待见，吃饭时老拿碗底蹾桌子。好好一个碗，蹾成了两半片。

银花一边收拾碗，一边说，撒了算了。正好喂狗，狗吃了还忠诚信义，看家护院。瞧，咱成了不齿于人类的狗屎堆。实在走投无路，就去陶后居，找师兄萧涤生，结果热脸贴个冷屁股。我说去非哥，换帽子容易拔香头难，别人嫌弃我你可不能嫌弃我。萧涤生说兄弟间的友谊和情分跟婚姻差不多，由误解而亲近，以了解而告终。我说你还没有完全了解我。我愿意你继续了解我，而不愿意中道见弃。萧涤生说我本来就罪孽深重，你不要让我罪上加罪，那样的话，我就是再活三辈子，也赎不了罪。我欠皇甫师父的太多了。

木归智一步跨到萧涤生面前：去非哥，我真不知道你怎么会罪孽深重？有何罪可赎？

萧涤生不看木归智：因为你心里压根儿就没有罪恶感。

木归智实在有些着急：我不求你谅解，只求你拉兄弟一把，让兄弟回到生活中来。

萧涤生冷冰冰地道：除非你抱着天赐来。

木归智差点跌坐到地面上。天赐已经长眠于凌烟阁橄榄树下的大瓦瓮里。木归智能看到的，只有口衔橄榄枝的白鸽子。

木归智：这么说，生活彻底不要我了？

莫追风：咱养鸽人性硬，那个搞 AB 棚作假的家伙，还有那用气枪打死第三名没验成棚的家伙，因为没人跟他们玩，就自杀身亡了。

木归智：我何曾不想死，我在城河边枯坐三天三夜，决心一头栽下去。

莫追风：咋没栽下去呢？

木归智：被银花拦住了。说我要投河寻死，对不起天赐。

莫追风：我看你就该到阴曹地府去，向天赐请罪。

木归智脸憋得紫胀：死就死，只要看一眼步行者，然后到阴曹地府去。

金眼相士斜莫追风一眼，嫌他话说得太重，重话会逼死人的。他扭转话题道：受磨难才是世事，慢一百回方夺冠才是人生。一锤子买卖那是赌命。

木归智哇的一声哭了，哭得哀痛欲绝。可惜晚了，没有机会从头再来。

金眼相士见情势演变至此，就用戴着大墨镜的眼睛求救桑哑铛，看可否通融。这情景让木归智感觉到了，忙央求道：就看一眼，然后你叫我死我就死。若不信我把耳朵撕下来当凭证。说着就要动手。莫追风说：谁稀罕你的臭耳朵。

桑哑铛学着萧涤生的样子，把头别向一边，冰冷冰冷地说：除非天赐活过来。

木归智吐出一口鲜血：天赐！我的天赐！

莫追风模仿皇甫三兴的神态和口吻道：该隐杀了弟弟亚伯，耶和华问，你做了什么呢？你兄弟的血有声音从地里向我哀告。地开了口，从你手里接受你兄弟的血。现在你必从这地受诅咒，你种地，地不再给你效力，你必流离飘荡在地上。①

金眼相士哦了一声：你不理解皇甫老先生。皇甫老先生已经说道：太阳照好人，也照坏人。雨落在义人身上，也落在不义的人身上。②

可他没有说坏人和不义之人不受惩罚。鸽子受难，人心慢慢觉醒。

木归智已经谦恭得近乎下贱了，用可怜的哭腔对桑哑铛道：你真忍心不让我给步行者磕个头？说这话时，木归智心中肯定对以前奚落挖苦桑哑铛和步行者的行为追悔莫及。

桑哑铛的身体有些晃动，被谢冰莹扶住了。他稳住身子，昂了头，语气更加冰冷地回道：你去把天赐唤醒吧！

木归智耳朵摇动着，嘴巴抽到一边，满脸绝望地道：咱咋落个这下场！落个这下场！说着身子往后退却。

一直没吭声的林风鸣悲叹一声。鹤秀却道：看不到步行者，听听哨声，心情兴许轻松些。

木归智脸上似有一丝宽慰的表情，一步一步向街心退去，双眼还不时向唐初居的屋顶眺望，仿佛步行者会从那儿飞起来似的。

木归智当初到凌烟阁拿天赐，就是退着下楼的。后来讨要锦盒，是抢着锦盒下楼的。今儿，又是退着离开的。瞧，退到街心远处，一闪，不见了。

金眼相士慨然道：真应该宽宏大量，让他看步行者一眼。谢冰莹提醒道：就怕他看一眼后，真的去死。

金眼相士想到刚才的情形，猛然间明白了。

柳散木和墨玉环在飘风楼前的木板茶房里等待图南归来。

柳散木换了秋装，像出席正式场合一样，把对襟上的盘扣扣得整整齐齐，坐在窗户跟前，支棱着耳朵听窗外的动静。飘风楼里，有鸽子拍翅鸣叫。柳散木一听到

---

① 见《圣经·创世纪》（4：8—4：12）。
② 见《圣经·马太福音》（5：45）

鸽子叫，脸上便露出温和的笑容。

墨玉环照例把那盆和图南一同长大的菖蒲搬过来。虽然时令到了秋天，那菖蒲却生得油亮油亮的。墨玉环端着菖蒲在柳散木鼻尖前绕一下，然后放到窗台上。柳散木说，这菖蒲，到了秋天，还这么香。墨玉环嘚瑟：谁的菖蒲嘛。

墨玉环重新添过热茶，递给柳散木：换过三回了，还没见你沾唇。柳散木接过茶杯，凑鼻闻一闻，说新菊花茶，香，然后放到窗台上。于是，菖蒲和菊花茶的香味混合一起，一丝一丝透向窗外。

柳散木：还记得五百公里盛唐杯大奖赛等图南不？

咋能不记得？他们都来了，真是热闹，真是激动人心。图南也真是争气，中了头彩。

今天他们没有来，有点安静。

你不是等鸽子时喜欢安安静静的吗？

可是今天有点过于安静。

安静到极致，平地一声雷，图南就到了。

柳散木雾蓝雾蓝的眼睛转向墨玉环。墨玉环一阵心疼，觉得自个儿模模糊糊的，连忙道：五百公里，掐时掐点，他们准时来。可这千公里，鸽子什么时候归来，只能大致估摸一下，兴许他们一会儿就来了。

柳散木又支棱起耳朵，听窗外的动静。飘风楼里，鸽子们又在咕咕叫。柳散木道：你听，小寒玉在呼叫图南呢。墨玉环深信不疑。柳散木的手和耳朵，绝对不会出错。飘风楼里每一羽鸽子的鸣叫声，他都能分辨出来。不仅如此，鸽子高兴的叫声、哀痛的叫声、满足的叫声、恐惧的叫声、索食的叫声、求爱的叫声、炫耀的叫声、挑战的叫声、防御的叫声，柳散木都分辨得清清楚楚。有次，柳散木听到鸽子叫，说拐角有两只雄为争一只喷点雌正在争斗呢。墨玉环进飘风楼去看，果然见一只年轻雄鸽半蹲在地上，缩着脖子鼓胸鸣叫，翅膀还一抖一抖向对面一只老雄鸽示威。老雄鸽也耸着羽毛，很威风地防御着。墨玉环笑道：两位剑客，为一个美女决斗呢。

柳散木的两只耳朵像尖尖的马耳朵一样朝前竖起来，直冲窗外天空。

墨玉环看着柳散木的样子：情况不对。

柳散木压低嗓子：有声音。

墨玉环伸耳听一听，没有听到声音。但她还是相信柳散木的耳朵。

柳散木：不信你摸一摸。

墨玉环见柳散木手指搭在窗棂上，也过去把手指搭在窗棂上。窗棂又不是琴弦，既不颤动，也没有发出声音。墨玉环又把手指挪过来搭在柳散木的手背上。刚一触及，便有一种声音一样的颤抖传过来，酥酥的，麻麻的。

听到了没?

听到了,像是鸽哨声。二人又屏息耸耳细听。

柳散木:应该是新秦字小七星,朝长安城漫过来了。

墨玉环差点跳起来:图南回来了!

柳散木又让墨玉环屏息:到长安城上空了。

这时候,墨玉环也听到隐隐约约的哨声。

好像没有朝这边漫过来。

是的。朝西边漫过去了。

戛然收住了。听不见了。

柳散木依然坐在窗前,那只手慢慢从窗棂上收回来。墨玉环有点愣神,像是要确认什么又不愿相信什么。

楼板一串响,圆墩墩胖乎乎的二鲁班像西瓜一样滚进来,举着手机喊:步行者?步行者!

柳散木忙让墨玉环下楼到电脑上去确认,确认无疑,步行者荣获千公里秦汉杯大奖赛冠军。

柳散木长出一口气:金眼相士、步陶师父、皇甫老医生,他们的眼睛真厉害。接着又对墨玉环道:我留在家等图南,你随宏才兄去唐初居表示祝贺吧。

墨玉环随二鲁班出门,又折回来:总不能空手去恭贺人家吧。二人寻思半天,却发现偌大个飘风楼,竟然没有合适的东西作贺礼。

二鲁班在门外紧催着。

柳散木拍拍胸脯:得,带一颗心就行。

墨玉环:可这心拿什么表示呢?

柳散木想一想,摇着手说:你就代表我,给步行者按摩按摩。墨玉环高兴地出门去:行啰,跟图南待遇一样啰。

之后,墨玉环回来,陪柳散木等图南。不是等得奖,而是等归来。

连着三天,远征的将士们陆陆续续归来了。步陶师父的雪头领着玉翅回来了。皇甫老医生的石板灰领着两个伙伴回来了。萧涤生的莲芯也回来了。生宝、黑娃也有鸽子归来。尤其小坏蛋,放胆用博尔特生的一羽嫩芽子参赛,竟然进奖了。第三天天黑前,二鲁班和花郎也灯下见鸽。网上数据显示,奖位已满,比赛结束。

可是,图南却杳无音讯。图南和步行者一样,肩负重任,佩着林风鸣和鹤秀新刻的秦字小七星哨呢。他要是一回来,满长安城的人都听得到。

柳散木依然坐在飘风楼木板茶房的窗户前,泥塑一般,纹丝不动。

墨玉环忙坏了,大门上高挂暂停营业牌,专门在家里伺候人和鸽子的吃喝拉撒。

开头几天，心情和气氛还算轻松。虽然得不了奖，但归来应该不成问题。图南是何等样的英雄，怎么会不归来呢？可是到第七天天黑时，天空依旧见不到图南的影子，也听不到哨鸣。

柳散木的心被焦虑的大火烤得干黄干黄。他已经两天没吃东西，两夜没有合眼睡觉。这可要急死墨玉环：图南要是再不回来，散木怕是活不成。墨玉环想让散木开心，可除了图南，又有什么能使散木开心呢？

春天时，墨玉环头上插荠菜花。到了秋天，就换成菊花。墨玉环侧着头，把菊花凑近柳散木鼻子，让他闻。菊花已经蹭着柳散木鼻尖，他依然没有反应。墨玉环又端起菖蒲，让柳散木闻。他非但不闻，还把头别向窗外。菊花的清香和菖蒲的冽香引不起柳散木的兴趣，墨玉环只得悻悻地将菖蒲放回窗台上。焦灼和苦盼的表情凝固在柳散木脸上，就像冬天的雪花冻在窗玻璃上，麻麻花花的。墨玉环心疼地看着柳散木，恨不得变成图南，破空而来，凌空而降，那冻在玻璃上的雪花立即就会融化。可惜不能够。

墨玉环担心得声音颤抖了：图南不会回不来吧？

胡说！你怎么能这样不信任图南呢！

两天两夜没吃没喝没睡没说话的柳散木震怒了，那只神手可劲拍到窗棂上。窗玻璃给震得哗啦哗啦响。就连窗台上的菖蒲，也跳动着差点掉下来。

我见你两天两夜不吃不喝不睡，故意这样说呢。说一千，道一万，也不能怀疑图南。

墨玉环立即换了口气：我们图南何许人也？五百公里盛唐杯伯马冠军，长安城第一大英雄，怎么会回不来呢？怎么可能回不来呢？

这就对了，信念要坚定，士气要鼓舞嘛。

可这已经是第八天了。八天了，图南要是不吃不喝不睡，他凭什么飞回来呀。

得，拐弯抹角哪。吃，喝。咱吃咱喝。我去准备饭菜。

删繁就简，一个馍、一杯菊花茶就成。

墨玉环很快拿来，柳散木啃着嚼着用茶水往下冲着。

墨玉环欣喜地瞅着柳散木的吃相：你一吃饱，图南就有力气了。

柳散木咽着噎着：知我者，玉环也。

嗯，知夫莫若妻。

噢，对，知妻莫若夫。

等待和苦盼的焦虑暂时得以缓释，柳散木的话匣子打开。但说来绕去，依然脱不开图南。

柳散木：还记得那次和步陶师父在菊花园聚会不？金眼相士、楚留声、莫追风、二鲁班、桑哑铛、花郎、林风鸣和鹤秀都在场。

这样的聚会多了，又有茶，又有酒，谁知道你说的是哪一次？就是步陶师父出了九个字考大家那次。

好像有这么一次。

出的是翢、翇、翲、翘、翋、翀、翂、翟、翚九个字，让大家解。

记得金眼相士、楚留声、林风鸣和鹤秀各解得一个字，你却一口气解得三个字。

是的，他们都在解释鸽子的飞翔状貌，我却注解了翇、翢、翋三个字。翇是贴着鸽子肉体的细绒毛，翢是大羽羽干两侧并列斜生的小羽枝，翋是羽径最末梢的部分。

大家都说你解得好。

不是解得好，是摸得好。图南的羽翅柔若绸缎，滑若凝脂，色彩红得跟火焰一般，咋能飞不回来？步陶师父说图南的飞行姿态是神霄真逸。神霄真逸，岂能飞不回来？

可步陶师父说过，鸽子不能仅凭翅膀飞回来。

记得图南出征前，我给他按摩，把我身上的精血气脉传导给他，然后把他放到白茬竹挎里。图南先是竖腿耸肩，伸脖抬头，目光射向窗外。进而拍翅鼓胸，鸣叫着左转三圈右转三圈。

嗯，还满含出征渴望地朝咱们凤凰三点头呢。

你说，图南生有这样的心性和志向，岂能不归？

身材羽毛，心性志向，两相汇合，足以使图南奋力归来。但若再有点什么，就更好了。

再有点什么？

比如母子般的亲情什么的。

柳散木端坐不动，神气静止无息。

墨玉环真是太了解柳散木了。一句话，把柳散木说入梦乡。梦里，是一片优美灿烂的景象。

一位七八岁的少年，牵着母亲的衣角去集市上买油盐酱醋，走到集市拐角，看到路边歪歪扭扭地摆了一溜儿竹笼，笼里是各式各样、各种花色的鸽子。白的、黑的、花的、通身皆白，头上一点黑、通身皆白，头和尾巴黑、通身乌黑，双翅雪白、通身皆白，脖子上绕一圈红或者一圈黑，像女孩子围着围巾。鸽子头有平头的、有凤头的，嘴有长的、有短的，眼睛有红的、有乌的，还有金色的，有光脚的、还有毛脚的。少年一溜儿看过来，眼睛都看花了。

末了,少年的目光被一位壮年人和他的鸽子吸引住了。壮年人手拿蒲扇,坐在马扎上,面前放一个油光铮亮的竹挎,里面装着一对鸽子。那竹挎与旁边常见的竹笼不同,长约三尺,高、宽各尺余。中间有隔断,顶面两开门。四角露顶立柱,柱首呈馒头形。中间是高拱提梁。做工精细,形制清雅。水磨白茬,不涂漆。用得日久,已成琥珀色。内中一对鸽子,比雪还白。带着柿饼霜的青眼皮,蓝眼仁,小白鼻,细红嘴,一平头,一凤头。少年像是被磁石吸引住,摸着锅铲头,蠕动着大眼睛,睫毛一闪一闪地看着。母亲连喊他好几声,他都没有反应。母亲扯他衣袖,他甩开来:妈去买吧,我在这儿看鸽子。母亲走了,走了一段路又折回来。集市上乱哄哄的,母亲不放心,硬拉少年走。少年不愿走,吊在母亲胳膊上,硬扭着脖子回头看挎里的鸽子。不知是何缘分,一眼之见,瞬间告别,使得少年的眼泪吧嗒吧嗒地掉在母亲的手臂上。

母亲停下来,疑惑地看着儿子:你真喜欢成这样?

少年连连点头,又淌出一串眼泪。

母亲拉少年回到壮年人面前,问:多少钱?

壮年人面色平静,语气温和:娃喜欢?

喜欢得哭呢。

壮年人:宝贝落到喜欢的人手里,不会受亏待。

母亲又道:这位老哥,多少钱?

壮年人伸手一只瘦指头:一只这个数,一对这个数。又伸一根指头往空中竖一竖。

旁边一位中年人插话道:我说这位老哥,你咋是个怪人。刚才那个买主,一只给三十,一对六十,你都不卖,咋一转眼,天上的价就掉到地上了?

壮年人斜都不斜中年人一眼,平平淡淡地道:鸽子不是用来卖的。

中年人来了劲:不是用来卖的?那你拿到集市上来干啥?亮宝来了?

母亲从大襟衣的口袋里掏出手帕包的钱,一层一层往开解。中年人不依不饶:不是用来卖的,你送人家得了。

壮年人:白送?这不是辱没人吗?世上有愿意白拿人东西的人吗?

中年人:嗯,话趸顺都让你说了。

母亲解开手帕,数过钱,对壮年人说:你要的数,恓恓惶惶将能凑够,少也只少三两毛。只是,买了鸽子,油盐酱醋就买不成了,回家只能吃白水煮菜。

少年泪眼闪着光:白水煮菜就白水煮菜!

母亲:娃图喜欢,哪里晓得日月苦哇。

壮年人:再减一半价。

母亲:那敢情好,余点钱买点油盐,酱醋不吃也罢。递钱过去。

壮年人：鸽子是娃的了。少年高兴地提挎在手。

旁边的中年人又发话道：碎小伙，你咋连挎提走啊？

母亲不好意思地劝阻道：娃小，不懂规矩。买牲口得自己带缰绳，买鸽子咋能连挎提走呢？

少年脸红了，也犯难了，鸽子怎么拿回家呢？

清瘦的壮年人望着为难的母子俩，微笑着说：连挎提走吧，倘若有缘，日后再见，还我就是。

母亲大受感动，要少年磕头致谢。

壮年人立马沉下脸道：咋能随便叫娃给人磕头呢？

母亲见心意已表达，就说娃今生肯定和你有缘，竹挎一定会还给你。

事情就这么成了。

鸽子在少年的屋檐下安下家来，而且在短短的两年内养育出十几只儿女。成群了，也成了少年生活的一部分。少年下学，打柴或者寻猪草回家，大老远就能看到鸽子在自家矮房的上空飞翔。渐渐地，鸽子摸着了少年回家的大致时间，每当他快到家时，鸽子便迎着飞来，并随着他绕着圈儿飞。少年到家，鸽子也落到屋檐上。少年连忙给鸽子喂食喂水，鸽子有时候吃少年喂的食，多数时候是飞到田野里自己觅食。鸽子真是善解人意，为了减轻少年喂养他们的负担，就成群结队地自力更生去。邻人说外出打野是鸽子的天性，少年则全然不知。他只相信鸽子给他的生活带来无尽的快乐。少年无意间发现，当他痴迷地看鸽子时，母亲则在一旁痴迷地看着他，脸上荡漾的表情，是从内心渗出来的幸福，尽管那幸福里隐含着悲怨和哀伤。有一次，母亲看到两只鸽子在逗嘴，眼泪哗一下淌出来。少年说妈，你想我爸了。母亲边抹眼泪边说：你爸个死鬼，没福呦！

少年快满十六岁时，鸽子已经繁殖到好几十只。少年挑选十几只留下来，其余的一半送给要好的，一半拿到集市卖掉，聊补家用。每次去集市，母亲都要再三叮嘱：若碰到那位大恩人，一定要把竹挎还人家，还要附带一对小鸽子作为酬谢。可惜的是，那位大恩人一直没有在集市上再露面。

少年过十六岁生日那天，母亲病倒了。不知是被沉重而长久的生活负担压病了，还是长期思念父亲而郁积成病了。反正病得不轻。家中本来就微薄的积蓄全部用完，又向亲友告债，才勉强把母亲的病看得差不多。母亲身体大不如前，面带菜色，身体佝偻，走路老喘气。少年顷刻间意识到：母亲养他的时代结束了，他养活母亲的时代开始了。

离开学堂，收拾行囊，背井离乡，外出打工。

说实话，离开学校，少年并不心疼。那地方，迟早都要离开。人不能在学校待一辈子,生活才是最能磨炼人的大学校。但要告别母亲和鸽子,少年却心如刀绞。

临走那天,母亲把少年送到村口的官道上,还不肯松手。

少年望着在头顶飞旋的鸽子,劝母亲回去。母亲非但不回去,还不停地抱怨说,都怪妈这身子骨不争气,要不然咋舍得让你出远门,到那人生地不熟的地方去。说着眼泪就涌到眼眶边上。少年安慰母亲:妈,我都十六岁了,该经经风雨、见见世面了。母亲说:你年龄还小,身子骨还嫩,别人家的孩子还在学堂念书,你却……可怜我这没大的苦命的儿呀!母亲的泪水如决堤的河水一般涌出,滚落到少年的肩头。少年说:妈,儿命不苦,儿能挣钱养活你是儿的福分!母亲听到这话,眼泪掉落得更厉害,简直泣不成声。母子二人就这样难舍难分地走到官道的大梁上。少年坚决不让母亲再送,说再送就到千里外的工地上了。母亲极不情愿地松开少年的手,抬头望向天空,猛然收住泪水说:你走吧,妈给你喂养这些鸽子。鸽子在妈跟前,就等于你在妈跟前。飞在高空的鸽子,像是听到了母亲的话,趁势俯冲下来,绕着母亲和少年飞翔。鸽子旋成一个圆圈,把母亲和少年旋在中心。鸽群高低疾徐地环绕着母亲和少年,时而掠过他们的头顶,时而擦过他们的肩膀。

少年就这样辞别了母亲。母亲站在官道的高梁上,身子向前倾斜,一只手伸出,努力想抓住渐离渐远的少年。少年先是后退着走一段路,然后转过身,一步三回头地向更远处走去。鸽子还在远送。少年在路上移动,鸽子在空中移动,一直到很远很远。少年猛地往母亲那边一挥手,大吼一声:回去吧!鸽群旋即升高,在少年头顶旋转一周,然后掉头飞回到母亲头顶。

母亲站在村外官道的高梁上,瘦弱的身子向前倾着,一只手向前伸着,头顶旋舞着一群白色的鸽子。这景这情,一瞬间镌刻在少年的心叶上。

少年在想,不管打拼个什么结果,他一定会回来的。最好是春节,雪后初晴的日子,鸽子在空中欢迎他。那情景,和眼前这离别的情景一模一样。自己推开院门,看到母亲拄着拐棍,站在院中的雪地里,对着旋舞的鸽子和推开的院门说:我散木儿回来了!

二十六

千公里秦汉杯大奖赛是在内蒙古集宁开笼的,或者是海拉尔。集宁或海拉尔,

都无所谓。重要的是，放鸽车的笼门打开了，六千多余壮士腾空而起，踏上漫漫征程。

千公里，可是比五百公里多一倍呢。从起飞地一路向西南，要途经内蒙古、河北、山西、陕西四省数市才能抵达长安。如此漫长的征途，要是遇到五百公里盛唐杯大奖赛那样恶劣的天候，那我们只有葬身异乡了。好在秋天的天候比春天要好，只在河北地界遇到了强劲的顶头风，别处还行，多云间晴。

我和步行者领头，率领鸽群匀速飞行。我俩身上的秦字小七星高亢而清亮地鸣响着。地面上行走或者劳动的人们听到哨声，纷纷停歇下来，抬头瞭望，侧身倾听，有的还向我们招手致意呢。直到我们飞驰而过，他们看不着听不见的时候，才又重新开始行走和劳作。

千公里比赛，可是适了步行者的意，只见他不慌不忙、不紧不慢地飞着，瞧那神态，仿佛这不是比赛，而是家飞。我们小脑袋中的磁场告诉我们，我们距离家乡还很远很远呢。我们以往比赛的经验又告诉我们：行百步者半九十，最苦的赛程在最后。最后有能力冲刺的才可能赢得比赛。步行者回头一笑，似乎在告诉我：千公里可不是比冲刺速度，而是比意志和耐力。瞧步行者那神气，像是要为主人夺取锦标呢。不用说，主人已经在热切地盼望和焦急地等待了。我多么想和步行者一道，并肩飞回长安城，以一对秦字小七星的哨声，给长安城一个惊喜。可是我不能够！我将辜负我家主人，但绝不是背叛！

记得在大雁塔顶，适生说你不配做天赐的朋友，然后一嘴将我啄下去。我扑棱着翅膀飞向塔顶，气鼓鼓地问她：为什么要这样？！

适生说：我已和天赐结为终身伴侣。可如今天赐死了，我应该收翅从高空冲向大地，撞死自己。要是没有那样的勇气，就不吃不喝，饿死自己。

啊，你比天鹅还要坚贞呢，但是千万不能那样，已经死了一个，不能再搭上一个。

适生说：我应该那样，也不应该那样。因为人类从来不关心我们的感受，死了岂不白死了。唉，可怜的天赐，已经在另外一个世界了。不死，又如何对得起他。

我在适生的小脸上看到郁结日久的悲痛和绝望。对适生而言，再也没有比天赐更称心如意的郎君了。可是生活变故了，一切都没有了。都怪那场比赛，都怪拿鸽子赌命的木归智。我想安慰适生，都找不到合适的词句。天赐生不遇时，遇又非偶。

适生十分冷漠地：我不会撞死，也不会饿死。你不去，我一个人去。

说到底，你还是要去？

是的，那是天赐的遗志，也是天赐的理想，是用鲜血和生命换来的。

我的心一下被镇住了。我怀疑而钦佩地看着适生。适生本来生得小巧玲珑，敏捷机智，神情秀气，灰身子、小花头、白翅白尾，活像一只花蝴蝶。可这阵儿看她，却完全是一位意志刚强、铁心出征的女英雄。我让她等我最后的答复，她限时一天。第二天黄昏，我披着彩霞飞上大雁塔，告知适生一个两全其美的办法：过两天进行千公里秦汉杯大奖赛，主人必遣我上阵。到时候，你在归途等我，我和你去找那个理想的地方。这样，我要是去而不归，主人便以为我中途迷失。若日后有幸归来，主人必有意外惊喜。

适生眼中放出喜出望外的光芒，动情地过来为我梳理羽毛。我以为她又要啄我，机警地往旁边一闪，差点掉下塔顶。适生浅浅一笑，你可不能食言噢。我说你等着吧，白海豹。

现在到了兑现诺言的时候。

我和步行者各佩一枚秦字小七星，一路鸣唱着归来。快到长安城上空时，我看到了在前面盘旋的适生，她身上的花斑一闪一闪地召唤我。我对步行者说，你先回长安城报告吧，我和适生另有所约。我们就此别过。步行者呼应一声，直奔长安城而去。我和适生则绕过长安城，径直向东南方飞来。

这个世界真是太大了。大地、山川、河流，连绵不断。白云、蓝天，辽阔无垠。许多迎面而来的东西以前从未见过。有些东西可以慢慢认知，有些东西对我们而言，永远都是神秘的。好在这寻找的路，白天有太阳照耀，夜晚有星星引导。

天之苍苍，其正色耶？其远而无所至极耶？哪朝哪代的哪个老先生，问得多好呀！

天空高远处，一片深青色。下面有山水有雾岚的地方，一片灰青。我和适生一红一花，飞行在深青和灰青之间。太阳是会终老，但那时候还早，我们必须寻找，寻找那有烈火而烧不热的大泽、有冷冻而不冰寒的河汉。炸雷破山却伤不了他的主体，飘风振海却惊扰不了他的灵魂。那样的乐土应该在最南边。有鲲鹏鼓动垂天大羽远征南冥，却用来为我命名，冥冥中似有命运做着安排。管他有意无意，都遂了愿吧。乘天地之正，驾驭六气，一路南行吧。

不要过于为我们担心，我们的骨骼既柔韧又坚强。你想不到吧，我们的骨骼和竹子一样，是空心的，里面充满空气。竹子可以制作笛子，供花衣人吹奏，还可以制作鸽哨。听，我背上的哨，一路向南响哩。我们的骨骼可以驾驭空气。我们的身体里到处都是气囊，而且和肺部连通，空气在我们身体里循环往复增强浮力。我们的心脏跳得坚强有力，比人的频率快很多。要不然怎么会有那么持久的耐翔力呢？我们的体温高达四十余摄氏度，只比雨燕和老鹰略低。要在温度较低的空气中飞行，必须保持这样的高体温。人要是在空中飞行，不一阵就会冻僵掉下去。再瞧我们的胸肌，宽厚发达，几乎占到身体的一半，即便最优秀的游泳运动员也比不上我们。我们的胸肌有超强的牵引力。我们的翅膀和羽毛又轻又灵活，这是我们飞行的第一利器。我们两只翅膀各有十根主羽、十根副羽。主羽在边，向外排列；副羽在里，向内排列。我们窄长的翅膀向下扇时，羽毛会结合成紧密的网，挡住空气，生出浮力和推力。翅膀上扬时，羽毛会像百叶窗一样漏掉空气，减少阻力，为下扑做准备。要特别注意我们翅膀最外边的三根大条。大条末端像尖刀一样斜出，条与条之间有很大的缝隙，利于破空。知道比利时大名人凡布利安娜吗？他的罗烈亚号荣获巴塞罗那大赛冠军，被日本人岩田孝七重金买走。罗烈亚号一到日本，鸽界高手立即汇聚一堂，像品评世界小姐一样品评罗烈亚号，对其血统、头相、体型、胸围无不交口称赞，但对其羽翼却颇有微词，认为其外边四根大条太尖、太柔软、空隙太大。岂不知这正是他的优点，不信你瞧瞧我的边条，也是这样的。我们飞行时，翅膀不是简单地上下扇动，而是像船桨一样画"8"字形，既垂直又向前。关键时候我们会合拢双翅在空中快速侧滚，或者翻筋斗。那各式战斗机表演，就是学我们的。你瞧，因为能外出寻找梦想，适生高兴地快速侧滚呢，那动作真是漂亮极了。我一激动，一羡慕，也跟着翻滚出去。但动作没有适生轻盈利落。适生以逸待劳，我已经飞行过千余公里，体力肯定不如她。适生回头看我一眼：我觉得你气有点短，喘呢。我想说我受过伤，沙尘暴和雾霾在我的肺里留有后遗症。但我没有说。在这重要关头，怎么能说这么丧气的话呢？

瞧我们飞得多起劲，一眨眼就到了海边。

海和陆地连在一起，海岸线弯弯曲曲延伸向远方。海浪扑过沙滩，拍打在岸边的岩石上，摔成花瓣，又顺着沙滩退回去。

和我们长安城相比，这里完全是另一个世界。灰蒙蒙的天空没有了，古色古香的大雁塔没有了，高楼大厦没有了，展现在眼前的，是无有际涯的水国泽乡。靠近岸边的水是清黄色的，再往里是黄绿色的，再再往里是墨绿色的，再再再往里是湛蓝色的。左首那边有大群海鸥在追逐鱼群，右首有小渔船归来，有大轮船出航。尽管我们的视力远远超过人类，但到了深海，我们目力所及的极远处，也是海天一体。人们将这海叫太平洋。传说在太平洋的最南端，有块地方叫南极，人类还没有在那里居住，那里是不是我们要找的乐土，也未可知。

大海变化出一种诱人的魔力，这魔力进入我和适生的身体，我们的身体迅速膨胀，与海水融为一体。我们一头扎向大海的深远处。无知者无畏，我们这对海盲，前路会遇到什么不测，已经全然顾不得了。

头一天飞到天黑，才发现问题的严重。海太大了，在什么地方歇脚呢？陆地上随处都可以，海上可不行。幸亏我们发现了一个小岛。我们飞到上面补充水和食物。海水丰盈，但不能喝，一喝我们就变成盐坨子了。

岛上住着鱼鹰、海鸥和信天翁。他们各自有各自的领地，见到我俩这不速之客，就奋力驱赶，仿佛我们是刺探情报的间谍，必须驱逐出境。

我和适生在迎风的岩石上缩了一夜。月亮亮在头顶，又大又低，仿佛一伸嘴就能啄到。远处的海水反射着月亮的幽光，近处的海浪拍打着岩石，发出哗啦哗啦的声响。第一次在海上过夜，觉得既浪漫又恐惧。到了后半夜，天气变冷，适生紧紧地依偎着我，小脑袋直往我翅膀底下钻。我只和小寒玉如此亲近过。这要是在飘风楼里，我肯定会情不自禁地和小寒玉温存了。小寒玉呦，你能想象到我和适生歇息在这寒冷的小岛上吗？

海浪在岩石下喧哗，是在回应我，还是在警告我？

东边天空泛起鱼肚白，接着曙光一跃，太阳就腾空升起。海上的太阳比长安城的太阳起得早得多。海风温润，阳光温暖，该起程了。底下是海水，空中是翅膀。为了我们的族类，我们追随海鸥，一路向南。海鸥飞得极快，若是前方水域有鱼群，就会飞得更快。我们只知道鹰隼和鹃子比我们飞得快，没想到海鸥比他们飞得还要快。尽管我们很努力，很拼命，但还是渐渐落伍了。

我们越过那艘曾经看到过的轮船，缓慢向南飞行。南极有多远，我们根本不知道，我们只知道只要飞行，就可能会到达。

太阳快落海时，我们发现事情坏得超乎我们的想象。我们飞累了，又饥又渴。可这深海之中，根本没有可供落脚的、补充营养的地方。别说是小岛，连一块石头都没有。我们只看见一只叫不上名的海鸟，掠过我们头顶，独自向着太阳落海的地方飞去。那巨大的身影被残阳的光线打得赤红赤红，比我红许多倍。我们很羡慕那只海鸟，但已经没有能力向它那样飞行了。

更加糟糕的是，南面的海面上蒸腾起一大团墨绿色的乌云，迎面压过来。我们预感到我们将面临灭顶之灾。这是比陆地上的沙尘暴、酸雨和光电化学烟霞猛烈一百倍的灾难。我们无处落脚，更无处躲避。我们是生有羽翼的鸟儿，不是生着鳍和尾的鱼。脚踏不到实处，那是多么可怕！

风暴漫空卷来，一波强似一波。海浪拍打着海浪，激起几丈高的浪峰，发出雷鸣般的呼啸。要不是我们闪避得快，肯定被海浪的舌头卷入波涛之中。雨珠有我们下的蛋那么大，照直横飞地打在我和适生身上。我和适生觉得翅膀被打断了，不听使唤了。我们的身体被风暴推翻，飘若瓦片，随着暴风雨的节律在空中跌宕起伏。海浪的舌尖有好几次都舔着我们的脚爪和尾巴，我们的身体和命运完全不由自己掌握。初入大海的志向和浪漫，被巨大的暴风雨当头浇灭。

我们奋力坚持，却又无法坚持。鱼鹰、海鸥、信天翁全都无影无踪，只余下我和适生,像两片树叶在暴风雨中翻卷。天空越来越黑暗,我们几乎什么也看不见,只能听到暴风雨和海洋的怒号。巨浪的舌头随时都会卷入我们。罢罢罢,就此葬身大海吧,这也许是上天要我们为那个异想天开的念头付出代价。

几近绝望的刹那,翻滚在空中的我看到左前方不远的昏暗中闪亮出一串灯光。那灯光一忽闪,忽闪到浪谷里不见了;又一忽闪,忽闪到浪峰上出现了。哦,那灯光,救命的稻草,正是我们出港时看到,并在中途超越的那艘轮船。我和适生拼尽力气,改变方向,让风暴把我们吹向灯光闪烁的轮船。

也是命不该绝,一股猛烈的旋风把我和适生旋到轮船上空。我们凭借风力,一个俯冲,双脚抓住轮船上的缆索。暴风雨更加凶猛地涡旋。我们好不容易抓住救命稻草,岂肯轻易松手,风暴把我们的身体吹得像风车轮子一样环绕着缆索旋转。直到风暴猛劲过去,我们才勉勉强强在缆索上摇摇晃晃地站立住。

有位船员,冒着暴风雨,冲上甲板,救下了我和适生,并把我俩带回到船舱,拿装蔬菜的竹筐,将我们倒扣在地板上。嗨,竹筐里就竹筐里,虽然失去自由,总比飘摇在暴风雨里强。

营救我和适生的是一位蓝眼睛、黄头发的大胖子。长得圆乎乎的,笑起来憨憨的,很可爱。

一个穿着打扮像个小头目的瘦子走过来:胖厨,你傻笑什么呢?

胖子眼睛笑成两条细缝:我捡到两件宝贝。瘦子往竹筐里瞅着:影青还是元青花?

你尽做美梦哩。

瘦子看了我和适生,检查了足环:俺中国的。

胖子:以前救下的都是我西洋的,今日却救下你的同胞。

瘦子:你西洋迷失,我中国也迷失。

兴许不是迷失,而是像麦哲伦一样寻找新的大陆呢。可惜英雄时运不济,碰到咱嘴唇边上。

胖子:怨不得人瘦,猫吃糨糊,老在嘴上挖抓哩。

瘦子诡秘一笑:我藏了一瓶老金门,三十年,六十九度。

胖子:藏就藏着吧,船上不让喝。

嘿,规定不让找女人,你怎么一上岸就溜得没影了?

胖子依然憨憨地笑着,圆脸微微泛红,舌头舔着嘴唇,小眼睛露出馋人的贼光。

我的心有点发凉,身子有些发抖。比暴风雨还要寒冷呢。

瘦子眨巴眼睛:找个没人的拐角,抿两口?

胖子有点不耐烦：抿就抿，不抿就不抿，一句话撂倒，老眨巴眼睛干吗？

六十九度，烧喉咙呢，干抿不成。简单，我给咱弄两碟小菜。

瘦子停止眨眼，朝我和适生努努嘴。

胖子朝瘦子张大眼睛：你呀，本性难移。

这厢里，适生咕咕叫着对我说：你不是说人好吗？好到拿咱当下酒菜。这还不如葬身大海。宁遭天灾，不罹人祸。适生说这话时，肯定想到天赐被主人摔死的悲惨情景。瞧，她的身子和翅膀不住地发抖呢。

我不敢相信眼前的事实，但一看到瘦子脸上诡异而邪恶的表情，又不得不相信眼前的事实。瞎了，碰到和木归智一样的主儿，凶多吉少，小命将休！我对适生说：缩脖子一刀，伸脖子也是一刀，咱们拍翅逃吧。

可这粗陋的竹筐，宛然十八层地狱，哪里逃得出去！

胖子脸上的笑容一点点消退：你的老主意，拿他俩做下酒菜？

聪明。

我差点朝胖子作揖：不要不要，千万不要答应！

胖子回看我一眼，朝瘦子摇晃着大脑袋：不成，这可不成。

六十九度，三十年的老金门哪！

就是九十六度，百年的老金门，咱也不抿了。

傻瓜，为啥呢？

用鸽子当下酒菜，门都没有。以前没有，现在没有，将来也没有。

得，鸽子成先人了。

想当年洪水漫成大海，是鸽子帮咱们找到歇脚的陆地。

我惊呼道：还衔回一根橄榄枝！

胖子：咱不是鱼，一直生活在海里。咱漂浮得再久，到头来还得回到陆地上。那是鸽子给咱找到的家。鸽子是咱们的大救星，拿大救星下酒，还是人吗！

瘦子哦哦连声：我算服了你，每次抓到鸽子，你都这么说。算了，那瓶好酒，我还是继续藏着吧。

海上风暴，来得猛烈，去得悄然。第二天，旭日东升，霞光满天。

胖厨把我们放出竹筐，我们又飞上天空。

大海宛若一个无边无际的大摇篮，在温温柔柔地晃动着。轮船启航前行，船前不时有飞鱼飞出水面，扑打扑打百十米，又扎回海里。我和适生非常好奇，原来海里也有会飞的鱼。可惜翅羽太小，飞不远。

我和适生怀着新希望，外出寻觅。我们飞行大半天，看到的除了海水还是海水。我们不禁叹息：这海洋到底有多大？南极到底有多远？我们没有找到，只得又回到轮船上。胖厨知道我们要归来，已经为我们准备好了食物。我说还是人好吧，适生说胖的好，瘦的不好。一连三天，我们都过着早出晚归的寻觅生活，好在轮船也是一路向南。向南，图南，总会到达南极。可是，就在我们这样想着时，轮船却漂浮不前了。船员们纷纷到甲板上来忙碌，至于忙碌什么，我们也看不懂。

　　突然，空中传来一声嘹亮的鸣叫，很像刚冲出隧道的火车拉响汽笛。随之，一只信天翁展翅落到船舷上。信天翁灰身白头，模样凶猛，神态骄傲，一双犀利的眼睛怀疑地盯着我和适生。我们太渺小了，立即谦虚地向这位庞然大物致意。信天翁见我们对他毕恭毕敬，态度也温和下来：可怜的小家伙，怎么跑到大海上来了？

　　我怯生生地回道：我们想找一块没有人烟的安稳地方。信天翁依然按照自己的思路问话：大海是你们来得的吗？适生壮着胆子：我们想找一块新的岛屿与陆地。

　　信天翁：你们的尾巴太长了。

　　我和适生忙看信天翁，和他的身体相比，尾巴的确够短。我于心不甘：孔雀比我们尾巴更大更长呢。

　　尾大不掉，样子一定很可笑，而且飞不高。孔雀飞不高，但我们能飞高。

　　信天翁：你们的翅膀太小了。说着亮开翅膀给我们看。那翼展少说也有两米，羽毛坚韧光滑，羡慕死我们了。

　　信天翁轻轻忽扇一下宽阔的翅羽，海风就把他浮上空中。他翅膀一动不动，身体却静浮空中：这个动作你们会吗？你们的翅膀稍一停止扇动，身体就会掉下去。我和适生的羡慕变成了羞愧。

　　信天翁满怀善意地劝告我们：趁早回去吧，大海不属于你们，你们也不属于大海。

　　我和适生一再表白我们的愿望，我们一定要找到那块地方。那里没有人，没有鹰隼鹞子，也没有黄鼠狼。

　　信天翁落回船舷，带着讥笑的口吻说：两个不切实际的空想家。

　　听说南极尚无人烟。

　　噢，南极！那地方，我都去不得，何况你们。

　　我们愿意为理想献身。

　　除非你们故意去寻死。

　　我们怎么会故意寻死呢，我们只愿意为理想而献身。

　　那是一个冰雪世界，山峰、陆地、海洋，统统冻结成冰，终年气温零下四五十摄氏度，只有企鹅生活在那儿。你们去不了。勉强去了，会被冻成冰雕。你们非得要去，我给企鹅捎个信，让他们开凿冰块，给你们立个纪念碑。你们叫什么名字？

　　我叫图南。

我叫适生。

你们要方形的,还是圆形的纪念碑?把你们身体的冰雕放在纪念碑顶上,碑身正反两面都刻上图南适生永垂不朽!

我们不要给自己竖立纪念碑,我们是要给天下所有的鸽子寻找一块理想的栖息地。

那你们找错地方了!南极虽然是只适合企鹅生存的冰天雪地,但人类早已到达,还争相建立各种考察站。你们想一想,人类能在太空建立空间站,能登上月球,怎么不能在南极建立考察站呢?

我和适生面面相觑。

回去吧!你们属于陆地,我属于大海,这在上帝造物时就已经决定了。我一个猛子扎进海里,可以抓一条鱼吃。你们一个猛子扎进海里,就让鱼吃了。不信,你们试试。

信天翁说完,一张大翅,飘上空中,然后头也不回地向远方飞走了。

信天翁飞走了,当头棒却砸在我和适生头上。海浪涌起,我们只觉得天旋地转。理想的路标轰然倒塌,我和适生也从摇晃的缆索上跌落到甲板上。

信天翁一飞走,夜晚就降临。

月亮低低地移到头顶,有磨盘那么大;偏远处悬着星星,有人的拳头那么大。这情形在陆地上很少见到。陆地上,月亮很大很明亮时,星星就隐匿了。但海上则不同,月亮出来,星星也出来。陆地上讲日月同辉,大海上讲星月共明。

海面上像有无数盏灯火在明灭闪烁,那是海浪在反射和晃悠着月亮和星星的光芒。轮船卧泊在海面上,船上的灯光和海浪间的幽光彼此呼应着。

我和适生从来没有见过如此美好的夜景。我们一边欣赏一边慨叹:美景虽好,却不属于我们。我们得筹思计划我们明天的行动。

瘦子拽着胖子的衣袖来到甲板上。

胖子往后挣脱:你这是干吗?人家正看得入迷。

瘦子从怀里掏出那瓶三十年、六十九度的老金门高粱酒,望望头顶的月亮:把酒问青天,今夕是何年?

得,你还是举杯邀明月,对影成三人吧。说着又要挣脱。

瘦子央求胖子:咱不打挂鸽子,咱就着星月干抿行不?

胖子说真的?瘦子说真的。胖子说稍等,脱身回舱拿来一包花生米。二人坐到甲板敞亮的地方,披着星月之光,就着花生米开始了。我和适生并肩栖息在缆索上,看他们喝酒,听他们聊天。

瘦子：为了这瓶酒，我寻你寻了大半晚上。

胖子：你寻我干啥？你一个吃独食，自斟自饮多好。

我也闹不明白，一船成百号人，我就寻你。一瓶好酒，就想让你喝一半。

要是别的好事，早把我丢下了。

咋能呢，一个被窝里钻下的兄弟，喝酒忘不了你，别的好事咋能丢下你。来，抿一口。递瓶子过来。胖子接过瓶子咕嘟一大口。瘦子心疼地：你悠着点，夜长着呢。

没事，抿完了接着看电影。

什么破电影，把你迷成这样，拽都拽不出来。好看，《叛舰喋血记》，我都看第三遍了。

噢，好莱坞的老片子。

你看过了？

你也想把这艘轮船开到一座蛮荒的小岛上，碰上一位土著美女，然后浪漫一回。

哪个男人没有这样的梦想呢？你可知晓这电影的真实背景？

电影以前的事我不太清楚，电影以后的事我略知一二。

那我告诉你以前的事。

那我告诉你以后的事。

瘦子慢慢地说出来。十八世纪末期，一艘英国皇家海军的三桅舰蓬蒂号，在南太平洋上向塔希提岛行驶。船长威廉·布莱自恃自己是探险名家，便暴戾乖张，任意妄为，结果引发哗变。可恨可怜的船长和他的追随者被赶上一只小艇，放逐到汪洋大海之中，听天由命。哗变首领克里斯蒂则率领众人将叛舰开到南太平洋的比特坎尘山岛上落脚。在岛上，克里斯蒂很快和塔希提女子莫阿杜瓦热恋。可惜好景不长，第二年，英国海军司令部即派遣潘多拉号军舰前来捉拿叛贼，并将其押回伦敦审判。其中三人被判绞刑，唯有主犯克里斯蒂下落不明。

我和适生听得稀里糊涂，我们搞不清人的历史，更搞不清异域人的历史。光那一串曲里拐弯的洋名字，就足以使我们堕入云雾之中。

胖子：你是说，这电影演的是叛将克里斯蒂的故事。

是的，艺术不太关注寻常生活，而关注非常生活。叛舰之事和克里斯蒂之谜吸引了众多文学艺术家的目光。科幻小说家凡尔纳写过此人此事，诺德霍夫和诺曼·霍尔也写过此人此事。更有趣味的是，此人此事先后五次被搬上银幕，不知你看的是哪个版本？

主演白兰度。

哦，白兰度！那个著名的花花公子，耀眼的明星。在世人的眼里，他可是比这海上的星星还要亮呢。

胖子：你可别奚落他，他可是我的偶像呢。

难怪你只要一上岸，就没影了。

胖子：二十世纪六十年代初期，麦勒斯通在太平洋波利尼亚的德夏罗阿珊瑚岛上重拍《叛舰喋血记》，邀请白兰度出演叛将克里斯蒂，结果白兰度相中了塔希提女子达丽塔，坚持让她出演克里斯蒂的恋人。二人假戏真做，柔情蜜意，难舍难分。达丽塔由此一举成名，并与白兰度生下一子一女，还成为白兰度的第三任妻子。婚期长达十年之久，这对风流成性的白兰度而言，实在难能可贵。

瘦子流着哈喇子：老牛吃棵嫩草。

胖子：白兰度先是买下德夏罗阿潟湖中十二座小环礁岛，盖了几间茅舍，成为德夏罗阿乡村旅店，由达丽塔经营。之后又买下全岛近六百公顷土地，做了那里的合法主人。这是他的艳遇之地，也是客人们的乱世避风港。

瘦子：临渊羡鱼，临渊羡鱼。

胖子：白兰度厌倦了好莱坞美女如云又虚与委蛇的名利场，渴望自然纯洁的原生态生活。他复活了克里斯蒂，生活在现代的塔希提。望着海风吹动的椰子树，看着珊瑚丛中穿行的大白鲨，躺在恋人的怀里休养生息。这里的人们坦诚友善，在街上迎面相遇，他们对你微笑，跟你打招呼攀谈，有事没事都尽量帮助你。你若病倒街头，必然有人送你去医院，并精心陪护你。你要是单身狗，他们就万分热心地为你张罗对象。不像有些超级文明或正在文明的地方，走到路上，压根儿没有人搭理你，若有人主动搭理你，当心碰瓷。你若死在家里，许多天都没人知道。

瘦子：红萝卜调辣椒，吃出看不出，你倒是白兰度的知音。

不，我不是，达丽塔才是。

哦，幸运的达丽塔。

白兰度死了，部分骨灰撒在德夏罗阿环礁岛上。

倒是生死一体。

顶顶可恨的事情发生了。有家海滨度假集团斥资过亿欧元，在岛上建了三十六座漂亮别墅和五星级豪华大酒店，还命名为白兰度大旅馆。克里斯蒂和白兰度的浪漫被现代化了。他们要是活着，不知道会哭，还是会笑。

恐怕哭笑不得。

还是未亡人达丽塔了解白兰度。她目睹开发商砍伐白兰度亲手栽种的塔西提冷杉，伤心欲绝。白兰度要活着，绝对不允许这么干。他更愿意保持岛上自然原始的风貌。开发商太贪婪了。她和白兰度的德夏罗阿已不复存在，变成了十足的人魔岛。

唉，可歌可泣、可伤可悲的达丽塔和白兰度。瘦子竟然跟着胖子一起伤感。

我和适生也被稀里糊涂地感动了。尽管我们似懂非懂，但人类生活中的某些东西和我们是相似的，甚至是相通和契合的。

我迎风站着，海风吹响了我背上的秦字小七星。其实，从陆地飞到海上，我背上的秦字小七星一直鸣响着，只是海太大，波涛声太震耳，哨声不是被波涛声遮掩住，就是被大海吸纳掉。只有在这明月朗照、海风吹拂、涛声低沉的静夜，我们才又意识到秦字小七星的存在。

瘦子：听，哨声，鸽子也在哀叹呢。

胖子：一听到鸽哨，就回忆起童年，那时候，每到春天，成群结队的旅鸽会从天空飞过。有时候他们会落到尚自裸露的山毛榉林里，童声般鸣叫成一片，把树枝染成一片蓝色。他们嬉戏、吃喝，然后继续迁徙。整个河谷和山顶上边，全是旅鸽飞行的身影，简直遮天蔽日，壮观极了。对了，还有好事者给旅鸽佩带鸽哨，哨声漫空而过，好听极了。

还真让人羡慕呢。

可惜在我成年之后，那壮观的景象再也没有出现过。旅鸽寻找到了无人打扰、适合他们生活的地方？

人类的贪婪生成一个巨大的死亡阴影，一直尾随着他们。鸽群被缺少人性的专业捕猎者用枪和罗网从一个地方赶到另一个地方。旅鸽数量锐减，结群而飞的习性也遭到彻底破坏。他们零星飞行栖息，但仍然遭到射杀。当然，也有枪管爆裂，把射手眼睛炸瞎的事情发生。

看来，得断了拿鸽子当下酒菜的念想。

得谢谢一红一花两只鸽子，还有哨声，他们让我回忆起童年美好的生活。如今我已人过中年，身体已经发福。我内心亦无奢求，倘若有机会让我重睹旅鸽飞行的壮观场景，我一定把它认定为一生中最幸福的时光，并为此而欢欣鼓舞、欣喜若狂。

我想，我也会的。

那壮观的场面象征着充沛和欢乐的生活，象征着大自然的丰饶与富足。原野和森林被成群的旅鸽所淹没，世界该多美呀！

真没想到，真是出人意料，我们离开陆地，飞到海上，又遇到一个金发碧眼的胖知音。

瘦子：那样的情景，不知道还会不会回到这个世界上来。

胖子没有理会瘦子，而是转过脸，殷切地对我们说：回到陆地上去，筑你们的巢，下你们的蛋，让你们的幼鸽飞上蓝天，其他都不要管了。什么也不要计较，因为天空有鸽子，就像空气中有灵魂，有了生动的活气。

真真正正是知音，说得多好，简直说到心坎里去了。我和适生感动得眼泪哗哗掉下来。不虚此行！再艰难也不虚此行。我们忽然意识到：人类的灵魂、我们鸽子的灵魂，一切生物的灵魂，随着所依附的生命一起，参与到这个宇宙的物质和精神的转换过程之中。生命有他的大限，灵魂却不一定。死生有些时候是交替的、转换的。天赐死了，却唤起了我们的新生。天赐的死促成我们逃亡和寻找，我们遭受海洋风暴，遇到知音。所有过程，都让我们以生命悟道：最佳的逃亡地，就是与人类和谐相处，并且相依为命。因为这个地球和宇宙是我们共有的，我们的生命和灵魂活动也在创造和丰富着这个地球和宇宙。

我想：人类曾经明白，也还将明白。

轮船向北行驶了一天一夜，又折向东，去执行别的任务。

太阳升起来时，胖厨在甲板上撒了食物，瘦子端来淡水，供我和适生吃喝。

胖厨用望远镜朝西北方了望了望：吃饱喝足，然后告别，我们向东，你们朝西北。海岸线大致瞭望得见，估计得飞半天呢。

我吃喝得很慢，以至于让吃饱喝足的适生在一旁等了许久。

胖厨把望远镜挂到胸前，眯眼微笑：放心地回到陆地上去吧，你们的行动和声音，已经在海上写成了文字。

我的眼睛潮上一层雾气，看胖厨模模糊糊。我和适生飞上我们栖息了几天几夜的缆索。海风鼓荡，我们的身体随着缆索摇晃。

胖厨一个劲儿地挥手，我们张翅告别。飞到高空，我们才蓦然发现，轮船是白色的，白得像雪一样。胖厨和瘦子倚着船舷，在向我们挥手。我们告别了白轮船，告别了胖厨和瘦子，向西北方向飞行，约莫半天工夫，我们看到了海岸线。不久，沙滩、岩石、花草、树木就在我们的羽翼之下，空气中的海腥味也渐渐被泥土味所替代。

长安，我们的家乡，我们新的飞行方向。

可是，新的问题出现了。我和适生翅膀大条上的羽毛在连续不断的飞翔中，尤其是在海上被渗透着潮湿盐气的海风风化了。尤其是边上四五根大条端梢的小翈毛几乎风化净尽，只剩下大条的骨筋。翅膀吃不住风，飞起来特别吃力。平时扇一下翅膀，现在得扇三下。不然，身体就会掉下去。怎么能掉下去呢？绝对不能！半途而废，等于没有开始。我们怎么能没有开始呢？我们在拼命。三下当一下就当一下，反正不能掉下去。可是一拼命，我就难受了。身上的硬伤带来的疼痛我都能忍受，但气短我无法忍受。我的肺有一半扩张不开，或者是肺里的许多网眼被堵塞了。三下当一下，铁得用肺活量，可我的肺成了没挡板的风箱，聚不住气。但我依然拼命着，直拼得面红耳赤、目鼓鼻胀。瞧人家适生，虽然也飞得艰难，但呼吸比我顺畅多了。

适生看到我窘迫的样子，急切地问：图南，你怎么了？鼻脸怎么涨红涨红的？

我尽量轻描淡写：也没什么，就是气换不上来。

是不是五百公里比赛落下的病根？

可能是吧。

你铁得坚持住，要不然我们的心就白费了。

你放心，就是走，也要走回去。

我们坚持着翻过一架大山，不承想突然被迎向而来的狂风暴雨裹挟住了。想一想，我们的翅羽已经成了光骨筋，我的肺又透不过气，再被暴风雨迎头浇下，那是一番什么景象啊！

我们被暴风雨拍得滚下山坡，跌落到一片小树丛里。树丛的乱石堆中跳跃着湍急的流水，要不是我们收脚收得猛，湍急的流水就把我们冲走了。

我们尽力跳上一块大石头，举头西望。除了密不透风的雨幔，哪里看得见长安。

就在我们急切西望时，高处树冠里跃出一个巨大的黑影，冲破雨幕，径直向我们扑来。

我听到适生恐惧的尖叫。

二十七

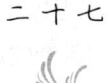

柳散木在飘风楼前木板茶房的窗前枯坐了整整十天，他已经不像前几天那样支棱着耳朵谛听窗外的动静，手也不再搭在窗棂上感觉空气中传导过来的振动。他只是面色麻木地枯坐着，似乎不是在等待，而是等待成了枯坐。按照常情，鸽子在外飞行的安全极限时间是一个礼拜，过了一个礼拜，就很难说了。什么意外都可能发生，能不能归来，真是两讲。柳散木耐心好，第八天上还吃了墨玉环拿来的馍馍，喝了墨玉环端来的菊花茶。可是接下来这两天，情况变了。柳散木不再关心窗外的动静，就连飘风楼里别的鸽子的打闹和鸣叫，他也充耳不闻，只是一味地佝偻着头，垂手枯坐在那里，不吃不喝不睡。前几天静穆得像一尊泥塑，这两天则变成了一截干枯的木头，竖在凳子上。墨玉环用自己发间的鲜菊花撩柳散木的下巴，没有反应。墨玉环又端过窗台上那盆菖蒲，蹭着柳散木鼻尖让他闻，并且说菖蒲旺着呢，图南一定能回来。柳散木依然没有反应，似乎图南的归与不归，已全然与他无关。但墨玉环最能理解他。当一种爱和期盼超过极限时，人就变成这样：面容消瘦，眼窝深陷，两颊吸进，神情麻木，似乎魂魄已经飞出七窍之外。

墨玉环后悔自己当初立场不坚定，要是坚持不让图南出征，也就不会出现眼前这种情况。图南真要是不回家，散木怕是要坐成一尊永久性的木头雕像。要是那样，自己心中埋藏多年的愿望就彻底破灭了。墨玉环思前想后，觉得还是要在图南身上想办法。图南是散木的心结，心结解不开，散木命将休。

墨玉环拉过凳子，坐到柳散木对面，看着柳散木人形尽失、魂飞魄散的面庞，心疼地呼道：你咋成了这样？你咋成了这样！

柳散木的表情木刻一般，凝固着，没有丝毫反应。

墨玉环把自己的一只手放在柳散木膝盖上，又拉过柳散木的一只手，放到自己的手背上。柳散木修炼成一双阴阳神手，阳手热若炭火，阴手冷若冰霜。

墨玉环觉得放在自己手背上这只手简直和冰块一样坚硬和冰冷。在这个世界上，能细致区别柳散木这两只手的，有三个人。一个是柳散木的母亲，儿子身上有多少根汗毛，母亲都一清二楚，何况两只手。只是母亲在世时，散木的手还不是阴阳手。二是元菊生。是元菊生发现了这双手，才资助他学按摩。再就是墨玉环。墨玉环被那双修炼成功后的阴阳神手一按摩，就心甘情愿地做了俘虏。墨玉环觉得，在这个世界上，享受柳散木最用心按摩的，是图南。图南比我还要有福哟！可是有福的图南，你现在在哪里？主人等你回家，快要等死了！

墨玉环抓过柳散木另一只手，发现也是冰冷的。墨玉环把柳散木的两只手一齐拉过来，捂在自己胸前。柳散木的一双手僵硬地摆动着，没有半点反应。

墨玉环淌着泪水道：我就是图南，千公里归来了，你给我按摩吧！

柳散木干裂的嘴唇动了动，耳朵支棱了支棱，眼圈似乎也潮红了。

墨玉环见柳散木有了这反应，惊喜而激动地高声叫道：我是图南！我归来了！主人快为我按摩吧！

魂魄一下子回到柳散木身上，撑得他整个身体膨胀起来。

他把一双手慢慢举到空中，停顿住，像是等待一个节拍，然后突然快速摇动起来。柳散木一对阴阳神手，灵动如蛇，每个关节都会活动，都会跳跃。木板茶房里，回响着哗啦哗啦的声音，像是有十几个高手，在同时拨拉着算盘珠子。

柳散木猛然收住手，屋里的空气顿时静息凝固住。

墨玉环感到那双手落在自己肩头，随即飞快地按摩起来。她同时又感觉到，一串泪水抛洒到自己的颈窝里。

墨玉环万分意外地抬头看柳散木，并在心里惊呼：天哪，散木的眼睛抛洒出泪水来了！

墨玉环动情地看着柳散木抛洒泪水的眼睛，那双眼睛的眼圈湿红，刚抛完泪水，眼珠泛蓝，眼前飘浮着厚厚一层灰蓝色的薄翳。

啊，这就是柳散木的眼睛！它们从一开始就让墨玉环费尽心思，以至于许久之后，她才知道这双眼睛的真相。

柳散木告别了母亲，告别了他喜爱的鸽子，几经周折，才在广东中山市一家建筑工地上，揽到一份为泥瓦工打下手的活。因为年龄小，又干的是打下手的小工活路，所以挣的工钱特别少。老板每月只支付一半工钱，余下一半，年终统一结算。而每月支付的工钱，勉强够糊口。柳散木想，紧巴就紧巴点，只要年底发的钱，够给母亲买药，够回家看望母亲就成。谁知到年终结算，东一克，西一扣，拿到手的钱，连买回家的火车票都不够。跟老板讲理，老板板着脸说，毛孩子，嫌少，请另谋高就。生活让柳散木明白：另谋高就这四个字，板着脸说才有分量。生活也让柳散木痛彻地体会到另谋高就四个字所包含的痛失前路的辛酸和无奈。之后两年，柳散木换了无数个工地和工种，一路跌跌撞撞地往前走着。他把握住一个原则，哪怕是钟点工，只要按时付费，就干。否则，走人。有次，柳散木在不知情的情况下被人灌醉，做了一回低档的傻鸭子，挣了二百块钱。事后，柳散木痛恨自己失去处男之身，愤慨地把二百块钱撕碎了。宁愿饿死，也不能用这辱没灵魂的脏钱。每当人生失意痛苦，找不到活路，挣不到钱时，柳散木就回想母亲和鸽子。还别说，有时候还真管用。有次露宿街头，还真看到了母亲和鸽子。

柳散木怀里揣着这两年挣的血汗钱，包里背着给母亲买的药，踏着带有春节气息的白雪，回到了阔别三年的家。

他推开院门，看到母亲正蹲在院子中央给鸽子喂食。院子中央扫出一小块空地，食就撒在空地上。鸽子数量增多了，正挤作一堆，拍翅逐食吃。

母亲背对着柳散木，听见门响，非常平静地说：我儿回来了。柳散木手中的包散落到地上。他想响响亮亮地叫一声妈，可口腔鼻腔被什么东西堵住了，堵得连气都喘不上来。五官之中，唯一能流出来的，就是眼泪。

母亲颤巍巍地站起来，用拐棍支撑住身子，想要迎过来：儿呀，回来就好，哭啥呢？

柳散木紧走两步，扑通跪下去，抱住母亲双腿，满含热泪地仰脸看着母亲。母亲身体依然病着，但精神劲头尚好。

地上的鸽子被吓着了，呼啦一下飞到屋檐上，站成一排，往下看着这个突如其来的陌生人。有几只老鸽子，显然认出了柳散木，咕咕叫着冲下来，带得柳散木满头满肩的雪。

母亲扶起柳散木，对鸽子说：你们的主人回来了。鸽子立刻绕着柳散木飞舞。白雪映白鸽，两相晶莹，真是好看。柳散木看着鸽子，又看看母亲。母亲显老了，头发花白，身子更加佝偻，但眼睛里蕴含对儿子的温情。

柳散木拾了地上的东西，扶母亲进屋。母亲用颤颤巍巍的手揭开小饭桌上的粗瓷碗，露出一盘盘菜肴。不敢说丰盛，但都是柳散木爱吃的。他对着桌上的饭菜，疑虑不解。母亲说每年过年，妈都做好饭等你，你总会回来的。柳散木的眼泪又涌出来。母亲说你比走时高大半头呢，唇上也生了小胡髭，成了大男人，怎么动不动就抹眼泪？柳散木忍着泪和母亲吃了那顿饭。

饭罢，柳散木又和母亲到院中看鸽子。鸽子一见到主人就高兴得可劲儿地飞，把树梢、房檐、墙头的雪全扇起来。雪花和鸽子一齐飞舞呢。柳散木一下回忆起三年前告别母亲的情形：村头官道的大梁上，母子惜别，鸽子在头顶上飞旋。

母亲说：儿呀，这是你喜欢的。妈养他们在身边，就相当于儿在妈身边。

柳散木的心猛烈跳动着：有母亲，有鸽子，多好呀。生活如此有情有义，有趣有味，我们还想要什么呢？

柳散木似一块石头，把路上的行人绊了一跤。他醒来，发现自己露宿街头，做了一个美梦。这美梦给他带来好运气，让他找到了一份新工作。他不怕苦不怕累，就想挣一笔钱，过年回家看母亲，给母亲瞧病。

可是秋天过去，冬天到来时，柳散木接到了老家邻里大嫂的电话，说你快回来吧，你妈怕是不行了。柳散木急出一头汗，语不成句地问：出了什么事？为什么不行了？可是电话挂断了。

柳散木是怎么回来的，已全然不记得。他站在自家门口的街面上，全然惊呆了。

家不在了！低矮的院墙没有了！破旧的老屋没有了！鸽子没有了！母亲没有了！有的，只是一片狼藉！房倒屋塌，断垣残壁。破烂的砖瓦、散架的椽檩、横斜的门窗，还有正在横行霸道的推土机。这情形足以使柳散木脑筋短路，失去记忆。所以后面的一切都成了传说。

有的说母亲为了保护自己的房屋和村干部撕破了脸，有的说母亲跟那些杀鸽子下酒的拆迁工打在一起，病弱的母亲哪里是莽汉的对手，结果可想而知。有的说母亲眼见房屋和鸽子不保，便用一根绳子尸谏在门梁上。有的说房拆巢毁，鸽子无家可归，漫空哀鸣，母亲怀抱白苍竹拐，跌坐在废墟上痛哭三天三夜，泪尽而亡。

不知谁的黑手漫空一抓，便把那个简朴的、曾经与母亲朝夕相闻的家顷刻间变成了破碎的记忆。家乡成了故乡！

柳散木自己呢，也成了传说。有的说他疯了，见谁打谁，而且出手就是拼命，开推土机的吓跑了。有的说他把三个村干部打伤了两个，只有一个在乡上开会，侥幸逃脱了。有的说他和黑道上的人交手时被刺瞎了双眼。有的说他拼命后不愿意再看到这个没有母亲和鸽子的世界，把自己的眼睛熏瞎了。还有人说分明是哭母亲和鸽子哭瞎的。但不管怎么说，柳散木还是创造了奇迹：他怒睁着一双瞎眼埋葬了母亲。他跪在母亲坟头，追悔道：妈呀，儿对不起你！儿的梦想被打成碎片，连同你一起被掩埋了！儿有罪，儿既没能尽孝，又没能保护好你老人家，这是天大的罪孽，儿永生永世都赎不回来呀！妈呀，这世界没有你和鸽子，儿还要眼睛有什么用啊！妈呀，儿只剩下这白苲竹挎，邻里大嫂转交给儿啦，儿摸着它哪！

柳散木把老天哭诉得落下雪花，纷纷洒洒，覆盖了大地，覆盖了母亲的坟墓。他也成了跪着的雪人。

柳散木额头和眼睛上蒙着白布条，为母亲守了一百天孝。这一百天，多亏邻里大嫂管他吃住。他想把打工挣来的、埋葬母亲剩下的那点可怜的钱交给大嫂，大嫂说给一个孝子管几天饭，还要收钱吗？你把大嫂当成什么人了！孝子两个字，让他生了随母亲而去的念头。可念头一生，心就突突地跳：这难道是母亲希望的吗？他的身边响起母亲的声音：儿呀，咱不能失信于人，你一定要把白苲竹挎还给那位德行高尚的主人。记着，外带一对小白鸽。母亲的声音持续不断地回响着，并和他的心跳合拍在一起。是啊，真要了结自己，也只能在了结了这个心愿后再作决断。

母亲百日一过，已是初春天气。柳散木取了蒙在额头和眼睛上的白布，洗了头脸，恢复成一个常人。不特别注意，还真看不到他眼睛上蒙着一层雾霭般蓝灰色的薄翳，自然也就不知道这薄翳笼罩下的眼睛已经看不到光明了。他臂挎白苲竹挎，凭着记忆摸索到集市上来。竹挎一定要还，只是不能外带小白鸽了。

集市上的人渐渐多起来，说话声、吵闹声、叫卖声、吆喝声、鸟叫声、狗吠声和鸽子的咕嘟声混成一片。柳散木用耳朵分辨着这个世界，脑袋里依据声音想象着周围的情形。

旁边有人搭讪：这位伙计，面生得很。

柳散木不晓得这是和谁搭腔，不便回应，心中却道：少说也有十年没来了，能不面生？

旁边人提高声音：这白苲竹挎漂亮得很呦。

柳散木听出是和自己说话，下意识地把竹挎往身子跟前挪一挪，回道：是挺漂亮。

那人：你提个空挎来干什么？要买鸽子吗？我这儿有几只鸽子你瞧瞧。

柳散木把眼睛移向别处，摇摇头。

那人：我知道我这丑鸽子配不上你这漂亮的竹挎。唉，好鞍配好马，不买也罢。

柳散木觉得这人很有意思，就问：你也爱鸽子？

废话，不爱，提个笼跑这儿干啥？

柳散木：能养鸽子真好。

一句话，把那人的心扉打开来：可不是，不养鸽子，生活有个啥意思。你瞧我这瘸腿，在家爬楼梯，出门坐轮椅，不养鸽子，简直就没法活下去。

柳散木不由自主地扭过头，定睛望向那人。他什么也没有看见，但脑海里却浮现出一副光彩鲜亮的形象：热闹的集市、喧嚣的声音、众多的人群，一个瘸腿男子，坐在轮椅里，旁边搁个旧竹笼，里面装几只咕咕叫的鸽子。这形象让柳散木嘴角露出欣慰的苦笑。那人看到了这欣慰的苦笑，却没有介意柳散木眼前那层蓝灰色的薄翳。

这位兄弟，你看人的眼神和我看鸽子的眼神一样专注哩。

柳散木的心里咕咚一响，就像一块石头掉在深井里。随之，那千般欢乐和万般痛恨汇成波涛翻腾起来，涌上喉咙，涌上鼻管，涌上眼角。柳散木被这潮涌催着，说话的声音带着哭腔：我的鸽子没有了，我看不见我的鸽子了！

那人不晓得柳散木的命运遭遇，只捕捉到柳散木瞬间的情绪变化，并生出自己的感觉判断：看来，你爱鸽子，爱得跟我一样哩。

柳散木控制着自己的情绪：兴许比你还深哩。

那人大笑两声，又立即收住笑，对柳散木道：比我更爱鸽子的人，长安城没有几个！

柳散木想，近前这个人，恐怕也是一位和鸽子有特殊关系的人。

那人拍拍胸脯：兄弟，你记住，我叫桑哑铛。记不住我的名，就记住我的字——等闲人。记不住我的字，就记住我的形象——坐轮椅的瘸腿残疾人。

记住了，今生若还能相见，一定尊称你为等闲兄。唉——兄弟这话不对，啥叫今生还能相见。

柳散木忙补充辩解道：今生若不再见，来生必定再见。

那人把柳散木审视半天，疑疑惑惑地：兄弟该不会为啥事想不开吧？又拍拍自己脑袋：不会不会，我个残疾人都想开了，你好端端个人，怎么会想不开呢？

柳散木并不知晓桑哑铛背后的故事，但却听出了他话里的暖意。

桑哑铛旧话重提：你说你的鸽子没有了？

柳散木点点头。

你甭嫌丑，哥给你续上鸽子香火。

柳散木摇头：家没了，养不成了。

桑哑铛哦哦半天：那你提个空挎来干什么？不若让我先用着。等你将来有房子，能养了，我再还给你，外带两只小鸽子。

柳散木摇头否决：这挎不是我的，不能让你用。

桑哑铛把油光锃亮的白茬竹挎看了又看：我就说嘛，你这么年轻，怎么会有漂亮古旧的老竹挎呢？年龄和身份都不配嘛。

柳散木：我要把白茬竹挎还给主人，做个守信之人。

主人何方人氏？姓甚名谁？

我也不知道。

这就奇了，不知主人何方人氏，姓甚名谁，这可怎么还呢？柳散木讲了自己少年时随母买鸽的事。

桑哑铛仔细听了，寻思道：听听长相气质、为人处世的方式，再看看这名贵竹挎，只能是他了。对，数遍长安城有名有姓的人，只能是他。

谁？你在说谁？

神禾原菊花园主人。

对对，当时好像有人叫他菊花园主。你认识他。

认识，但不熟。

哦。

但我愿意领你去见他。

你在和谁说话呢？你要领谁去见谁？

问话的是一个年轻女子。女子刚从菜市场那边过来，手中提了一网兜菜。她一边问，一边把鼓囊囊的网兜挂在轮椅背上，并且拍了拍桑哑铛的肩膀。

柳散木看不见年轻女子，只能听见甜润的声音，但他能从声音中判断出这位年轻女子和桑哑铛的关系。

桑哑铛回应年轻女子：我和这位兄弟说话呢。又扭过头来：这位兄弟，我还没有请教你的尊姓大名呢。

不敢，在下柳散木。

桑哑铛：冰莹，听见没，这位兄弟叫柳散木，多好的名字。

叫冰莹的年轻女子扑哧笑了：桑是木，柳也是木。和则为林，分则为散，上面悬两个铜铃，风一吹，就哑铛哑铛响。

桑哑铛：不愧是冰莹，说得好，说得好。

柳散木很是佩服这个冰莹，真是聪慧，几句话，就把两个人的命运挂搭上了。

冰莹又问：你要带这位散木兄弟去见谁来着？

去见这白茬竹挎的主人。

冰莹看白苤竹挎，惊呼道：这竹挎，简直比我还漂亮呢！它的主人会是一个什么样的人呢？

菊花园主元菊生。

噢，是步陶先生！你可是心仪已久，苦无机缘。散木兄弟是个信义之人，要还挎，咱做个引路人。那敢情好，说不定还能拜上师父呢。

桑哑铛搂着他的鸽子笼坐在轮椅上，冰莹推着。柳散木提着白苤竹挎，后而跟着，一起南行。过那段沙窝路，桑哑铛是自己瘸过去的。柳散木搭手，帮冰莹把挂着菜兜的轮椅推过去。走在荆条道上，柳散木的衣袖被挂住好几次。冰莹低声对桑哑铛说：我咋觉着散木兄弟的眼睛……被桑哑铛嘘声制止了。

在菊花园的拱形门口，见到了主人元菊生。桑哑铛下椅致意：我带来一个人，还您竹挎。

柳散木虽然看不到当年那个壮年人已经变成更壮年的人，但那气息一闻便是。

元菊生看到柳散木提在身前的白苤竹挎，慢慢想起什么：哦，你是那个买鸽子的少年。

柳散木硬压着胸中上涌的情绪：是的，我来还挎。

你的母亲可好？

柳散木的泪水唰地喷出来，眼前还腾起一团蓝雾。

元菊生关切地：你的眼睛怎么了？

母亲不在了！鸽子不在了！光剩下竹挎了！

花郎上次随司空千秋到菊花园，适逢元菊生、林风鸣、鹤秀，还有楚留声他们在起去年酿的酒，为九月九日的庆功宴做准备。本来是很喜庆的事，但司空千秋非得把征地拆迁的事唱明叫响，当面与元菊生起争执。这一争执，事情就明晃晃摆在桌面上，花郎的心不知偏向哪边。这让他很矛盾，也很郁闷。再加上翘秀去了加拿大，心中有些空巢的烦躁，郁闷加烦躁便成了伤痛。伤痛不是生理病，没什么灵丹妙药。能缓释的，只有一个法子：暖痛。过去在生意场，吃亏了，折本了，伤痛了，狐朋狗友，三五成群，提着酒菜来慰问，进门就呼：暖疼暖痛。现如今花郎又伤痛了，却没有人来暖痛。翘秀要是在家，准备些酒菜，自己人给自己人暖痛，倒也可以。可眼巴前，翘秀也成了伤痛的一部分，这可叫人怎么办呢？花郎只觉得这伤痛一会儿聚拢着，一会儿分散着。聚拢时就是伤痛加伤痛，分散就成了烦躁加郁闷。花郎实在忍不住，就晃悠到街上，想自己给自己暖痛。可是路过好几个酒馆和饭店，他都没有进去。他漫无目地走着，不承想，却趔摸到飘风楼来了。

花郎一进木板茶房，墨玉环就慨叹一句：你咋也成了这样！

花郎看不到自己，却能看到眼前的情景。柳散木枯坐在窗前，墨玉环站在他对面。两人之间的空地上，放着白茬竹挎。竹挎里是小寒玉。墨玉环看着小寒玉，又说一遍：你咋也成了这样！

花郎看小寒玉。以前的小寒玉浑身青色，上面零零星星飘些墨雨点，通体看去，温润如玉，很有些大家闺秀的气质。可眼下，像是患了精神抑郁症，一下子失去了生存的活力。浑身松软，眼窝沦陷，目光冷漠呆滞。缩在挎角，显得无精打采，郁郁寡欢。花郎再看柳散木，完全成了一截开裂的木桩子，竖在那里，其精神委顿，超过小寒玉十倍。又回头看墨玉环，那么柔韧乐观一个人，怎么也憔悴成这样！花郎看不见自己，但从墨玉环刚才的慨叹推测，自己也成了这样。难道真的是不是一家人，不进一家门？

花郎有过等鸽归来的体验，鸽子快到时，人的心像发动机的活塞，上上下下，哐当哐当响着。鸽子在快到家时，心脏也是这样哐当哐当响着。花郎今天看到也体验到了，等鸽久等不来，几近绝望时，人和鸽子的心便不再哐当作响。平静了，麻木了，甚或是要熄火了。

墨玉环被那久等不归的绝望心情和凝固的气氛压抑得实在难以忍受，想摆脱，想缓解，就转移话题，说小寒玉。

图南出征千公里秦汉杯大奖赛时，与小寒玉深情告别，叽叽咕咕说着归巢的承诺。小寒玉谨守诺言，盼望和等待着。可是图南却日久未归。棚中几羽高富帅雄鸽见小寒玉独守空房，认为天假良机，便轮番展开追逐。可尽管他们使尽各种手段，皆不能得到小寒玉半点眼风。幸亏鸽子的世界里没有占山为王的土匪，亦没有欺行霸市的黑帮老大，不然的话，管你小寒玉是大家闺秀还是小家碧玉，先抢来做压寨夫人再说。雄鸽再高富帅，人家小寒玉不待见，也只得悻悻作罢。雌雄间事，彼此中意，你情我愿，才有欢乐可言。小寒玉中意图南的神气，喜欢图南的色彩，图南一举一动、一叫一鸣，小寒玉心中都有反应。就连图南那受伤的眼睛和翅膀，她也觉得特别。小寒玉温柔贤惠，总是冲图南点头飞媚眼，还主动靠近图南，为他啄理嘴角和眼边的羽毛。对异性冷若冰霜的图南，也唯独对小寒玉有意，跟她亲近，跟她恩爱。她的巢箱，只允许他进去。一股热恋之后，欢乐鸣叫，闪尾同房。随后，小寒玉觉得全身晕乎乎的、懒洋洋的，就像人类感觉到春天到来一样。小寒玉的身体和心灵都发生了奇妙的变化，她的目光变得明亮无比，偷看图南时也深情款款。她觉得图南是天底下最富有韵味的男子汉。

可是，这天底下最富韵味、最用情专一的男子汉，一去不还。十几天了，早过了野外飞行的极限期。别人都陆陆续续回来了，你个死鬼，死到哪里去了?! 你可知晓，等你，把我和主人等成了这般模样！

花郎再次想到翘秀。翘秀去加拿大时，也曾和自己缠绵缱绻，海誓山盟。两个人柔情蜜意，恨不能融为一体。翘秀刚到加拿大那几天，早晚都要和他视频。可一周后，这份热情就减淡了。后来视频变成一天一次，或者两天一次。话语从新鲜的见闻，落到了快完成项目，带钱过来。初开始，花郎觉得地球就是一个小村落，视频一开，就眼对眼，嘴对嘴，似乎哈气可闻。现在又觉得地球确实很大，大到加拿大在万里之遥。远和近，有时是距离，有时是心理，远有远的乐，近有近的忧。翘秀要是和图南一样，迷了路，飞偏了方向，遭遇了沙尘暴、雾霾和鹰隼的袭击，那可怎么办？要是放在以前，花郎会毫不在意。大不了换一个，天下美女多的是，怎么能在一棵树上吊死呢？但现在不同了，翘秀把自己未来的生活带到了加拿大，并一再说美国就是天堂，加拿大堪比天堂。自己的一半积蓄交给翘秀，另一半和司空千秋合伙干这票生意，然后去堪比天堂。肋骨已经掰掉，钱袋已被拎走，要做的事情又让人进退维谷，烦躁、郁闷、伤痛能不接踵来袭吗？

花郎转回来又一想，柳散木、墨玉环和小寒玉盼望和等待图南，竟然盼望和等待成这般模样。不知翘秀在那边盼望和等待自己，是否也盼望和等待成这般模样？花郎看看小寒玉，再回忆和翘秀视频的情形，觉得二者之间，很少有相似的地方。

好几天来一直沉默不语的柳散木突然惊呼一声：光！

墨玉环惊觉地问：什么光？

柳散木开裂的枯木桩一样的身体从凳子上直起来：我头顶出现一团亮光！

墨玉环和花郎连忙用眼睛在柳散木头顶和茶屋里逡巡。他们没有看到亮光，只有看到天色转暗，窗外街上的华灯突然放亮了。墨玉环说是华灯亮了。

柳散木：不是华灯，华灯怎么会在头顶呢？那是比彩虹还要亮的光！

既然柳散木坚持这么说，墨玉环就有些信了，忙用身心体会那光。

柳散木的手搭在窗棂上：空气和窗户在颤动，还有破空而来的声音。

墨玉环屏住呼吸，谛听那声音。

那破空而来的唰唰声显得深沉而苍老，但底色还是纯正的。正如一个病人，说话底气不足，声音发涩，但声音的底色不会改变，知心人一听便知。柳散木大呼一声：我的天爷呀！身体便歪斜着要倒下去。墨玉环和花郎急忙扶住了。

正在这时，窗外闪过一道红光，又闪过一道白光，随后有东西重重地跌在飘风楼进门器的挡板上，发出刚竹爆裂的巨大声响。这声音在宣布：图南领着适生，在第十三天天黑严之前，回来了。

这是多么艰难的归来啊！以至于进舍都是跌进去的。跌在脚地，又发出砰的一响。

图南和适生在旅途上拼尽意志和毅力，一旦归来，心理一松弛，精气神散尽，身体整个垮掉了。图南挣扎着站起来，摇摇晃晃地朝饮水器走去。可是，没走几步，又栽倒了。图南眼见着饮水器就在嘴边，却没有力气爬起来喝上一口。恰在此时，女主人墨玉环进来，并将图南拾在手上，用带软管的针头给图南打了稀释过的多维电解质。图南一见水，头又可以仰起来了。

墨玉环把图南带到木板茶房，交到了还没完全缓过气来的柳散木手里。柳散木万分心疼地叫道：我的天爷呀！这哪是图南！分明是一把柴草！柳散木轻轻用手摸着，生怕把图南弄疼了。皮包骨头，枯瘦如柴，羽毛零落，副羽成了索索，主羽成了筋筋。柳散木极想像图南平时归来那样给他做一番细致的按摩，可惜不能够了。图南已经瘦弱疲倦得连最轻柔的力量都承受不了。柳散木双手轻轻握着图南，放在胸口上温暖一阵，然后举到头顶，用力地用瞎眼看着。他仿佛看到了图南的两只眼睛，那眼睛一眨一眨的，像暗夜天空的两颗星星，闪耀着光芒。

柳散木抽一下鼻子：啊！怪不得飞成这样！是从海上归来的！

你说什么？图南是从海上归来的？这怎么可能？

图南浑身上下，皮肤上、羽毛上、脚爪上、呼吸里都带着海上的咸味和腥味。那味道和咱陆地上的味道完全不同呢。

图南怎么会飞到海上去呢？是飞偏了方向吗？

柳散木使劲摇着头：还记得金眼相士品鉴步行者、天赐和图南时说过：图南是天下第一信士。今日看来，果然是。

对。图南在以他的名字、他的信念、他的行为、他的生命告知我们一些东西，图南，给我开了天眼！

天眼？

对，天眼，我头顶一片光明。

图南头脸扭向窗外，轻微地挣扎着。

柳散木：红光随后是白光，而且是连绵声响，应该还有一羽鸽子。

墨玉环出去，果然在进门器的踏板上捉来了适生。是只小花头，也飞得筋疲力尽，枯瘦如柴，但气息要比图南强些。

柳散木命墨玉环和花郎给适生打多维电解质和葡萄糖。

图南喘着微弱的气息鸣叫两声，似乎在对适生说，我家主人像待我一样待你哩。适生回想归途中图南对她说的话：我们虽然不是患难夫妻，却是患难兄妹，你和我一起回充满爱意的飘风楼吧。适生咕咕叫着回应：是哩，我信，而且坚信不疑。这时候，小寒玉在用胸脯撞白苤竹挎，撞得哗啦哗啦响。坏了，冷落小寒玉了。柳散木连忙把图南捧到白苤竹挎近前。小寒玉从竹挎格挡的空隙里伸出脑袋，用嘴尖啄着图南的眼皮，撕扯着图南的耳朵，不住声地责怪：你个死鬼！你可回来了，你还知道回来！你野到哪里去了？你咋把你飞成这样？比五百公里归来衰竭多了！快要认不出来了！你知道吗？你出门在外，我悬心在家，你一日不归，我就悬心一日，悬而不尽的心啊！说得眼泪巴巴的。图南也用嘴尖回应着小寒玉：可泣可喜的是，我回来了。

  平时训练和放飞，主人总让他和小寒玉团聚，小别胜新婚。可是今天不能够。图南太虚弱了，吃不消了。柳散木让墨玉环把小寒玉和适生安顿回飘风楼，还嘱咐给适生喂了点易消化的清淡饲料。

  花郎道：看着图南和适生远行归来，我的痛也暖得差不多了，该回去静思歇息了。

  墨玉环打电话向步陶师父报告了图南归来的消息，师父步陶欣喜异常，说明天一定来看图南。

  柳散木一粒一粒地给图南喂过清淡饲料，然后双手捧着图南，坐到窗前的凳子上。墨玉环说你已经在那凳子上坐了十几天了，如今图南已经回来了，你还要坐在那里吗？柳散木说你去歇息吧，我想和图南单独待一会儿。墨玉环理解地看着柳散木和图南，端着窗台上那盆菖蒲下楼去了。

  柳散木空有一双神手，不能给图南按摩。再神奇的手，再轻柔的功，图南现在都无法消受。柳散木只能用最轻柔的力，持握着图南。但那神手的感觉依旧是灵敏的，图南出征前是什么状态，现在是什么状态，这之间有多么大的差距？图南的身体机能和五脏六腑发生了什么变化？受到什么损伤？损伤到何种程度？柳散木触手之间，全然感觉到了。他痛心疾首：流血数斗，心肺伤成这样，还是回来了啊！图南用嘴尖在柳散木手背上划动着，那动作多像学生在本子上写字：飘风楼、长安城，孕育我们的地方，生长初心的地方。一旦离开，我们的心就会惶恐，肌肉就紧张，羽毛就颤抖。无论我们在哪里，都思念着这地方。飞回来，是我们的本能，也是我们的智慧。

  可你已经成了这样，凭什么啊？

  我们的记忆力，比夏夜的闪电还要亮呢。亮光划过天空，暗夜便如白昼。我们知道家的方向。我们的心肺也很顽强，要停歇，也只有在归家以后才停歇。

  柳散木的泪水滴落到图南快要光秃的尾巴上：我明白，我明白。

  柳散木敞开温暖而宽广的胸怀，把图南贴在心窝上。他静息沉默，把自己生命的精气神一点一滴地输送到图南奄奄一息的身体里去。图南非常领情，一动不动地接受着。柳散木感受到，图南的身体在一丝一丝地膨胀，体温也逐渐回升。已经跟自己的体温差不多了。要是比自己高十多度，那就好了。柳散木像是向往着什么，骤然间看到，图南飞上天空。柳散木高兴地看着。图南慢悠悠地拍打着翅膀，离开飘风楼，沿着一条航线，朝着一个无法看到的目标，笔直地飞去。飞过树梢，飞过楼群，然后突然升高。到了一定的高度，图南不再扇动翅膀，而是平展双翼，驾驭一股看不见的热气流，沿着螺旋形的线路滑翔和攀升，而且越来越高。他有好几次遇到涡流，险些卷陷其中。可是图南艺高胆大，连翅膀也不扇动一下，就顺利地转换角度，调整姿态，重新飞行。最后，在天空的高远处，变成一个勉强能看得见的小光点。

唉，那是多么悠然欢乐的飞翔啊！

柳散木看着怀里的图南，图南呼吸均匀，像婴儿一样睡着了。柳散木就这样让图南睡着，直到过了夜半时分，才将他送回飘风楼。你还记得那个春牛泥做的蛋盆吗？咋能不记得，我是一枚蛋时，就生在里面。柳散木把图南放在蛋盆里，图南没有醒来，卧在盆里，继续做梦。柳散木捉来小寒玉，放进图南的巢箱，说守着你的丈夫吧，不要惊扰他的梦乡。小寒玉非常听话，立在泥盆旁边，一动不动地等候着。

柳散木回到楼下卧室，墨玉环撩开被子。

你还没有睡？

在等你。

天刚亮，墨玉环就起来了。脸还没洗，就接到了鹤秀打来的电话。电话那头没人说话，却传来哔剥哔剥的声音。墨玉环大异不解，急问怎么回事。那头的鹤秀接话说：我们准备去看图南，刚走到竹林边，就听到竹子连续不断的爆裂声，不会有什么事吧？墨玉环看她昨晚搬下来的菖蒲，竟然有一半枯萎了，匆忙向楼顶跑去。柳散木见情况有异，也随着墨玉环跑上楼去。

柳散木和墨玉环怔在飘风楼里。

图南静静地卧在自己的蛋盆里，就像一位游历归来的侠士，安然卧在自己的床上。那蛋盆是几年前步陶师父打破土牛重新和泥做成的，图南是落在里面的头枕蛋。柳散木和墨玉环让图南和小寒玉组成家庭，准备让他们在里面生儿育女。可是，图南静静地卧着，收拢翅膀，尽量用被风雨侵蚀的、已成枝筋的大条包裹和支撑着身子，不让身体歪向一边。脖子往后缩着，小脑袋平稳地放在两肩之间。图南停止了呼吸，一对星星一样的眼睛也熄灭了。不，在地上熄灭了，却在天上亮起来。

柳散木心灵的目光穿过飘风楼的屋顶，看到暗蓝色的天幕上有两颗巨大的星星交错着往下坠落。哎呀，那可是比启明星还要大还要明亮的星星呢。那星星一直降落到柳散木的头顶，忽然停住。片刻之后，又一点一点地上升。天空亮堂了，飘风楼里也亮堂了。

小寒玉显然没有意识到图南已经辞别尘世,还在用嘴巴帮助图南梳理羽毛。

柳散木的心没有遭遇钝刀割锯,眼前也没有潮起雾霭。他的整个身体被照得里外透明。他的心灵和意念随着两颗星星升在高处:我敢肯定,图南是带着坚定的信念远行的,否则,他便飞不回来。图南在以死传达他的信念:与人为邻,以爱相处。

尽管墨玉环的心万分疼痛,疼痛得眼泪一溜儿带串地滚落下来,但她还是和柳散木一起顿悟了:孤零零的飘风楼是无法存在的。它必须有时间,有声响,有人,有鸽子,有故事,有死亡。其间还要有一个无法逆转的转折点。图南死去时,竹子噼啪爆裂,菖蒲无声半枯,还有鸽哨。玉环,你的灵魂能听到图南背上的哨声吗?那哨声从大陆到海上,响了成千上万公里呢。全世界人的耳朵要都像你这么灵,该多好啊!

让墨玉环意料不到的是,从相爱的那一天起,她就丝毫不懈地让柳散木闻菖蒲香,喝菊花茶,听鸽子飞,目的只有一个:使柳散木的眼睛复明。岂料,梦想没有成为现实,而图南却让柳散木开了天眼,看到了一个更为光明的世界。

二十八

九九重阳节这天,赛鸽颁奖大会和庆功宴会,如期在神禾原上菊花园举行。

元菊生、林风鸣、鹤秀从前一天就开始忙活。人手不够,就从西邻的村里叫几个人来搭帮手。村里听说菊花园需要人手,呼啦啦来了一堆人。哪里用得了,劝又劝不回去,最后只得抓阄,抓出四个精壮劳动力来。没抓上的,直朝手上吐唾沫:呸呸呸,臭手臭手。下一回,咱可得优先。说着纷纷离去。

时间也赶得巧,正是双休日。他们从鹤秀所在的村小学借来二十四张书桌,两两相对,拼成十二张方形八仙桌,散布在菊花园内。两张主桌,一前一后,设在集贤院前靠井栏边的空地上。其余十张,错错落落散布在菊圃畦与畦之间的空当处。

重阳当日,尽管元菊生、林风鸣、鹤秀起个大早,却见四位搭帮手的已经等在那里了。元菊生忙居中调停,分派大家干活。摆凳子的摆凳子,摆杯箸的摆杯箸,搅水的搅水,劈柴的劈柴,帮灶的帮灶。鹤秀顶着头帕在吊炉那儿生火,准备温酒煮茶。林风鸣穿着犊鼻裈,在吊炉旁边新起的锅灶那儿理菜切菜。

在初升的秋阳的映照下，被花椒树围着的偌大的菊花园泛着一片亮丽的金黄。金黄色的缓坡顶坳，挺立着司马槐和天籁阁；金黄色的坡底，横斜着黛色的矮屋和集贤院；金黄色的平畦里，错错落落地散布着十二张八仙桌；金黄色靠大门那儿，是翠柳的竹丛；红脉石井栏边，从吊炉那儿升起袅袅炊烟。啊，这景致真是美啊！而将要举行的颁奖大会和庆功宴，还要给这美好的景致增添多少活气和趣味。

鹤秀见诸事将顺，又别出心裁，让大家到稠密处剪菊花，零零星星地插到拱门外路两边的荆条上，又用清一色的金菊点缀半圆的拱门。拱门很快变成了金色的菊门。鸽友们已经陆陆续续地到来，聚集到门前的道路上，等待着仪式开始，好从这金色的菊门进到金色的菊花园里去。

原来，这颁奖会和庆功宴也是有讲究的，除过鸽界名宿、元老和现任领导之外，只有入赏三百公里预赛前十名、五百公里盛唐杯前六十名、千公里秦汉杯前三十名的鸽子和鸽主才在受邀之列。未获奖鸽友，要来也欢迎，可以进园看热闹，但不得入席端酒杯。鸽友也不见外，希望自己和鸽子争气，下一届能坐到席面上来。想一想，全长安城的鸽友要全部出马，成万人，这里怎么安顿得下？

时辰一到，东道主元菊生便领着林风鸣和鹤秀出金菊门，站成一排。

元菊生比前一阵见瘦，但精神气质和穿着打扮还和往常一模一样。华发白髯，面若渥丹。颈不挂金，腰不佩玉。緂衣绣裳不上身，葛布芒鞋度春秋。人往那儿一站，既清癯朴素，又气韵非凡。站在元菊生旁边的鹤秀穿着绨布夹衣，发髻是特意绾的。秦罗敷是倭堕髻，元鹤秀是栖鸽子，那发髻的形状颇像一只似卧似飞的鸽子，羽间还插一把小木栉。鹤秀初始时尝试着绾过各种式样的发髻，但最后喜爱和定型的却是这种栖鸽子。父亲曾和她玩笑道：斜插桃栉鸽欲飞，他日为谁散鬓云？鹤秀红了脸，用手去捂父亲的嘴：才不要呢，情愿一辈子陪伴父亲。正嬉闹着，林风鸣送蝈蝈来了。

此刻，林凤鸣就站在鹤秀身边，在犊鼻裈上搓着手。

按顺序，先由林风鸣和鹤秀引领鸽界名宿元老和鸽会领导及社会贤达进园入席。

皇甫三兴西装革履，很有礼貌地请鸽会秘书长先行。秘书长摸着光头谦让一番，然后走在前面。皇甫三兴又让甄国士、司空千秋和殷初梅。皇甫三兴和莫追风随后。元菊生和众人看到，秘书长走路中规中矩。甄国士气宇轩昂，腋下还夹个红色的长画筒。司空千秋则昂首挺胸，呈轩冕之态，殷初梅想搀扶他，他非但没有接受，反而一手叉腰，一手拉住殷初梅的手往前走，给人的感觉是他在用一种硬撑的东西表演给人看。皇甫三兴则用手指盘一下脑袋四周稀疏的头发，然后用蓝眼睛上上下下打量一下金黄色的菊花，迈步进去了。不过走路的时候，右手老捂着左胸。

那姿势，很像一名正在行行进礼的老军人。他左胸的衣服里，鼓鼓囊囊的，不知裹着什么东西。

接下来是楚留声和金眼相士。楚留声依旧高瘦，依旧穿宽大衣服，走路像旗杆挑着旗子在移动。他背上背个大背包，坏手袖在袖筒里，好手中指钩一只玲珑精巧的小竹笼，小竹笼从中间一隔为二，左右两边又一分为二。左边是两只蝈蝈，右边是两只蛐蛐。蝈蝈莹绿如碧玉，蛐蛐黑亮如墨锭。楚留声朝金眼相士举举小竹笼：咱进。蝈蝈叫了，蛐蛐也应了。金眼相士手中的折扇一开一合，自嘲地高唱一声：翩然一羽冲霄鹤，飞来飞去鸽子窝。踱着方步，跟在楚留声屁股后面，进去了。元菊生见重要宾客已经入园，自己也回到园内，到案前招呼。

先进来这批重要人物坐靠井栏边的二号桌。一号桌空下，另有别用。莫追风自觉不够格，不入座，要去给林风鸣打下手。林风鸣接过师父的背包，放到圆石桌旁边，又将师父的小竹笼拿到圆石桌上，和酒壶、茶壶放在一起。

这厢里，大家入座。元菊生、皇甫三兴与司空千秋相对而坐，桌中间置俎，其余人分坐两边。金眼相士边落座边看向司空千秋道：折冲尊俎。司空千秋心道：我不是抱病而来，而是抱命而来，怎么可能输着回去呢？楚留声说：这是颁奖会和庆功宴，又不是外交谈判。金眼相士反驳道：哪个谈判不是在酒席宴上进行的？二人交言时，鹤秀将杯箸摆好，给大家添茶。

说话间，传胪开始了。

传胪本来是秋闱殿试后，皇上召见新科进士的仪式，依次唱名传呼，然后觐见。不承想，被长安人变着法儿用上了。

秘书长从后往前，按名次倒序唱名。竹丛那儿有几人传呼，直传到金菊门外。听到呼唤的人，整冠顿衣，提着入赏鸽进园，先将入赏鸽笼按序码排在井栏边靠近前几天摆放酒坛的空地上，然后找席位入座。四至一百名一律平等，座次不分先后，随便坐。

第一百名：二鲁班；第九十九名：花郎惠惠然。

二人联袂入园。滚圆的二鲁班一手提个鸽笼，一只胳膊夹个棕箱，神秘兮兮地走着。二人走到井栏边，将鸽笼码排好，和主桌上各位打过招呼，然后分手。二鲁班拣距主桌不是很远的位子坐下来，将棕箱靠桌腿放好，又用脚尖顶住。那形状，怕箱子里的东西跑了似的。这家伙，不知要搞什么鬼名堂。花郎没有入座，而是过去帮鹤秀搅水。厨房里那个大黑瓷瓮早已搬到茶炉和锅灶边。花郎搅好水就往瓮里倒。水哗哗响过，然后晃晃地荡悠。水波里，能看见淘井淘出的五六块碎白玉石在瓮底一闪一闪地动着。鹤秀见花郎来搅水添柴，自己便拎了茶壶去给每一位新入席的人添茶水。花郎看着鹤秀走过去，菊花拂动她的裙角，又有鸽子从她脚边跳开，但没有飞远。那情形，真是好看。

  第九十八名：萧涤生；第九十七名：小坏蛋祝三才。

  萧涤生一手拎着莲芯，一肩挎着画具，斜行而入。小坏蛋提着博尔特的儿子，怪模式样地跟在萧涤生后面。码排好鸽笼，小坏蛋拣地方就座，萧涤生看到莫追风在向他招手，就把画具包挂在井栏的柱头上，过去帮厨。
  之后是生宝、黑娃、少安、子羽、天狗等，一一唱名传呼。九十七位入赏鸽及主人，鱼贯而入，鸽笼码排得整整齐齐，座位坐得满满当当。鹤秀一圈茶添下来，不光面色红润，额冒热气，就连衣服，也被薄汗浸出湿印来。
  传胪进入尾声，入三鼎甲的鸽子和主人该亮相了。

  探花：天赐。主人：木归智。

  天赐虽已不在，但荣誉不可移位。至于主人该如何对待，就看大家的了。
  唱名传呼到门外，木归智忽然从路边的荆棘丛中跳出来。由于用力猛，脖颈和手腕被荆棘挂出许多道红血印。木归智纳头便进，被传胪的人挡住了：你怎么能空着两手呢？木归智把手举在空中：啊，我的天赐，已经埋在凌烟阁前橄榄树下的花盆里了。传胪人：那你就别进了，进去也没有你的座位。木归智绕过传胪人，跳跃着，疯疯癫癫唱道：在山为猴，满山游。当街为狗，流浪狗。哎嗨呀，咱革穷命把咱革成了猴和狗。没凳子坐咱跊蹴①着，没酒喝咱吃土。闪过传胪人，歪歪斜斜地进去了。

  榜眼：步行者。主人：桑哑铛。

  谢冰莹一手推着轮椅，一手高高拎着一个布包袱。桑哑铛坐在轮椅里，怀里抱个小竹笼。竹笼里是安安稳稳的步行者。那情形，和比赛出征到体育场集鸽毫无二致。若非要说有什么不同，那就是谢冰莹手中多的那个不大不小的布包袱。谢冰莹推着桑哑铛沿着竹丛边上的小径往前走，快到集贤院跟前，小径变成了土埂。桑

---

① 跊蹴，蹲着的意思。

哑铛下轮椅，在谢冰莹搀扶下，一瘸一拐到井栏边。他没有把竹笼码排到那一长排鸽笼跟前，而是把竹笼举到空中，朝众鸽友亮亮相，众鸽友立即拍手欢迎。在掌声中，桑哑铛把步行者放在最前面空着的一号桌上，然后退回来和金眼相士坐在一起。谢冰莹则坐到就近的另一桌，把布包袱放到腿面上，双手搂着。

　　状元：图南。主人：柳散木。

　　墨玉环牵着柳散木的手进了菊花门。柳散木怀里抱个长方形玻璃罩，玻璃罩里是那个春牛泥蛋盆，蛋盆里安安静静卧着图南。一手提着白苍竹挎，里边是适生和小寒玉。走进菊圃时，墨玉环顺手摘下一朵鲜菊花，在柳散木鼻眼前绕撩一下，然后插到自己鬓角上。墨玉环把柳散木引领到最前面的主桌前。柳散木没有举玻璃罩向众鸽友致意，而是恭恭敬敬地将玻璃罩罩着的图南放到一号桌的中央。适生和小寒玉未入榜单，既不能码排到得奖鸽那里，也不能上一号桌，只能单另放在靠主桌的井栏边。众人想鼓掌欢迎，但手举到空中，觉得不妥，便没有拍响。墨玉环领柳散木，在桑哑铛对面落座，自己则过去和谢冰莹坐在一起。

　　传胪结束，各就各位，该选一位执事，主持正式仪式。

　　金眼相士站起身说：唐玄宗时，特设棋待诏一职，官阶九品，与画待诏、书待诏同属翰林院。咱长安城就该仿唐制，设鸟待诏和花待诏。我看呀，二诏兼具，唯有步陶老先生，就让步陶老先生一肩挑吧。掌声雷动。

　　金眼相士：掌声说明，长安城鸽友对步陶先生的信任。

　　元菊生忙起身，连连挥手道：使不得，使不得。

　　金眼相士：又没有官级，又不领工资，应个空名，为人民服务，有什么不乐意的？元菊生摸着白胡须道：我和愚人兄都应着全长安的空名，今儿这事，由管实权的秘书长统领才对。再说，我待会儿还有更重要的事情要做。

　　金眼相士还要说什么，秘书长挠着光头站起来：既然步陶老人家点我的将，那我就主持吧。元菊生立即说鼓掌通过，众鸽友鼓掌，只是掌声没有刚才那么热烈。

　　秘书长站到主桌前面来主持。

　　第一项：御赐衣冠。

　　这也是传胪仪式里面的内容。传胪之后，皇上向及第进士御赐衣服。咱们今儿也变了法子，变成换唐装。

　　三鼎甲的鸽主，出列站成一排。本来有木归智，可天赐没有了，他没有资格上来，只有站在远处跺脚扇嘴巴。站在前面的，只有桑哑铛和柳散木。

　　谢冰莹打开布包袱，里面是三套新唐装。一套搭在椅背上，两套递到元菊生和皇甫三兴手里，由他俩给桑哑铛和柳散木换上。两个人换上新唐装，那面貌可是焕然一新呢。

众鸽友正羡慕得啧啧赞叹时，鹤秀正好又添茶转回来。想鹤秀从昨天忙到今天，又一大早起来擦桌抹凳，搅水生火，温酒煮茶，置箸添杯。客人陆续入座，她便陆续添茶。百十号人，十余张桌，鹤秀拎个大茶壶，两圈巡下来，已经浑身是汗。头帕摘下，绾绾发髻，抹抹脖颈，展展绨衫。绨衫前心后背，已浸出汗渍。

元菊生从后腰上抽出一管小竹筒，递给鹤秀。

鹤秀会意，旋开盖，抽出里面所卷之物，当空一抖，竟然是一件大襟宽袖衫。哇！什么材质？如此薄柔，一件衣衫装在小竹筒里，绰绰有余。

众人惊讶之际，皇甫三兴不紧不慢地道：中国草。

元菊生接道：这中国草可是上等纺织原料，是鹤秀妈在世时在河畔亲种亲收、用陶轮亲纺亲织、在席上亲裁亲缝的。平时收着藏着，逢年过节偶尔上身。后来留给鹤秀，今日喜庆，正好派上用场。说话间，鹤秀入集贤院换衣服出来。众人看去，见那大襟宽袖衫薄软飘柔。穿在身上，更显鹤秀女性的婀娜曲线。鹤秀拎着大茶壶往桑哑铛和柳散木旁边一站，三个人对比陪衬得那个美啊，简直羡煞人呢。谢冰莹道：看来以后做唐装，还得用这中国草。

第二项：祭天地和赛鸽先祖。

鹤秀放了茶壶，不再添菊花茶。而是重新拣了陶酒壶，给大家添菊花酒。花郎跟在后边，用一个青玉盏接了酒，双手递到秘书长手里。之后，鹤秀和花郎分头给大家添酒。

酒席桌上，菜已摆好。菜无非是葵、藿、薤、葱、韭、萝卜之类。应时随地而采，只是做的式样特别而已。大盘里果珍李柰，无非橘子、石榴、核桃和沙果。

酒杯呢，除了秘书长主祭用的青玉盏外，其余都是林风鸣用竹节截取，并亲手雕刻的小竹杯。

添酒添到司空局座跟前，才发现司空局座面前有杯无箸。金眼相士打趣地说：今日这饭不好吃。司空局座的脸登时沉下来。花郎立即转身去取筷子。金眼相士继续对司空局座道：司空局座心中肯定愤愤不平。当年汉景帝请大将周亚夫吃饭，不放筷子，周亚夫心中便大大不平。汉景帝本意是杀杀周亚夫的傲气，没料到周亚夫性太硬，此后不进食，自己把自己饿死了。司空局座还不至于如此吧。司空局座正要发作，殷初梅在后边押了押他衣襟。司空局座忍住了，道：我不吃，我喝。正在此时，花郎把筷子拿来了，端端正正地摆到司空局座面前。司空局座一挥手，把筷子扫到地上去。

鹤秀和花郎要给司空局座斟酒，被皇甫三兴拦住了。皇甫三兴探手入怀，掏出一样比拳头大些的东西，放到桌中央的厚俎上。众人看时，却是一尊形制特别的酒杯。那酒杯似金非金，似石非石，方底座，圆杯身，两边有弧形把手，把手顶上各立一只张翅欲飞的鸽子。众人从未见过这等酒杯，不禁称奇。皇甫三兴整理好西服衣襟，示意鹤秀斟酒。鹤秀倾壶而斟，结果一壶倾尽，杯中却只有大半杯。众人又称奇：拳头大点个杯子，一大壶酒竟然未装满。皇甫三兴诡谲一笑，蓝色目光扫过众人，最后落在司空局座身上，道：今日这神杯，谁端起谁用。花郎见机忙道：司局优先。司空局座还在生筷子的气，一气之下，伸手便去端俎上酒杯。令司空局座震惊的是，他非但没有端动酒杯，手指还黏在酒杯上。那酒杯像是和厚俎，和桌子，和大地连在一起，十万分的沉重。司空局座正在羞怒愤慨之际，皇甫三兴咳嗽一声，司空局座的手指从酒杯上脱落下来。皇甫三兴示意众人端杯，众人眼见司空局座的情景，谁还会轻易伸手呢。众人的目光集中到元菊生和楚留声二位老者身上。元菊生微笑不语，楚留声翻翻胶锅眼，对皇甫三兴道：神杯是你揣来的，还是你端吧。皇甫三兴探手一捞，神杯就在他手里了。真是奇怪，酒杯到了他手里，就轻得跟树叶一样。皇甫三兴起身，一手捂胸，一手执杯，把杯中酒分斟到各位面前的竹杯中去。就连见多识广的老部长甄国士此刻也看呆了。金眼相士道：如此神奇之杯，必有传说，还请皇甫老兄明示。众人伸脖想听，却见秘书长光头闪着亮光宣布：祭奠开始。

元菊生说且慢，示意鹤秀取来一炷香，点燃，插在主桌角上的香炉里。以香计时，是为香时。赛鸽的历史、鸽友的青春、鸽子的生命，都飞翔在这燃烧的香时里。秘书长主祭，众人起身随和，鹤秀执壶站在一旁伺候。

一祭天地。

二祭养鸽先祖。

三祭以往辞世之功臣名鸽。

众人依着秘书长的模样，举杯朝天，醉酒在地。

三祭过后，鹤秀给秘书长斟酒，桌上众人互相斟酒，然后举杯共饮，以祝祭礼成功。

俗谓劣酒为平原督邮，好酒为青州从事。是说劣质酒入口，辛热只能到达胸腔和腹腔之间。而好酒入喉，辛热可直抵肚脐下边。众人今日饮元菊生特酿的菊花酒，一杯入口下喉，顿觉一股辛热之气，穿胸过肠，越膝盖，直至脚梢。谁要是脱了鞋袜看，脚指甲肯定晕红一片。还别说，那辛热之气抵达脚趾之后，又顺流而返，汇于心腹，生成豪气。

颁奖仪式在这豪气初生之时开始了。

探花天赐，获铜牌。

木归智从远处的土梁上站起来，拍拍屁股上的土，欲上前领奖。可他刚一迈步，就有人朝他面前吐唾沫。他急走两步，想躲过去，可越往前走，吐的人越多，有的干脆直接吐到他脚面上。边吐边说：天赐得奖了，你去干啥？再说，适生在那儿，你有脸见她吗？唾沫星挡不住木归智，这句话把他挡住了。木归智一铺沓坐在土梁上，身子一斜，把一株菊花压坏了。木归智翻着白眼往前看。

皇甫三兴起身上前，掏出一溜儿白色纸条，展开，用土疙瘩压在一号桌上。秘书长、鹤秀和近前众人看时，只见字条上写着天赐之灵几个字。金眼相士说：不是皇甫老兄心细，是天赐和皇甫老兄连着心呢。莫追风欲上前领奖杯，被皇甫三兴阻拦住。按规矩，天赐不在，不可领奖。秘书长说，规矩就是规矩，任谁也不得破坏。天赐的奖杯，就让鸽会永久保存吧。莫追风无奈，只得退回一边。

榜眼步行者，获银牌。

桑哑铛在谢冰莹搀扶下，瘸了几步，走到一号桌前，转过身，面朝大家，分站桌子两旁。桑哑铛穿着新换的深青色唐装，谢冰莹穿着新做的有暗纹的绮色唐装。桑哑铛布满皱纹的沧桑脸上浮现的是尽量控制的复杂表情，谢冰莹则是满脸兴奋和喜悦。桌上笼中，是步行者。步行者还是老样子，不胖不瘦，不长不短，说精神又不十分精神，唯有两只蓝底红桃花的眼睛，偶尔闪放出铮亮的光芒。步行者站在笼中，对自己所获得的崇高荣誉浑然不觉，管自慢条斯理地梳理自己的羽毛。梳着梳着，还伸展一下那只歪斜的翅膀，扭头看着系在尾巴上的秦字小七星鸽哨。即使在女主人谢冰莹捧起银光闪闪的奖杯时，步行者也只是平淡地瞄了一眼。

桑哑铛双手从笼中捧出步行者，深情而长久地亲着，然后高举空中，高声叫道：步行者就是我！我就是步行者！谢冰莹举着奖杯凑过去，奖杯和步行者在头顶闪烁着无限的光彩。

全场起立致敬，掌声雷动，饮酒祝贺。

甄国士看到这样的场面，不由慨叹：这样的生活，比当部长有趣得多。皇甫三兴回应道：还有更有趣的呢。花郎亦被感染了，这样的生活多好啊，我们为什么要毁掉它？我们所作所为，到底是在建功立业，还是在犯罪？花郎的目光不由自主地落到司空局座身上。司空局座四眼一瞪：怎么，你要怀疑我们的事业？花郎急忙上前，给司空局座斟酒，给殷初梅添茶。

颁奖继续。

状元图南，获金牌。

桑哑铛和谢冰莹提了步行者，捧着奖杯，退回座位。柳散木和墨玉环上前。他们没有像桑哑铛和谢冰莹那样分站一号桌两旁，中间夹着步行者。而是走到桌子那边，转过身，并排站着。这样，他俩就成了背景，衬托着桌面上的图南。图南睡着一般，头朝前，平卧在玻璃罩的春牛陶泥蛋盆里。

有人叽咕：图南已经死了，还能得奖吗？秘书长说：图南来了，来了就是在，在就得颁奖。

金光灿烂的奖杯递到柳散木和墨玉环的手上时，他们已经泪流满面，墨玉环甚至有些泣不成声。在场的所有鸽友都能体会到那悲喜交集的心情。大家想鼓掌，又觉着不合适，想举杯祝贺，杯子举到一半，又放了下来。

按惯例，冠军状元郎要即席发表获奖感言。可此刻，柳散木五内俱焚，纵有千言万语，亦不知从何说起。用眼求墨玉环，墨玉环正腾出手，将图南挪到桌面顶端，燃一炷香插上，又将鬓间那朵菊花置于桌前，又献一盅酒，一瓯乳香菊花茶。墨玉环正忙活时，见柳散木拉自己衣襟，便将目光移向元菊生，说请师父嘛。柳散木立刻会意，真挚地央求元菊生道：徒弟的心就是师父的心，师父的心就是徒弟的心，师父就代徒弟说吧。

元菊生命鹤秀取来笔墨纸砚。鹤秀研墨，林风鸣裁纸。纸裁成对开，横铺桌上。墨研即成，舔笔伺候。

元菊生捋捋胡须，看看墨玉环所献，提笔慢慢写道：

伏维
　　群雄逐利之年、债魂委屈之月、秋风悲人之日，飘风楼主柳散木携妻墨玉环并菊花园主老生步陶，跪拜于终南之北、神禾原首、司马槐下、黄土垄上、新筑穹窿之前，谨献新撷之菊蕊、新折之竹枝、新汲古井甘泉所烹之茶、去岁所酿之酒于灵台之上。四者虽微，却是昔日之长物、旧情之盟证，聊可申达胸中诚意。

众人从未见过元菊生挥毫，万分好奇，便不再喧闹，捏着酒杯围拢过来，观看元菊生书写。元菊生略作停顿，续又挥笔。初始之时，动作和姿势有点像少妇拨灯，但写着写着就有些像侠士运剑了。

　　汝父乃集贤院名将飞将军号，汝母乃凌烟阁名媛贝多芬号，一中一西，联璧于飘风楼。壬辰岁打春日筑春牛泥盆合鸾。初以协议将孕汝之卵回赠祝三才。岂料汝破壳成雏，羽翼初丰，叽叽鸣叫之时，竟凭超常感觉飞回卵生之巢。吾等赞赏神奇，又依诺奉还。谁知三送三归，去而复来。小小生灵，诚感人心。恋旧之情可念，不矢之志堪嘉。遂与祝三才磋商，以汝同孵换汝。老天有眼，彼此有缘，随后得以朝夕相闻。

汝初生时，浑身杂毛，丑不忍视，一度见弃，几酿遗恨。汝乳毛褪尽，新羽蓬生，一表人才。骨若竹筋，清秀俊朗。羽似锦缎，细腻柔滑。色若赤旗，泼墨成画。目似寒星，辉耀夜空。神若六骏，奋蹄千里。与主人同楼而居，衾枕栉沐之欢，越两载而达三年。寻常之日，纵之蓝天，以绕白云，立之楼角，以目雁塔。食青蒓素粒，饮古井乳香，对视以通神，按摩以通心。

瞧，人爱鸽，鸽爱人，丑小鸭变成独行侠。
元菊生渐入佳境，运笔如风，点横撇捺，满纸跳跃。

　　长空万里，白云千丈。矫翼謇飞，轩鬐而翔。熠然敏捷，忽而骶。翩翩往还，飘忽无定。翻飞上下，矧矧有声。目驰千里，志在青云。遂取逍遥游意，命为图南。

养兵千里，用在一时，该出征了。

　　五百大战，灾难赛程。身轻如燕，羽翅携风。穿沙尘以抗暴，沥酸雨以前冲，吸雾霾以损身，争分秒以搏命。虽身中铅弹，目足俱伤，然划空一过，遂成彩虹。伯马一嘶，捷报飞传。双翅一收，新帅科登。开长安之纪元，立百世之高标。

啊啊，鲜红的旗帜，血染的风采！
啊啊，长安自此无名士，天下自此无名鸽！啊啊，别说话，该千公里了！
金眼相士在一旁握紧柳散木的手，插补几句：丈夫生世会几时，安能蹀躞垂羽翼。飘风振雨以图南，越陆入海寻芳甸。誓为同胞拼一死，相伴适生逐龙辇。
适生在井栏那边感念涕零，呜呜长叫。元菊生继续：

　　两千里竞赛，汝再度披挂出征。临窗而坐，望穿秋水，半月之久，不见踪影。忽携适生归来，如二石抛空。足不可上台阶，嘴不能啄米豆。吾捧汝在手，泪似泉涌。汝已枯瘦如柴，羽条成索，实不知汝凭何以归！吾恨不能挖吾失明之目，以填汝深陷之眼。亦恨不能割肱股之肉，以充汝包骨之皮。对汝泣血，唯有心疼。

静息无声。

　　日月晦暗兮，旧楼还立。雁塔风过兮，雨打门窗。星坠长空兮，菖蒲半枯。身卧泥盆兮，眼帘微垂。呜呼，英魂一缕，悄然升空。

　　元菊生舒气蘸墨，接续书写。众人看时，元菊生颇似柳散木，柳散木又颇似元菊生。

　　汝携适生，远涉重洋，以寻和平之居，以访无人之境。最终搏命归来，泣血告吾，所谓无人之境，世间无有。而和平之居，乃人鸽相亲。谊切苔芩，睦然共存。鸽虽弱而性坚，人虽强而志怯，以性坚唤志怯，乃鸽之大德，人之大幸也。呜呼，吾虽双目成墨，汝却以性命为吾开天眼，使吾看到世界大光明。汝捐忠躯振羽而为前导，吾持痴心放足而步后尘。身入大荒之疆，魂爱自然之风。

众人感慨叹息，若有所悟。元菊生转笔：
　　寒衾有梦，空巢无羽。青粒在盘，昨犹我喂。玉体生凉，今我难温。仰首长天，不见高翔之妙影；侧身舷窗，难闻咕咕之呼音。眼中血泪，尽洒秋风；胸中哀痛，皆诉残星。拳拳之思，诺诺之应，唯愿以身赎汝，抑或枕骨同穴……

菊花园一片清寂，似无一人在此，只有花落鸽鸣之声。片刻之后，方有涕泣之音。

　　寥落长天兮，云影无踪。所托何在兮，茫然四顾。纸灰入酒兮，沉浮有迹。呜呼哀哉兮，灌入愁肠。

一股风旋过，把那瓣菊花扫落桌下，墨玉环祭燃的那炷香也被拦腰吹断了。
　　菊花园内的人、鸽、花、竹、树、鸟、虫以及房屋全然静息不动。就连空气，也若凝固一般。
　　许久以后，凝神图南的元菊生才慢慢搁笔，将所书诔文揽起，双手伸展，面向图南，恭敬而诵。初诵一字一咽，初听一听一泣。到后来，竟成一片呜咽。金眼相士对楚留声低语：今潮一拥而至，古风一洗而尽，幸有斯文。
　　元菊生诵毕，诔文放入瓷盘，焚燃。

鹤秀提来一壶酒，揭盖，将所燃纸灰倾入壶中。

萧涤生一手端大碗，一手提酒壶走过来，把大碗伸到鹤秀面前。鹤秀只给萧涤生倒一碗底酒：你一大碗，这么多人，喝什么？

萧涤生用自己手中壶给自己兑满，一饮而尽，又将碗伸向鹤秀。鹤秀又倒半碗底，萧涤生又兑满，单手高举。碗中酒像瀑布一般倾泻，萧涤生仰脖张口接着。有酒花飞溅到领口里。酒倾尽，萧涤生又将碗伸向鹤秀。鹤秀一倾壶，滴了几滴，说再不能够了，然后提壶去给大家斟酒。大家一齐伸手，酒盅排成一溜儿一溜儿，鹤秀就一溜儿一溜儿地斟过去。这厢里，萧涤生又兑大半碗酒，但是没有饮，而是将酒碗放在桌角，然后转身去取他的家什。

萧涤生和他饮酒的一系列动作，深深地吸引了甄国士。这个年轻人，貌相看着稀松平常，可饮酒的动作和豪气，却很有几分像自己年轻得意的时候，甚至还有超过呢。甄国士的心，像猛一下发动的拖拉机，突突突地震动呢。在邀请他来之前，皇甫三兴半明半暗地对他说，倒是有一个鸽翼下捡来的孩子，但他已经成人。他会出现在菊花园颁奖庆功宴的人群里，你自己去感觉吧。甄国士问这孩子有什么特征。皇甫三兴回说没什么特征，就是爱画鸽子。甄国士立即回家，从自己收藏的古玩字画里挑了一幅，装在画筒里带来了。萧涤生一出现，甄国士的目光就被吸引住，而且心突突跳，快要跳出胸腔。甄国士忙将画筒放到腿边，用手去捂胸腔。这情形，被司空千秋看到了，心道：老部长怎么了，魂被人牵走了，风度气魄全丢了。

鹤秀摇着发髻过来，转着圈儿给大家添酒，元菊生已经归座，示意鹤秀从皇甫三兴开始，依次排开。秘书长、楚留声、金眼相士、甄国士、桑哑铛、柳散木，最后落到司空千秋和殷初梅。殷初梅身份特殊，又肩负照顾人的重任，所以没有坐到女眷席上。鹤秀刚给殷初梅添酒，殷初梅的泪水和酒水一起滴进酒盅里。殷初梅显然情难自禁，掩泣冒出一句：昨日款中散，今日诔文酒。在座诸位，没人听得懂，唯有司空局座端起酒盅，和殷初梅碰一下，送到唇边，轻轻沾一沾，又放下了。

这厢里，萧涤生挪宽桌上地方，铺开宣纸，用碗中带诔文灰的酒和了墨在作画。许多鸽友凑过去观看，萧涤生显然已经大醉，头上冒着热汗，鼻中喷着酒气，口中嗨嗨叫着。丢剥外套，提笔蘸墨，在宣纸上挥洒着。动作姿态，一如张旭狂草，又似公孙舞剑。

运笔如飞，气势若虹。林风鸣也不知何时过来了，站在桌边，穿着犊鼻裈，手捏两块石头，正用钢刀冲刻着，石屑一片纷飞。

甄国士坐在座位上，隔着人缝看萧涤生作画，一只手不由自主地捞起靠在腿边的画筒。甄国士当组织部部长时，别人送了许多古玩字画，他又有意识地收了些。那天皇甫三兴一说，他就回家翻阅查找。这才知道画勃鸽（古代人将鸽子叫飞奴或勃鸽）

最多的是五代的黄筌。黄筌常将勃鸽和花卉器物合绘一处，画面清雅秀美而且富贵。计有海棠勃鸽图、牡丹勃鸽图、芍药勃鸽图、玛瑙勃鸽图、竹石金盆勃鸽图等。另有黄筌、黄居宝、黄居寀、徐熙、徐崇嗣、赵昌、易元吉等名家圣手，也画有各式花卉勃鸽图。国外最享盛名者，当数毕加索的和平鸽。当然，上面这些名画，他是无缘收到的。他画筒里装的，是齐白石的《和平鸽》。甄国士今日一来，便觉奇异。仿佛齐白石来到此地，看见此景，正将其绘入图画之中。而眨眼间，齐白石忽成萧涤生。甄国士按捺不住，提了画筒挤进人丛。他想让两幅画合并一起，成为双璧。

萧涤生刷出最后两笔，收势而止。只听柳散木深情高呼：图南！我的图南！鸽友不禁惊奇。柳散木怎么看见了。他们忘记了，与图南最亲切的柳散木也处在这强大的气场之中。

甄国士看时，但见林风鸣正在打印泥钤印，末了将画作展开给众鸽友看。画面底下渲染的江河湖海，高山平川，空中一羽展翅飞翔的红色鸽子。那鸽子飞在高空，身形不大，但却气若鲲鹏，冲天而去，简直要把画面爆破了。一片赞扬叫好声中，只听金眼相士轻声念着林风鸣刚钤的两方印文。落款印是：去非信手。引首闲章是：图南化羽。

再看萧涤生，似乎酒劲已散尽，气力已用完，却还强撑着，掷了笔，退到菊花丛中，槃礴而坐，一任秋日的阳光洒在身上。

甄国士来到萧涤生面前，心中万分慨叹：多么光彩的年轻人啊！可年轻人还未从自己的情境中灵醒过来，故而对他视而不见。甄国士内心羞愧，那幅画没有能从画筒中拿出来，心中反而生出一个不切实际的幻想：这幅图南画作要是能让自己收藏，那该多好！

这时候，皇甫三兴、元菊生、楚留声、秘书长等一干人众也围过来看画。一片赞许声中，消息灵通的莫追风对楚留声和金眼相士说：年底，第六十六届全国书画篆刻展在咱长安举办，我看这幅画可以参展，说不定还能得奖呢。背着手的楚留声，瞪着胶锅眼回击道：俗气！拿我们的生活去展览吗？金眼相士挪挪墨镜，大度地替莫追风辩白道：把我们和如此深情厚谊的诗意生活拿去向全国民众展览，又有什么不好？

三个人说话间，皇甫三兴笔挺着身子骨，锁眉凝目，把图画看了许久，然后转过身，又把鸽友们扫视一遍，突然跨上一道土梁，挥着手，斩钉截铁地宣布：图南入凌烟阁！

"哗——"掌声像潮水一样漫过菊花园，又像风一样吹向天空。坐在菊花丛中的萧涤生一跃而起，扑向皇甫三兴。皇甫三兴张开双臂，敞开胸怀，和萧涤生拥抱在一起。抱的那个紧呦，简直要抱成一个人。元菊生摸着胡须苦笑道：瞧那动作，瞧那激情，比老子和儿子抱在一起还亲呢。

甄国士，完全呆傻在当地。

二鲁班皮球一样滚圆的身子移动过来，手中拎个旧棕箱。打开棕箱，里面是一方精致异常的楠木小棺材。二鲁班把小棺材搬到桌面上。秋阳一照，菊花一映，小棺材真是漂亮哩。二鲁班抚着小棺材说：我两天两夜没睡觉，把它做好了。咱既不能让图南天葬，更不能让图南抛尸野外。咱要像葬埋先人一样葬埋图南。咱要让图南睡这大英雄才睡得上的楠木棺材。

柳散木和墨玉环亲手给图南入殓，又把水晶罩罩到小棺材上。掐尺等寸，刚好合适。要么用尺子量过，要么天造地设。金眼相士再也忍不住了，摘掉墨镜，抛向空中。金眼相士眼睛肿得烂火晶柿子一般，眼白里尽是血丝。他摇着自己的手，挪步到桌子跟前，腔调悲苦地道：图南啊，长安有史以来唯一的伯马，万里而归的第一信士，生前咱竟然没上过手。一是咱傲，相鸽轻易不上手；二是图南五百公里大赛归来，伤痕累累，咱不忍心上手。咱觉得日月长着呢，有的是机会。谁知道造化如此弄人，摸不上了！日后咋给人吹嘘呀？图南都没上过手，算什么金眼相士啊！金眼相士摸摸水晶罩，看看里面的楠木棺材，又道：图南啊，你先歇吧，我跟你有心缘有眼缘，这手缘，就在你家主人身上续上吧。金眼相士摇着手走向柳散木。柳散木的一双手已经在空中摇见了。长安城的四只神手汇在一起，在空中摇晃，摇晃得哗啦哗啦响。四只手一会儿变成一只手，一会儿变成两只手，一会儿又变成三只手，再一会儿变成无数只手。末了，猛地收住，握在一起，凝固住。

当鹤秀所点的那根香燃尽时，两个人的手才松开。金眼相士说让我来亲手送图南一程吧，说着便去抱楠木棺材。不料那楠木棺材像是和桌子一起变成了一棵树，四条腿也如四条粗壮的根须，扎根在土地里。金眼相士又加把劲，依然没有抱起来。金眼相士深深感叹道：图南比泰山还重哩！柳散木说咱们连桌子一块儿抬走吧。柳散木和金眼相士两边抬着，萧涤生、花郎、林风鸣从旁搭着帮手。其余人跟随后边，踩着菊花圃间的细径，沿坡而上，直到司马槐下。图南将与他的先辈司马号，还有鹤秀的爷爷、母亲比邻而居。

葬埋图南时，鹤秀和花郎拐回来提取小寒玉和适生。看见司空千秋和殷初梅离了座位，站在井栏边，朝坡顶司马槐那望着。殷初梅显然被某种东西所感染，含着泪说：我以前从来不知道，世界上还有这么真情实意的美好生活。司空千秋单手叉腰，把目光环向别处：可惜，这样的生活，怎么能阻挡得住时代的洪流。殷初梅进一步说：他们请咱们来，亲身体验，是不是在暗示，这样的生活要是毁灭掉，实在可惜。司空千秋铁青着脸，收回目光，盯住殷初梅，口气决绝：我们没有退路，也没有时间了！殷初梅伤痛地明白：时间是多么苦情，多么恐怖啊！它就像一堵墙伫立在面前，你要做的事情，必须抓紧在墙这边完成。机会不可能在墙那边。花郎红了脸，想说什么又说不出口。提了白苍竹拷，随鹤秀直到司马槐下。葬埋已毕，坟头隆起。鹤秀打开竹拷，放出小寒玉和适生。小寒玉和适生在空中环绕一圈，落到司马槐伸出的枝条上。当人们渐渐退开时，小寒玉和适生又旋落到新坟的坟头，呜呜地哀鸣着。

　　葬埋完图南，大家重新归座。一号桌只剩下步行者孤零零的，又是一枝独秀地待在那儿。鹤秀又点燃一根香，插好，让香雾缭绕着步行者。
　　二号桌中央依然横着那方厚厚的木俎，俎上放着皇甫三兴带来的鸽子神杯。
　　元菊生和皇甫三兴面西，司空千秋和殷初梅面东，相向而座。
　　秘书长、甄国士、楚留声面南，金眼相士、柳散木、桑哑铛面北，分坐两侧。其余人众依次排开，并侧身扭头朝二号桌望着。能坐上二号桌，是所有养鸽人的梦想。
　　锅案就支在距井栏不远的地方，穿犊鼻裈的林风鸣掌勺，欻拉一声，菜倒进锅里，铲子拨拉翻转，又是一串滋啦滋啦响。三转两响，菜就盛到盘子里。调料无非自产的花椒、葱、姜、蒜，材料不过菊畔篱边自种的白菜、萝卜、莴苣、甘蓝、辣椒，外加豆腐和粉条。但经过林风鸣那双刻哨的巧手一调配、一滋啦，立即爆发出一种特殊的香味，那香味和菊花的香味混在一起，还真是好闻呢。萧涤生、花郎、莫追风、小坏蛋负责传菜上菜。头盘菜，当然得先上到二号桌。花郎传过来，小坏蛋卸菜，边卸边说：陶诗甘，杜诗苦，请品尝。众人惊奇，平时说和拉纤、掐码子挖坑害人个小坏蛋，竟然能唱出如此有文化的卸菜话！刮目相看，刮目相看。鹤秀见传菜开始，便提起圆石桌上大酒壶给大家添酒。菜上齐，鹤秀正好给鸽子杯把酒添满。花郎想到刚才司空局座没有端动鸽子杯，觉得奇怪，也想试一试，就说，我来替皇甫老医生给大家分酒吧，说着伸手去端木俎上的鸽子杯。结果杯子和木俎一起动了动，没有端起来。花郎心中又惊又疑，红着脸解嘲道：想替老医生效个劳，还不成。金眼相士看看花郎，又瞧瞧司空千秋，说杯子认人哩，还是我来替皇甫老兄效力吧。说着用指头将鸽子杯往前一推，让杯子在木俎上滑行一小段，然后轻轻一抄，杯子便端在手里。金眼相士离座，转着圈儿给大家竹节杯里分酒。宴会开始，大家举杯夹菜，边吃喝边说着今年赛事的奇异之处。当然说得最多的，还是图南和步行者。觉得步行者千里夺冠，既出意料之外，又在情理之中。但对图南的万里南行，则有多种想象和推测。但最后的结论是佩服和感动。
　　司空千秋冷冷地坐着，一声不吭，只饮酒不动箸。一是他寻常饭局多，耳餐目食，什么饭阵没见过，对纯素的菜不大感兴趣；二是刚坐下时，面前不置箸，生着气，气难消呢。羞辱还是挑战？羞辱我？我是谁？真正胆大妄为。过一阵将菊花园夷为平地，看你还挑不挑战？司空千秋怒火中烧，一口饮干竹节杯中酒，爆眼涨脸地把杯子往桌子上一蹾，那响声，像是把憋在气球里的无名火爆发了。殷初梅担心地劝他少喝酒。司空千秋口气异常坚定决绝：哪怕回去戒酒，今日这酒，一定要奉陪到底！司空千秋说这话时，一脸破釜沉舟的表情。

皇甫三兴一直望着司马槐那儿，思绪还沉浸在图南入凌烟阁的情景里。既不动杯箸，也不理会大家。一任大家说着闹着，仿佛眼前发生的一切都与他无关。但是司空千秋要奉陪到底一句话，把他的思绪和心情一起勾引回来了。皇甫三兴转过头，用湛蓝色的目光打量司空千秋。两天前，也是在这菊花园里，元菊生、林风鸣、鹤秀、楚留声他们起酒时，他也用同样的目光打量司空千秋。那一刻，司空千秋对皇甫三兴湛蓝色的目光还有些恐惧和忌惮，所以把红头文书折叠好装回口袋，没有强行知会元菊生，而且还违心地接受了元菊生俗气的礼物。他怕皇甫三兴公布他的秘密，揭他的老底。那样的话，就天塌地陷了。

那天回去之后，当着殷初梅的面，司空千秋对自己的畏缩、怯懦和无原则的让步做了深刻的检讨，并对局势做了精细的研判，最后将问题的症结归结到死亡两个字上。以前，对他而言，这两个字不是很遥远，而是几乎不存在。可是不经意间，它猛然跳到你面前，面目狰狞地看着你、戏耍你，却又不立即取你的性命。从看到病理报告的那一刻起，这把剑就悬在头顶。司空千秋这才感受到，对死亡的提心吊胆远比死亡本身更令人难以忍受。他和殷初梅耗费整整一夜，精疲力竭，才找到战胜和超越死亡的办法，即在生命尚可延续的两年时间里，完成自己的任务，了却自己的心愿：建好高尔夫球场，建好别墅，顺利晋升副厅，以光辉的业绩和厅级而谢幕，那人生就圆满了。人生圆满了，死亡也就无所畏惧了，甚至无所谓了。两年，完成宏大的心愿，真够紧张的，得抢时间，抓速度。当然，在这个过程中，也可能出现意外，出现糟糕的结局。比如皇甫三兴因矛盾而揭我的底牌，泄露我的秘密。要真是那样的话，咱不能违反带病提拔的原则，但完全可以树立一个抱病坚持工作、将生命奉献给现代化建设的光辉形象。

这样一来，司空千秋心里有了充足的底气，完全可以和皇甫三兴对视了。以前，你们采用蘑菇战术，以各种与现代文明相悖的理由和繁文缛节拖延时日，以求生变。白日做梦！今日倒好，尊有了，俎也有了，合了我意了。箸也不置，亮剑了，挑战了，中我下怀了。要么尊俎折冲，要么签盟城下，快刀斩乱麻，就那么回事了。

司空千秋站起来，单手反叉腰间，君王一样趾高气扬地把菊花园和散坐在菊花园里的众鸽友扫视一遍，然后用刀子一样的目光对皇甫三兴挖了两挖，又把元菊生挖了两挖，这才慢条斯理地从上衣口袋里掏出几叠纸，放到桌面上，用手展开。

司空千秋要发话了，而且是官话。楚留声忽然拦阻道：局座且慢，容我前面插两句。

司空千秋白眼道：说了也白说。

楚留声：那就不说白不说。

楚留声故意吼吼嗓子，然后道：我晓得从上古少昊帝设立司空官职以来，你们这个家族就专门掌管着天下水利和土木工程建筑。昔有东宫大司空，今有局座掌千秋。局座要管要干的事，估计我也拦挡不住，我只能给咱搞个伴奏，敲个边鼓，提个醒。说着，用那只好手，从凳子腿旁拎起袖珍竹笼放到桌角上。竹笼从中间隔开，一边是两只翠玉般莹绿的蝈蝈，一边是两只墨锭般黑亮的蛐蛐。众人好生奇怪，人说话的关口，怎么放几只蝈蝈和蛐蛐到席面上？却听楚留声补充道：见暗则鸣，见明则止。金眼相士啧啧道：瞧你说得通灵的。楚留声：当然啦，蝈蝈、蛐蛐一叫，即地籁之声。

司空千秋移动三个竹节杯，在面前排成一排，示意一旁的花郎添酒。花郎本想用鸽子杯添，怕端不动，丢人现眼，就从鹤秀手中接过酒壶，满满地添到竹节杯里。

司空千秋一手拿起红头文书，一手端起酒杯，目光一节一节冲向元菊生。元菊生凭案而坐，一只胳膊搭在桌沿上，头别向一边，眼睛望着坡顶纹丝不动的司马槐。

司空千秋把红头文书亮一亮，说这是红头文书，今天正式知会于你，你看也罢，不看也罢，结果都一样，这结果都告知你：菊花园被征用了。说完一饮而尽，掷杯于身后。杯子尚在空中，蝈蝈吱地尖叫一声。

元菊生没有回头，眼睛也没有移开，淡淡地回了句：你放心。司空千秋又竖起一个红本本，另一只手又端起一杯酒：在这个世界上，对什么事都可以倔强，但不可以和组织较劲。组织已经很看得起你了。这是市文史馆的委任书，你得收下。你要不收下，就得去养老院。说毕，一口干完。杯子飞向空中，聘任书隔桌撒到元菊生面前，把元菊生的竹节杯打翻了。

蛐蛐也叫一声，叫声比刚才尖锐。

元菊生纹丝不动，声音比刚才略高地回道：你放心。

司空千秋端起第三杯酒，拿起最后几页纸，冲着元菊生道：这是拆迁补偿合同，一应条款，都替你拟好了，你签个字，就万事大吉。

司空千秋示意花郎把合同拿给元菊生，花郎有些犹豫迟疑，但还是拿过去了。司空千秋又掏出签字笔，伸臂拍过去。

字一签，万事大吉！

蝈蝈和蛐蛐又叫了，叫声尖锐刺耳，既像警告司空千秋，又像在提醒元菊生。

元菊生转过身,把签字笔捏在手里,就着阳光看了半天,才切齿道:你放心!

签啊,你一签,我的心就放进肚子里。司空千秋把酒杯举在空中。只要元菊生落笔签字,他就一饮而尽,然后把竹节杯高高地抛向空中。

元菊生清癯的面容紧一紧,眼中透闪出苍茫的目光,白胡须猛地一抖,瘦劲地手指噌地一弹,签字笔嗖地飞向空中,又像矢片一样翻着筋斗旋落下来,不偏不斜,正好打在司空千秋酒杯的杯沿上。酒杯虽然没有脱落,但酒水却撒在了衣袖和桌面上。司空千秋万万没想到,元菊生会出这么一招,而且一招点穴,把人点得愣住了。

四周有人叫好,司空千秋这才感受到了巨大的羞辱。那羞辱深入内心,变化成巨大的气愤,往外冲撞。殷初梅不愿他大发光火,想要把他拉回座位上。他奋力挣脱着,殷初梅边拉边道:别忘了,你是局座。司空千秋一屁股坐回凳子上,喘了几口气,这才拍拍自己的胸脯:我放心! 你也放心!

金眼相士见情势演变到这等地步,知道要退回那个有礼有节、温文尔雅的平和情境,已然不可能。又一想,世上有多种沟通方式,也有多种抗争方式。今日情势已经演变成折冲樽俎,那就折冲吧。既然折冲,那就把话挑明,于是居中说道:心存善端,热爱自然,那是再好不过。可是当今社会,权、钱、色汇成一个利字洪流,滚滚而下,并且成为世界的本质。这是一把披着现代化华丽外衣的锋利匕首,把人的善端一点一点割掉了,把人和自然的紧密联系也一点一点割断了。心存善端的失去,心对自然之爱的失去,就是放心。我们放心得太厉害了! 放得差不多没有心了!

司空千秋脑袋嗡地一响:原来如此! 他觉得被再次羞辱了,而且这次比前边羞辱严重深刻得多,几乎辱没了。他再也按捺不住内心的怒火,霍地站起来,酒杯抛向空中,环视四周,庄严地宣布:限你十五日之内搬离此地!

要是不搬呢?

那就夷为平地!

一只蝈蝈吱吱吱,另一只蝈蝈也吱吱吱;一只蛐蛐叽叽叽,另一只蛐蛐也叽叽叽。周围的鸽友也随之起哄起来。

元菊生缓缓落座,但坐姿和神情与早先完全不同。仰面向天,白发垂后,形体若干枯的树枝,眼神若大火熄灭的灰烬,鼻翼微张,艰难地呼吸着。啊,这瓦舍,这书房,这天籁阁,这集贤院,是父亲带领全家人一间一间建起来的啊! 这司马槐,这花椒树,这刚竹和菊花,是父亲带领全家人一株一株、一棵一棵种植的啊! 还有那眼古井,是众多乡亲帮着淘清的啊! 这是我们的美丽家园,我们和鸽子一起,在这里快乐地生活了半个多世纪了啊! 保不住了! 眼看着保不住了! 美好的生活就要随着美丽的家园毁掉了！深爱美好的东西，又眼见它无可奈何地毁灭，心该有多痛呀，痛得人想和这一切一同毁灭掉。

唉，地球也应该同时毁灭掉！

元菊生不知道把心中的大火烧向谁个，只能发出火山喷发一样的豪叹。

柳散木的主要心思在图南身上。他一边思念着图南，一边有一档没一档地听着，听到这里，可算是听明白了。形势危急，菊花园朝不保夕！啊，革命到了最危急的关头，徒弟不能坐视不理，徒弟得挺身而出，保住菊花园就保住了革命的火种啊！柳散木扶住萧涤生的肩膀，一节节站直了，态度坚决地冲司空千秋那边道：我用飘风楼换菊花园！

要是在平和时期，又是在如花郎那样的熟人之间，司空千秋会以局座特有的口气反问：飘风楼能建高尔夫球场吗？能盖别墅吗？但今天不会。时间不对，场合不对，人不对，气氛更不对。司空千秋正在气头上，你又来替元菊生受过，能有好果子吃吗？

司空千秋轻蔑地看一眼柳散木，万分不屑地道：你有目无珠，眼前一片漆黑，连我长个什么样子也看不见，也配谈国是。

蝈蝈和蛐蛐同时发出极其尖厉的叫声，用坚硬的小脑袋冲撞着细笼隔，似乎要扑出来和司空千秋拼命。

众人怒目而视。就连殷初梅和花郎也张大骇异的眼睛，疑惑地瞪视着司空千秋，内心简直不愿相信，司空局座怎么会对柳散木恶语相向？

出乎所有人意料的是，柳散木非但没有生气，反而自豪地宣布：虽然我眼前一片漆黑，但我内心一片澄明！感谢图南，他用鲜血和生命为我换来一个光辉灿烂的新世界！

众人钦羡柳散木，鄙夷司空千秋。

柳散木接着冷笑一声，对司空千秋道：你可曾看到土地的灵魂？你可曾看到花草树木的灵魂？你可曾看到鸽子和百鸟的灵魂？你可曾看到步陶师父、皇甫老医生和我的灵魂？你可曾看到你自己的灵魂？语若连珠，连发五问。

司空千秋：灵魂是指缝里溜走的东西，比风还要飘忽不定，哪个能看得见？

五墨墨，睁眼瞎！

你说我什么？你再说一遍！

我说你有珠无目，五墨墨，睁眼瞎！

真是反了天了！本来要拿他撒气，不承想反倒被他挖苦和讽刺，自打升任长安城城建局局长以来，何曾受过今天这种窝囊气？司空千秋震怒了，狠狠地拍响桌子，把杯盘都拍得跳起来：你再说一遍，我立马派人拆了你的飘风楼！

这种人，干这种事情，说到做到。随便找个理由，就给你把飘风楼顶掀翻了。但此刻势成水火，柳散木绝不可能退让半步。柳散木昂首而立，拍着胸脯，说：你要命吗？我有一条！可是话还没出口，就被金眼相士拦住了。

金眼相士抿两口酒，顽皮道：今日只兴折冲樽俎，不可大动干戈。

楚留声：眼看折冲成干戈了。

金眼相士：我给咱去今入古，缓和缓和气氛。

你又要卖关子了。

金眼相士放嗓子唱话白道：少陵遗像太守欺无力，忍能对面为盗贼，公然折克非己祠，傍人有口呼不得。梦归来兮闻叹息，白日无光天地黑。安得旷宅千万间，太守取之不尽生欢颜，公祠免毁安如山。①唱完，喝干酒，冲司空千秋亮亮杯底，意思是我干了。

小坏蛋大老远叫道：很有些《茅屋为秋风所破歌》的味道呢。

楚留声：诗中所唱，我知道。是说兖州少陵台有座子美祠，结果被新来的一位郡守给拆毁掉，建成了自家祠堂。有位赵香梗先生，感叹杜子美生遭丧乱，奔走无家，死后千百年，数椽片瓦，犹遭贪吏毒手，实在气不过，就篡改《茅屋为秋风所破歌》，为杜子美解嘲。

司空千秋再傻，也能听出其中的意思。绕了一周八匝，还是冲我来的，而且有过之而无不及。元菊生和柳散木尚属就事论事，顶多说说灵魂呀无关痛痒的事，金眼相士和楚留声则不同，看着说古，实则借古寓今，讥讽我为夺人田财的贪官污吏。哼，我是贪官污吏吗？说我有点借政绩晋级的私心倒还说得过去。说我是贪官污吏，那就大错特错。睁大你们的狗眼看看，我是吗？我对黄厅长负责，我拿着红头文书办事，一切都是合理合法的。合理合法的，懂吗？一群不懂现代建设的蠢猪！再说贪官污吏，是尔等随便诬蔑的吗？司空千秋燃烧得像一团炭火，满身通红，头顶冒烟。他坐不住了，站起身，单手反叉腰眼，离开座位，迈着方步，巡视这块地方。他高视阔步，全然不管脚底下有没有路，一溜儿走过去，把菊花踩倒了。众人唏嘘，蝈蝈和蛐蛐又开始鸣叫。司空千秋心道：别唏嘘鸣叫了，等我一圈巡视下来，就该向你们宣示主权了！司空千秋巡视到竹丛跟前时，竹丛里忽然爆发出连续不断的噼啪声响。那响声若爆竹一般，吓得司空千秋往后跳了一跳，暗道：有其主必有其奴，连竹子都叫唤呢。旁边有人道：再有三五年，刚竹就会开花。你不让它开，它能不爆裂抗议吗？

司空千秋回到桌边，一挥大手，要对菊花园宣布主权。

---

① 曹雪芹著，黄霖校点：《脂砚斋批评红楼梦》（上），齐鲁书社1994年版，第363页眉批。

可惜，被皇甫三兴拦住了。皇甫三兴的手在空中往下按着，示意司空千秋坐下。司空千秋没有坐，而且拿眼睛斜着皇甫三兴。来之前，司空千秋已下定决心，也做了最坏的打算，所以在这种情势下，他已不可能再向皇甫三兴屈服。他不希望皇甫三兴揭他的老底，但也不怕皇甫三兴揭他的老底。皇甫三兴胆敢把他罹患绝症的消息公布于众，那他就孤注一掷，血战到底！

皇甫三兴谨遵医德，只字未提司空千秋患病之事，而是用深邃的窝窝眼看着司空千秋。那目光，像两枚蓝色的钉子，把司空千秋钉在透明的空气上。皇甫三兴语气极其清淡，像是自语，又像是对司空千秋说：真是不明白，为了一种享乐的文明，毁坏大地和劳动者及其生活，有什么好?！

司空千秋抱定信念：我们打碎一个旧世界，建立一个新世界！

皇甫三兴语气依然清淡，但身上却放射着蓝色的光：是谁给你如此大的权力？上帝？还是百姓？

司空千秋脑瓜飞速旋转，不能说上帝。西方人信上帝，我们不信；也不能说百姓，百姓有授予我们权力的权力吗？二选一，挖坑哩，一个都不能选。

谁给的并不重要，拥有就行，能用就行。

所以就用到土地和自然身上。

是的，甚至更多。

哎呀，跟你坐在花园里说拆毁花园的话，跟坐在教堂里亵渎神明有什么区别啊！

抱歉得很，我不信神，什么神都不信。

那你信什么？

我只信我正在做的事情。

哦，我差不多无话可说了。

真是奇怪，皇甫三兴说完这句话，身前便蒸腾起一团灰蒙蒙的雾霭。那个实实在在的皇甫三兴，被雾霭包裹着变成了一个虚虚幻幻的影子。

司空千秋一手反叉腰眼，一手在空中猛地一挥，壮声宣布：请此园居住者，在十五个工作日内，携带一切物品，搬离此园！

司空千秋很想听一听这句话在众人中引起的反响。扔个瓦片到水池里，必会荡起涟漪，更何况我扔了块足以改变人们生活轨迹的大石头。可是司空千秋失望了。除了蝈蝈和蛐蛐轻蔑地叫了两声之外，再无别的反应。人们弃绝了司空千秋，所有的目光都集中到元菊生身上。

元菊生已经从过去的情思中回过神来，坐端正身子，吸气鼓腮，缓缓吹气。白胡须被吹得飘荡起来，很像挂在城门楼角的旗帜。元菊生停止鼓吹，那旗帜仍旧在招展着。原来，元菊生一鼓吹，竟引来一股风。那股风是从终南山麓吹过来，轻柔地掠过御宿川，越过滈河，翻上神禾原，不紧不慢地吹到菊花园。花椒树的枝条、竹丛的顶脑，以及远处的司马槐的大树冠都在轻微地拂动，并发出细密的飒飒声。

元菊生目光移向集贤院。鹤秀立即会意，过去将集贤院的所有门窗都打开。集贤院里的数百羽鸽子鱼贯而出，腾空飞起。众人见集贤院的鸽子飞起来了，便把码排在井栏那边的获奖鸽放出笼。近百羽获奖鸽争先恐后，追随集贤院的鸽子而去。就连图南坟头上的小寒玉和适生，也拍翅升空，去与大部队会合。

先一天晚上，鹤秀、林风鸣在客人走后，便将自己和师父楚留声新刻的秦字哨、汉字哨、唐字哨悉数系于鸽尾。鸽子一起飞，所有的鸽哨便一同响起。桑哑铛见状，也打开笼门，将步行者放出。身负秦字小七星的步行者真是帅气，三蹿两旋，便追上鸽群，并抢在前面，率领鸽群在空中盘旋。

这便是此刻的情景。地上花椒树和修篁如茵，菊花金黄如海，空中白的红的花的灰的黑的鸽子聚集成云，御风飞翔。鸽哨嗡嗡嘤嘤成一片，随鸽群飘动。

鸽友们向空中举着酒杯、扔着帽子、衣服或毛巾，高声欢呼。鸽友们抛弃了所有烦恼和干扰，忘乎所以，纵情欢笑，以庆贺生活中一年一度的快乐节日。地上的跳跃和欢呼在向空中致意，空中的飞翔和歌唱也对地上做着回应。那情景真是太激动人心了！

皇甫三兴搬着凳子，携带着灰蒙蒙的雾霭，坐到井台的辘轳跟前。他要尽情地欣赏空中的鸽子并回忆与此相似的昔日生活情景。鸽子和皇甫三兴通灵了，一点点旋飞下来，环绕着他飞行。皇甫三兴很快就被灰蒙蒙的雾霭、斑斑驳驳的鸽群以及徐疾有致的哨声包裹住。人们停止了欢呼和雀跃，惊奇地看着。被包裹在中心的皇甫三兴的身上不光散射出湛亮的蓝光，而且还奏鸣出晨钟暮鼓般的声响。那声音木木的，像发自皇甫三兴的胸膛，又飘飘的，像来自天空。那声音和鸽哨合奏一处，真是妙曼和谐至极。

那声音木木的、飘飘的，和鸽哨混合在一起，在菊花园的地面和空中回旋和飘移着。那混合的声音穿透人们的耳膜，径直飞进人们的内心深处。人们又开始举杯扔帽子，纵情欢呼：鸽子！鸽子！鸽子！柳散木和墨玉环则高呼着图南、图南、图南！桑哑铛也扬臂高喊着步行者、步行者、步行者！步行者一个侧身，率领鸽群飞向高空。鸽哨先是一个断音，紧跟着又喧响起来。

花郎也和众人一起对着空中的鸽群欢呼，欢呼得眼睛上蒙上一层模糊的泪水。但当他转头看司空千秋和殷初梅时，发现殷初梅本来就很忧伤的眼睛也和自己一样，蒙着一层泪水。而司空局座脸上的愤恨尚未完全消失。那来自皇甫三兴口中，或者来自天空的声音似乎没有引起司空局座的任何反应。秋风拂过，花郎身上生出一丝凉意。

鸽群从高空斜斜地滑翔下来，掠过人们头顶时，柳散木一招手，小寒玉便脱离鸽群，从空中俯冲下来，在接近柳散木时，又朝后扇着翅膀，减缓速度，慢慢落到柳散木肩膀上。

柳散木握住小寒玉，递给元菊生，元菊生又将小寒玉朝林风鸣扬一扬。林风鸣立刻会意，从犊鼻裤的口袋里扯出一条毛巾。元菊生用毛巾蒙住小寒玉的头和身体，然后夹在两腿间，又从怀里掏出一枚鸽哨，要给小寒玉系上。林风鸣和鹤秀自然认识那哨。那是林风鸣和鹤秀刻哨时用的样哨，真真正正的原版秦字小七星。

在元菊生给小寒玉系哨时，从河滩翻上神禾原的风变得更大更猛了。风把元菊生的白胡须吹得像鸟毛一样翻卷起来。元菊生认真地系着，用的心劲很大，以致细丝绳把手指勒出了血。元菊生的老眼里不易觉察地淌出两行清泪，泪水落到手指上，和血混合成血泪之滴。柳散木动情地对小寒玉说：小寒玉呀，你可明白步陶师父的心思？步陶师父是让你代表图南把音乐播放到天空哩。

元菊生拿掉毛巾，一松手，小寒玉迎风而起，追赶鸽群，并很快和步行者一起，领着鸽群飞行，真正的原版秦字小七星，音质高亢清亮宏正激越，随即成为领航者。众人引颈倾听，挥手致意。

天宇澄清，秋阳灿烂，白云流动。秦岭山麓吹来的风越来越大，而且越川过河，翻过原头之后，变得行踪不定。菊花瓣被吹向空中，若花雨一样漫卷。竹丛摇动，发出细小的呼哨声。坡顶的司马槐挺立风中，树冠一会儿倒向北，一会儿折向南，一会儿倒向东，一会儿折向西。

所有的人都迎风听着天空的喧响，唯有楚留声竖直耳朵，听到了另外的声音。他若有所思，又有所悟地喃喃道：不对，天籁阁有响动呢！

元菊生朝林风鸣道：既然天假长风，就让它喧唱起来吧。

林风鸣若得令的士兵，飞快地向坡顶跑去。碰到横向的菊花丛，敏捷地一跳就过去了。

林风鸣跑到司马槐跟前，收住脚，回头望一眼，挥挥手，然后跪下，朝天籁阁叩个长头，这才上前打开天籁阁的所有门窗。

风入万窍，一阁轰鸣。

楚留声多年的疑惑和猜测，今日终于得到印证。元菊生祖传的、自己平生所收的鸽哨，全部珍藏在天籁阁。粗粝古拙的周字大葫芦，四眼六眼大二筒，做工精良、形制玲珑剔透的秦字小七星、小九星、小十一眼、小十三眼，仪态端庄大方、髹漆讲究的汉字四联、五联、三排、五排，雍容华贵、风姿绰约的唐字众星捧月、十三太保、十八罗汉……应有尽有，而且是成堂成堂地汇集于此。天籁阁里，中央立柱为圆心，由低向高，下大上小，一层一层，面朝四周门窗，构架着一排一排的哨楹。哨楹上裹着海绵，海绵外面包着黄色的锦缎。哨口一应朝外，整整齐齐地排插在锦缎包裹的哨楹上，若列队而站的号兵。

一哨或三五孔，或七八孔，或十余孔。数千枚鸽哨铺排开来，可谓万窍同阁。秋风旋入门窗，万窍同响。那汪的嗡的、铃的嘤的、尖的厉的、闷的脆的、清的亮的，在阁中合成一曲巨大的多声部交响，冲撞出门窗，涌潮般向外漫散开来。

鸽群听到声音，立即飞过去合应。天上的声音和地上的声音立刻碰撞着交汇到一起。那声势登时强劲起来，并迅速地向田野和高空扩展。

司马槐顶上的鹳鸟和喜鹊欢鸣着，拍翅加入飞翔的鸽群。北边潏河、南边滈河河畔的白鸥、鹭鸶、鱼鹰、杜鹃也一拨一拨前后相随着飞过来，加入鸽群之中。就连花椒树、荆棘丛、翠竹里的斑鸠、布谷、画眉和瓦檐下的麻雀，也争先恐后地越过枝头和瓦檐去追赶鸽群。

鸟群漫过来，哨声喧唱，百鸟欢鸣，在菊花园的上空响成一片。楚留声打开桌角小竹笼的小门，蝈蝈和蛐蛐跨出笼门，从桌角跳到不远处的菊花瓣上，磨翅向天鸣叫。蝈蝈和蛐蛐一带头，花丛里、土地里、井栏边的砖隙瓦缝里所有的昆虫都一齐跳出来，向天欢鸣。菊花园，从里到外，从地上到天空，成了音乐的海洋。

人们不再举杯，不再扔帽子和毛巾，不再欢呼雀跃，不再挥手致意，而是像元菊生和皇甫三兴那样，正襟危坐在凳子上，双手下垂，双膝并拢，双目微闭，双耳尖耸，凝神屏息，谛听并体会这源自大地、天空和神奇妙手的音乐。那场面简直比在易俗社看戏、比在维也纳剧院听交响乐安静肃穆千百倍呢。

鸟群从人们头顶旋起，升到最高处，然后拖着哨音向远处飞去。向东，飞到灞河和浐河那儿调头而回。向南，飞到终南山麓，折返而还。向西，飞到昆明湖那儿绕道而归。向北，直达大明宫，然后在长安城上空绕着圈飞回来。鸟群飞去时，菊花园只余下天籁阁的哨声和花草丛中的虫鸣。那声音虽然小了一半，但是气息和氛围一点也没有减少。只有当风减小到快要停下来时，天籁阁的哨声才渐渐静息下来。这时候，蝈蝈、蛐蛐及别的昆虫也才屏息休息。也只有在这声音的间隙里，人们才开口发表几句议论。

能参加这样的庆功宴会，听赏这样的声音，真是人生幸事。

是啊，当年斗哨咱们没有赶上，今日亮哨却看到听到了。三生有幸！三生有幸！

这是世界上最好的音乐，沉鱼出游，六马仰秣，我们竖耳。你比得妙，把匏巴和伯牙都比出来了。

对呀，每个时代都有每个时代的音乐。春秋有《阳春白雪》，先秦有《高山流水》，汉时有《十面埋伏》，魏晋有《酒狂》和《广陵散》，唐有《春江花月夜》，宋有《林冲夜奔》，明有《平沙落雁》，清有《二泉映月》，近有《彩云追月》。

可是当代，我们的长安城有什么呀？我们有啊！我们正置身其中。

我们有天、地、人合鸣的天籁之音。不分时代，天籁之音没有时代。

鸟群从长安城那儿飞回来了，哨声也漫空而下，像风一样拂动着花瓣、树枝和人们的衣袖。人们重新静息下来。秋风又起，越川翻原，劲吹过来。花草一动，昆虫们又开始鸣叫。司马槐一摇动，天籁阁又万窍入风，一同喧唱起来。鸟群到了当空，把秋阳遮得影影绰绰。地上的声音、天籁阁的声音、天空的声音再度合为一处，形成交响，向世界演唱。

周字哨继续奏鸣着广博宽厚的背景音，秦字哨继续发扬着高亢嘹亮的领航音，汉字哨继续作着宽宏清越的伴奏，唐字哨则一如既往地奏响着数声和谐的主旋律。然众哨之音又放到一个更广阔的天地背景上去，和鸟叫虫鸣一起，混合成一个更加宽厚混沌的天籁之音。天籁之音本根俱生，是与天空、大地、花草、飞鸟、鱼虫生长、凝固或者流动在一起的。

鸟群抱成一个很大的团，在流动的空气的海洋里翻转悠游，时而高时而低，时而远时而近，时而弯时而转，时而疾时而徐。地上和空中的哨声也跟随鸟群的姿态，应和着风的节拍变化着。或如低漏之慢，或如迸豆之疾，或如惊马之驰，或如闪电之光。翙翙有声，铃铃有音，真个是万窍怒号，千哨争鸣。所有的人都不再说话，傻傻地坐着，痴痴地听着，整个身心都迷醉在音乐的海洋里。萧涤生忽然说一声，让我把这声音画下来吧，说着就到一号桌前展纸。甄国士说我来给你磨墨，说着便蘸水研墨。林风鸣说我给咱这声音画留个佐证的印证吧，说着接过鹤秀递过的刀石，站在桌旁，对着天空雕刻起来。

楚留声很是庆幸，自己似乎心有预感，带来了成套的挖哨工具。他把工具摆放好，这才慢慢地从怀里掏出那枚元菊生让他修补的周字七眼大葫芦和刚竹细竹筒。他用那只鸡爪子似的残疾手夹住七眼大葫芦，好手捏着用了几辈人的斜刀尖刀，胶锅眼放着光辉，要凑刀修哨了。楚留声在天籁之声中感受到了昂扬向上的气势和宽宏自然的精神，他内心振荡着一种情绪，在人与天地之声融为一体的刹那间，他找到了修补周字七眼大葫芦的感觉。这才是艺术劳动最为珍贵和令人快慰的地方。它与大规模流水线的冰冷劳动不同，它需要机缘、悟道和感情。

就在萧涤生画声音和楚留声修补和镌刻声音的当儿，鸟群又旋飞下来，把坐在井栏边的皇甫三兴裹在核心。皇甫三兴身上又放射出蔚蓝色的光。他也处于半痴半惘的状态，说出的话语也很快融入喧鸣的鸽哨和虫鸟的歌唱之中。

你是一柄忧伤的七弦琴，在为天空和大地欢乐歌唱。人们不太注意，或者不知所云。

歌手阿利翁的家乡在雷斯勃斯岛。这是七弦琴和俄耳甫斯唱着歌的头颅漂流到的那个岛。

阿利翁是天生的歌手，他的歌能使江河凝滞，狼不再追逐羔羊，猎狗和兔子和睦于树下，小鹿和母狮依靠同一块岩石，鸽子、鹰隼、乌鸦忘记了仇恨。啊，阿利翁来到西西里岛，用歌声给那里的动物和人们带来欢乐。可当他带着珠宝乘船回家时，水手们却要杀人劫财。阿利翁请求临死之前再弹奏一次七弦琴。鬼使神差，水手们答应了。

阿利翁戴上阿波罗送他的月桂冠，穿上黑色的歌手袍，拨动琴弦，奏出天鹅濒死时的哀唱。就在水手们被感动时，阿利翁抱琴跃入海中。一只海豚为了表示对神圣的歌唱技艺的尊重，驮着阿利翁划水而去。

诸神为了答谢海豚对音乐和琴手的敬重之意，把他和七弦琴一块儿升上天空。从此天空有了两个无比璀璨的星座：天琴座和海豚座。他们相距不远，彼此随时可以瞭望。

人们听着这天音一样的话语和天籁一样的音乐交相鸣响，但心里却懵懵懂懂。

楚留声把周字七眼大葫芦修补好了。他捏着哨把，让哨口迎风举起。周字七眼大葫芦立即发出汪汪的声响。元菊生赞道：唾手天成，和原声毫无二致，和天地正声相和谐呢。楚留声有些小得意地说：怎么样？这哨可以入天籁阁了吧。元菊生心中哀婉，天籁阁还不知能安生几天呢？口中却道：不急，你还没有髹漆。楚留声接道：我咋把这茬给忘了。那就等我髹好漆，晾干了，再入天籁阁。萧涤生的画也要画好了。大家看时，看不大清画面上画的是什么，但能感受到满纸的声音在往外飞撞。林风鸣将刚刻好的大印盖上去，画作右上角登时现出两个鲜红的大字：天籁。

鸽群再次掠过人们头顶，升上高空。空中的声音攀到最高处，又折回头和地上的声音作回应。高空的声音和地上的声音交合之前，中间形成一个气团。那气团涡旋着，抽扯着，把高空和地上的声音牵扯到一起、搅和在一起，使阴阳再次交合、中西再度合璧。整个天空和地上都充斥和流淌着新生的、满含自然元气的天籁之音。那声音随风悠扬，节奏明朗，远飞像消逝，折回又兴起。地上所有人的身体和修竹、和树枝一起，随着音乐的波动而前仰后合地摇摆着。

这音乐既使花郎的情绪松弛，又使他的心智惊惧和疑惑。花郎恍恍惚惚地想着，全长安城的鸽友都在享受这天、地、人大和谐的欢乐和舒畅，而自己却要和司空局座一起把这欢乐和舒畅毁灭掉。这难道不是犯罪吗？在过往的生活中，自己有过金钱，有过纵欲，也有过翘秀，但那物质和肉体的欢娱与此完全不同。要命的是，自己刚刚体验到这种欢乐和舒畅，又要着手将其毁灭掉。这难道不残忍吗？花郎陷入深渊般的迷惑和矛盾之中。

秋风刮得更加迅猛，鸽群飞得更加疾速，鸽哨领航的自然之声喧响得更加急切。那声音如灵蛇般钻进司空千秋的头颅、胸腔和四肢，一下把他的手从腰眼上拖下来。司空千秋用手捂住自己的胸口，张大口喘着气，随之又用双手捂住耳朵，好把里外的声音隔阻开来。似乎这四溢的天籁之音再要进入耳孔，司空千秋的脑壳就会爆炸，身子就会粉碎。

司空千秋想摆脱这难耐的痛苦，捂着耳朵跑跳起来。当他跑跳到竹丛那边时，又一股劲猛的风吹掠而过。竹林抖动着，哗啦啦响成一片。那响声，像是天籁之中的抗议和呐喊。尽管司空千秋紧捂着耳朵，但那抗议和呐喊还是从指缝里钻进耳孔。他实在忍受不了了，索性松开双手，于是所有的声音齐袭而至。司空千秋像装满粮食的口袋，轰然倒地。闻惯了汽油味、香水味、山珍海味的司空千秋初到菊花园，闻到花香时，醉氧了。现如今，听惯汽车声、飞机声、电话声、讲话声、阿谀声、吆喝声的司空千秋，猛可里听到这虫鸟树木和鸽哨合成的天籁之音，又醉声了！花郎和殷初梅连忙上前扶起司空千秋。司空千秋虽然呼吸困难，但还是挣脱开来，朝空中挥手高叫：停下来，让所有的声音都停下来！这要是在局里讲话，肯定管用，但是在这里，屁用不顶。风不听命于他，花草树木鱼虫不理会他。那天籁之声非但不停，反而鸣响得更加起劲。

花郎看到司空千秋醉声和醉声后的表现，联想到自己和司空千秋所干的和将要干的事情，突然间后悔了。那是一种有所了悟和苏醒而又无法抽身的后悔。花郎真想痛哭一场，但是不能够。在这万窍放号、天籁奏鸣之中大放悲声，那是多么难堪、多么丢人的事情！花郎强忍着，任那了悟后悔之气在胸腹之间郁结并鼓成一个大气球。那气球里有个声音涡旋着想冲闯出来：真不知道这样的生活要被我们毁灭掉，还是我们被如此美好的生活抛弃了。

鸽群再度向长安城那边飞行，空中的哨声也随之而去。风忽然止息，天籁阁的哨声、修竹和树梢以及菊花丛中的蝈蝈、蛐蛐声，像是被乐队指挥的大手当空收了一把，戛然而止。菊花园里里外外，上上下下，顿时一片沉寂静谧。

散坐在桌凳间、花梗间的人们，宛若一片雕塑，凝神屏息、纹丝不动地回味和遐想着。

许久之后，一只蝈蝈发出一声鸣叫，并逗引出一个充满深情和期望的叹息：世界就此停止和凝固该有多好啊！

人们渐渐回过神来，目光投向桌边的元菊生和靠近井栏的皇甫三兴。二位老人虽然神志气质不同，但平常看着，还是实实在在的人。但眼前，经过图南和步行者的催发和天籁之声的浸润，二位老人已经变得虚虚实实，幻出幻入。他们似乎与眼前这个真实的世界几无关联，其神情已随鸽群飞向长安城上空。人们的余光也捎着了歪在一边的花郎和司空千秋。那情形，不是他们与这个世界没关联，而是这个世界与他们没了关系。

　　天空飘过云彩，这秋天的云彩不若夏天的云彩那么有形状，薄得像丝绵一般，一丝一丝流过去。地上的风，又从河滩那儿吹过原头，吹拂到菊花园。蝈蝈、蛐蛐开始鸣叫，树枝和修竹开始飒飒，天籁阁的千百鸽哨开始奏响。总之，地上的声音开始合鸣了。鸽群从长安城的上空飞回来，空中的哨声又和地上的声音混合一起，形成了高亢、清亮、浑厚、宏正而又无比和谐的地空交响乐。

　　似乎是莫追风喊了一句：声音有色彩！

　　众人再看空中。鸽群飞过来，后面拖着一条宽宽的彩色雾带。那雾带跟随着鸽群，的确是鸽哨的声音拉出来的。那情形，比节日盛大庆典飞机拉出的彩烟壮观和好看很多。那彩色的雾带随着鸽群的飞行而变化，很快就要变成又弯又宽的半弧形。萧涤生又不禁大喊一声：不是雾带，是彩虹！

　　一声彩虹，勾得皇甫三兴猛跳起来，直冲天空挥手。皇甫三兴太过激动，想喊什么却没有喊出来。元菊生猜透了皇甫三兴的心思，捋着胡须说道：此刻不宜呐喊，只合朗诵，我来替你吧。

> 残山破景秋胜春，彩虹掠空菊酒温。
> 若遇高阁天籁起，清风冷月葬离魂。

　　元菊生一朗诵，皇甫三兴便想起祖辈的夙愿，不禁气血奔涌，伸手要酒。皇甫三兴一要酒，众人也都要酒。鹤秀、林凤鸣、萧涤生、莫追风、小坏蛋忙提着壶给大家添酒。司空千秋、殷初梅、花郎的酒杯被扔掉了，添不成酒了，只能一边瞪眼观看。众人高举酒杯饮酒，高声朗诵那诗，渐渐地，那朗诵变成了吟唱。那吟唱声很快和鸽哨、花树虫鸟合奏的天籁之声形成了新的共鸣。这是我们梦寐以求的灵魂栖息地。

　　天幕上有流云，地面上有长风。风把菊花的花瓣吹起来，花瓣和着各种昆虫的鸣叫，和着百鸟的歌唱，和着人们的吟诵，和着天籁阁和鸽群的哨声，和着这万窍放号、百音和谐的自然之声，在空中盘旋飞卷，起伏飞扬。在这花和声的上空，弯出一道斑斓亮丽的彩虹。那虹下部隐藏在云雾之中，看不见根扎何方山水，上半部若天桥一般弯在天穹之上。那七彩，和百花的色彩，和感情浓烈的音乐一样的清明艳丽呢。

　　皇甫三兴又变得虚幻了，身上放着蓝色的光。他口中说出的话，既像发自他的

胸膛,又像来自天空,众音协调:

> 我与你们以及你们这里的各样活物所立的永约是有记号的。我把彩虹放在花海、音乐和云彩中,这就是我和大地所立永约的记号。
>
> 彩虹必会出现在花海、音乐和云彩中。我看见,就要纪念我与大地上各样有血有肉的活物所立的永约。①

尾 声

十年后,清明节。

我和天赐冒着蒙蒙细雨,在长安城上空,在神禾原上缓缓飞行。我们在以我们的方式怀念故人,追忆过去。十年间,长安城已经变得不认得了,尤其是神禾原头的菊花园,已经变得面目全非,成了破败的撂荒地。触景生情,黯然伤神。我们飞回到滈河南岸的新居地。我落在司马槐上,天赐则落在数坟相隔的橄榄树上。我们相对而视,潸然垂泪。我说:天赐啊,我真怀念我的主人和那时的生活。天赐回道:图南啊,我真羡慕你家主人,也向往和你一起飞到大海上去。我和天赐有一搭没一搭地说着,并彼此看着。我们能看到彼此的轮廓,却看不到彼此的色彩。火石红和三道杠都看不见了,因为我们只是幽灵,幽灵和梦里的影子一样,是没有色彩的。我们彼此间可以看见和听到,但地上的人却看不见也听不到。我觉得这不公平,凭什么我们可以看见和听到地上的一切,而地上的一切却看不到也听不到我们。我真心希望天上、地下都能看得见,也能听得到。因为地上所做的事情,天上能明显地感觉到。比如我们飞疲倦了,便可以落在司马槐和橄榄树上歇息。可你知道吗,地上的主人费了多大劲,才赐给我们这块新领地,并且把司马槐和橄榄树移植过来,供我们栖息。

那天庆功宴上,葬埋了图南,听了天籁之音,归来后,柳散木便患上了失魂症。客人来店里按摩,他不待见,一任生意冷落。自己则整日枯坐木板茶房的窗前,耸耳谛听,悄然抹泪。墨玉环伺候他吃喝,他也是一副神不守舍的样子,时

---
① 见《圣经·创世纪》(9:12—9:16)。

常端着碗愣神。墨玉环在旁边催他快点吃,他却把饭菜喂到鼻孔里。墨玉环见状,伤心地暗自垂泪。她怕拖延日久出事情,就把这情形告知师父步陶。步陶叹息着说:图南把散木的魂勾走了。墨玉环说:这样下去,人怕是要不行了。步陶又叹气:岂止散木不行了,我们都不行了。墨玉环拖着哭腔说:总得想个法子吧。步陶说:除了给图南他们重找一块安生地方,还能有什么办法。墨玉环把这话说给柳散木听,柳散木一下回过神来:那个司空已经放出狂言,十五日之内若不搬迁,就把菊花园夷为平地。七天已经过去,再有七天,图南他们就要暴尸野外。墨玉环也心焦地说,这可不行,铁得尽快呢。柳散木命墨玉环把花郎寻来。花郎一来,柳散木就对花郎摇他那双手,摇得哗啦哗啦响。花郎说这双手的恩德我记着呢。柳散木说这双手求你个事。花郎说涌泉相报,涌泉相报。柳散木说:你去找你们司空局长,让他把步陶师父和风鸣兄弟迁移新竹林那块地卖给我,就说这是搬迁菊花园的最后条件。

花郎一听,说碎碎个事,包在兄弟身上。花郎找司空千秋,司空千秋见要买的是一块撂荒的河滩地,就借坡下驴,顺水推舟,给有关方面打招呼让尽快办理。还对花郎说可以一边搬迁一边办手续,事情就是这样,柳散木用图南在五百公里盛唐怀大奖赛上所获得的丰厚奖金,买下那块新竹成林的河滩地,作为鸽子的墓园。说来也是奇巧,这鸽子墓园,正好与早先的神禾墓园隔河相望。

司马号、飞将军号、图南以及鹤秀的爷爷及母亲的坟墓一并迁过来。皇甫三兴见新墓园风水尚好,就把天赐的坟墓也从凌烟阁迁过来。天赐连瓷瓮埋进坟里,橄榄树则移植在旁边。橄榄树这几年可是见长了呢,虽然没有司马槐那么高大,但也有了几分气势。

迁坟移树时,元菊生还让他们把那口古井封了。他自己监看,让封深、封严、封牢,说过上百年千年,后人若想在这儿开拓个荒石园、菊花园、桃花园什么的,若是有缘,再把这古井启封,也未可知。鹤秀要了辘轳,说学校里有一口井,兴许能用。要是不愿意用,放在那儿看看也行。鹤秀还带走了水缸里那五六块彩色玉石,说要放在自家贮水的陶瓮里。看到玉石,就想起古井,花郎心痒难耐,问鹤秀讨要一块,鹤秀就大方地让他挑了一块。林风鸣则把井栏边的石榴树移回城里的家,和家里的石榴树凑成一对。

柳散木态度诚恳,口也张得大,要了一大块红丝脉井栏石,立在图南坟前当墓碑。碑上的字是让二鲁班雕刻的。二鲁班边刻边说,为了图南,木匠变成石匠了。红墓碑正面镌刻萧涤生画的图南像。下署:图南之墓。背面刻着:人类羞愧之碑。碑侧蝇头小楷,镌着元菊生代柳散木所撰诔文。

坟迁来,树移来,喜鹊、鹳鸟、白鹭、斑鸠、画眉等也跟随而来。鸽子有时候也飞过来。林风鸣还把鸽哨吹奏出乐曲。柳散木又让人在坟后植了松柏,说这坟头不光要鸟鸣哨响,不光要四季常青,还要一年落两次花,所以又移来菊花。这样一来,春天槐花,秋天菊花,一年两季,花瓣落到坟头上。

诸事已毕,秋风又起,松风呜咽,百鸟哀泣。林风鸣用鸽哨吹吟出一首诗:

> 神禾原头立青松,滈水左滨坟新隆。
> 倩魂沉降泉下土,彩羽和云飞满空。
> 黄花零落坠黄泥,秋风含悲吟秋风。
> 愁情绵绵漫卷去,英雄综影天上星。

就这样,我们有了最后的栖息地。我和天赐的灵魂也能像生前一样,自由自在地在天空飞翔了。我俩的灵魂经常飞在高空,或者落在司马槐和橄榄树的枝头,看着地上的人们来来往往。我们万万没有想到的是,第一个住到我们墓园来的人竟然是木归智。

木归智几乎天天都来,往返在已被挖毁掉的菊花园和新墓园之间。他把菊花园四周的花椒树一棵棵挖过来,栽在新墓园四周。木归智干得很专注很卖力,花椒树上的尖刺把他的身上、手上划出许多伤痕,他都没有感觉。不久,新墓园就被花椒树围成一圈,而且留有一个门洞。只是这门洞没有菊花园的门洞那么气派。木归智伐木结绳,在墓园门口搭一个茅庐,又辟一小块地,种菜和庄稼。木归智要自觉自愿地为鸽子守墓。有鸽友来,看见他,道:你要在这儿看门,哪个鸽子还愿意葬埋在这儿呢?木归智道:我罪该在这儿。我要灵魂靠近他们,向他们忏悔。我不该为了自家的利益,为了改变自己的穷命而摔死天赐,我给他们守墓,以赎我的罪孽。鸽友说万一鸽子不原谅呢?木归智说那我就一直守下去。鸽友说除非你变成石头。有一天,太阳落山了,木归智从河里捞上来一块石头,放在墓园门的右边,自己跪上去,口里默默念着赎罪词。念到一半时,发现自己的膝盖和石头连在一起,木归智没有停歇,坚持赎完罪。甫一赎完罪,他便变成了一尊跪着的石头。后来看见的人多了,就议论说:咋像跪在岳飞坟前的秦桧。又有人说:可不能这么说,秦桧是后人让他跪着的,木归智是自己跪着的。木归智的妻子银花深为感染,来到木归智身边,站成一棵树,陪着木归智。这情形后来被皇甫三兴看到了,仰天豪叹一声:啊!人性太复杂,不能用来做实验!

其实,对此感触最深的是天赐。天赐站在橄榄树顶,望着跪成石头的木归智和立成一棵树的银花,默默道:能唤醒一个人的自然之心,死也值得。天赐说得多好啊!我非常赞赏天赐这种达观大度的生命观。这种生命观是和我们寻找理想的栖息地，以及和人类亲热相处是一体的。

瞧，我们一感动，一激动，就把许多事情的前后次序都忘了。好在尘世里的事情讲先后次序，而灵魂世界和宽广的天空世界却不大讲究，而更讲究事情的性质、意义和价值。所以在这个世界里，先发生的事情可能滞后，后发生的事情也可能提前。譬如桑哑铛和步行者。

步行者一天天老了，一生征战留下的伤痛也逐渐袭来。他走路蹒跚，站着摇摇晃晃，呼吸像有一下没一下拉着的破风箱。桑哑铛心疼地看着，寸步不离地守着。谢冰莹看桑哑铛，怎么和步行者老得一样快呢。晚上，桑哑铛丢心不下步行者，就抱着步行者，枕着谢冰莹的胳膊睡觉。睡前，两个人相互诉说着他们的爱情、他们的玉鸽牌唐装店，还有步行者带给他们的生命体悟。他们很享受步行者带给他们的快乐和尊严。步行者早已成为他们家庭的一员，他们共同创造生活并通过奋斗赢得尊严。这是多么幸福的生活啊！说到最高兴、最激动的时候，桑哑铛忽然冒出一句：我们已经幸福，明天再见不见已无所谓。

是夜，桑哑铛抱着步行者，枕着谢冰莹的胳膊睡着了。谢冰莹望着桑哑铛甜美的憨态，回想到他们的新婚之夜。新婚之夜他们也是这样相互枕藉着入睡的。那时候怀里没有步行者，但心里已经有了。桑哑铛梦见自己成了步行者，步行者成了桑哑铛。翌日晨，谢冰莹醒来，桑哑铛和步行者却永远沉浸在了梦中。

虽然桑哑铛没有留下半句遗言，但谢冰莹却知晓他的想法。她请要好的鸽友来，搞了个简朴的仪式，将桑哑铛和步行者合葬在鸽子墓园里，旁边还给自己留了位置。生同床，死同穴，复何求！

瞧，那坟墓就在图南、司马、飞将军和鹤秀母亲坟墓右边。左边，已经被先到的楚留声和皇甫三兴占据了。

清明雨，淅淅沥沥地下着。天空雾蒙蒙的，地上有花朵刚想纷纷飞向空中，却被雨水打落到泥地里。神禾原远处的道路上、滈河岸近处的道路上，陆陆续续出现了前来清扫先人坟墓的人。人们一定能感受得到这春雨和那秋雨是连接并重叠在一起的。

那个灾难的日子一旦来临，月亮便不放光，太阳也变黑了。天空晦暗无比，滴落着豆大的雨滴，一会儿稠密，一会儿稀疏。皇甫三兴想，应该和元菊生、金眼相士、楚留声联手，再鼓动柳散木、萧涤生、小坏蛋等中青年人，组织一个保护鸽子和鸽子领地的协会，搞一个章程和行动计划纲领，打印出来，交给老部长甄国士，请他转呈给有关部门和有关领导，以求改善鸽子和人急转直下的生存环境。皇甫三兴正在愁思，从欧洲传来凡龙和詹森两位养鸽巨匠相继逝世的消息。就在詹森逝世前不久，比利时皇家协会专门派代表前往詹森居所，祝他百岁寿诞，并颁发荣誉证书和金质奖章,感谢他及其家族为世界养鸽事业做出的巨大贡献。皇甫三兴既伤感又备受鼓舞,立即约请金眼相士先行与元菊生商量。令他欣喜的是,在半道上与楚留声不期而遇。但是当他们来到菊花园时,那相遇的喜悦立刻被雨水冲刷掉了。

半月多前还黄花似海、哨鸣鸟唱的菊花园,转眼间已经变得破败不堪。花椒树和未来得及移走的斑竹歪七劣八地横倒在地。菊花被拖拉机的犁铧连根翻起,身体埋在土里,根须露在外面。坡顶的天籁阁被焚烧成废墟。雨雾中有青烟从废墟中升起。大概为了赶工期,推土机和挖掘机冒雨工作着。集贤院已经被全部推倒,东边的瓦房和茅屋也倒了一大半。挖掘机伸开巨大的钢爪,在废墟上挖掘着。唉,再坚硬的土地也抵挡不住滥用的权力和挖掘机的钢爪。土地被抓得四分五裂,伤痕累累,一片狼藉。

金眼相士在突然变大的秋雨中跺着脚,冲着推土机和挖掘机怒吼:日凿一窍,七日混沌死!七日混沌死啊!雨珠成了金眼相士的血泪。

春花秋月已过,枯木凌霜又来,明日很快成为昨日。菊花园没有了,伊甸园的花朵也只开放在记忆里,皇甫三兴的心一瞬间变老了。那苍老的心发出悲怆的嘶鸣:世界啊,你轻信什么,就必为什么所伤。人们借现代化的欲望之手,建造高尔夫球场和私家别墅,将那个简单、自足、诗意的生活埋于地下。你能想象到吗?当高尔夫球场和私家别墅盛不下人们过于膨胀的欲望,那欲望自行破裂时,那深埋尘埃底下的、简单自足的、诗意生活的柔软花草却不会再长出来。因为土地已经被你们弄板结了,而生活又不可能退回去。

尽管皇甫三兴有些怀疑此行的意义,但他最后还是坚信自然比无论什么都伟大。

皇甫三兴的信念多么透明啊!简直透明到我们的内心深处。雨比刚才稀落许多,但晚秋的寒气却一阵阵袭来。

对于皇甫三兴和金眼相士所叹所言,楚留声一个字也未听进去。他的神情太专注了,所有的注意力都随眼光投向坡顶的天籁阁。天籁阁已成灰烬,就连青烟也被雨水浇没了。

楚留声掏出已经髹好漆的周字七音大葫芦,捧在手心看着。那天庆功宴上,他听到众声和鸣的天籁之音时瞬间悟道,既运刀如飞,又非常沉稳地修好了周字七音葫芦,而且当场吹奏。那声音和天籁之音和谐得很。楚留声有个心愿,让自己修补好的七音葫芦入天籁阁,与元菊生家几辈人收的哨珍藏在一起。那样,也不枉刻了一世的哨,是个真正的哨人。可是元菊生借口髹漆未成而推脱了。现在看来,元菊生已早知今日,所以有意推脱。楚留声的愿望被烟火焚烧掉,又被雨水浇灭了。

楚留声有些癔症,癔症中回到那个秋末的傍晚时分,他来拜访菊花园,见元菊生半卧在竹林边的菊花丛中,饮酒沉吟。他触景生情,顺口诌出两句诗:秋花晚艳冷香醉,暮睡朝吟暖阁空。元菊生说好诗,通体写菊,却未着一个菊字,又将人和环境结合得巧妙。楚留声说可惜只有两句,是个半首。元菊生说好诗犹如好姻缘,是遇到的,也许日后有机会。

火焚阁毁,雨打烟灭,就是千古一遇的机缘啊!楚留声胶锅眼里的老泪快要流下来,步陶兄啊,我欠你半首诗,今辈子怕是还不上了,我就把上半首吹成曲子,让你和菊花园一起听。说罢,凑唇吹周字七音葫芦哨。哨声呜呜,若哭泣的风一样。

皇甫三兴和金眼相士的心被吹奏得颤抖了,这哨声和鸽子一样,是闪耀在永恒光里的不朽精神,那是创世纪复调交响曲的一部分。只可惜在这凄凉的秋风中,带着苦音。

楚留声拼命吹奏出最后一个长音,便口鼻出血,气绝身亡。这不,葬埋在鸽子墓园里,就在图南他们左边。

楚留声之死对皇甫三兴刺激很大。他站在凌烟阁门前,望着长安城的大东门的城门楼,悲叹道:世事咋能这样,世事咋能这样呢!皇甫三兴这一悲叹,把世事悲叹到自己头上。城管部门来人告诉他,政府要进行旧城改造,这里已规划成东门里新商业区,所以济慈医院得搬迁。皇甫三兴觉得这是个好机会,因为这里四周高楼林立,早已不适合养鸽,就问:搬到哪里?说搬到浐灞新区,那里人口稠密,老人又多,急需医院。皇甫三兴心想,医院是救死扶伤、治病救人的地方,但医院人满为患并不是好事情,问:新医院楼顶可以盖鸽棚吗?我要把凌烟阁一块儿搬过去。答:新区建筑的楼顶是统一设计美化的,不得加盖任何违章建筑。皇甫三兴眼中那蓝色的光芒顿时消失了,心中刚刚点燃的希望的火焰也熄灭了。我要是不同意搬迁呢?那就是城管执法队的事情了。皇甫三兴再次悲叹:这城里的凌烟阁咋和城外的菊花园命运如此相同呢?皇甫三兴知道胳膊拧不过大腿,个人对抗不过组织,就把萧涤生招来,说,图南刚入选,功臣刚凑齐,凌烟阁就要被拆掉了。萧涤生咬着嘴唇,无奈地说咋能这样呢!皇甫三兴说:这二十四幅功臣像卷起来,由你收藏,将来若有机会重建凌烟阁,再把他们悬挂起来。萧涤生说:那我一定请二鲁班建长安城最好的凌烟阁,要建得和钟鼓楼一模一样。萧涤生把这话告诉了二鲁班。二鲁班兴奋地表态:那我铁得撑住活,实在活不过,就招个徒弟,手把手教他。

之后,皇甫三兴又对萧涤生说:我死后,将我和祖上的骨灰一起埋在鸽子墓园,把我们的灵魂暂时寄存在那里。萧涤生一听这话,眼泪哗一下流下来,并且不住地点头应承。新医院竣工开业的那一天,皇甫三兴辞别了他十分钟爱的长安城,辞别了二十四位功臣,辞别了和他一同生活过的人们,死掉了。喏,就埋在楚留声紧邻。

瞧，楚留声和皇甫三兴的坟上已经长出尺把高的青草。透过青草的顶尖，越过清凌的滈河，能清楚地看到对岸的神禾墓园。墓园坐落在神禾原畔的斜坡上，墓碑排排，矮柏森森。早到的人们，已经开始洒扫献花了。

该说司空千秋了。

司空千秋铁得感谢两个半人。一个是皇甫三兴，另一个是殷初梅，半个是花郎。皇甫三兴虽然与他发生过明火执仗的争执，但却自始至终谨守医德，对他身患绝症的信息守口如瓶，不曾向外界透露半个字。有好几次，司空千秋担心皇甫三兴会以此要挟他，但皇甫三兴都只字未提，甚至心里连这样的念头都没有产生。司空千秋从心底里佩服皇甫三兴作为医生的崇高人格。这崇高人格为他实现理想提供了有力的保障。他对殷初梅说，皇甫老医生都能做到，我们就更应该做到。我们一定要严守机密，不能让单位的领导和同事听到任何风声。直到高尔夫球场和私家别墅竣工，自己职务晋升成功。理想实现，溘然辞世，泄密不泄密也就不管了。为了向外界宣布一切正常，殷初梅精心安排了一次饭局，单位的同事、外面的朋友都来了。有人羡慕地拍司空千秋肩膀：有本事，乾坤大挪移！就这样，人们的注意力被引导到别的方面去了。之后，司空千秋一有空就带着花郎到工地上去巡视。一会儿背着手，一会儿叉着腰，在工地上转来转去，安排这，吩咐那，俨然一副最高指挥官的架势。巡视过半，对花郎说，别墅一定要用心，柱础要用乌拉圭进口水晶石。花郎说请局座放心，咱一条道走到黑。

司空千秋觉得自己和花郎是拴在一条绳上的蚂蚱，一个挣不脱另一个，就把自己患病的事轻描淡写地告知他。以后工地上的事，你多照看，我给咱幕后周旋。花郎看司空千秋的神态不信，但看司空千秋眼睛，信了。那眼角凝着血块呢。花郎的预感十分不好，抖着嘴唇道：咋是肝呢，咋不是肾呢？要是肾多好，我有两个肾，直接捐一个给你。司空千秋觉得这是他们认识以来，花郎说的最真情的一句话。司空千秋搂住花郎肩膀，动情道：谢谢兄弟这份情谊，可我身要是长了你的肾，那咱俩就不是兄弟，而是合二为一了。花郎垂泪道：可我只有一个肝，换给你，我就没有了。天哪，我为什么只有一个肝呢！司空千秋慢慢松开花郎：兄弟的情我领，兄弟还是兄弟。花郎说请局座放心，我会和嫂夫人商量个办法出来。司空千秋道：要保密，多担待。花郎说万一不行，咱就换肝。但谁能保证换来的肝，不是一个犯罪分子的肝！司空千秋暗道：换了那样的肝，当上厅长，我还是不是我呢？不想那么多了，现在不是时兴一个词吗：混搭。

司空千秋一边令花郎催促工程进度，一边等待肝源，以备万一。但肝源尚未到来却有一个通知提前到来。局里通知他回局参加一个谈话会。跟他谈话的是前一阵刚从局里提拔到纪委的那个徐虹。徐虹说我代表纪委约谈你，问什么答什么，而且要如实。司空千秋想,不过是例行谈话,问问廉政方面的事。这种谈话以前也有过,就说你问吧。徐虹让记录员搬个凳子放在办公室正中,让司空千秋坐,司空千秋边座边说:咋跟审问一样。徐虹面色平静,口气严肃地问:高尔夫球场修建得怎么样了?

正在加快进程。

据底下反应,上边调查,你们在高尔夫球场里私盖了别墅?

司空千秋脑子嗡地一响,坏菜了!

请问,建别墅的事,黄厅长知道吗?

司空千秋脑袋飞速旋转:露馅了,矛头对准黄厅长呢。又进一步想:黄厅长不能有事。黄厅长一有事,自己就彻底完蛋了。黄厅长要没事,自己这气泡说不定还能在水面上漂浮呢。看来,得设法给黄厅长顶缸呢。

问你哪,私建别墅的事,给黄厅长打招呼了没?

打了。

在哪里打的?

在酒桌上。

黄厅长表态没有?

表了。

怎么表的?

笑了一下。

徐虹又问了些别的事,便让司空千秋签字确认。

回到家,司空千秋的身体和精神一同垮掉了。殷初梅大感意外,问他怎么了?他一五一十地告诉她,并且补充说:癌症还没有要我的命,纪委却提前到来了。一切理想、政绩、晋升、挣钱,全成了肥皂泡。殷初梅叹道:命真苦。司空千秋仰面朝沙发上一躺,头正好枕在殷初梅腿上:一死百了,万事皆休。只可惜那个厅级待遇……唉,算了吧,一了百了,万事皆休。殷初梅摸着司空千秋的头,伤心地回忆起他们的初夜,两个人抱在一起,说要是这样死在一块儿,该多美呀。没想到世事这把杀人刀,还真架到脖子上。殷初梅咬着嘴唇道:你要是死,我陪你!司空千秋把头抬到半空,对着殷初梅盈着泪水的眼睛道:死容易,活着难。你要活着,像程婴抚养赵氏孤儿那样,含辛茹苦把咱珠儿养大。说完,头一下歪在殷初梅怀里。盈在殷初梅眼中的泪水,唰一下全滚落到司空千秋脸上。男人的幸福,就是得一位大地般美丽慈悲包容的女人。

之后,颖秀守不住,另嫁他人,而殷初梅则独自将珠儿养大。十一二岁了,今天会来上坟的。

念起神禾原，终于神禾原，那就葬于神禾原。司空千秋的坟墓就在潏河对岸的神禾墓园里。有人问：假若你有幸得到自然的赦免，你下辈子能为自然做点有益的事情吗？可惜司空千秋已不能回答。

司空千秋一出事，花郎跟着带灾。他做梦也没有想到，自己这辈子会到四堵墙里面来。花郎的体会是，人在四堵墙外边，胆大包天；人在四堵墙里边，胆小如鼠。花郎把他参与以及他知道的有关司空千秋和黄厅长的事如数交代。结果是，他虽行贿，但用的是关系，送的是烟酒和饭局，赠的是美女，没有巨额金钱行贿的证据。再加上他在调查时很配合，为组织提供了司空千秋和黄厅长私建别墅的有用线索，视为有重大立功表现，于是法外开恩，从轻发落。只是，自己押了身家性命，投资建的高尔夫球场和私家别墅由于整顿而项目下马，成了无人问津的烂尾工程。旧的已毁，新的不建，菊花园成了破败不堪的荒草滩。巨额资金打了水漂，血本无归。长庆坊那套别墅，也作为处罚，没收了。尽管落了个两手空拳，但花郎还是庆幸自己命好。在如此严峻的形势下，能够全身而退，得一个自由身，实在是不幸之中的万幸。花郎爱钱，认为金钱能使鬼推磨，但他又不是那种爱钱爱到超过性命的人。只要人在，而且自由，只要市场还在，而且有机会，穷富不是问题。花郎大声吼唱一句：待从头收拾旧河山，到陕北！

花郎回到长庆坊栖凤榭，收拾东西，把所有的高档家具和字画全数贱卖。然后上楼顶看鸽子。他不在的日子，鸽子只有去城外打野食，多数散失了，只余下石夫石妇和合璧。看到石夫石妇和合璧，他想到送翘秀去加拿大之后的通话：把鸽子送到三千公里外，能有几羽归来？十之一二。可我在万里之外呢？你是说你永远不会飞回来了？还是你飞来吧。可我落到这步田地，怎么飞去呢？不要说飞去加拿大，就是去看一眼朱云梦，都没有颜面了。

花郎正在往笼中装鸽子，林风鸣和鹤秀来了，说是来送行。花郎说你们怎么知道我要离去？鹤秀说因为你只剩下这一条路可走了。花郎感慨万端，让林风鸣和鹤秀把石夫石妇带回去，并请将那方青铜纯阳宝镜交还柳散木，自己只带一对合璧去陕北。我得牢记我的生活，我把合璧过成了破玉。

三个人提着鸽子，在城墙上转了整整一圈，然后握别。

该折回头说说我们最为牵挂的人了。

生活虽然辛苦，但偶尔也传来好消息：萧涤生和林风鸣合作的天籁图荣获在长安城举办的第六十六届全国书画篆刻展金奖。正是听到这个消息，元菊生才和林风鸣、鹤秀、柳散木、墨玉环、萧涤生、花郎他们到菊花园来。当时谁也没有意识到，这是他们最后一次见到他们有生以来最尊崇和敬爱的步陶师父了。

元菊生随父亲和母亲开辟的菊花园被彻底毁坏了。花草狼藉委地，房屋断垣残壁，集贤院也被拆得七零八落。零碎的木头和瓦片胡乱堆放在饱受摧残的菊圃里，只有坡顶的天籁阁还没有来得及拆毁，孤零零地立在凄厉的秋风和时不时飘落的冷雨里。幸亏鸽子已经被遣散，鸽哨也已让林风鸣收走了。

土地被挖掘，菊花被掩埋，元菊生、林风鸣和鹤秀新酿的菊酒被挖破了，未酿成的菊酒流渗到土地里。元菊生在地头拐角那儿挖出仅有的两坛陈酒，让林风鸣和鹤秀抱到天籁阁跟前。打开盖，把酒洒到天籁阁的屋檐和门窗上。元菊生掏出火柴擦燃，弹过去。很快，天籁阁便被一大团蓝色的火焰所包围。唉，在这个世界上，哪里还有比亲手焚毁自己的幸福更痛苦的事情呢！

元菊生从怀里掏出一叠纸扔进火里。花郎怕是书稿，连忙去抢。抢出几页被烧残的纸页，一看是成立动植物保护协会的章程和拆迁抗议书。既然不济事，就烧成灰吧。可悲的是，早年毁掉城里菊花园和现在毁掉神禾原菊花园的不可抗拒的力量，不是别的，而是我们人类自身。

元菊生打开蓝色的麻布包袱，里面是他刚刚完成的书稿。一部是《新鸽谱》，一部是《新菊谱》。元菊生用手抚摸着，交给林风鸣和柳散木：我们的生活，只能在字画和书稿里看到了。林风鸣和柳散木当即表示，一定要设法将其出版。元菊生进一步叮嘱：若生活重新步入正轨，就出版；若无机会，就藏之名山，传之后世。萧涤生和花郎怕雨点打湿书稿，连忙脱下衣服，覆盖在书稿上。

半月后，鹤秀收到一封快递邮件，上面赫然写着元菊生的名字。鹤秀代父拆阅，见是一张长安到京华的机票，并附有简短留言：诚邀元菊生先生赴京华一游，并说明到时，机场有人恭候，还说若未接到人，还会再寄机票来，直到成行为止。可是，自从天籁阁焚烧后，谁也没有再见过元菊生。

人们热泪盈眶却看不到元菊生，看不到可敬的步陶师父，看不到那个可爱的白胡子老者，就像看不到我们一样，因为我们是以灵魂的形式显现和隐藏的。

人们陆陆续续地进入神禾墓园和鸽子墓园。在春风春雨中清除杂草，种植鲜花，打扫浮尘，敬献水果。祭扫完毕，人们一定会抬起头来寻找元菊生和我们的灵魂。其实，这山，这川，这原，这河水，这司马槐，这刚竹，这菊花，就是元菊生。不信，你看天空。雨过天晴之后，会弯出一道明艳的彩虹，那是我们和人们一起顿悟的印证。

二〇一四年十月至二〇一七年一月一稿
二〇一七年三月至二〇一八年五月二稿
二〇二〇年春校改
于聆鸽庐

跋

记得最初接触鸽子,是在我十岁左右的时候。

不知从何处飞来一对雪白的小鸽子,落在我们家门前矮墙上。我大爷用苞谷豆将小鸽子叫到手上来,并转交给我父亲,说你家院落大,就养在你家吧。我父亲便在院子建造了一间小房,做鸽子窝。我问父亲:为什么要养鸽子呢?父亲边干活边说:旧社会,咱们家大业大,在长安城尚勤路上租一间门面房,卖自家地里种的农产品。咱家距长安城五十多里地,那时候没有汽车,没有自行车,上城里去全靠两条腿。你六爷隔三岔五要上城,背个竹鸽笼,半夜起身,天明赶到城里,看店铺里缺什么,或棉花,或花生,或西瓜梨瓜,或时鲜蔬菜,行情如何,各要多少,写个纸条,系在鸽子腿上,然后放飞。鸽子的翅膀比人腿快,约莫半个钟点,你大爷就能听到嘤嘤嗡嗡的鸽哨声,听到哨声抬头看天,一对鸽子,若一双蝴蝶,从高空一圈一圈盘旋下来,进窝了。你大爷一看纸条,便招呼人手套马车往城里送货物。

我望着眼前这对天外来客,目光肯定比她们的羽色还要雪白光亮呢。一对白色的精灵,就此进入我的生命之中。即便后来我进长安城求学并工作,鸽子也未曾离开我的生活。如今我已鬓染秋霜,屈指算来,竟达半个世纪之久。这不由自己慨叹自己:爱一样东西,竟然爱了半个世纪,而且还要一如既往地爱下去!爱半个世纪,爱一辈子,就是一块石头,也会爱出花来,何况鸽子?佩服!佩服!

养人只可养一两代,而养鸽子却可以养七八代甚至十几代。你尽可以享受不同代鸽子和你的亲密关系,那种体验很微妙,微妙到难以言说的地步。你欲要养十代人的那种不可能实现的愿望和感觉,却可以通过鸽子传导到你的内心中来。真是太美妙了!

有些人玩于官场,有些人游于商海,有些人迷于美色,而我则沉浸在鸽子世界之中,而且越沉浸,越觉得趣味无穷。历史的、文化的、自然的、亲情的、浪漫的、竞争的、温情的……最初的一对白色小精灵,已然扩充成一个斑斓的世界,那真是一个常人难得一见的神秘世界!

可悲可叹的是,时风速变,所谓的现代化将人和鸽子的关系变得越来越紧张了。人类中心主义、功利主义、拜金主义、享乐主义如荒草一样漫山遍野地生长起来，而且蓬勃得过头了。人类现代化进程中过激的盲目行为将鸽子给予我们的和平温暖的诗意生活夷为荒野，几近毁灭。而鸽子却本性不改，矢志不移，以其特有的灵性在这个世界上寻找着没有人烟的理想国。她们历经曲折，终而悟道：那个理想国压根不存在。要在这个世界上生存，只有与人和解，睦邻相处。得道者最终殉道。鸽子的得道和殉道，使我幡然惊醒：人的存在，是为了向他者开放，并示爱、相爱、热爱！鸽子！自然！一切！

人们啊！怎么明知故犯地干出损毁高雅的生活趣味，而放任低级趣味的事情来呢？如果不知道把什么做错了，当然也就很难知道把什么做对了！

雨果在《巴黎圣母院》1832年版增订本的附录中，强烈谴责对中世纪建筑艺术的毁坏。不幸的是，这种丑行正在我们的生活中上演，而且以难以规避的力量为主导。满目疮痍，一种自然诗意的生活和优美的精神建筑被所谓的现代化所摧毁。谁是历史和自然的罪人呢？《巴黎圣母院》是世界上最伟大的保护文物以及文化精神的正书和奇书，我们为什么不能紧随其后，并增添一些自然的内容呢？雨果那么壮阔，我们可以忧伤温和。

时代贫瘠，诗人何为？见证、呈现，并以诗的语言方式来升华我们曾经的生活和体验，来创造新的意象和意境。创作过程，是一个艰难而愉快的审美过程。因为人的理想生活，必然是审美生活，如果我们的创作和创造，不能进入并达到艺术审美的层面，那还写它干什么呢？

真不敢奢望读者诸君于这本小说中"追寻出历史家的体系、艺术家的宗旨"，只愿能于小说的人物和情节之中感悟到小说形式之内蕴含的言外之意，并借此稍微看清我们这个时代的生活本质之一隅就行了。我们深信，读者的智商和艺术鉴赏能力绝不在作者之下。作者只敢简单地陈述几句写作的缘起和愿望，而绝不敢阐释小说的意蕴和旨趣。作品一经诞生，便活在这个世界上，其命若何，全由不得作者，读者诸君便是审判员和监护人。

还是雨果说得好："种子既已撒在犁沟里，收获一定丰饶！"希望寄予未来。故而衷心感谢为未来做出协助工作的学生、同事、朋友：杜雅楠、方媛、高禾莹、王之岐、任超、辛柯蒙、宋琼、宋宁刚、赵卓，感谢为书名题字的薛养贤教授，为封底篆刻的魏杰教授，感谢凡章文化传媒有限公司和陕西师范大学出版总社，感谢我的家人，也感谢我自己七八年来的思考和日日不断的痴情劳动。盼望假以良机，大家雅聚一桌，畅叙劳动的快乐，并举杯预祝虽然遥远，但仍可期的未来。

乙亥夏月于聆鸽庐